雑誌に育てられた少年

目次

雑誌に育てられた少年

象が啼いた夜

小池さんの下宿から帰る途中、寂しい夜道で思いがけない近さから象の啼く声がして、肝が縮みあがったことがある。

井の頭公園の裏手に小池さんの下宿はあった。嫌な用事を片づけにいった帰りで、私も連れの男も、暗い道を押し黙ったまま、駅に向かって歩いていた。

象の大きな啼き声で、柵の向こう側が動物園だということに、初めて気がついた。獣の匂いが微かに漂ってくる。パォォォォン。象がまた啼いた。

十一月の上旬で、すぐそこまで冬の気配が迫っていた。闇を切り裂く象の啼き声は、子象のころ過ごした熱帯のジャングルを懐かしんでいるようで、哀れに聞こえた。そして、この啼き声が小池さんの耳に届かなければいいが、と願った。

しんしんと冷える寒い夜がくることを、その半年前には想像もしなかった。ずっと先まで薄ぼんやりつづく動物園の柵に沿って歩きながら、私はまだのんびりした空気に包まれた一九六九年五月の校舎を思いだしていた。

前夜から文学部のバリケードに泊まりこんでいた学生は、十名にも満たなかった。夜中、三人一組で、たぶん実戦の役には立たない長い鉄パイプを手に学園の広い敷地をパトロールした。校舎に戻り、貸し布団に横になって本を読んでいるうち、いつのまにか眠っていた。

朝、まだ早い時間に、隣の教室で寝ていたYが私を起こしにきた。Yも私も四月に入学したばかりの一年生だった。

しょぼい学校で、私たちが入学したその年の春まで、バリケードひとつ組んだ経験がなかった。上級生の活動家は数も少ないうえ、すこし前までは演劇サークルや文学同好会にいたヤワな連中で、質量とも運動の主力は一年生だった。そして、その大半が正義感に燃えた純朴なタイプだった。Yはアジ演説も巧かったし、デモのときも常に先頭にいたが、どこか他の学生とは異質な醒めた表情があった。互いに共通する匂いを直観的にかぎ分け、私たちはすぐ親しくなった。

まだ誰もこないうちに、とYがいった。ちょっとそのへんをぶらつこうぜ。外は爽やかな早朝の気配に満ちていた。校庭の隅に、朽ち果てた山小屋のような外観の自治会室があって、私たちはその横にあった二台の自転車に乗った。

正門を出て欅(けやき)並木から外れたところで「どこへ行く」と私が訊いた。「ブルジョアの豪邸荒らしに行こうぜ」とYが答えた。大学の周囲には大きな屋敷が多かった。そうした家の窓を壊し、押しこみ強盗に入る場面が頭に浮かんで、私は憂鬱な気分になった。この男ならやりかねないな。

私の顔色を見て、Yが笑った。「びびったか?」。自転車を一軒の大きな家の前に止めた。「ほら、豪邸荒らしだ」。Yは玄関脇の小さな箱から二本の牛乳瓶を取りだすと、その一本を私に渡した。トリュフォーの「大人は判ってくれない」で腹をすかした家出少年のジャン=ピエール・レオーが、盗んだ大きな牛乳缶を抱えて、ゴクンゴクンと飲むシーンがあった。あんな切迫感はないものの、自転車をこぎながら飲む牛乳は美味しかった。朝早い高級住宅街は、私たちの他に誰の姿もなかった。

「小池さんは就職も決まっているのに」。連れの学生が、沈黙に耐えかねて言葉を発した。私は半年前の朝の回想から、十一月の重苦しい現実に引き戻された。

バリケードは十月の初め、機動隊に撤去された。その直後、Ｙは大学を去った。三日後、私たちの所属する党派は、都心で実力闘争を起こすことになっていた。ある官公庁の建物に突入して局長室を占拠する。立てこもるのは三人。小さな組織だったから、私の大学には四人しか構成員がいないのに、逮捕覚悟の決死隊を一人出せと命じられた。

前日、駅の近くの喫茶店で四人は会った。沈黙が何十秒かたったとき、年が明けた三月には卒業する小池さんが「俺がやるよ」と、自分から名乗りを上げたのだ。私はたった四人しかいない支部のリーダーだった。組織を守るために、お前は残れと小池さんはいった。そして残る二人の一年生は、まだ闘争歴の浅い活動家だから力を温存しろ。

「俺が突入するのが、一番いいと思う」。小池さんは静かに告げた。

今夜、私と連れの男は、小池さんの下宿を訪れ、改めて真意を訊いた。大丈夫。小池さんは動揺を見せなかった。大きな家の離れに、小池さんは下宿していた。

きちんと整理された部屋はほの暗く、私は小さいとき泊まった祖父母の住む家を思いだした。彼が煎れたお茶を飲みながら、三日後の実力行動の具体的な手順を確認して、私たちは別れた。

象がまた啼いた。動物園と道路を隔てる柵は、まだずっと先までつづいている。遠くに見える寂しい街灯の光が、周囲の闇をいっそう濃くみせている。私と連れの男は、足を縺（もつ）れさせながら、吉祥寺の駅を目指した。

本の雑誌 今年のベスト3 1990〜2017

❶『シャレのち曇り』立川談四楼（文藝春秋）

❷『ペンギンが喧嘩した日』出口裕弘（筑摩書房）

❸『ロートレック荘事件』筒井康隆（新潮社）

もともと落語家は話上手にきまっているのだから、いまさら驚くのは間抜けな話だが、三遊亭円丈の『御乱心』といい立川談四楼のこの『シャレのち曇り』といい、ホントみんな小説がうまい。前座時代の青春小説ふうの展開も好きだし、嫉妬や保身、そして裏切りと権謀術数（けんぼうじゅつすう）が渦を巻く落語家の生々しい実態を書いた部分もめちゃくちゃ面白い。

次に相変わらずひっきりなしに出ている東京関連書物から一冊。鈴木博之『東京の地霊（ゲニウス・ロキ）』の出色のアイデアと出口裕弘『ペンギンが喧嘩した日』のこくのある街歩きのどちらを選ぶか悩んだすえに、東京の街なかに隠れている兎穴をめぐり歩く『ペンギン』の耽美ラディカルに軍配を上げた。

そして筒井康隆から一冊。『文学部唯野教授』ではなく『ロートレック荘事件』を選んだのはマイナー嗜好癖のせいだろうか。書評欄などで話題になったトリックは実は私にはどうでもよくて、舞台になったあの別荘がいいのだ。読むものの無意識を刺激してやまないあの建物に一票ということで。

1990

❶『百八の恋』畑中純（講談社モーニングKC）

❷『極道記者』塩崎利雄（白夜書房）

❸『筒井康隆大事典　ふたたび・PARTⅠ』平石滋篇（アホウドリ出版）

この一年、あまり話題作のたぐいは読んでいない。多摩川べりの近郊の町に住む高校生の、もっぱら性にまつわる成長を描いた『百八の恋』は、巻を重ねるに従い拡散した印象があるのが残念だが、一気に読ませる絵とキャラクターの魅力は特筆ものである。

競馬関連書では虫明亜呂無と塩崎利雄の両復刻本のどちらを選ぶか最後まで悩んだ末、ギャンブルの荒涼感とアウトローの凄烈な青春の彷徨とが絶妙なバランスでブレンドされた『極道記者』を選んだ。虫明、塩崎ときたら、次はいよいよ鵜飼正英の番だぞ。

『筒井康隆大事典』は、原稿枚数や小説が何人称で書かれているかまで記されたパーフェクトな作品目録である。作品タイトルを見て初出誌を当てる一人ゲームをしたりして、ずいぶん愉しませてもらった。

中学生のときからのツツイ体験が甦り、三冊の共通項は、これはやはり〝青春〟でしょうか。ちょっと強引な締めだったかな。

1991

❶『日日雑記』武田百合子(中央公論社)
❷『賭博と国家と男と女』竹内久美子(日本経済新聞社)
❸『朝のガスパール』筒井康隆(朝日新聞社)

まずはなんといっても武田百合子の久方ぶりの新刊『日日雑記』。エッセイというと身のまわりの出来事をただだらだらと書き散らしたものが(自分の文章も含めて)多いのだが、この人の手にかかったとたん猫や公園や友人やテレビのなかの映像といった日常のありふれた風景がにわかに変貌をとげ、超現実的な色彩を帯びてくるからすごい。

タイトル中の賭博の二文字にひかれて手にとった竹内久美子『賭博と国家と男と女』は、架空論理を武器に男女の関係から国家論まで、蛮勇ともいえる強引さで解明していくプロセスが、なんともたまらなく爽快な一冊であった。

そして、やってくれたなあ、の筒井康隆『朝のガスパール』だ。現代における無用物の筆頭にあげられることが多い新聞の連載小説で、ここまでできてしまうとは。やってしまうとは。衰えをしらぬ実験精神と作品としての完成度が見事に調和し、しかも不思議な余韻さえ残す佳品である。

1992

❶『パプリカ』筒井康隆(中央公論社)
❷『グミ・チョコレート・パイン』大槻ケンヂ(角川書店)
❸『日本脱出のすすめ』邱永漢(PHP研究所)

これまででいちばん集中して本を読んだのは、高校生から浪人にかけてだった。そのころどこで本を読んだかというと、自分の部屋でも電車の中でもなく、コルトレーンやロリンズのサックスが咆哮(ほうこう)する薄暗いジャズ喫茶でだった。ジュラ期の恐竜のように絶滅したかに見えたジャズ喫茶だが、実はあっちに一軒こっちに一軒と、僅かではあるが都内のそこかしこにひっそりと生息していた。

今年になってから、ジャズ喫茶がよいが復活した。それにつれて読書量も高校生のときほどではないが、微増の傾向にある。ここに上げた本もジャズ喫茶で読んだ。

三冊のテーマは、筒井康隆が夢。大槻ケンヂはマスターベーション。そして邱永漢は金という具合に、彼らの得意技である。

夢という摑みどころのない曖昧なものを素材に、明晰このうえない物語を展開する筒井康隆には改めて感服。私も昔からオナニー小説のアイデアを暖めていただけに、大槻ケンヂにはアッヤラレタというかんじだが、爽やかな青春小説になっているところがタダモノではない。邱永漢は彼の作品として傑出したものでないが、金のことを語って下品にならないところが我々には真似できない点で、読んでいて元気になってくるのが嬉しい。

1993

❶『天怪地奇の中国』西村康彦(新潮社)
❷『贋作への情熱——ルグロ事件の真相』レアル・ルサール(鎌田眞由美訳/中央公論社)
❸『昭和歌謡大全集』村上龍(集英社)

めぼしいSFに目を通し、モダンホラーの洗礼も受け、メタフィクションもちょっと読みかじったりと、ファンタジィに関してはなんとなくイッチョマエのつもりになっていたのだが、❶を読んだりすると、まだまだ私の知らない不思議な世界のあることがわかる。雑誌連載時から愛読していたが、こうしてまとまるとなんとも贅沢で芳醇な小宇宙ができあがっている。

中国の奔放な幻想の世界に遊ぶときは、どこまでが真実でどこからが虚構かなどという詮索は野暮の極みだが、❷には模倣や詐欺といった虚の世界にどうしようもなく魅かれていく人間たちの負の情熱が、当事者しか知りえない細部とともに描かれている。読みすすむにつれ、確固としていたはずの真贋の基準がゆらゆらとぼやけてきて、そうか私がプロレスに耽溺したのも、虚実定かならぬ怪しさに魅かれてかと納得した。

小説からも一冊。一部で酷評された村上春樹『ねじまき鳥クロニクル』を私は面白く読んだが（昨年、女流作家たちから散々だった『国境の南、太陽の西』だって、いい小説だったけどね）、おばさんを描いて新鮮な衝撃のあった❸のポップさとパワーに軍配を上げた。

1994

❶『〈子ども〉のための哲学』永井均（講談社現代新書）
❷『「パサージュ論」熟読玩味』鹿島茂（青土社）
❸『沖縄文化論』岡本太郎（中公文庫）
☆『みどりのマキバオー』つの丸（集英社ジャンプ・コミックス）

小学生のころ抱いた素朴で戦慄的な問いかけ。なぜボクは存在するのか。ボク以外の人間はすべてロボットではないのか。私がSFを読みだしたのは、このプリミティブで独我論的な不安に解答を得るためだった。永井均は子ども時代に抱えた、存在丸ごとにかかわるこの謎を、ずっと考えに考えつづけて仕事にしてしまった人だ。そうか自分にもっとも切実なことを考えるのが哲学なんだ。

自分ひとりだけの切実な体験。ベンヤミンなら、子どものころに顔をうずめた母親の古い衣服の襞の記憶、と表現するところだが、そのベンヤミンの『パサージュ論』に魅せられた鹿島茂は、三十年前に文革のニュースを見ながら、紅衛兵の中にきっと袖や襟に自分だけのための小さなお洒落をする少女がいるにちがいないと想像した。同じころ、紅衛兵の少女の映像に倒錯した欲望を覚えた私には、鹿島茂が反革命的な少女に寄せたひそやかな連帯の意味が、リアルに体感できた。

そして今年、自分だけの極私的ベスト10を選べば、間違いなく上位にくるのが何度かの沖縄行だが、岡本太郎の❸は数ある沖縄本の中でも、その知性の埋蔵量と挑発力、絵画的でリズミカルな文体でもって圧倒された。

しかし今年いちばんハマッタのは『みどりのマキバオー』だ。まだ少年ジャンプ連載中なので番外としたが、この主人公の愛らしさは一体何だろう。いまわが家はマキバオーのぬいぐるみで埋められつつある。

1996

❶『六番目の小夜子』恩田陸（新潮社）
❷『遠い朝の本たち』須賀敦子（筑摩書房）
❸『オキナワ紀聞』砂守勝巳（双葉社）
☆『フラグメンツ』山本直樹（小学館）

見知らぬ土地の話を巧みな語り手から聞くのにまさる愉しみはな

い。本土やアメリカから沖縄に移り住んだ人びとをスケッチした❸が好んで取りあげるのは、よく知られた恩納村のビーチや南部の戦跡ではなく、コザの路地裏の寂れた売春街や国際通り脇のゴーストタウンのような桜坂の飲食街だ。文章にくわえ、沖縄という土地の匂いが生々しく立ちのぼる百点あまりの写真が素晴らしい。

　須賀敦子さんがミラノやトリエステといったイタリアの諸都市について語った文章の魅力はあらためて触れるまでもないが、その死後に刊行された❷で語られる読書体験の豊潤な味わいといったら。静謐にしてエモーショナルな語り口が絶妙である。

　そして六年ぶりに復刊された❶は、とある地方都市の進学校に伝わる学園伝説をテーマにした小説だが、それも高校という閉ざされた空間を題材にしたことが魅力の源泉となっている。この十年間に読んだ国産のいわゆるミステリー、ファンタジィ系では、もっとも私の肌にしっくり馴染んだ偏愛度いちばんの小説である。他では海馬町という架空の町を舞台にした山本直樹の三巻まで刊行された連作マンガ集の、性と幻想とユーモアの微妙なブレンドが記憶に残る。

1998

❶『あやかり富士』草森紳一（翔泳社）
❷『黒旗水滸伝　大正地獄篇』竹中労&かわぐちかいじ（皓星社）
❸『山谷崖っぷち日記』大山史朗（TBSブリタニカ）

昼飯のあとの暇つぶしに歌舞伎座の最上階にふらっと足を運んだのが一年まえ。歌舞伎なんて、あんな辛気くさいもの、そう思っていた私が甘かった。魅力的な登場人物は悪党ばっかり。人は殺すし、女は平気で売り飛ばす。こんな面白いものだとは。歌舞伎のおかげでぐっと江戸が近くなった。

　そんな私には大部の『あやかり富士』はなんとも贅沢な雑学の宝庫だ。なんでも知っている草森紳一はさすが江戸を語らせても博識にくわえ、背筋がシャンと伸びたシャープな視点とじんわり痺れる毒がある。責め絵の伊藤晴雨を論じた章のスリリングなこと。

　その晴雨と因縁浅からぬ大杉栄と彼を取り巻く群雄を畳みこむようにリズミカルに描いた『黒旗水滸伝』の大正もなんと味わいのあることか。「現代の眼」の連載から二十年余。この作品もまた出版それ自体が快挙である。

　江戸と歌舞伎。大正アナキズム。私が慰藉を覚えたもうひとつの場所は、大山史朗が静謐なそして苦い独白を伝えてよこした山谷だ。与党や行政さえ貶せば事たれりとする幼稚な正論とは趣を異にする真っ当な視点と感性に支えられた一冊で、私のこの一年は山谷と歌舞伎と大正アナキズムに励まされた一年でもあった。

2000

❶『癒しとカルトの大地』海野弘（グリーンアロー出版社）
❷『SEASIDE BOUND』武田花（中央公論新社）
❸『夢の江戸歌舞伎』服部幸雄文・一ノ関圭絵（岩波書店）
❹『ランボー、砂漠を行く』鈴村和成（岩波書店）

この十年、海野弘の新刊から遠ざかっていた。もう熱心な読者には戻れないのかな。寂しく思うこともあったが『癒しとカルトの大地』で海野熱が復活した。霊的空間としてのカリフォルニアという視点がユニークだ。ハックスレーやベイトソン、人民寺院やスポーツ用具のスポルディング社といった固有名詞が飛び交うゴシップ的興味と、いまの日本を情緒的に支配する「癒し」&「健康」ビジネスのルーツが、実は西海岸にあったことを解明する批評眼の共存に興奮させられた。

　犬と海と砂山と廃墟を撮った武田花の写真集がいい。叙情的なのに乾いている。寂しいんだけどユーモアもある。こんな人、他に絶対いやしない。

　そして一ノ関圭がこんな素晴らしい絵本で戻ってきた。嬉しい。平成中村座にはこの絵のテイストが漂っている。

　そしてもう一冊。詩作を放棄したランボーの「アフリカ書簡」の謎を精緻に、かつ大胆に解いた鈴村和成の労作にもワクワクさせられた。後年、カミュも馬鹿にした、金の話しか書いてない「領収書簡」にこそ、実はランボーの詩的エッセンスが詰まっているという逆説。かっこいいね、やっぱりランボーは。

2001

❶『三島由紀夫・昭和の迷宮』出口裕弘（新潮社）
❷『容疑者の夜行列車』多和田葉子（青土社）
❸『各務原・名古屋・国立』小島信夫（講談社）

今年を平成十四年でも二〇〇二年でもなく、昭和七十七年とカウントすることで、歴史の靄がすっと晴れていく。クレイジーケンバンドを聴いて獲得した方法論だ。昭和と同い年だった三島の文学と肉体の謎に迫る❶の明晰な発想と潑剌（はつらつ）とした文体が心地よい。出口さんの文章、リズムがあって、弾んでいる。三島という巨大な魔と対峙しても臆することのない、知の構えの大きさと明るさが、カッコイイ。

　夢と現実、夜と朝の境界線を、印象的にスケッチした❷の余韻も忘れがたい。十三話から成る小説世界は百閒やカフカにも通じる。文章が達者に流れる気配をみせると、あえてブレーキをかける技巧の冴え。幻想的なのに曖昧さを排した小説世界からは、日本の湿潤な風土とは切れた思考スタイルが伝わる。

　いまはドイツに住む多和田葉子が少女時代を過ごした町の、線路をはさんだ丘の上で小島信夫は家族の葛藤を描いた。❸の「国立」の章で、極度の健忘症に陥った妻が肉屋の主人と交わす会話の残酷で乾いたトーンが、超現実的で哀切な気配さえ漂わせ、圧巻だ。出口裕弘の職場が、昭和四十年代に多和田葉子が育った団地と『抱擁家族』の家の、ちょうど真ん中にあったことに、いま気づいた。

2002

❶『光ってみえるもの、あれは』川上弘美（中央公論新社）
❷『ららら科學の子』矢作俊彦（文藝春秋）
❸『鉄道ひとつばなし』原武史（講談社現代新書）
☆『蜂起には至らず』小嵐九八郎（講談社）

渋谷の駅前から東急文化会館を見たとき。そして百軒店の石畳をのぼるとき、不意に十代の記憶が洪水のように蘇ることがある。そのとき、アタマの中身は十六歳のまま、身体だけは確実に老いた自分に気づく。その切ない絶望感を『ららら科學の子』を読みながらずっと思い返していた。

　一九六八年の少年が三十年の中国残留を経て二十一世紀の東京に帰還する。五十歳の少年。甘美で苦いファンタジイに溺れながら、自分の中の世間や社会への非和解的な敵意を改めて確認する。十六歳の記憶は奔流のように押し寄せ、すぐまたふっと姿を隠しどこかに消える。

　十六歳の少年だけが持つ摑みどころのない感覚が、『光ってみえるもの、あれは』の中にあふれている。主人公の江戸翠くんがチャーミングだ。彼が一夜を過ごす五島列島の無人島はヴェルヌ『十五少年漂流記』の舞台のようだ。原武史の鉄道エッセイからは、少年時代から育んだ趣味と知識との絶妙なブレンドの香りが漂ってくる。

『蜂起には至らず』の副題は〈新左翼死人列伝〉。馬鹿がつくほどの小嵐の純情により、二十七人の死者が蘇った。四冊どれも、元手をたっぷりかけた贅沢な本だ。

2003

❶『イラスト・ルポの時代』小林泰彦（文藝春秋）
❷『立喰師列伝』押井守（角川書店）
❸『生きかた下手』団鬼六（文藝春秋）
☆『行きがかりじょう』バッキー・イノウエ（百練文庫）

六七年「平凡パンチ」でスタートを切った小林泰彦のイラスト・ルポがついに一冊にまとまった。六七年、六八年と、勢いにまかせ全開で飛ばす高揚期のサンフランシスコ、ニューヨーク、福生、ロンドンが、クールだけどチャーミングな絵と文章で再現された『イラスト・ルポの時代』は六〇年代を語るとき欠かせない本になるだろう。一転して時代がクールダウンしていく七〇年、七一年の証言も貴重だ。

『イノセンス』でハリウッド進出を果たした〝世界のオシイ〟が、そのかたわら、おそらく千人に満たないマニアックな読者を想定して書いた『立喰師列伝』にも唸った。立喰いソバを主題に、偽史の手法を駆使し、戦後テロリスト列伝として描く奇想がすばらしい。

そして団鬼六は今年も飛び切りの一冊を上梓した。『生きかた下手』に収められた情感あふれる「母と直木三十五」は文壇秘史としても読みごたえたっぷりだ。

　最後の本の著者は、いま男前な酒場エッセイを書かせたら右に出る者のない、京都錦市場の漬物屋のオヤジだ。うまい。まるで矢作俊彦が肩の力を抜いて関西風に書いたような味わいがある。発行元の茶漬屋でしか売ってないのも渋い。

2004

❶『随筆　本が崩れる』草森紳一（文春新書）
❷『戦後日本のジャズ文化』マイク・モラスキー（青土社）
❸『失踪日記』吾妻ひでお（イースト・プレス）

ここにきて草森紳一の存在感が際だっている。千頁近い大著『荷風の永大橋』にも魅かれるが、やっつけ仕事の読み捨て本が氾濫する新書の棚に入った意外性とインパクトから、まずは❶に一票。渋くてポップ、博識なのに挑発的。年を経るごとに、ラディカルさと味わいを増す草森紳一の〈雑文〉は、誰も真似できない。

　占領下の沖縄コザを論じた文章が印象に残っていたマイク・モラスキーの❷も、よくまあこんなことまでという雑多な知識の量だけでなく、たとえばLPでなくライブ重視の立場から五木寛之を評価する意外な視点が刺激的だ。唯一、気になったのは、モダンジャズを大音量で流していたジャズ喫茶と、それ以前の坂本九や飯田久彦たちポップス歌手がライブで歌っていたジャズ喫茶を混同している点で、これは日本人でもゴッチャにしているから仕方ないのだが。後者のジャズ喫茶におけるスターたちにインタビューした、ビリー諸川『昭和浪漫ロカビリー』も、私には嬉しい一冊だった。

　ベストセラーにもなった❸は、吾妻ひでおが帰ってきたという懐しさだけでなく、いまを描くリアルな現役感も味わえるところがすごい。

2005

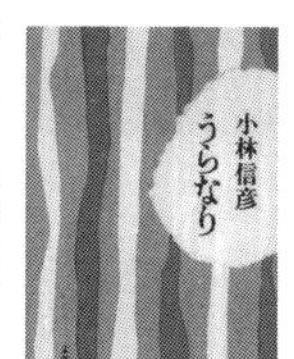

❶『うらなり』小林信彦（文藝春秋）
❷『買えない味』平松洋子（筑摩書房）
❸『食べない人』青山光二（筑摩書房）

漱石のおもしろさが全然わからない俺が、『坊っちゃん』だけは何度も読んでいる。婚約者のマドンナを赤シャツに奪われた〈気の毒なうらなり君〉は、影の薄さゆえにかえって気になる存在だったが、彼の視点で『坊っちゃん』を読みとく『うらなり』の着想にはうなった。漱石へのオマージュと批評性が、『坊っちゃん』の謎と潜在的パワーを解明し、うらなりの静謐な語りのトーンは、物語にみずみずしさと諦念のミクストされた豊かな味わいを生みだす。

　そして味わうべきものは、私たちの周囲にあまねく遍在していることが『買えない味』を読めばわかる。たとえば桃やおしまいごろのトマトに、きゅっと指先をめりこませ、したたる蜜や汁を一滴たりとも残さぬよう、口いっぱいにむさぼる。熟れ過ぎたり腐ったものにさえ「うまみ」を覚える舌と、酒のしめくくりは冷やごはんというシックな流儀があれば、ごくありふれた食べ物も文学になるのだ。

　そしてそして、九十三歳の小説家が書く『食べない人』の記憶の、やはりなんと官能的で生なましいことか。織田作之助も江崎玲於奈の母も、そして苦手な豚や鶏さえも、青山光二の手にかかるとたちまち飛びっきりのうまみがあふれてくる。ああ、これが文学のマジックだ、と納得する。

2006

❶『淳之介流』村松友視（河出書房新社）
❷『星新一　一〇〇一話をつくった人』最相葉月（新潮社）
❸『滝山コミューン一九七四』原武史（講談社）

この何年か吉行淳之介の小説や対談集を読み返すことが多い。なぜ、いま吉行淳之介なのか気になっていたから、『淳之介流』はタイムリーな刊行だった。文芸誌の吉行番として目撃したエピソードの数々は文句なしに面白い（銀座のバーでの内田裕也との一触即発のやりとりが最高）。佐藤春夫と交わされた「半達人」という言葉を手がかりに、作家の正体をあぶりだす村松ロジックが冴える。達人をハンパに目指すのでなく、半達人を極めることで、マイナーポエットがスタア作家になった逆説があざやかに浮かびあがる。

　最相葉月は膨大な遺品の整理と、多数の関係者への取材という正面戦で、本格的評伝を書き上げた。星新一のデビュー前後の心象風景にもひかれるが、SFの幼年時代が外部の書き手により生き生きと描かれたことにも不思議な感慨を覚えた。同人誌「宇宙塵」の柴野拓美の証言を読むだけで、胸が熱くなる。

原武史の力作は、一九七〇年代前半の東京郊外における政治と社会と教育をめぐる書物だ。同時に、集団主義の熱狂が支配する教室で、ひとり目覚めた十二歳の孤独な抵抗を描くサスペンス小説の趣もある。団地の時代と西武新宿線という場所の本でもある。

2007

❶『高城高全集』全4巻（創元推理文庫）
❷『偏屈老人の銀幕茫々』石堂淑朗（筑摩書房）
❸『変愛小説集』岸本佐知子編訳（講談社）

こんな作家がいたなんて。高城高のデビューは一九五五年の旧「宝石」誌だ。大藪春彦、河野典生と共にハードボイルド三羽烏と呼ばれたらしい。昭和三十年代の仙台や北海道が舞台の小説の硬質な叙情のかっこよさといったら。ミステリー嫌いの私がいっぺんで夢中になった。二冊の本を残して消えた幻の作家が、いま蘇った。こんなことってあるんだなあ。

「ちくま」に連載中から愛読していた石堂淑朗の作品だが、一冊にまとまると、時代と青春群像が絡まりあい、複雑にして絶妙なハーモニーを奏で、なんともいえない味わいが生まれる。初恋の女性を犯した級友「藤田敏八への殺意」を綴った章なぞゴシップ的な興味を大いに刺激されるが、やはり味があるのは石堂淑朗その人の身の処し方で、凄惨な体験をさらっと乾いた筆致で描く、この人の構えの大きさと笑いがあらためて印象に残る。

あまり小説を読まなくなったが、岸本佐知子がセレクトした《変愛》にはメチャクチャ興奮したな。どれもこれもトンガッていて、読んでるとアドレナリン飽和状態になる。欧米圏の大家じゃなく、一番イキのいい作家たちの傑作を、『ねにもつタイプ』の名文家が訳したんだから、面白いのは当然だけど。

2008

❶『女の足指と電話機』虫明亜呂無（清流出版）
❷『自由人佐野碩の生涯』岡村春彦（岩波書店）
❸『プリンセス・トヨトミ』万城目学（文藝春秋）

虫明亜呂無。名前からして不思議な気配を湛えた作家が亡くなって十年になる。いまでもときおり、あのパセティックで独得な美文がよみがえる。❶はその虫明さんの単行本未収録の文章が大半を占める、ファンには奇跡のようなエッセイ集だ。七〇年代後半の「スポーツニッポン」に連載された映画コラムや、関西の「競馬ニホン」誌に載ったエッセイが多く収められ、編集者の熱意と執念が伝わる。本を購入したのはダービーの何日か前だった。私もこの春から「スポニチ」紙上でGI予想コラムを書き始めた。ダービー当日のコラムで本書を紹介できたのが、個人的には忘れられない、うれしい体験となった。

佐野碩という、戦前には例をみないインターナショナルな行動力をもった左翼演劇人の名を知ったのは八年前だ。❷の刊行で、ようやく佐野の劇的な人生の全貌を知ることができた。日本を脱出しソ連に逃れるが、そこでもスターリン圧政下で危うく粛清を免れてメキシコへ。戦後も日本には戻らず「メキシコ演劇の父」と呼ばれた生涯を追った文句なしの労作だ。

小説では、大阪人と大阪城の秘密を、絶妙なリズムでみずみずしく描いた❸の心地よさが忘れがたい。大阪を攻める会計検査員のトリオも魅力的で記憶に残る。

2009

❶『幻のアフリカ』ミシェル・レリス（岡谷公二他訳／平凡社ライブラリー）
❷『十四歳の遠距離恋愛』嶽本野ばら（集英社）
❸『アルバニアインターナショナル』井浦伊知郎（社会評論社）

猛暑にあえいでいた夏の日。町の本屋さんで『幻のアフリカ』が目に飛びこむ。厚さ五十ミリ。辞書もしのぐボリュームに、ぐぐいっと引きずりこまれる。ダカールからジブチまで。民族学調査団の公的記録なのに、詩と夢とエロスが横溢する日記文学という奇跡。「夜、夢精、ほんのわずかエロティックな夢を見たあと。心ならずも射精して夢は終わる」。文化官僚たちは怒るよな。ランボーを夢みつつ結局はパリに帰還した男の、幻想的な熱帯紀行文学だ。

私とは無縁な存在と思っていた〈乙女のカリスマ〉嶽本野ばらが描く十年前の名古屋も、三〇年代のアフリカに劣らぬ驚異の土地だ。ロリータ少女と「柔道着は俺の魂みたいなもんだで」が口癖の熱血少年の恋はちぐはぐで、切ない笑いにみちている。少年の転校により、名古屋と東京を乏しい小遣いで青春十八きっぷを使い往き来する鉄道小説にもなる後半が圧巻。

〝世界一マニアックな国〟と帯にある❸は、昨年夏の刊行を見逃していた。冷戦が激化した六〇年代末、金髪の少年たちが人民服を着て毛語録を振りかざす写真を見て以来、アルバニアが気になっていた。中国が文革を否定した後も毛沢東主義を唯一、堅持したバルカン半島の小国の歴史と意外やおおらかな日常を、詳細かつ軽やかに紹介した奇書だ。

2010

❶『ゴースト・トレインは東の星へ』ポール・セロー（西田英恵訳／講談社）
❷『卜書集』富岡多恵子（ぷねうま舎）
❸『トリュフォーの手紙』山田宏一（平凡社）

『鉄道大バザール』から三十数年を経て、再び鉄路でアジアへ。並みの作家なら、凡庸な感傷旅行になるところだが、❶の爺さんは肉体も精神もタフだ。シニカルかつ繊細な観察眼で乗客や異国の人びとをスケッチしていくスピード感がたまらない。スリランカでアーサー・C・クラークに、東京で村上春樹に会うくだりも興味ぶかいが、どの街でもポルノ・ショップや売春街に出向き、文化と国民性をあぶりだしていく攻撃的な脚力がセローの武器だ。そんな剛直な皮肉屋が、三十三年ぶりに再訪したビルマ奥地のホテルで温く迎えられ「思い出の詰まった、怖くない幽霊屋敷」への帰郷のようだと呟く場面が泣けた。

追憶と感傷だけを撮りつづけた印象のあるトリュフォーの明朗さや茶目っ気もたっぷりつまった❸も、❶に劣らぬ部厚い本だが、退屈させない味がある。

富岡多恵子の短文集❷は乾いた明晰さが印象に残る。近松や西鶴の墓のひっそりした佇いから、大阪の「つれなさ」に思いを馳せ、これは「冷淡」とちがって「どこか含羞とつながっていないだろうか」の一節にうなった。

2011

❶『古本の時間』内堀弘（晶文社）
❷『騎手の一分』藤田伸二（講談社現代新書）
❸『不眠の森を駆け抜けて』白坂依志夫（発行ラピュタ／発売ふゅーじょんぷろだくと）

内堀さんが、ある同業者の訃報を知って記した一節が強い印象を残す。「古本屋とは、努力してなるようなものではなくて、これになるしかない人の仕事だと思った」。殿山泰司の話もいいんだよ。モダニズム詩誌を主宰した沢渡恒のご家族に話を聞きにいったときのことだ。古いアルバムに仲間の写真があった。「トノヤマさん、若いでしょ」。一九三八年の殿山泰司。「毛のある殿山泰司のことを誰かに話したくてしょうがない。用もないのに友人の月の輪書林に電話をして、強引に殿山の話題に持っていき」のくだりが最高だ。

❷の競馬本はオトコ藤田の心意気に痺れた。競馬界を追放された先輩の田原成貴を想う純情が泣ける。田原成貴にもどこか通じる白坂依志夫の昏い表情は中学時代から気になっていた。脚本家デビュー直後から近年の雑文まで収めた❸は、一見すると悪文と時代遅れな感覚のオンパレードだが、そこから映画黄金時代のゴージャスさと軽さが伝わる奇書だ。古本屋と騎手と脚本家。どの世界も味があって奥が深いよ。

2013

❶『繁栄の昭和』筒井康隆（文藝春秋）
❷『柴野拓美SF評論集』牧眞司編（東京創元社）
❸『キャットニップ』大島弓子（小学館）

判型と収録作の枚数、ともに小ぶりな❶だが、それがかえってこの短篇集のクオリティと洗練さを印象づける。タイトル作は探偵小説的な道具立てと、作中に漂う懐古的な風味に心地よく身を委ねていると、徐々に中南米作家を想起させる魔術的な時間が姿を現す。「大盗庶幾」は江戸川乱歩、「科学探偵帆村」は海野十三の作品に触発されてはいるが、むしろそこからの逸脱、暴走ぶりが愉快だ。後者の一見、テレビ東京深夜ドラマ的オチも、じつはSFマインドあふれる驚愕のアイデアである。エノケン一座の女優への思慕を綴る「附・高清子とその時代」が巻末に置かれたことで、贅沢な小宇宙の感がさらに増している。

SFとは何か。そのことを生涯に渡り考察し実践した柴野拓美の仕事がまとめられた❷の刊行の意義は大きい。個人的には「宇宙塵」六三年六月号から三年間連載されたSF月評が懐かしい。内容の大半を覚えていたのにはびっくり。柴野さんのSF観、伊藤典夫の英米SF紹介、一の日会での牧村光夫さんのバカ噺。この三つが、私のSF魂の核を形成したことを改めて実感した。

❸はすべての猫とマンガ好きに。

2014

❶『つなわたり』小林信彦（文藝春秋）
❷『香港バリケード』遠藤誉著／深尾葉子、安冨歩共著（明石書店）
❸『一人ぼっちが好きなんだ』堀井六郎（グスコー出版）

十二歳で敗戦を体験した小説家が、いま〈性〉を主題に作品を書く❶の企みが刺激的だ。戦後まもなく古本屋で購入した〈性の百科事曲〉で見た女性生殖器の略図が、少年を三十年近く呪縛する。長じてマスコミ業界を漂う主人公が出会う奇妙な人びと。長く思いを寄せていた女性に再会したとき、女性器の略図を恐れつづけた男は、女の体を知らないまま四十二歳になっていた。性への脅えとメディアの興亡、ヒロインへの憧れを端整な文章で描いて、グロテスクな笑いを誘う。

昨年秋の雨傘革命のニュースを観て、私は羨ましかった。デモの中心は、中高生が主体の「学民思潮」だ。なぜ若者が立ち上がったかを❷は間を置かず緊急出版した。共著者の安冨歩が、香港の過激派議員に自らの女性装を語り「シンディ・ローパーみたいだ」と暖い反応が返るくだりもいい。昭和歌謡とポップスを語り尽くす❸の書名は、望月浩の第一弾シングルから。橋、舟木、西郷の御三家が手がけたスイムなどリズム歌謡、作者の育った大井町に縁のある郷ひろみや平山三紀を語る章もいい。

2015

❶『ロシア革命』池田嘉郎（岩波新書）

❷『カストロの尻』金井美恵子（新潮社）

❸『京都で考えた』吉田篤弘（ミシマ社）

ロシア革命から百年の年に刊行された❶は、思わぬ角度から一九一七年の革命に迫る。この年、ロシアでは二月と十月に革命が起きた。二月革命の主流派は自由主義者で、穏健な臨時政府を樹立する。しかし性急に革命を夢みた民衆はレーニンの煽動で武装蜂起し、十月革命に勝利した。池田はわずか八か月で息絶えた臨時政府に着目し、その可能性と苦難を辿る。

金井美恵子の新刊では、少女が語る衣服と銀幕にまつわる濃やかな描写にも酔ったが、タイトル作で描かれる「衣類問屋の元番頭」が、その愚かしくも切ない言動で哄笑を誘い、愛おしささえも覚えた。〈愛の狂気〉にとりつかれた番頭が口にするうずうずしい（禍々しい）性的欲望や、事件のうずちゅう（渦中）という言葉を読むたび、笑いの発作に襲われた。そして番頭の姿をクールに描いて手紙にしたためる〈ぼく〉の存在がミステリアスで余韻が残る。謎と秘密により生まれた重層性がこの小説の尽きない魅惑の源泉になっている。

そして京都で考えることの意味を考えた吉田さん。私は京都に行くと何も考えられません。なぜだろう。ずっと気になっていたので、わくわく考えながら読みました。

2017

ラリー・フリントになりたかった

週末の夜おそく、つけっぱなしにしていたテレビから「CMのあとは」というキャスターの声がぼんやり聞こえてきた。「ラスベガスのカジノで毎晩のように大金を賭ける、億万長者のポルノ王に密着したレポートです」。それまでの眠気が消し飛んだ。アメリカ三大ネット局のひとつが制作するドキュメント番組のようだ。読みかけの雑誌をテーブルにおくと、私はCMが終わるのをじっと待った。

車椅子の男が、ラスベガスの最高級ホテルの廊下を慌ただしく移動するシーンから、CMあけの映像は始まった。まちがいない。やはり、あの男だった。ポルノ産業の頂点に君臨する伝説の男、ラリー・フリント氏は毎夜ラスベガスのカジノにあらわれては、数十万ドルのギャンブルに興じるのが日課となっています。大意、こんな内容のナレーションが流れる。テレビでラリー・フリントの顔を見るのは初めてだった。ミロシェ・フォアマンの映画「ラリー・フリント」（九七年）で主人公を演じたウディ・ハレルソンが、この男の特徴をよく摑んで役づくりしていたことが、あらためて確認できた。ただ、テレビカメラが映しだすラリー・フリントからは、ウディ・ハレルソンが懸命に演じてみせたその何倍も野卑な匂いが漂ってくる。

丁重にカジノのVIPルームに案内された男は早速、大口のバカラ賭博に挑む。「おや、きょうのフリント氏は、いまひとつツキに望まれていないようです」。ステレオタイプなナレーションが入る。あっというまに、日本円に換算して三千万が消えた。こんなの負けのうちに入るもんか。男は粗野な表情を浮かべながらカメラに吠えると、あっさりこのカジノから撤退した。次のカジノでも彼は大負けを喫する。ここでもツキがないとみるや、さっさと勝負を切り上げる。そしてまたホテルからホテルへの、騒々しい移動が開始される。男はいっときたりとも、じっとしていない。車椅子をフルスピードで動かして、深夜のラスベガスを駆け抜けていく。屈強なボディガードたちも、彼の動きについていくのに必死だ。

いささか躁病の気配さえ漂うその動きをカメラが追う合間に、ラリー・フリントの略歴が紹介されていく。『プレイボーイ』『ペントハウス』をさらに過激な内容にした『ハスラー』誌によってポルノ界の帝王になったこと。警察や司法当局のたびかさなる摘発と有罪判決によって、刑務所に何度も収監されたこと。そしておそらくその神と国家に対する冒瀆的な言動に反感を抱いた人間に、二十四年前に銃撃され、下半身麻痺となったことなどを、ナレーションは視聴者に説明する。狙撃犯はまだ捕まっていない。

最後に訪れたカジノで彼は一気にツキの波に乗る。大きな勝負にでて、ことごとく勝ちをおさめる。この夜の七千万円の負けを取り戻して、さらにプラスに転じるまでの勢いとなった。一千万円の浮きがでたところで、彼は思い切りよくゲームを終えると、カジノをあとにした。カメラは陽気に喚きたてながら帰途につく男の後ろ姿を映していた。やるじゃないか、ラリー・フリント。車椅子からはみ出した逞しい首と肩を見ながら、私は嬉しくなった。六十に手の届く歳のはずなのに、二十年前と変わらない下品なエネルギーにあふれている。

画面がスタジオに切り替わった。リベラルが売りの男性キャスターも、文化ネタなら嬉々として自説を語りたがる女性アナウンサーも、困惑した様子がみてとれる。明らかにラリー・フリントの毒気に当てられていた。一言、二言、おざなりのコメントがあって、すぐに次のコーナーのＶＴＲが始まった。

私は日本のラリー・フリントになりたかった。いまになって思えば笑うしかない。たとえ一時の気まぐれにせよ、そんな身のほど知らずの願望をよく抱いたものだと呆れるばかりだ。その当時、私はヌード雑誌の編集に携わっていた。私が作る雑誌は書店には置いてなかった。街なかの自動販売機でだけ買うことができた。日本中の街路を埋めつくす勢いで自販機が急増したこの時期、マスコミは私たちの雑誌を自販機ポルノと名づけた。

ラリー・フリントはオハイオ州シンシナティで「ハスラー」というゴーゴークラブを経営していた。ウエイトレスが下着姿で酒を運んだり、ステージでストリップを踊ってみせる、場末のゴーゴークラブだ。

店が潰れそうになったとき、客を呼ぶための宣伝パンフレットとして『ハスラー』は創刊された。店のゴーゴーガールたちのヌード写真を持参して、これで雑誌を出してくれと頼むと、印刷屋の親父から写真だけじゃ駄目だ、『プレイボーイ』みたいに記事も入ってなきゃとアドバイスを受ける。こうして『ハスラー』創刊号が誕生した。一九七二年、ラリー・フリントが三十歳のときだ。その直後に、国道沿いの安レストランでフリントは客に「あのセックス雑誌の男か?」と声をかけられる。「気に入ったぜ、あの雑誌。どこで買える?」。フリントが逆に「どこでウチの雑誌を?」と訊くと「給油所のトイレだ。トイレ紙に使った」という言葉が返ってくる。ウンザリした表情でフリントはこたえる。そりゃお役に立てて良かった。

映画「ラリー・フリント」で紹介された創刊時のこのエピソードに『ハスラー』のすべてが語られている。ラリー・フリントは編集や出版のイロハを何も知らなかった。文化とはなんの縁もない場所から『ハスラー』は生まれた。そして私のいたアリス出版という小さな会社も、雑誌の編集にまつわる、のどかな、しかしどこか湿っぽい伝統や文化とは、とことん無縁な環境から出版物を世に送りだしていた。

社長と事務の女の子と私の三人でアリス出版をスタートさせたとき、私は二十七歳だった。それまでいた会社は、東販や日販などの取次会社を通して書店で雑誌を売る、古いタイプのエロ出版社だった。

ベテランの編集者やライターは酔うときまって「吉行淳之介も昔は三世社にいたんだよな」という話をした。だから、なんだっていうんだ。その出版社から出ている何冊かの雑誌タイトルを思い浮かべて、私はげんなりした。どれも時代おくれのエロ本ばかりだった。吉行淳之介の名前を出されても、なんの感慨も湧かない。私はこんな文学青年くずれたちが、なんの疑問も抱かずに踏襲している「人妻、OL、女子大生のアヘアヘ告白」といった、手垢にまみれたエロ本にうんざりしていた。ひと足先にスポンサーを見つけて会社を辞めた先輩社員の奥村さんから声をかけられたとき、私は渡りに舟とばかり、即座にOKしてアリス出版の設立に加わった。

アリス出版のオフィスは池袋の北口にあった。駅から仕事場までのあいだにはソープが点在し、会社の入ったビルの裏手はホテル街だった。朝、北口の改札口を抜けて、線路沿いの道を大塚方向に歩いていると、ビシッとしたスーツで決めた若い女が近寄ってきて、何事か囁く。エッと訊き返しても、私の目を見ず、聞きとりにくい声でボソボソと繰り返すだけだ。一、二秒して、ようやく理解できた。「いらっしゃい。お店に寄っていきませんか?」と声をかけていたのだ。すぐ先にあるヌード・スタジオの女の子だった。会社の手前には〝本日・森山加代子ショー〟の看板を出している老舗のキャバレーがあった。私は池袋北口のこんな環境がすぐに気に入った。

会社の近くに高校があった。どれも悪そうな顔をした生徒ばかりで、大人でもうっかり目を合わせると因縁をつけられかねない、危なそうな連中だった。下校途中の彼らとすれ違ったとき、大型のリンカーン・コンチネンタルが横を通りすぎた。車道にはみだして歩くツッパリ高校生の鞄と、リンカーンが微かに触れそうになった。舌打ちをして運転席を睨みつけた生徒が慌てて視線をそらした。ハンドルを握っていたのは、目つきが鋭く恰幅もいいスキンヘッドの男だった。車が通りすぎたあと高校生が騒ぎだした。

「ヤベェ、本物のヤクザじゃん。車に蹴り入れてたら、半殺しの目にあってたぜ」。

ある日、昼食を終えて会社に戻ると、リンカーンを運転していた海坊主のような男がソファに座っていたので、私は何事かと緊張した。社長の奥村さんが「まだ会ってなかったよね。こちらが会長」。そういって、海坊主を私に紹介した。彼が北海道から九州まで、全国に自販機ネットワークを展開する、帝都雑誌のオーナーだった。アリス出版の制作費はすべて帝都雑誌から支払われていた。別会社になっていたものの、帝都雑誌の編集制作部というのが、アリス出版の実態だった。私たちは一冊あたり二百円の制作コストでヌード雑誌の編集を請け負った。それを帝都雑誌は五百円で売った。一冊につき三百円のボロ儲けだ。自販機ポルノが一冊売れただけで、少年マンガ誌が二十冊売れたのと、同じ利潤が出た。私たちが作る雑誌を目玉商品にして、自販機のネットワークは急速な勢いで全国に拡大していった。

社長の奥村さんも独特なファッション感覚をしていた。胸元の広い白の開襟シャツに紫色のスーツ。すこしパンチパーマ風に軽いウェーブのかかった髪に薄いサングラスという姿は、池袋の裏通りを歩いていても、街の風景にすんなりと溶けこんだ。売り出し中の組の若頭といっても充分に通用する迫力がある。奥村さんも海坊主に似た会長も、赤羽にあるテーラー佐伯という洋服屋でスーツを仕立てていた。オレもこの服はあまり趣味じゃないんだけど、と奥村さんは苦笑したことがある。義理で年に二着は作らないとまずくてさ。洋服屋は、会長の古くからの知り合いのようだ。

ハワイの日系二世、野々宮さんをアリス出版に連れてきたのは、洋服屋の佐伯さんだった。そして野々宮さんを通じて、私は『ハスラー』の実物を手に取ることになった。

「会長、なんとかならないかな」と佐伯さんが頼みこんだらしい。

「米軍の通訳をやってた野々宮さんって人。昔は羽振りよかったんだけど、最近ちょっと落ち目でさ。でも、英語はペラペラだし、いまでもハワイとかロスとか、あちこち顔が利く人だから、なんか仕事まわしてやってよ。決して損はさせないから」。頭を下げて頼まれた海坊主が、奥村さんに押しつけたというわけだ。「エロ本もこれからは国際化の時代だろ。洋物の写真を仕入れたり、アメリカで撮影するときとか、野々宮さんのルートを持ってると、強いぞ」。断るスキを与えない強引さだったらしい。参ったなあ、と奥村さんは苦い表情になった。そうだよね、と私も相槌を打った。「いまさら金髪ヌードの時代じゃないのに」。

何日もしないうちに、野々宮さんが池袋の会社にやってきた。オフィスに入ってくるとき、片方の足をすこし引きずっている。洋服屋の佐伯さんと、奥さんだろうか、若い女性がつき添っていた。野々宮さんはハイビスカスの花がプリントされたアロハシャツを着ていた。日に焼けた肌にアロハがしっくり馴染んでいた。彼のことを思いだすと、この日のアロハシャツの鮮やかな色彩がきまって記憶によみがえる。

五十代なかばと聞いていたが、目の前にいる野々宮さんはずいぶん老けてみえた。髪は真っ白だった。最初は気づかなかったが、焼けた肌には老人特有の染みが無数に浮いていた。彼の話す日本語はたどたどしい。よくこれで通訳がつとまったなあ、というのが素直な感想だった。「去年、軽い発作を、やっちゃったんで……」。なかなか進展しない会話に、洋服屋の佐伯さんが困ったように弁解する。脳梗塞の発作で、足と言葉に軽い後遺症が残っているようだ。

親子ほど歳の離れた奥さんが、代わって金銭的な条件をビジネスライクな口調で提示してくる。整った顔立ちだが、性格がきつそうだった。いきなり金の話をされて、奥村さんも戸惑った顔つきになっている。佐伯さんが慌てて話に割って入った。「まあ、向こうで撮影とかなにか斡旋したときは、その都度なにがしかを貰うとしてさ。とりあえず毎月の仕事としては、向こうの雑誌をアリスに資料として持ってきてもらうっていうので、どうかね？」。佐伯さんはここぞとばかり、野々宮さんを売りこむ。「なにしろ米軍とはいまでもツーカーの間柄だからさ。大概の物は税関なんか通さずに、基地から直に手に入るんだから。大変なもんだよ、この人は」。奥さんが何か口にしようとして、言葉を飲みこむ気配がした。

野々宮さんは他人事のような顔をしてソファに座っている。こみ入った話になると、退屈そうな表情を隠そうともしない。大人の話に参加できない子どもがよくそうするように、野々宮さんはオフィスのあちこちに視線をさまよわせる。この人は、何を考えているんだろう。自分の置かれた立場がわかっているのだろうか。そんなことをぼんやり思っていたら、彼の表情から目が離せなくなっていた。ずいぶんと長いこと、彼の目の動きを無意識に追っていたようだ。不意に彼と目が合った。悪戯がバレた子どものような表情になって、野々宮さんがニッと笑った。

奥さんと洋服屋と奥村さんは、真剣な様子で野々宮さんに毎月、払う金額について詰めの話をしているというのに。私たち二人だけが、大人の会話に加われない子どものような立場だった。私もつられて、他の三人に気づかれないようにそっと笑った。

こうして野々宮さんは月額十五万円でアリス出版と嘱託の契約を結んだ。横田基地を経由してアメリカのヌード雑誌が、毎月二十冊ほど会社に届くようになった。

野々宮さんは当時、赤坂にあった米軍の将校宿舎、山王ホテルの一室にオフィスを構えていた。特別な許可をもらった人間以外は、日本人オフリミット。米軍山王ホテルは占領時代の匂いを漂わせる、都内でも数少なくなった治外法権エリアだった。横田のベースから送られたポルノ雑誌を、野々宮さんは山王ホテルのオフィスから奥さんの運転する車で池袋のアリス出版に、月に一度、届ける。「オフィスの家賃が馬鹿にならないんですよ。そろそろ、あそこを引き払うことも考えないと」。奥さんの口からそんな愚痴ともつかない言葉を聞いたこともある。野々宮さんは歳のふた回り離れた奥さんの言葉を理解しているのかいないのか、相変わらず我関せずのスタンスを崩すことなく、オフィスにある編集デスクや撮影機材を物珍しそうに、あれこれ眺めていた。

ヘア解禁のはるか以前だから、アメリカから持ちこまれた『プレイボーイ』や『ペントハウス』の無修正のヌードは、最初のうちこそ珍しかったが、すぐに飽きた。飽きるというよりも、こんなものをアメリカからわざわざ手間をかけて持ってきても、私たちの仕事に得るものは、何もないことがすぐわかった。ヘアを見せることを前提にして撮った写真は、露出が厳禁されている日本では、モデルのポーズから何から、ひとつとして応用がきかなかった。おまけに豊胸手術をしたようなモデルが、一流のホテルやスタジオでにっこり微笑みながら足を開いてみせる静的（スタティック）な写真は、私たちには時代遅れに映った。なんのリアルさもないね。私と奥村さんは、日本の日常をリアルに反映させた、よりストレートなエロを追求していた。

そのへんが売る側には、いまひとつ理解できていないようだった。無修正のヌード雑誌が届いたという報せを聞くと、翌日には帝都雑誌の人間が、上は海坊主から、下は高校を中退したばかりの、自販機に雑誌を補充する現場の作業員まで、仕事の途中にアリスに立ち寄って、アメリカ人の陰毛を飽きることなく見ていくのが習慣になった。「奥村、こういうオッパイのモデル見つけなきゃ。毛は見せられないけど、いい写真を撮って表紙にしたら、売れるぞ」。海坊主が気楽な感想を大声で喋る。私と奥村さんは顔を見合わせる。

この手の洋物ポジの版権をエージェントから買いつけ、巻頭グラビアに掲載している大判の男性誌が何冊かあったが、どれも惨憺たる売れ行きだった。私たちは辛抱強く、もう外人ヌードじゃ売れないことを、海坊主とその取り巻きたちに説明した。「そうかなあ」。彼らは納得できない様子だった。未練たっぷりに『ペントハウス』をテーブルに置くと、会社を出ていった。

野々宮さんと海坊主が鉢合わせしたときがあった。オーナーとその取り巻きたちは、野々宮さんが届けにきたヌード雑誌を引ったくるように手にとると、大声でモデルの品評をしながら、ページをめくっていった。やっぱり、アメリカのモデルも雑誌も凄いね、さすがはポルノの本場だ、ねえ野々宮さん。海坊主が上機嫌で話しかけた。

野々宮さんが渋面をつくった。そして、ゆっくり言葉を吐きだした。「私は……ポルノ、嫌いだ。好きじゃない」。海坊主がムッとした顔になった。その場に緊張感が走った。野々宮さんは表情を変えない。修羅場を踏んできた知恵だろう、海坊主がここは折れてみせた。「それはね、野々宮さん、美人の奥さんがいるから、そんなこといえるの。オレたちだって、こんな美人の女房がいたら、ポルノ雑誌なんか見なくたってビンビンになれるさ」。そういって大笑いしてみせると、取り巻きたちも一緒に笑った。奥さんは愛想笑いをしてみせたが、野々宮さんはニコッともしなかった。

私と奥村さんは、海坊主と作業服の一団がいないときを見計らい、鍵のかかったロッカールームから一冊の雑誌を取りだして眺めることがあった。『ハスラー』だった。毎月、送り届けられる雑誌の中で、唯一の掘り出し物がこの雑誌だった。雑誌をはさんで、私たちはソファに座って、ページを繰る。

『ハスラー』の過激さは際立っていた。グラビア・ページではモデルが陰唇をぐいっと押し広げ、鮮紅色の奥深い部分まで読者にさらけ出していた。『プレイボーイ』や『ペントハウス』が淡くフォーカスをかけた写真で陰毛を写しているのと比べると、天と地ほどの開きがあった。他にも『スクリュー』のように、性器を撮ったスキンマガジンと呼ばれるポルノ雑誌はあったが、写真も雑誌のデザインもともに粗雑なものばかりで、話にならなかった。『ハスラー』は性器そのものを撮ることに細心の注意を払っていた。女性の顔でもなく、漠然とした身体全体でもなく、女性器そのものにピントを合わせ、ライティングの光が、小陰唇の微細なヒダと血管を、実物以上にリアルに浮かび上がらせるよう、周到に考え抜かれていた。

『ハスラー』の写真を見せられても、実際の編集には役立てようがなかったが、女性器へのこだわりと、誌面の随所から露骨にうかがえる権力への挑発的な姿勢は痛快だった。しかしその一方で、ここまでクリアに性器の奥を見せてしまったら、ポルノ雑誌にあと残されたことは何だろう、とふと思うこともあった。ポルノ雑誌を見ながら、そんなことを考えさせられたのは、あとにも先にもこの時期の『ハスラー』だけだった。

私たちが『プレイボーイ』や『ペントハウス』を軽んじたように、ラリー・フリントもそれらの雑誌をせせら笑った。映画「ラリー・フリント」の中のワン・シーン。ゴーゴークラブの宣伝パンフとして、無料の『ハスラー』創刊号を出して大赤字を背負いこんだ直後のことだ。

フリントが『プレイボーイ』を手にとって見ていると、コートニー・ラブ演じるゴーゴーダンサー上がりの愛人が覗きこんで「きれいなオッパイね」と感想をいう。彼女はバイ・セクシュアルだ。でも、この雑誌は嘘っぽいぜ。ボケた写真ばかりで意味がわからねえ、とフリントは悪態をつく。店の仲間に訊いてみる。「今月の四チャンネルのステレオの記事。こんなものが面白いか?」「いや、読んでない」。これはどうだ、と重ねて訊く。「完璧なマティーニの作り方って記事は?」。答えはない。誰を一体、ターゲットにしているんだ。フリントは吠える。「これじゃ年収が二万ドルない奴は、マスもかけねえ」。こんな『プレイボーイ』みたいな雑誌が七百万部も出回っていていいのかよ。フリントは断言する。「この雑誌は人を馬鹿にしている」。

『プレイボーイ』への反発がフリントの行動を後押しした。彼は仲間と一緒にハスラー出版社を創設する。しかし商業化した第一号は、実売率二五%と、見事にコケた。資金もほぼ尽きかけたところに、売りこみの電話がかかる。ケネディ元大統領の未亡人、ジャクリーヌがバカンスのとき泳ぎにきた島で、彼女のヌードを盗撮したというカメラマンからの連絡だった。このスクープ写真で、『ハスラー』は全米で二百万部を売り上げ、テレビのニュースにも取りあげられる。

その直後に深夜のオフィスで、フリントと愛人のアルシアが仕事をしている。フリントはライティング・ボックスにポジフィルムを並べ、使えそうな写真を選んでいる。アルシアは売り上げ金の計算をしている。彼女がさり気なく「ラリー、ズボンを脱いで」と告げる。なんでだよ。怪訝な顔になるフリントに彼女は計算機がプリントした数字を持ってくる。「百万長者とファックしたいからよ」。そこには百万ドルを越える金額が記されていた。フリントは一瞬ニヤリとしてから、すぐにまた写真を選ぶ作業に没頭していく。

たぶん同じころ、私も池袋北口のオフィスで、深夜にビューアーを覗きこんで、現像所から上がってきた写真をセレクトしていた。モデルの女の子は撮影会のキャリアが長いベテランのヌードモデルだった。ホテルに入って、いざ撮影を始める段になって、彼女がワンピースの下に何も身につけていないことがわかった。困った顔になった私に、昔の東映映画のお姫様女優のような顔をしたモデルがいった。「下着の線が残っていると、写真に跡が写って嫌でしょ。あたし、撮影のある日は、朝から下着をつけないんです」。彼女なりのプロ根性の表れだった。おそらくマネージャーからもそう教育されたのだろうし、撮影会にくるマニアたちの要望もあったのだろう。

私は彼女がわかってくれるかどうか危ぶみながら、説明した。オレたちは下着の跡がお腹にくっきり残っているような写真が撮りたいんだ。そんなの格好悪いと思う人もいるだろうけど、普通の女の子はみんな裸にすると、パンツのゴムが食いこんだ跡があるじゃない。下着の跡がないのは、嘘っぽいとオレは思うんだ。

なんとか彼女は理解してくれたようにみえた。パンツだけでなくパンストもスタッフに買いにいかせて、穿いてもらった下着の跡もようやく付いた三十分後に撮影は始まった。自分のこだわりが形になったフィルムを見ながら、私は深夜のオフィスでひとり満足していた。本屋で売られているエロ雑誌なんて、みんな嘘じゃないか。女子高生は欲求不満のオバさんが穿くようなエロい下着をつけてるし、処女がレイプされた五分後にはヨガリまくるなんていう、間抜けな写真とインチキ記事ばかりだ。

こんなのって、と私は腹のなかで悪態をついた。読者をまるっきし馬鹿にした話じゃないか。後年、映画のなかで、ラリー・フリントがそっくり同じ台詞を口にしている場面を見て、私はうれしくなった。

アリス出版の刊行物には広告が入っていない。製作費は親会社が出していたから、広告収入に頼る必要はなかった。しょぼい広告代理店を通して、チープな強精剤や大人のオモチャの広告を入れたら、古くさいエロ本と一緒になってしまう。これが私と奥村さんの一致した見解だった。通常「表二」と呼ばれる表紙裏のページを、私たちは自社のメッセージ広告に当てた。たとえば、翌日のゴミ回収に出される文庫本が紐で束ねられて深夜の路上に置かれている。その写真の上に「いま本屋で文化は買えない、と僕たちは思う」というコピーを打ったりした。

どうせやるなら、もっと徹底してやった方がいいよ。ある日『ハスラー』の最新号に目を通していた奥村さんが、自社広告について注文をつけた。『ハスラー』の巻頭には発行人、ラリー・フリントのメッセージが彼の写真を添えて毎号、掲載されていた。ここまでやらなきゃ、と奥村さんはいうのだ。あまり気乗りしなかったが、私は渋々、その要請に従った。

予想をはるかに上まわる反響があった。編集長が自ら顔を晒した表二のメッセージは、いくつもの雑誌やスポーツ紙にとりあげられた。記事の幾つかは、編集者の自己顕示欲の表れではないかと揶揄していた。誰もラリー・フリントとの因果関係を類推はしなかった。この時期、日本で『ハスラー』の現物を目にすることはまず不可能だったから、それも仕方のないことだが。日本のラリー・フリントになりたい。漠然とだが、そんな願望を一瞬、抱いたときはそのときだった。

私の甘い勘違いに冷水を浴びせる事件が起きた。フリントが銃撃されたのだ。前年にワイセツ容疑で逮捕されてから、彼は立てつづけに裁判を抱える破目になった。七八年、ジョージア州の郡裁判所でフリントはジョージ・オーウェルの「自由とは人の聞きたくないことも言える権利だ」という言葉を引用しながら自説を主張した。「いま、アメリカが世界最強の国なのは、どこより自由な国だからだ。だが、その大事な伝統と原則を見失ったら、自由はもうお終いだ」。その演説を終えて裁判所を出た直後に、フリントは狙撃される。犯人はまだ捕まっていない。このときフリントは三十六歳、現在も下半身マヒの状態がつづく。痛みから逃れるために、フリントは麻薬中毒になる。妻になったアルシアも一緒に麻薬を打ちつづける。フリントが再起を果たすまで三年間を要した。麻薬をやめることができなかった妻は、やがてエイズを発症して死に至る。彼女の凄惨な最後を演じたコートニー・ラブが圧巻だった。

フリントが狙撃されたのと前後して、野々宮さんがまた脳の発作に見舞われた。病後の容態は芳しくなかった。歳の離れた妻は家を出ていった。洋服屋の佐伯さんは「ひどい女だよ」と吐き捨てるようにいった。「身体の動かなくなった年寄りを捨てやがって。そんなことをしといて、今度は私が雑誌を輸入する仕事を引き継ぎますといって、会長のところに売りこみに来たんだから、呆れるよ」。

半年ほどして、かなり回復した野々宮さんが池袋にやってきた。しかし足は以前よりも不自由になっていた。つき添ってきた洋服屋が気の毒そうに話す。「ハワイに帰っちゃうんだってさ、野々宮さん。寂しくなるね」。このとき、野々宮さんは珍しくすぐに反応した。「ハワイに兄弟いるよ。寂しくない。ハワイ、気候いい。病気よくなる」。そして私に微笑みかけた。「ハワイ、遊びにおいで。サーフィンできるか？」。私はまったくと答えた。そうか、でもきれいな女の子がいっぱい、と野々宮さんは饒舌につづけた。仕事が暇になったら、ハワイに行ってみようかな。そのときは連絡します、と私は応じた。会話をつづけるのが辛くなっていた。仕事？　私の言葉をおうむ返しで口にしてから、ああ、ポルノグラフィーの仕事ね、といって彼はニヤリとしてみせた。

それから、しばらくして「ポルノは好きか？」と訊いてきた。私はこの仕事が気に入っていた。ポルノにも人一倍のこだわりがあった。しかし、ポルノが好きかと訊かれると、よくわからなかった。黙っていると「私は嫌いだ、ポルノは大嫌い」。でも、と彼はつづけた。「ポルノは、おまえの仕事。だから頑張れ」。いつも無口な人が、きょうはどうしてこんなに喋るんだろう。彼はじっと私の目を見て話しつづける。オアフ島の朝焼けと、ビーチに寝そべるビキニの女の子たちが、どんなにキレイか。それを語りおえると、野々宮さんは洋服屋の肩を借りて、部屋を出ていった。ドアの前でもう一度、振り返った。「ポルノの仕事、頑張れ……暇になったらハワイに来いよ」。

深夜のテレビで思いがけなく再会したラリー・フリントの姿から、ハワイに帰っていった野々宮さんの、アロハシャツに鮮やかにプリントされたハイビスカスの記憶がよみがえった。そして、いまも旺盛なエネルギーにあふれる「ポルノの帝王」に、私はテレビ越しに問いかける。「ラリー・フリント。おまえは、いまもポルノが好きか？」。私はとうの昔に、ポルノを生業にすることをやめていた。

ポルノからの脱落者だ。ラリー・フリントはいまも現役のポルノグラファーである。しかし彼には、ポルノに徹底的にこだわることで、世間が抱くポルノの範疇をどこか大きく逸脱してしまった印象がつきまとう。ラリー・フリント、ともう一度、私は問いかける。おまえは、いまでもポルノが好きなのか。

俺には不良少女たちが付いている

「カメワダさんさ、あなたモテないでしょ?」。十年近く前のことだ。新宿三丁目の居酒屋で、坪内祐三さんたち何人かと呑んでいたときに、カメラマンのKさんが、こんな言葉を発した。

Kさんは坪内さんの旧友である。悪人ではないのだが、しつこい。面倒くさい奴なんだ。私と坪ちゃんの話に割りこみ、フランスの現代思想家の名前を出して「こういう思想を理解せず、ただ固有名詞を出して、神は細部に宿るとかいうオマエら二人は、終わってるね」と悪態をつく。

Kさんのこだわりがもうひとつあって、それが〝モテ&モテナイ〟問題だった。この店に顔を出す出版やアート関係の男性の名を出して「いや、Sさんのモテっぷりはハンパじゃない。オマエら見といたほうがいいよ」とか、うるさいったらないんだ。

Sさんも気のいいオジさんで、私も好感は抱いていた。しかし女には縁がなさそうな人に見えた。「オマエら、わかってねえなあ。俺は下町のキャバレーで、Sさんが年増のホステスたちにモテまくるとこ、この目で見たんだからさ」。へえ、年増ホステスにねえ。

この夜も離れた席からじりじり接近し、私と坪ちゃんのグループに隙あらば割りこむ気配を感じていた。案の定、酒の追加を注文しにきた帰りに、私と坪ちゃんの間に強引に割りこんだ。この日、ちょっと似合わないブランドの服をKさんは着ていた。坪ちゃんがそれを軽く揶揄して、私も小さく笑った。

すると、どんより酔いに濁った目のKさんの口から、冒頭の「あなたモテないでしょ」発言が唐突に出た。また「モテるVSモテない」かよ。長野の文化人はしつこいねえ。Kさんは、どうだ、いきなりの先制パンチに参っただろうと勝ち誇った顔になっている。

私は一秒も間を置かずに即答した。「そうねえ、この容姿と知名度からいくと、もっとずっとモテていいところだけどね。でも、このあたりで呑んでるキミたち業界人や、世間一般の同世代の奴と比べりゃ、五倍か十倍近くはモテてるよ、オレ。お生憎様」

Kさんが驚愕の表情を浮かべた。目の焦点が合ってない。写真家にとっちゃ命とりだ。私も薄うす感づいていたんだよ。いずれ、彼が、この手の質問をしてくるんじゃないかってさ。ま、そのときは、こんなふうに鼻であしらってやろうと、心の隅で構えていたんだな。

写真家は二秒、三秒と沈黙したままだ。坪ちゃんが「はい、Kちゃんの負け」と笑いながら宣告する。カメワダさんにモテるモテない問題で張り合おうって、Kちゃん、十年早いんじゃない。そうもいってくれたかな。

＊

「この子、ずいぶんと二枚目になったねえ。これは、女を泣かせるようになるよ、そのうち」。そういって私の顔をまじまじと見つめたのは、母方の祖母だ。えっ、そうかしら。首をひねる母に「よく見てごらん」といって、正面から横から値踏みするように観察していく。小学校六年生のときだ。

それまで、「かわいい坊っちゃんで」とか「利発なお子さんで、自慢でしょ」といった言葉は何百回となく聞いてきた。しかし「女を泣かせる子になるよ」という祖母の言葉には昏い衝撃を受けた。二、三年前から愛読していた「週刊新潮」の〝黒い報告書〟の世界に近づいていく感じだろうか。恐ろしくもエロチックな、脳がクラッとする経験だった。

小学校の高学年から中学一年の一学期までは、ネギしか名産品のない埼玉県北部の小都市に住んでいた。親の転勤で中一の二学期から、品川区の西大井に転校した。大した中学ではなかったが、さすがに埼玉のはずれより授業レベルは上だった。

転校してしばらくはパッとしない成績だったが、中二になってコツを覚えたら、途端に八クラス四百人いる生徒の中で、毎学期二度ある試験のベスト10に入る常連になった。学期ごとに委員長選挙があった。普通はクラスで一番成績のよい生徒が一学期の委員長、二番目に出来る子は二学期に、と順序が決まっていた。成績はまあまあだが、区の大会でも活躍する顔も爽やかなスポーツ少年も、たまに副委員長に選ばれた。

ところが中二のとき、私は一年を通じて委員長どころか副委員長にもなれなかった。人望がなかったんだよ。ちょっと柄の悪い中学だから、番長グループの序列は一年生のときから確立していた。番長グループの末端構成員に、私はよくイジめられた。

スポーツが苦手で、小生意気。普通は優等生グループと番長グループは、互いに手出しはせず、共存をはかるものだ。しかし私は底意地の悪い不良に絡まれると、歯むかっていくたちでね。しかもプロレス、ボクシングのマニアだったから、ハンパな不良相手だと負けなかった。これはイジメの格好の標的になった。しかも私は優等生タイプの生徒をインチキ野郎と毛嫌いしていたから、守ってくれる仲間もいない。友達のいない中学生は、英米のポップスやその日本語バージョンを聴くことで、孤独をまぎらせた。

中三になっても、男子生徒からのシカトはつづいた。私のポップス志向はエスカレートし、ズボンはスカマン（横須賀マンボ）で、髪はGIカット。まるで番長グループの構成員のようだ。それで、ときには学年で一番の成績をとる。シカトはさらにひどくなった。

ある日。音楽室の授業に向かうため、ツマラなそうな顔で廊下を歩いていたら、高野さんという明るい性格の女生徒が音楽室から出てきた。「カメワダくん、すごいよ。ねえ、ちょっと見て見て。驚きのベスト10だよ」と声を掛ける。ベスト10って何だろう？

教室の最前列に、女子生徒が群がっている。「このベスト3は納得だけど、横山くんが入ってないのは不満だな、アタシ」「このベスト10を作ったの、遊んでる女子じゃない？　勉強できる男子とかほとんど入ってないし、不良っぽい子が多いもんね」

最前列の机に、大きくナイフで〝三年生のハンサム・ベスト10〟が彫られていた。一位は隣のクラスの若田部くん。和製プレスリーといわれていた。〝ほり・まさゆき〟に少し似た生徒で、成績は中の中。次には走り高飛びの品川区大会で三位だった増田くんが名を刻まれている。そして――私の名があった。第五位だ。

番長グループの構成員の中で、まあ格好つけた奴が大半だ。あとはスポーツ枠と、やや不良じみた生徒が一人、二人なのに、優等生の中で私一人が、机に名前を彫られている。しかも五位に。頭がポーッとなった。不良グループの女の子が作成したイケメン・ランキングに俺が入っている。このことが、私を興奮させた。あの子たちには、俺の顔かたち、言動が、格好よく映ってるんだ！

この日から、頭と性格の悪い連中のイジメはエスカレートした。しかし私はメゲなかった。俺には、不良少女たちが付いている。

そして一週間後。今度は昼休みが終わった直後に、教室の黒板に、新たな〝かっこいい男子・ベスト10〟が白墨で書かれていた。これは普通の女子生徒が選出したものらしい。勉強のできる委員長か副委員長が大半だ。そして私はこの〝ミスター富士見台中学〟でも四位に選ばれていた。

ミーハーな女の子が「カメワダくん、こっちでも四位だよ。両方で選ばれたの、カメちゃんだけじゃない」。選出基準を異にした二つのグループから〝かっこいい〟と認定されたことはうれしかった。しかし不良の女の子たちに、唯一選ばれた非・不良男子ということのほうが私を恍惚とさせた。偽善的な優等生や、粗暴な不良にシカトされても、俺にはあの女の子たちが付いている。

しばらくして二学期の学級委員選挙があった。私は副委員長に選ばれた。教室は興奮に包まれた。番長グループの中でも、特に陰険な性格で恐れられているNが、休み時間に「オマエに投票した男なんて、一人もいねえぞ。オマエに入れたのは、女だけだからな」と口惜しそうに吐き捨てた。

ふん、上等じゃねえか。男たちや教師に無視されたりイジメを受けても構わない。俺には女たちが付いている。

しかも勉強が嫌いで、見た目が第一、だけど男の心の奥を直感で見わける能力が備わった、不良とその予備軍の少女たちが、俺に好意を寄せているんだから。

このときの体験が私の支えになった。Kさん、新宿五丁目あたりのバーカウンターをよく見てごらん。新宿のイケメン文化人ベスト10。その中に私の名前が刻まれているかもしれないよ。

スタバの微笑みトークが気になる

いまさらではあるが、スターバックス略してスタバ問題を考えたい。

私の地元の駅前にも、空間をたっぷりとった、お洒落なスタバがある。週に一回くらいのペースで通っていただろうか。

昨年三月の震災がおきた三、四日後だった。ホット・ラテを頼んだ私に、アルバイトの女の子が「地震のときは、どうでした？大丈夫でしたか」と話しかけてきた。急に言葉をかけられて、一瞬うろたえたが、平静を装い「うん。あの日は家にいたから、平気だった。本がけっこう落ちたけど、ケガもしなかったし……」「良かったですね。私の部屋も色んなもの落ちたんですけど、壊れたものはありませんでした」

何か不思議な感じだったな。行きつけの、昔風のマスターとかママさん一人でやってる喫茶店なら、こういう会話はありだ。しかしチェーン展開のカフェやファスト・フード店で、こんなふうに喋ったことはない。ハンバーガー店の、心のこもっていない、一方的なマニュアル・トークは、昔よく〝お笑い〟のネタにされたものだ。

スタバでは臨機応変に、マニュアルの枠を超えたトークも許されているのだろうか。あるいは大災害直後という非常時の空気が、客と店員の自然な会話をうながしたのだろうか。

その四か月後のことだ。私の家の近所にもスタバがある。二年ほど前に出来た街道沿いのドライブ・スルー型の店舗だ。その日は、深夜に女子W杯サッカーの決勝戦が放映されていた。アメリカ相手に奇跡の勝利を決めた試合だ。

早朝の六時半にテレビ中継は終わったが、そう簡単には心地よいコーフン状態は鎮まらない。自転車で五分ほどの距離にあるスタバは、七時オープンだったことを思いだした。

店内に入ってオーダーしようとしたときだ。見覚えのある女性のバイト店員が「どうでした、サッカーの試合結果は？」と訊いてきた。こちらもまだハイテンションが持続しているから「いや、それがすごい勝ちかたでさ……」と、今回は何のためらいもなく、試合経過の要点をやや熱っぽく語った。するとたぶん女子大生らしいバイト店員も、PK戦の詳細を熱心に尋ねてくる。朝早い時間で、次の客もすぐにはこなかったんで、ずいぶんな時間、お喋りした気がする。

もちろん悪い気はしない。マニュアル・トークが幅を利かせるこの種の店で、プライヴェートに近い感じの会話ができた。なんだか、オレだけ特別待遇の客みたいじゃないか。

しかし小心者の私は（まてよ）と心の中でブレーキをかける。先述した駅前のスタバに、目をひく客がひとりいた。私が早い夜にいくと必ずいるから、おそらく毎日通っているのだろう。近くの大きな店のオーナーだ。七十歳前後の爺さんである。喫煙者なので、外のテラス席に座った爺さんは灰皿の交換やコーヒーのお代わり、トイレなどで、二十分おきに店内に入ってくる。そのたびに上機嫌なギトギト顔でバイト店員に話しかける。気をつかってか、男子にも声をかけ、ガハハハと笑って、真冬でも外の席に戻っていく。

さびしいな、爺ちゃん。私は彼の姿を目にするたび思っていた。行きつけの酒場のドアを開ければ「あら、社長。最近はご無沙汰だったわね」とかいってくれるだろう。でも、それじゃつまらないんだよな、きっと。若い女の子が高いシャンペンを頼まなくともニコニコ話し相手をしてくれる。うれしいと思うよ。（俺はこの店で特別な客だ。どの若い子にも好かれている）。その勘違いが、遠くからでも見てとれる。

オレもこんなことで舞い上がったら、だれか意地悪な奴に気づかれて（かわいそうな爺いだな）と思われるのがオチだ。

女子サッカーの数日後、またスタバに寄った。今度は初めて見る、若いバイト店員だ。「えーと、コーヒーのショートに、レモンライム・フラペチーノね」。注文をした直後に、一瞬の間があった。ん？

彼女の顔をみると「素敵な声ですね」と信じられない答えが返ってきた。（そうなんだよ。みんなに、いわれるんだぜい）とでも笑って応答すれば、私もいっぱしのもんだけど。「え、そんなこと、いわれたの、初めてだな」なんて反応しかできなかった。ださいよなあ。もっと気の利いたこと、いいたかったよ。「いえ、すごく素敵な声で驚きました」と、ダメ押しの言葉をかけてくれる彼女に、本当にちょっと困惑した私だ。

それから？

けっこう通ってるよ。ひょっとしたら、客を心地よくさせるための、他の店にはない、フレキシブルな秘密のマニュアルがスタバにはあるのかもしれない。でも、いいや。キャバクラに行って、バイトのピッチピチの女子大生に「素敵な声ね」といわれるのに、一体いくらかかると思う。

オレはもうチャン爺なんだからさ。たとえサービス・トークでも、彼女たちと自然っぽいお喋りができたら、神様ありがとうございますと、僥倖（ぎょうこう）に感謝しなくては。

ある日、CAFEで。「お話、しーましょう」

人気のカフェで、若い女性スタッフたちから、思いもよらぬ〝おもてなしトーク〟を、再三にわたり受けた顚末(てんまつ)について記したのは、二年前の初秋だ。

その直後の、まだ酷暑がつづくある夜、何か冷たいものをとカフェに立ち寄った。バニラ・フラペチーノを頼んだときだ。「あ、そのTシャツ、あたしも持ってますよ」。華やいだ声がした。

何度か見かけるようになった新人だ。まだ大学の一、二年生かな。明るくて、元気いっぱい。スレたところが微塵もない。「これ、何年も前に買ったユニクロのTシャツだよ」。キース・ヘリングのイラストが気に入って、捨てないでいた。「でも、すごく似合ってますよ。またTシャツで、お店に来てください」

十日以上たった早い夜かな。ふらっと店に行くと、レジに彼女がいた。私はこの夜はアロハだった。コーヒーを頼む。こんなとき「マグカップにしますか、紙カップにいたしますか?」と訊くのが決まりだ。ところが彼女は明るく「紙カップで、よろしいですよね」。隣の男性スタッフが(あれ?)と怪訝な表情を一瞬浮かべた。

しばらくしてコーヒーを取りに行く。席について驚いた。熱い飲み物を紙カップで頼むと、指がヤケドしないように、カップの真ん中がボール紙で巻かれている。そのボール紙にメモが書かれていた。「今夜のアロハシャツも、とても素敵ですよ。暑い夜がつづきますけど、お仕事がんばってくださいね♡」

思わず周囲の視線を気にした私だ。カウンターの中で、こんなメモを書いてるのを見たら、他のスタッフがどう思うかなどと心配になってくる。この後もバイトの日にばったり会うと「紙カップで、お出ししますね」の屈託ない返答が何度かつづいた。

従業員は三時間おきに十五分とかの休憩タイムをとる。自分もレジに並び、カードで飲み物を購入して、カウンター奥のスタッフルームで一息つく。ところが、ある夕暮れ。

紙カップ少女が、休み時間にコーヒーを手にして、私の前にやってきた。「ここに座ってもいいですか？　お話、しーましょう」。あくまでも無邪気な表情で話しかけてくるんだ。「あ、いいよ。もちろん」。困惑した様子を見せないように、さり気なく答える。「はい♡」といって、テーブルをはさんだ椅子にちょこんと座る。

こ、これは……。店内に素早く目を走らせると、何人かの客と店員が（え、なんなの、あの二人）という視線でチラチラ見ているのを感じた。

えーい、どうでもいいや。二十歳の女子大生が、こんなナイーブな顔して「お話、しーましょう」といってくれるんだ。人の目なんか気にせず、お喋りを楽しもう。

夏フェスに行った話とか、休日は体育会並みにハードなテニス同好会の練習に明け暮れているとかね。他愛ない話だけど、新鮮だったよ。

「本を読むの、邪魔しちゃいましたね」。ペコリと頭を下げて彼女は仕事に戻っていく。とんでもない。若い子に興味を持たれているって感じるだけで、元気になる。ひょっとしたら、爺ちゃんが一人で寂しそうに本や雑誌を読んでいるのを見て、可哀想に思って声を掛けてくれただけかもしれないんだけどさ。

数日後、やっと暑さも一段落し、心地よい風が吹く初秋の夜だ。九時すぎにカフェを訪れると店内は客であふれ、空席はない。外のテラス席を探してみる。

いい場所が見つかった。席に腰を下ろそうとしたとき、隣のテーブルで行儀よく座っていた小型犬がクゥン、クーンと甘えて、私の脚に擦り寄ってきた。

「あ、ダメダメ。静かにしてなさい」と優しく犬を叱る女性の声がした。パソコンに向かっていた手を休めて「ごめんなさい。ふだんは大人しい子なんですけど」と、ていねいに謝る。仔犬ではないが、まだ大人にはなりかけの柴犬だ。飼い主は三十歳ちょい手前くらいだろうか、端整なたたずまいのオネーサンだ。

「大丈夫ですよ。いま流行りの犬は苦手だけど、日本犬は好きだから」。犬の頭を撫でちゃったりする。「ダイチ、よかったねえ」と愛犬に微笑むオネーサン。べちゃついた甘え声でなく、さっぱりした声質が耳に心地よい。

「ダイチ君って、いうんですか？」「ええ、大きな地面で、大地。でも名前と違って、どっしりしたところがない甘えん坊なんです」「仕事の途中だったんじゃないですか？」といって、パソコンと彼女の顔に目をやる。「集中しすぎて、目も疲れてたところなんで。ちょっと休もうかな」。パソコンの脇に置いたノートに外国語の文字が並んでいる。「それは？」「あ、フランス語なんです。音楽をやってて、フランスの作曲家が好きなんで……」

フランスにも留学経験のあるピアノ講師だと判る。どんな作曲家をと訊く。「えーと、サティとか……ショパンを」。このオッさん、サティなんて知らないかもなと控え目に答えてくれる。「俺はクラシックって、まったく無知なんですけど、サティだけは全部聴いてるんです。高橋アキさんが一番好きかな」「えーっ、本当ですか？　サティっていっても知ってる人、いなくって」

もう、話が弾むこと弾むこと。「ショパンもあまり知らないけど、『ノクターン』だけは昔からよく聴いてます。何人も聴き比べたけど、最初に聴いたサンソン・フランソワがやっぱり一番耳に馴染むかな。甘すぎるんだけど、そこが良くって……」。こんなC調言葉もポンポン出てきちゃう。「すごい偶然！　あたしがフランスで習った先生って、フランソワの弟子なんです。もうお爺ちゃんですけど」

気がつけば閉店の時間である。店の中にカップを返しに行く。ときどき話す若い女性スタッフが「A子さんとお友達なんですか？」と訊いてくる。「いや、たまたま隣り合わせになって」。さらりと流して（俺って、モテ爺なのか？）と心でニヤリ呟く。「でも、あんなに長いあいだ、楽しそうに話してたじゃないですか。いいなあ」。A子さんは、女性スタッフの憧れの存在らしい。

夢のようなカフェ通いがつづいた。女子大生のバイトスタッフは、休み時間になると私の前の席に座り、ピアノのオネーサンは、犬を連れてない日は仕事にひと区切りつけると、これまた私のテーブルにやってくる。他の女性バイトからも「なんでA子さんと、あんなに仲良くしてるんですか。ずるい」といわれて、チャン爺は心浮き浮き舞い上がる。

モテ期は、唐突に終わった。女子大生は就活のためにバイトを辞めた。ピアノのオネーサンは再びフランス留学で、日本を離れた。

あれは一体なんだったのか。そのくらい心躍る日々だった。邪念を抱かなかったのが良かったのかな。いや、爺チャンにも最後に一度くらい浮かれポンチの時間を与えようという、カフェの神様の配剤かもしれない。あれが人生最後のモテ期だろうか。甘いフラペチーノを口に入れても、なんだかほろ苦い味がする。

エッセ・ロマネスク

郷愁のエチュード

北参道から絵画館前へ、少女と

1

大江健三郎と江藤淳の責任編集で、講談社から〈われらの文学〉全二十二巻の刊行がスタートしたのは一九六〇年代の半ばだった。

収録作家はもっとも古株でも野間宏、武田泰淳、椎名麟三といった戦後派の作家で、すでに時代とズレを生じていた各社の〈日本文学全集〉の常連メンバーをバッサリと切り捨てた、画期的なセレクションが新鮮に映った。

いま私の手元には、第六回配本の〈吉行淳之介〉の巻がある。奥附けをみると、昭和四十一年四月十五日発行と記されている。刊行された直後に買った覚えがあるから、私が高校三年生になったばかりのころ、読み耽（ふけ）ったことになる。

　新シリーズの売りは三つあった。まずひとつ目が、巻頭に著者の近影写真を一点、大きく掲載したこと。このヴィジュアル重視のエディトリアル・デザインにぴたり合致したのが吉行淳之介だった。彼自身が書いていたのかどうか忘れてしまったが、ある物書きだか編集者だか絵描きが吉行に会ったとき「俺は生まれて初めてインテリ・ヤクザというものを見た」と洩らしたというエピソードを彷彿させる、しかも怜悧（れいり）さも漂わせた、非の打ちどころのない写真だった。

　あのスタイリッシュで陰翳に満ちた文体を裏切らない容貌と写真があったからこそ、吉行淳之介はスタア作家になった。

　グラビア写真の裏ページには、著者がもっとも影響を受けた作家の、その中でも特に好きな言葉が自筆で書かれている。吉行淳之介はトーマス・マン『トニオ・クレーゲル』（実吉捷郎訳）の一節を万年筆を使って引用している。

　そして巻末には文芸評論家による解説の前に、小説家自身による〈私の文学〉という、かなり長目の解題がのっていて読ませた。そのエッセイの冒頭には、いきなり萩原朔太郎の詩集『青猫』の一篇が紹介されている。

　松林の中を歩いて
　あかるい気分の珈琲店（かふぇ）をみた。
　遠く市街を離れたところで
　だれも訪づれてくるひとさえなく
　林間の　かくされた　追憶の　夢の中の珈琲店（かふぇ）である。

引用はまだつづくのだが、とりあえずここまで読んでもらえればいい。
私はそれまで萩原朔太郎に特別、興味を抱いたことはなかった。しかし吉行淳之介が引用した詩篇は強く印象に残った。とりわけ「遠く市街を離れたところで／だれも訪づれてくるひとさえなく／林間の　かくされた　追憶の　夢の中の珈琲店である。」の一節は、まだ十七歳の私の意識に深く刻まれることになった。

林間の　かくされた　追憶の　夢の中の珈琲店である。

そんな幻の珈琲店を探しだすことが、私の薄ぼんやりした夢と希望になった。夢と希望といえば、聞こえはいい。しかし問題は「追憶の」という一節だ。十七歳にとって、本来は過去に向けられた「追憶」の眼差しなど必要ではないし、また「追憶」に価する歴史が存在するわけもない。十代後半に差しかかった少年にとって、夢と希望は未来に向かってこそ投影するのが、健全な在り方といえた。
　なのに私はこの詩篇の一節に出会うことで、過ぎ去ったものへの追憶にしか関心が向かわなくなってしまった。それから何十年ものあいだ、私は追憶だけを貪るように追い求めて生きてきた。「かくされた　追憶の　夢の中の珈琲店」に巡りあうことはできたのだろうか。そして、それはどこに隠れていたのか。

2

下北沢の街をまたぶらぶら歩くようになって、三、四年がたつ。

都心で用事をすませたあと、東京の西のはずれまで帰らなくてはならない。始発の東京駅からだと一時間、新宿からでも三十分ちょっとのあいだ、中央線の車輌に閉じこめられたまま移動するのが、たまらなく鬱陶しく感じられることがある。

そんなときは地下鉄で渋谷に出て、井の頭線で終点の吉祥寺まで行ってから中央線に乗り換える。まだ遊びたりなかったり、一人でぼんやり頭を休めたいときに、下北沢で途中下車するようになったきっかけはヴィレッジヴァンガードだろうか。迷路のようになった店内をゆっくり流しながら、写真集を眺めたりチープで珍奇なグッズを手にとったりしているうちに、あっという間に三十分がたってしまう。

衝動買いした〝当店イチ押し〟のレゲエのコンピ盤や何冊ものコミックス、怪しい旅行本のたぐいを持って近くのカフェに入る。改めて中身を開くと、どうもつまらない粗悪品をつかまされたような気がする。店の中で手にしたときは、あれだけ魅力的に見えたのに。でも、なんだか香港の九龍サイドにある重慶飯店の前で、バッタ物のロレックスを買ったみたいな感覚が湧いてきて、すこし愉快になってくる。

ほんのかすかな高揚感なのだが、いまの私はこの感覚がそうたびたびは訪れることがない、希少なものだと知っている。ためらわずレジに向かい、夜の街に出ていく。

狭い通りを若い連中がひっきりなしに行き交う。なにか面白い店があるかもしれない。表通りから一本はずれた薄暗い路地に入っていく。ちょっと緩い坂をゆっくりと上がる。ぽつんぽつんとあった雑貨店や居酒屋も見当たらなくなったその先に、ぼんやりと店の明かりが見えた。

歳月を経てペンキも色褪せているのが、夜目にもわかる。その外観に見覚えがあった。と同時に、暗い照明に浮かんだ店名が目に入った。

まだ、あったのか。しばらく店の前で立ちつくす。中からトランペットの音が洩れてくる。ゆっくりドアを押して、店の中に体を滑りこませると、思いがけない大音量のジャズがかすかに黴くさい店内に鳴り響いていた。

　学生のころから、ときどき通った店だった。最初に入ったのが高校の終わりころで、浪人、大学生になっても、下北沢で途中下車をすると、ふらっと入った。なんだ、私の井の頭線での行動パターンは、昔からなにも変わっちゃいないようだ。

　まがいものの洋風館、もしくは安っぽい米軍ハウスのような造りで、当時でもいかにも敷居の低い喫茶店だった。ハワイかサイパンにある安酒場の店主のような、日本人離れした奇抜なメイクと服の、太った女主人がバイトの女の子を何人も使っていた。

　店の壁や天井には、来日した有名な黒人ジャズミュージシャンたちと彼女が寄り添ったツーショットの拡大されたモノクロ写真が何点も貼られていた。そのわりに店で流す音楽にはこれといったこだわりはなく、ときにはシャンソンやカンツォーネまでがかかった。

　勤め人になってからも、下北で途中下車すると立ち寄ることがあった。沿線に住む知人との待ち合わせにも、たまに利用した。

　ある時期から女主人が店の中で猿を飼いはじめた。猿回しのようにヒモをつけて、常連のテーブルを回ってはお喋りしていく。ソファの上で跳びはねながら、猿がキキキキッと声をあげる。このころから、私の足が遠のいたようだ。

　それがもう三十年近くも前だ。十年ほど後に音楽関係者たちとの打ち上げが下北沢であった。二次会に流れる連中と別れて一人になったとき、あのオンボロのソファに座って、ジャズかシャンソンを聴きたくなった。猿はまだ飼われているだろうか。まあいい。離れた席だったら、すこしくらい啼き喚いたところで我慢できるだろう。ほんの二十分か三十分、あの店でコーヒーかコーラを飲んでから、井の頭線で帰ろう。

どうしてまた、急にあの店に行きたくなったのだろう。たぶん、と現在の私は思う。うっすら黴（かび）の匂う喫茶店で、微妙な音質など無視したオーディオから流れてくるジャズが聴きたくなったのだ。洒落たバーやカフェが次つぎとオープンし、一時は時代遅れの音楽と忌避されていたジャズが、ちょっと気どった店の格好のＢＧＭとして重宝され始めたころだ。

しかし洋館まがいの喫茶店を見つけることはできなかった。たしか、このあたりだったはずだが。目印になるスーパーの角を曲がったその先にある路地を何本も行ったり来たりして探したが、店にたどり着くことはついにできなかった。

もうとっくになくなったと思っていたその店が、まだあった。しかもオーディオ装置を一新したらしく、以前にも増した大音量でハードバップの楽曲を流している。女主人も猿も、もういなかった。しかしバイトの女の子たちは、みんな桑沢とか以前のセツ・モードセミナーに通っていたようなタイプで、これだけは黴っぽい空気と同じで、昔とすこしも変わらない。

何か月かして、古い友人のＭと電話で話す機会があった。用件をすませた後で、近況を報告しあう。高校のときからだから、かれこれ四十年の付き合いになる男だ。

「最近、たまに下北をぶらぶらするんだ」

私がそう告げると、Ｍがおかしそうに笑った。

「いや、俺も週末に、ときどき下北へ行くんだけどさ」

もう一度、彼は照れたように笑う。

「まだ、あの店が、やってんだよ。ホラ、太ったママさんが、うるさい猿を飼ってた店」

私は一瞬息を呑んだ。私の当惑に気づかないMが言葉をつづける。

「もう、バアさんも猿もいないけど。でも何も変わってなくてさ。なんだか落ち着くんだよ。近ごろじゃ、月に二回は通ってる。でも、ずいぶん昔に閉店したはずなのに、不思議だよな。なんで、いまごろになって気がついたんだろう」

「いや、俺も……」。今度は私が興奮して、まくしたてる番だった。私も三十年ぶりの偶然の再訪を果たして以来、下北沢に降りれば必ずいまどき珍しくタバコの煙がたちこめた店で、小一時間ほどコーラを飲みながらジャズを聴くのが習慣になっていた。

「そうか、似たようなことを、お互いにやってるんだ」

あまり物事にこだわらないたちのMは、愉快そうにいってから、じゃあ来週、あの店で待ち合わせしてから飲もうか、と誘ってくれた。おいしい蕎麦屋を見つけたから、案内するよ。

電話を切った後で、私は狐につままれたような思いにとらわれた。古くからの親友と私が、ほぼ時を同じくして体験した偶然が、うれしいことのようにも感じられる。その半面、これはただの偶然なのだろうか、という割り切れない気持ちも湧いてくる。

若者でにぎわっているとはいえ、下北沢の繁華街はまわりを住宅街に囲まれた狭いエリアだ。そんな限られた空間で三十年近くも目に触れなかった店が、ある日突然、Mと私の前に姿を現すとは。

もしかして、と私は夢想する。もうどこにも居心地のよい場所を見出せなくなった私たちの追憶の思いが、あの煤けた喫茶店を呼び出したのじゃないだろうか。私たちがちょっと油断すると、またふっと時空の彼方に消えてしまう気がして仕方ない。また井の頭線に乗ることがあったら、下北沢で降りて、一本裏手のあの路地を目ざさなくては。

3

マイク・モラスキーという、米国中部セントルイス出身の男がいる。

彼が二〇〇五年に上梓した『戦後日本のジャズ文化』（青土社）を読んだときの、新鮮な衝撃と奇妙な感覚は、いまも忘れない。

同書には〈映画・文学・アングラ〉の副題が付いている。私たち以上に日本の諸文化にくわしい外国人研究者やマニアが存在することは知っていた。しかしモラスキーの知識の量と関心の向きかたには、正直なところ驚きを隠すことができなかった。

映画に関しては黒澤明と石原裕次郎、文学ならば大江健三郎から倉橋由美子、中上健次を経て、村上春樹まで。それらメイン・ストリームの表現者への目配りも怠らないが、彼がとりわけ熱をこめて言及し、ときには対象となる当事者本人や周辺の人物にまで取材を試みるのは、たとえばジャズ評論の相倉久人や平岡正明であり、アングラ映画の若松孝二、足立正生、さらに若松映画「十三人連続暴行魔」で演奏もしている夭折したフリージャズ奏者の阿部薫である。

アングラなんて、もう過去のもの。一九七〇年代半ば以降、多くのマスコミや文化関係者の間では、こうした認識が共有されていた。

いや、いま一番面白いのは、一度は滅びたと思われていた〈アングラ〉なんじゃないの。そんなぼんやりとした予感を、私が折にふれ抱き始めたのは二十一世紀に入ってから、それもたかだかこの四、五年のことだ。三十年以上も熟成された、純度の高いアングラの血が、閉塞感に陥ったいまの文化シーンを活性化するかもしれない可能性をあれやこれや思い描いていたとき、モラスキーのジャズ本は登場した。

そのモラスキーが昨年秋から、京都の国際日本文化研究センターに研究員として招かれている。日文研での研究テーマは〈日本のジャズ喫茶文化〉についてだという。そういえば前掲書で、彼はわざわざ一章を割いて「ジャズ喫茶解剖学――儀式とフェティッシュの特異空間」という考察を試みている。

その中で彼は、ジャズ喫茶は「日本独得の場所」と記したその後に「ジャズ喫茶は、世界的にも、という以前に日本の中でもきわめて特殊な文化空間」であるとも書いている。

しかし〈日本のジャズ喫茶文化〉の研究といっても、具体的にはどのようなことをするのだろう。専門誌やジャズ好きの作家が書いたエッセイや小説からジャズ喫茶に関する記述を見つけて、引用、考察をするのか。そこに関係者からの聞き書きによるオーラル・ヒストリー的な要素も加味する。私には差し当たり、そのくらいしか思い浮かばなかった。

いや、実際に全国各地にまだあるジャズ喫茶を巡って歩くというフィールドワークもするみたいですよ。モラスキーと親しい編集者からそう聞いて、私はびっくりした。と同時に、うらやましくもなった。そうか、日本中にポツンポツンとまだ生き残っているジャズ喫茶を旅しながら、データを集めていく。これほど楽しい仕事も、そうはないのではないか。部外者の気楽さで、そんな感想を抱いたものだ。

4

何年か前、渋谷の古本屋で『スイングジャーナル』のバックナンバーを見つけた。〈モダンジャズ〉とジャズ喫茶、ともに全盛期の六〇年代半ばから後半にかけての号が、ほとんど揃っていた。

私がジャズを熱心に聴きだすのは一九六五年、高校二年生になって間もないころだ。あまりジャズに身が入らなくなり、街からジャズ喫茶が急速に姿を消していったのが一九七〇年だ。

古本屋の棚から、ジャズに夢中になっていた時期の『スイングジャーナル』を、一年につき一冊、あわせて五冊ピックアップしてレジに持っていった。

家に帰るまで待ち切れず、近くにあったチェーン展開のコーヒー店に入って、茶色く変色した古雑誌を手にとる。まっ先にページを探したのは、巻末近くにのっているジャズ喫茶の広告だった。一ページに十軒の広告が掲載されている。一軒あたりのスペースはマッチ箱をひとまわり大きくした横長の長方形サイズだ。一九六七年十月号の巻末を、どきどきしながら開く。

「マイルス」(明大前)、「ジャズ・ヴィレッジ」(新宿)、「ママ」(有楽町)、「びざーる」(新宿)、「SAV」(渋谷)、「ニューしろ」(立川)、「DUET」(渋谷)、「モダン」(国分寺)、「ヴィレッジ・ゲイト」(新宿)。

マッチ箱に使われていたのと同じ懐かしい書体で、店名と地図が記されている。一軒ごとに異なる、凝った書体で描かれた店名を見た途端に、店内の照明からテーブルの配置、そしてレコード・ジャケットを置くスタンドや床のきしみ具合までがよみがえり、私は一瞬たじろいでしまう。そして思う――。

私のような感傷に溺れやすいタイプの男には、とても「ジャズ喫茶文化の研究」はつとまりっこないな、と。何百時間もそこでジャズを聴いた店への愛着は、いったん思いだし始めたらきりがないし、たった一度しか訪れなかった店は、その一回限りという特性において、私の記憶の中で特別な場所を占めている。

一軒一軒のジャズ喫茶の思い出を懐かしむ作業は、どこか女たちとの記憶を反芻するのにも似た、うしろめたく秘密めいた愉しみに思える。

それにしても、どの街にもジャズ喫茶があったことが、『スイングジャーナル』の広告ページからは浮かび上がってくる。新宿、渋谷、それに中央線沿線の店にはほとんど足を運んだが、東京の東部や北側の地域には行かずじまいだった店も多い。「シャルマン」（日暮里）、「ダンディ」（上野）、「カド」（巣鴨）、「チーター」（大塚）、「緑屋」（赤羽）。赤羽にもジャズ喫茶があったなんて。しかも店の名前は「緑屋」だ。〝城北唯一の生演奏（毎週日曜日）〟のコピーもある。

東京だけではない。全国どこにもジャズ喫茶はあった。福岡の天神にあった「コンボ」、京都の「ダウン・ビート」「しあんくれーる」、そして新潟県新発田市の「ＢＩＲＤ」という店の広告までのっている。

高校生だった私は、『スイングジャーナル』にのったジャズ喫茶の店名を眺めては、いつかその店を訪れる日のことを空想して飽きなかった。四十年が過ぎたいまも、それらの店の名前を見れば懐かしさが募る。固有名詞の群れは、甘い感傷を呼びさます。いつのまにか、私は十七歳の自分の目で『スイングジャーナル』の広告ページを見ている。

しかし、少しして気がつく。これらの店はもうない。ほとんどの店が地上から姿を消してしまった。そう、いま私が目にしているのは、おびただしい〈死者のリスト〉なのだ。古いジャズ雑誌から漂ってくる甘い感傷の底には、死の気配がたちこめている。

フランソワ・トリュフォーの「緑色の部屋」を思いだす。戦争や病気でこの世を去った、おびただしい数の死者のリストとポートレイトに囲まれて暮らす男を、トリュフォーは自ら演じた。生者は死者を忘れる。そうしないことには、市民の健全な暮らしは成り立たない。

しかしトリュフォー演じる主人公は、そうした市民の常識を肯定することができない。みんなが彼ら死者のことを忘却しても、自分だけは決して忘れない。彼は死者の数だけロウソクを灯して、彼らを祀る。ロウソクの光によって、死者たちが生きていたときの姿がよみがえる。

古雑誌にのった、いまはないジャズ喫茶の店名を見て浮かび上がる記憶。それはロウソクの炎で死者を忘れまいとしたトリュフォーの行為とどこかで重なりあうことに気づき、私は一瞬、甘美な戦慄を覚えた。

5

すべての記憶は　涙で濡れている。（王家衛（ウォン・カーウァイ）『２０４６』）

6

三月の寒い夜、Ｍと代々木で会った。下北沢の一件がきっかけになって、一緒に酒を飲んだり、イベント会場に足を運ぶ機会が少しだけ増えた。といっても、三か月に一度くらいというのは少し寂しいが。

最初に知り合ったのが、高校三年生の春だった。それから三年間くらいの間は、週に四、五日のペースで会ったものだ。特に何をするわけでもないのだが、ツルんで遊んでいるうちに、気がつくと夜遅くになっていた。

代々木では、他に年下の男女が三人ほど一緒だった。三人とも私やMより二回り以上も年の離れた連中なのだが、観たり聴いたり読んだりしているものが重なっているのが面白い。私とMが一九六六年から六九年にかけて、新宿のアートシアターやシネマ新宿で観た映画の多くを、いま三十代前半の彼らもDVDで観ている。

私がクラッシュの初来日時、ジョー・ストラマーにインタビューする仕事を『ミュージックライフ』でしたこと、そして「ロンドン・コーリング」のジャケットにメンバー全員のサインをしてもらったアナログ盤を、いまもリビングの隅に飾ってあることを自慢げに喋ると——ひょっとすると調子を合わせてくれているのかもしれないが——誰もが興奮して、ジョー・ストラマーとクラッシュのかっこよさを、私以上の熱心さで語り始めるのが楽しかった。こんなふうに記憶が継承されていくのも、悪いことじゃないなと思えてくる。

食事を終えて、もう一軒ということになった。裏通りを抜けて、駅に向かう途中の雑居ビルに不意討ちのように懐かしい店名を見つけて、私の足が一瞬、止まった。「どうした?」とMが訊ねてくる。

「ホラ、この店……」。私はNというイニシャルの看板を指さす。彼が「ああ、昔あったね、このジャズ喫茶。なんだ、まだ営業してるんだ。下北の店もそうだけど、けっこうしぶとく頑張っているんだなあ」。Mは軽い調子で反応する。

「いや、そうじゃないんだ。この店は……」

伝えたいことが山ほどあって、私は気持ちをうまく言葉にすることができない。私はここでNの話を説明するのを断念して、駅に向かう若い連中の後を追いかけた。

Nが開店したのは、一九六七年の十月だった。オープン初日から一か月あまり、私はほぼ毎日のように通いつめただろうか。

私はその当時、一年目の浪人生活を送っていた。私が通う代々木の予備校に隣接したビルの地下にNはオープンした。

オーディオ機器は悪くなさそうだったが、店内にはハードな雰囲気が決定的に欠けていた。照明も薄暗くないし、トイレも清潔で、落書きをする気もいまひとつ湧いてこない。新宿の「ジャズ・ヴィレッジ」に出入りするハイミナール中毒のフーテンたちなら、階段の途中まで降りてきたところで、居心地の悪さを本能的に察して、Uターンしたに違いない。

Nはそんなジャズ喫茶だった。夜になって会社勤めを終えたジャズの好きな男が、音楽を聴きながら軽く酒を一杯。そんな「DUG」に始まる七〇年以降のライト志向のジャズ空間を先取りしたような、つまらない店だった。

しかし代々木に他にジャズ喫茶はなかった。地下への階段を降りれば、とりあえずそこにはジャズが流れている。そんな消極的な理由だけで、私は授業をサボってはNに通った。あっという間に一か月が経ち、秋が深まった。しかし一九六七年の秋は、それまでの秋とは違っていた。

十月八日には羽田闘争があった。当時の首相、佐藤栄作の南ベトナム訪問を阻止するため、三派全学連と反戦青年委員会が実力行動に出て、中核派の京大生が死んだ。ヘルメットに角材という姿で、初めて新左翼の学生たちが、公然と街頭闘争に登場したのが一〇・八羽田闘争だった。この日、六〇年安保以来、七年ぶりに学生たちは機動隊の壁を突破した。

日曜日の夕方のニュースで、私はこの事件を初めて知り、呆然としてテレビの画面に見入った。角材と警棒、ヘルメットに放水、そして流血。私は夜遅くまで、繰り返しニュースを観た。ああ、とうとう新しい季節が始まったんだな、という思いが私をとらえた。

ベトナムでの戦争は泥沼化の一途をたどり、全世界でアメリカを糾弾するベトナム反戦の戦いが始まっていた。十月九日には、ボリビアに潜入して革命工作をしていたチェ・ゲバラが政府軍によって処刑されている。

しかし日本は平和だった。それも奇妙なほど平和だった。私は政治にもイデオロギーにも関心のない、怠惰な浪人生だった。しかし退屈な平和には、もううんざりしていた。それまで私が主に読み漁っていたのは、SFと「第三の新人」の小説だった。そんな読書傾向にも、春のころから少しずつ変化が現れていた。

新宿駅の東口に出ると、私は紀伊國屋書店の現代思潮社のコーナーの前に立つことが多くなった。トロツキーやシュールレアリズム関連の書籍を立ち読みする時間が日に日に長くなっていった。そこに書かれている理論や断章は、ほとんど理解不能だった。しかし一見すると教条主義的な言説の奥に、私は陰謀と妄想の気配を感じとっていた。

多くの日本人が自分を〝中流の上〟の階層に属すると思いこんでいた一九六七年、街の空気がひりひりするような緊張感を加速度的にはらんでいることが、新宿の街を歩いていると肌で実感できた。

八月には山谷で三日間連続して、真夏の暴動が起きていた。デトロイトで黒人暴動があったのは七月の終わりだ。新宿の東口駅前にたむろしていたフーテンたちが、警察や地元商店街の自警団、さらにはヤクザの〝フーテン狩り〟によって街を追われ始めた。

『スイングジャーナル』十月号の真ん中近くには、一ページにつき四軒という少し大きめの広告がのっていた。二幸裏の「DIG」、歌舞伎町の「PONY」と並んで、「木馬」の広告がある。ハードな雰囲気には欠けたが、不思議とくつろいでジャズを聴ける落ち着いた店で、たまに私は一人で通った。地図は掲載されず、ただ「新宿都電終点前」という文字だけが素っ気なく記されている。いま目にすると、なんだか「ブルックリン最終出口」にも通じる簡潔な言葉からは、先鋭で詩的なイメージさえも漂う。

新宿都電終点前。私は口に出してこの言葉を唱える。まだ都電が走っていた一九六七年の夏から秋にかけて、一見すると平和な街に危険なニトログリセリンのような匂いがたちこめ始めた。新宿都電終点前。都電通りを夜走る電車は、いつも架線から青白い火花をスパークさせていた。

そして十一月第二週の晴れた日の午後、私は代々木の地下の喫茶店で〈一九六七年の少女〉と出会った。

7

A子さん、あなたに会った十一月の午後の記憶が、いまでも鮮やかによみがえってきます。

いつものように昼過ぎに予備校を抜けだして地下へと向かう階段を降りると、Nの店内は思いの外、客で埋まっていました。相席用に置かれた大きなテーブルしか、空席は見当たりません。そのテーブルにA子さん、あなたが連れの女友達と二人で座っていたのです。私はテーブルの角をはさんだ斜め向かいの席に腰を下ろしました。

あなたたち二人は、店の中でも恐らくかなり目立つ存在でした。なぜなら二人とも高校の制服姿だったからです。特徴のあるブレザーと、小さな蝶ネクタイから、二人が女子美術大学の付属高校の生徒だということは、すぐにわかりました。女子美の制服には以前から好ましい感情を抱いていましたが、あなたたち二人の垢抜けた着こなしは、それは際だったものでした。

あなたの連れが、白い肌の、大変に美しい少女であることは、すぐに気がつきました。しかしA子さん、私はあなたの個性的な目と、その仕草に、ものの数分もしないうちに釘づけになってしまいました。いまだったら、「夜のピクニック」や「鹿男あをによし」に出演していた多部未華子にも通じるような、そして当時だったら、決して美人女優ではないものの、独特の存在感と演技で、多くの佳作、問題作に起用された吉村実子にも似たオーラを、私はあなたから感じたのです。

そのとき、あなたたちが読んでいた本に気づきました。講談社版〈われらの文学〉のクリーム色の表紙には、吉行淳之介の名前がありました。巻頭には「砂の上の植物群」が収録されています。性描写の過激さが話題になった長篇です。

文学好きの若者たちが彼のちょっとねじれたマイナーポエット的な資質に惹かれ始めるには、まだ三、四年の時間が必要です。おそらくこの年の秋に始まって、わずかその二年後にはピークを迎えることになる短い政治の季節の、高揚と衰退を体験した後でなくては、まだ年若い読者たちが吉行淳之介に魅了されるという土壌は形成されなかったはずです。

叛乱の季節が到来する直前、多くの文学少年や少女たちが共感をこめて読んでいたのは大江健三郎でした。ジャズ喫茶の暗がりの中で、倉橋由美子を大事そうに読む少女たちの姿も、新宿や吉祥寺で何人も見かけました。金井美恵子のデビュー作「愛の生活」が掲載されたのは、この年の『展望』八月号です。この短篇を読んで、私は初めて「クロワッサン」と「カフェ・オ・レ」という単語を知りました。クロワッサンの実物に出会うのは、このまた一、二年後です。そんなわけですから、私が吉行淳之介を読んでいる人間を見たのは、これが初めてでした。

しかもそれがまだ制服を着た女子高校生だったのですから、私が受けた衝撃は決して軽いものではありません。十分、そして二十分が経過して、ようやく私はおずおずとあなたたちに話しかけました。こちらを警戒するような素ぶりをいささかも見せることなく、自然に受け答えするあなたたち二人の会話になじむのに、長い時間は必要ありませんでした。

話すうちに二人が高校三年だということがわかりました。じゃあ来年はそのまま付属から美大に？　私がそう訊くと、A子さん、あなたはかぶりを振りました。「彼女は進学するけど、私はいかないの。勉強が嫌いだから、大学いっても仕方ないし」。まったく深刻そうな様子もなく、しかしきっぱりと答えるあなたの言葉に新鮮な驚きを感じました。

これまで何人か近くで見た、文学や演劇、映画の好きな少女たちとあなたは、なにからなにまで異なっていました。大学には進まないで、どうするの。私が訊ねると「まだ何も決めてないの。でも大学にいかないことは、もう親にも伝えたし。しばらくブラブラしようかな」。A子さん、私はそんなあなたの口調に、軽やかで明確な意志のスタイルとでもいったものを認めたのだと思います。ひょっとすると二十年早く、この国に出現してしまったリセエンヌ＝オリーブ少女があなただったのかもしれません。

「散歩しない？」。一時間ほどお喋りに夢中になっていたとき、あなたが提案してきました。この転換の絶妙さに、私はまた感心するばかりです。「どこに行こうか」と問いかける同級生に、あなたが「絵画館前にしない」と答えます。

絵画館前。東京の繁華街をずいぶんマメに歩いていたつもりなのに、初めて聞く場所の名前です。私たちは明治神宮の手前を左に折れて山手線のガードをくぐると、北参道を千駄ヶ谷の方向に歩きだしました。道の両側のイチョウ並木はすっかり黄色くなり、私たち三人は落ち葉を踏みしめながら千駄ヶ谷の駅を通り過ぎ、東京都体育館の前までやってきました。

新宿、渋谷、吉祥寺。そんな街とは違う東京を初めて知った私の足どりは自然と軽くなります。前の年に親友のMと紀伊國屋ホールで観たトリュフォーの「突然炎のごとく」を、私は思いだしていました。ジャンヌ・モローと、彼女が愛したジュールとジム。男二人と女一人。彼ら三人がピクニックに出かけたり自転車に乗ったりするシーンを、私は千駄ヶ谷のイチョウ並木を歩く私たち三人の姿に重ね合わせていました。トリュフォーが女二人の間を揺れ動く情けない男の映画を撮るのは、この五年後です。「恋のエチュード」でジャン＝ピエール・レオーが演じる、パリの知的サロンに寄生する青年ディレッタントは、美しいイギリス人姉妹のどちらを愛したらいいのか迷っているうちに、ただの冴えない中年男になってしまいます。二人の女の間をいったりきたりするうち、瞬時に十五年がたってしまう「恋のエチュード」は怖い映画です。その十五年の間に彼がしたことといえば、まったく評判にもならなかった美術関連のエッセイ集だか評論集を、一冊か二冊出しただけです。そしてこの映画のさらに恐ろしいところは、主人公が時の経過にまったく無自覚なことです。

ラスト近く、パリの公園でタクシーに乗車拒否されたジャン=ピエール・レオーは、車のミラーに映った自分の顔を見て呟きます。「おかしいな、きょうの僕はまるで別人のようだ」。ミラーに映った中年男の顔が自分だと認識できないのです。時の過ぎていくことを自覚できないまま老いていく悲しい男たち。

トリュフォー亡き後、そんな駄目な男たちを撮らせたら、香港のウォン・カーウァイ（王家衛）の右に出る映画監督はいません。『村上春樹のなかの中国』（朝日選書）で、藤井省三はウォン・カーウァイを〝香港映画界の村上チルドレン〟の代表としてあげています。現地のメディアの間でも、ウォン・カーウァイにおける村上春樹の影響はほどんど自明のこととなっているという記述もありました。

しかしちょっと待って下さい。トリュフォーの影響にまったく触れずに、彼を村上春樹チルドレンの括りの中で語ることには無理があります。「欲望の翼」「花様年華」「２０４６」というウォン・カーウァイの〝一九六〇年代三部作〟には、何箇所かトリュフォー映画からの積極的引用が見られます。しかしそうした見かけのレベルではなく、もっと根源的な領域においてウォン・カーウァイはトリュフォーの正統な嫡子なのです。「恋する惑星」や「天使の涙」では、この監督の特異な資質にまだ気づきませんでした。ちょっとポップで、ひねりが利いた、香港のニューウェーヴ・シネマ。そんな印象しか残らなかったのを覚えています。たぶん、いま観ても、同じでしょう。

ウォン・カーウァイの尋常ではないノスタルジアへの耽溺に圧倒されたのは、買ったまま何年も放っておいた「欲望の翼」のビデオを、なにかの拍子で観たときでした。刹那的な感覚だけを頼りに、香港の街をふらふらと浮遊するチンピラの悲哀とかっこよさが、レスリー・チャンの全身から漂っていました。一九六〇年の四月十六日。香港の古いサッカー場で、売店の売り子と切符のモギリを兼ねている野暮ったい女（マギー・チャン）をレスリーが誘惑した日から映画は始まります。その一瞬一瞬の快楽だけに生きているように見えながら、じつは過去に縛られているチンピラの情けなさと凄味を描いた映画からは、ほとんど腐乱しかけた果実のような、甘い退廃の匂いがむせかえるほど漂ってきました。

二年後にはフィリピンのジャングルを走る列車の中でギャングに刺されて野垂れ死にするレスリーは、死の直前に「一九六〇年の四月十六日、おまえは何をしていた？」とアンディ・ラウに訊かれます。肩で息をしながら、彼はニヤリと笑って呟きます。「あの女と一緒にいたよ」。よく覚えているな。驚くアンディにレスリーが答えます。「肝心なことは忘れないのさ」。

A子さん、一九六七年十一月第二週の、からっと晴れわたった夕方の千駄ヶ谷の空気を、私はいまも思いだすことができます。体育館の前を過ぎたころ、斜め前方に絵画館の西洋風ドームが見えてきました。絵画館と日本青年館の前を走る道路に囲まれた、小さな公園に私たちは着きました。椅子とテーブルに見たてた樹の切り株に三人は腰を下ろします。都会の真ん中に、こんな静かな場所があるなんて。

私がぼんやり、そんなありふれたことを考えていると、A子さん、あなたが通学カバンを開けました。「ねえ、お弁当、食べよう」。私はきっとキョトンとした顔になったと思います。「きょう、学校を休んじゃったから、お昼をまだ食べてないの。お弁当を残しちゃうと、学校サボったこと、お母さんにバレちゃうから、一緒に食べて」。そういってから、あなたはひと口、おいしそうに食べると、お弁当と箸を私に渡します。どきどきしながら、あなたがたったいま使った箸で、お弁当を口に入れます。オカズやご飯を味わう余裕は、もちろんそのときの私にはありませんでした。

三人で他愛ないお喋りをしながら、弁当箱を回しているうちに、静かに夕暮れの気配が絵画館前を包んでいきます。弁当を全部平らげた後で、あなたがさっぱりした口調で「さあ、そろそろ帰ろうか?」と告げます。青山で京都料理屋をやっているオバさんの家に寄らなくちゃいけないから、私はあっちへ行くね。そういって、あなたは絵画館前から青山通りに向かうイチョウ並木を目ざして歩きだしました。そうして私たちは別れました。たったそれだけの短い出会いでした。あなたの名前を聞くことも忘れていました。だから、私はA子さんとしか呼びかけられないのです。代々木から北参道を抜けて千駄ヶ谷の先の絵画館前まで。

たったそれだけの、デートとも呼べないような散歩でした。だからでしょう。ふと秋の気配が深まった日に、あなたの「ねえ、お弁当、食べよう」という声が耳元に聞こえてきます。ねえ、お弁当食べよう。その言葉を反芻しているうちに、四十年があっという間にすぎました。

8

代々木のジャズ喫茶の看板を思いがけず目にしたことで、一九六七年十一月第二週の北参道から絵画館前へと歩いた午後の記憶がよみがえった。

よく、そんな大昔のことを覚えているな。頭の中でそんな声がする。そうさ、忘れてないよ、肝心なことはちゃんと覚えているんだ。私は心の中で呟く。

それにしても、どうしていまごろ、と私は首をひねる。Ｎにはその後、何年かおきにふらっと足を運んでいた。七〇年代の終わりにリニューアルされてからは、以前よりももっと味気ない居酒屋ふうスナックになってしまい、それっきり足を向けることはなくなった。

もう十年以上も前だろうか、代々木から南新宿へ抜ける細い道を歩いたことがあった。私が通っていた予備校は跡形もなく消え、Ｎが入っていたビルも姿を消していた。一九六七年十一月。代々木の地下にあったジャズ喫茶は、私の記憶の中だけに生き残った。

それが再び私の前に出現したのは、何を意味しているのだろう。もしかすると、私が来週になって代々木の裏道を探しても、Ｎの痕跡はもうどこにもないかもしれない。あれから、もう四十年がたったんだよ。それを教えるため、ほんの一瞬だけ一九六七年秋の記憶が、あの夜、地上に姿を現したように思える。そしてもうひとつの妄想が、私の中で膨らんでいく。

私があの雑居ビルの階段を降りていくと、Ｎの中からリー・モーガンのトランペットが聴こえてくる。店に入りコーヒーを飲んでいると、隣のテーブルで本を読んでいる十代後半の少女がいるのに、私は気づく。できるなら、と私は空想する。彼女が読んでいるのは、ケルアックかギンズバーグがいいな。「その本は……」。私がちょっとぎこちなく話しかけると、少女はごく自然に、軽やかな調子で話の相手をしてくれる。

気持ちが高揚した私が、昔この店で、キミのように本を読んでいる女の子がいたんだと喋りだす。すると利発そうな目をした少女が「わたしの母も何度か、この店に通っていたんです」と答える。少女の特徴のある目が、女子美の制服を着た高校生の姿と重なり合う。「ひょっとして、キミのお母さんの出た高校は……」。私が訊ねると、少女は「ええ、そうです。どうしてわかったんですか?」と私の顔をじっと見つめる。

妄想はとめどもなく増殖していく。あっという間に一時間が過ぎていく。「恋のエチュード」のジャン=ピエール・レオーのことを笑えない。タクシーに乗車拒否される直前のシーンで、彼は公園で英国からやってきた修学旅行の少女たちの一群を目にする。彼と別れた姉妹のうち、妹は結婚して娘を産んだという。少女たちの顔の中から、彼はかつての恋人によく似た面影はいないかと真剣に探し始める。きっとこの中に、十五年前の恋人の娘がいるはずだ。

すべての記憶は、涙で濡れている。一九六七年の少女たちを思いだしながら、私は感傷の海で溺れていく。

四十年なんて　あっという間だ。一九六七年と現在の東京をつなぐ、秘密の抜け道が最近になってできたのかもしれない。この時代の空気が近年とみにひりついた感触を伝え始めたのも、一九六七年秋が現代を侵食しだしているそのせいかもしれないな、と私はぼんやり思ったりする。

有名ジャズ喫茶ご自慢LP表

■ デュエット（渋谷）
- Kulu Sé Mama/J. Coltrane/Imp. A—9106
- Sound Pieces/O. Nelson/Imp. A—9129
- Jazz Raga/G. Szabo/Imp. A—9128

■ ちぐさ（横浜）
- Sunny's Time Now/S. Murray/Jihad 663
- Miles Smiles/Col. CS—9401
- Soul of The City/M.Albam/Solid State 18009

■ ディグ（新宿）
- Inside Hi-Fi/L. Konitz/At. SD—1258
- Tranquility/L. Konitz/Ver. MGV—8281
- Subconcious Lee/L. Konitz/Prest. PR 7250

■ スイング（水道橋）
- Armstrong's Greatest Years/Odeon 83316
- Shelly Manne & Co./Contact 4
- Jazz Variations/Stin 20

■ ママ（有楽町）
- East Broadway Run Down/S. Rollins/Imp.A—9121
- A Simple Matter of Conviction/B. Evans/Ver. V 6—8675
- The Jody Grind/H. Silver/B. N. 84250

■ ダウンビート（横浜）
- Jazz/John Handy Ⅲ/Rou. SR—52121
- Bouncing with Bud/B. Powell/Delmark DL—406
- Dave Brubeck's Greatest Hits/Col. CS—9284

■ ダンディ（上野）
- Today's Sounds/Three Sounds/Lim. LS 86037
- Out of the Storm/E. Thigpen/Ver. V 6—8663
- Heat Wave/A. Jamal/Cadet S—777

■ シャルマン（日暮里）
- The 2nd John Handy Album/Col. CS—9367
- The Tender Gender/K. Burrell/Cadet 772
- Reflections in Modern Jazz/M. Waldron/Powertree 8989

■ ファンキー（吉祥寺）
- Jazz Raga/G. Szabo/Imp. A—9128
- California Dreaming/W. Montgomery/Ver. V6-8672
- Overseas/T. Flanagan/Top Rank MJ—7010

■ ニューしろ（立川）
- Live at the Village Vanguard Again！/J. Coltrane Imp. A—9124
- Great Lennie Tristano/At. MJ—7087
- Blues at Carnegie Hall/M.J.Q./Ph. SFX—7069

■ モダン（国分寺）
- Live at the Village Vanguard Again！/J. Coltrane Imp. A—9124
- McCoy Tyner Plays Ellington/Imp. A—29
- Spellbinder/G. Szabo/Imp. A—9123

■ ローン（中野）
- Mal Waldron/AP. 1003
- The October Suite/S. Kuhn/Imp. A—9136
- Quote, Unquote/J. Handy/Rou. SR—52124

■6月号は各店の秘蔵盤を紹介させていただきます。

『スイングジャーナル』を手に取ると真っ先に開くページ。ほとんどの店は行ったけど、東京の東や北には行ったことのない店もあって残念。ここに掲載されているほとんどの店が、閉店してしまった（1967年5月号より）。

GO
MODERN
COME
DUET
461 20
77

(821) 7203
MODERN JAZZ
coffee 海外盤続々入荷中
シャルマン
日暮里駅前階段下荒川区日暮里9丁目1110
日暮里
駅西口

MODERN
JAZZ
Chigusa
YOKOHAMA
NOGE 1—23

江東地区の皆様のフランチャイズにしょう!!
フラミンゴ
松竹
ボーリング場
至浅草雷門→
仁丹塔
都電田原町
地下鉄田原町
MODERN JAZZ ●毎月レコードコンサートを行います.
フラミンゴ
●浅草国際通り・仁丹塔際 〈841〉3910 ／AM 9：00—PM 11：30
●モーニングサービス〈AM 9：00—PM 3：00〉トースト．玉子付￥90

MODERN
至立川
国分寺駅
北口一分
大洋食
本屋
モダン
TEL 0423(2)3331

*新規開店
four beat
早稲田グランド坂下通り
MODERN JAZZ-VOCAL
COFFEE & TEA
STAX社特製
オールコンデンサーシステム
従来のスピーカーシステムの音にあきた人達が集る店
新宿区戸塚町1—305 ■ 341-3885

*音楽喫茶
■長崎鍛治屋町TEL (3)5340・0714
●JAZZ & COFFEE
M

ディキシー専門店
Jazz and Coffee
SWING
ディキシー・レコード高価譲受
文京区後楽1-1-19水道橋駅東口前

モダン
ジャズ
平日営業時間
AM.10.30～PM.11.00
201-0066
有楽町
そごう
富士
アイス
スバル街
毎日

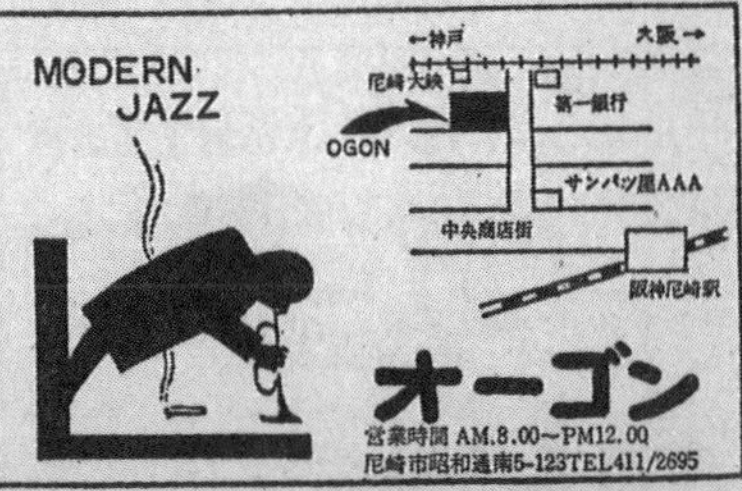
MODERN
JAZZ
←神戸
大阪→
尼崎大映
第一銀行
OGON
サンパツ屋AAA
中央商店街
阪神尼崎駅
オーゴン
営業時間 AM.8.00～PM12.00
尼崎市昭和通南5-123TEL411/2695

PONY

MODERN
JAZZ
TEAROOM

ボニーは、オーソドックスなジャズを主体にレコード・コレクションをしています。特に深夜のスナック・タイムは、本場のジャズ・クラブの雰囲気があると好評です。

新宿コマ正面通りシャトレ地下
Tel 368・6614
AM10：00――AM4：30

LAWN

NAKANO STATION SOUTH EXIT

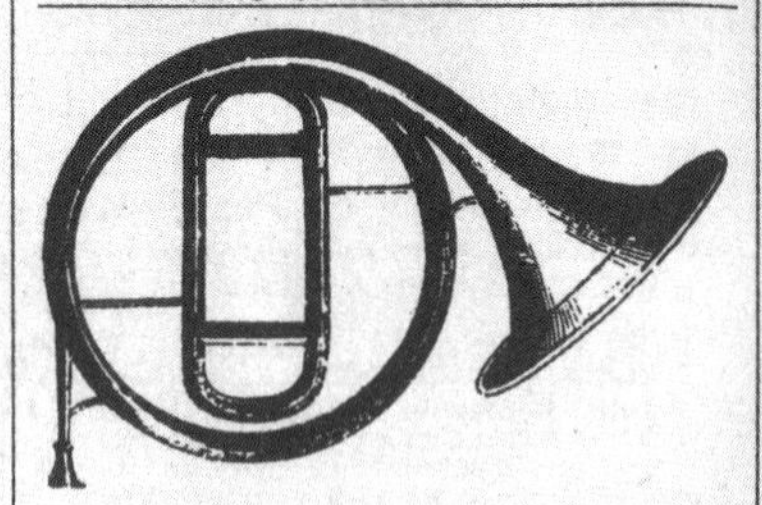

MODERN
JAZZ

迫力あるローサーの音!!
巾広い豊富なコレクション!!

Dynaco(米国)《PAS-3X Stereo 70(使用)

もだんじゃず／ているーむ

もうDIGについて皆様方は何でもよく御存知なので何も申し上げる事はございません。しかし、一つだけお知らせしたくなりました。外ならぬレコードの事ですので。DIGのレコード・コレクションは今年になってもう 130枚ものレコードが加わったのです。その中には皆さんが特に聞きたがっている「Mal-3」やフォンタナの「Ted Curson」その他コレクターズ・アイテムが多くふくまれているのです。あなたは毎日通ってもDIGに入るレコードを全部聞く事がどんなに大変な事かがおわかりになるはずです。

新宿二幸うら 11:00AM――11:30PM

MODERN JAZZ TEA ROOM

香港、コーラと不良の記憶

香港は広い都市ではない。しかし、その割には各種の交通機関が充実していて、乗り物好きの私には楽しい。

九龍サイドと香港島を行き来するスターフェリー。百万$の夜景が展望できるヴィクトリア・ピークに向かうケーブルカー。そして世界で唯一の二階建てトラム（路面電車）が香港の乗り物ではベスト3だが、もうひとつ加えたい奇妙な移動システムがある。それは香港でも屈指の繁華街である中環（セントラル）から山側に向かって伸びるヒルサイド・エスカレーターだ。

エスカレーター一基でビルの三、四階ぶん上昇する。そこから、また次のエスカレーターに。二十基を乗り継いで、終点に着く。途中の眺めが味わいがある。最初は下町風の商店街だったのが、山腹を上昇するごとに両側の光景はオシャレ度を増し、青山や西麻布風になる。最後は松濤の高級住宅街のようなエリアにたどり着く。

あるとき途中でエスカレーターを降りて、急な坂道の脇に降り立った。まわりに洒落た店などなく、埃っぽい街区だった。鉄柱の陰で人の気配がした。制服を着た高校生のカップルだった。女の子は柱にもたれて煙草を吸っていた。男の子が楽しそうに話しかけている。女生徒はちょっとアンニュイな表情を浮かべながら、ゆっくり煙を吐き出す。一瞬で心をワシ摑みにされた。

中古アパートの脇で、煙草をくゆらせながら、ひっそり談笑する二人からは清冽な気配さえ漂ってきた。

日本の街角からは消えた、孤独で優しい〈不良〉の姿が、そこにはあった。まるで六〇年代の日活映画みたいだな。高校生も会社員も、誰もがハンパな大人になった国からきた旅行者は坂を下り始めた。

脚が疲れて喫茶店に入る。それこそ六〇年代の田舎町にあった食堂と屋台を兼ねたような店だ。何を飲もう。制服のカップルの姿を思いだす。コーラを注文する。

久しぶりに飲んだコーラは、おいしくもまずくもなかった。しかし十代のころの懐かしく恥ずかしいような記憶が、ストローを吸うごとによみがえった。そのあと日本に帰ってから、私はよくコーラを飲むようになった。昔のことが記憶の底から浮かび上がるときもある。でも、何も思いださないときのほうが多い。

秘密の函館

函館というと、多くの人は函館山から撮られた美しい夜景を思い浮かべるだろう。私が惹かれるのは、裏の函館だ。扇型に点滅する夜景の、その外側にひっそり息づく闇の領域が気になって仕方ない。

駅前から函館山に向かって走る市電は、十字街で左右に分岐する。左にいけば谷地頭、右に進めば函館どつく前が終点だ。函館どつく前に降り立ったとき味わう寂寥(せきりょう)感は、他では体験できない。

ぽつんと置かれた車止め。それだけだ。高度成長の時代は、海運や造船、漁業関連企業の中心だった場所は、文字どおりこの街の〝終点〟の気配がただよう。どつく前から、山麓に二十近くある坂のもっとも西に位置する魚見坂を歩きはじめる。

右手に小さな漁港が見えた。函館漁港。イカ釣り舟が二、三十隻ほど係留されている。

ひなびた、しかしのどかな風景はもうしばらくつづく。右手は海で、左手は山の側面だ。高台にロシア人墓地がある。道は細くなる。海は荒涼とした岩場になり、反対側の山裾には家一軒分のスペースしかない。やがて住宅も姿を消す。山も印象を一変させる。崖の斜面からは猛々しい気配すら伝わる。そしてその先に、小さな空間がぽっかり現れた。

ペンギンズバレー。夏なのに寒々しい海と、まるでデヴィッド・リンチの映画のように凶悪な山肌を露出させた函館山にはさまれた場所に、一体どんなペンギンが漂着するのだろう。一軒だけあった古いカフェも店閉まいした。

立ち入り禁止の標識の先に寂しい花畑があった。海側は急な崖になり、山のゴツゴツした岩肌に身を寄せて進むしかない。つるっ。足が滑る。波は荒い。落ちたら、まず助からない。さらに左へ左へ、函館山の裏側に回りこんだとき、入り江の真ん中で崩落している橋の残骸が視界に飛びこんできた。

三、四十年は経過しているだろう。赤錆が浮いている。函館は北海道の南の玄関だ。なのにペンギンズバレーには、千島やサハリンよりも遠いさい果ての気配があった。

危険で寂しい秘密の函館。三途の川のペンギン見たさに、函館山の裏手についつい足を延ばしてしまう。

日本人、ドバイでラクダに出会う

UAE（アラブ首長国連邦）のドバイに行くといったら、ハイジャック事件の記念碑があったら写真をとってきてよ。冗談とも本気ともつかぬ顔でいう友人がいた。ドバイの町を限なく探しても、三十年近く前の日本赤軍の痕跡は見当たらなかった。

町の中心をゆっくり蛇行して流れる大きな川を、何十隻もの水上タクシーがひっきりなしに行き来している。

石油王国ドバイはまた〝中東の香港〟の異名をとる一大商業都市でもある。物価が安いため、ロシアなどから飛行機をチャーターしてくる買い物ツアーの一団もいる。

私たちが乗った水上タクシーにも、HITACHIの家電製品を両手に抱えきれないほど買いこんだ三人の中国系アジア人の女性が乗りこんできた。

二十代前半の彼女たちは早速インスタントカメラで記念撮影を始めた。隣にいた民族衣装の若いアラブ人に、一緒に写真に収まってくれないかと頼んでいる。

澄ました顔でカメラに向いたアラブ人が、女の子のお尻に手を回しているのが見えた。「お尻をさわる」とか「撫でる」といった生易しいレベルではない。お尻の割れ目の奥深くまで手を伸ばし、ぎゅっと肉を摑（つか）もうとしている。

チャイニーズの女の子も必死にその手を払いのけようとする。だがカメラに向かっては「チーズ」で、微笑みは絶やさない。

アラブ野郎は無表情にカメラを見ながら、尻をぎゅっと摑みにいき、若い中国女はポーズをとりながらも、必死でその手を払いのけようとしている。

対岸に着くまでの数分間、無言の暗闘が繰り返された。船着場に着くと、何事もなかったように彼と彼女たちはグッバイと別れた。中国人もアラブ人も実にタフだなあ、と感心した。

ドバイは知る人ぞ知る馬の国でもある。ドバイ競馬PRのため昨年創設されたのが、一着賞金二億八八〇〇万円のドバイワールドカップで、第一回の勝ち馬はシガー。

今年もレースの二日前、その先は砂漠という荒野の真ん中で、数百人収容の天幕を張った歓迎パーティが開かれた。

生演奏のアラブ音楽はまるで映画『髪結いの亭主』のテーマ音楽だ。広い会場をラクダに乗ってグルリと回り、近くにきた世界最大の馬主シェイク・モハメド殿下その人と握手して、これが本当のシェイクハンドだといったが、あまり受けなかった。

まだ賑やかな会場を後にするとき、出口の脇に何頭ものラクダが寝そべっていた。初めて乗ったラクダは、ある種の感動とコーフンをもたらした。

旧約聖書のころとなにひとつ変わらない顔と衣服の馭者に頼みこみ、私はラクダさん可愛いネと頭やアゴを撫で回した。

こんなに親密に暮らしてるんだから、やっぱり一頭一頭、名前がついているんだろうな。

「ワット・イズ・ヒズ・ネーム？（彼の名前はなんていうの）」

そう訊ねると、ラクダの馭者は一瞬、困惑の表情を浮かべた。そしてすぐに愛想笑いすると、

「ジス・イズ・キャメル（これはラクダというものだ）」

私たちが猫や犬に名前をつけるのと同じようには、かつての砂漠の民の末裔はラクダに接していないらしい。そして私はラクダという動物も知らない無知な東洋人と思われてしまったようだ。

グリコとぢ

大阪、道頓堀にキラキラ燦然と輝くグリコのネオンサイン。ランニングシャツに短パンを履いたランナーの姿を目にすると、ああ自分はいま大阪にいるのだなあと、しみじみ実感することができる。

グリコは一粒三百メートル。懸命にひた走る走者の姿は、私をちょっぴりだけど勇気づけてくれる。

私が大阪に行く機会などそう滅多にない。たまの取材の仕事か仁川にある阪神競馬場に遊びにいくときか、ともかく年に一度あるかないかだ。大抵の場合、慣れない取材仕事でヘトヘトになっているか、全レース馬券を当て損なってグッタリしている。

そんなときでも――いや、そんなときだからこそか、私は赤い地色をバックに、ひたむきに脚を動かしつづけるランナーの姿を仰ぎ観る、ただそのためだけに道頓堀に向かう。

なぜ私はあの巨大な広告塔を目にするたびに、ささやかな感動を覚え、元気を貰うことができるのだろう。

恐らく他人の視線や評価など意に介さず、ほとんど愚直といってもいいような生真面目さで永遠に走りつづけるその姿に心を打たれてしまうのだろう。

いまの日本からは失われてしまった価値観と美徳。まるで円谷幸吉みたいだな、と私は思う。

その巨大な原色のランナーの下を、ほとんど猥雑と呼んでもよいほど活気に満ちあふれた大阪人たちが通りすぎていく。その対照の妙が、実に味わいがある。

すれ違うサラリーマンやＯＬや女子大生やプータローたちの口から発せられる関西弁が耳に飛びこんでくると、ああ、ここは異国だなと思う。

パリやニューヨークや香港の街角で、フランス語や英語や広東語を耳にしたそのときよりも、はるかに強烈なエキゾチシズムを私は味わうことになる。

私と異なる価値観と文化を持つ人たちが住む街に、いま私は立っている。それを実感させてくれるのが、大阪、道頓堀のグリコのランナーなのだ。

そう、広告と場所は、私にとって不可分のものなのだ。広告それ自体が問題なのではない。どこで何を観たか。それが重要なポイントである。トポス（場所）と広告。

たとえば香港の九龍サイドから香港島に向き合ったとき。対岸の高層ビルの外壁にひときわ目立つ「ぢ」のネオンサイン。

九龍のホテルの窓辺に立ったとき、目に飛びこんでくる、この平仮名のインパクトは強烈である。

眼下にはスターフェリーが小さく波をたてて行き交う。香港島の夜景は異国情緒を漂わせている。あの高層ビルの上に位置するのが映画『慕情』の舞台にもなった丘のあたりだろうか。

そんなロマンチックな感慨に浸っているそのとき、突然、視界に飛びこんでくる、あまりにも散文的な「ぢ」の一文字。

このヒサヤ大黒堂の広告を目にしたとき、突然、尻のあたりが、むずむず、痛いような痒いような、妙な感覚に襲われる日本人は少なくないに違いない。香港という街に抱いていたエキゾチックでオリエンタルな感慨が、一瞬にしてチャラになるような感覚とでもいったらいいか。

そして次の瞬間、私は悟る。

底の浅い西洋仕込みのオリエンタリズムなぞ一蹴してしまうような、バイタリティ溢れる野蛮なまでの商業主義。そんな街に、この巨大な「ぢ」という文字は、なんとふさわしいことかと。

東京にも、大阪のグリコ、香港のヒサヤ大黒堂に匹敵するような、シンボリックな広告を見つけることができたら嬉しいのだが、と私はときに思うことがある。

その昔、東宝の怪獣映画では、きまって銀座界隈がゴジラたちの襲撃場所に選ばれていた。そのとき怪獣たちに踏みつけられ、破壊光線で炎上させられる建物は日劇であり、森永製菓の広告塔だった。

日劇はずいぶん昔マリオンに姿を変えた。森永製菓のネオンはいま、どうしているのだろう。もう、とっくの昔に銀座の街から姿を消したのだろうか。それとも、と私は思う。

私が街を歩くときに、地面から顔を上げない、そんなゆとりのない「大人」になってしまったから、銀座の街のビルの屋上にそびえる広告塔が目に入らなくなってしまったのかもしれないと。

今度、銀座の街に足をはこんだそのときには、一瞬でいいからビルの屋上に視線を送ってみよう。

さい果ての島で犬に噛まれた

犬に噛まれたことが一度ある。

私の身長よりもある大型犬に押し倒され、手首をガブッ。あっというまに血がぽとぽと滴って、スニーカーに血痕ができた。

犬に噛まれる。人生で初めての災難を体験したのは、東京から遠く離れた南の島だった。日本最西端の島である。さらに東京からもっとも遠く離れた、人の住む場所でもある。

島を初めて訪れたのは十五年前だ。戦後ニッポンが生んだ名機ＹＳ11で東シナ海の上空を飛ぶうち、目的地が他の八重山の島々とはまったく異なる空間にあることがわかってきた。ジャングルに覆われた西表島の上空を通過したあとは、島影ひとつ見えない。

ようやく洋上にポツンと島が姿を現した。島を旋回しながら着陸態勢に移ったとき、形状の特異さが目を惹いた。穏やかな浜辺はほとんどない断崖絶壁の島だ。茶碗や皿をそのままひっくり返した形といったらいいか。

圧倒的な孤絶感が身体を包む。この風景に瞬時に身体が同調した。私だけの、さい果ての島。なぜだか居心地の良さを覚えて、二度、三度と通うようになった。

犬に噛まれたのは四、五回目の訪問のときだ。人口千八百人の島には、三つの集落がある。空港にも近く、町役場や郵便局、そして雑貨屋が一軒だけある祖納（そない）。日本最西端の西岬（いりざき）近くには漁港を擁する久部良（くぶら）の集落がある。そして島の南には、ひっそり比川の集落があって、シャーマニズムの気配の強い土地という人もいる。

祖納の街には、島で唯一の信号がある。島には中学校までしかない。高校は石垣か沖縄本島に入学する。進学や就職で沖縄の他の島や東京、大阪に移り住む可能性のある青少年の教育のため、交通量の少ない祖納の街に信号機は設置された。

島を離れる直前の出来事だった。クルマを町役場の近くで止め、観光資料をもらいに役場に小走りで向かう。世界最大の蛾。日本でも稀少な百頭ばかりの在来馬。そして少し前に〝発見〟された海底遺跡。人工物だという学者の発言で〝古代ムー大陸文明〟の遺跡という誇大ＰＲまでされるようになった。

なまじ島に馴れ親しんだ驕（おご）りが災いしたかもしれない。クルマを止めた場所からすぐのところに細い路地がある。民家が三、四軒ならぶだけのこの路地を通れば、町役場には近道だ。

たったったと足どり軽く路地を走り抜けようとしたとき、まん中の家の軒先に鎖でつながれた黒い大型犬の姿が視界に入った。私もぎょっとしたが、相手も何事かと構えた様子だ。ええい、大丈夫だろう。道の端に身体を寄せて通りすぎようとしたが、駄目だった。

鎖は思ったより長く、ううっと唸り声を上げた犬は立ち上がって私に飛びついてきた。大きい。そして重い。私はどすんとその場に尻もちをついた。犬は唸りながら、私の身体を押さえつけ、どうしたものかと迷っているようだ。一秒たった。このまま離れてくれるかもしれないぞ。そう思ったとき、身体をかばっていた手首をガブリと嚙まれた。

一度嚙んだことで気が済んだのか、大型犬が少し後退した。気が動転していたが、反射的に立ち上がった私は表の通りへ出た。狂犬病になったら怖いな。臆病な私は左手で、嚙まれた右の手首を固く握って、誰かに助けを求めようと周囲を見渡す。

ひっそり静かな、東京から一番離れた島の通りには人影ひとつない。向こうで信号機が点滅している。自分の恰好を見ながら「これって、まるで『ねじ式』だな」と冷静に思った。「もしもし、この近所に医者はありませんか。メメクラゲに刺されてしまったんです」の、一九六八年のつげ義春の劇画が現実になったかのようだ。

ともかく病院を探さなくちゃ。焦りながら、よろよろ歩きかけたとき「ダイジョブ？ビョーイン、アッチ」という声がした。毎日この通りで二、三度は見かける、大柄な青年だった。〝裸の大将〟山下清か「たま」の太鼓を叩くランニング姿のメンバーに似た青年が、通りをふらふら歩いては、バアさんたちに笑われている姿は何度も見ていた。

ありがとう。礼をいって、ともかく青年の指さすほうにいってみる。ようやくすれ違った老人に診療所はどこかと訊くと、この先をもう少しいったところと教えられる。島でただひとつの診療所だ。中年の医師がひとり、看護士さんが二人いたろうか。破傷風の危険があるので、傷口は縫い合わせずに応急処置をしてもらった。

数年後に、この島をロケ地にしたドラマ『Dr.コトー診療所』が大ヒットした。吉岡秀隆くんが主演し、柴咲コウが看護士を演じた、あのドラマだ。吉岡くんもロケハンで、あの診療所は訪れたのかな。

その日の夜から、傷口はどんどん腫れて、ふだんの倍近くも膨らんだ。東京に帰ってから、島の歴史をつづった本を読んでいた。

本の中に島の創世神話が記されていた。「いぬがん」と題されている。久米島から琉球本島へと向かった船が荒天で漂流し、島に流れついた。一行の中に、一人の女と一匹の犬がいた。島に着くと、男たちが次つぎと行方不明になる。とうとう、女と犬だけが残った。犬が男たちを噛み殺していたのだ。女と犬は「いぬがん」という場所で暮し始める。

しばらくして八重山の小浜島からも、一人の漁師がこの島に漂着する。「いぬがん」でばったり女に会う。女は猛犬がいるから逃げてくださいと必死にいうが、女の美しさに魅了された男は、犬をだまし討ちにあわせて殺してしまう。女は犬の死骸をどこに埋めたか訊くが、小浜男は答えなかった。

二人は夫婦になり、五男二女を産んで平穏に暮す。何年後かに男は一度、小浜島へ帰るが、またこの島へ戻ってくる。ある日、酒を飲んで上機嫌になった小浜男は、ふと気が緩んで犬の死骸を埋めた場所を話してしまう。その夜のうちに、女はいなくなる。翌朝、小浜男が犬を埋めた場所に行くと、妻は犬の骨を抱いて、自分も死んでいた。五男二女を産んだからといって、妻に気を許してはいけないよという教訓を見いだす人もいるようだが、ともかくこの五男二女からこの島の歴史はスタートしたという。

するると、あの犬はと、私は思った。島の娘をさらう可能性のある遠来の訪問者を噛み殺す、もしくは威嚇するために襲ってきたのだろうか。神話、伝承の類を読んで、これまで自分の身の上に重ねるような事例はなかった。初めての経験である。

大きな黒い犬と、クルマも通らないのに点滅する信号機。ランニング姿のマレビトのようにも見える大柄な青年と、島にたったひとつの診療所。さい果ての町と私の間には、なにか因縁めいたつながりがあるのかもしれない。

1989年4月7日 横浜アリーナ

STEVE WINWOOD

ビールにシューマイ、検問突破の美味

県民ホール、文体、そして横浜球場。たまに横浜まで出かけて見るコンサートは、なかなか味わい深いものがある。

わざわざ川をひとつ越えて遠出するという、その手間暇のかけかたが重要なのだと思う。東横線もしくは京浜東北線に乗って多摩川の鉄橋をゴトゴト渡るうちに、気分はいつのまにかエトランゼになっているのだ。そして、コンサートの終わった後、中華街や県民ホール裏の船員食堂ふうレストランに立ち寄っての食事が、これまた遠足気分の延長でなかなか楽しい。

その横浜に久しぶりに足を延ばした。鳴り物入りでオープンの、あの噂の横浜アリーナである。

おまけに、柿落とし（こけら）のユーミンに続いて、この日ステージに現れるのはあのスティーヴ・ウィンウッドだ。

しかしそれにしても、本当によくぞ来てくれたというかんじである。無闇やたらと濫発され気味の〝待望の初来日〟という言葉だが、スティーヴ・ウィンウッドに限っては掛け値なしの形容といっていい。

横浜アリーナは、新横浜の駅前にある。改札口を抜けて、駅の構内にある崎陽軒の出店でシューマイを、そしてKIOSKで缶ビールを買う。崎陽軒のシューマイを肴にビールを飲んでからコンサートに臨む。これが横浜における開演前の正しいスタイルではないだろうか。

ところが、これにマッタがかけられたのだ。会場の入り口に近づくと、例によってカメラとテープ・レコーダーのチェックを

ライブの宣伝ポスター

呼びかけているのだが、この日はさらに新たな制限が付け加えられていた。

「会場内に飲み物の持ち込みは禁じられております。壜類、缶類の持ち込みは、どうぞ御遠慮ください」

カメラと同じように、入り口で預かるというのだ。こんなの初めて聞いたぜ。一瞬ムッとなる。そして、手に持ったこの缶ビールはなんとしてでも死守せねば、という気分になった。冗談じゃないぜ、まったく。入り口で取り上げられて、その二時間後に生温くなったビールを返して貰ったって、もうその時は少しも美味しくないぞ。

入り口からほんの数メートル手前だったが、咄嗟にパンツの尻ポケットに缶ビールをねじ込む。ジャケットの裾に隠れて、恐らく発覚は免れるのではないか。しかし、万が一見つかった時はどうしよう。腹を立てて、そう簡単には缶ビールを引き渡さない自分の姿が、ありありと脳裏に浮かんだ。飲み物を持ち込んじゃいけないという根拠を示してみろよチケットの裏にだってそんな注意事項書いてないだろ、とかね。口論から、やがて摑み合いになって、ガードマンが飛んでくる。下手をすると奴らに口裏を合わせられて警察に突き出され、翌日の新聞に〝自称作家、コンサート会場で暴れて御用〟なんて記事が出ることになるかもしれない……。

掌がじっとりと汗ばんで、動悸が速くなる。が、あっさりと検問はパス。その後、フーッと大きく息を吐いてから、ロビーの隅でガードマンの目を盗んで飲んだビールと、つまみのシューマイの美味かったことといったら。まるで高校時代、学校のトイレで隠れて吸った煙草のようだった。もっとも、そうやってビールとシューマイを胃に収めながら、いい齢をして一体オレは何をしているのだろう、という想いがふと横切ったのも事実ではあるのだが。

いい齢といえば、スティーヴ・ウィンウッドも、やはり僕と同じ齢である。十五歳でデビュー。トラフィックを再結成したころは、かつての天才少年も二十歳を過ぎればただの人か、みたいなことも言われていたけど、それから十五年近くたって初めてチャートのトップに君臨することになるなんて、一体誰が予測したことだろう。

それだったら、僕だって四十歳を過ぎてから泉鏡花賞を受賞しても決して遅くはないな、などと勝手なことを考えているうちに会場の照明が暗くなった。

歓声。そして暗闇の中からキーボードを弾きながら「Freedom Overspill」を歌うスティーヴの姿が浮かび上がってくる。このオープニング・シーンを見ただけで僕はすっかり興奮してしまい、そしてその興奮はラストの「Gimme Some Lovin'」までキッチリと持続したのだった。

後で調べたら、横浜アリーナは横浜市と西武とキリンビール、そしてプリンスホテルの三者による第三セクター方式で運営されているらしい。そのために、会場内のキリンビールしか飲めないシステムにしているんだったら、これはちょっとセコイ。

ドームや武道館より遙かに優れた音響効果を持つコンサート施設なのだから、会場運営の方も是非スマートにやって貰いたいものである。

1989年　シャガール展　十九世紀ローマ賞絵画展

EXHIBITIONS in SHIBUYA

渋谷の《奥》と東急VS西武の渋谷二十年戦争の行末

渋谷の東急本店に隣接してBunkamuraがオープンしたのは九月初めのことだったが、最初このネーミングを聞いたときはレレレと首を捻ったものだった。

大体いまどき「文化」も「村」もハヤらないし、だから漢字じゃなくてBunkamuraとローマ字表記なんだろうけど、どうも語呂が悪いというか、ブンカムラと口に出すのがなんだかちょっと恥ずかしい。

ま、そういうのは、いずれ時間がたてば慣れると思うのだが、Bunkamuraのオープニングの一部ラインナップにも首を捻ってしまうようなものがあって、そのキワメッケは美術館のオープニング特別企画〝源氏物語と紫式部展〟だった。これには思わずコケてしまった。

堤一族の西武セゾン・グループとはえらい違いである。

その西武百貨店の本格的な渋谷進出はいまから二十年前、一九六八年のことだった。戦前から戦後にかけての渋谷は東急の町であり、道玄坂がメイン・ストリートの町だった。

それが六八年の西武百貨店の出店以降、とりわけ七三年のパルコ・パート1と七五年のパルコ・パート2のオープンで渋谷の人の流れは一挙に公園通りに移った。いってみればこの二十年は、日常雑貨を扱う東急の従来からのデパート商法が、広義の文化情報を商う西武のカルチャー戦略に敗退していく過程でもあった。

しかし私はそんな昔気質で不器用な東急のファンだった。大井町という東急文化圏で少年時代を送り、たまの日曜日には渋谷の駅に隣接した東横デパートに出かけ、屋上の遊園地で遊んだあとは連絡橋で東急文化会館に渡ってパンテオンでディズニー映画を見たり上の五島プラネタリウムで天体少年の

とうきゅう

Bunkamura

今日9月3日、渋谷でBunkamuraが開幕します。

1989年（平成元年）9月3日発行の広告

興奮を味わったりという、そうした地縁的な背景によるものなのか、ともかくこの二十年間という短からぬ歳月、私は東急の復権を切に願っていた。

　で、このBunkamuraこそ、109、ワン・オー・ナインそして109-2、ワン・オー・ナイン・30'sとつづいた東急の十年間の先行投資の果てにあった渋谷における覇権奪回の総決算である。

　東急VSセゾン抗争の今後を占ううえで、東急の側に優位なポイントがひとつあるとすれば、それはBunkamuraの背後に控える松濤（しょうとう）の住宅街の存在である。

　田中康夫によれば、松濤は同じ渋谷区にある南平台や品川区の池田山と並んで都内における高級住宅地ベスト3なんだそうである。一般的には同じように高級住宅地としてイメージされている成城学園や田園調布とも、ちょっとレベルが違うくらいの高級住宅地なのだという。

　松濤は渋谷の《奥》である。

　山の下を走る街道筋に沿って横に長く配列された集落がつづき、それに対して直角に山裾の神社があり、さらにその山の奥に奥宮が控えているという構図が日本の村落コミュニティの原型であると説いたのは槇文彦の《奥の思想》である。

　町の真ん中に大きな広場があって、どこからも見える高くて立派な教会とともに中心を形成しているというのがヨーロッパ流の都市のありかたである。西欧流の中心に替わる概念が《奥》なのだが、たとえば坂の多い東京の山の手地区では《奥》の気配はうねうねと屈折する道が突然遭遇する崖縁や石階段や、その脇に群生する小家屋という濃密な空間のひだを漂わせた景観の中から滲みでてくる。

　秋のある一日、私は〝源氏物語と紫式部展〟の日程をやっと終了し、なんとか一般客も集められそうな〝シャガール展〟を開催しているBunkamuraを訪れた。そこからさらに東京最大のラブ・ホテル街である円山町を左手に眺めながら、右に折れ左に折れぶらぶらと散策した私は松濤美術館に立ち寄った。

　何年か前にこの瀟洒（しょうしゃ）な美術館ができたあたりから、周辺の鍋島松濤公園や観世能楽堂とコミで、この一帯が〝お洒落な散歩コース〟として浮上し、「アンアン」や「Hanako」にも取り上げられるようになった。いってみれば、松濤が渋谷の《奥》であることをマス・メディアに対して最初に示唆したスポットである。

　こちらの催しものは〝十九世紀ローマ賞絵画〟展である。十九世紀のフランス美術の主流はいわゆるアカデミー絵画と呼ばれる、どうしようもないくらい保守的な潮流で、その新人登龍門がローマ賞だった。

　聖書やギリシア、ローマの伝説を題材に選ぶことを課せられていた当時の大作は私たちの知っている近代絵画と比べるとずいぶんと静的（スタティック）で古典的な様式性が強く、退屈といえばこれほど退屈なものはない。

　しかし何点も眺めていくうち、あまりにもアナクロな様式美がなんだか妙に新鮮にも感じられてきて、そうかこういうのを《奥》が深いというのか、と一人納得した私であった。

1990年1月26日 川崎クラブ・チッタ

RED HOT CHILI PEPPERS
過激ライヴ空間のストレンジャー

立川から川崎まで五十三分。南武線を全線走破してクラブチッタ川崎にやっとたどりついたのだが、わざわざ東京の周縁部をなぞるようにして小旅行を敢行した甲斐のあったレッド・ホット・チリ・ペッパーズだった。

この連中の刺激的でアブナいステージについては噂に聞いていたが、期待どおりのエキサイティングなライヴを目のあたりに見ることができた。

前座が演奏しているとき、ロビーで顔をあわせた湯浅学が「アレ、どうしたの?」って不思議そうな表情をしてたけど、そうか、これがストーンズやスティングならいざしらず、洋楽プロパーのライターでもないボクがレッチリの会場にいるのはおかしいかな、やっぱり。

プロレスでいうと、ぽっと出のファンが大仁田厚の主催するＦＭＷの有刺鉄線デスマッチの会場にいるようなものかもしれない。

ＵＷＦが徹底して排除した場外乱闘と流血戦を、逆にこれでもかこれでもかと観客に見せつけることによって一部のハード・コアなプロレス・マニアから熱狂的支持を受けているのがＦＭＷというインディペンデントの小団体である。

主催者の大仁田厚は試合のたびごとに何十針も縫う裂傷を負い、その傷口からおびただしい量の血を流すというワンパターンの流血ファイトを繰り返す。

もうひとりの中年レスラー栗栖正伸も相手の脳天めがけてふりおろす椅子攻撃の一本槍である。ボクが驚いたのは、容赦のない椅子攻撃が、いまや見慣れた風景に転落したアキレス腱固めの数十倍も刺激的だったことだ。恐怖で顔がひきつった新人レス

1989年アムステルダムで行われたライブでの、アンソニー・キーディスとフリー ©Rob C. Croes (ANEFO)

ラーをなおも追いつめ、椅子を思いきり叩き付ける栗栖を見て、ボクはプロレスラーの怖さを改めて思い知らされ、そのあとも何時間か興奮が鎮まらなかった。

ＦＭＷの栗栖に相当するのが、レッチリの場合、さしずめベースのフリーである。『マッドマックス』みたいな近未来映画にでてくる、頭のネジが切れたイカレポンチの非行少年のイメージまんまの姿でチョッパーを弾きまくりながら跳びはねるフリーは、エキセントリックをとおりこしてかなりアブナい。

ステージの上がこんなだから、観客も髪の毛を脱色したメタル小僧がいるかとおもえば、モヒカンを赤く染めたパンク野郎もいるし、鼻ピアスをした女のコまでいて、こちらも相当アブナい。パンクとメタルとファンクが同居しているのは、レッチリの諸ジャンル混淆的ゴッタ煮音楽を反映してのことだろう。

いわゆる業界の人間でない割りには洋楽のコンサート会場にマメに足を運んでいるほうだろうが、さすがにこの手のライヴはほとんど経験したことがない。

ダイビングを敢行する観客や、バングラディッシュふうの男の肩の上で腰をくねらせる女のコをもの珍しげに眺めているとき、ある小説のワンシーンが思い浮かんだ。

「リズム・アンド・ブルースの音楽がこの狭い空間に響いていた。傾いた壁に、天然色のスライドが映し出されていた。音楽とリズムを合わせるように、映像がかわった。それは外国のヌード写真の一部であったり、緑の原や海岸の風景であったり、ニグロ演奏家の大写しだったり、花だったりした。その光をさえぎって、若い男女がホールいっぱいに踊っている。その中にエリがいた」

大岡昇平のアッと驚く珠玉のファンタジィ『愛について』（新潮文庫絶版）の一節である。大岡昇平は晩年になっても、ＹＭＯや中島みゆきやニューアカデミズムについて愉しそうに書いていた好奇心旺盛なモダン爺さんだったが、六〇年代後半の新宿のいわゆるアングラ酒場を描写したこの引用部分からも、彼のそんな愛すべき資質がよく伝わってくる。

とはいっても、所詮は場違いな場所に迷いこんだオジさんのピントのズレた文章には違いないわけで、ボクたち読者としてはただ微苦笑するしか手はない。そして大岡昇平を何十倍も下品にしたピントはずれの風俗ルポは、いまも週刊誌やスポーツ紙でいくらでも読むことができる。

さて、ここでクエスチョンだ。

レッチリの「過激」なステージを堪能し、その「アブナい」観客たちのリアクションを愉しんだボクの視線に、週刊誌の風俗ライター的な度しがたいセンスのズレが潜んではいなかったか。

彼らのライヴがあんまり面白すぎ、ひょっとしてオレは勘違いで喜んでいるのかもしれない、とついつい不安に駆られてしまったのだ。

このへんが、いつになってもシニカルな、それでいて人の善い知識人という役まわりから逃れることのできないボクの限界なのかもしれない。

1990年4月19日　東京・フジテレビ

OHAYO! NICE DAY ニコニコと拒む！ 紋切り型への挑戦状

たまにだが、ボクのところにも学生から講演の依頼がある。

「人前で喋るのは苦手なんで、申しわけないけど遠慮させてください」

まず大抵はこう断る。すると「そんなことないでしょ。よくテレビに出て、喋ってるじゃないですか」と喰いさがられるときがある。

いまだにテレビで流暢には喋れない。でも、講演会で何十人もの前で話すのと比べると、テレビで喋るのは、実はずっと気が楽なのだ。

スタジオの中にいる人間は、普通は十人から二十人だ。おまけに、カメラ、音声といった技術スタッフは自分の仕事に没頭している。音声エンジニアが意識を集中しているのはボクの物理的な声であって、ボクの話している内容ではない。ボクの話に耳を傾けているのは、目の前の二、三人しかいないわけで、だから人前で喋るのが苦手なボクでもなんとかやっていけるのだ。

「おはよう！　ナイスデイ」はボクが二、三週に一度の割合で出ている朝のワイドショー番組である。

だから、これから書くことはどうしてもワイドショー寄りになって、公正さを欠くに違いない。ただ、これは出来るかぎり客観的な立場からいうのだが、現在のこの国の文化シーンをざっと見渡して、ワイドショーほど不当な差別を受けているメディアも他にないのではないか。

ひとの不幸ばかりとりあげる、事故にあった遺族のところにレポーターが押しかけて強引にマイクを突きつける、事件やスキャンダルを起こした人間に対して偉そうに断罪していったい何様のつもりだ、など

本稿の5年前に出ていた番組の台本

など。

そんなに厭だったら見なければいいと思うのだが、怖いもの見たさだかなんだかしらないが、みんなワイドショーをけっこう見ているんだ、これが。そして、ブーブー文句をいう。そうか、情報社会、大衆社会の被差別メディアがワイドショーなのか。みんな、悪口をいうためにワイドショーを見るんだな。

そうとしか思えないほど、朝のワイドショーの視聴率は高い。ロス疑惑とたけし事件の後遺症で一時落ちこんだ数字はここ一、二年ウナギのぼりだ。とりわけ『ナイスデイ』と『ルックルック』は、しばしば一〇％以上の高視聴率を上げている。

以前と比べると取材スタイルはずっと大人しくなっている。煽情的な映像でなければ主婦は飛びつかないと信じられてきた業界の常識を覆す現象である。

この朝のメニューは、まずトップが「恋の一本勝ち！　斉藤仁五段婚約報告」だった。VTRのあと、一度スタジオにカメラが降りたところで、この日のゲスト・コメンテーターであるボクの簡単な紹介があって、次のコーナーは「つかの間のママ気分聖子再び渡米」だ。

インタビューでの良き母、良き妻ぶりがあまりにもミエミエだったので「感動的なくらいの演技ですね。こうまでして、みんなに好かれたいと思うのは、なにか幼児体験に根ざしたような強迫観念でもあるんでしょうか」などと厭味をいう。案の定、局に何本か聖子ファンのオバさんたちから抗議の電話があった。

ここでCMがあって、次は「猛火の中から……赤ちゃんリレーで救出」というニュースである。事前の資料では、下町の人情アパートふうのつきあいによる感動ネタかと思っていたのだが、VTRを見ると様子が違う。たまたま二階建の低層住宅だったのと、隣人が気づくのが早かったという偶然の結果のようだ。

こういうとき、素人はアドリブがきかない。アタマのなかに用意したシナリオをそのまま喋ることもできず「いやぁ、運良く助かってホントによかったですね」と誰でもいえることしか口にだせなかった。

このあと「夏目雅子の兄と田中好子との不倫」「新入園児、すべり台で窒息死」があって、ラストは「六〇〇〇万円詐欺僧侶」「お菓子持ち逃げ売り飛ばし男御用」という、まあ、どちらかといえば軽くてドジな犯罪ネタが二本つづく。

こうした犯罪や公序良俗に背いた事件こそ、ボクの出番だと思っている。「ワイドショーに出て、いい加減なことを喋って、日銭を稼いでいる文化人」というステレオタイプないいかたがまかり通っているいまだからこそ、である。

ボクは吉本興業の批判はしても横山やすしや勝新太郎の悪口はいわない。コメントを通じて世間を啓蒙しようなども、さらさら思わない。

だがボクのような場違いな人間がテレビに出ていることに意味があるとすれば、ニコニコ毒のない顔をしながら、しかし公序良俗に適った紋切り型の発言は拒否していくという、それ以外にはないような気がしている。

1990年7月14日　東京・日本青年館

NICK CAVE AND THE BAD SEEDS

ハイに生きるか 長生きするか

前回の来日ステージはチケットを取りそこねて、ニック・ケイヴを生で見るのは今度が初めてである。

彼の人となりに触れたものにことさら目を通さなくても、そのレコードを聴いただけで彼の過剰なまでのキャラクターや生き方は充分に想像がついた。ライヴに関しても大雑把なイメージを頭に描いていたのだが、ステージに登場したその瞬間から過剰なエネルギーをホール全体に放射して、ニック・ケイヴというのはつくづく異形の人だと改めて知らされた。

パッと一瞬見ただけでその異形さ加減が観客に伝わったのは何故か。

彼の音楽性、ヴォーカルの声質などはひとまず措くとして、まず目につくのは彼の着ている黒もしくは濃紺のスーツとネクタイである。

これは変である。相当オカシイ。ロバート・パーマーやブライアン・フェリーが〝ロックのステージに背広とネクタイを持ちこんだ〟みたいないわれ方をされたことがあるが、ニック・ケイヴのスーツ姿というのは、ああいったアダルト感覚の渋さ指向ではまったくない。

そのスーツを着た彼の身体が、またかなり異形だった。背はかなり高そうだが、それ自体どうってことはない。問題は彼の腕がその高い身長に比しても、異様に長く感じられることだった。

手長猿とかクモとかミズスマシといったある種の動物たちのように、その長い腕を持て余し気味にというよりはむしろ積極的に動かして身体表現していくニック・ケイヴの姿がまずまっ先にボクの目には強烈に焼きついたのだった。

1986年ツアーライブでのニック・ケイブ　©Yves Lorson

マイクを握ってないほうの掌をときおり観客に向けてパッと突き出すとき、そのひょろ長い腕のヒジや付け根が節足動物のそれのようにギクシャクと折れ曲がり、その瞬間ボクは彼の尋常ではないテンションの高さを感じとっていた。

ニック・ケイヴというと、誰もがそのヘロイン中毒を思い浮かべるはずだ。

彼のこれまでの音楽活動の著しい特徴だった激しい高揚感が、ヘロイン体験と密接に結びついたものであることは容易に想像がつく。しかし彼について書かれた記事を読むと、しばらく前から彼は麻薬とは縁を切った生活を始めたらしい。

このへんが隔靴掻痒というか、日本にいてはいまひとつわからないポイントだ。覚醒剤中毒が急増しているとかコロンビアからコカインが上陸間近とかいっても、まだまだ日本は健全な非ドラッグ国である。

ロックは〝愛と平和〟の音楽だというようなカマトトぶった中学生みたいな意見が、以前より下火になったとはいえ、ウッドストックからこっち二十年以上まだまだ強力にはびこっている。意識的なデマゴギーなのか単なる無知なのかは知らないが、無論これは誤りである。あるいは百歩譲っても、ロックが持つ多面性のなかのほんの一面に過ぎない。

私見では、ロックは〝ドラッグと黒魔術〟の音楽である。もう少し控え目な言い方をしても、ロックはドラッグと黒魔術から多くのモティーフを得ることによってその表現を深め、多様化させてきた音楽ジャンルである。

そういった意味では、黒魔術は措くとしてもニック・ケイヴはロックの申し子みたいな純粋培養アーティストのわけだが、では彼はヘロインを絶ったいま、何によってテンションを高めているのだろう。ボクにはそれが興味深かった。

これは恐らくひとりボクだけの興味の向き方ではない。時代の気分全体がそっちの方向に向いている。「ハイになってますね」「彼女、テンション高いね」「ボルテージ上がってるよ」といった会話が、ここ何年か日常ひんぱんに使用されるようになった。

ナチュラル・ハイ、脳内麻薬といった言葉もかなり日常化し、最近ではライティング・ハイという概念も、物書き仲間の間では常識化しつつある。

これまで謎とされていた創作にまつわる神秘が、すべてハイなテンションの結果と見做されるようになった。

こうなれば、ハイになったものが勝ち。ヤキ族インディアンでもバロウズでも栗本慎一郎経由でもいいから、ともかくハイになること。テンションをギンギンに高め、ハイな状態をキープすることが、この時代の価値の規範となったのだ。

でもなあ、そんなにテンション上げっぱなしだと、絶対あとで反動がきそうだけどなあ。ニック・ケイヴだって、どう見ても長生きしたり、幸福な社会生活を営めそうもないもん。

たまには身体じゅうを脳内麻薬が駆け巡るようなハイな状態を体験したい気持ちも充分にあるけど、ボクは俗物だから長生きがしたいな。

コラムニスト入門

1991年　隔週火曜日　18時30分〜20時00分　池袋コミュニティカレッジ

昨年の秋から池袋にあるカルチャーセンターで、コラムの教室を受け持っている。カルチャーセンターで教えているということを、こうして堂々と書くのは、実は初めてだ。これは私だけが変に神経過敏になって、被害妄想にとらわれているだけかもしれないが——いまの世の中では、カルチャーセンターの講師を賤業視する空気が支配的である。

いつの時代も、社会は大衆の欲求不満と攻撃衝動を満たす生け贄を用意してきた。最近でいうと芸能レポーターとカゲキ派と原発。この三者が、最大多数の反感を容易に買うことのできる恰好のスケープゴートだった。題してヒンシュク御三家。

この際、カゲキ派とゲンパツはおくとして、芸能レポーターだが——文章のなかに「あの心卑しい芸能レポーターたちは……」みたいな一節があるコラム、エッセイのたぐいをときどき見かける。

たしかにブラウン管に映る芸能レポーターを見て、腹立たしく感じることもあれば不快に思うこともある。しかし恐らく誰もが同じように感じているにちがいなく、それはかつての力道山時代のプロレスにおける〝銀髪鬼〟フレッド・ブラッシーと同様、観客全員に憎悪される古典的ヒール（悪役）なのだ。

「梨本って嫌ねえ」「須藤って最低！」——OLの茶飲み話やサラリーマンの酒の席でのお喋りならともかく（という、この形容も紋切り型ではあるが）、わざわざ文章にする以上、世間の常識を逆撫でしないまでも、もうすこしハズスくらいの芸を見せてくれなくては。

ともかく私は大多数の人間が意識的ある

1980年頃から愛用しているシャープペンシル

いは無意識に思っているようなことを、なんの羞恥も覚えずに文章にできる人間には、同じ物書きとして嫌悪の感覚を抱いている。

　といって人一倍小心な私は、世の中の空気の移り変わりに関しては、ほとんど小動物並みの敏感な嗅覚を有している。そんな私のセンサーが告げるには、最近多くの人間が好んで揶揄、中傷するのが、テレビのコメンテイターとカルチャーセンターのふたつだ。

　何週間に一回かは「テレビに出てくるゲスト・コメンテイターと称する連中が」云々というフレーズを、どこかしらの雑誌で見る。面白いのは、揃いも揃って「と称する連中」と書いていることだ。そんな胡散臭いインチキな職業を、俺は断固として認めないぞこの野郎、という書き手の気迫がこの言い回しには篭められているかのようだ。

　それに反論するのも大人げないが――あれは称しているのではない。正確にいえば称されているのだ。

　ここでようやく話はカルチャーセンターにまで辿り着くのだが――カゲキ派やゲンパツほどの危険性はないものの、芸能レポーターやゲスト・コメンテイターと同程度にはいかがわしく胡散臭い匂いが、カルチャーセンターという現象からは漂ってくるのにちがいない。

　芸能の世界ではデパートの屋上でイベントの司会をしたり、地方のクラブや公民館で歌うことを「エーギョー」と呼ぶ。で、物書きの世界においてエーギョーに当たるのがカルチャーセンターの講師なのではなかろうか、という卓見を述べたのは友人の（香港評論家と称されている）山口文憲だった。

　四流、五流では声もかからないが、一流ならば決して引き受けないのがカルチャーセンターの講師だ、といった意味のことを山口君は書いていたが、なるほどね。

　一流の物書きが品性高潔だからカルチャーセンターの講師をしないのではない。彼らには講演という額の一桁違う美味しいエーギョーの口があるからだ。

　なぜカルチャーセンターは胡散臭く思われるのだろう。

　文章を書くということは、本来は密室に属する作業だという抜きがたい信仰が、世間一般にも物書きにもあるためではないだろうか。

　秘儀に属する事柄を、職業訓練センターの板金工コースや写植工コースと同じように速成するという試みが冒瀆的と映った可能性はある。おまけに、こうした過程がビジネスとして成立していることへの反発。このへんの事情は、推測がつく。なぜなら――私のなかにも、同じような疑問がすこしはあるからだ。

　なのに、なぜやるのか？　疲れそうな仕事と不愉快なことが起きそうな仕事――それ以外だったら、どんな（世間が考える）胡散臭そうな仕事でも私はエーギョーに赴くのだ。

　と書いているうちに、肝心のコラム教室の模様に触れる前に字数が尽きた。コラム上達法があるのなら、ぜひとも教えてほしいものだ。

　こんな私が講師をしているのだから、カルチャー教室は充分いかがわしいといわざるを得ない。

年に一度の七夕マージャン顛末記

1991年8月8日23時〜8月9日9時　新宿東口中央通り脇　雀荘「k」

もうずいぶんまえから若い連中はマージャンをしなくなった。

学生街のマージャン屋がつぎつぎと店をたたんでいるというニュースが話題になったのが、かれこれ十年前のことだったか。マージャンをやらない学生が就職するから、自然とサラリーマンのマージャン人口も減る。最近は大手町あたりの雀荘も激減しているという話だ。

マージャンは、いまやゲートボール並みに年寄りがするゲームになってしまった！

私は年寄りではないから、原則的にはマージャンはやらない。しかしあらゆる原則に例外はつきものであるから、年に一度はマージャン卓を囲む機会が訪れる。この三、四年あたり、同じ面子で年に一度、だいたい夏のころに徹夜でマージャンをするのだが、これではまるで七夕マージャンではないか。

今年もそのマージャンの季節になった。

私以外のメンバーはというと——マスコミ関係者、とりわけ大手出版社の編集者や流行作家に蛇蠍（だかつ）のごとく嫌われている『噂の真相』の岡留安則。新宿で「池林坊」や「浪漫坊」といった酒場を五店舗も経営する青年実業家の太田トクヤ（本の雑誌から出ている沢野ひとしの『太田トクヤ傳』のモデルでもある）。そしてAV界の老舗、VIPエンタープライズの社長である明石賢世の三人だ。

どうです、『フォーカス』の編集長と瀬里奈のオーナー、それと大島渚が一同に会して卓を囲むのに匹敵するインパクトがあると思いませんか？

以前は『本の雑誌』発行人で冒険小説評論家の北上次郎こと目黒孝二もメンバーの

ひとりだった。だがこの男が我々より明らかに頭ひとつ、いやふたつもみっつも抜けた実力の持ち主で、おまけに上手さに加えてエゲツナイくらい勝負強いのだ。そのために、一昨年あたりからメンバーから外されてしまった。

勝負事というのは、あまりに力のレベルがちがい過ぎると成り立たなくなってしまうのだ。

夜十時に「池林坊」チェーンの一店である「犀門」に集まって、近所の雀荘に向かう。

東口の中央通りをちょっと行って、甲州街道の方向に折れたあたりの一隅である。

ふだん競馬場に出かけても、一日の損失は一万五千円くらいまでで抑える私にすると、この面子のレートはさすがにオーナー社長ぞろいだからけっこう高い。

点棒それ自体はリャンピンだからハコテンになっても六千円出ていくだけだが、ワンツーのウマがつく。つまりトップだと二万、二着だと一万が入って、三着、四着はそれと同じ額が出ていく。その他にも裏ドラや赤ウーピンがついたり一発のたびごとにチップが千円ずつ出ていく仕組みになっている。

なかなか一着がとれずに、三着、四着、二着、四着なんていう順位を繰り返していると、あっというまに十万ぐらい飛んでいく。だからこの日は、銀行からなけなしの預金を引きだして勝負に臨んだのだが、いざゲームが始まれば、緊張感はなし崩しに失われてゆく。

「最近これはというスクープがなくて、来月の扉絵のカップルがまだ決まらないんだよ。誰かいない?」

「そういえば今月は誰なの? 男が舛添要一ってのはわかるんだけど、女の方がわからない。絵が似てないからわからないのか、知名度の低いタレントだからわからないのか、どっちだろう」

「あ、あれは李礼仙」

「へぇ、そんな噂があるんだ」

「そういえば、アナタ松本伊代のファンで、実際会ったりもしたんでしょ。どう、伊代とは、もうやったの? もし寝たんだったら、扉に描いちゃおうか?」

「おい、おい。もし、そうなったらちゃんと俺から教えるよ」

「そうだ、明石のところのAV女優を村上龍とか中沢新一のところに行かせて、そこを写真に撮っちゃえばいい」

「いくらオーナーだからって、そこまでヤレとは強制できないよ」

「桜樹ルイって、VIPの専属なんだっけ? 今度ヤラセテじゃなかった、会わせてよ」

「うん、いいですよ。そうだ、明日六本木にある元AVの子たちがホステスやってる店に行くけど、一緒に行く? 豊丸がママやってる店。そうだ豊丸とやらない? 気立てのいい子だよ」

「遠慮しときます」

なんていっているうちに朝になり、なかなかトップがとれなくて、いつのまにかべた負けしているダメな私であった。明日からまた仕事をして来年のマージャン資金を稼がなくてはならない。これはどうも私にとってのポトラッチ的行為のようだ。

国立ダークサイド

ここはディープな文学者の街だった

国立といえば作家ヤマグチヒトミの街だ。

一橋大学とメルヘン風の駅舎、そして大学通りとスーパー紀ノ国屋が、この街に文化的香りを与えているが、山口瞳が「週刊新潮」に亡くなるまで書きつづけた驚異の長期連載「男性自身」が、国立を〝文化の街〟として決定づけたとオレは確信している。

ヤマグチヒトミがその身辺雑記エッセイで何度も繰り返し紹介した居酒屋、寿司屋、喫茶店を詣でるファンの数はいまも多い。

しかし文学好きなら、この程度の知識で満足していてはいけない。国立は住民の多くが思っているより、はるかにディープな文学タウンなのである。

中央線の高架工事で赤い屋根の三角駅舎が解体されたのは2006年。紆余曲折を経て2020年に再建という。

なぜか。コジマノブオとヒガシミネオの二人がいるからだ。二人は現在の文学シーンできわめて独自のポジションを占めている作家である。こんなユニークな作家が複数、在住もしくは徘徊している街など、日本中、探してもそうはない。

小島信夫は今年で八十七歳になる。国立駅の北口の丘の上に建つ、洋風の家に老妻と暮らしている。日本文学界における、現役最年長の作家である。

もっと高齢の作家はいるかもしれない。しかしコジマノブオはいまも純文学誌に作品を精力的に発表する、現役バリバリの作家である。ふつう歳をとると、作家は枯淡の境地に入る。ワビサビを好んで自分の芸風にすることが多い。その方が楽だからだ。ところがコジマノブオは逆の方向を選択した。

コジマの文学テーマは「家族」である。文学好きを自称する国立マダムなら、その名作『抱擁家族』くらい読んでいるだろうな、おい。六〇年代の日本文学における最高の到達地点ともいわれた傑作だ。講談社文芸文庫で出ている。

紀ノ国屋での買い物を西友とか（いま改築中だっけ）他の安いスーパーで買って差額を浮かせてでも読んでみてくれ。じゃないと「あたくし、本を読むのが趣味なのよ」なんて台詞、オレがもう云わせないぜ。

「家族」がテーマと書いた。五十代なかばの息子はアル中で入退院を繰り返し、現在は病院で寝たきりだ。二度目の妻はコジマノブオの言い方を借りれば「極度の健忘症」の状態にある。そんな深刻な話を書いた小説のタイトルが『うるわしき日々』である。すごいだろう。オレはぶっ飛んだ。文学の鬼である。

そして国立と立川が境を接するあたりの四畳半のアパートにヒガシミネオがいる。

東峰夫は今から三十年まえ、沖縄が「本土復帰」した年、『オキナワの少年』で芥川賞を受賞している。ヒガシミネオは昭和十三年、フィリピンのミンダナオ島で生まれ、戦後は沖縄本島のコザで暮らした。

東京に出てきて、芥川賞の受賞時には立川で肉体労働に従事していた。アジア最大の基地があるコザで少年時代を過ごしたヒガシミネオには、同じ米軍基地の街、立川はしっくり肌が馴染んだのかもしれない。

正直に書けばヒガシミネオは忘れられた作家だ。しかし忘れられた何人もの芥川賞作家のなかでも、彼のことはずっと気になっていた。

昨年のことだ。沖縄のことにからめて東峰夫について、新聞のコラムで書いた。すると旭通りにある行きつけの居酒屋で、常連のシゲちゃんが話しかけてきた。「国立の図書館で、ヒガシさんらしき人を、よく見かけるんですよ」。そうか、沖縄に帰っていたはずだが、また立川、国立の周辺に戻ってきたか。

シゲちゃんも会社を辞めたばかりで、暇があるといつも図書館にいる。彼の話だと、ヒガシさんらしき初老の人物は、小難しそうな本を何冊か書架から取りだし、ちょっと目を通してから昼寝に入るのだという。何冊か本を積み上げた机に肘をつき、気持ち良さそうにうたた寝する、忘れられた芥川賞作家。いいなあ、この光景それ自体が文学だ。

　そのヒガシさんが今月、本当にひさしぶりに、新作を発表した。「群像」七月号に発表した「ガードマン哀歌」だ。夢と日常が錯綜した奇妙な小説から、ヒガシミネオのここ何年かのおおまかな日常生活は窺い知ることができた。

　生活に窮して、警備会社の面接を受けにいく挿話があった。面接は無事パス。駅前の診療所で千円を払い健康診断書をもらってくれば採用です。面接官にいわれるのだが、彼にはその千円がない。千円がないなんて、あんたギャンブルか酒でもやっているのか、と相手は呆れる。いや、そうじゃなくて、自分は実は小説家で、と彼は身の上を語る。

「え？　小説家？」。「はい」といって主人公は「オメガの時計をはずしてみせた」。

「芥川賞？　昭和四十七年！　なるほど」

　そうか芥川賞の副賞はオメガの時計だったのか。物哀しいが、しかしどこか明るく軽いユーモアの漂うエピソードである。

　ガードマンに採用されたヒガシミネオは、国立の周辺で仕事をしているようだ。下水道工事などの際に、誘導灯を振って車を止めたり、迂回させる、あの仕事だ。

　西恋ヶ窪一丁目の住宅地。こんな現場の地名も出てくる。現場までは自転車だ。

「矢川にそって走り六小のそばをいく。文房具店の前をいって踏切をわたる。矢川団地の中をつっきって桜通りにでる」「中央線に架かる内藤橋をわたった」。この街の住人には、ご当地小説として読める。

　小説の半分を占めるのは、四畳半の部屋でみる、超現実的な夢の記述だ。奇妙な脈絡ない夢が三十年まえと変わらぬ文章で語られる。ここが文学の不思議なところで、この変化しない資質が、彼の場合には大きな魅力になっている。沖縄から遠く離れてみる夢。そんな物語を発表のあてもなく何百冊もの夢ノートに綴る小説家が住んでいる国立。

　コジマノブオとヒガシミネオ。オレたちがとてつもなく濃厚な文学の街に暮らしていることを、そこのマダムたち、ひとつ忘れないでくれよ。

南武線、谷保駅の裏通りにヤバイ国立があるんだ

　国立の町外れにファンキーな店をみつけて興奮したのは、五年前だった。

　駅前で遅くまで飲んで、もう一軒いこうということになった。ちょっと遠いけど、あの店なら朝までやってるし。誰かがいうと、

あそこなら夜中に飲んで騒ぐのにサイコーだ、と賛成する奴もいて、オレたちは二台のタクシーに分乗し、谷保の駅をめざした。

駅前でタクシーをおりて、一本、裏の道に入る。昔ふうの青いネオンがSという店名を小さく浮かび上がらせて、アメリカのどこか地方都市のダウンタウンのバーのようだ。

店のドアを開けると、三十年前のR&Bが気持ちよくガンガン流れていた。暗い店の奥にはピンボールマシーンが二台デーンと置いてある。まるで福生か横須賀の外人バーみたいだった。店の造りというより空気がね。

シュープリームスをBGMにラムのソーダ割りを飲んでいるうち、オレはタワダヨーコの『犬婿入り』を連想していた。

「そもそもこの町には北区と南区のふたつの地区があって、北区は駅を中心に鉄道沿いに発達した新興住宅地、南区は多摩川沿いの古くから栄えていた地域で――」。九三年に芥川賞を受賞した多和田葉子の『犬婿入り』は、こんな町が舞台だ。

田畑が残る南区の、取り壊し寸前だった農家で小学生を教えている北村みつこが、この幻想的な短篇の主人公だ。

化粧っ気はなし。普段は何年も前のタンクトップとすり切れたモンペのようなものしか着ていない。年齢は「三十九歳よ」というが、もっと若く見える。お洒落はしていないのに、浮き世離れした雰囲気が妙にエロチックだ。

キタムラ塾に通う生徒の母親たちは、好奇心を刺激されて、彼女の噂についつい熱が入る。

駅前の新興住宅地と多摩川沿いの古いエリア。ほら、国立のイメージにピッタリ重なってくる。

国立は、そんな単純な町じゃありませんわヨ。中と西と東じゃ環境だって違うし、だいいち土地の値段が大違いザマス。それに谷保や矢川みたいな田舎まで国立だなんて、アタクシ堪えられない。

そう憤るマダムたちの顔が目に浮かぶようだ。しかしね、現実をそのまんまダラダラ描けば、いい小説ってもんじゃないんだ。

北区と南区。町をざくっと二つの地域に分割し、住民と場所（トポス）の違いを際だたせる。このシンプルな抽象化をすんなりやってのけたところが、タワダヨーコの非凡さだと、オレは思ってる。

知性の腕力。いい言葉だろう。とっちらかった現実からエッセンスを奪いとる腕力がなきゃ、物書きなんてただのお利口さんかディレッタントさ。

それまで団地の子どもが南区に行くのは、写生大会とカエルの観察くらいだった。それがキタムラ塾ができてからは、なにか急かされるように広い自動車道路を渡り、神社の境内の脇をかすめて、ボロ家に通うようになった。

君たち、動物と結婚する話は〈つる女房〉しか知らないだろうけど、〈犬婿入り〉もあるんだよ。そんな話を北村先生はする。

お姫様の世話をする女が、とても面倒臭がりだった。お姫様が用をお足しになった後、お尻を拭いて差し上げるのが面倒で、お姫様のお気に入りの黒い犬に言う。「お姫様のお尻をきれいになめておあげ、そうすればいつかお姫様と結婚できるよ」。黒い犬はその気になってお姫様のお尻を舐める。

お姫様と犬は無人島で結婚して子どもを産み、犬の死んだあとはその子どもと交わる。「黒い犬がお姫様のお尻をペロリペロリと舐めた」。この箇所が強く印象に残って、子どもたちは「ソフトクリームを舐める時にも自分が黒い犬になったつもりになって、時々犬の鳴き声など真似しながらペロリペロリと舐め」るようになる。

宿題をしながら手のひらをペロリペロリ舐める子どもを見て、母親は気持ち悪くなったりパニックに襲われる。

なにしろこの団地では「自分の家の中は毎日きちんと片付けても外の通りが汚いことはあまり気にしない伝統が定着し、道の真ん中に（中略）酔っぱらいのウンチが落ちていても、それを片付けるのは市役所の仕事と決めつけていて」と作者は書いている。

そんな清潔な家のなかに、お姫様のお尻をペロリペロリ舐める黒い犬が侵入してくる。北区のマダムたちがずっと忌避してきた南区からじんわり伝染してくる気味の悪い異質なものに、子どもは夢中になっている。

谷保のバーの喧騒と酩酊のなかで、オレは北区のマダムたちの不安と孤独を思い、ほんの少し残酷な悦びを覚えた。

店は夜が更けるとともに、賑やかさを増していく。立川のキャバクラ嬢がホストを連れてグループでやってきた。自分の店がひけたあと、ホストクラブで騒いで谷保まで流れてきたらしい。

三時、四時になっても、客は絶えない。店を閉めた飲食店のオーナーや従業員が、帰宅まえ一息つくためにやってくる。マグレブ系の浅黒い肌の男がカウンターの隅でうたた寝している。

ねえ、マダムたち。オレはトロトロに甘いソウルナンバーを聞きながら、囁く。

キミたちが誇らしげに闊歩する大学通りを、ほんのわずか南に下ると、不法滞在者やホストやホステス、そしてミュージシャンの卵がたむろする猥雑でファンキーな店が、君たちの亭主が出勤する時間まで営業している。

キミたちが精神的な支えにしている文化的な環境のすぐ南に棲息する黒い犬たち。

キミの息子や娘たちは、黒い犬の伝説に夢中だ。いや、黒い犬にお尻をペロリペロリ舐められることを妄想して、誰よりもコーフンしているのは、マダム、あなたかもしれないね。

清潔な光に溢れた街路だけでは、町は脱色され、覇気を失う。いかがわしいアンダーワールド（地下世界）が隣り合わせに点在することで、町は光と闇の交叉のなかから陰影を生じ、ようやく活気に満ちた場所になる。

駅の北口に目を転じる。そこにもひっそりと闇のスポットが息づいていることを、注意ぶかい観察者なら知っているだろう。

光町マーケット。紀ノ国屋の袋を下げて歩くのが、文化だと思っちゃいけないぜ。そんなのは恥ずかしくて、無教養なことだ。

そば屋、豆腐屋、八百屋、そして肉屋。バス通りの脇から入った路地に、ちゃんとした商いをしている、真っ当なお店が何軒かある。こういうお店があることが文化だ。

小島信夫の新刊『各務原・名古屋・国立』（講談社）では、この光町マーケットがとても魅力的に描かれている。日本を代表する八十八歳の作家が妻と一緒によく買い物をする肉屋で、オレは先日、コロッケを買った。このコロッケの素朴な味に感動したことだけを記して、光町マーケットの詳細は次号まわしだ。

今月のBGMはドライ&ヘビーの『フロム　クリエイション』だ。駅前でメンバーを目撃することも多いという。そう、国立はじつは日本のレゲエとダブの中心地でもある。

北口の路地にマジカルな国立が潜んでいる

都心に行く用事ができて、午後からチャリ（自転車）で駅に向かう。雨が降らなければ、夏でも冬でも移動はチャリに限る。

昔、テレビに毎日、出ていたとき、マダムたちは決まって二つの質問をしてきた。「あの服って、どなたが選ぶんですの。スタイリストさんとか?」。これが、まずひとつ。次が「テレビ局へは、やはり行きも帰りも、クルマで送り迎えなんですか?」。なぜか知らないが、彼女たちはスタイリストとクルマの送迎。その二点にだけ異常なほど関心を寄せた。

早朝の場合は電車がまだ動いてないので、仕方なくクルマを手配してもらった。しかし昼間の番組に出ているときは、チャリで駅まで行って、そこから中央線に乗って都心へ出た。

チャリで風を切って体を動かし、電車の中で週刊誌の中吊り広告や女の子が着る服の変化を、目にする。こんな風にしなきゃ、テレビ司会者なんて世の中のリアルな動きから取り残されちゃうぜ。これがオレの持論だった。

テレビ局に行くときは、チャリと電車ですよ。そう答えると、愛車がベンツやBMWというマダムたちは「まあ」といって、すこし困った表情になる。この人はタレントとして格下なので、車を呼んでもらえないのかしら。多分、そんな疑問が彼女の頭にわき上がる。「芸能人の話とかを読むと――いえ、滅多にそんな雑誌なんて読まないんですけど、送り迎えはタクシーって書いてあったので」。

こんな言葉を聞くと、オレは加虐的な気分になる。「えっとタクシーじゃなくってハイヤーが来るんですけどね。嫌いだから断ってます」。もうすこし苛めたくなってきた。「こないだAさんと会ったって聞きましたけど」と共通の知人の名前を出す。

マダムの顔にさらに困惑のシワが刻まれる。「ええ、西友で。お買い物って、いつも紀ノ国屋なんです。でも、あの日は必要なものが見つからなかったので、西友に行ったら、バッタリお会いして……。本当に不思議ねえ、西友なんて、一年に一度、行くか行かないかなのに」。こういう言葉が返ってくるから嬉しくなっちゃうぜ。予想を上回る上品モードな反応の良さに、思わず腹を抱えて笑い転げそうになるのを、必死で抑える。高級車に乗ったエレガントな国立マダムって最高だろ。

　余談が長くなっちまった。チャリで駅に行く話だ。国分寺二小の脇を道なりに稲荷神社の五叉路に下るルートは面白みに欠ける。

　オレは二小の前を突っ切って、狭い一方通行の道に入っていく。やがて栗林が右手に現われる。昼でも広々とした気持ちのいい風景だが、夜遅くにこの道をチャリで帰るときの気分はまた格別だ。

　黒い闇のなかに、何十本もの栗の樹が整然と並び、ずっと先まで葉を繁らせている。その奥には、もっと濃い闇の塊がある。チャリを止めると、土と植木の濃い匂いが鼻腔を刺す。夜の気配に、深夜ひとりで身を置いていると、脳が痺れていくようだ。

　といっても、いまは日が照りつける午後の三時だ。ぼんやりペダルを漕いでいると、駅の方向からハッポン（俳優の山谷初男さん）が、やはり自転車でやってくる。すれ違うとき「また今度ね」と挨拶を交わす。朝のNHKドラマ「こころ」で、老舗の板前さん役で出ているから、いつも会っているように錯覚するけど、半年ぶりか。

　みふじ幼稚園の手前を右折して急な坂道をブレーキをかけて下っていくと、駅まではすぐだ。

　駅の北口に立つ大きなマンションとスーパーの裏手に、ひっそりと並ぶ光町の商店街を、小島信夫は『各務原・名古屋・国立』の中で、こう書く。

「国立駅の北口をやってくると、『光マーケット』と呼ばれている商店街があります。私ども老夫婦がひんぱんに買物をするようになった店があります。その中で、私たちが坂を降りてきて北口大通りを右にまがったところにある一劃には、豆腐屋、乾物屋、肉屋などがあり、これらは入りこんで並んでおり、路地を作っています」

　妻のアイコさんは、作者の言い方を借りれば「極度の健忘症」になっている。とうに中年になった長男は重度のアル中で、以前から入退院を繰り返している。

「肉屋さんへこの三月に何度めかに買い出しに老夫婦が二人で行ったとき、アイコさんは店頭で、『ここは軽井沢？』

　といった。すると主人は、

『奥さまは、よほど軽井沢が好きなんですね』

　と笑いながらいった。たぶん、涼しさからの連想なのだろう。そうでもいってくれる人と話をすることができるから、〈お店〉へやってきたのであったのだろう。〈スーパー〉では、他人のいる前で口にしたとしても、何の反応もないのだから」

　オレはこの一節を読んで、痺れたね。アイコさんとお店の人とのやり取りを作者は「それは辛い、悲しいことではないとはいえないけれども、たいへんに健康なことである」とも書いている。

普通に書けば、悲惨なトーンしか伝わらない老境の日々を、軽みさえ漂わせて伝える技量と視線のタフさは、日本の小説家では群を抜いている。「ここは軽井沢？」と呟くアイコさんの台詞もファンキーだが、それを自然と「奥さまは、よほど軽井沢が好きなんですね」と返す肉屋の主人が素敵じゃないか。これが一流の生活者の言葉なんだ。そのことをわかってくれよ、お上品なマダムたち。

北口のうすらデカいマンションの裏側に静かに軒を連ねる小さな商店街。その日常のたたずまいを淡々と記した小島信夫の文章を読んでいると、まるで時代と空間を異にした、どこか不思議な隠れ里のような印象が湧いてくる。

ガルシア・マルケスやカルペンティエールといった中南米の作家が、ごく普通に日常の光景を描写しても、欧米（そして日本）の読者には超現実的に映る。そこから彼らラテンアメリカの作家たちには〈マジック・リアリズム〉の形容が与えられた。小島信夫が描く光町マーケットにも、それと共通する特徴がうかがえる。

国立マジカル・ツアー。あるいは幻想の国立。そんなリアルで不思議な路地が、大学通りとは反対側の寂しい駅裏に残っている。そしてその「場所」を世界レベルの表現力で発信できる作家が、すぐ近所に住んでいる。

国立の「場所」の力は、そんな路地や坂道に潜んでいる。輸入車から見える風景や、高級スーパーの店内だけを眺めていても、「不思議な国立」は見えてこない。知性と文化が大好きな国立マダムたち。そこんとところヒトツよろしく胸に刻んでおいてくれよ。

名曲喫茶「ジュピター」がひっそり消えていた

町から色々なものが姿を消していく。富士見通りをまっすぐ進み、「京たこ」のちょい先だか手前の（オレはよく迷ったものだが）進行方向の右側にあったクラシック喫茶「ジュピター」がなくなったのは、昨年暮れのことらしい。

オレが「ジュピター」の閉店を知ったのは、年も明けて何週かたった一月の末か二月初めだった。

雑誌レビューをやっている関係で、ふつうの週刊誌から、「現代思想」「中央公論」「ユリイカ」「文學界」といった文芸誌や論壇誌。さらに「URECCO」「BUBKA」「ビデオボーイ」といった、ヌードや芸能人の流出写真が売りの雑誌まで、目を通さなくてはならない。

まあ、本当はそこまでやる必要もないのだが、ここがオレの因果な性分である。芥川賞受賞作を載せた「文藝春秋」を紹介したら、翌週には『蛇にピアス』の金原ひとみが、作品を書くとき参考にしたにちがいない「タトゥー・バースト」という、一冊丸ごと刺青の写真で埋まった怖い雑誌を取り上げて、教養ある読書人にちょっとジャブをかましたい。そんな衝動が抑えられないのだ。

まともな雑誌は、増田書店でまず大概のものが手に入る。「早稲田文学」「理戦」「発言者」、さらに「季刊トロツキー研究」のようなマイナー思想誌に至るまで、増田書店の棚にはある。しかしAVモデルや素人の投稿写真が載った雑誌は、むろんない。

東西書店には若干あるが、明るい照明の下で食い入るように読んでいるのは、ヤニ臭いエロオヤジと、夏だとすえた臭いが鼻をつくオタクたちで、あの列に割って入り、雑誌を手に取る勇気がオレにはない。入り口のレジに持っていくのも、嫌だし。

そんなわけで、駅から離れた何軒かのコンビニで、うまく時間帯を見計らい、それらの雑誌を入手することにしている。富士見通りのコンビニを流した帰り、コーヒーが飲みたくなった。

駅の手前の「スコール」は一人だと、なんとも間のもたない店だし、「シボーネ」に入っている店はけっこう好きだが、今夜はいまどきのカフェではなく、「ジュピター」で十五分かそこら、マーラーかブルックナーのさわりをちょこっと聴きながら、昔ふうの濃いめの珈琲でも飲んでみたい気分だ。

そう思って「ジュピター」の前までくると、建物が暗い。あれ、ずいぶん早い店じまいだなあ。

入り口の扉に、なにか貼り紙がしてある。悪い予感がした。案の定、閉店の告知だった。昭和三十何年という、開店の年が記されていた。その年から今日まで、皆様のおかげで営業をつづけて参りましたが、諸般の事情により…。暗い街灯の下で読んだ貼り紙は、そんな文面だっただろうか。

オレが初めてこの店を外から目にしたのは、昭和四十一年（一九六六年）だった。いま音中と音高がある場所には、当時は国立音大があった。中学、高校はそのころ、例の景観訴訟で話題になったマンションの敷地に建っていた（手前のメゾネット群も、もしかして校庭の一隅だったろうか。そのへんの記憶はボヤケている）。音大が玉川上水に移転すると、その後に附属の中高が代わりに入ったというわけだ。

ある日、課外授業として、国立音大の講堂で演劇鑑賞をさせられた。演し物は『アンネの日記』だった。たぶん、どこか新劇の劇団が高校生の団体客を相手に、あちこち巡回していたのだろう。ゲシュタポから隠れて暮らす一家の恐怖が伝わってくる、印象に残る場面が何ヵ所かあったが、全体としてみるとひどく退屈な芝居だった。

来たときと同じように、高校生たちはゾロゾロ群れをなして、だらしなく富士見通りを歩いて帰途についた。そのとき名曲喫茶「ジュピター」の外観が、目に飛びこんできたのだ。富士見通りをこんな方まで歩いてきたのは初めてだった。その当時から、ずいぶんと年輪を感じさせる建物で、へェこんな場所に、渋い喫茶店があるなぁ、と強く印象に残った。

そこまでインパクトを受けたのに、結局、高校生のとき「ジュピター」に、たぶん一度も入らなかったのはなぜだろう。

いかにも名曲喫茶という雰囲気を漂わせた外装に、ひるんだのだろうか。音大のすぐ近くだし、クラシック通じゃないと、店のなかで居場所がないかもしれないぞ。そんな敷居の高さのようなものを感じて、オレは店に入るのをためらったのかもしれない。

だから「ジュピター」に初めて行ったのは、たぶんその十五年ぐらい後のことだ。一年にほんの何回か通うだけだったが、店のなかに入ると、外とは違う時間が流れていて、オレはなんだか不思議な異空間にまぎれこんだような気分になった。狭い店なのに、二階が吹き抜けになっていて、実際よりもゆったりしたスペースに思えた。

そのせいだろう、照明はやや暗めだし、重々しい交響曲がよくかかったりするのに、空気が淀んでいなかった。昔、ああいう内装の名曲喫茶が流行ったのかもしれないが、山小屋風の階段や手すりもいまでは珍しいものになり、そんな建物のなかにいると、なにかこの町の時間や歴史に、自分が柔らかく包まれていくような落ち着きを、オレはいつも感じた。

新宿の名曲喫茶「スカラ座」や「王城」が消えたとき、新聞やテレビは、一斉にその閉店を惜しんで、特集を組んだ。最後の日は、客が入りきれないほど外に並び「私の青春がなくなるみたいで悲しい」とか「ひとつの時代が終わったという感じです」と口々に語ったりする。そんなニュースを見ると、つい文句のひとつもいいたくなった。そういうオマエが年に何回か通ってれば、この店も閉店せずにすんだんだぜ。

もちろんマスコミに大々的に報道されることもなく、「ジュピター」はその歴史に終止符を打ち、ひっそり退場していった。

ひょっとすると、オレが目にしていないだけで、朝日、読売、毎日などの多摩版が、その閉店を伝えたかもしれない。最後の日には、店は超満員の客であふれていたかもしれない。しかし、街のどこでもその閉店の噂を耳にすることもなく（オレの接触する人びとが限られているせいかもしれないが）、「ジュピター」はいつのまにか静かに消えていった。

そのへんにある、いま風のカフェがなくなっても、いくらでも代わりはきく。でも「ジュピター」の場合は、それに取って代わるものは、もう二度とできない。

この町の文化遺産が消えたんだぜ。その損失の重大さがわからないなんて、クソッ、この町の文化って、こんな程度なのかよ。そんな怒りが湧いてくる。しかし、その一方で、このさり気ない退場の仕方が、とオレは思う。

いかにも「ジュピター」にふさわしいじゃないか。あの名曲喫茶には、きょうびのカフェとは異なる品格が、最後まで漂っていたのだな、とオレは確信した。

新宿駅とジャズ喫茶が叛乱の季節を産んだ

私の新宿。こう書いたときに微かな違和感を覚えた。どこか違う。何かが引っかかる。

もう一度〝私の新宿〟と書いてみて、むずむず落ち着かない理由がわかった。

私の、こう記したときの、ナルシシズムが恥ずかしかったのだ。「私の」と書いたとき、すでに意識のベクトルは、否応なく過去に向かっている。その後ろ向きの自己愛が、もう一人の私の目に（なんか俺って、格好悪いな）と映って、他人に気づかれない程度だが、私の頬をポッと赤らめさせたのだ。

私の新宿は、現在進行形である。東京の西郊に住んでいることもあって、都心に出かける頻度はめっきり減ったが、それでも月に何度か中央線に乗って、東を目指す。どこへ。

新宿である。そうか、新宿かあ。十代のとき、毎日のように通いつめた街に、もう一度、私は戻ってきたのか。

いま新宿で、もっともひんぱんに足を踏み入れる場所は新宿五丁目の界わいだろうか。いまはない新宿厚生年金会館の裏手、医大通りの一帯だ。いまでは死語となった〝文壇バー〟が、五丁目の界わいでは、現役感ばりばりで、いまもというか、いまだからこそのスピード感で営業している。

近くには居心地のいい寿司屋もある。ここも肩の凝らない店でね、リーズナブルな店だから、腹いっぱい寿司を食べて、店の兄ちゃんに旬の魚の話や、近所の街情報を聞いているうちに、夜中を過ぎてしまう。なんだろうね、この心地よさは。年をとるのも、悪くないだろ。若い頃は知らなかったエリアを、嬉々としてうろつきまわる。徘徊老人に怖いものなしだ。

怖いものだらけだった、少年時代の新宿をそろそろ思い出してみようか。

調子が乗ってきたから、私の新宿は、と書くよ。私の新宿は、やはり紀伊國屋書店だ。中学生のころから紀伊國屋には通っていた。

紀伊國屋は、文人社長の田辺茂一という酔っ払いの爺さんが魅力的だった。自身も味のあるエッセイを書き、作家との付き合いも、面倒見もよくて、六〇年代の大橋巨泉、藤本義一が司会した深夜番組「11PM」にも、ときおりベロベロに酔っぱらって出演し、放言を乱発していた。

私が高校に入学した一九六四年、紀伊國屋書店は、新宿通りに面した本店ビルを改築する。紀伊國屋書店は、洗練された建築デザインで、六〇年代半ばの、新宿におけるランドマークとなった。

東京五輪が開催され、東海道新幹線が開通した六四年、新宿駅の乗降客は、あっと驚く視線と歩行の変化を体験した。新宿ステーションビルの開業だ。全国初の国鉄（現JR）ターミナル駅に隣接された大型商業ビルだ。

それまでの新宿駅と駅前には、戦後の臭いがまだ残っていた。その新宿駅が、ステーションビルが出来たことで見た目を一新させ、さらに利用客の街の歩き方まで変えた。言及する人はあまりいないが、新宿ステーションビルの誕生は、新宿という街の巨大化の第一歩だった。

その四年後に起きた、新宿駅構内とその周辺での学生、青年労働者、ヤジ馬、フーテンによる新宿騒乱事件も、駅ビル新設によって急増した膨大な乗降客があってこそ、発生した現象だ。特にヤジ馬とフーテン（東京周辺から〝なんか面白そうだから〟と集まる非政治的なヤジ馬とフーテン）がいたから、騒ぎは過激派の思惑まで超えて拡大した。

物騒な時代の新宿を、まだ何者でもない若者として過ごした上京者に、後の小説家、中上健次がいる。中上は当時、自分の三大テーマは〝角材、ジャズ喫茶、睡眠薬〟だと記した。

ジャズ喫茶。そう、新宿はジャズ喫茶の街だった。ジャズ喫茶の数と、その店舗ごとに異なる個性によって、新宿はジャズ喫茶における王都だった。

私が新宿や渋谷、さらには中央線沿線のジャズ喫茶を、小遣い銭の許すかぎり、日参するようになったのは、六五年の春からだ。大森の自宅から片道一時間五十分かけて通っていた、中央線の国立にある学校では、すでに落ちこぼれになっていた高校二年生の一学期だ。

新宿のジャズ喫茶には活気があった。数ある個性派から、何店か記しておくと、やはり二幸（現アルタ）裏手のビルにあった「DIG」が質量ともに抜きんでた、東の横綱であった。ともかくレコード枚数が多かった。しかもジョン・コルトレーンの新譜などが、アメリカで発売された直後に、「DIG」のスピーカーから流れていた。

私はあまり通わなかった。いまでは若い連中に「それって都市伝説じゃないですか？」とも訊かれる〝私語厳禁〟を徹底させた原理主義の牙城が「DIG」だった。すごいぜ。客同士が一言、二言、ひそひそ話をしただけで、バイト店員が血相変えて飛んでくる。「話はしないで！」。店内がピリピリした空気で包まれているんだ。

写真家でもある店主の中平穂積は、来日したジャズメンをこの店によく連れてきたという。苦行僧のようにジャズを聴く客を見て、ジャズメンは驚く。こんな光景は、ニューヨークのジャズ・

クラブでは、ついぞ見たことがない。一体、これは何だ？「彼らは勉強しているんです。アメリカに行けないから、こうしてジャズの勉強をしているんです」。そう答えたものだと、当の中平自身が何年か前に雑誌で語っていた。

でも「ＤＩＧ」は一目も二目も置かれる存在だった。高校三年生にもなって、学校で同じ趣味を持つ仲間が三、四人ほど出来た。永島慎二が貸本劇画誌「刑事（デカ）」に読み切り連載していた『漫画家残酷物語』の一篇を大事そうに、弘中くんという友人が、私に見せた。「きっと、カメワダくんが好きになる劇画だと思うんだけど……」。ジャズ喫茶の店内が描かれていた。「この角度で椅子やスピーカーが描かれているから、たぶん『ＤＩＧ』じゃないかなあ」

永島慎二は手塚治虫が主宰した「ＣＯＭ」創刊の直後から、新宿を舞台にした長編『フーテン』を連載する。六七年の夏、東口広場＝通称グリーンハウスにフーテンが大量発生する直前には、連載スタートしていた記憶がある。

深夜になっても何人もの仲間と徒党を組んでジャズ喫茶や酒場を転々とする若者群像を描いた永島慎二の登場は、私たちのマンガ観を変えた。こんなことまでマンガは描いていいのか！　永島作品では〈青春〉や〈生き方〉そのものが、テーマになっていた。

ジャズ喫茶の西の横綱は歌舞伎町の「ジャズ・ヴィレッジ」だろう。睡眠薬をかじってラリッたフーテンの多い店で、この店にも「ＤＩＧ」とは正反対の緊張感が漂っていた。コーラの空きビンがずらりと並んで、店内のひりひりした荒涼感は嫌いじゃなかった。

私が高校三年から一浪にかけて、二日に一度は通ったのが、東口駅前にあった富士銀行先の地下の店「びざーる」だ。大テーブルをはさんで五人掛けのソファがある。テーブルは全部で五つあったはずで、キャパは五十人だ。いつも満席。ファンキーな曲が、威勢よくかかっていて、店内の雰囲気もちょっとシャレているから、人気の店だった。

映画館のことも書いておかなくては。伊勢丹と明治通りをはさんだ一帯には何軒もの映画館があったが、忘れられないのは、やはり新宿ＡＴＧとシネマ新宿だ。特に後者。

さして映画好きでもない私が、地下にある座席数が百にも満たない名画座に、前述した仲良し四人組でよく観に行った。最初に観たのが『白い馬』と『赤い風船』の二本立てだった。何回も飽きずに通ったのが『シベールの日曜日』だ。まだ十歳かそこらのパトリシア・ゴッジが愛らしく、そして怖かった。

シネマ新宿で映画を観たあとは、三越裏の「豚豚亭（とんとん）」に行った。ここで食べたとんかつの、おいしかったことといったら。特に特製ソースと、キャベツにかけるマヨネーズが絶品だった。「中村屋」のカリーもたまに食べた。他のレストランや食堂では体験したことのない本場の味が魅力だった。腹一杯になったところで、コーヒーを呑みながら映画の感想を喋りあう。

三越裏の「青蛾」に行くこともあったが、ここは客の演劇関係者が気色悪くて、店主も無愛想でね。ジャズ喫茶は、音がうるさくて会話ができないから、中央通りにあった「風月堂」、「ウィーン」、「らんぶる」の三店のどこかに入って映画談議に興じた。「風月堂」は外国人ヒッピーの多い店だった。特筆すべきは店内の設計でね、二階席は入って右側にタテ一列しかない。つまり本来なら二階を建てられるスペースが、ぽーんと吹き抜けになっている。そんなぜいたくな空間にバッハが流れているから、ちょっと日本離れした趣があった。薄汚れたフーテン客もいるんだけど、それを帳消しにしてしまう〝空間の力〟が「風月堂」には、あった。

クラシック好きじゃなかったけど、名曲喫茶「ウィーン」と「らんぶる」にも、よく通った。女の子とコーヒーを呑んだり、デモ仲間との会議や「共産党宣言」の読書会に使ったりした。大げさに聞こえるかもしれないが、本当に街が学校だったんだよ。でも、やっぱり新鮮な衝撃をもっとも感じたのは、六八年の新宿駅だ。最初は駅のホームでデモをしていて、そのうち「降りろ！」の号令の下、石の敷きつめられた線路にスニーカーが接触したときの解放感といったらなかった。

そうか、線路はホームから見下ろすだけのものじゃない。オレたちが走り回り、敵が目の前にきたら、足元の石を拾って投げてもいい場所なんだ。あのときの感触が忘れられないから、まだときどき新宿に降りたってしまうんだよ。

日本酒を呑む楽しみを渋谷「十徳」で知った

実は酒が弱い。でも居酒屋は好きだ。日本酒を呑むようになって、三十年になる。最初は、恐る恐る。でも、びっくり。美味いとか不味いとかはわからないが、しっくり体になじんでいく。酔いかたが気持ちいいんだ。そうか、俺はビールやウィスキーが好きじゃなかったってだけで、ある種の酒はいけるのか。

自分の身体に合う酒は何か。こればかりは実際に経験してみるしかない。そのとき、一番役に立ったのが渋谷の「十徳」だった。酒の種類は豊富だし、肴は美味くて安い。

安くて美味いから、いつも客でにぎわっている。中年男性四人組とかカップル客もいるが、二十代の女性客グループが多い。どのテーブルも笑い声が絶えない。みんなうれしそうに呑み、食べている。店内にあふれるざわめきに包まれていると、身も心もとろりとろりと溶けていく。

澤乃井、一ノ蔵、男山、久保田。そんなふうに自分好みの酒を見つけて、肴を味わう楽しさといったらない。日本酒を飲むようになって、肴のレパートリーが一気に増えた。そんな喜びを教えてくれたのが「十徳」だ。井の頭線の改札口からすぐのロケーションもいい。変貌著しい渋谷に、陽気な天国のような居酒屋が、いまもあることに感謝しなくては。

神保町のジャズ喫茶「響」との再会、そして閉店まで

知り合いの編集者に「もう一軒」と誘われて、神田神保町の交差点から一本裏の通りに入ったとき、その店の看板が目に入った。ＪＡＺＺ喫茶、響。そうか、こんな場所にあったのか。それにしても、まだ営業していたとはなあ……。

くすんだ外観の喫茶店の前で佇んでいる私に「ホラ、何やってんですか。そこじゃないですよ、こっち、こっち」と連れの編集者が声をかけてくる。昨年の夏の出来事だ。

モダンジャズ全盛の六〇年代なかば、私は高校生だった。どんな地方都市にもジャズ喫茶の一軒はあった時代だ。最盛期には新宿で二十軒、渋谷で十軒の店が営業していた。

だが六〇年代の後半からは減少一途で、その数年後ジャズ喫茶はまるでジュラ期の恐竜たちのように、地上から姿を消す。

それほど熱心なジャズファンだったわけではない。渋谷の「デュエット」や新宿の「びざーる」に日参していたころも、大音量で流れるジャズに集中していたわけではない。

ただボーッとしているだけなのだが、自分にとってはなんとも居心地のいい空間と時間だった。その記憶が十年、二十年たっても残っていた。

まだしぶとく生存している店があっちに一軒、こっちに一軒という風に、都内に何軒か残っているという話が時折、耳に入る。なんとか探り当てて、月に一、二回のペースで通い、また高校生のころに戻って、ボーッとした時間を過ごす。

ところが何か月ぶりかに行くと、店のあった場所はサラ地になっていて、跡形もない。

そんなことが何回かあって、私にひそかな愉しみの時間を与えてくれる場所は、ますます数少なくなってきた。

神田の「響」は、現存する数少ない店だという話は何度か耳にした。私も学生のころに二、三度足を運んでいる。ただその場所をもっと駿河台寄りの方だと勘違いしていて、以前に何度かその方を調べたあげく、もう店じまいしたものとばかり諦めていた。

そんな経緯があっての、昨年夏の突然の邂逅だった。

週に一度、神田に通う習慣がついた。

古ぼけた椅子に座り、最近ではまずお目にかかれないような不味いコーヒーを啜る。

相席になった向かいの客の煙草の煙がちょっと気になるが、私は充分に幸福だった。スピーカーから流れるソニー・ロリンズを聴いていると、いつのまにか私の心象風景は十七歳のときのままになっている。

だが蜜月は長く続かなかった。

昨年の十一月、店の壁に目をやると、店主の「閉店の挨拶」が張られていた。暮れのぎりぎりまで営業していたが、正月が明けてしばらくしてから行くと、店の看板はすでに取り外された後だった。

こうして都会の片隅にごく僅かだが残されていた私だけの秘密のスポットが、ひとつまたひとつと姿を消してゆく。

といって、私にはそんな自分のこだわりを声高に正当化しようという意図は、むろんさらさらない。第一、数百年も前の文化的遺産ならいざしらず、たかだか二、三十年前の風俗的な遺物など、景観保存をいったところで一笑にふされるのが落ちである。

永井荷風はその昔、東京の街から急速に失われてゆく江戸のたたずまいを求めて、街を徘徊した。

私のジャズ喫茶通いを荷風のそれと重ねるのも身のほど知らずだが、日ごとに薄れゆく六〇年代の匂いを残した空間を探し求め、そこにしばし耽溺しようという私の心のありようは、あの偏屈な老人の縮小再生産の趣があるかもしれない。

隅田川の向う側には、いまも営業を続けているジャズ喫茶があるという。来週あたり足を伸ばしてみようかと思っている。

近いけど、遠い場所へ

遠くへ行きたい。子どものころに聴いたジェリー藤尾の歌が、ふっと蘇るときがある。昭和が終わった直後から、南の島をよく旅するようになった。まず沖縄本島まで行き、飛行機や船を乗り継ぎ、その先にある日本最西端の島を目ざす。

「どうして、こんな何もない島に、しょっちゅう来るの？」。よく泊る宿の奥さんに訊かれた。確かになんにもない島なんだよ。八重山の他の島のように、亜熱帯の美しいビーチや環礁もない。断崖の多い、強い風が吹きつける絶海の孤島だ。

「なぜだろ。ここにいると居心地が良くってね」。荒涼感さえただようさい果ての島なのに、すっと心も身体もなじむ。〈遠くへ行きたい〉というフレーズが、思いがけず浮かんだ。知らない街を歩きたい。知らない海をぼんやり眺めていたい。そんなひそかな願いをかなえてくれる場所が、沖縄のはずれにあった。

南島熱はその後、十年ほどかけて、ゆっくり鎮静化していった。乗り物の予約やら途中の乗り継ぎ、さらには強風による欠航もあったりで、だんだんと旅が面倒になった。見知らぬ土地への情熱が薄れると、旅どころか〝場所移動〟も億劫（おっくう）になる。酷暑の日や北風の吹く季節は、自転車で五分のスーパーに行く気力すら湧かない。そんなある日。地元の友人が「最近、うまいピザ屋ができてね」と教えてくれた。「ちょっと街はずれなんだけど」。北口の駅前から寂しい通りを数分ほど歩き、さらに脇道へ逸れた小さな商店街に、中目黒の人気店より味で勝り、値段も手頃な店があるという。

　まずは偵察だ。路地裏の店に入ると、石窯からとりだした焼きたてのピザに舌が蕩けた。サラダやパスタ、季節の野菜焼き。直球勝負なのに、絶妙なヒネリが利いていて、口の中で香ばしく変化する。接客もすばらしい。ひんぱんに通ううち、知人と久しぶりに出会った。「ここ、おいしいよな」「だよね。そうだ、南口のはずれにも、おいしい珈琲店ができたんだよ」

　にぎやかな南口も、一本裏道に入ると、人の姿はまばらだ。侘しげな通りに、小さくてセンスのよい珈琲店があった。ドアを開けると、豆と自家焙煎へのこだわりが伝わる。ていねいに淹れた深煎り珈琲に、味蕾だけでなく脳までが痺れた。ご主人も気さくな人でね。「この先に、いま街でいちばん人気のカフェがあるんです。御飯もデザートもおいしいけど、一生けん命に料理してる姿がいいの。それに美人さんです」。商売敵を絶賛するんだ。さらに街のはずれへ向かう。このとき、気づいた。（遠くへ行きたい）。そう思う情熱が再び湧いて、私の脚は軽やかだ。

　駅から離れた人気カフェもインテリアが格好いい。エスニック風に味つけした和定食も、浅草ペリカンのパンを使ったトースト定食も、奇を衒ってないのに、絶妙な味加減で文句なし。

　そう、南の島まで行かなくても、駅から歩いて二十分以内の近さに、私の知らない場所があった。近いけど、人通りの少ない遠い街。遠いけど、必ずおいしいものが出てくる空間。まさか自分が、こんなふうに食いしん坊の健脚家になるとは思わなかった。

ある日のわたし
1986年

二月二十一日（木）
お昼少し前に起きる。近ごろは、夜昼がまったく逆転して、今朝寝たのは朝刊を読んでから、八時過ぎ。先に外出している妻の用意したうどんを食べ、自転車で最寄りの中央線国立駅へ急ぐ。片道十分弱。
二時少しすぎに五反田にある甲斐バンドの事務所ＢＥＡＴＮＩＫに着く。春に出す〝甲斐バンド評論集〟の打ち合わせ。ＢＥＡＴＮＩＫ社長の佐藤剛氏、版元の白夜書房の福田氏、藤脇氏と共に事務所の下の喫茶店で。発売日も一応五月七日と決まる。
この六年間に書き溜めた分に、さらに四百字で百枚ほど加筆して上梓する予定。

打ち合わせを終えて事務所に戻ると、甲斐よしひろがいた。以前「話の特集」や「BRUTUS」に何篇か発表したヌード雑誌業界に題材を求めた小説、アレを一冊にまとめようと甲斐よしひろが熱心にいってくる。「ぼくがプロデュースやるから」とも。なにか不思議な話だが、ありがたい話でもある。

BEATNIKを出て、調布の大映スタジオに。遠藤ミチロウくん率いるザ・スターリンの解散コンサートである。

以前からザ・スターリンのLIVEを見ていたというマスコミ関係者が「スターリンの客もオトナシクなったね」などと喋べっていたが、それでも普通のホールでのコンサートと比べると、ずいぶんピリピリした雰囲気だ。少し興奮する。こういう緊張感も、たまには良い。半分ほど見て、次の待ち合わせ場所に。

八時すぎから神保町の錦友館で、「Mr.DANDY」の対談。相手は、三浦和義サンともプレイしたという〝SM界の女王〟アンナ嬢だが、案の定みたいな名でオカシイ。G球団の主力選手Sのアヌスにモンキー・バナナ七本を挿入したときの模様を詳しく訊き出す。

対談料は五万円。「週刊朝日」の四万円、「アサヒ芸能」の三万円より高い。もっとも向こうは、飯代にずいぶんと金をかけていたが。どっちが良いか。難かしい問題だ。

十一時に赤坂にあるTV制作会社インターボイスに。明日、録画録りのある「中村敦夫の地球発22時」の打ち合わせ。ゲストは私と〝マンガの神様〟手塚治虫氏。

打ち合わせの後、用意してくれたタクシーで国立に戻る。駅前の「イタ・トマ」で〝カキのころも揚げ〟というのを注文して食べる。不味かった。午前二時すぎに帰宅。

朝まで仕事。朝刊を読んでから寝る。

泉麻人×亀和田武

喫茶店対談

カフェより喫茶店がえらいのだ！

亀和田　泉さんの『東京ふつうの喫茶店』に西荻窪の「ダンテ」という店が出てきますよね。左隅の三人掛けの席で本を開くのがパターンだと書いていている喫茶店。実は、あそこは六〇年代はジャズ喫茶だったんですよ。

泉　たしかに一時期はジャズをかけてたって、店長が言ってましたけど、本格的なジャズ喫茶だったんですか。

亀和田　ゆるい雰囲気だったけど、ジャズしか流さない店でした。きょう六七年の「スイングジャーナル」を持ってきたんですけど、ジャズ喫茶の広告ページが後ろのほうにあって、ほらダンテも載ってる。この当時は僕にとって喫茶店＝ジャズ喫茶だったな。

泉　ほんとだ。場所が一緒。でも、ジャズ喫茶だと読書にはうるさくないですか。

亀和田　あれはうるさいくらいが、ちょうどいいんですよ。

毎日ジャズ喫茶で読んでいたスイングジャーナル。自分の部屋で読んだことはない雑誌。

泉　慣れてくるから？

亀和田　うん、大音量だと、かえって活字に集中できる。

泉　雑談が消えるからかな。

亀和田　新宿の「ＤＩＧ」が一番、厳しかったんだけど、ほんのちょっと喋ってるだけでも、店の人間が飛んできて。

泉　私語厳禁みたいな感じね。

亀和田　そう。だから活字を読むしかないって側面もあった。

泉　永島慎二の漫画に「雑談はおやめください」みたいなのが書いてあるカットがありますよね。あれ、ＤＩＧなのかな。

亀和田　そうです。「陽だまり」という短編ですよね。僕も貸本劇画の「刑事（デカ）」で見て、友達と「これって、絶対ＤＩＧだよね。この店内の椅子の配置とかさ」って。

泉　永島慎二といえば、もともとは阿佐ヶ谷ですよね。たまり場が「ぽえむ」。

亀和田　やっぱり六六年くらい、高三のときかな。阿佐ヶ谷に住んでる奴がいて、そいつはもう喫茶店や酒飲む店やディスコでも、とにかく常連になるのが好きでね。で、ぽえむの親父っていうのが、なかなか気難しくて、「いやあ一週間、一日も欠かさず通いつめて、ようやく口きいてくれたよ」ってうれしそうにしてた（笑）。

泉　永島慎二の漫画の親父そのままだ（笑）。亀和田さんはその当時はどちらにお住まいだったんですか。

亀和田　六六年の初めくらいまでは大井町大森界隈。それで通っていた高校が国立だったんで、片道一時間四十五分もかかるんですよ。だから途中で必ず下車して喫茶店に寄るわけ。

泉　国立は僕、中三か高一のときに、雑誌の「ガッツ」で、ミュージシャンのたまり場としてよく出てくる喫茶店があって、憧れてわざわざ探しに行きました。一橋大学側のとこ。

亀和田　一橋側というと、「ロージナ茶房」や「邪宗門」もありますね。

泉　邪宗門は有名でしたね、骨董品で。

亀和田　そうそう。一時期は骨董品で店が埋めつくされていた。マスターが去年の暮れに亡くなって、閉店しましたけど。

泉　邪宗門は荻窪にもありましたよね。

亀和田　国立が第一号店なんです。いわゆるチェーン店ともまた違って、店主の方がマジシャンなんですよ。

泉　マジシャン？

亀和田　ええ。素人の奇術愛好家の集まりで、最初の国立の人が喫茶店を作った。そのうち他のマジシャンも、道楽と実益を兼ねた店を自分もやりたいと憧れて。そういう人がぽつんぽつんとのれんわけして、二号店が荻窪、三号店が下北沢の代沢のほうにできた。

泉　へえー。

亀和田　下北沢店は、森茉莉が九時か十時の開店と同時に入ってきて、閉店までご飯食べたり原稿書いて、買い物に出かけてはまた戻ってくる、そういう迷惑な常連客だったという。

泉　週刊新潮の「ドッキリチャンネル」の頃ですかね。

亀和田　その少し前かな。一時期は下田や石打、富山の高岡まで、全国に十店舗以上ありましたね。ぽえむも最初は阿佐ヶ谷だけど、池袋あたりにも進出したし、ある時代に、わーっと都内を席巻したコーヒーチェーン店がありましたよね。

泉　チェーンだと「トゥモロー」チェーンっていうのが一時期いっぱいあって。

亀和田　泉さんの本に渋谷のガード下の「カフェ シフォン」って店がでてきて、ああ、トゥモローがあったとこだよなと思ったら、まさにそうで。しかも高校の同級生がやってるんですよね。

泉　そうそう。高校の同級生の親父さんが持っていたチェーン店だったらしい。「珈琲大使館」というチェーンもありましたね。大げさな名前シリーズが七〇年代の石油ショックの頃にハヤッた。

亀和田　「珈琲貴族」「珈琲男爵」。当時、恥ずかしい喫茶店の店名一覧っていうコラムを書いたことがある（笑）。

泉　男爵が池袋西口の北側にあるでしょ。ずっと山手線の車窓越しに見てて、一回入ってやろうと。この間、ついに行ったんですよ（笑）。車窓越しに見えて気になるといえば、新幹線で大阪方面に行くとき左手に座っていると、名古屋のちょっと手前に「ゴルゴ」という喫茶店があって。ロゴが『ゴルゴ13』を完全に真似た字体なんです。いつも目がいっちゃってね、絶対店内にコミックスが全巻そろってる、もみ上げのマスターがいる、と想像してぜひ行ってみたいんだけど（笑）、こちらはまだ入れてないんですよ。

亀和田　車窓から見て、なんだろうって思うことはあるよね。僕が覚えてるのは荻窪の線路際の「ダダ」。電車から目立ちましたよね。高校生ぐらいだから、ダダイズムが、なんだかすげぇなあ、と（笑）。普通の喫茶店ぽかったんだけど。

泉　あと、今は綺麗な高層ビルに入っちゃったけど、御茶ノ水の中央線の切通し沿いに「穂高」という昔の山小屋風の喫茶店が見えましたね。

亀和田　あそこは僕も好きでした。「アルプ」のバックナンバーがちゃんと置いてあるみたいな雰囲気。串田孫一文化の名残りっていうか。それと作りがね、中二階っぽい一隅もあって、山小屋風、ロッジ風なんですよね。

泉　うん。マスターも山の学級をイメージしてあそこに建てたんですかね。

亀和田　穂高は名店ですよ。入り口も西武劇に出てくるスイングドアふうだった気がする。山小屋風喫茶がブームだった時期があったみたい。

泉　コーヒーのバリエーションで、ウィンナコーヒーというのはいつからあるんですかね。

亀和田　僕が初めて飲んだのは、それこそ国立の邪宗門ですね。六五年に友達に連れてかれて、「ここはね、ウィンナコーヒー飲まないとだめなんだよ」って（笑）。いや、美味しかったですよ。邪宗門はウィンナーとグレナディン・ジュースが絶品。

泉　今のカフェでいうと何に当たるんだろう、あれは。

亀和田　キャラメルマキアートとか、ああいうやつ？（笑）

泉　カフェモカっていうのは、今のカフェ

注…カフェ シフォンは閉店

的にはチョコを入れるんでしたっけ。ウィンナコーヒーというのは、似たようなのがあったとしても、カフェじゃ使わない名称ですよね。

亀和田　カフェといっても、スターバックスとかタリーズみたいなシアトル系のカフェと、渋谷にあったアプレミディみたいなおしゃれ系カフェと二タイプありますけど、泉さんはスタバ系にはあまり行かない？

泉　テイクアウトではけっこう利用します。ただ蓋に穴がついてるのがイヤで（笑）。あそこから飲む気がしない。

亀和田　ああ。僕もそうです。熱くない、あれ？

泉　熱いし、歩くときに穴からこぼれるでしょ。よくセロテープでふさいでもらうんだけど、それでも気を抜くと脇からこぼれる。

亀和田　あれは僕もイヤだなあ。スタバとかね、よくわからないから、しょうがなく「本日のコーヒー」を頼むんですけど、濃くないですか。

泉　エスプレッソ基調にしてるから濃いですよね。ブラックで飲むとすごく濃い。

亀和田　ね。でもアメリカ人って、濃いコーヒーは昔から飲まないはずなのにね。

泉　ひと頃のアメリカンコーヒーって薄いやつでしたよね。

亀和田　ですよね。だから絶対に変だという思いがずっと頭の隅にあったんですよ。それで五月かな、シンガポールに行ったんだけど、パルコの一階にスターバックスがあるんです。そこで本日のコーヒーを飲んだら、日本より三割薄かった。

泉　ああ、違うんだ、全然。

亀和田　うん。二、三店舗シンガポールのスタバに入ったんだけど、全部薄かった。だから日本人は濃いコーヒーを飲むと、ちゃんとそういうマーケティングでやってるみたいですね。

泉　へえー。でも、今喫茶店でわざわざアメリカンって頼む人は少なくなりましたよね（笑）。七〇年代後半あたりに本当にアメリカンがおしゃれだったときがあったのに、今はメニューにも載せていない、あれはどの辺のアメリカンだったんでしょうね。

亀和田　僕がアメリカンコーヒーを初めて活字で知ったのは、六六年か六七年ですね。古波蔵保好さんがサンデー毎日に「東京の喫茶店」の紹介コラムを連載していて、そこに千鳥ケ淵のフェヤーモントホテルの喫茶店ロビーでアメリカンコーヒーというものが飲める、今東京で飲めるのはここだけである、っていう記事を書いていた。僕、飲みに行きましたよ（笑）。

泉　向こうのいわゆるダイナーみたいなところで出してたようなもんなんですかね。

亀和田　ちゃんと銀のポットから注いでくれたけど。その後、二、三年であっという間に広まって。普通の店でアメリカンを「これどうやって淹れるの」って訊くと「うん、お湯足すだけ」って（笑）。

読書にはゆるい喫茶店が向いている!?

亀和田　僕、『東京ふつうの喫茶店』を読んでいたら、ほぼ半分くらい行ってるんですよ（笑）。渋谷百軒店の「ライオン」も昔はよく行ったなあ。

泉　名曲喫茶ですね、ライオンは。開業は昭和元年。

亀和田　七〇年代の頃は、店主のおじいさんが、レコードをかけるときにマイクで静かに「次は、ベートーヴェンの『弦楽四重奏曲第十四番』、演奏は……」って。ＤＪみたいに（笑）。

泉　ライオンはもう歴史的建築ですからね。高田馬場の「らんぶる」は建物だけ残ってます。レンガ建ての廃屋のまま。

亀和田　らんぶるは各所にありますよね。あれはチェーンじゃないんだろうと思うんだけど。

泉　銀座のカフェ・ド・ランブルは伝説的な名店だけど、全然違いますよね。らんぶるといっても俗ならんぶるとかいろいろあるから。

亀和田　僕が好きなのは新宿らんぶる。喫茶店で本を読むってなかなか今は難しいところがあって。狭い店でマスターが気合を入れてきちっと淹れるコーヒーだと、やっぱり店の密度が濃すぎるんですよ。そうすると本を読むことに集中できなくなる。

注…高田馬場らんぶるの廃屋は、その後取り壊されている。

泉　そうですね。読書の場合は、ある程度の広さでほっぽらかしにされているような環境が一番いい。

亀和田　適度にゆるいほうがいいですよね。

泉　他の客の話が面白いとそっちにいっちゃうっていうのもあるしね。それはそれで魅力なんだけど、本を読むときには、ある程度ダメな感じの喫茶店のほうがいいですよね。

亀和田　そう。常連率が高いところもちょっとね。やっぱり空気が濃いんですよ。だから読書に適した喫茶店っていうのは実はなかなか難しい。そういう意味で今、非常にまれな読書向けの喫茶店として、新宿らんぶるはあげられるかな。

泉　新宿らんぶるは三越の裏の中央通りですよね。六〇年代頃までの喫茶密集通りじゃないですか。あの通りには「珈琲　西武」という店も。

亀和田　まだあるんですよね。僕も学生の頃、何人かで入ったことがある。あそこも広くて、あの雑駁さ加減がいい。

泉　あの場所で西武っていうのがね。もとは西武新宿のところにあったから、らしいんだけど。名門というか伝説とされている

名曲は聴かずに本を読んだりおしゃべりしたり。"学習会"でマルクス、レーニンの本を読んでいた（写真はらんぶる開催「名曲コンサート」案内の表紙）。

「風月堂」も中央通りだし。僕は学生の頃、東口広場から中央通りに入っていく角の「しみず」によく行ってました。入りやすい店でね、あれくらいの普通度がいいんですよ、喫茶店は。

亀和田　しみずは素晴らしかったですよ。普通のなんでもない大型喫茶でね、三階建てでワンフロアに四、五十人は座れそうな広さがある。待ち合わせには最高だし混んで入れないということもない。でも、わりとすぐなくなっちゃいましたよね。

泉　僕が大学生の頃からだから、七〇年代半ばですね。長くあったイメージだけど、そんなにすぐなくなったんですか。

亀和田　四年くらいじゃないかな。なぜ僕が知っているかというと、アリス出版の頃の待ち合わせ場所だったんです。編集者とカメラマンと助手とモデルの女の子。九時から十時の一階はそういう撮影隊の連中がモーニングのサービスセットを食べながら出発を待つ。その間をモデルプロダクションの怪しいオヤジが（笑）、顔の判別ができないような宣材のコピーを持って新しい子が入ったって飛び回っていたりね。それでいて、夜は普通のＯＬが待ち合わせにするのに使われたりと、朝昼晩で全然客層が違う店でしたね。「コーヒーロードしみず」は短期間で消えてしまった、ある種幻の喫茶店ですよね。

泉　ああ、そう。コーヒーロードがカタカナでしみずがひらがななんですよね。そのアンバランスな感じが（笑）。

亀和田　しみずもそうでしたが、僕が今困ってるのは、普通の喫茶店でよく行く店が五つ六つあったんですけど、それが毎年一軒くらいずつなくなっていくんですよ。下北沢に「マサコ」っていう喫茶店があったでしょ。

泉　マサコ、閉店したんですか。

亀和田　去年の十月に。大昔はすごくゆるくて、ジャズもシャンソンもかけるといった店だったんですよ。それが十年くらい前に行ってみたら、大音量でガンガンかける店になっていた。でもほとんどジャズを聴いている人はいなくて、みんな少年マガジンとか店のマンガを読んでる。いい感じなんですよ。バイトの子も昔と同じで、桑沢とかセツの学生タイプでね。下北に行くとヴィレッジヴァンガードで本を買ってマサコでそれを読むという風にしてたんですけど、十月に行ったら暗いんですよね。えっと思ったら貼り紙がしてあって「永らく五十数年御愛顧頂きましたが」と。またひとつ時間をつぶせる店がなくなってしまった。

泉　ここで古本見て、ポークソテー食ってってそういうコースがなくなるとね。

亀和田　ヴィレッジヴァンガードで変てこな写真とかを買って、マサコに行ってコーラを飲んで帰る、それだけでひとつコースができてたんだよね。あと駅の反対側に美味い蕎麦屋があって、というような三つ揃えば街歩きのモチベーションになるんですけど、そのうちのひとつがなくなっちゃうと。

泉　そういうのって自然に決まってくるものなんですよね。

亀和田　そうなんです。マサコが閉店したし、新宿の「ニュートップス」もなくなっちゃったし。

泉　僕は神保町の駅に近い側の「古瀬戸」が好きなんです。値段はちょっと高めだけど、あの大テーブルは古地図を広げて見たりするのにいいんですよ。

亀和田　東京から離れると、京都はやっぱり喫茶店文化がすごいですね。現在進行形で残ってる。

泉　この間、共産党員が始めた四条の「フランソア喫茶室」に初めて入りました。

亀和田　えっ、あそこ日共なの？

泉　お話を訊いたら、先代が運動の資金集めで始めたんだって。昭和二十年代はプロレタリア系の芸術家のたまり場だったらしい。

亀和田　昔の話ね。安心した。フランソアは素敵ですよね。制服がグレーで。

泉　通常はグレーで夏場は水色の古風な感じ。

亀和田　古風でいいですよね、思わず写真撮りました（笑）。店内の壁もステンドグラスとかあって。そこそこの広さがあるし。

泉　上もドーム風の屋根にしてね。それは戦後に建て替えたらしいんですよ。今のマスターの奥さんがそういうアート的な人で、デザインしたとか。

亀和田　あの界隈にはいい喫茶店がたくさんありますよね。ちょっと歩くと高瀬川沿いに「ソワレ」とか。照明がブルーなんですよ。だから本読むのにも大変でね。大昔に何度か行ったけど、目が痛くなるんですよ。でも文学少女がそこで倉橋由美子を読んでいる。

　すぐ近くにあった「ミューズ」も名曲喫茶だけど肩苦しくなくて、普通の喫茶店としては最高でしたね。少し前になくなっちゃいましたけど。

泉　京阪神は全般的にコーヒーのレベルが高いと思う。神戸の老舗の「にしむら珈琲」が好きです。建物が古いわけではないんだけど、モーニングがしっかり付いてるのがいいですね。

亀和田　「イノダコーヒ」だと泉さんは何を食べるんでしたっけ？

泉　僕はビーフカツサンドが好きなんですよ。

亀和田　あそこはサンドイッチが美味しいんですよね。あと、ナポリタンが、メニューの名前はスパゲティイタリアンなの。

泉　ホワイトソース味のやつがボルセナっていう。意味を訊いたら、イタリアの湖が綺麗な都市の名前だって。東京駅の大丸の上にできたじゃないですか。たまにボルセナが衝動的に食いたくなるとそこに行く（笑）。

亀和田　イノダのナポリタンは絶品ですよ。日本にしかないナポリタンって、一時期バカにされましたよね。パスタじゃなくてスパゲティ時代の遺物って。

泉　今ナポリタン復活してますよね。若い子がわざわざ食べに行くとか。ナポリタンみたいな喫茶飯っていうとピザかな。ずっと前からもちろんキャンティとかにはあったんだろうけど、僕らのところに降りてきたのは「ジロー」ですよね。

亀和田　まず、お茶の水ジロー。それからすぐなくなってしまった渋谷公園通りの左側のジロー。あれも短命に終わってしまったんだけど、カッコいい店だったよね。

泉　あと目黒通りの等々力。ドライブイン式のがあってね。ジローと「たんぽぽ」ですよね。

亀和田　宮益坂のたんぽぽね。広くて、あそこも待ち合わせに便利だった。

泉　日吉にもあったんですよ。東横文化圏に出してたんですね。そこで初めてピザを食べた。

亀和田　ピザを喫茶店で食べるというのは、今考えると新しい感じがありましたよね。喫茶店で初めて知ったものって少なくない。さっきのウインナコーヒーじゃないけど。

泉　僕らが大学生の頃は女の子の間でシナモンティーっていうのが流行りましたね。ちょっとこじゃれたところだと紅茶の横にシナモンの枝が付いてきて、それでかき混ぜて飲むみたいなの。それこそ「ノンノ」とかが推奨したようなのだと思うんだけど。初期の「るるぶ」的というか。

亀和田　泉さんは高校生のときは煙草吸ってた？

泉　そんなにヘビーにではなくて貰って吸うくらいですね。ちゃんと吸ってるとはいえない。背伸びして。

亀和田　喫茶店に行くと、高校生としては限界ですね。

亀和田　僕も今はそうで、三十分くらいがよ。

泉　僕は全然短いです。ねばれないんですうんですけど。

ジャズ喫茶って二時間で追加オーダーさせられたんですよ。よくそんなにいたなと思うんですけど。

あと昔はけっこう喫茶店ってねばって二時間くらい平気でいませんでした？　昔の

亀和田　そうですよね。まさに、ある種の手持ちぶさた感をケータイでまぎらしてる。

泉　いまどき煙草にあたるものがケータイみたいな感じなのかなって感じはある。

亀和田　それをグローバルに世界中で展開して。つまりそういう世界中の飲食習慣を変えちゃった訳ですよ。すごいですよね。

泉　煙草とコーヒーはセットですよね。ても切り離せないものを切断しちゃった。

本を読むのも楽しいけど煙草を吸うってのがやっぱりあるでしょ。煙草と喫茶店って切っても切り離せないものだったんだけど、ほんとにスターバックスって恐ろしいなって思うのは、煙草とコーヒーという、切っても切り離せないものを切断しちゃった。

泉　だから本はちょろっと読むくらいでいいんだよね。ずっとはいられない。その環境に飽きてくるんですよ。だから喫茶店は読書っていうか、そこに置いてある雑誌を読むのが好きだなあ。持ってきたやつじゃなくて、置いてある雑誌。

亀和田　また、そういうとこでしか読まない雑誌とか新聞って、ちょっと得した感があるでしょ。

泉　あるんですよね。

亀和田　去年、取材の仕事で世田谷の東松原に行ったんです。仕事を終えて編集者と帰るとき、駅の手前の路地にいまどき珍しい年代物の喫茶店を見つけたの。店には新聞が何紙かあって。少しして、難解な文章を書くんで有名な評論家がふらりと入ってきて、スポニチかスポーツ報知を黙って熱心に三十分くらい読んで帰っていったの。書く物との落差が面白かったな。

泉　へー。それも普通の喫茶店の醍醐味ですね（笑）。

亀和田　そういえば最近アサ芸や週刊大衆置いてる店が少ないのは寂しいな。

時間都市・渋谷の地霊

一九五〇年代の半ばから二〇一八年まで。渋谷の記憶が混在した地図を描いてみた。とっくの昔に姿を消した店やエリアもあるし、二十一世紀のいまも健在のスポットがある。

まるでSFに登場する《時間都市》のようだな、と地図を見て思う。

私の渋谷は五〇年代半ば、完成直後の東急文化会館から始まる。屋上のプラネタリウムが宇宙と科学への憧れを刺激した。一階の渋谷パンライオンで、家族一緒にディズニー映画を見るのが楽しみだった。観客動員数のトップが八二年の『E.T.』だという。

渋谷一の日会とジャズ喫茶に通いだしたのが六五年、高校二年生のときだ。大映通りを行くと左手に、まだ闇市の気配を残した恋文横丁があった。大映通りはのちにデパートが開業してからは東急本店通りと呼ばれ、いまは文化村通りとなった。

大映の手前を左折すると道玄坂小路だ。狭い道を入るとすぐに「DUET」があった。一人で週に一回は通った。

SFファンが集まる「カスミ」は、その先にあった。程よい大きさの東宝映画に出てきそうな品の良い喫茶店だった。それが「一」の付く日はSFファンが、コーヒーカップを持って席を占領する。店の人も呆れて、他の店に移った。一の日会は全国のSFファンが憧れた場所だ。

「麗郷」脇の不思議な石段を昇ると、百軒店だ。DIG渋谷店(後にロック喫茶ブラックホークとなる)、SAV、大箱で実演もあるオスカー。そしてブルーノート、ありんこ、スイングとジャズ喫茶の密集地だった。

荒木一郎の傑作『ありんこアフターダーク』は、六〇年台前半から半ばの、平和で退屈な時代の渋谷とジャズ喫茶を描いた希少な本だ。必読。

ジャズ喫茶は消滅したが、名曲喫茶「ライオン」と、カレーの「ムルギー」が渋谷の丘の上にいまもあるのは驚きだ。センター街の奥にあるBar「門」には七九年に甲斐よしひろが案内してくれた。その頃は廃れたハイボールを、甲斐さんと私は飲みながら、お喋りに何時間も興じた。渋谷があるから、隣接した恵比寿と原宿の隆盛、そして新宿の変わらぬ賑わいもある。

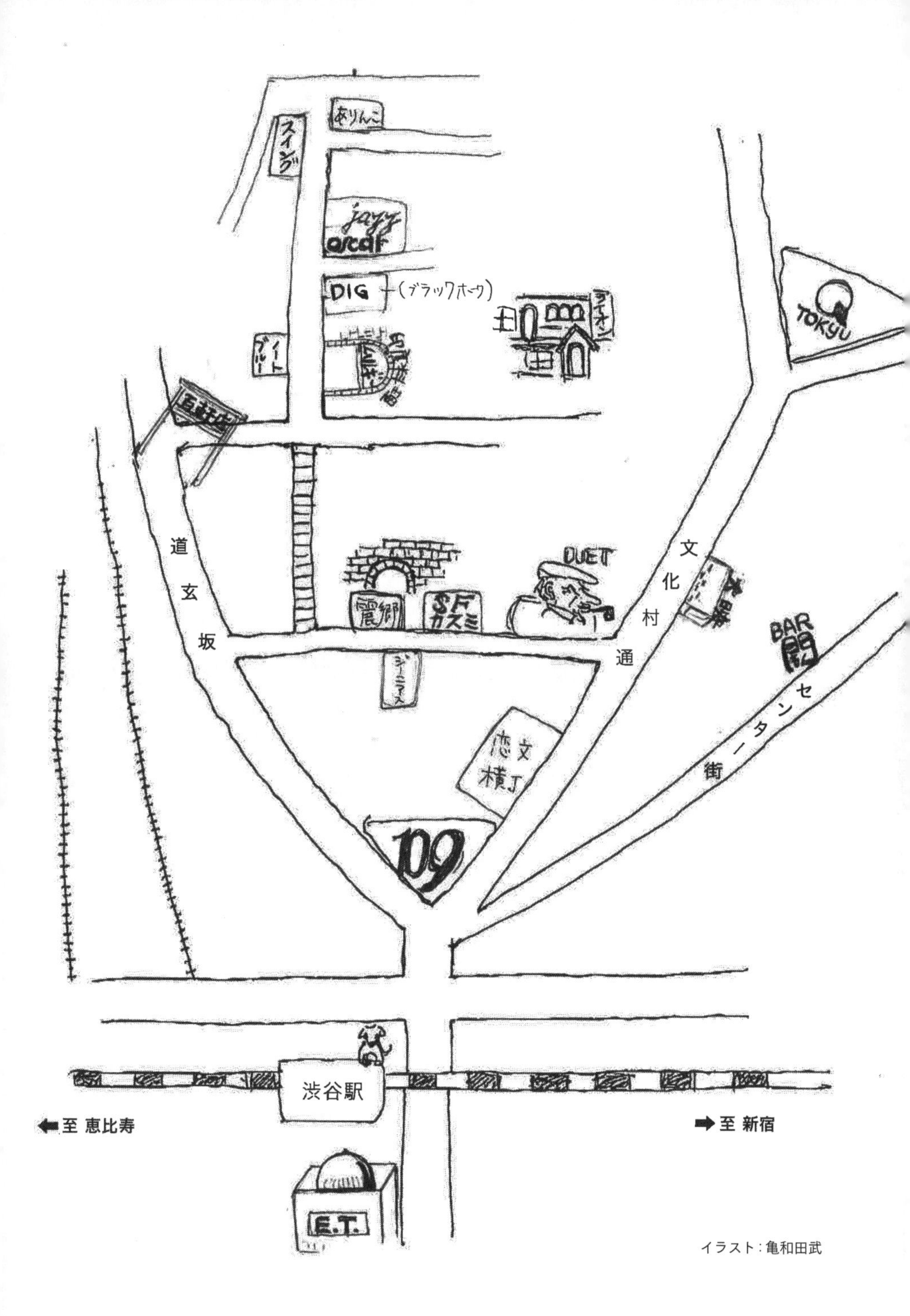
ありんこ
スイング
jazz
DIG
(ブラックホーク)
ライオン
TOKYU
百軒店
道玄坂
DUET
SF
カズミ
文化村通
BAR
ジーニアス
恋文
横丁
センター街
109
渋谷駅
至 恵比寿
至 新宿
E.T.

イラスト：亀和田武

カー・ラジオから流れた曲を聴いた時、世界が変わってしまった

ぼくが熱心なヒット・パレード少年であった時期というのは、一九六〇年から一九六三年にかけての三、四年間である。

これは、ちょうど、ぼくの小学校六年生から中学校三年生にかけての時期だ。

いま振りかえってみると、とても呑気な時代だったような気がする。

実は、そんなことはちっともなかったのかもしれない。子供の眼に呑気に映っていただけで、大人や世の中はけっこう大変だったのかもしれない。いや、大変だったのは大人や世の中だけでなく、子供だって、案外そうだったのかもしれない。

ただ、あの当時から二十年という時間が経ってしまったため、そのころの辛かったこと、厭(いや)だったこと、悲しかったことが、記憶のなかですっかり薄められてしまっただけなのかもしれないのだ。

昔のことを思い出したときには、そしてそんな他人の思い出話を聴く破目になったときというのは、そういう点をよくよく注意してかからないといけない。記憶のなかの過去は、いくらでも作り変えることが可能だ。もっとも、だからこそ、ぼくたちはノスタルジアに魅きつけられてしまうのだけど。

しかし、それにしても、なんと呑気でいいかげんな時代だったのだろう、あのころは。ヒット・ソングのタイトルひとつをとってみても、あの頃がどんな時代だったかは一発でわかる。

「悲しき少年兵」「悲しきインディアン」「悲しきカンガルー」「悲しき十六歳」「悲しき六十歳」「悲しき街角」「悲しきあしおと」……。こんなふうに、やたらと〝悲しき〟という形容詞がついたポップスが、そのころは歌われていた。

でも、こういう歌が大手を振って歩いている時代というのは、けっこう気楽な時代で、いったいそんなに何が悲しいのかと訊ねてみると、たいしたことはないのだ。

いま、題名をあげたような曲は、オリジナルをアメリカやイギリスのシンガーが歌い、それに訳詩をつけたいわゆる日本語ヴァージョンをこちらの歌手が歌うというシステムになっていた。日本語のタイトルが「悲しき——」となっているのにちょうど見合うように、原曲の歌詩には、〝ランナウェイ・ガール〟とか〝ティアー・ドロップス〟とか〝サーチン・フォー・マイ・ベイビー〟といったフレーズがやたらと眼についた。

ひとことでいえば、軟弱きわまりないポップスが街中に流れていた時代なのだ。

きわめつきのタイトルでは「ミスター・ロンリネス」というのがあった。これなぞ日本語に訳すとしたら、さしずめ〝怪奇孤独男〟というところか。

オリジナルはジーン・ヴィンセントが歌い、日本ではスリー・ファンキーズが歌っていた。

ジーン・ヴィンセントという歌手は、スウィート・ミュージック全盛の当時のポップス・シーンでは珍しく毒気のあるロックンローラー・タイプのシンガーで、彼の歌った「ミスター・ロンリネス」は、いま聴きかえしてみても、チンピラの凄味がそれなりに伝わってくるような曲である。

でも、スリー・ファンキーズのほうは、もうメロメロに近い。

ミスター・ロンリネス
淋しい　一人ぼっちの男
いつも恋に憧がれ
ただ一人　夢見る
ミスター・ロンリネス
淋しい　可哀相なこの男

確か、こんな歌詞内容だった。よく、松山千春やさだまさしを指して、軟弱だという声があるが、同じ軟弱でも千春やさだの世界は遥かに複雑にしぶとく仕上がっているはずだ。「ミスター・ロンリネス」が歌っている世界というのは、ただ軟弱なだけでなく、きわめて単純に出来上がっている。

でも中学二年生だったぼくは、スリー・ファンキーズの歌う「ミスター・ロンリネス」を聴いて、ああ、これは俺のことを歌った曲に違いないと感涙にむせんだものだった。

これは、決して照れ隠しだけでいうのではなく、半分は本気でいうのだが——こんな下らない曲を聴いて育ったぼくやぼくの世代が、ロクな大人になれないのは当たり前のことなのだ。

たとえば、スリー・ファンキーズというグループの三人のメンバーが、その後どうなったかという、ま、どうでもいいようなゴシップ的な事柄からもそれは窺えるのではないか。

一番歌が上手いといわれていた背の低い高橋元太郎は、テレビの時代劇でコミカルな岡っ引きの役なんかやっている。これはまだいい。許せる。

当時、ぼくが一番ヒイキにしていた高倉一志はその後、演歌の歌手になり、芸名を藤健二と変えた。いくら軟弱とはいえポップスを歌っていた歌手が、ある日、突然に演歌を歌いだす。信じられない世界だな。それから少しして、彼はやはり同じ演歌の女性歌手と婚約をして、こちらは紅白にも出たような当時の売れっ子歌手だった。フーン良かったねえ、とすでに十代も後半になっていたぼくは秘かに思ったりもしたのだが、やはり後がいけなかった。婚約からしばらくして、彼女に愛人ができたのだ。相手は数々の芸能人と浮き名を流した、レズビアン・バーを経営する女性だった。婚約者を奪われた高倉一志を、その後、テレビで観ることは一度もなかった。これなぞ〝怪奇孤独男〟の面目躍如とも呼べるエピソードではないか。

しかし最悪なのは、残った一人である長沢純だ。当時から調子の良かったこの男は、〝老人ころがし〟の才能を発揮して、〝一日一善〟のモーター・ボート爺サンのお気に入りになった。あの爺サンの後押しで、何年か前の参議院選挙にも立候補して、落選したりしている。本当に、揃いも揃ってロクなモンじゃないのだ。

そんな連中の歌を聴いて育ったぼくたちの行く末というのも、すでにその時点で決まっていたのかもしれないな、と近ごろしきりに思うのだ。

スウィート・ミュージックの時代、と呼んでもいいし、日本語ヴァージョンの時代と形容しても差しつかえないと思う。

〝恋と涙のバーゲン・セール〟のようなオメデタイ歌詞と、単純で甘いメロディーで成り立っているポップスの時代だ。リッキー・ネルソン、ポール・アンカ、ニール・セダカ、コニー・フランシス、クリフ・リチャード、ジーン・ピットニーといったところが、当時の代表的シンガーである。

そして、彼らの歌うオリジナルを、日本語ヴァージョンで歌っていたのが、坂本九、森山加代子、ジェリー藤尾、渡辺トモコ、飯田久彦、藤木孝、中尾ミエ、伊東ゆかり、弘田三枝子といったポップス歌手たちだった。

彼らが歌う、毒にも薬にもならないような曲の世界は、ちょうど彼らが属していた当時の社会の常識とぴったりと重なっている。

そのころは、ハリウッド製のテレビ映画が、アメリカでも日本でも大流行だった。一週間に一ダースもの西部劇が放映されていた時期があったほどだ。でも、当然のことながら、その中にはほんの一本も〝西部開拓史〟というのは白人によるアメリカ大陸侵略とインディアン殺戮の歴史であるという視点を持ち合わせたものはなかった。

「パパは何でも知っている」「うちのママは世界一」といったホーム・ドラマにも、当時の社会常識は強く反映されていた。子供たちの恋愛は毎回のようにテーマになったけれど、SEXの問題は注意深く排除されていた。

でも、アメリカと比べれば遥かに後進国であったこの国の少年たちは、そんなテレビ番組を見ながら、ヘーッ、アメリカはススンでるんだなあ、あんなふうに親に恋人を紹介できるんだからなあ、などと羨ましがったりしていたんだから話にならない。

スウィート・ミュージック、そして日本語ヴァージョンの時代がどんな時代だったかといえば、それはまだアメリカがフリーＳＥＸも、マリファナもＬＳＤも、そしてベトナム戦争も知らなかった時代である。そして、日本がそんなアメリカをみずからが到達すべき唯一絶対の目標と思い定めていた時代でもある。

でも、そんな馬鹿げた時代がいつまでもつづくわけがなかったのだ。ほんの一押し、そう、指先でちょこんと押せばグラグラッと崩れかねないところまで時代は飽和点に達していた。要するに時代全体が煮つまっていたのだ。

問題は、時代を揺さぶるひと押しがどの方角からやってくるかだけだった。


一九六三年の晩秋だった。

青山通りを外苑の方向に入ってすぐのところにあるボーリング場から二人の男が出てきた。二人とも一見して遊び人ふうの風体をしている。よく見るとひどく若い。まだ十八になったかならないかの年格好だ。

「おい、ヒデ坊。先に行って、クルマ開けててよ」

ヒデ坊と呼ばれたほうの少年は頷くと、キーを受け取り、駐車場に向かった。

彼は三か月前まで、現役のポップスシンガーだった。所属するプロダクションとつまらないことでトラブルを起こし、それ以来ブラウン管にもジャズ喫茶にも姿を見せていない。この一か月、毎日、夕方になるとこの青山のボーリング場に彼は現れる。六本木で知り合った遊び仲間と毎晩、一ピン百円のレートで勝負をするためだ。きょうのゲームで、彼は二万円ほど勝った。これで何日間か遊んで暮らせる勘定だ。

彼はドアを開け、バック・シートに座った。煙草に火を点け、大きく吸いこむ。静寂のなかに、自分の吐く息がやけに大きく聞こえた。

遠くのほうから道路工事の音が聞こえてくる。翌年のオリンピックのために青山通りを拡張、整備する工事が、昼夜、突貫工事で行われているのだ。

突然、彼はいいしれない寂寥感にとらわれた。俺はいったい、いつまでこんなことをしているのだろう。十年後、俺はいったいどうなっているのだろう。十八歳の少年には、その質問は少々重すぎた。高校を中退して歌の世界に飛びこみ、日劇のウエスタン・カーニバルに出演したのが一年半前のことだ。そして三か月前に歌手を辞めるまでに、彼は五枚のシングル盤を吹きこんでいた。

一度でいいから、と彼はよく思ったものだ。LPというのを出してみたいな。でも、もうその願いが叶えられることもなさそうな気配だった。

体を前に乗り出すと、彼はカー・ラジオのスウィッチをひねった。

と、そのとき、突然、聴きなれない音楽が彼の耳に飛びこんできた。ダイアルはFENの位置になっている。

いままで彼が歌わされていたポール・アンカやニール・セダカとはまったく違う荒々しさがその曲にはあった。何人かのコーラス・グループということはすぐにわかった。彼が好きだったエディ・コクランやバディ・ホリー、そしてエヴァリー・ブラザーズを思わせるようなリズムとコード進行でその曲はできていた。

ほんの二分か三分、彼はその初めて聴くグループの曲に熱中していた。明日の自分がどうなるかを思い煩うこともなかった。

曲がエンディングにかかったとき、ドアが開き、友人が運転席に座った。

「おっ、ビートルズの『プリーズ・プリーズ・ミー』だな」

「ビートルズ？」

「ヒデ坊も、最近はトンとそっちの世界と縁遠くなっちまったようだなあ。イギリスの四人組のグループで、頭をオカッパにしてさ、すげえ人気なんだよ。プレスリー以来だってさ」

友人は、なおもそのグループに関するゴシップを喋って聞かせたが、彼はもう聞いてはいなかった。

世の中が、変わってきちまったんだ、と彼は老人のように思った。ひょっとしたら、俺があの世界から足を洗うのは、遅すぎたかもしれないくらいだ。このグループが、本格的に日本に紹介されたら、いままで日本語の訳詩をつけてアチラの歌を歌っていた連中はいっぺんにコケるしかないだろう。

友人がクルマをスタートさせた。たぶん俺も、と少年は悔しそうに唇を噛んだ。こんな凄い連中が相手じゃかないっこない、新しい時代から取り残されていくに違いないんだ。

俺、もう、歌うのやめよう。そういいきかせたとき、激しい未練の感情が襲い、彼は自分がこれほどまでに歌うことに執着していたことを初めて知って、少しうろたえた。

クルマが青山通りに入った。工事中の路面を走るとき、車体が激しく揺れた。歌の世界だけでなく、東京の街全体が変わろうとしているように、彼には感じられた。

1984年のルイジアナ・ママ

八四年一月一日　つい数時間前にTVで見終えたばかりの「紅白歌合戦」はなかなか面白かった。白組のトリは大方の予想通り、今年は水原弘に代わって坂本九、紅組は江利チエミだったが、二人とも見事な貫禄だった。ボクは弘田三枝子のファンなので、彼女がトリを取るものとばかり思っていて、その点が不満といえば不満なのだが……。しかし、弘田三枝子と飯田久彦をぶつけて、二人に同じ曲、「ルイジアナ・ママ」を歌わせるというNHKの趣向はなかなかイカシていた。もう二十年以上も前のナンバーだが、アメリカでは半年も前から再びリヴァイバル・ヒットしているとのこと。やはり、良いものはいつの時代になっても良いのだ、と改めて感心する。他で眼についたのは克美しげるの健闘、ポール聖名子とシリア・ポールの姉妹デュオの華麗さ、今回初登場のミッキー・カーチスと雪村いずみの娘のフレッシュさといったところか、そうそう、白組司会者の植木等も冴えに冴えていた。今年はボクも高校三年生、そろそろ受験勉強に本腰を入れねばと思うのだが、ポップス狂いは直りそうにもない。困ったものだ。

一月四日　家でジッとしていると、欲求不満でイライラしてくる。昼から都電に乗って新宿に出かけ、ACB（アシベ）に入る。きょうのACBはC&W（カントリーアンドウエスタン）大会といった雰囲気で、小坂一也、寺本圭一とカントリー・ジェントルメン、ジミー時田とマウンテン・プレイボーイズといった大御所が珍しく顔を揃えていた。もちろん超大入り満員で、立ち見だったが大満足である。やはりジャズ喫茶はイカシてる。ACBで聴いたC&Wに刺激されて西部劇が見たくなり、歌舞伎町で衝動的に

銀座や新宿で芸能プロにスカウトされて歌手になれないかなあ。そんな妄想を抱き、親にネダってギターを買ってもらった中学生時代の写真です。

映画館に飛び込んだら、これが大変な愚作で一時間もたたぬうちに席を立つ破目になった。ロナルド・レーガンという三流のハリウッド・スターが出演している「グレナダ砦の攻防」という映画だが、御都合主義の権化のような展開と、レーガンの大根役者ぶりにウンザリ。口直しに隣の映画館でやっていた赤木圭一郎の「霧笛にZOKKON」、小林旭の「俺は原宿旋風児」の封切り二本立てを見る。トニーとジョーのからみはいつ見ても絶品だし、マイトガイ旭もまだまだ充分に若々しい。春に公開される、女房の美空ひばりとの共演が話題になっているが、ボクはあんまりゾッとしない。

一月十日　学校をサボッて、日本武道館でのサム・クック公演に。超満員。最初のうちは、ポピュラー音楽の公演、しかも黒人に借すなんてと武道館側が渋ったらしいが、日本のファンの眼はやはり節穴ではなかったようで嬉しい。帰りに神保町で喫茶店に入ったら、友人の山下がおかしなことをいいだした。山下もボクに劣らぬポップス・マニアだが、彼の趣味はちょっとヒネクレていて、六〇年代中期のイギリスのポップスだ。彼の話では、当時、ザ・ビートルズというリバプールから出てきたグループがいて、これが大変に質の高い演奏活動をしていた、というのだ。なんでも、リーダーのジョン・レノンという男が愛人にモーテルで射殺されたために、アルバムを一枚出しただけで終わってしまったが、当時の英国のポップス・シーンに与えた影響はかなりのものだったらしい。あのとき、J・レノンが死んでいなければ、いまの世界の音楽シーンはまったく違ったものになっていたはずだと山下は力説した。SFでいうパラレル・ワールドというやつだ。

一月十五日　山下に誘われて彼の家でビートルズのたった一枚というアルバムを聴く。悪くない。エバリー・ブラザーズとかバディ・ホリーをちょっと連想させる音だ。しかし、ボクはあまり好きではない。ポール・アンカやニール・セダカのほうが良い。その時、山下が「これを呑みながら聴くと、ビートルズの音楽がもっとよくわかる」といって、錠剤をくれた。アシッドといって、幻覚剤の一種らしく、それから丸々二日間、ボクは不思議な幻覚状態にどっぷり浸りっぱなしだった。街の光景がまったく違って見えた。都電が撤去され、代わりに高速道路が東京じゅうを走っていた。ラジオやTVから流れる音楽はどれもビートルズのエピーゴネンのようなメロディーだった。プロレス中継を見ても、どうしたわけか力道山は登場していなかった。いまはもう普通の感覚に戻ったけど、ひょっとしたらあの二日間、ボクはもうひとつのありえたかもしれない世界にトリップしていたのかもしれない。しかし、ボクはその幻覚の途中で聴いた一枚のアルバムをいまでも鮮明に覚えている。それはニール・セダカやパット・ブーンをずっとセンス・アップしたような不思議な、そして魅力的なアルバムだった。シンガーの名前までハッキリ覚えている。確か、大滝詠一とかいう名前だった……。

誰もがボビーに夢中だった、あの頃

片岡義男のことを考え始めると、つい連想ゲームのようにマーシー・ブレインの名前が記憶の底から浮かび上がってくる。

ブルックリンで生まれたマーシー・ブレインが音楽プロデューサーにスカウトされたのは、ハイスクールを卒業してニューヨーク市立大学の音楽コースに進んで間もない一九六二年のことだ。まだ十七歳だった彼女のデビュー曲「ボビーに首ったけ」は、十月にはビルボードのベスト１００にチャートインし、その後も順調に売り上げを伸ばしてベスト3に入るセールスを記録した。

日本では翌六三年の三月に、伊東ゆかり、梅木マリらがカバー曲をリリースしている。伊東ゆかりの名前を知っている人は多いが、マーシー・ブレインをいまも覚えている人はほとんどいない。梅木マリにしても、一部のマニアックな音楽ファンだけが、ひっそり彼女の名を記憶しているだけだ。

片岡義男の短篇集『ボビーに首ったけ』は、一九八〇年十月に角川文庫から刊行されている。この少し前から片岡義男の小説やエッセイは、たてつづけに角川書店で文庫化されていた。『ぼくはプレスリーが大好き』に始まり、『スローなブギにしてくれ』『マーマレードの朝』『ラジオが泣いた夜』『人生は野菜スープ』『彼のオートバイ、彼女の島』『味噌汁は朝のブルース』、そして『ボビーに首ったけ』へと至るラインナップを、いまこうして書き記しているだけでワクワクしてくる。

もう三十年前の出来事だ。しかし不思議と、ノスタルジックな気持ちはほとんど湧かない。次つぎと刊行される文庫本からは、圧倒的に新鮮な視点と文体が伝わってきた。それが間を置かずに書店の新刊コーナーに並ぶのだから、その印象は圧巻の一語に尽きた。

いま私たちは〈新しい日本語の小説〉を読んでいる。そんな強いインパクトを受けた読書体験だったから、懐かしいという感情が生まれる余地はないのだ。三十年を経た現在でも、片岡義男の書いた小説は新しさを失っていない。

短篇集『ボビーに首ったけ』の表題作を、いま一度あらためて読む。

本名は野村昭彦。なぜか友人だけでなく妹までがボビーとニックネームで呼ぶ、鎌倉に住む高校三年生の男の子が主人公だ。オートバイに乗るのが大好きで、将来はプロのサーファーを目ざしているボビーの短い、しかしぎゅっと凝縮された、ある特別な年の夏休みを描いた青春小説である。

青春小説には不可欠な存在である〈少女〉だって、もちろん登場する。ボビーは前の年の秋、関西から中国、四国を経て九州に至る、西日本縦断のツーリングを友人と楽しんだ。その体験を書いた作文をバイク雑誌に送ったら採用されて、活字になった。たまたまバイク雑誌を読んだ、岡山県笠岡市に住む中原咲美という少女が、ボビーに手紙を書いてきた。これまでバイクにまったく興味のなかった少女から時おり届く手紙を挿入しながら、ボビーの夏が動いていく。

ふんわり甘いテイストが漂うのは、このまだ会ったこともない少女とのエピソードくらいだ。サーファーになるための地道な努力を惜しまないボビーは爽やかに描かれている。しかし彼の性格があくまでストイックなせいもあって、物語には浮わっついた軽さがまったくない。甘さを極力、排した青春小説は新鮮に映った。

そしてラストシーンの衝撃が、読む者にしばしの思考停止を強いた。爽やかだけど、苦くて残酷な青春小説を読んだという印象が強く残った。

マーシー・ブレインの「ボビーに首ったけ」は、思春期の少女が抱く恋への憧れを、甘くセンチメンタルなメロディーにのせて、あくまでも軽く、夢み心地な調子で歌った。いかにも六〇年代前半にふさわしいポップスだ。

もっというなら、一九六三年でアメリカからは消えてしまう、ドリーミーで感傷的な、中身のないスイート・ミュージックだ。

大統領ケネディが暗殺されるのは、一九六三年十一月二十二日だ。まだベトナム戦争が泥沼化していく直前である。アメリカの大半の若者が、マリファナやLSD、そしてフリーセックスとも無縁で生きていた最後の年が一九六三年だった。

もちろん政治や社会のドラスティックな変化が、マーシー・ブレインを忘れられた歌手にした直接的な原因ではない。ティアドロップスとかランナウウェイガールといった歌詞を散りばめた、砂糖でコーティングされたようなアメリカンポップスを一掃したのは、ザ・ビートルズだった。

六二年にイギリスで本格デビューしたビートルズは、翌年アメリカに紹介される。最初の反応はいまひとつだったが、年末から一気にブームに火が付き六四年四月にはキャッシュボックスの全米チャートを一位「ツイスト・アンド・シャウト」から五位まですべて独占するという離れ業を演じてみせた。

ビートルズ革命。ブリティッシュ・ロックが、ロックとポップスの本場アメリカを席巻したのだ。荒々しいビートと、洗練されたハーモニー。さらに陰影に富んだ歌詞が、ビートルズの曲にはあった。

ビートルズの登場によって、ただ甘く切ないだけのアメリカン・ポップスは、一夜にして〈懐メロ〉と化した。マーシー・ブレインだけではない。「ロコ・モーション」のリトル・エヴァ、「可愛いベイビー」のコニー・フランシス、「ジョニー・エンジェル」のシェリー・フェブレーといった人気歌手が、あっという間に姿を消した。

ほんの僅かなタイムラグをおいて、日本でも同じような現象がおきた。六四年の二月にまず「抱きしめたい」が最初のシングル盤として発売され、その数日後に店頭に並んだ第二弾「プリーズ・プリーズ・ミー」はセールス一位を記録する。

まだ中学生だった私は、ラジオのヒットパレードから流れるアメリカやイギリスのポップ・ミュージックを熱心に聴いていた。しかしもっと夢中になったのは、そうした米英のヒット曲に日本語の訳詞を乗せて歌われるカバー・ポップスだった。

ジーン・ピットニーのオリジナル曲よりも、飯田久彦が歌う「ルイジアナ・ママ」のほうが百倍以上も心と耳に馴染んだ。カスケーズが歌う原曲も悪くはなかったが、ダニー飯田とパラダイスキングのメイン・ボーカル、佐野修の「悲しき雨音」は、十四歳の少年の心を甘ったるい感傷で水浸しにした。

「悲しき街角」「悲しき片想い」「悲しきあしおと」「悲しき16才」。さらには「悲しきカンガルー」「悲しき60才」「悲しきインディアン」といった冗談としか思えない曲名まであった。

いまなら超訳とでも呼ぶしかない漣（さざなみ）健児の訳詞を聞いていると、世界は恋と涙というたった二つの記号だけで成り立っているように思えた。ビートルズの登場で、そんな書き割りのような安っぽい日本語バージョンの世界が一瞬にして崩壊したのは、いま思えば当然のことだ。

梅木マリだけではない。森山加代子、スリー・ファンキーズ、飯田久彦、克美しげる、田代みどりといったカバー歌手は、一九六四年にはテレビからほとんど消えていった。

涙で溺れそうになるほどのセンチメンタリズムと、砂糖菓子のように甘くドリーミーな恋への憧れだけで出来ていた日本語バージョンの時代を代表する曲のひとつが「ボビーに首ったけ」だ。

そんなカバー曲の題名を、甘さなぞは露ほどもない自作の短篇タイトルに使う片岡義男のイロニカルな感覚に、いまさらながら舌を巻く。じつは非情なと形容したいほどクールな青春小説のタイトルに、中身スカスカ、しかし耳になじむメロディと歌詞は爛熟の域に達したとでも呼びたい、ほとんど完成された様式美さえも感じさせるカバーポップスの曲名をもってきたことで、小説のエッセンスはより効果的に読み手の心を直撃する。

東京オリンピックの前年まで流れていた、感傷的でイノセンスな曲のことを、いまは誰も覚えていない。そのことを考えていたら、何年か前にある雑誌で目にした片岡義男のエッセイを思いだした。えっと、このへんにあったと思うのだが……。うず高く積まれた本と雑誌の山の中から、目当てのものをやっと見つけだす。「ジャケット買いの理由はこの着物」というタイトルがいい。大判雑誌（講談社から発売されていた《オブラ》二〇〇四年八月号）に掲載されたエッセイは、ゆったりしたレイアウト処理がなされ、六ページ中の三ページには、着物美人が映ったＬＰジャケットが何点も効果的に配置されている。

戦後ドイツでもっとも人気のあったビッグ・バンド、ウエルナー・ミュラー楽団の「日本で桜の花が咲く頃」のジャケットへの言及から、エッセイは始まる。ついでノリー・パラマー楽団の「東京で、恋に落ちて」（一九六六年）が紹介される。

右ページにエッセイ、そして左ページにはオリエンタルな和服美人が満開の桜や庭園を背景にして佇む、奇妙でインパクトのあるジャケットが三枚、大胆に並べられて、読み手の目に飛びこんでくる仕掛けだ。

「『日本で桜の花が咲く頃』のジャケットは充分にキッチュないしは珍奇だ」。文章の書き出しの部分だ。ほとんどの読者も同意するに違いない。しかしすぐに片岡義男しか持ち合わせていない視覚で、かつての人気バンドがリリースしたＬＰの世界に詰めこまれていたエッセンスが指摘されていく。

ウエルナー・ミュラー楽団の演奏がどんなものか。「僕は知っているつもりだったが、聴き直して驚く」。アルバムには「荒城の月」「花」「赤とんぼ」といった曲が収められている。「ＬＰの溝に刻まれた音楽は変化しないけれど、聴くほうの状況はじつは激変に次ぐ激変を重ねている」。アルバム収録曲を聴いていくときの感慨を記した次の一節に、私は思わず衝撃を受けた。「もはやどこにもない日本、失われてしまった日本を目のあたりにして、僕は愕然とし呆然となる」。

普通なら、欧米人による勘違いオリエンタリズムとして「キッチュ」の一言で片づけられてしまうヴィジュアルが、二十一世紀の現在に持つ意味を、片岡義男だけが気づいている。滝のように流れる弦の使い方から、カスケイディング・ストリングスと呼ばれたビッグ・バンドの音。「その編曲と演奏のなかにからめ取られた、失われて久しい、しかも省みることのない日本」というフレーズに、心をわし摑みにされた。

六〇年代前半のヒット曲「スキヤキ」「黄昏のビギン」「黒い花びら」などが演奏されているノリー・パラマー楽団のＬＰのほうは、こう語られる。「オリジナルがその本質として持っていた純情さが、端的に言って毛唐による編曲と演奏をとおして、この上なくあらわであり、それをいま受けとめるせつなさと言ったらない。失いつくし消え果てた日本がここにもある」。

日本とアメリカ。六〇年代と二十一世紀。大衆文化と芸術世界。こうしたファクターの対比と差異に、早くから気づいていた数少ない例外的な存在が片岡義男だった。それらのさまざまな文化的ファクターは幾度となく混じり合い、溶け合うことによって、原型をとどめないまでに変貌を遂げた。そのプロセスの中で、かつて私たちが共有していた文化と情緒のエッセンスの幾つかも消えて失せた。そんな繁栄と廃墟が同居した奇妙な風景の上に、いまの私たちは立っている。

　私ならノスタルジックな感傷に溺れてしまうところだ。しかし片岡義男はそうした喪失感を指摘、告発しながらも、決して情緒だけに耳を委ねない。あくまでもクールな乾いた文体で、彼にとっての本質的な事柄だけを書いていく。だから片岡義男の小説もエッセイも古びることはないのだ。

「ボビーに首ったけ」。こんなタイトルを冠して、清冽で、しかもタフな小説を書いてしまう、その複雑な魅力に、二〇一〇年のいま、あらためて気づかされた。

片岡さんの思い出

『ぼくはプレスリーが大好き』(三一書房)

『ボビーに首ったけ』(角川文庫)

『マーマレードの朝』(角川文庫)

『スローなブギにしてくれ』(角川書店)

『人生は野菜スープ』(角川書店)

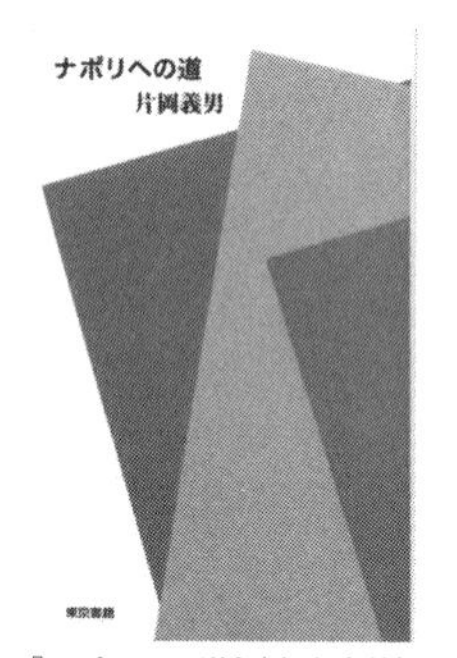

『ナポリへの道』(東京書籍)

快作『ナポリへの道』の著者インタビューで初めてお会いしたとき、広瀬正さん、小鷹信光さんの名前を出したら、「亀和田くん、僕たちのそんな共通の先輩たちの話をしなくちゃいけないね」と言って、半月後に食事に誘ってくれた。

涙と恋に憧れて耽溺した十五歳の記憶
スリー・ファンキーズ

十代のころに一番影響を受けた小説や音楽や映画は何だったのか、という設問がよくある。

こんなふうに訊かれたとき、僕だってできることならドストエフスキーとグレン・グールドと黒沢明にもっとも強いインパクトを受けた、と答えたいところだ。

まあ、そこまで権威主義に凝り固まっていなくとも、せめてビートルズと安部公房とゴダールが僕の青春だった、くらいはいいたいもんだと思う。

ところが一九四九年生まれの僕が、その当時もっとも熱中し、その後の生き方まで左右されてしまったのは、小説ならSF作家のエドモンド・ハミルトンとマレー・ラインスターと筒井康隆であり、映画だと島耕二が監督の『宇宙人、東京に現わる』（大映）、そして音楽では坂本九にダニー飯田とパラダイスキング、高松秀晴、そしてこのスリー・ファンキーズだったのだ。


現在断筆中の筒井康隆は現代の日本文学を語る上で欠かせない存在にまでなったたし、日航機事故で亡くなった坂本九も六〇年代のある時期〝国民的歌手〟にまで上昇したときがあった。

だが、その他の人名、作品名については初めて耳にする人も多いのではないか。奇をてらって、いわゆるマイナーなB級、C級のアイテムを列挙したのだろうと、好意的な勘違いをしてくれる人もいるかもしれない。

ところが、そんなことはまったくなくて、高橋元太郎（断るまでもないが『水戸黄門』のうっかり八兵衛）と、長沢純、高倉一志の三人が初代メンバーだったスリー・ファンキーズがその後の僕のメンタリティーに与えた影響は、少なくともビートルズの百倍あることは確実だ。ローリングストーンズには、チョイ負けるかもしれないけど。

と、ここまで書いて、そうか高橋元太郎と長沢純と高倉一志という三人の力は、ミック・ジャガーとキース・リチャーズ、それにチャーリー・ワッツとブライアン・ジョーンズとミック・テイラーなどなどを合わせた魅力と、俺の中ではほとんど遜色ないのか……これはすげえや、といまさらながら驚いたというか呆れてしまった。

スリー・ファンキーズを初めてテレビで見たのは、たぶん一九六一年の後半ごろだったと思うから、僕が中学一年生のときだ。最初のころは、ほぼ同じ時期にデビューした弘田三枝子とコミで音楽番組に出ていた印象が強い。〝ミコとファンキーズ〟みたいなかんじで。

彼らが最初にテレビで歌っていたのは、オリジナルをパット・ブーンが歌った『涙のムーディー・リバー』だった。

原題はただの『ムーディーリバー』。どうして、それが『涙の――』になるのか。それが、それが僕にはわからなーい、マイ・リトル・ラナウェー、ラランランランラナウェーというギャグもいまでは全国四十六人くらいの人にしか通じないだろうが、まあいい。

そのころはデル・シャノンの『ランナウェイ』の邦題が『悲しき街角』で、カスケーズの『リズム・オブ・ザ・レイン』は『悲しき雨音』だった。ともかく「涙」と「悲しき」のバーゲンセール状態だったのだ。『涙のムーディー・リバー』というタイトルは適度に甘く切なく、それと同時に相当いい加減で軽く浮ついた感じもする。

三人が代わり番こに歌う歌詞も――そう、この三人はコーラス・グループとは名ばかりで、入れかわり立ちかわり順番にソロのパートを歌うだけなのだ。いま聞くと赤面せずにはいられないような、およそ無内容で陳腐なセンチメンタリズム一色のものである。

よく僕たちは度が過ぎたセンチメンタリズムを「それはお前、ちょっと少女趣味だよ」などと形容したりするのだが、どうやら川に身を投げてこの世を去った恋人を想い、涙をボロボロ流している少年の心象風景の上っつらだけをなぞった歌詞では、いまどきの中学生の女の子にだって笑われてしまう。

メロディーもテンポも、ちょうどこの歌詞に見合ったように、甘く切ないトーンが全編を覆い、しかもけっこう明るく調子が良かったりする。

と今となったら言えるのだけれど、当時だと「それが、それが僕にはわからなーい」状態だったのだ。僕はすっかり、去っていったあの子の面影をいまも思い描くセンチメンタル・ティーンエージャーの心理にハマってしまった。

このころ僕が好んで聴いた曲は、この手の水分一〇〇%のものが多い。『浮気なスー』『ミスターロンリネス』『涙の日記』。どれもこれもチャーミングで浮気な女の子に弄ばれるウブな少年たちの感傷が、これでもかこれでもかと詰め込まれたスイートでメロウでハートブレイクでティアードロップスな曲ばっかりだ。橋幸夫や舟木一夫や吉永小百合の曲を屈託なく口ずさむクラスメイトを横目に、僕は自分をミスターロンリネスだと思っていた。

「ミスターロンリネス　寂しい　ひとりぽっちの男」の、そのミスターロンリネスだ。

原曲はたしかジーン・ヴィンセントが歌ったこの曲は、ファンキーズにしてはけっこうビートが効いたナンバーの部類だろう。

「ミスターロンリネス　誰か　この悲しい僕を　そっと優しく愛して　抱いておくれ　すぐに」

安っぽい、歯の浮くようなセンチメンタリズムも、どこかパセティックな色調さえ帯びていた気がする。

あれから三十年がたって、僕も好むと好まざるとに関わらず様々な出来事を体験したし、本や映画や音楽だって自慢できるほどではないが少しは見たり聴いたりもした。

しかし原体験のインパクトは強い。ふっと何かのときにそれが顔を覗かせる。

風呂に入っているとき、自転車のペダルを漕いでいるとき、ふと気がつくと「ミスターロンリネス　寂しい　ひとりぼっちの男ぉ」とか「なーみだの　ムーディリバア」とか口ずさんでいたりする。たぶん死ぬときまでムーディーリバーやリターントゥセンダーは僕の脳裏から消えていかないのだろう。

そんな風に我知らず口ずさんでいる曲の極めつけが『青空に描こう』である。今回この曲は三十年ぶりに聴いた。六三年二月にリリースされた『スリー・ファンキーズ・ヒット・パレード（第三集）』という10インチLPに収録されている曲だが、シングルカットはされていない。

当時のレコードはともかく高かった。そのころ地下鉄が全線二十五円でタクシーは初乗りが八十円、天ぷらソバの値段は百円だった。現在の物価上昇率はおおよそ五倍から八倍といったところだろうか。

ところが10インチLPの当時の値段は千円だった。いまなら六～七千円くらいの見当である。とても中学生には手が出ない。そんなわけで『青空に描こう』を聴いたのは、後にも先にもテレビで彼らが歌っているのを見たときのわずか四回だけだ。

四回と特定できるのには訳がある。『青空に描こう』の作曲は前田憲男だった（と断言しても平気かな。手元に資料が一切ないのでやや心配だが、まあいい。天上天下唯我独尊、オレの記憶がすなわち歴史であり、客観的な資料がそれを否定したところで痛くも痒くもない、ということで話を進めさせてもらう）。

そのころファンキーズがレギュラーを持っていたある番組が、一般から歌詞を募集したことがあった。アナタの詞にプロの先生が曲を付けてファンキーズが歌います、というヤツだ。それを今月の歌として四週にわたって歌う。この企画がいったい何回つづいたかよく覚えていない。

僕が記憶しているのは、この『青空に描こう』一曲だけだ。地方に住む中学生だか高校生の女の子が作った詩だったことを覚えている。真面目そうな雰囲気の女の子は、スタジオでファンキーズの三人と前田憲男に囲まれてちょっと緊張していた。ファンの女の子が憧れのファンキーズに書いた詩がテレビで歌われる、というそんな設定が多少は影響しているかもしれないが、この曲は僕のセンチメンタリズムを大いに揺さぶった。

それからというもの、夏の海岸に行けば必ず「太陽眩しい　夏の日　あの子と海辺を散歩した」という歌詞が自然と口をついて出てくるようになった。

秋の並木道をひとりで歩くとき、いつのまにか僕の顔は憂いを帯びて「なんだか悲しい秋の日　あの子と林を散歩した」と条件反射のように歌いはじめる。「赤や黄色の落ち葉を踏んで　見上げた木々の間から　青い空がのぞいたっけ」と口ずさむとき、僕の心はまるで洪水が押し寄せたときのように感傷で水浸しになっていく。

三十年もの間、僕は『青空に描こう』とこんなふうに関わりを持ってきた。親密で隠微でディープな、僕だけの歌との関係。もちろんそんなものは、実際オーディオから流れる曲を聴いてしまえば一気に雲散霧消してしまう態のものである。

胸の中にずっとその面影を抱いてきた中学生のときの初恋の女の子と三十年ぶりに会ったとき、感激と幻滅のそのどちらが勝利を収めるか。

「ちょっぴり熱いコーヒー飲んで　レコード聴いたその後は」当然熱いキスを交わしたとかそんな言葉がつづくかと思いきや、「楽しく語りあったっけ」となったのには思わず笑ってしまったが、それもセックス、ドラッグ&ロックンロールに毒されていない六〇年代前半を象徴しているようでもあり、これはこれで微笑ましい。

「僕の背広の胸元に」とか「僕のホッペ」といった死語も同様だ。

悪い曲ではない。端正なリリカルさが漂う佳曲、といってもいいかもしれない。でも、ただそれだけのことだ。

この歌を支えるセンチメンタリズムをもはや現在の僕が共有していないということが、ファンキーズの歌を現実に耳にしたときはっきりわかってしまったのだ。アナクロの極致のような僕も、しかし一九九五年をしぶとく生きている人間だったのだ。もう一九六三年には決して後戻りできないのだ。

といって、ここに収められた曲が時代遅れでいまのリスナーにアピールする要素のない詰まらない曲かといえば無論そんなことはない。現在とは隔絶したある時代を象徴する曲と思って聴けば、また愛しさは倍加する。

とりわけ当時はあまり熱心に聴かなかったコミカルな曲がいま耳にすると、にわかに魅力を帯びてくる。

前田憲男の名曲『でさのよツイスト』はいうまでもないが、ちょっとクレージーキャッツを彷彿とさせる『三年早いよ』とか『予備校ブルース』、そして『ブットンダ』あたりは、いまでも笑えてノレル傑作である。

この路線の曲をここしばらく――二十一世紀の入り口あたりまで口ずさんでいきそうな、そんな予感がする。

日本アウトロー列伝　牧田吉明

爆弾とハイミナール

アウトロー列伝の中に〝過激派枠〟を設けることが可能なら、牧田吉明の名をあげておきたい。六〇年安保は、唐牛健太郎という誰からも愛された、筋金入りのアウトローを産みだした。右翼の田中清玄から巨額の運動資金を調達していたといってスパイ呼ばわりしたのは、日本共産党くらいだ。

それまで東大と京大が独占していた全学連委員長に、北大の唐牛が選ばれたとき、歴史が変わった。短髪で陽気な青年は、阻止戦をはる機動隊の装甲車の上でアジ演説をしたあと、先陣をきって車上から国会構内に飛び下り、多くの学生があとにつづいた。唐牛たち〝赤い太陽族〟のハネアガリがあったからこそ、六〇年安保の昂揚があった。

六〇年代末の叛乱の季節は、ランボーを想起させる唐牛タイプ

牧田吉明ともかくハンサムでかっこよかったな。もしかして、それで俺も同じ学校に入ったのかな（写真はピース缶）。

の〝英雄〟を産む土壌をもたなかった。全学連委員長や東大全共闘、そして有力セクトの指導者も、誰もがアウトローの輝きを失っていた。

既成左翼は軽蔑の対象でしかなかったが、新左翼の有名人からも官僚臭がした。それまでの権威が地に堕ちたあのころ、牧田吉明は断然輝いていた。過激派セクトに所属したこともあるが、すぐに怪しげなアナーキスト・グループ、背叛社を作る。彼の名儀で借りていたアパートで、爆弾製造中の仲間が暴発によって負傷、十数名が逮捕されたのが、六八年の十月だ。

牧田の名は、その以前から知っていた。在籍していた成蹊大学から退学処分を受けたのは六七年の五月だ。八四年に自費出版した『我が闘争　スニーカーミドルの爆裂弾』に直後のドタバタが描かれている。「決起の日、俺は、吉祥寺の金物屋で、犬の首輪と鎖と錠前を買って学校に出かけた。そこらに居た奴をつかまえて、首輪を巻いて鎖につなげ、鎖のはじっこを持たせた」「ついで、赤煉瓦の文学部校舎の玄関に座り込んだ。鎖のはじっこは水道の蛇口に巻いて錠前でとめた。首からは、『俺を犬だと思う奴は、鏡に写った手前の姿だと思え』と書いた札を下げた」

牧田の父、與一郎は、三菱重工業でも辣腕で知られた実力者で、後に社長となる。あの三菱の御曹子が〝犬の首輪を巻いてハンスト闘争〟というスキャンダルは、話題性もたっぷり、さらに犬の首輪を巻く姿は絵にもなったから、マスコミが飛びついた。

この前後に、彼の姿をテレビで二、三回は見ている。六七年十・八羽田闘争で山崎博昭が虐殺され、学生や若い労働者、そして野次馬が街頭に躍りでる、その直前の時期だ。〝この平和なニッポンに不満を抱く若者たちがいます。彼らの本音を聞きましょう〟。そんな趣旨のトーク番組を民放各局はたびたび企画し、フーテンや前衛アートの卵など、胡散くさい若者がスタジオに集められ、牧田はその常連メンバーだった。

「退屈だからだよ」。曖昧な記憶だが、牧田はいつもフテ腐れたように、平和を呪っていた印象がある。ツマラない質問がつづくと、座っていた椅子をクルリと回し、背中を見せたりもした。

都立高校を中退、ハプニングアートめいたことをし、〈三島由紀夫暗殺〉も計画したと吹聴する、ちだ・ういと並び、牧田は〝何を考えているか、わからない若者たち〟の代表タレントだった。ちだ・ういは海外から帰国後の八二年に、有為エンジェルの筆名で群像新人長編小説賞を受賞した。

父親の肩書き、奇矯な言動。そしてなにより牧田はハンサムだった。整った容姿というよりどこか崩れた気配がただよう不良の美少年の面影があった。あれは六八年も後半だったか、「現代の眼」のグラビアに、昨年亡くなった反骨の写真家、福島菊次郎が撮った牧田のポートレイトが何ページものった。

大学に在籍中はそこが活動の場だった、自治会と新聞会室の荒涼とした空間で、ダッフルコート姿の牧田が、ストーブに手をかざしている。反抗心と憂いをおびた顔は、文句なしに格好よかった。まさかその翌年、自分がその学園に入学し、さらに牧田がいたオンボロ自治会室に身を置くことになるとは、予想もしなかったが。

　父親からせびりとった金で、渋谷に「ステーション'70」という、当時としては最先端をいくスノッブなライヴ・スペースを開くが、すぐに赤字で頓挫する。いま手広く美術商売を展開しているミヅマアートギャラリー代表の三潴末雄もひとくち噛んだビジネスだった。三潴は当時、ブント叛旗（はんき）派の活動家だった。叛旗派の学生が何人もバイトしていたし、そうした取り巻きにいいように金をムシリ盗られた感がある。

　その後は長野でペンション経営していた牧田が、再びメディアに登場したのは八二年だ。六九年から七一年にかけておきた四件の爆弾事件では、すでに十八名が逮捕、起訴されていたが、牧田は東京地裁で「自分こそ真犯人」と名乗りでたのだ。自分が資金調達と全体の絵図を描き、叛旗派の活動家が爆弾を作り、赤軍やアナーキストなど各方面にピース缶爆弾を渡したと証言したのだ。

　牧田は、これは公安にハメられた十八名の被告を冤罪から救う闘争ではないといった。当時、爆弾の製造、運搬などに関わりながら、冤罪事件の真相は一切語らず、世渡り上手に生きてきた三潴や、国立民族学博物館の教職についた田辺繁治らにオトシマエをつけるのが目的だと。三潴も田辺も、いい迷惑だろうが、牧田のような男とツルんで楽しい思いもしたんだから、ま、これでチャラということか。

　爆弾犯人証言の直後に、牧田が民放の番組に出た。聞き手の田原総一朗が「なぜ爆弾なんて作ったの？」と訊くや、即座に「革命のためですよ」と牧田。「革命って何？」と問う田原に、顔色ひとつ変えず「革命とは人知を超えたものです」と答えた牧田は格好よかった。ラジカリズムの華、スキャンダリズムの極致だ。

　背叛社事件の直後に牧田と田辺が京都で出会い、すぐに意気投合し、暴走するシーンは、自費出版本のハイライトだ。日共・民青が支配する立命館大学広小路キャンパスに二十名で突入するが、新左翼各派の裏切りで援軍はなし。最後は田辺ら四人と、図書館の屋上に追い詰められ、周囲を千人の民青が包囲する。持参したハイミナールでラリッた田辺と民青に捕まり、陰惨なリンチを長時間受け、やっと人質交換で釈放されるや、痛み止めのため酒とハイミナールを呑むシーンも、いい。田辺も楽しい思いをしただろう。そう書いたのも、この場面を読んだからだ。

　爆弾とハイミナール。東大全共闘のようにご立派な理念とは徹底して無縁なアウトローの生死にこそ、私はシンパシーを抱く。

　晩年は長野のホテルで「庭仕事」。そこもクビになって岐阜市内で生活保護を受けていたが、持病が悪化して孤独死する。立派な野垂れ死にだ。牧田にも後悔の念は、かけらもなかっただろう。蛇足をひとつ。牧田本には、P缶爆弾だけでなく、赤衛軍事件の謎も説得力ある推理で語られていて、映画化もされた川本三郎『マイ・バック・ページ』とはまったく異なる事件の全容が浮かびあがり、新鮮かつスリリングだ。

　アウトロー好きの、ちくま文庫で復刊してくれないものか。

コートさんのコートが欲しかった。

『フーテン──青春残酷物語』永島慎二

君は『ガロ』派か『COM』派か、どちらだ。この設問に答えるのは容易ではない。

一九六六年の春、私は高校三年生だった。弘中くんという他のクラスの生徒と知り合いになった。ある日、彼が大事そうに三冊のマンガ誌を手にし、昼休みの教室にやってきた。「ねえ、これを読んでくれないかな。僕が一番好きなマンガ家なんだけど、きっとカメワダくんも気に入ると思うんだ」。

永島慎二の「漫画家残酷物語」が掲載された貸本劇画誌『刑事(デカ)』(東京トップ社)だった。午後の授業をサボって、そのころよく通っていたジャズ喫茶でページを開く。国分寺の「モダン」か、渋谷の「DUET」だ。

若いマンガ家を主人公にした永島慎二の短篇シリーズを読んで衝撃を受けた。何を描くべきか。商業主義と理想の狭間で引き裂かれる青年たちの苦悩がテーマになっていた。それまで目にしたこともないマンガだった。マンガはこんなことまで描いていいんだ。初めて知る世界だった。

弘中くんの家に行くと、二年前に創刊された『ガロ』が全冊あった。白土三平の「カムイ伝」に誌面の多くを割き、雑誌としては単調に感じた。しかし、つげ義春には強く惹かれた。この年(六六年)の二月号から連続して発表された「沼」「チーコ」「初茸がり」に潜む奇妙な味には、他のマンガと異なる戦慄を覚えた。

六六年の暮れに『COM』が創刊された。巻頭を飾る手塚治虫の「火の鳥」は、白土三平とは違った意味で、いまひとつ新鮮味に欠けた。石森章太郎「JUN」の第一回だけは、叙情性と作画の冒険、ともにあわせもつ佳作だった。創刊直後にデビューした宮谷一彦、岡田史子も記憶に残る。

永島慎二の長篇「フーテン」は、創刊四号から連載が始まった。新宿の街を、昼から早朝まで、呑んで騒いで議論して、睡眠薬をカジってラリる若者から大人、さらには老人までが登場する群

愛称ダンさん。新宿を描いた彼の劇画が、新宿の風俗に影響を与えて、町の空気と情景までも一変させた。

像劇だった。

叛乱の季節が始まるのは、山崎博昭くんの死んだ六七年の一〇・八羽田闘争からだ。それ以前の日本は、奇妙なほど平和だった。不満はあるけど、何をやったらいいかわからない。そんな連中が、新宿のジャズ喫茶や風月堂にくすぶっていた。

「フーテン」は六〇年代半ば、騒乱の季節に突入する以前の新宿の、平穏に見えながらも緊張を孕んだ時間を描いた稀有な作品だ。登場人物では、たぶん勤め人なのに朝までフーテンする、コートさんが格好よかった。

四季や天気に関係なく、いつもステンカラーのコートを着ているから、コートさん。あんなコートが欲しいなあ。そう思っているうちに、街には催涙弾の臭いがたちこめるようになった。

マンモス鈴木の剛毛におおわれた 寂しい肉体

日本のプロレスが〝六〇年代〟あるいは〝高度成長期〟という単位でもってひとくくりにできないのは、途中に力道山の死という大きな事件が横たわっているからだ。創業者にしてプレイング・マネージャーでもあった力道山時代とそれ以降とでは、日本のプロレスはかなり異なったものになっている。

力道山時代の肉体というとき、私が真っ先に思いおこすのは、剛毛に覆われた、どこか寂しげなマンモス鈴木の肉体である。

マンモス鈴木はほぼ同じ時期にデビューした馬場正平、猪木寛至と並んで、六〇年代の前半、日本プロレス界期待の〝大型新人〟だった。当時は猪木よりも高い評価を受けていたはずだ。

日本人離れした毛むくじゃらの肉体と類人猿を連想させる魁偉（かいい）な容貌が、マンモス鈴木のセールスポイントだった。ただこうした外見の人間が往々にしてそうであるように、彼もまたノミの心臓の持ち主だったようだ。

あれは力道山の死んだその年か前年だったと思うが、外人チームとの六人タッグで戦意を喪失したパートナーのマンモス鈴木に力道山が怒りだし、自軍のコーナーで殴る蹴るの〝気合〟を入れるシーンがテレビに映しだされたことがあった。

力道山に蹴られるたび、コーナーポストに凭れたままずるずると体を沈ませていくマンモス鈴木を見ながら、そのとき私は暗い興奮をかきたてられていたようだ。

力道山時代のショッキングな映像といえば、それを見ていた老人が何人も連鎖反応的にショック死したフレッド・ブラッシーのグレート東郷の額への噛みつきと相場は決まっている。たしかに東郷の額から流れ落ちる血は、白黒テレビであるがゆえにより一層視聴者の想像力を刺激し、実際の何倍も生々しくおびただしい量の血を、私たちの網膜に映しだしたにちがいない。

だが、マンモス鈴木に対する力道山の制裁には、もっと醜く、本来なら決して人前には出すべきでない恥ずかしい部分が、露出していたような気がする。短気で粗野なワンマン社長の力道山だけが醜悪で羞恥を催させたのではない。力道山に無抵抗で殴られたまま、コーナーに情けなくうずくまるマンモス鈴木の肉体にも、人間の弱々しさや愚かさといったありとあらゆる負の要素が刻印されているのを見たと私は思った。

そのマンモス鈴木の姿を実際に見たのは、その直後だったか。当時、いまとちがってプロレス会場に行ったことがなかった私は、まだプロレスラーを目の前で見たことがなかった。

中年の女性と連れ立った大男が私ともうひとりのクラスメイトの前に立ちふさがったのは、中学校からの下校途中だった。級友は相撲部屋からも勧誘があったという噂の、やや肥満タイプではあるが、中学生離れした体の持ち主だった。「おまえ、体どのくらいある?」マンモス鈴木は猫背気味の背をさらにかがめて友人に尋ねた。友人が当惑した表情を浮かべながら、身長と体重を答えている。

私は初めて間近に見るプロレスラーに興奮しながらも、一方では冷静にマンモス鈴木の肉体を吟味していた。彼の肉体がテレビで見るよりも貧弱な印象を与えることに、すでに私は気がついていた。身長はまあまあだが、その身長と比べると腕や胸の肉がいかにも頼りなげだった。中学生に話しかけるその目つきも、どことなく落ち着きがなく気弱なかんじが漂っている。

やがてレスラーと連れの女性は去っていった。気の強そうな中年の女性にまるで飼い犬のように促されていた大男の、高い背を恥じるように丸めたその後ろ姿を見ているうち、私はまたしても見てはいけないものを見たような気分に襲われたのだった。

高度成長期のプロレスラーの肉体というとき、私の脳裏に真っ先に思い浮かぶのは、このマンモス鈴木の気弱で毛むくじゃらの体である。

この原稿を書きあげてFAXで送った翌日、「東京スポーツ」(九一年七月十一日)に「マンモス鈴木氏が死去」の見出しがあった。本名=鈴木幸雄・五十歳。五月二十四日に宮城県塩釜市内の病院で死去していたという。大相撲を経て十七歳で日本プロレスに入門。後輩のG・馬場、A・猪木、そして大木金太郎と並べて、〝日プロ四天王〟と力道山が命名した。一九八㌢、一三〇㌔。「出世レースでは馬場、猪木を大きくリードしていたこともあった」の記述が哀しい。ずっと心に秘めていた思い出を書いた翌日に知った訃報の衝撃が忘れられない。

マイ・フェイバリット・ソング

歌謡曲とポップス

荒井由実の「ひこうき雲」をSF作家、平井和正さんと夜通し聴いた1973年

荒井由実のデビューアルバム「ひこうき雲」がリリースされたのは、1973年11月だった。

1973年。いったい、どんな時代だっただろう。巨人V9達成。石油ショック。ベトナム戦争の終結。この年におきたことを書き記しても、クリアな像は浮かんでこない。

私は2浪して大学に入り、さらに1年留年しているから、『ひこうき雲』を初めて聴いたのは、大学5年生の秋だった。高校生のとき、ジャズ喫茶で浴びるほど聴いたモダンジャズ熱は失せていた。ジャズの主流はコルトレーンやソニー・ロリンズのように激しく内省的なものから、キース・ジャレットやチック・コリアなど、ジャズをロックで薄めたクロスオーバーに移行していた。

聴く音楽がなくなっていた。唯一の例外が、60年代後半からサウンドもパフォーマンスも過激化させていたローリング・ストーンズだった。荒井由実のアルバムが店に並んだのと、ほぼ同じころ、翌春に初の来日公演をするローリング・ストーンズのチケットが先行発売された。チケット入手のために徹夜で並んだのは、出来て間もない渋谷の東急デパート本店の地下駐車場だった。結局、ドラッグの前歴によって来日中止となったストーンズだが、わざわざひと晩、チケットを入手するため徹夜したのが、音楽への最後の〝過激な思い入れ〟をこめた行為だったように思える。

ユーミンの最初のアルバムは発売直後に聴いた。授業にも出ない。クラブ活動もしない。あり余る時

間を、私はマージャンに費やした。牌をかきまぜていれば、ともかく時間が無為に過ぎてゆく。あるとき、練馬にある、SF作家の平井和正さんのお宅でマージャンをした。私は高校のときからSFマニアで、学生運動を辞めた後はまたSFファンの集りに顔を出すようになっていた。

「カメさん、いい曲を聴かしてあげようか」

徹夜マージャン明けに、奥さんのおいしい朝御飯をごちそうになり、ほっとひと息ついたとき、平井さんが声をかけてきた。

1曲目を聴いて、すぐに心を拉致されてしまった。透明感のある声が、ふっとどこか遠くの世界に私の心を連れ去っていく。

少年の死が歌われている。なのに、そこには暗さも悲哀も、そして70年前後に流行った〝情念〟の気配もない。

ふっと音程が揺らぐ瞬間も、アマチュアっぽいナイーヴさが感じられ、耳に心地よい。

ロックでもフォークでも、歌謡ポップスでもない。初めて聴く種類の音楽だった。

私の表情を見て、平井さんが満足そうに呟く。

「荒井由実っていうんだ。まだ多摩美の学生でね。ボクは天才だと思ってるんだよ」

当時、平井さんは〈ウルフガイ・シリーズ〉で人気を博していたベストセラー作家だ。以前には『8マン』や『幻魔大戦』のマンガ原作でも知られている。その大人気作家が無名の新人を〝天才〟とまで断言している。

おしゃれで、暑苦しくなくて、心地よい。そんな拙い感想を口にした。するとA面、B面を聴き終わったあと、平井さんはニヤリとして「もう一回、聴こうか」と再びA面をターンテーブルの上に置くと針を落とした。

「ひこうき雲」をBGMにして、私たちは再びマージャン卓を囲んだ。結局、その日も徹夜でマージャンになった。あの2晩で、「ひこうき雲」をいったい何十回、聴いたことだろう。1973年。練馬の平井邸で、私は一生分の荒井由実を聴いた気がする。

1961年という地味な年の大ヒット曲 坂本九の「上を向いて歩こう」

坂本九の登場で、テレビやラジオから流れるニッポンの歌謡音楽は、ずいぶんと明るくなった。

最初のヒット曲「悲しき六十才（ムスターファ）」がリリースされたのは1960年8月だ。私は小学6年生だった。秋の初めのある日、昼すぎから熱っぽくなり学校を早退した。

軽い風邪だが、大事をとって布団で寝ていると、微熱で頭も身体もぼおっとしてくる。

うとうとしかけたとき、枕元のラジオから、これまで耳にしたことのない声とメロディが流れてきた。

中近東ふうのリズムと、それにうまく乗った明るくテンポの良いボーカル。身体を起こして、ラジオのボリュームを上げた。こんな体験は、生まれて初めてだった。

曲が終わると、坂本九の「悲しき六十才」だという紹介があった。バックの演奏とコーラスはダニー飯田とパラダイスキングだ。

この三日後に、テレビで初めて坂本九を見た。髪は短いスポーツ

刈り、顔には夏ミカンの表面のようにボコボコと大きなニキビの痕がいっぱいある。その顔をクシャクシャにして笑いながら、テレビ画面の中を跳ね回る。一秒たりとも、じっとしてないんだ。

坂本九が、私のポップス初体験だった。故郷との離別、上京、貧困。そうした従来の歌謡曲のモチーフと「九ちゃん」は、とことん無縁だった。

九ちゃんの快進撃が始まる。「ステキなタイミング」は原曲のジミー・ジョーンズより弾けていた。そして私が中学一年生の1961年9月、坂本九は「上を向いて歩こう」を歌う。

九ちゃんが国民的歌手になったとき私は坂本九の歌を聴かなくなった。

NHKの土曜日の夜10時。当時だと深夜放送扱いの時間帯に「夢であいましょう」というバラエティショーが放映されていた。大人がじっくり楽しめる歌と踊りと、気の利いたコント。寅さん役者になる以前の渥美清が、いい味で笑わせてくれた。

人気コーナーに、中村八大が作曲、永六輔が作詞する〝今月の歌〟があった。梓みちよの「こんにちは赤ちゃん」やジェリー藤尾の「遠くへ行きたい」などヒット曲は目白押しだが、1曲に絞れば「上を向いて歩こう」だ。

出だしのワンフレーズを聴いただけで、曲の世界に引きずりこまれた。青春の孤独と哀しさが歌われているのだけど、泥くさくない。叙情性がベースにあるんだけど、それを抑制する都会的なセンスが感じられた。

哀しくても、じめっとしてない。明るさと孤独が同居した楽曲は、九ちゃんにぴったりだ。歌い出しの〝上を向うういてぇー〟とビブラートを効かすあたりは、どこかプレスリーやエディ・コクランに通じるロカビリーの味もある。この曲によって、ニッポンの歌謡ポップスは進化をとげた。

テレビで初めて聴いた翌日。大森銀座のレコード店に飛びこんだ。「え、そんなシングル盤、出てないよ」と店のオヤジは素っ気ない。週末の「夢あい」で4週聴いた直後の10月に、「上を向いて歩こう」は発売された。

九ちゃんは国民的歌手となった。相変わらず、明るいミンナの九ちゃんを演じるのだが、どこか〝善い子ぶりっ子〟が鼻につく。「スキヤキ」のタイトルで、アメリカのチャート1位にも輝いた。ボクシングの世界選手権で「君が代」を歌うが、音程が合わずブーイングを浴びた。イメージ回復のため、さらに好青年を演じる九ちゃん。私は彼の曲を聴かなくなった。

1960年は安保の年だ。そして1964年には東京オリンピックが開かれた。60年と64年にはさまれた、これといって特徴のない地味な年。その1961年の孤独と哀感、さらには明るさも求める青春のすべてがこの曲にはある。

退屈で仕方なかった1966年に聴いた園まりの「逢いたくて逢いたくて」

そのころ、私には聴きたい歌がなくなっていた。テレビやラジオから流れる歌謡ポップスの詞とメロディは、どの曲も私の耳に残ることなく、素通りしてしまう。

それもすべてはビートルズのせいだった。すでに英米のヒットチャートを制圧していたビートルズが、日本に紹介されたのは1964年の2月だ。ほぼ同時に発売された「抱きしめたい」「プリーズ・プリーズ・ミー」という2枚のシングル盤によって、日本の洋楽シーンはがらり一変した。

卒業も間近の中学3年の3学期だ。ビートルズの登場により、私がなじんでいた洋楽ポップスの〝日本語バージョン〟にピリオドが打たれた。

もう誰も「電話でキッス」や「ルイジアナ・ママ」、そして「悲しき片思い」といった、甘くて切ないポップスを歌わなくなった。ビートの効いたリバプール・サウンドがラジオのヒットパレードを席捲していく。

私が好きだった飯田久彦や藤木孝、斉藤チヤ子、スリー・ファンキーズをテレビで見る機会は激減した。

東京オリンピックが開かれた64年から高度成長が本格的にスタートし、日本は経済的にも文化的にも一流国になったというのが通説だ。しかし私にとって、64年、65年、66年の高校3年間は、心躍ることもない、屈折をこじらせていくだけの寂莫とした時期だ。

あーあ、つまらねえ。いじけて、すねて。毎日を無気力に過していた高校生の私は、よく学校をサボって、ジャズ喫茶に通った。ジョン・コルトレーンが神だった。気力が萎えていたからこそ、いま聴くと暑苦しいほどエモーショナルで饒舌なトレーンのサックスに熱中したのだろう。

園まりの「逢いたくて逢いたくて」は、私がモダン・ジャズばかり聴いていた66年の初めに発売された。日本語バージョン全盛の60年代前半、園まりは中尾ミエ、伊東ゆかりとセットの〝三人娘〟で、毎日テレビに出ていた。

ビートルズ出現以降、消えていった歌手は多いが、園まりは伊東ゆかりとともに、歌謡曲へとフィールドを移し、本来の個性を開花させた。

「すきなのよ すきなのよ
くちづけをしてほしかったのだけど
せつなくて 涙が でてきちゃう」

つい2年前まで、カバーポップスを歌っていた女の子が、情感たっぷりに切ない恋を歌いあげている。ねっとり絡みつくような唱法は、高校生にはずいぶんとエロチックに思えた。

いま聴いても、フェロモンたっぷりの〝園まりワールド〟全開だが、その声に、はかない可憐さも感じてしまうのは、私が歳をとったせいか。岩谷時子の詞も巧みだが、感傷とフェロモンの同居する園まりの歌唱スタイルは、聴く者の脳髄と身体の奥に侵入する。

「眠った夜の夢にいる　こころの恋人
逢いたくて 逢いたくて
星空に呼んでみるのだけど
淋しくて 死にたくなっちゃうわ」

叛乱の季節が始まるのは、翌67年10月の羽田闘争からだ。

毎日が退屈で仕方なかった66年、では一体どんなことがあったのか。ビートルズが来日して日本武道館で公演した。NHK朝ドラは「おはなはん」。「ウルトラマン」が放映開始され、ヌードとオシャレと若者文化で爆発的に売れた「平凡パンチ」を追って「週刊プレイボーイ」が創刊された。

誰もが繁栄を享受していたかにみえた66年。私たちの心と身体の芯には、不満が溜まっていた。「淋しくて 死にたくなっちゃうわ」。この詞に込められた刹那的な思いが、私たちを行動に駆り立てるまで、あと僅か1年だ。

「あかへんわ」の一言がいじらしい 1978年 いしだあゆみ「大阪の女」

異国の街で喧騒に酔うことがある。香港だったら九龍サイドにある旺角（モンコック）の雑踏で、すれちがう人びとが発する甲高い広東語に包まれ、陶然とした気分に襲われる。

何を喋っているかは理解できない。意味のわからない言葉の大群が私の耳に侵入し、脳の片隅を刺激されるような快感を覚える。

大阪や京都など関西の街でも似た体験をする。グリコの看板を見ながら道頓堀をぶらぶら流していると、行きかう人の口にするエネルギッシュな関西弁は、ふだん私が見聞きする同じ日本語とは、とても思えない。ああ、ここは異国なんだなと、いつも感じる。

いしだあゆみの「大阪の女（ひと）」がリリースされたのは1978年秋、ピンク・レディーの人気が頂点に達した年だ。オリジナル曲はザ・ピーナッツが70年の秋に発売している。作曲は中村泰士で、作詞は橋本淳。

ザ・ピーナッツといえば、「ふりむかないで」や「恋のバカンス」など、宮川泰と岩谷時子コンビの、明るく軽快な曲調が正道だ。「大阪の女」は、彼女たちには珍しい、しっとりした歌謡曲だった。

あの曲、よかったよなあ。ときどき思いだしては、口ずさんでいた。

あるとき深夜のテレビで、いしだあゆみのカバー版が流れた。すぐにレコード店でシングル盤を購入した。

オリジナルも佳曲だが、いしだあゆみのカバーも味があった。「まるで私を 責めるよに 北の新地に 風が吹く」。この冒頭からアンニュイな雰囲気をただよわせ、力を抜いて歌っていく。

「北の新地」のフレーズで、クラブ・ホステスと客の悲恋だと、すぐわかる。橋本淳の詞は、この種の歌謡曲の類型の域を出ないが、「夢を信じちゃいけないと 言った私が夢を見た 可愛い女は あかへんわ」と関西弁が一箇所だけ挿入され、いしだあゆみが諦観の気配を振り撒きながら呟くように歌うと、静かなドラマ性が伝わる。

熱量を控え目にすることで、洒落た味わいの曲になった。中村泰士はかつて洋楽ポップスの日本語バージョンを何曲か出したことのあるカバー歌手だった。よくある御当地ソングの設定に、ポップな風味を一滴垂らすことで、クールな歌謡曲に仕上がった。

後半の「きっと良い（い）こと おきるから 京都あたりへ 行きたいわ」からラストに向かう、女の可愛く、切ない呟きが絶品だ。

いまテレビにはびこるお笑い芸人の関西弁には嫌悪を覚えるが、いしだあゆみの「あかへんわ」の一言がいじらしく、忘れられない。

1973年の西荻&吉祥寺の青春
麻丘めぐみ「わたしの彼は左きき」

初めて実家を離れて、アパート暮しをしたのが1971年だった。大学3年生のときだ。学校は吉祥寺なので、中央線の隣駅、西荻窪でアパートを見つけた。松庵2丁目。中央線の西荻からだと徒歩で15分。井の頭線の三鷹台からは7分の距離だった。

西荻には74年まで住んだ。暇さえあれば、マージャンをしていた。吉祥寺の北口にスカラ座という映画館があって、2階が雀荘「スカラ」だった。学校で面子を見つけると「スカラ」に直行。夜遅くなるとマージャン牌のある仲間の家で徹夜マージャンだ。

アパートでは、どんなテレビを見ていたんだろう。歌番組もよく流していたが、ぼんやりした記憶しかない。数少ない例外が、麻丘めぐみだ。

デビュー曲が72年の「芽ばえ」。作曲は筒美京平で、作詞は千家和也だ。曲も良かったが、ルックスに惹きつけられた。可憐な雰囲気のただよう美少女である。しかし、それだけじゃないんだ。「かわいい」の中身が、明らかにこれまでの10代の歌手とは違う。

芸能界の匂いが、まったくしない。なのに、彼女がマイクを握って最初の小節を歌いだしただけで、テレビの画面がガラリ一変するほどの華がある。普通の家のお嬢さんが振り撒く、なにかこれまで見たことがない種類の新鮮な〝かわいさ〟が、そこにはあった。

あ、世の中が変わってきたんだなという予感を覚えた。

「芽ばえ」では、まだ予感でしかなかったものが、一気に全面開花して、世間の誰もが〈アイドル〉という概念の誕生を肌で知ったのが、翌73年の「わたしの彼は左きき」だった。これも筒美&千家コンビの作品だ。

曲も詞も良いが、何よりタイトルとアイデアがすばらしい。そして麻丘めぐみの、あの振りとミニスカート、そして髪型の三位一体によるビジュアル的なインパクトは、青少年たちをKOした。特にヘア・スタイル。ロングの黒髪を耳元のところでチョキンとカットした髪に、誰もがヤラレた。

松庵のアパートと学校の行き帰りには、その日の気分で中央線と井の頭線を使い分けた。三鷹台の駅を出てすぐの、立教女学院の手前にある店によく通った。家庭料理の店、といったらいいか。競馬ではハイセイコーが地方の大井から中央に移籍し、一大ブームがおきた。泥酔したオヤジが「中央の馬より、ハイセイコーのほうがずっと強えぞ」と何度も繰り返す。若いカップルは静かに箸を口に運ぶ。

主人のシュンちゃんは、私と同世代だった。「ガロ」や「思想の科学」が本棚に並んでいる。夢野久作全集の揃いもあった。1973年にふさわしい店だ。とんかつ定食が絶品だった。

ある夜。食事をしながら「漫画ストーリー」(双葉社)を眺めていたら、山上たつひこが『喜劇新思想体系』というギャグ劇画を載せていた。3年前にシリアスな近未来劇画『光る風』を「少年マガジン」に連載していた山上の作品を久しぶりに見た。

おどろいた。マンガを見て笑い転げたのは、赤塚不二夫の『おそ松くん』以来だ。筒井康隆のスラプスティック小説にも負けない。あり余る性欲を抱えて、こじらせ、悶々としている青年、逆向春助が主人公である。彼の慕う美少女が、めぐみちゃんだ。もちろん髪型は麻丘めぐみそっくり。姫カットと書く人もいるが、〝牛若丸カット〟と呼ばれていた気がする。

下品でグロで、超絶ドタバタ。そこに可憐な美少女めぐみちゃんが同居することで、これまで見たこともない超ド級の傑作マンガが生まれた。73年に三鷹台でとんかつ定食を食べながら毎号読んだ山上たつひこ。この作品が認められ、彼が『がきデカ』を「少年チャンピオン」に発表するのは翌年だ。「スカラ」は取り壊されてPARCOが建った。シュンちゃんの店は放火で全焼した。73年の西荻、吉祥寺というと、麻丘めぐみと山上たつひこが連想ゲームのように思い浮かぶ。

涙のツボを刺激され、感傷の海に溺れる 1975年　伊藤咲子「乙女のワルツ」

伊藤咲子が歌う「乙女のワルツ」を聴くと、不覚にも涙腺がつい緩みそうになる。私もおとなだから、さすがに泣きはしない。しかし目頭がかすかに熱くなる。

こんな哀しい歌があるだろうか。イントロでバックコーラスがいきなり「つらいだけの初恋　乙女のワルツ」と歌いだすのだ。辛いだけって、そんな……。どんな悲恋にも、かすかな甘いときめきはある。切なくても、どこか心やすらぐ甘くほろ苦いテイストが漂う。

なのにイントロにつづく伊藤咲子の歌には、少女の気持ちをじんわり感傷で濡らす要素がない。「好きといえばいいのに　いつもいえぬままに　月が上る小道を泣いて帰った」。このまま、少女は思いを寄せる相手と、なにも言葉を交わせぬまま、乙女の時代を終える。

好きな人は、少女の存在さえ知らないかもしれない。彼はあるとき伴侶を見つけ遠くの町に旅立つ。少女の思いも、もしかしたらその姿さえ「何も知らずに」去っていく人。「駅のホームのはずれから　そっと別れをいって　それで愛が悲しく消えてしまった」

なんの救いもない、残酷な初恋。涙がこぼれそうになりながらも、私はどこか非現実的な思いにもとらわれる。「乙女のワルツ」は1975年（昭和50年）にリリースされた。いま、この歌を聴く若い世代は（昭和の歌だなあ）と感じるだろう。しかし昭和50年に、この歌を耳にした私は（戦後の歌じゃない。もっと昔、戦前や大正の匂いがする）と感じた。こんな〝乙女〟は70年代半ば、もうどこにもいなかった。

作曲は三木たかし、作詞は阿久悠だ。もう10年以上も前から、小説や映画の広告に〝泣ける〟の煽り文句がつくようになった。むしろ肯定的な評価を前面に押しだした〝泣ける〟だ。しかし私は『乙女のワルツ』を積極的に〝泣ける〟と口にできない。阿久悠の詞に〝あざとさ〟を感じる私がいる。彼の詞としては決して一流ではない。なのに、胸がじんと熱くなる。涙のツボを刺激されたとき、作品のクオリティと関係なく、人は目頭を熱くさせ、ときに号泣する。

かけらほどの救いさえない恋。75年の私（たち）は、すでに消えてしまった純粋無垢な〝乙女〟の幻を聴きとって、感傷の海に溺れたのだ。幻の昭和と少女を創りあげた職人、阿久悠の企みに舌を巻く。あれから42年。21世紀に生きる私（たち）を、いまなお涙に浸す阿久悠の呪力、恐るべしと思う。

あゝ、心が蕩けて濡れていく　1969年　高田恭子「みんな夢の中」

切なくて、聴いている私の胸が、つい濡れてしまう。そんな歌謡曲の佳作を十何曲か選んでベスト盤を作る。もしも、この夢が叶えられたら、高田恭子が歌う「みんな夢の中」は外せない。

タイトルに歌のテイストが、すべて込められている。出会いと別れを、身悶えせんばかりに嘆き悲しむ激情型の歌ではない。私の大切なあの人が、どこか遠くに去っていってしまった。その喪失感が「みんな夢の中」という抑制のきいた一語に集約されている。

なんと淡い言葉だろう。淡いのに、切ない。いや、淡いから切ないのか。作詞、作曲ともに浜口庫之助。「恋はみじかい夢のようなものだけど　女心は夢を見るのが好きなの」。この出だしのフレーズを耳にしただけで、心が蕩(とろ)けていく。そう、平仮名の「とろける」では追いつかない。漢字で「蕩ける」と書かないことには、曲のニュアンスが伝わらない。

悲しい恋の歌だけど、あからさまに泣き喚いたりはしない。冒頭の詞の後には「夢のくちづけ夢の涙　喜びも悲しみもみんな夢の中」という言葉がつづく。涙の文字があっても、どこかふわっと軽みがあって、お洒落。さすがハマクラさん。ダンディな遊び人じゃないと、こんなフレーズ、思いつかない。

メロディも詞とシンクロするように、切ないけれど、甘い。お洒落で、甘い。これが誰もマネできないハマクラ歌謡曲の真骨頂である。控え目なリズムも、哀切だけど、心地よく、聴くものを夢と現(うつつ)の合間に誘っていく。島倉千代子「愛のさざなみ」もハマクラさん作曲の大傑作だが、あの個性的なメロディとリズムにも通底する響きがある。

いとしい人と出会って始まった夢も、いつか消えてしまった。

そんな切ない悲しみを「身も心もあげてしまったけれど　なんで惜しかろ　どうせ夢だもの」と書き記した浜口庫之助の投げやりと紙一重の苦味が冴える。

歌舞伎『一谷嫩軍記(いちのたにふたばぐんき)』で、熊谷直実(くまがいなおざね)が16歳の我が子を死なせて「16年はひと昔。夢だ、ああ夢だ」と呟くせりふがある。現実におきた悲劇も、幸福だった16年間も、いまではすべて夢のように思える。日本人はそんな夢うつつの境地に心惹かれていく。夢を見るのが好きなのは、なにも女心だけではないのだ。

蕩けるには「心のしまりを失い、だらしなくなる」の意もあるという。いいじゃないか、心の芯が弱くなり、だらしなくなる。そんな境地さえも、諦観をこめ、私たち日本人は愛してきたのだから。

月に向かって手を伸ばせ、たとえ手が届かなくても

1982年、ザ・クラッシュと歌舞伎町で会った

オダギリジョーがロック・ミュージシャンを演じた「家族のうた」というドラマがあった。かつてカリスマ的な人気を誇ったものの、いまは週に一度「FMえどがわ」で喋るだけのロッカーが、ふと夜空の月を目にする。翌朝六時に、彼はスタジオでマイクに向かう。「月に向かって手を伸ばせ。たとえ手が届かなくても。ザ・クラッシュのジョー・ストラマーはそういった。同感だねえ」。いいフレーズだろ。戦闘的でありつつ、叙情性もただよう。これがパンクの真髄だ。

ザ・クラッシュが来日したのは一九八二年の一月下旬だ。雑誌「ミュージック・ライフ」が彼らの特集を組んだ。メンバー四人に、それぞれ聞き手がつくという贅沢な対応は、洋楽雑誌で断トツの売り上げを誇る「ライフ」だから出来た。ステージを終えた直後に、歌舞伎町の大きな居酒屋で取材は行われた。私がジョー・ストラマーを担当した。「ライフ」では時評コラムを連載していたが、ロック評論家でもない私に、ジョーのインタビューをよく任せたものだ。

「ジョージ・オーウェルの『1984』が好きなんだって?」。最初にそんな質問をしたのかな。自分はつい最近、一冊目の短編集が店頭に並んだ駆けだしのSF作家だと自己紹介した。するとジョーが「僕もSFは好きだよ。J・G・バラードもカート・ヴォネガットも、大好きさ」と言葉を返した。

この新宿のネオン・サインあふれる街の光景を、どう思う?「僕はネオンが大好きなんだ。ネオンの街は僕の感情を詩的にするんだよ」と彼は静かに語った。体制に反抗的なメッセージが詞

には込められているけど、ジョーのステージはセクシーだね。私がそう感想を洩らすと「自分じゃ知的でありたいと思っているんだ。セクシーで、かつ知的でありたいね」とクールに応じた。

駆けだしの物書きだと私が言ったとき、彼がキミは幾つなのと訊いてきた。三十三歳になったばかりだよ。「イエス・キリストが死んだのと同じ歳か。それにしては、若く見えるね」といった言葉がどこか面白くて印象に残っている。

革命と女性の話もした。オーウェルがファシストと戦ったスペイン市民戦争や、アルバム『サンディニスタ』の由来となったニカラグアの革命組織について。そして彼が一夜をともにした日本人女性のことも。「彼女は男を知らなかったんだ。僕はそれを誇りに思っている」とジョーは話した。

ＦＭからザ・クラッシュの曲が流れると、一九八二年の歌舞伎町と、セクシーかつ知的でありたいと真剣に語る青年の端整な顔を思いだす。

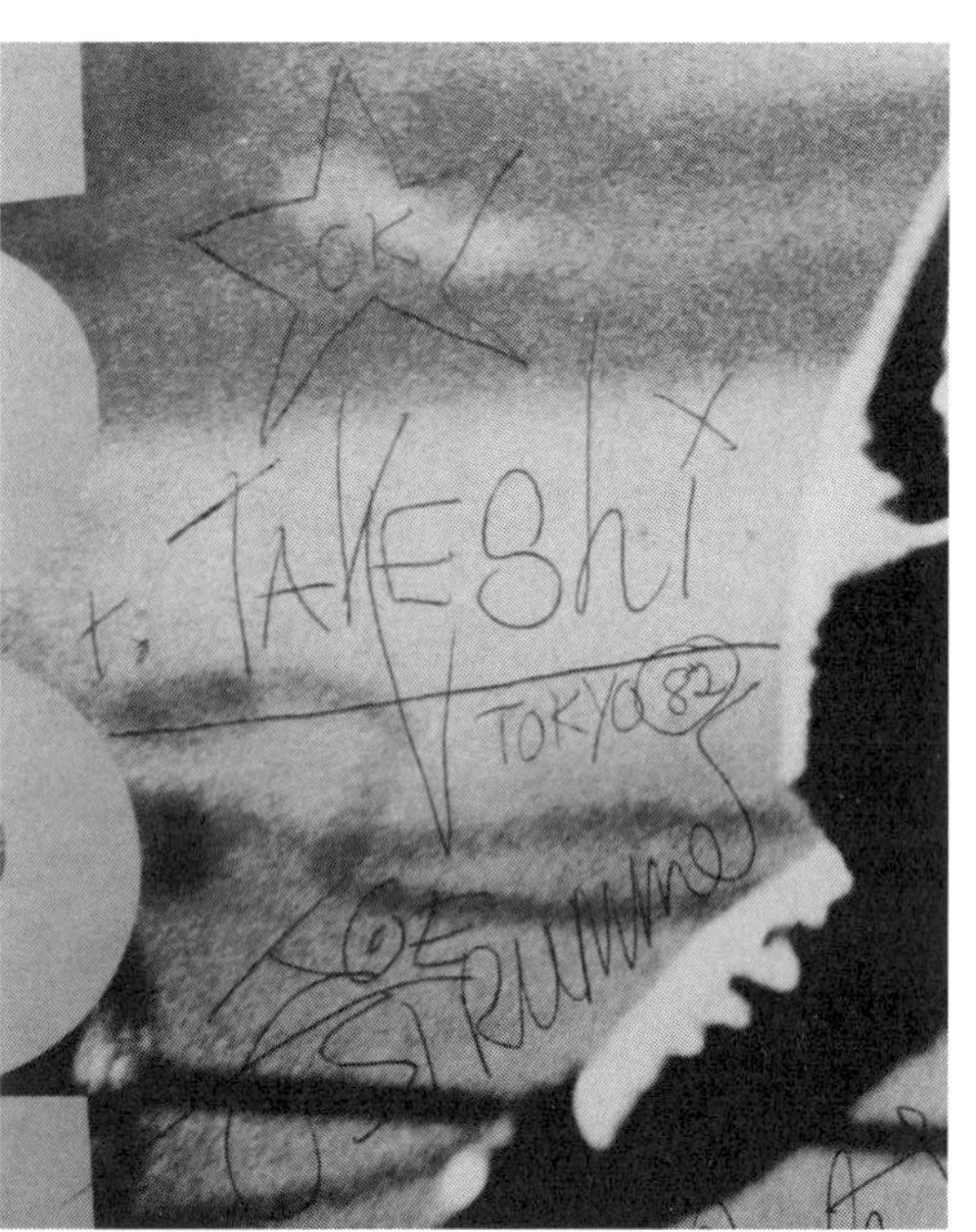

ジョーに書いてもらったサイン

東京コーリング

ジョー、君の突然の死に打ちのめされはしないぜ

もう何年も前から部屋の隅にザ・クラッシュの『ロンドン・コーリング』が置かれている。ジャケットにはメンバー全員のサインがある。ジョー・ストラマーは子どもの落書きみたいな大きな星の絵を描いてくれた。金平糖みたいな星の中に「ＯＫ」の文字。脇には小さく「ＴＯＫＹＯ82」と記してある。一九八二年、新宿歌舞伎町の甘い追憶にときおり浸りながら、俺は歳をとっていくのか。そんなことをボンヤリ考えていたとき、ソロ・アルバムの『グローバル・ア・ゴー・ゴー』が私を直撃した。ポップな現役感に思わず痺れた。毎日ＣＤを三回繰り返して聴くうちに彼

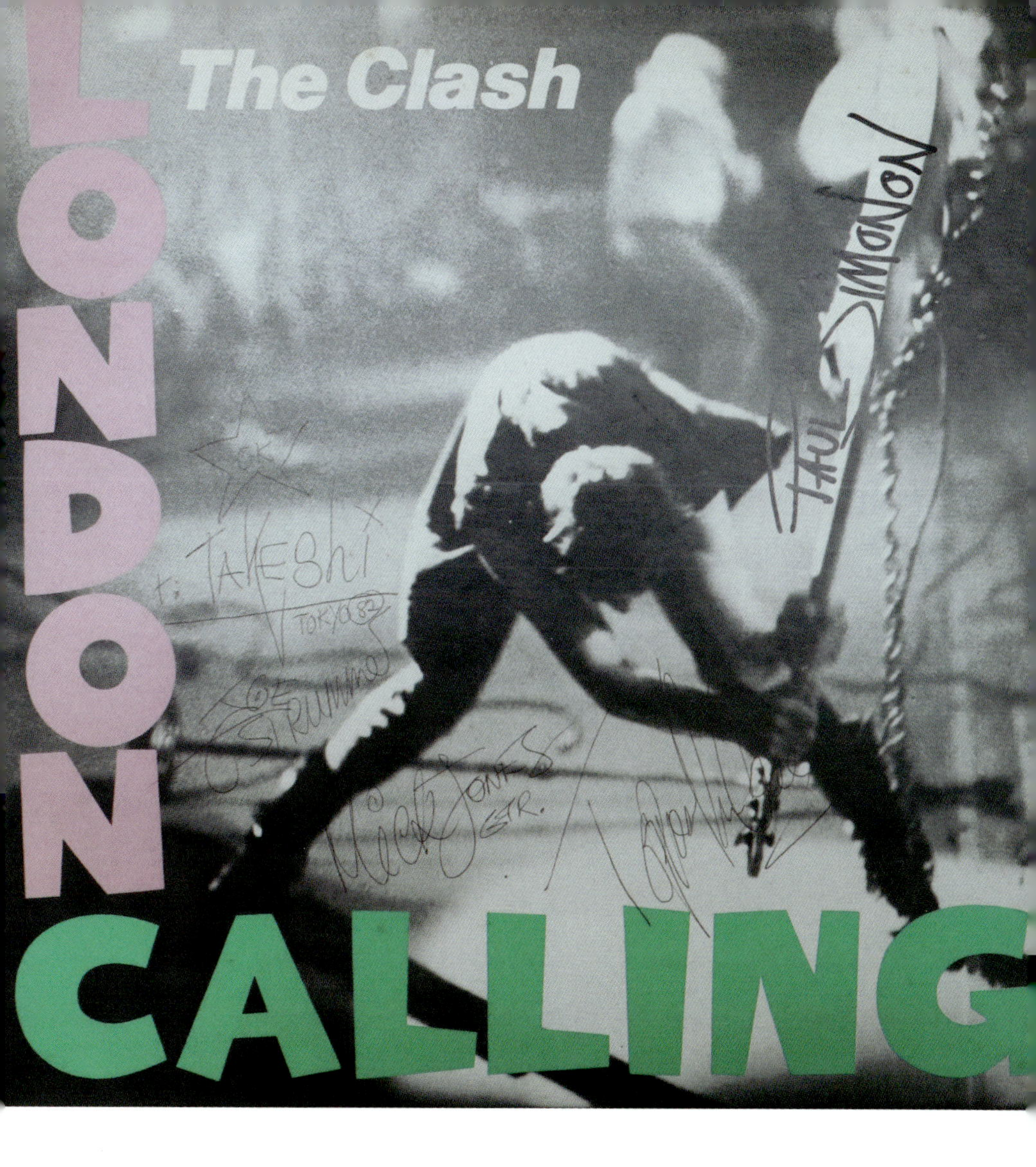

は来日した。官能的でポップ。軽やかなのに圧倒的な存在感を放射する赤坂ブリッツでのステージに身体も脳もとろけた。ジョー・ストラマーは追憶の対象でなく、リアルな同時代人となった。一度、時代の頂点をきわめた表現者が、再度ピークを迎えようとする奇跡を目の当たりにし、私は快楽と勇気を得た。だから突然の死にも打ちのめされはしない。リアルな音楽は死を軽々と越えて、聴き手の耳の奥まで届く。私は感傷の海を泳ぎきってみせる。

1989 BEST

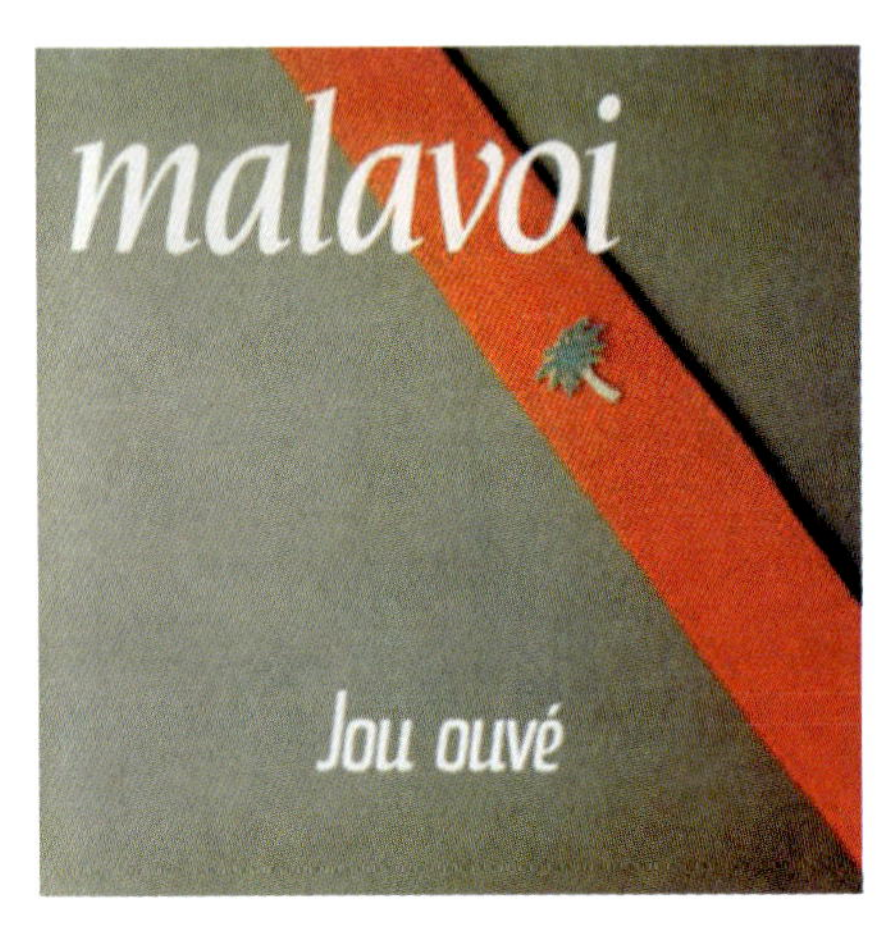

①アルバムベスト10
「ジュ・ウヴェ」(CBS：写真)　マラヴォア
「スパイク」(ワーナー)　エルヴィス・コステロ
「パンプ」(ワーナー)　エアロスミス
「オレンジズ&レモンズ」(ヴァージン)　XTC
「テンダー・プレイ」(アルファ)　ニック・ケイヴ&ザ・バッド・シーズ
「ウォーターマーク」(ワーナー)　エンヤ
「NEW　YORK」(ワーナー)　ルー・リード
「真実の誓い」(ビクター)　ティムバック3
「レッツ・ダンス・ソカ」(ポリスター)　アロウ
「MIND　BOMB」(エピック)　ザ・ザ
②ベストライブ
ロバート・パーマー(3／11)
スティーヴ・ウィンウッド(4／7)
③ベスト曲
「500マイル」フーターズ

春先までは順調に新譜もクリアーして、模範的な洋楽ファンだったのだが、夏前から一気にペース・ダウンしてしまった。競馬場と女子プロレスの試合会場に足繁く通い始めたためだ。所詮、身体はひとつだから、なにか新しいものに熱中しだすと、どうしてもそれまで時間を割いていたものにシワ寄せが生じてしまう。特に煽りを食ったのがライヴで、競馬場まで足を伸ばした翌日だと、身体がバテちゃったり仕事が溜ったりで、せっかくチケットをキープしながら見に行けないケースが何度も生じて、悔しい思いをしている。

CDにもやっと馴染み始めて、徐々にではあるが以前のレコード時代の購買量に近づきつつあったときだけに、競馬と女子プロレスにかまけて、夏以降あまり身を入れて洋楽を聴かなくなったのは、ホント「浮気なボクでゴメンナサイ」である。

あとMTVも、夜中にBGVみたいにしてつけておく以外、まず見なくなったな。そしてラジオはJ－WAVEにセットしっ放しという、聴き流し現象が、さらに進行した。どの曲も右の耳から左の耳へスッと抜けてくなかで、最近珍しく耳に残ったのがフーターズの「500マイル」のレゲエ・ヴァージョンだった。

1988 BEST

①アルバムベスト10
「グリード」(ヴァージン:写真)　アンビシャス・ラヴァーズ
「コピー・キャッツ」(EMI)　ジョニー・サンダース&パティ・パラディン
「WHAT'S BOOTSY DOIN'」(CBSソニー)ブーツィー・コリンズ
「トーク・イズ・チープ」(ヴァージン)　キース・リチャーズ
「エデン・アレイ」(CBSソニー)　ティムバック3
「LOVESEXY」(ワーナー)　プリンス
「グッドバイ・ブルー・スカイ」(ポリドール)ゴドレイ&クレーム
「ファースト・キッス」(BMG)　フェアーグラウンド・アトラクション
「魂の叫び」(ポリスター)　U2
「ヘヴィ・ノヴァ」(EMI)　ロバート・パーマー

②ベストライブ
ウドゥントップス(6／22)
エアロスミス(6／24)
ティムバック3(10／13)
③ベスト曲
「ビッグ・イナフ」キース・リチャーズ

リストは見ての通り。改めてコメントの必要もないだろうと思うので、'88年の日常的な音楽生活について書く。ぼくの場合、プロパーの音楽ライターではないから、この雑誌の読者の日常ともクロスする点が幾つかあるのではないかと思う。

たとえばCDの問題。ぼくは今年やっとCDプレイヤーを買ったんだけど、CDのソフトってなんだか有難味がなくってね、以前と比べると一挙に購買意欲が鈍ってしまった。その分、レンタル屋と友達からのテープ・コピーがどっと増えている。

そしてJ－WAVE現象。以前はBGMといえばFEN専門だったのが、一年前からFM横浜になり、今年はとうとうJ－WAVEにダイヤルを固定しっぱなしになった。FM誌は一度も買わなかったし、エア・チェックだって最後にやったのは、いつだったろう。それと、コンサート会場が、大は東京ドームから、小さめのところではクアトロ、MZAという具合いに幾つもできて、色んなところに足を運ぶのが楽しい一年だった。でも、ドームはあくまで野球をみるところだ。ミックのソロ・ステージより、日ハム・南海戦の方が面白かったもん。

ジャズ喫茶とマッチ箱

ジャズを聴くならジャズ喫茶。そしてジャズ喫茶といえばタバコとマッチ箱だ。通いつめた店は、マッチのデザインも格好よかった。一度しか行かなかった店も、マッチ箱で、空間と音の記憶が蘇る。

DUET
(渋谷)

内装の格好よさでは、渋谷でダントツ。1階は大人用のバー・フロア。2階、3階は気持ちのいい、おしゃれな空間が広がり、夕方に高校生が一人で入っても、緊張しないで済んだ。照明は適度に明るく、読書には最適。音響もよく、心地よく音楽に浸れた。一の日会にSFファンが集まる「カスミ」と同じ道玄坂小路にあった。渋谷に早く着くと、「DUET」でSFを読んで時間をつぶした。演奏中のLPを1階から3階まで、エレベーターの要領で、吹き抜けの空間をゆっくり上昇、そして下降させる仕掛けも格好良かった。道玄坂小路に「DUET」と「カスミ」があったから、劣等生はなんとか高校生活をやり過すことができた。

トモエ
(稚内)

日本最北端のジャズ喫茶「トモエ」には、70年に友人たちと北海道一周の折に立ち寄った。その店が場所こそ移ったが、まだ健在だという。72年まで稚内には、ソ連の通信傍受のため小さな米軍基地があった。夕食後に店に入ると、白人の少年兵3人が、無表情でビールを呑んでいた。コルトレーンの陽気な「マイ・フェイヴァリット・シングス」が流れているのに、若い兵士は力なくうな垂れるばかりだ。ベトナムでは米軍の負け戦が続いていた。現在トモエの開店は6時30分。漁師さんが客に多いからだ。日本最北端、そして日本で一番開店時間が早いジャズ喫茶が、いまも現役というのが嬉しい。

ジャズヴィレッジ
（新宿）

60年代の新宿で、一番ヤバいジャズ喫茶がこの店だ。略称「ジャズヴィレ」。ともかくフーテンの客が多かった、しかもハイミナールなど強い睡眠薬を囓って、ラリっている。怖いもの見たさで、都電通り（靖国通り）を横切り、アウェイの地にある歌舞伎町の「ジャズヴィレ」に、たまに通った。この店でラリっていた少なからぬフーテンが、67年秋以降に黒ヘルをかぶって街頭で暴れまくっていた。

モダン
（国分寺）

高校を午前中に抜け出して、隣駅の北口にあるこの店に駆け込む。暗くて狭い店にファンキーな音が上機嫌に鳴り響く。母親が作った弁当を食べてもいいわよと、店のお姉さんが許してくれた。食後には日本茶まで淹れてくれてね、心が和んだ。隣が質屋で、腕時計を質草にしてコーヒー代にすることも幾度かあった。昼間の客は武蔵野美大と理容学校の生徒が少し。2時間たつと超過料金を払って、コーヒーをもう一杯。高3になると週4ペースで通ったから、何百時間「モダン」でジャズを浴びたことか。何年かして、『海炭市叙景』の佐藤泰志も常連になったという。そして74年には南口にまだ20代半ばの村上春樹が「ピーターキャット」を開店した。

キャンディポット
（国立）

この店が2年前まで営業していたから、私は機嫌よく地元の生活を堪能できた。店名はリー・モーガンの名作『キャンディ』から。店主の吉田さんは国分寺の東経大のジャズ研でトランペットを吹いていた。村上春樹の「ピーター・キャット」には開店初日から通った。千駄ヶ谷に移った「ピーター・キャット」で修業して、自分の店を出した。春樹さん考案のレシピメニューが2つあったな。オイルサーディン・サンドイッチが絶品だった。世界のムラカミのレシピが、つい2年前まで食べることができたっていうのは、愉快な偶然だとつくづく思う。

リー・モーガン『CANDY』

しあんくれーる
（京都）

ジャズ喫茶のマッチから1店をといわれれば、京都の荒神口にあった「しあんくれーる」を迷うことなく選ぶ。マッチ箱の少女が格好いい。クールで、はんなり。店名はフランス語で「明るい田舎」の意という。高校2年の修学旅行のとき、マッチの少女に憧れて、自由時間に荒神口を目指した。淡いオレンジ色の照明が古都らしくて情緒たっぷり。すぐ近くにあった立命館大に通っていた高野悦子のベストセラー『二十歳の原点』には、よくこの店の名が出てくる。学生運動の渦中で悩み、自死を選んだ女子大生もジャズ喫茶の常連だった。目と鼻の先にあった府立の鴨沂（おうき）高校の生徒だった沢田研二も、私がたった一度だけこの店を訪れたころ、常連客だったという。何か不満を抱えた10代の少年少女は、みんな「しあんくれーる（思案に暮れる）」が好きだったんだ。

劇画アリスの時代

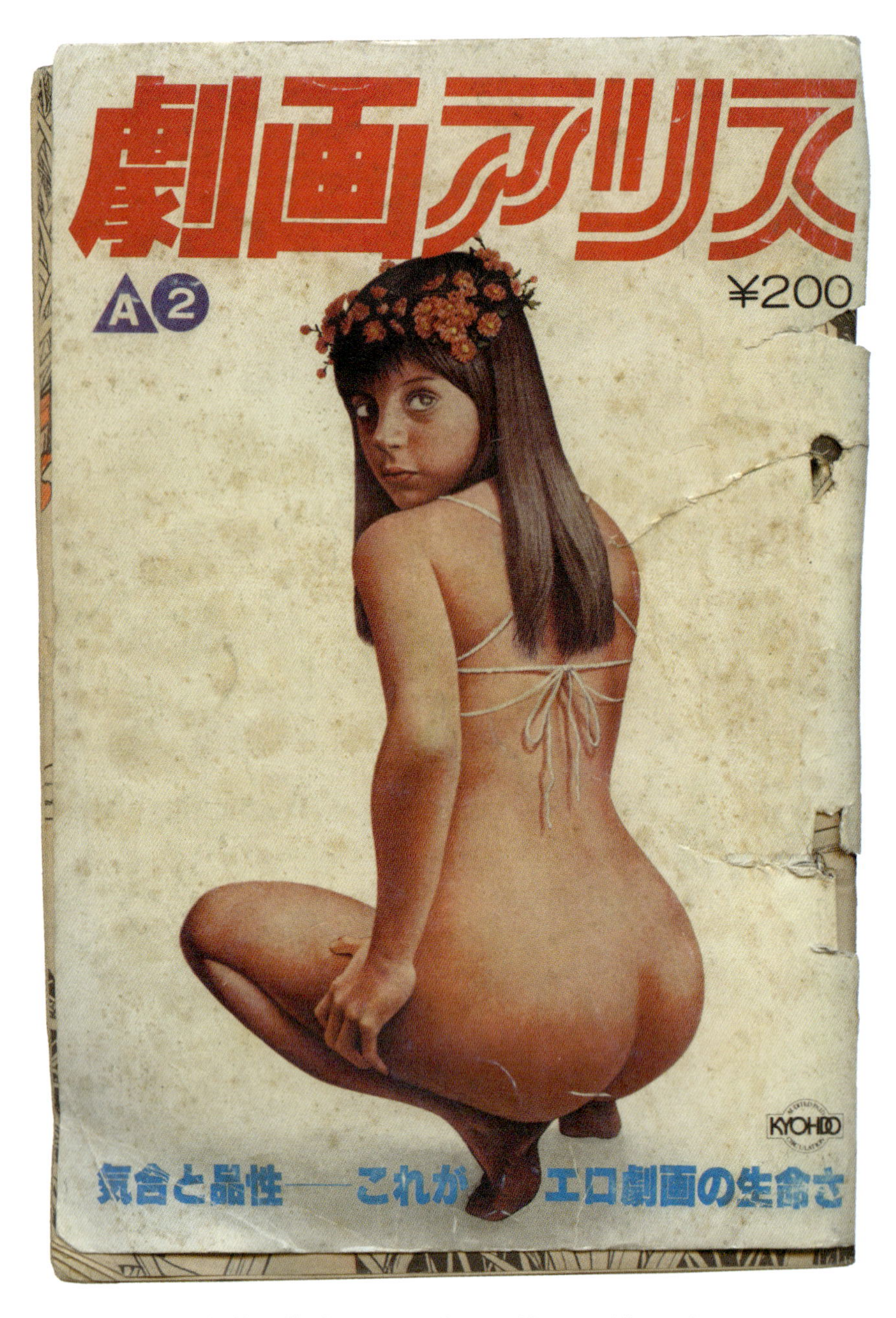

角田純男が描く表紙イラストの美しさに圧倒される。洗練された絵は、いま見てもポップと官能性を併せ持ち、クールで挑発性に富む。この表紙があればこその〈三流劇画誌〉の品格である。

角田さんは73年から75年にかけて、「SFマガジン」の表紙画を描いた。「劇画アリス」とほぼ同時期に発刊されたサンリオSF文庫でも、加藤直之に次ぐ15冊の表紙を手がけている。劇画アリスとサンリオSF文庫。ホラ、これで山野浩一さんと亀和田がつながったでしょ。

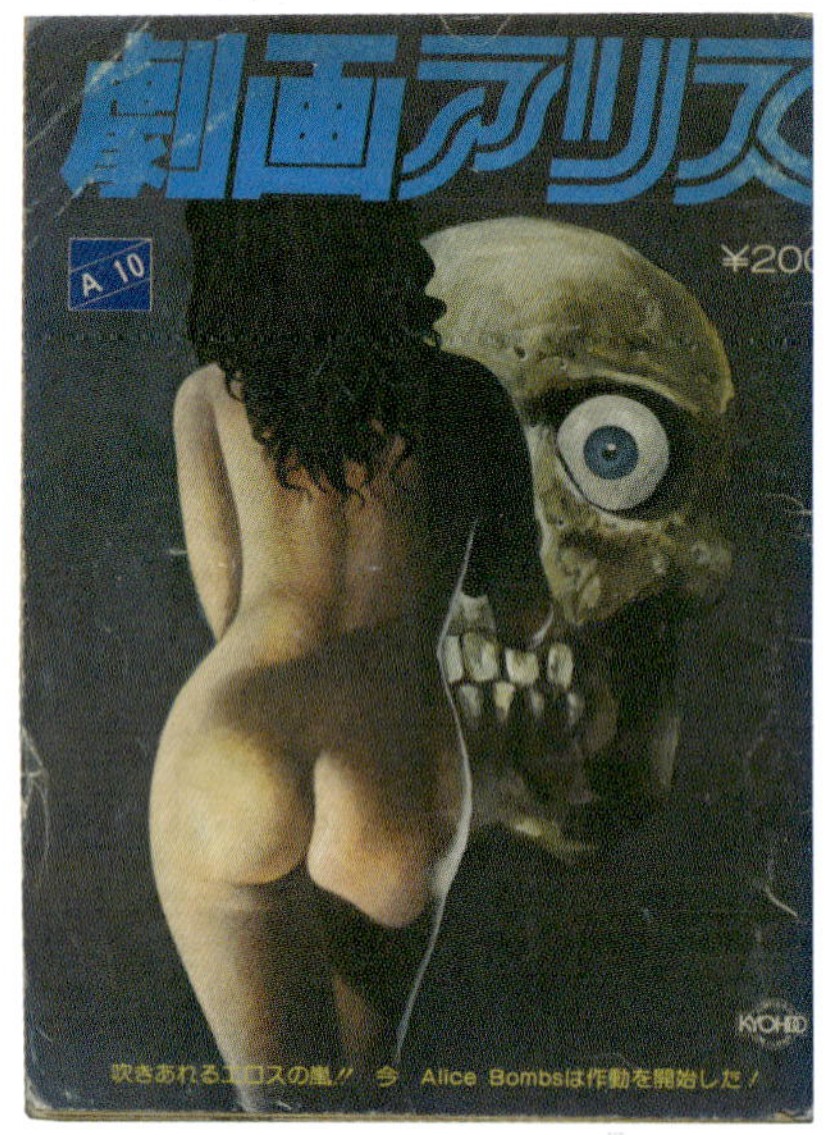

上段右が創刊号(77年9月)。社長から劇画誌創刊を促されたのだが「他の劇画誌と同じじゃ駄目」との制約を課され、劇画とヌード写真が半々という、なんとも中途半端な結果に。表紙の辰巳四郎さんには失礼した。社長からのOKも出て、2号から劇画誌として再起動。

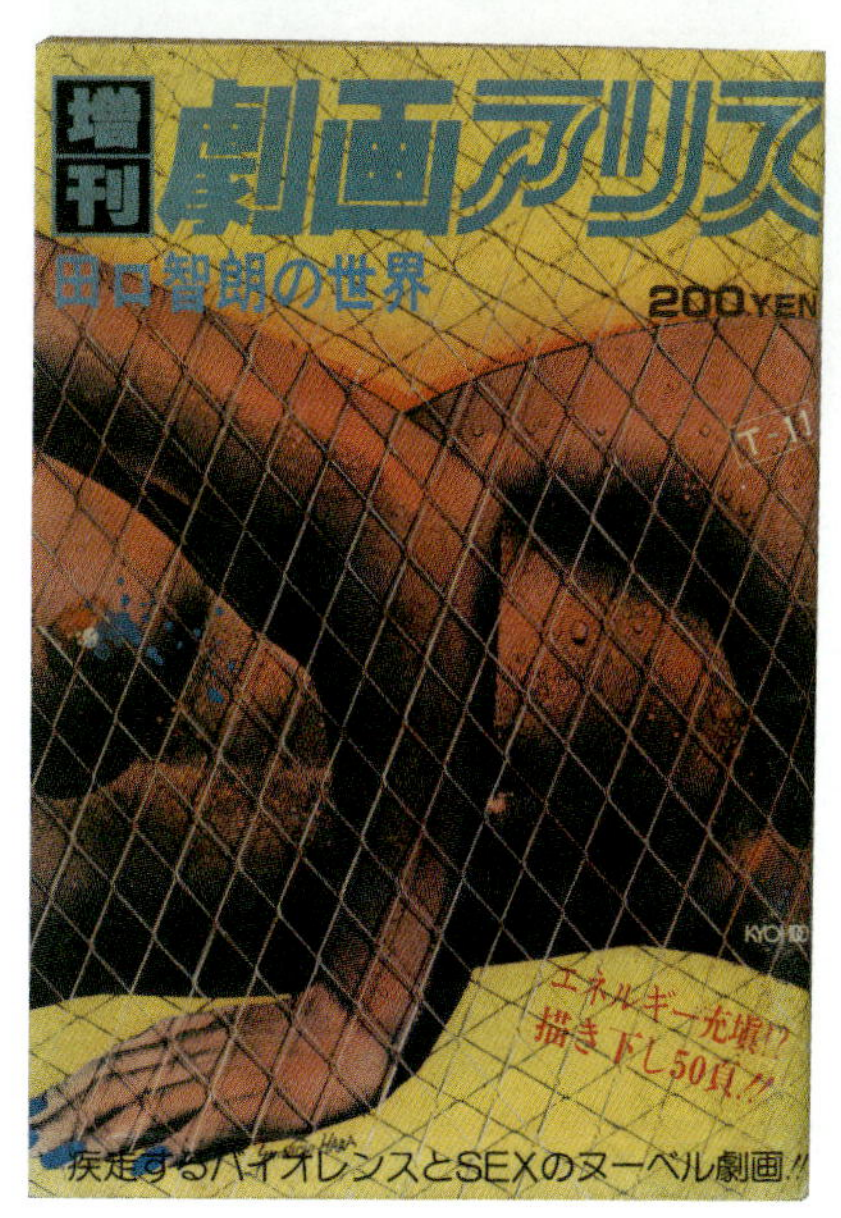

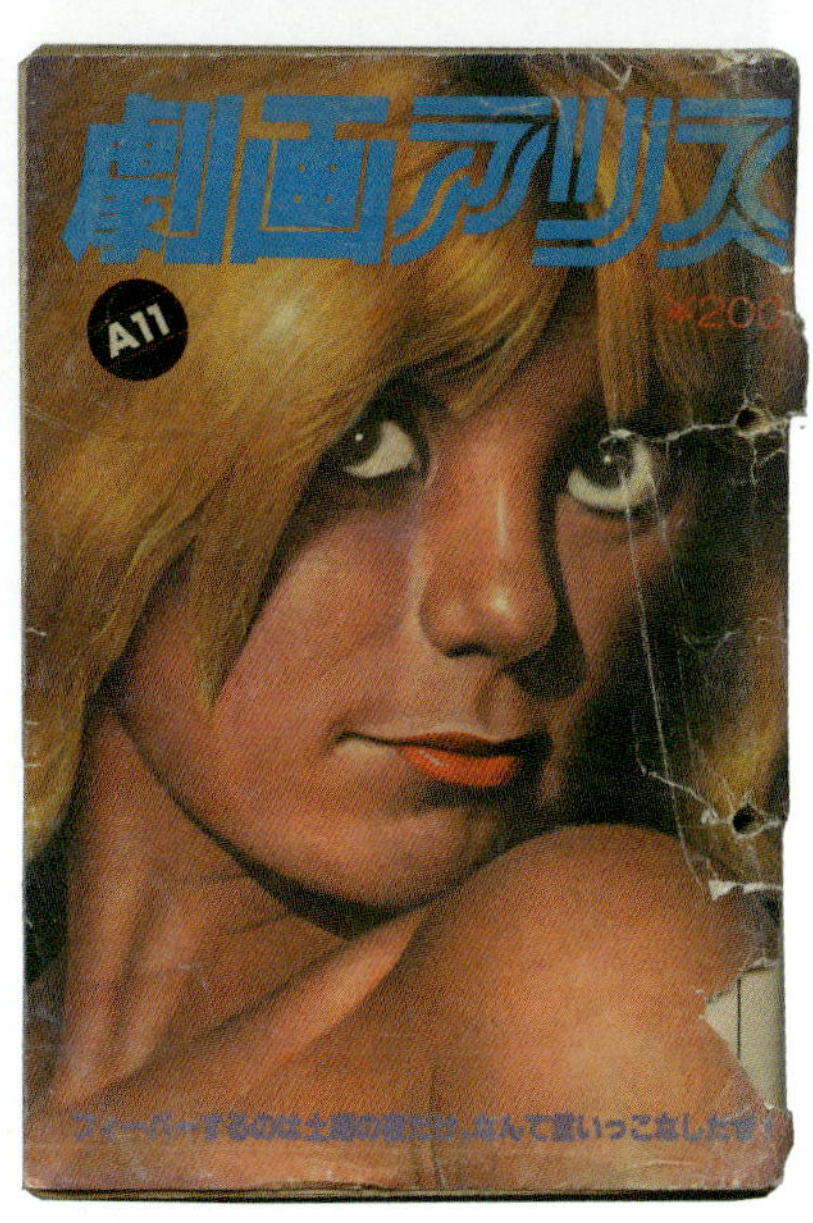

雑誌が評判を呼び、営業からは「増刊」も毎月出せと催促される。下段左は、生まれて初めて8ページの劇画を描いて持ち込んだ新人、田口智郎（トモロヲ）君の作品をまとめた増刊号。いまや超売れっ子の田口君に、ギャラの発生する仕事を最初に発注したのがアリスです。

「劇画アリス」が注目されたのは出たがりのカメワダが、表2で半裸になり、アジ演説もどきのハッタリをかませたからだ。そう嫌味をいう向きも多いが、それで話題になれたら世話はないよ。井上英樹の劇画や角田純男の表紙があったから、吾妻ひでおや坂口尚の作品も掲載できる余裕が生まれたのだ。

私が手がけた「劇画アリス」の最後が通巻第22号。短い時間で、ずいぶん色々なことが出来た。井上英樹がクールなエロ劇画を持ち込みに来たのが第7号だから、ある種の劇画家とマニアの関心を、わずか半年で惹きつけたことになる。編集長といっても、部下などいない。一人だから自由に出来た。そこが三流劇画の強味だ。

MESSAGE
ROM EDITER
エロ劇画？ それで俺は結構さ!!
えっ、エロ劇画ですかあ？ そういう反応が確かにまだあるんだよ。読者にも編集者にも、そして何よりも作家自身に。しかしね。下らない話だとは思わないかね。頂点にビッグ・コミックがあって、次に週刊漫画やヤンコミや漫画サンデーやらがあって、さらにその下に二流、三流から五流にまでいたる劇画誌があるという理解——そして下にいくにつれて、エロの度合が増加していくという、まあ粗雑ではあるが強固な偏見が確かにあるんだよ。
俺がやろうと思ってるのは、そういった劇画雑誌にまつわるあれやこれやの誤解を、言葉ではなくて、作品そのものをぶつけることで、つまり雑誌丸ごとで粉砕しようじゃないかってことなのさ。次号はますます好調、乞御期待。
アリス出版

『劇画アリス』亀和田武発言録

❶**ハッキリ言おうか。**今の劇画誌に面白いものはほとんど無いぜ。どんなジャンルでもその90％は屑だっていう法則があるが、それにしてもヒドイ。おまえの雑誌だって屑雑誌のうちに入るんじゃないのかいって声が聞こえそうだが、一言言わしてもらうよ。屑は屑でもちょっとばっかし訳が違うってね。既成の劇画文法、そして雑誌作法を踏襲することに何の恥じらいも覚えない連中は死んでもらうしかない。俺たちは発想からして違うね。テクニックの巧拙なんて問題じゃない、読者をどこまで欲情させるかだけが問題さ。そのためには雑誌の1冊のトータル的なバランスなんてクソ喰らえだ。エロを馬鹿にしちゃいけないよってことさ、判るかい？（『劇画アリス』通巻6号・編集部から一言より）

❷遠くまで行くこと。今まで視えなかったものを視ること。――劇画アリスというエロ劇画誌で1年間かかって俺がやろうとしたことはこの二つに尽きる。12冊の雑誌によって何センチかは前に進むことができたかもしれない。しかし、まだまだやらねばならぬことはヤマほどある。

白けている暇はない。

（『劇画アリス』通巻12号・編集長からのメッセージ　これでマスかいてくれりゃ本望さ！　より）

❸**現在の劇画シーンはエロ劇画を中心に展開している**――誇大妄想と一笑にふされるかもしれないが、私たちはそう確信している。雑誌、TV等が、〝三流劇画〟を取り扱うようになったが、これらマスコミの表層レベルとは無縁の地点で、私たちのこの間の活動は確実にある成果を産み出しつつある。（後略）（『劇画アリス』通巻12号・今月の劇画アリスより）

❹50万アリス愛読者諸氏に!!

本号でお判りのように、劇画アリスは発刊1年にしてついに第2期への飛躍を開始した。**従来のエロ劇画誌にはついぞ見られなかった一挙40ページ掲載が2本！**清水おさむ、井上英樹両君の全力投球の力作の味わいはいかがなものだったろうか？この編集方針への是非を編集部まで伝えていただきたい。次号はさらにエスカレートする。巻頭は井上英樹が50ページ。清水おさむも負けずに50ページだ。いったいどれだけの量のザーメンとバルトリン腺液が、そして生首が画面にハンランするのだろ

（右ページ）『劇画アリス』8号より

執着

俺がこの一年間、劇画アリスという雑誌で言い続けてきたこと、やり続けてきたことは、別にコムズカシイことでもなければ、奇をてらっての軽業的なものでもない。簡単な、実に簡単なことなのだ。エロ劇画は、エロを描きたいという意志のある劇画家によって描かれねばならず、また、エロに執着する編集者によって出版されるべきであり、それを読みたいという欲求を秘めた読者によって読まれねばならないという——実に当り前のことを、俺は言い、そしてやってきたのだ。

だから、少年漫画を描きたい劇画家はそうすればいいし、知的雑誌を編集したい、あるいは読みたいという編集者、読者も勝手にそうすれば良いだけの話だ。つまり、このジャンルに必然性を見出せない連中には、とっとと退場してもらおうという、これだけのことなのだ。

う？

ともかく劇画アリスは当面ひた走るに走るだけである。どこまで走れるか？　いつまで息が持つか？　そんなことは私たちにも判りはしないが、力の続く限り遠くまで行くつもりである。既成の劇画がついに視ることの出来なかった新たな地平を、私たちは視ることが出来るか？

私たちのこの間の活動によって**既成の劇画ヒェラルキーはズタズタに破壊された。**しかし、まだ手を抜くわけにはいかない。溺れた犬に更なる追撃を！　そして、読者、劇画家、編集者諸君——私たちの相言葉は“第2、第3のアリスを、そしてエロジェニカを！”である。

（『劇画アリス』通巻12号・編集部からアッピールより）

❺七八年の青年劇画シーンを統括すれば、（中略）しかし、何と言っても最大のハイライトは我がエロ劇画（三流劇画）陣営の踏んばり具合だったに違いない。

手前ミソだが一言いわせてもらう。

何よりも注目されねばならないのは。衰退する一方の劇画シーンに活を入れたこのエロ劇画の突出と高揚が、担い手たちの意識的営為として為されたことだ。

（『劇画アリス』通巻14号・編集部からアッピールより）

❻俺がこの一年間、劇画アリスという雑誌で言い続けてきたこと、やり続けてきたことは、別にコムズカシイことでもなければ、奇をてらっての軽業的なものでもない。簡単な、実に簡単なことなのだ。エロ劇画は、エロを描きたいという意志のある劇画家によって描かれねばならず、また、エロに執着する編集者によって出版されるべきであり、それを読みたいという欲求を秘めた読者によって読まれねばならないという——実に当たり前のことを、俺は言い、そしてやってきたのだ。だから、少年漫画を描きたい劇画家はそうすればいいし、知的雑誌を編集したい、あるいは読みたいという編集者、読者も勝手にそうすれば良いだけの話だ。つまり、**このジャンルに必然性を見出せない連中には、とっとと退場してもらおう**という、これだけのことなのだ
（『劇画アリス』通巻14号・「執着」より）

❼七八年は、まさにわがエロ劇画陣営にとっては、〈エロ劇画・元年〉ともいうべき大飛躍の一年だった。
——そして、だからこそ七九年は、内容のより一層の充実が緊急課題として、俺たちの前に横たわっているのだ。新人作家の育成にアリス編集部は全力を挙げる。持ちこみは常時受けつける——来社を願う。

エロジェニカ発禁、増刊ヤンコミ休刊とメゲル事件が続いた。エロ劇画のこの活況を主体的に担ってきたのが、実際のところ少数の尖鋭的な雑誌、作家、読者であったことを考えると、確かにこれはダメージである。だがこんなことくらいで意気阻喪する

（右ページ）『劇画アリス』14号より

編集部から一言

ハッキリ言おうか。今の劇画雑誌に面白いものはほとんど無いぜ。どんなジャンルでもその90%は屑だっていう法則があるが，それにしてもヒドイ。

おまえの雑誌だって屑雑誌のうちに入るんじゃないのかいって声が聞こえそうだが，一事言わしてもらうよ。屑は屑でもちょっとばっかし訳が違うってね。既成の劇画文法，そして雑誌作法を踏襲することに何の恥じらいも覚えない連中には死んでもらうしかない。俺たちは発想からして違うね。テクニックの巧拙なんて問題じゃない，読者をどこまで欲情させるかだけが問題さ。そのためには雑誌一冊のトータル的なバランスなんてクソ喰らえだ。エロを馬鹿にしちゃいけないよってことさ，判るかい？

ほど、俺たちが劇画に寄せる愛情は薄くない。

劇画に愛を！

俺たちのテーゼはこの一言に尽きる。

（『劇画アリス』通巻17号・編集者からのアッピールより）

❽何よりも、毎号劇画アリスを深夜の自動販売機で、あるいは週刊誌スタンドで買ってくれている読者の方々に感謝したい。劇画アリスのこの半年間の売り上げは確実に急上昇しているが、**これもひとえに熱心な読者のおかげである——ありがとう。**

そして、創刊号から現在に至るまで誌面を飾ってくれた何十人もの劇画家諸氏にもお礼を言いたい。あなたがたの力作がなければ、読者は次の号を買ってくれることはなかったに違いない。

表2の編集長アッピールにもあるように、エロジェニカ発禁（2月5日・別冊漫画ユートピアも発禁にあった）増刊ヤンコミ休刊などの事態も発生しているが、一方良いきざしもある。久保書店の漫画ハンターの頑張りよう、セルフ出版から創刊予定の漫画タッチも期待出来そうだ等々の事例である。これらは確実にこの間のエロ劇画ムーヴメントの結実のひとつである。エロジェニカには、今後もボルテージを下げずに頑張って欲しいし、増刊ヤンコミの熱気がヤンコミ本誌に還元されることを願うこと大である——角、筧両氏の今後の健闘を期待している。

エロ劇画ブームに関連して、いままでマイナーであったからこそ意義があったので、陽の当たるようになってしまったらオシマイだという発言がある。実にナンセンスな時代逆行的な理解である。私たちは、十年一日の如くのワン・パターンのエロ劇画が横行しているこの現状が我慢できなかったから行動を起こしたのだ。ともかく私たちはここまで来た——

針を逆に廻すことはもう出来ない。

（『劇画アリス』通巻17号・編集部からのアッピールより）

❾本誌読者たちは、この二、三号を読んで漠然とながらも、劇画アリスが新しい領域に向けて進軍を開始したことを感じとっていただろう。そのとおり——

劇画アリスはルビコンを渡った。

単に三流劇画界のみならず、劇画シーン総体における尖兵として位置づけられるに至った本誌は、既成のあらゆる制約を破り、未踏の領域に歩を進めていく。

（『劇画アリス』通巻19号・さらに遠方へ…!!より）

❿劇画アリス21号の歴史が劇画シーンを変えた!!

（『劇画アリス』通巻21号より）

（右ページ）『劇画アリス』6号より

《エロ劇画》でいいじゃないか

言文一致でいきたいね。昨年、何冊かの総合雑誌が劇画特集を組んだ。その中には、旧来触れられる機会の少なかった〈三流劇画誌〉の作品群に言及した評論も一、二見受けられて、それ自体としては喜ぶべき傾向なのだが、論者たちがこれらの作品群を呼ぶのに〈性愛劇画〉〈官能劇画〉などという言葉を使っているのには、正直ウンザリさせられたな。

何も上品ぶることはないのだ、〈エロ劇画〉と呼べばいい、エロ劇画と。

言い忘れたが、俺も〈エロ劇画〉の編集者をしている。だから、先の論者たちが、〈性愛劇画〉という言葉に託した心情もある程度、理解できる。従来、劇画評論を片手間としてやっていた大学教授たちが決して語ることの無かったジャンル、黙殺され続けてきた作品群が〈エロ劇画〉なのだ。

どのページを開いても登場する女の裸、汗とも愛液ともつかぬおびただしいヌメリ、アクロバティックな体位――三流劇画誌を読んだ大学教授は研究室の洗面所で、そのあと手を洗うかもしれないな。さっき〈黙殺〉と書いた。もう少し正確に言うなら、これら文化人たちは〈エロ劇画〉をつきつけられたとき、そこへ〈荒廃〉をしか見出せず、沈黙するより手がないのだ。それに対して、〈性愛劇画〉と復権を試みる気持ちは判る。しかしそれでは駄目なのだ。「この稚拙な線にこめられた真摯さにこそ注目して欲しい」といった類の復権闘争では決定的に駄目なのだ。何よりも、このレトリックのいじましさが俺を憂鬱にさせる。俺は〈エロ劇画〉に、〈荒廃〉や〈稚拙な真摯さ〉以上の何物かを見ている、だからいじこい手を使う必要がない、この相違がわかるかな？

俺の友人でもある〈エロ劇画家〉たちの何人かの顔を思い出してみる。あがた有為――彼は昨年、ほとんど毎月、月産二百枚のペースを守った。無論アシスタントはいない。彼の劇画の女主人公そっくりの美人の奥さんがベタ塗り、トーン張りをしてくれるくらいのもんである。羽中ルイ、能條純一、飯田耕一郎――彼らは寡作の部類に属するが、それでも月産八十枚の線を維持している。

劇画マニアを自称する人々の何人が彼らの名を知っているだろうか。怖らく、彼らの読者たちでさえ、彼らの名前を記憶にとどめる人は少数であろう。

現実には決して存在しえない豊満な女たちを描く、彼ら〈エロ劇画〉家たちに俺が見出す希望は唯ひとつ、既成の劇画文法の解体である。表現力の成熟ということが、とりも直さず予定調和的な出来合いの劇画作法に身を委ねることであり、パワーの低下でしかなかった旧来の劇画。その回路を断ちきるものがここにはある。「もっとエロを！」そう叫ぶ編集者や読者を前に、お上品な芸術的上昇指向を演じていられるほど、このジャンルは甘くはないのだ。

石井隆こそ青年劇画十年の総決算だ

石井隆は、日本の劇画シーンがついに生み出した、初めての自覚的な、ということはつまり、真に知的な表現者である。現在、俺がたどりついた認識がこれである。

昨年、石井隆について何度か触れる機会を持った。そのどれもが、この文章同様ペラ六枚前後の分量で、俺の力量不足もあって断片的な記述に終始したが、大筋は間違っていなかったと思っている。

俺は書いた——石井隆こそは、青年劇画十年の歴史の総決算であると。また、その作家を語ることが、すなわちその時代を語ることとイコールであるような劇画家の出現は、「沼」から「ねじ式」に至る過程のつげ義春以来であると。そして石井隆の描く女主人公＝名美たちの背後に横たわるのは、既成の劇画がついに表現しえなかった日本市民社会の暗部であるとも書いた。

その後、俺もこの作家と五分に渡りあうべくトレーニングに努めたが、今眺めてみると昨年、俺が書いた石井隆に対する理解はさほどピントはずれではなかったな、という気がする。

冒頭に、石井隆を、劇画シーン最初の知的表現者と書いた。これには異論のあるむきもあるだろうから、若干の補足をしておく。

確かに、単に知的な、あるいは教養があるという世間一般的な文脈で語るなら、阪大医学部を卒業し、医学博士号まで持っている手塚治虫をはじめとし、インテリ劇画家は何人もいるだろう。『ガロ』に拠って創作活動を展開した、つげ義春、忠男の兄弟、林静一、佐々木マキ、安部慎一等の作品も充分に知的な表現力を持ち得てはいた。

しかし、石井隆ほど、現状認識と己れの表現との関連に、自覚的であった作家はいなかったのではないか。先述の『ガロ』派の作家たちの作品が突きつけた知的レベルも、むしろ通常、日本のインテリゲンツィアがたどる知的上昇の自然過程とほぼ一致している、と俺は思っている。尖鋭な問題意識と、円熟した技法——その代償として、彼らが喪なったものは余りにも大きかったはずだ。

たとえば、石井隆以前にも〈性〉を描くすぐれた劇画家たちは存在した。上村一夫、宮谷一彦——彼らの作品はまぎれもなく一級品のものである。しかし、彼らの作品と石井隆の作品は、俺には根本的に異なるように見える。俗な言い方をすれば、上村、宮谷の作品は、「ほら、エロ劇画でもこんなにキレイに上品な絵が描けます」といった類の作品であるように思える。劇画周辺に巣喰うインテリ・スノッブ共に、彼らが人気があったのもこの辺と無縁ではないはずだ。

石井隆は、現代日本社会における〈性〉の意味に、極めて自覚的な作家である。

だから大股開き、パンティーの喰い込み、おびただしい量の愛液といった、〈エロ劇画〉を〈エロ劇画〉として成立させているギリギリの地点から決して逃亡していこうとはしない。

石井隆は、芸術的に上昇していく過程が、既成の文法に身を委ねること以外の何物でもなかった、近代日本の表現の宿命を乗り越えつつあるかに俺には見える。

中途半端な面白がり方ならしない方がいい

本格的な論争の機が熟しつつある。七七年の劇画シーンを回顧しての俺の感想である。朝日ジャーナル、潮、月刊ペンといった雑誌が劇画特集を組み、書評紙にも劇画の月刊時評が連載され、大新聞も定期的に劇画紹介のコラムに紙面を費す、といった具合いに七七年は劇画評論は大盛況だったが、俺が、論争の機は熟しつつあるといったのは、これらの現象を指してのことでは無論ない。あいも変わらぬ空騒ぎしか、そこから発見することは出来なかった。

昨年末に出た『増刊ヤングコミック』の権藤晋の「性愛劇画は《感情の巾》を獲得できるか?」という一文は、これらの一見盛況、しかし内実ゼロの〈劇画評論ブーム〉への徹底的な批判であり、今年に希望をつなげた重要な劇画批評であった。正直言って、俺は権藤晋を見直した。副田義也や藤川治水といった頓馬(とんま)な学者に対する不信感と同様に、俺には『漫画主義』等に拠って評論活動を展開してきた連中に対する抜き難い偏見があった。

つまり、従来の文学青年的な、あるいは美術青年的な発想とレトリックでしか劇画を論じられない手合い、先ごろ死んだ石子順造も含め、これらの人々に対して、俺が抱いていた感情はこういったものであった。別に、今もこれを撤回するつもりはない。彼らには、劇画の圧倒的なパワーに見合うだけの、表現力と方法論の持ち合わせがない、俺にはいまだにそう見える。

しかし、権藤晋一人に関しては、俺は見解を改めねばならない。

権藤晋が信用出来るのは、「私は、もっともっと感動したいのである。中途半端なおもしろがり方ならしない方がいい」そう言い切る彼の劇画への愛情だ。ここには、昨今の劇画ブームに便乗して、空々しい劇画評を吐き散らしている投機主義者たちへの強い苛立ちがある。マニアが寄せる無償の愛情、怖らくこの一点を欠落させた劇画評論は成立しえない、というのが俺のかたくなな信念である。

中途半端にしか劇画を面白がれない、また論じられない連中は、衰弱したディレッタントである。七八年、俺はこの連中の駆逐に全力を傾けるつもりである。しかし、問題はその後にある。ということも押さえておいた方がよさそうだ。インチキ派との論争の後、あるいはその過程において、俺たちの劇画理解の基軸それ自体が問われることになるだろう。

先の権藤の文章はタイトルの示す通り、〈エロ劇画〉に対する論及が主要な部分を占めているが、そこからうかがえるのは権藤の〈エロ劇画〉に対するある種のためらいである。積極的にそれらの作品群を位置づける視点を、権藤はいまだ持ちえていないかに見える。

そのことと、中途半端な面白がりをするなら、手塚、上村らのベテランの方が面白いと発言してしまう権藤の体質は無縁ではない筈だ。

俺の現状認識を最後に述べておく。中途半端なテクニックの向上では、もはや読者は満足できない、これが俺たちの置かれた劇画状況である。

エロ劇画誌御三家を知っているかい？

およそあらゆるジャンルの雑誌に通暁（つうぎょう）している本誌読者なら、すでに承知のことかと思うが、関西のタウン情報誌プレイガイド・ジャーナルが「君は三流劇画を見たか」と題する全十一ページのエロ劇画特集を組んだ。

ウーン、さて困った、というのが俺の正直な感想だ。俺自身、この特集中に組み込まれた座談会〝三流劇画バトルロワイヤル〟に、漫画エロジェニカ、官能劇画の編集者と共に、劇画アリス代表として出席しているので、やや客観性を欠くかもしれないが、この迷宮'78企画の特集、実によく出来てはいるのだ。しかし、しかしだ、ヤバイナーという感じがどこかですることも事実なのだ。少女漫画の次はいよいよエロ劇画かい、マニアは貪欲だからなあ、というわけだ。

しかし、それきしのことでエロ劇画のやっと獲得したパワーと質が雲散霧消してしまうのだったら、それはそれで仕様（しよう）がないじゃないかという気もする。タフなことでは他のジャンルにヒケをとりはしないぜ、エロ劇画は。

さて、最近そんな劇画周辺のマニア連中に〈エロ劇画誌御三家〉といわれているのが、**漫画大快楽**、**漫画エロジェニカ**、そして言うも恥ずかしい**劇画アリス**の三誌だ。何故よりによってこの三誌が、と問われるとチョイト難かしいが、こんなふうに言うことは出来るかな。

劇画の面白さの一方に、ビックコミックを頂点にした、よく出来た絵と物語の合体による〈安心して読める〉劇画という要素がある。そして、それとは対極に、劇画の持つ同時代性を主要な武器にして、作家の内面をストレートに、かつ強引に表現していくという要素があり、それに魅かれる読者も数多いのではないか。かつてのガロが、怖らくその一方の頂点にあったのだろうが、いまやガロは人も知る面白派の牙城、こうなると期待出来るのはいまや三流劇画だけ――ややラフに過ぎるかもしれないが、こんなとこじゃないだろうか。

劇画評論バトルロイヤル時代に突入!!

本格的な論争の機が熟しつつある――本誌前々号に、俺は七七年の劇画シーンをふりかえり、そう書いた。意外や早く時機は到来した。といっても誤解してもらっては困る。一部マスコミにも取り上げられた「月刊総評」誌上の稲葉三千男と津村喬の論争のことでは無論ないのだ。〝いやな男に処女を奪われるような心地〟で、生まれて初めて少年週刊誌を買いに出かけた東大教授風情と、七〇年代のギャグ劇画は、赤塚、山上の主人公に象徴されるごとく〝警察のイメージをめぐって展開してきた〟などと相も変わらぬ駄法螺を吹きまくっている政治屋ごときとの論争が実りあるものになるわけがないのは、こちとら先刻承知ノ介よ。

現実に取り残された心寂しい学者が、それでも現実への未練断ち難く何か一言つまらぬことを言ってみたくなる――その浅ましい気持は判らぬでもないが、これ以上何を言っても世間の笑い物になるばかりだ。悪いことは言わないから研究室に帰ったほうが良い。人にはそれぞれ分相応というものがあるのだ。大体、東大教授が劇画を論じるってこと自体が身の程知らずなのだ。

最近は料理評論家に転向した観のある津村喬にしても同じこと。赤塚の銃をすぐブッ放すオマワリ、山上のこまわり君を読んだ少年たちが〝それによって民衆と権力の距離感覚を学んでいる〟だなどと、すぐ底の割れるようなコケオドシは言わないことだ。見えすいた手口だよな、いまどきもうそういうのはハヤンネエンだよ。考えてみりゃ津村のような大衆拝跪主義者ってのは、拝跪する相手である大衆とテメエとは、まったく別物と考えてるんだよな。要するに裏返しの大衆蔑視なのさ。この人も家に帰ってさ、水増しされた肉体は水増しされた思想を叫ぶ、なんて言われないように、せいぜいダイエットにでも励んでスマートになることだ。肉体と思想ともにな。

と、ここまではイントロだ。さあ、いよいよいくぜ。何人かの読者は気付いていたに違いない。本誌前々号における俺の文章が、論争ひとつ存在しえない貧しい劇画評論シーンへの揺さぶりであり、かつ、表面的な罵倒の対象は副田義也、藤川治水ら頓馬な学者連中、川本三郎、渋谷陽一らの低脳面白派に向けられつつも、主要なターゲットは、ここ数年ボケにボケまくっている「旧漫画主義」同人——故石子順造、権藤晋、山根貞男、梶井純——であったことが。

反応はすぐあった。それも当事者からな。まず梶井純が週刊読書人の漫画時評で、続いて権藤晋と山根貞男が増刊ヤングコミック八月二十日号の「石井隆を語る!」と題された座談会で、それぞれ違った角度から俺への返球を投げてよこしてきた。

さて、これを〝本格的論争〟と自分で呼ぶのは多少気がひけるが、先の津村・稲葉論争の不毛さと比較すれば、これから先、俺と「漫画主義」同人間で繰り拡げられる闘いは、数段中身の濃い、劇画状況にインパクトを与えるものになるだろう。別に奴らをアテにしているわけじゃない、俺の器量でそうしてみせる。

さて、当面爆砕していくのは、前記の対談で権藤相手に、六頁に及ぶ対談を頭っから最後まで徹底的な支離滅裂さで押し通した山根貞男という男である。

のっけに、権藤晋から〝ところで『本の雑誌』のマンガ特集で、石井隆はつげ義春以来の出現である、と評していた人がいたけれど、どう思いますか?〟と持ちかけられた山根は次のように答える。

——あれに対していうことはあまりないですね。なにより、いやらしい居直りの感じがあったたね。ぼくも批判されているらしくて、エロはエロでいいじゃないかというわけだけれど…。

さらに続けて、こういったいい方の底には〝どうも芸術に対するコンプレックスがひそんでいる気がする〟などと言ってみせ、肝心の石井隆評価については言を左右にし、ノラリクラリと逃げまわる。あげくの果ては、石井隆をヨイショし始め〝これはすごい。やっぱりつげ義春以来じゃないか。(笑)〟などと、何ともしまらないオチをつける。

山根貞男よ、おまえはよっぽど低脳でヤクザな編集者やマニアとしか付き合ったことがないとみえるね。ひょっとしたら酔払ってんじゃないか、酒を飲みながらの座談会か——そう思える程の、おまえと権藤の緊張感に欠けたかけ合い漫才の首尾一貫したデタラメな展開から窺えるのは、おまえが劇画を、そして劇画批評を見くびってるってことさ。これくらいでもどうってことないさ——そんなダラケ切った甘い了簡が丸見えだぜ。いっとくけどな、今度はそれじゃすまないぜ。書評紙出身です、なんて臭い経歴と違ってな、こちとら過激派経由のエロ本屋だぜ、育ちが違うよ、育ちが。それにしても、山根のような女々しい男が硬派風を切っていられる映画評論畑ってのも、とんでもないところだぜ。

最新号の「夜行」に、〝ここ数年、マンガ作品の退潮に歩を合わせて、評論の方も堕落する一方のように思われる〟などと虫のいいことが書いてあるがフザケチャいけない。いま問われているのは、まさに堕落する一方のおまえたちの劇画理解の質そのものなのだということが判っていないのか。「漫画主義」十年の総括は、どのようにカタをつけたのかね。それを聞かないうちは逃がしゃしないぜ。

紙数も尽きた。次なる攻撃は「漫画新批評大系」十一月発売予定の第二期四号にて、この倍の分量で行う予定。乞御期待。

エロ劇画はナゼ面白いか

七七年初頭、その退廃、混迷いやますばかりのわが日本列島の文化諸領域において、なかんずく性表現の分野において——つまりエロのジャンルにおいてだ、いったい何が最も面白いか？　カシオミニを用意するまでもない——われわれの答は一発で出る。

自販機ポルノとエロ漫画が一番面白い。誰が決めたかって？　オマワリが決めた!!

七七年一月現在、そのパワーの突出力と、バイタリティーの保有量において、さらにそのエキサイティングな活動とヴィヴィッドさにおいて、自販機ポルノとエロ漫画は一頭地を抜きんでている。

そして、以上述べたような事柄はなによりもこの間における警察の取り締まり、マスコミの批判——すなわち低俗文化攻撃キャンペーンが証明している。

つまりだ、自販機ポルノと呼ばれるところの一冊五百円のヌード雑誌と、エロ漫画誌といわれている一冊二百円也の青年劇画誌が、いま一番オッタツしろものだということは、これらの弾圧がその中身を保証してるってことなのさ。

自販機ポルノはひとまず置く。

数十誌ともいわれる青年劇画誌——エロ漫画誌にあって、石井隆はその性理解の質において、疑いもなく頂点にいる。いや、まだ誉め足りない。二流が厚顔無恥にも跋扈（ばっこ）する低脳日本文化において、石井隆の性理解は遥かにそれらの有像無象を超越し、明らかに第一線に位置する。

さて本題である。石井隆の漫画は何故ああもイヤラシイのか？　何故圧倒的にスケベエであるのか？

無論どっかの方角から、馬鹿いっちゃいけない、たかが漫画、しかもエロ漫画読むのに理屈はいらない、ありゃあマスかくのに役にたちゃあそれでいいのさ、といった喚きが聞こえてくるに違いない。

ン？　今、そっちの方角でダレかしゃべくったな？　そうだ、そう、オマエだ！　オマエだよ!!

よし、オマエら、ようく聞けよ！　まず耳の穴をかっぽじってほしい。それから、いかにオマエらが無知蒙昧な輩であるかを順次証明する。

まず、エロ漫画はようするにタチャあいい、マスかけりゃいい、それ以上の理屈はいらない。そういったオマエだ。

オマエの発言が明らかにしていることは、オマエがいかに性に関して無知か、性的に未熟な人間かということだ。——オイ、オマエ、いい女とやったことがねぇな！

キョウビ街を歩けばウン十メートルに一人は、その夜のマスのタネにはなりそうな女にはぶち当たるさ。しかし、そんな尻軽女じゃなくってよ、出会った瞬間、コチラの頭がクラクラっとするような、ようするに一瞬の判断停止を強制するような女がたまにはいるんだよな。そんな時、われわれならどうするか？　マスかくだけだなんてもったいないと思わないかね。そお、一発やるにこしたことはない。そして、しかるべき後、われわれは考えるのである。何故、この女はかくも俺を欲情の渦に巻きこんだのかと。

本当のイイ女というのは、男をしてこのような思考に導くものなのだよ。

石井隆の絵には、われわれをして、このような内省に誘いこむような甘い誘惑が充満している。

この半年ほどの間に二冊出た石井隆の作品集『女地獄』（少年画報社）からそのエッセンスを摘出する。

早朝の電車、車内には男が二人に、女が一人。突然、一人の男が女に襲いかかる。スカートがまくり上げられ、パンストとパンティーがいっしょにずりさげられていく。

その時、女のジッパー式のブーツはまるでむかれたバナナの皮のように床に落ちる。女のブーツはジッパーを下げればバナナの皮のようにめくれる。これこそが石井隆の性理解のエッセンスである。

エロチシズムの、つまり何でオッタツかの根幹をなすのはリアリズムである。

そして、そのリアリズムを支えるのは（単にリアルというだけならばさ、松森正のように写真以上にリアルに描く作家だっている御時世だもんな）バナナの皮のようにむける女のブーツであり、ああ、パンストとパンティーをいっしょにずりさげるとあのようにも淫らにからみあって腰をつたい落ちていくのかと読者を納得させる作者の視線である。

俺たちは猥褻屋なのだ！

デッチ上げと憶測と密告の構図
フレームアップの好きな警察とそれに同調するマスコミ

自分では何ひとつ産み出すことが出来ぬくせに、いったんコトが起こると厚顔無恥にしゃしゃり出て、訳知り顔のオシャベリに精を出す節操の無い男がどこの世界にもいるものだ。

さしずめ、今回の〈エロジェニカ発禁問題〉を、「週刊朝日」十二月一日号の「コラム・デキゴトロジイ」に「三大エロ劇画の雄大胆不敵に警視庁に挑戦の結果恐れ入る」などというタイトルで書いた男などもその典型に違いない。

この与太記事の内容は以下の如くである。「月刊『漫画エロジェニカ』が十一月六日、猥褻文書の疑いがあるとして警視庁に摘発されたが、この雑誌は、その道では、『漫画 大快楽』『劇画アリス』とともに三大エロ劇画誌の一つとされていた。発行部数九万五千（公称）、ほとんど自動販売機を通して売られている。読者は中学生以下が圧倒的。（中略）この種の雑誌は、編集に新左翼崩れみたいな人が参加しているのが特色で、妙なところで理屈をこねる癖がある。『エロジェニカ』の編集者なども、最近、テレビでエロ劇画論をぶったりしていた。そのへんの挑戦的な態度が警視庁のカンにさわったというのが、業界の見方だが、手入れを受けた版元の海潮社は、しかしテレビに出た時の元気は全くない。ただひたすら恐れ入っている。」

ほとんどが自販機による販売？　読者は中学生以下が圧倒的だって？　編集者は新左翼崩れねえ――なかなか事情通のような口をきくじゃないか、えっ？　しかし、俺には判る。この男が頭と足を使うことをサボって、恐らくゴールデン街あたりの安酒場で〈新左翼崩れ〉の劇画ゴロを相手に、「何か面白いネタは無いすか？」「オッ、それイタダキ！」などと慢性胃炎気味の臭い息を吐きながら朝日新聞社のメモ用紙に写しているさまが手に取るように判るぜ。

一体、この男は何が言いたいのだ。「漫画エロジェニカ」編集部が国家権力の摘発に対し、「この弾圧は、表現の自由を侵すものであり、我々はこの暴挙に対し徹底的に闘う」――こう発言すべきだったとでも言いたいのかね。馬鹿が！　高見の見物をきめこんでいるくせに、偉そうな台詞を吐くんじゃないよ。もうちっと頭と足を使ってマトモな記事を書いたらどうなんだ。

　この陰湿なコラムの正体が、デッチ上げと憶測と密告（タレコミ）以外の何物でもないというのはこういうことだ。――自動販売機、中学生読者、新左翼崩れの編集者という三題咄が、いかにもフレームアップの好きな警察と、それに同調するマスコミと、ゴシップ好きな大衆と、という構図にピッタリとおさまりがつくからだ。見えすいた手口だぜ。この頓馬は続けてこんなことも書く。

「『あんなびびるんじゃあ、ちっとも新左翼崩れらしくない』という声も出るほど。一説では編集部に近いある有名詩人が、『断固、裁判闘争、じゃなくて、泣きを入れろ』と助言したともいわれる。」

　――思い出さないかね。この口調は、十年前に、誰か一人くらい講堂から飛び降りて死ぬかと思ったのに、と発言した東大教授の語り口に似てはいないか。俺たちは、警察やマスコミや大衆の期待するピエロ姿を演じてやらねばならない義理はどこにもない、どこにもだ。「漫画エロジェニカ」が孤独な決断のうちに取った今回の態度は断固として擁護されるべきである。

　今回の摘発は、エロジェニカ掲載九本中、ダーティ松本、人生（ひとなま）美行（みゆき）、小多摩若史（おたまじゃくし）の作品を対象として行われた。無論、性器や恥毛、ましてや性交シーンが直接描かれていたわけではない。非常にアイマイな〈猥褻〉という概念による取り締まりである。しかし、この事は何度でも、そして、とりわけ本紙読者には言わねばならないが――俺たちの、つまりエロ本業界にあっては、このような事件は日常茶飯事である。誤解を招くかもしれないが、あえて言ってしまえば、こんな事で目くじら立てていたらこの商売はつとまらないのだ。

　猥褻是か非か、でもなければ、猥褻何故悪いでもない。俺たちは、それを売り物にしている猥褻屋なのだ。こういう商売をしている奴は皆、助平というのがお門違いの偏見なら、性表現を職業とするものは皆、性解放の意識の持ち主というのも薄っぺらな誤解だ。

　自分は安全な場所に身を置きながら、今回のエロジェニカ編集部の態度を云々する者は、すべからく先のコラムニストの変種に過ぎない。

　俺たちの、既成文化とは遠く離れた地点での孤独な作業にいままでこの種の文化人が必要だったためしは無かったし、今後も無いに違いない。商業出版の最底辺部における俺たちの闘いが、この間のエロ劇画＝三流劇画の昂揚をもたらしたのだ。このことは断言してもいいだろう。そして、現在の困難な状況にあって、ここにふりかぶる火の粉を〈反権力闘争〉へと短絡化することはできない。俺たちには、そんな余裕もなければ幻想もない。いましばらくの間、孤独な闘いを続けていくしかない。

時計の針は後戻りできない

無惨である——こう書き出して、イヤそれほどのものでもない、そんな形容は過大評価に過ぎるということに思い至った。薄らみっともない！　——この一言で充分である。無論、ここでいま俺が語っているのは「漫画主義」に拠る三馬鹿＝梶井純、権藤晋、山根貞男のことである。

対三馬鹿論争を一言で括るなら、この間、俺と彼らとの間で、主要には石井隆、エロ劇画をめぐって交わされた劇画理解の相違が明らかにしたものは、彼ら、梶井、権藤、山根の思想・表現がいかに現実の生ける劇画シーンからスポイルされているかということと、彼らを支えるものが、現実から置いてけぼりを食った疎外感、無力感故のいじけた、倒錯した心性のみである——この事に尽きる。三馬鹿の個々の発言に即して、それを例証していく。

山根貞男——この下等物件は、「別冊ヤンコミ」「石井隆特選集No.4」（七八年十二月二十八日号）に恥知らずの石井隆論を載せたいまとなっては論争相手ですらない。この男は、評論家としての最低限のモラルを自ら踏みにじった。——それに四か月先行する「増刊ヤンコミ」で散々見当違いの石井隆への難癖をつけておきながら、この「石井隆特選集」では、全面ヨイショをしてのけたのである。恥知らずの一言に尽きる。

権藤晋も山根ほどではないにしろ、論争におけるインターフェアという点では同罪だ。論敵が言ってもいないことをデッチ上げる、これはどう見てもインチキである。「『三流劇画全共闘』を自称する亀和田氏ら」あるいは、「石井作品や三流劇画を盾に、『反権力』を唱えてみたところで一体何がはじまるというのだ」（「別冊新評」——「石井隆の世界」特集号）——これらの権藤の発言はすべて捏造である。

いつ、俺が石井作品や三流劇画を盾にして、〝劇画全共闘〟だの〝反権力〟だのと言った。証拠があったら出してみな、俺の現在までのすべての文章をコピーしてやってもいいぜ。安易な政治意識との密通に対して、ことさら（超保守的なまでに）警戒的だったのは、この俺だぜ。もっとバレない嘘をつくんだな、エッ？　梶井にしても同じこと――俺が、いつ、どこで「エロだからいい」なぞと書いた。「『エロだからいい』という論理は、『エロはエロでしかない』という論理よりも幼いのは自明である」（「増刊ヤングコミック」七九年一月二十日号）――馬鹿が！　両方とも下らないのは自明のことじゃないか。

　これらの姑息な手段を弄しつつ、梶井、権藤のいじけた思想がたどりつくのは三流劇画への囲い込みである。現実に対する活性力を喪失した〈劇画評論〉は架空の読者をデッチ上げる。「『三流劇画』といわれる場合、『三流』という評価をうけていることじたいがもつ力を信頼していい」（「週刊読書人」十月三十日号）――〈三流〉であることが一体、何を保証するというのだ。梶井はその舌の根も乾かぬうちに、それとは裏腹なことも書く。「この種の劇画の大半は作品として自立しているとはいえない」（「増刊ヤングコミック」同前号）

　いいか、よく聞け。この間の「劇画アリス」を先頭とする三流劇画ムーヴメントというのはな、自分たちの置かれた状況、すなわち低コスト故に編集者は一人、劇画家もアシスタント無し――といった悪条件を逆にバネにして、劇画が本来有していた時代との同時進行というナマナマしい魅力をもう一度復活させようという、極めて意識的な、恐らくは劇画界最初の試みだったんだぜ。そして、それは成功しつつある。

　井上英樹、飯田耕一郎、清水おさむらの自立した、他のジャンルの作品群には決して見ることのできないみずみずしい魅力を持つ作品を、おまえたちはどのように評価するのかね。無論、それの準備期間が数年あったが――俺と、俺の仲間は具体的にこれに着手してから一年以内で収穫をあげた。おまえたち三馬鹿が十年かかって「漫画主義」と「夜行」とで獲得したものは何だったのか。劇画状況の流れに棹さす闘いを一度でもやったのかね、オイ！

　権藤の三流劇画囲い込みは梶井以上に惨めである。「現実には、沢田竜治や山崎亨らの作品は、数量的に、彼らが熱いカッサイをおくっている清水おさむや村祖俊一らの作品よりは売れているのである。彼らは、沢田や山崎の読者をも馬鹿にするのだろうか」（「別冊新評」同前号）――俺たちの運動を否定するためによりによって担ぎだしたのが沢田竜治とは！　俺は決して沢田や、現在の山崎の作品を、ましてや読者を馬鹿にはしない。しかし、まさにルーティン・ワークとしかいいようのない彼らの作品のどこに希望がある。

　そんなものが何十万部売れたところで力になりえないのは自明のことじゃないか。読者をより感動させうる質を内包した新たな作家と作品の発掘と育成――このことを置いて劇画の活性化は望み得ない、というギリギリの地点からの認識が、俺たちの運動を促したのだ。そして、俺たちの手によって劇画状況は確実に動いた。時計の針は後戻りさせることはできない。

新たなる劇画の地平

劇画の復権闘争は三流劇画から始まる

1

　ザラ紙の粗い感触と、プンと鼻をつくインクの臭いをとおして、劇画がわれわれに伝えてよこすものは、時代との熱い共生感覚だ。ただただ肉体と精神をすり減らし、涸渇させていくだけに思える消耗な日常生活にあって、ふとメゲそうになるわれわれの心に、疑いもなくわれわれはこの時代に生き、呼吸し、共に進行していくのだということを、劇画は明解に、そして力強く訴えかけてくるのである。

　思い起こすべきだ——われわれが幾枚かのコインと引き換えに、通勤あるいは通学の行き帰り、駅の売店や本屋で手に入れた劇画誌を、われわれは毎朝きまって配達される新聞やいつのまにか無意識にスイッチをひねり見るともなく見ているTV番組のようには決して読んでいなかったことを。われわれはそこに三十分、あるいは一時間の単なる気晴らしや暇つぶし以上の何かを求めていたのだということを。

劇画を一時の気休め、語の矮小な意味での娯楽に押しとどめようとする傾向が強力に存在し、なおかつ、今日市場に出廻る劇画の九五％がそれを反映した作品であることをわれわれは知っている。面白ければいいじゃないか、という彼らのフヤケタ言葉に対しては、いま面白さの内実こそが問われているのだとキッパリ宣言しておかねばならない。エンターテイメントということを甘く考えてはいけない――奥が深いのだよ、このジャンルは。

劇画の魅力とは、われわれがそこに身を置き、日々流動するこの時代の表層にペンで引っ掻き傷をつけ、われわれがいまだ視ることのできなかったこの時代の暗部を曳光弾のように照射するという――官能的なまでに生々しい同時代進行の魅力にほかならない。われわれ自身も知りえなかった無意識の領域を掘り起こし想像力を喚起する――これこそが言葉の本質的な意味でのエンターテイメントであり、劇画の快楽なのだ。

毎週、あるいは毎月刊行される膨大な量の劇画群にこれらの要素が皆無とはいわない。どんなルーティン・ワークの作品にも生々しい時代の痕跡が微かには見てとることができる。しかし、われわれは快楽の追求には貪欲なのだ。このくらいの快楽含有度ではまだまだ満足というわけにはいかない。

われわれは決して短くはないその劇画体験の過程で、幾度かにわたって文字通りの劇画の快楽時代を――まさしく劇画作品と時代とが歩調をともにし絶頂に向かって昇りつめていったような鮮烈な季節の記憶をもっている。快楽というのはいったん味をしめるとタチが悪い――次にはもっと強い刺激を求めるようになっていくのだ。毎日毎日、劇画誌の分厚いページを繰りながらも満たされぬ欲求に次第に苛立ちを覚えるあなたはこう呟く――われを忘れて熱中し、ふと気がつくと煙草を逆にくわえ、フィルターの方に火を点けていたり、パジャマのまま、もしくはスリッパのまま外出していたりというような体験を味合わせてくれたズバ抜けて面白い劇画はもう無いのだろうか、もしあるとしたらどこにあるのか――と。

われわれはそれにハッキリと次のように答えることができる。面白い劇画はある――発売日が待ち遠しくてならず、カレンダーに印をつけて指折り数えてその日を待ち焦がれるような劇画誌が現在も存在する、と。あなたは百円玉二枚を握りしめて、深夜の街角の自動販売機か、もしくは白昼、菓子屋の前の週刊誌スタンドの前に佇めばよい――そこがもう快楽の貯蔵庫なのだから。

われわれは断言しよう。今日、劇画シーンにおいて、エロ劇画とも三流劇画とも呼ばれるジャンルの一群の作品こそが最も面白く、ヴィヴィッドで、躍動しており、われわれの心の奥深くにグサリと突き刺さってくるような尖鋭さを持ち合わせているのだ、と。そして、劇画シーンにおけるこの覇権交替を促したものが、決して限定付きの理由――すなわち、「エロだからよい」であるとか「三流だから素晴らしい」であるといった事柄などではなく、劇画が本来有していた生々しい緊張感の回復＝劇画の復権闘争によるものだったということを確認しておかねばならない。

しかし、なんという歴史の皮肉よ！　いままで、劇画シーンのみならず出版界においてさえもエロ本と罵られ、ヒエラルキーの最底辺に貶められていたこのジャンルが、今日、劇画シーンの最先頭に一気に浮上し、それを一身に担う存在になろうとは――。

2

七八年、七九年、とエロ劇画＝三流劇画がその内容と存在意義において、既成の劇画ヒエラルキーを解体し、一躍最前線に躍り出たことに困惑し、事の本質を理解せぬまま見当外れの難癖をつける連中が存在する。この間のわれわれの作業の反動形成として産み出されたかれらの見解は断固として踏みにじって歴史のクズ籠に投げ捨ててやらねばならない。エロ劇画の昂揚を単なる一時のブームとしてしか把えられず、いずれ風化するさとタカをくくっている頓馬や、日陰の文化が表通りを闊歩するようになったと露骨に不快なツラを見せる連中に対しては、われわれはさらに露骨に、彼らの股座に思い切り強烈な蹴りを一発いれてやろう。

いいか、こころして聞けよ！　この間のエロ劇画＝三流劇画の活況はな、決してお祭り好きのマスコミが火の気の無いところに煙をたてたものでもなければ、劇画状況の停滞、不振故の相対的浮上によるものでもない。ましてや、いままで三流に貶められていたものが二流、一流へと成り上がろうという上昇志向によるものではさらさらない。

エロ劇画、三流劇画であるということの制約、すなわち――零細出版社が低コストで確実に利潤を挙げられる安直な手段としてのエロということを、そのそもそもの発生から義務づけられ、低コスト故の劣悪な条件、つまり安い原稿料のため著名劇画家は使えず、誌面に登場する劇画家たちも採算を取るために無論アシスタントの一人も有していないという状態や、編集サイドにしても人件費節減のため、一冊の雑誌に担当編集者一人などというのはまだマシな部類で、一人で二冊、三冊も当たりまえという事情――こうした一切の制約を逆に武器へと転化していったことが、われわれの陣営の爆発の導火線となったのだ。

ともかく女の裸を描かねばならないという第一義的な制約は、つねに読者の生々しい欲望に編集者と劇画家を向き合わせることになったが、そのことが逆に、技術の高度化ということがともすれば招きがちな無機的なものへの転落を防いだ。

と、同時に、意識的な編集者、劇画家ほど陥りやすい同人誌的な、あるいは一部好事家相手的な、あるいはガロ的な姿勢への傾斜に歯止めをかけた。

劇画家に課せられた悪条件は、現在のプロダクション的、分業的作業行程によって産み出される作品群とは明らかに異質の、劇画発生時の作品に近似した奇妙なまでに生々しい感情の表出を促すこととなった。この辺の事情は編集者にしても同様である。編集会議や、マーケティング・リサーチを通しての最大公約数的編集とは一線を画した雑誌編集がそこでは行われていた。編集者のナマな焦りや怒りが直接誌面に反映していってしまうような雑誌作りが。

　こうした、一歩間違えば、当事者を憂うつに、そしてイジケタ心にしかねない要素を最大限にまで利用し、逆転させたものが、われわれの三流劇画ムーヴメントであったということ――このことをハッキリと宣言しておこう。

　ムーヴメントという言葉をあえて使ったことに見られるように、われわれの作業は極めて目的意識的な、おそらく劇画史の流れにおいて初めて登場した意識的な試みであったはずだ。カッコつきの意識的な試みなら過去にも幾つかあっただろうよ――『ガロ』とか、『夜行』とかな。だが、いままで何度となく指摘してきたように、前者はまさにインテリ・スノッブの極めて自然発生的な上昇志向という性格を深く刻印し、後者は言葉の最悪なレベルでの知識運動の閉ざされ、屈折し、いじけた心性によって支配され、両者共に、状況の流れに棹さす闘いを展開できなかったことは周知の事実である。

　無論どのジャンルにも見られるように、エロ劇画においてもその九割以上はルーティンワークの産物である。しかし、僅か数パーセントにすぎなくとも一群の劇画家、編集者が明らかに劇画の新しい領域に向けて歩を進めたことが重要なのだ。正確な状勢分析と鋭い直感、そしてなによりも劇画への深い愛情によって、われわれは第一歩を踏み出したのだ。

3

　われわれに対する反動形成の顕著な傾向として、次のようなものが存在する。エロだからよい、三流だからよい、そして日陰の存在だからよいというエロ劇画理解がそうだが、これはこのジャンルの可能性を圧殺しようとする悪質な囲い込み以外の何物でもない。

　三流であること、エロであることは、決してそれ自体では力になりえない。一流誌には馴染むことのできない下層大衆の心性によってこの種の雑誌は力を保証されていると評論家が上品に語ろうと、「こういう雑誌はな、土方(どかた)が読むんだよ、土方が。それを考えて編集しろよ、おまえら！」と十年一日の如き意識の編集者が下品に喚(わめ)こうと、これらの劇画理解のレベルは同じである。それはちょうど、妙にモノワカリのよい社会学者や評論家が、劇画はあの荒々しさ、俗悪さ、稚拙さこそがたまらない魅力です、と猫撫で声で語るのと、低俗でキタナラシイから劇画は嫌いだという発言とが表裏一体の関係であるのと似ている。

　これらの劇画理解に共通するのは、三流劇画＝エロ劇画の読者は社会的に虐げられた層であるという短絡的な発想である。そして、その発想を支えるものこそかれらの現実から疎外された心情であり、それとイコールな悪しき、古典的な劇画との接し方、すなわち、自己の跪弱な観念を単に投影するものとしてしか劇画を理解できぬ倒錯した意識である。この倒錯は架空の読者＝大衆をデッチ上げていく。そして、行き着くところは、劇画の一国主義的な理解である――少年マンガは餓鬼が読んでりゃいい。少女漫画は娘っ子だけが読むものだ、そしてエロ劇画は貧しい労務者がマスをかくために読むという粗雑な認識である。いい年こいた大の大人が少女漫画を読むとは何事か、という見当違いの発言がここから出てくる。

たとえば、こうしたエロ劇画囲い込みの典型として権藤晋という男がいる。「七、八十種類に及ぶ俗悪マンガ誌を店頭販売している」という権藤の体験によれば「現実には、沢田竜治や山崎享らの作品は、数量的に、彼らが熱いカッサイをおくっている清水おさむや村祖俊一らの作品よりは売れているのである。彼らは、沢田や山崎の読者をも馬鹿にするのだろうか、この程度のエロで満足しているようでは、資本の犬にすぎないではないか、と。私は残念ながらそういう考えをとらない。ことは、すべてそう楽天的には運ぶものではないと確信しているからである。」（別冊新評・石井隆の世界「〈劇画史〉のなかの石井隆」）

人間はどこまでも破廉恥になれるということの好サンプルである。まずハッキリさせておこう。俺は沢田竜治や山崎享らの作品を、ましてやかれらの読者を一度たりとも批判したことも馬鹿にしたこともない。だから、資本の犬云々の個所ではあいた口がふさがらなかった――この男は、ひょっとしたら誇大妄想狂ではないか。もっとも、論敵が言ってもいないことをデッチ上げるのは権藤の習性になっているようだ。

先の引用文の前後にも「『三流劇画全共闘』を自称する亀和田氏ら」とか、「石井作品や三流劇画を盾に、『反権力』を唱えてみたところで一体何がはじまるというのであろう。」といったまったくの嘘を書き連ねているのだ、この男は。三流劇画全共闘だって、よしてくれよ！ 十二の歳からSFファン、十八からはデモ通い、三十になったいまじゃパンクと猫のニュー・ファミリーというシティ・ボーイの典型のような俺をつかまえて、よくぞ言ったな。いまどき、そんなハヤラネエ、ダサイ言葉を使うか、馬鹿！ 反権力云々も同様――そうした傾向にもっとも手厳しかったのが俺だというのを知らなかったのかね。そうしてみると、沢田、山崎の作品が清水らよりも売れているという個所もガセ臭いが、まあいい、その通りだとしよう。

しかし、ではどうだというのだ。俺は自他共に認める是々是々主義の男だから、沢田、山崎の作品が悪いとは少しも思わない、うん、案外巧いんじゃない、アレはアレでいいよ、というのが素直な感想である。しかし、しかしだよ、沢田竜治や山崎享の本が何十万、何百万売れたといって何がどうなるというのだ。かれらの作品のどこに、明日に希望をつなぐ可能性がある。それにしても、売り上げ部数でくるとはね、呆れた男だ。いままでの自説を百八十度曲げるような発言じゃないか。今後、二度と評論家風を吹かすんじゃないぜ。——ところで、権藤よ、『夜行』の部数は一体何部だね。

エロ劇画がどんどん加速度的に面白くなっている——この現象を主体的に担っているのは、決して沢田や山崎の作品ではない。『劇画アリス』『漫画エロジェニカ』『漫画大快楽』『漫画ハンター』等に掲載される井上英樹、飯田耕一郎、清水おさむ、そしてつつみ進らの作品こそがエロ劇画の隆盛を支えているのだ。

確かに、かれらの作品に石井隆の影は濃く落ちている。石井隆という偉大な才能が登場しなければ、今日のエロ劇画の昂揚はありえなかったという見解は一面正しい。しかし、石井隆の作品をエロ劇画の突然変異種のように位置づけ、矮小なレベルの作家論へと収斂させていく試みは粉砕されねばならない。石井隆の作品に脈々と流れるエロ劇画、そして青年劇画の流れを無視しては充全な石井劇画理解とはいえないのだ。

当初、テクニックの面では榊まさる、画面の背後に漂う雰囲気においては石井隆の影響を色濃く宿していたエロ劇画は、いまそれらをも消化し、既成の劇画手法の約束事の解体に着手した。たとえば、井上英樹を見るがいい。コマ割りの斬新さ、毎号試みる新たなテーマへの挑戦——井上の作品にわれわれが認めるのは、ここ数年青年劇画を支配してきた劇画家、編集者、読者三位一体のナレ合いの構図への叛逆と、さらにそれを突き抜けた劇画の原点への回帰志向、すなわち、いまや他のジャンルの作品群からは喪失してしまった劇画勃興時のみずみずしい感動への強烈な志向である。

われわれが切り開いた新たなる劇画の地平とは、劇画を単に技術の問題にも、意識の問題にも還元することなく、両者のせめぎ合いとして、融合されたものとして理解する立場である。そして、そのことを支えるのが、先験的に劇画に存在するかのように錯覚されていた力なぞではなく、劇画家、編集者、読者の三者による強力な目的意識的な志向性に他ならないという、単純な、しかし力強い事実である。

ロングインタビュー

劇画は、どこまで行けたのか？

◉インタビュアー・赤田祐一

――「劇画アリス」という雑誌について、いろいろお伺いしたいんですけれど。前史がありますよね。「劇画アリス」に至るまで、という……。

明文社

――そもそも亀和田さんは、明文社という会社にいらしたんですか？

亀和田　僕はね、学校を卒業して、卒業した年の秋に明文社に入るんですよ。明文社はね、実話系の出版社の中では最大手だったんですよ。社員全部で五十人近くいたんじゃないかなあ。

――たいしたもんですね。

亀和田　うん。だから当時、社員は冗談で、「実話雑誌界の文藝春秋」って言ってましたけどね。編集だけで、三十人くらいいるような出版社で。人数的には、群を抜いて大きな実話出版社でしたね。新宿の歌舞伎町の裏のほう。鬼王神社と言ったかな。新大久保寄りのほうに会社はあったんですけど。そこに入って。だけど、半月でクビになるのかな。

――入社した経緯というのは。

亀和田　普通に、朝日新聞かなんかの求人広告を見て、試験を受けて、入ったんですけどね。その時の先輩社員が、目黒孝二（評論家・北上次郎の本名）だったんですよ。彼が「本の雑誌」を出す、数年前です。

たった半月間の明文社勤めだったんですけど、その時に椎名誠さんにも会ってます。目黒孝二は隣の編集部にいたんです。ひとつの編集部が三、四人。その人数で隔週発行の実話誌を一冊、編集していた。

――どんな雑誌を作ってらしたんですか。

亀和田　タイトルなんだっけなあ……ほとんど思い出せないけど誌名も内容もほんとに牧歌的な実話雑誌ばっかだったという印象がある。

あそこで一番売り物だったのは、歴史のある「実話と秘録」かな。それが当時で既に十年以上の歴史があるような雑誌で、部数も出てたと思いますけどね。そういう雑誌を明文社は七、八冊ぐらい出してたんじゃないですかね。

それで明文社に僕は入ったんですが、結局、半月でクビになっちゃったんです。明文社は、蛇の道は蛇みたいに、取締役に警視庁を退職したような、天下りの警察ＯＢがいるんですよ。それで発禁になりそうなとき、お目こぼしをいただこうっていう、そういう人間がライター兼取締役みたいな役職でいて。

——むちゃくちゃですね。

亀和田　うん。それで、僕が入るずっと以前までは、会社もいい加減で、新入社員の素行調査とか、そういうのも一切しなかったんだけど。一、二年前に、そこの子会社でちっちゃな取次会社が神保町にあって。そこで、ブントの中のあるセクトが労働争議を起こして、会社占拠闘争みたいな、激しい闘争をやった。社長のうちに糞尿攻撃を仕掛けたりとかしたんですよ。

それからそういうことに対して非常に神経質になって。新入社員の素行調査というか、前歴照会をするようになったらしいんです。さっき言った元警察ＯＢを使って、新入社員の素行調査というか、前歴照会をするようになったらしいんです。

だから僕は入社して半月たった時に、編集局長に朝呼ばれて、「ちょっと、ちょっと」と言われて、「なんですか」と訊いたら、「君は昔、学生運動やってたらしいね。しかも過激派のセクトに入って。それが分かったんだ」っていう話で。

松本清張の小説みたいな話ですけどね。それでクビになった。

——問答無用ですか。

亀和田　うん。それに僕も、もうそういうことで抗議する気もぜんぜんなかったんで、不当解雇じゃないかって怒るようなかんじもなくて、クールに「ああ、そうですか、分かりました」って言って、半月分の日割りにした給料をもらって、「どうも」と言って帰ろうとしてエレベーターに乗ろうとした。そうしたら、営業課長の人が、かなり年上の方ですけれど、その人が「亀和田君、亀和田君。ちょっと待って」って言って。一緒にエレベーターを下りてきて、そして「いやあ、君みたいな真面目な人が、こんなことでクビになるのは、しのびない。理不尽すぎる」というような、非常に好意的な勘違いをしてくれて。

それで、自分の友人で同じ業界の営業仲間の知りあいというのが、檸檬社という会社の社長の娘婿になっている。ちょうど誰かいい編集者はいないかというような話をちょっと前に聞いてて、「君、そこはどうだろう。うちの会社と較べるともっと何分の一かの、十五人ぐらいのちっちゃな会社だけど、そこで良ければ紹介したいんだけど」という親切な申し出があって。それで檸檬社に行くんですよ。明文社に二週間、それから檸檬社。

——明文社にいらしたのが一九七四年ぐらいの話ですか？

亀和田　そうですね。七四年の秋ですね。七四年の十月くらいじゃないですか。

「漫画大快楽」

――それで、檸檬社に入社して、「漫画大快楽」の編集者になるわけですか？

亀和田　いえ、檸檬社に入社して、一年ぐらいは実話雑誌専門でしたね。

　檸檬社は、その頃、実話雑誌を二、三冊、それからグラフ雑誌。実話とヌード写真をミックスさせたような雑誌が二、三冊。それからもう一つ、本家「奇譚クラブ」を真似た「風俗奇譚」という雑誌を出していた。要するに、典型的な、オリジナリティのない実話出版社だったんですよ。

　大阪の「奇譚クラブ」というのは、ちゃんと一本芯の通った変態雑誌のポリシーがあるとこなんですけど。それを真似て、一応なんか、SM、変態、風俗、全てをミックスした、「奇譚クラブ」をすごく水で薄めたような、そういう雑誌を出しているような会社だったんです。その「風俗奇譚」は、社長が自分の責任編集みたいな形でやってました。

――檸檬社では「漫画バンバン」（七六年創刊）という雑誌も、「大快楽」の前に関わってらしたみたいですけど。

亀和田　「大快楽」がそこそこ売れたので、その後ですね、「バンバン」は。僕もそこらへんの経緯って、全部忘れてて、本の雑誌社で大昔に出した「マンガは世界三段跳び」という本を、さっき読み返して、それで思い出したんですけど。

　当時は、さっきも言ったように、基本的に実話誌がエロ本業界の主流だったんです。それで、実話誌が、七〇年代のなかばで頭打ちになっちゃうんですよね。新樹書房の「漫画Q」みたいな突出した泥臭いエネルギーの異色な実話誌はあったけど。他の雑誌って、本当に、どうしようもないほど……。

――旧態依然。

亀和田　うん。やっぱりその当時の風俗世相と、十年は遅れてるっていうかんじで。それで、一気に、全部どこも潰れていく。明文社なんかも僕が辞めて一年するかしないかのうちに、アッという間にダメになっちゃった。全部廃刊とか、いうふうになっていって。

　それで檸檬社の社長っていう人は、とにかくポリシーのない人だから、「どうも実話雑誌はもうダメだ」と。「ついては最近、どうも漫画が売れてるらしい。だから漫画雑誌を、君たち出さないか」って。

　それまで檸檬社では、漫画だけの雑誌って、なかったんですよ。それで、まあ他の

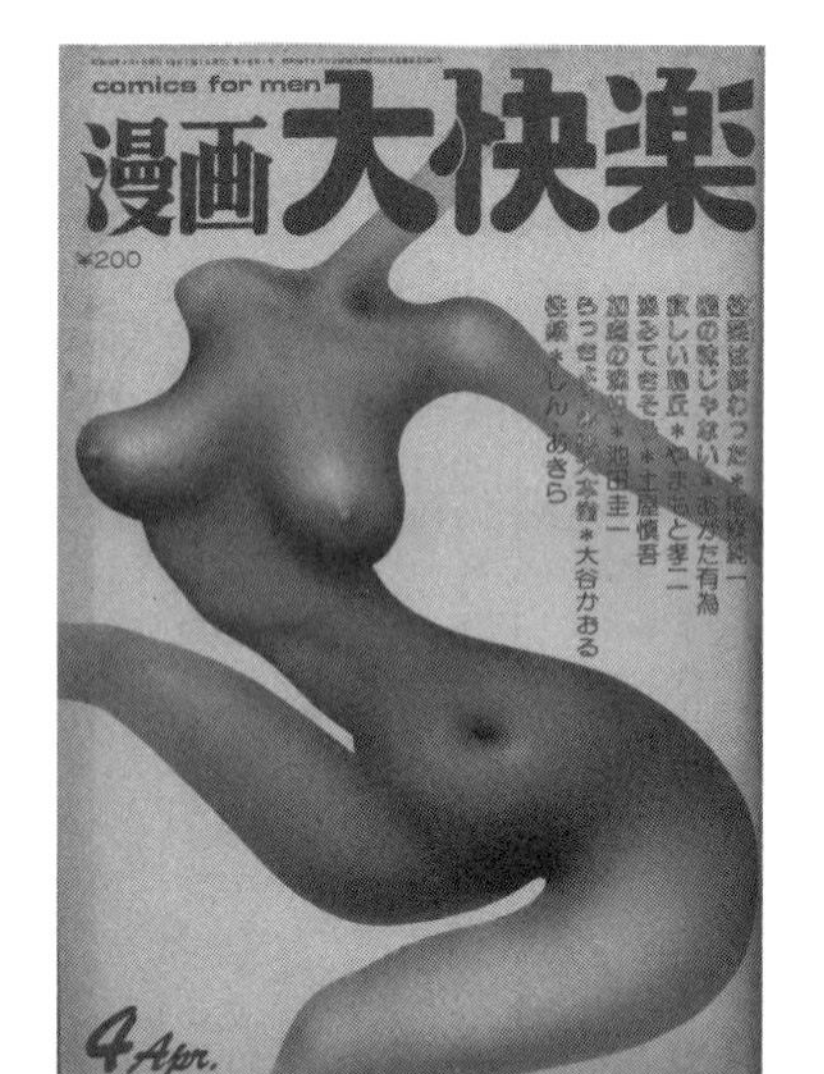

雑誌と掛けもちなんですけど、三人ぐらいで、始めたんですよね。それが「漫画大快楽」。僕と、それからその後、辰巳出版とかでいろんな劇画誌をやることになる小谷哲君と、あともう一人三浦君という、この人は、信州大で猪瀬直樹の後輩だった人で、彼の紹介で檸檬社に入ったんですが、この三人で、最初やってましたね。

――「漫画大快楽」って、亀和田さんのネーミングなんですか?

亀和田　そうです。

――いいネーミングですね。

亀和田　そうですか。あの誌名なんかは、SFマニアの発想かな。横田順彌や鏡明といったSFファンはなにかにつけて面白がって、「大冗談」とか言ってた。なんでも「大」という字をつけると面白いというような、SFマニアの言葉遊びがあって。

だから雑誌名の候補リストを出した時に、「大」をつけたのを幾つか出したんですよ。

当時「漫画エロトピア」の姉妹誌だったと思いますけど、「漫画快楽号」というのがあって、たぶん、その「快楽号」のパロディの意図もあった。社長のOKが、どのへんの評価で出たのかわかりませんが。

――創刊号は売れたんですか。

亀和田　どうだろう……一応あれだけ長続きしたんだから、そんなに悪くはなかったと思うんですけどね。だからそこそこの採算ラインに乗って。で、一年ぐらい「大快楽」が出た時点で、これは行けるというんで、じゃあ「もう一冊出せ」って言われて。そして「漫画バンバン」という雑誌を出した。「大快楽」を、もう少しマニアックにしたかんじの雑誌だったな。(中略)

ポップカルチャー

――当時、亀和田さんは、エロ出版物に対するコンプレックスみたいなものは……。

亀和田　ああ、僕、全然ないですよ。これは何かの折りにわりとマジに考えたんですけど。僕は全部、基本はポップカルチャーなんですよ。僕にとっては、学生運動もエロ本もSFも劇画も、全部ポップカルチャーだった。その点では、全くジャンルに貴賤なしっていうか、そういうかんじでしたね。そういったものすべてが、ポップかどうかっていうのが、僕にとっては重要な判定基準で。そういった意味だと、エロっていうのは、いかようにもポップになりうるというかんじがしてた。

だから、そこまで言いきった人はいないと思うんですけど、学生運動っていうのも、僕はやっぱりあれはポップカルチャーだったっていうふうに今でも思ってる。運動やってた当時は、さすがに声を大にして言えなかったけど、自己表現としては、これはポップ以外の何物でもないだろうっていうかんじがしてた。つまり、皆が言うような、いわゆる共産主義的な学生運動とか、ベトナム人民と連帯してとか、そういったものではないだろうっていうふうに、当時から思ってましたけどね。

　そういう点ではね、エロというのは、充分にやりようによっては、いくらでも面白い展開ができる。メディアそのものとしても、ポップになりうるし、自分の編集者としての自己表現としても、けっこういろんなことが出来る可能性を秘めたジャンルじゃないかなというかんじがしてましたね。だから、最初に、明文社の試験受けて入る時から、割と志願兵的に、この世界っていうのは、けっこう俺の肌に合ってるなっていうかんじがしてた。

　そこまで意識的に皆考えてたかどうか分からないんですけど、ちょうど僕なんかがあの業界に入っていった時期から、ああいうエロ出版社の編集者の、編集に携わる人間達の意識というのは変わってくる。新しい層が。

――団塊世代ですね。

亀和田　うん。一気に体質が変わったんじゃないかなってかんじしますけどね。

――それまでの、明文社の上司とか、檸檬社の上司っていうのは、やっぱり六〇年安保の世代ですよね。

亀和田　そう。だから屈折した文学青年とか映画青年が多くて。自分は、たとえば早稲田の文学部とか出て、本当は純文学なり何なりをやりたかったんだけど、みたいな。自分で書くにしても編集するにしても、あるいは映画撮りたかったとかね。それが現在は志ならずだけど、いつかはそういうことをやりたい。文学なり映画なり、なんかそういう芸術をやりたい、と。それで、とりあえず日々の糧を得るために、今、エロをやってるという、そういう人は多かったですよ。だから、かなり屈折した、身すぎ世すぎというかんじでね。二言目には、吉行淳之介も、昔は三世社（現・東京三世社）の編集者だったんだよな、というのが彼らの口癖で。

　それが、僕らの頃から、やっぱり一気に変わっていく。ちょうど編集者の資質が変わっていくっていうのと、実話雑誌が軒並み頭打ちになって。なにか他の漫画なり何なりが求められたというのと、そういったことがちょうど一致したっていう背景があるんじゃないですかね。

――「漫画大快楽」は、一九七五年創刊だと思うんですね。七七年くらいまで、二年間くらい「大快楽」の編集をなさってたってことですか。

亀和田　そうですね。たぶん一年半かな。そんなもんじゃないかな。（中略）

――「大快楽」で面白いなと思ったのは、漫画もけっこう面白かったんですけど、読者ページの隅に、編集者の発言があったんですよ。

亀和田　あー、ありましたねぇ。

——編集後記と、プラス、エロ劇画家および漫画業界のゴシップみたいなのがあって、それが面白かったですね。つまり、一読者として読んでると、エロ劇画の内部にいる人が、どんな意識で作ってるかとかいうのが、ぜんぜん分かんないんですね。僕なんかも、当時高校生ぐらいだったから。

だから、こういうエロ劇画雑誌に対して、かなりの偏見が自分にはあって。やっぱりヤクザっぽい人とか、怪しげな人たちが、屈折したものを心に秘めながら、劇画誌などを編集してるんじゃないかと、ずっと思ってたんですよ。

ただ「大快楽」を読んでると、萩尾望都のことや「COM」とか「ガロ」や宮谷一彦のことに触れていたり、劇画家のゴシップがあれこれ書いてあったりして、読むと、やっぱり漫画好きの「COM」「ガロ」世代の人が、この雑誌を作ってるんだなということが、そういう文字ページの情報から、うすうす分かってきたんですね。

亀和田　なるほどね。

——それで、だんだん、ある種のエロ雑誌コンプレックスというか、そういうものがとれてきたような気がするんですよ。

亀和田　あそこらへんの活字ページというのは、飯田耕一郎に書いてもらってたと思う。小谷君も、狭義の漫画マニアっていうタイプじゃないんだけど、マニアックな要素がある人だし、とても頭の回転のいい人なんでね。だからあとは、二人がだいたい暗黙の了解で、お互いの自分の一押しの漫画家を、どういう割合でバランスとって誌面に掲載していくか、その調整作業をスマートにやっていけばOKだった。

たとえば安部慎一なんかは小谷君の推薦で。さっき名前が出たじょうづかまさこなんかは、僕なんかの選択だったかな。そういうかんじで、お互いあんまり喧嘩にならない程度に、自分の趣味を出していくというかんじだったんですよ。

——その活字ページというのが、文体も含めて、妙に面白くて。あれは、もしかしたら、昔「読者ロータリー」とかありましたよね。「ヤングコミック」で読者の意見や希望やカットを載せていた。ああいうページの影響もあったんですか。

亀和田　そうそう。やっぱり「ヤンコミ」の存在って、大きかったですね。「ヤングコミック」自体もそうですけど、筧悟（かけいさとる）さんという方が副編集長だったころの、筧「ヤンコミ」時代のカラー。あの影響って、ものすごくありましたよ。

——平岡正明の「アフターアワーズ」という巻末コラムも、デザインも含めて「ヤンコミ」の須藤久の「テレビ番外地」を連想させますが。

亀和田　そうそう。まったく、あれは「ヤンコミ」の二番煎じです。

だから話は、あとの時代になりますけれど、あとで筧さんから、七九年かな、石井隆の「女地獄」という特集本が「ヤンコミ」から出ますよね。その中でも特にすごく立派だった銀色の表紙だったかなあ。

——第四集ですね。「性の吃音者たち」って評論、書いてらっしゃいましたね。

亀和田　あれで、石井隆について評論書いてくれっていう依頼が、筧さんからじきじきにあった時は、やっぱり感激しましたけどね。自分が劇画編集者として、一番影響を受けた人から、直接、そういう原稿依頼があったっていうのはね。だから、「大快楽」の読者ページは、明らかに「ヤンコミ」の影響というか、模倣ですよね。

アリス出版

――それから檸檬社を退社なさって、アリス出版に入るわけですけど、亀和田さんは、アリス出版創立時のメンバーでしたよね。

亀和田　うん。それは小向一実さんという、僕の檸檬社での先輩社員、年は同じか一つ上ぐらいなんですけど、僕の一年ぐらい前から檸檬社にいた人がいて。その彼が、檸檬社に早々に見切りをつけてというか、バイトやってたのかな。それまでは薬局とか雑貨屋の店先にある雑誌スタンドに専門的に納めていた東京雑誌（当時の自販機取次のひとつ）が自販機を、ちょうどバーッと全国展開で出していくっていう時で。

　そしてその時、今までの既成の雑誌を自販機の中に入れてても、そんなに利ざやは大したことない。つまり、「少年ジャンプ」が、あの当時、一五〇円とか一八〇円とかで。それが売れても、利益は一割か二割なんです。自販機を持ってるところに入るのが。一八円か二〇円か、そんなもんなんですよね。それならば、五〇〇円のヌード雑誌を自前で作って、自前で配給しようと。二〇〇円の原価で作れれば、一冊三〇〇円の利益が出る。そうすると「少年ジャンプ」が一〇冊、二〇冊売れたのと同じだけの儲けがあると単純なことに気がついて。

　そして、小向さんに、最初は個人でアルバイトでやらせて、それで月一冊作ってたのかな。そして、それが軌道に乗りはじめたんで、彼は檸檬社を辞めて、東京雑誌の出版部を一人で始めるわけですよね。

上／『漫画大快楽』1980年1月
中／『女地獄』1977年1月24日
下／『漫画エロトピア増刊』1976年5月

小向さんは器用な人だったんで、編集だけじゃなく写真も撮って。モデルクラブに電話して、自分がカメラマンとレイアウトやって。それで月に一、二冊ぐらい写真集を出して行くっていうのをやったんですよ。それが、けっこう儲けになるとオーナーのほうも気がついた。それで、じゃ、出版部門を独立させて、もっと人も入れて雑誌社を作ろうという話になって、それで僕に声がかかった。

だから、あれは七六年の夏だったな。僕と、その小向さんと、それからあと経理の女の子とたった三人で、アリス出版を始めるんですよね。

――アリス出版という社名も、亀和田さんのネーミングだというふうに聞きましたけど。

亀和田　そうです。最初はね、平和出版という名前だった。なぜ平和出版かと言うと、池袋の北口に平和通りっていうのがあって。当時会社があったのが、平和通りの入口なんですよ。それで小向さんがエイ、面倒だ、平和出版にしちゃえっていうふうに付けたんですね。そしたら、お茶の水に、やっぱり実話系の古い出版社で平和出版というのがあって。そうすると、会社登記する時に、やっぱり同じ表記では、駄目なんですよね。それで、立ちあげをする時に、会社登記しようとしたら、クレームつけられて。

それで、「なんか会社の名前考えてくれない」って小向さんに言われて。それがきっと会社に入った日の、最初の仕事だったんじゃないかな。それで二十か三十、ワーッと名前を適当に出してって。いい加減につけた名前の中で「アリス出版」というのが通って。「ああ、これいいね」って小向さんが気に入って。それで、ですね。

――ルイス・キャロルの小説から……。

亀和田　そうですね。でも、いい加減な思いつきばかりで。ビザール出版とか、バタイユ書房とかね。そういうのも僕、確か書いたと思いますけどね、その中の一つですよ。

――なんか、ビートたけしが「アリス出版！」って叫ぶギャグにしてましたよね。

亀和田　そう。あれは七九年から八〇年にかけてだから、ちょうどマンザイブームが始まったその頃ですね。オールナイト・ニッポンの、一番勢いがあった頃に、ビートたけしが意味なく、「張作霖！」とか「マレー・ローズ！」「ジョン・コンラッド！」「Kとブルンネン！」とか、なんか訳の分からない固有名詞を言う。それでその時に「アリス出版！」って叫んだりした。（中略）

――アリス出版を立ち上げると同時に「劇画アリス」を創刊なさったんですか。

亀和田　そうじゃないんです。アリス出版を始めて、それから「劇画アリス」に行くまでに一年ぐらいありますね。

――それまでは、通称「六四ページ本」って呼ばれるヌード雑誌を作ってたんですか。

亀和田　うん。それを社長と僕と、それからあと、半年ぐらいたって一人、新卒の日大の芸術学部の写真学科を出たという、またこれがぜんぜん箸にも棒にもかからないような、親会社から縁故採用でむりやり押しつけられた新人が一人入ってという体制で。そこらへんからですね、アリス出版の社員が、半年に一人ずつぐらいの割合で増えて行ったのは。それで、最初のうちはB5判六四ページの写真集だけをやってて。

　そして、一年とか一年半ぐらいたったところで、小向さんが、アリス出版の今後の方向性として「他のものも出して行かなくちゃいけない」というのを打ち出したんですよ。「六四ページの写真集だけじゃ、未来がないだろう」っていうのが一つと、それからあと、僕に対して「亀ちゃんは、もともと漫画マニアなんだから、自分の好きな雑誌もやってみたら」という、一応彼の心遣いと、ということですね。その二つで。

　だから、確かね、親会社の東京雑誌から渡される制作費っていうのは、一冊あたりだいたい決まってるんですよ。たとえば一〇〇万とか八〇万とか。そんなになかったな。全部、軒並み、だいたい均一なんですよ。五〇万円とか。

　たとえば五〇万、もし渡されたとしたらば、それを三〇万で制作して、残り二〇万円で、アリス出版の純益にしていく。要するに、僕らの勝手にしていくっていう、そういう形をとってた。

　そういったことで行くと、「劇画アリス」は、最初から、その制作費の枠では原稿料を払っちゃうと、トントンなんですよね。だから、編集する雑誌が一冊増えたからと言って、それが僕らの利益増にはならないという事情があって。そういった意味で、僕としては、なんとなく心苦しいなっていうところがあったんですよ。

　だから、「劇画アリス」を立ちあげる時に自分で考えたのは、小向さんにも言ったのかな、ともかく半年のうちになんらかの形で、この雑誌を出したということの意味が出る、そういった成果を出せる雑誌にしたいなというのがあったんですね。

　つまり、この雑誌の存在意義みたいな、自販機本というメディアの存在が主張できるような、そういったものを目指したいなというのが最初から目的意識にあったんです。それで、最初に意識的にやったのが、「本の雑誌」の原稿ですね。

――「劇画アリス」とシンクロさせる形で、記事を書いたりしてたという。

亀和田　そうですね。それが思った以上に反響があって。そしてたぶん赤田さんと同じように、それを見てインパクトを受けたという形で、「プレイガイドジャーナル」（大阪で出ていた情報誌）の小特集が組まれた。そこからマニアの間では、一気に「三流劇画」が浸透していきますね。（中略）

エロ劇画御三家

――僕の話になっちゃうんで恐縮なんですが、自分が三流劇画というのを知ったというのは、さっきの読者ページの話じゃないけど、最初は活字情報を通してなんです。「本の雑誌」なんですよ、最初は。

亀和田　そうですか。

――当時、自分は高校生だったんですが、学校が立教高校と言って新座市にあるんですね。だから、池袋が中継ステーションみたいになって。それで、今でもありますけど、芳林堂という書店が当時けっこう面白くて、「ハッピーエンド通信」とか「ムービーマガジン」とか、割とミニコミと言われるようなマイナー系の出版物が、たくさん置いてあったんですよ。そこでいつも、立読みとかしてたんですけど。そこで初めて「本の雑誌」という存在も発見して、「へぇ……」と思って。最初に見たのが、「マンガはどうなっておるのか」みたいな特集号で。

亀和田　第八号だっけ。

――ええ。それがほんとに面白かったんですよ。そこで亀和田さんの文章も、飯田耕一郎さんの存在も、初めて拝見したと思うんですね。

亀和田　そう、「本の雑誌」で漫画の特集をやるっていうので、その少しまえに再会して、付きあいが復活した目黒孝二から何本か原稿書いてくれないかっていわれて。それで、あの時に、無署名で、短いのを三本書いたんですよ。だから、あの頃から、意図的に仕掛けはじめたんですけど。

――それが面白かったです。すごく。「エロ劇画？　それでけっこうじゃないか」っていう文章が面白かったですね。

亀和田　そう。あの時からだね。あれが最初の、僕がいわゆるエロ劇画、三流劇画に対して、意図的にムーブメントをやって行こう、自分がスポークスマンになっていこうということをやった最初が「本の雑誌」だったんですよ。あれはたしかに予想した以上の、ものすごい反響があったんです。

――「石井隆は青年劇画十年の総決算である」とか。つげ義春と石井隆と接続しちゃうみたいな発想には、しびれました。

亀和田　自分で言うのもなんですけど、内容はともかく、コピーライター的な煽り文句の巧さは、あったかもしれない。

だから、「本の雑誌」には少ししてからもう一本「エロ劇画誌御三家を知っているかい？」というのも書いた。その原稿で、「アリス」「大快楽」「エロジェニカ」というのを「エロ劇画御三家」としてひとまとめにしてキャッチフレーズを作ったわけです。あんなこと、実際は誰も言ってなかったわけで、あそこで勝手にでっちあげたわけなんですけどね。でも、翌月には、マスコミ関係者や活字好きの連中が「エロ劇画の御三家」ってあるらしいね、と噂になってる。

――それで、気づきました。世の中には三流劇画という世界があって、ああ、こういう見方が、エロ劇画に対して出来るのかっていう。なにより自分は当時のエロ劇画に対して、漫画マニアの体臭っていうか、そういうにおいを強烈にかんじたんですよ。それは「ＣＯＭ」の「ぐらこん」という投稿ページに近い感覚なんですね。僕も漫画、昔からマニアなんですけど。

それで、自分が、高校生の頃ですね。当時高校が、埼玉の新座っていう所にありまして。当時はまだ畑とかいっぱいあったんですね。

で、学校の行き帰り、畑の中の道を通って行くと、自販機があるんです。エロ本の自販機が。そこで「劇画アリス」の九号だと思うんですけど、ボンデージみたいなかんじで、ムチを持ったレザースーツの女性の後ろ姿を角田純男が描いてて。「あっ！これの本だ」と思って、即、買いましたね。それがファースト・インパクトでしたね。それで初めて「本の雑誌」の情報と一致したっていうか。

亀和田　あー、なるほど。「劇画アリス」はね、実際に機械の中に二〇〇円入れて、買った人って、実は少ないんですよ。そんなに部数、出てなかったから。ブームになったとき、手塚治虫さんに、「亀和田君、どこに行ったら劇画アリス買えるの?」って言われたことありました。

――三万部ぐらいですか。

亀和田　三万です。あの頃、自販機は、どの雑誌もあんまり返品率にこだわらなかったんで。写真集も全部三万だったかな。

　要するに、全国にある自販機の台数っていうのが、だいたい決まってますよね。そうすると、ある一誌だけたくさん売れるからと言って、集中的に雑誌を撒くことが出来ないんですよね。だから逆に言うと、「劇画アリス」なんか、実際にどの程度売れてたのか。返品が一割だったのか五割だったのか分かんないんだけど。そうすると、ともかく売れても売れなくても、一応、みんな三万部という、そういう世界でしたよね。

（中略）

――さっきの、九号か一〇号だと思うんですけど。「劇画アリス」を初めて見た印象というのが。表紙が、かっこ良かったですね。今にして分かったんですけど、ジョン・ウィリーというアメリカ人のボンテージ画家（編集者でもある）がいるんですよね。今、「ビザール」っていう誌名で、合本になったアメリカの地下出版雑誌がリプリントされてるんですけど。そこにジョン・ウィリーがいて、それがSM劇画を描いてたんですよ。

亀和田　ああ、そうですか。

――「スイート・グエンドリンの冒険」という劇画で。当時、爆発的な人気を呼んでいたらしい。それがハイヒールとかムチとか、笠間しろうや上村一夫も影響を受けた、すごいポップなSMの絵を描く人なんですよね。それを真似してましたね。

亀和田　たしかに角田さん、ネタ本になるやつは、いろいろ持ってましたね。

――カルトモデルのベティ・ペイジの構図なんかも、表紙に使ってましたしね。当時は、そんなこと分かんないですけど。ポップな表紙で、見ると亀和田さんが革ジャン着て、表二（表紙裏のページ）にアジテーション載っけて、巻頭に玄海つとむの、親子愛憎物みたいなぐちゃぐちゃの漫画が載ってて。次に高信太郎があったりして。

「劇画アリス」は、Sさん（劇画家。現在はエロ劇画業界を離れているので、匿名にした）の倒錯劇画が、一番スゴかったですね。血が飛び、肉がぐだけちって……。

亀和田　そうですね。ぜんぜん垢抜けてないんだけど、パワーというか迫力がすごいね。突出してましたよね。

――あと、すごく不思議なかんじがしたんですけど。「劇画アリス」って、なんていうか。惹句とかアオリ文句とか、あまりないんですよ。劇画誌って、見ると、毎ページあおり文句があったりとかしますけれど、「アリス」は、すっきりしてるんですよね。

亀和田　それはなぜかと言うと、ただ単に、一人で編集やってたから。細かいところまで、手間暇かけられなかったってことで、単にそういう理由なんですけどね。

――あと思ったのが、九号か一〇号に、やっぱり読者の反響が、見開きで載ってたんですね。報知新聞で、「今エロ劇画が花盛り」みたいな記事があって、それについて、編集者が無記名でコメント書いてたりとか。

亀和田　そう、あれは、知り合いのライターで、報知の企画物を書いてる人間がいて。だからさっきの「本の雑誌」の後ですよね。それを読んで取材に来て。割と、今までの古典的なかんじのおちゃらかしたような、まとめ方で書いてあって。こっちがちゃんと丁寧に取材に応対しただけに、けっこうムカッと来たんで、それで書いたんじゃないかな。

――かなり挑発的なかんじで、コメントをつけてたんですね。それ以外に、学生とか読者の便りをいろいろ載っけてて。それがやっぱり、自分と同じぐらいの高校生ぐらいの学生とかのお便りだったんですよ。

さっき話に出たSさんのマニアで、『欲情階級』という特集本を買い逃したけど、その本はどこで買えますか」とか。

亀和田　そういう人はけっこういて、マニアの人が、写真集のほうも、漫画のほうも、わざわざ池袋のアリス出版まで来て、バックナンバー、全部買って行くっていう人がいましたよね。

――だから漫画も、怒りとか、生な感情がストレートに出ていて、高校生の自分には、面白くて強烈だったんですけど。

でも、活字が一緒に載ってることで、自分の頭の中で、像を結ぶことが出来たというか。こういうシーンがアンダーグラウンドにあるんだっていうことが、顕在化して来たんです。だから、文字情報がなかったら、ぜんぜん印象が違ってたかんじもするんですよね。

亀和田　違うだろうね。さっきのボンデージ物の「ビザール」という雑誌の話で思い出したのは、この表二のページの僕自身の写真とメッセージっていう、このアイデアは、あの映画化されたラリー・フリントの「ハスラー」（アメリカのハードコア・ポルノ雑誌）がオリジナルなんですよ。

当時、ラリー・フリントは、ちょうど「ハスラー」で勢いよく出てきたところで。雑誌の最初のほうに、ラリー・フリントがじきじきに、自分の写真と、メッセージを掲載しているページがある。「ハスラー」版の天声人語ね。何書いてあるかよく分からないけど、要するに、今までの「プレイボーイ」や「ペントハウス」なんて、お上品ぶった、ただのヌード雑誌じゃないかっていって。あんなもの、チンポも勃ちゃしないみたいな、挑発的なことを書いていた。そこへ行くと、俺の作ってる「ハスラー」はチンチンがビンビンだよっていうメッセージを、毎号毎号ラリー・フリントは書いてたんですよ。それで、刑務所に入れられたり宗教的な狂信者に銃で撃たれて、半身不随になっちゃったんだけど。

それでアリス出版の親会社で自販機を持ってる会社があって。

――共同（株式会社ＫＹＯＤＯのこと）ですか？

亀和田　東京雑誌っていう。あそこのオーナー一族と付きあいがあった日系二世みたいな人がいて、その人が横田とかの米軍基地を経由して、向こうからエロ本を持ってこれたんですよ。

だからそれで「ハスラー」や「スクリュー」を毎月編集部に持ってきてもらってて。それで、その「ハスラー」のラリー・フリントのメッセージを見たアリス出版の社長の小向一実さんが、こういう調子でやってみないかという、そういうことだったんですよ。それであの表二のメッセージが始まった。

――なるほど。

亀和田　それで、最初は既成の写真を使ってたんだけど、そしたら小向さんが、「いや、どうせやるんだったら、ラリー・フリントみたいに、自分の写真出してやんなきゃダメだよ」って言って。それで、いやいやながらやったという、そういう流れだったんです。世間では、あの表二写真は、僕の自己顕示欲とナルチシズムの発露だという、間違った定説が流通しているようなので（笑）、あえて歴史的真実を記しておきます。

――でも、表二のインパクトって、「官能劇画大全集」でもいろんな人が言ってますけど、やっぱりたいしたもんだなと思いますね。「もう書店では文化は買えない」というボディコピーの下に、角川文庫がたばねられてゴミの日に出されている写真が敷いてあったり。黒人のボクサーが「自動販売機でなぜ悪い」って吠えてたり。

亀和田　あれは僕のブレーンだった親友のデザイナーのアイデアですけど、そういうことで、イメージってずいぶん変わりますものね。

――その文章の中で、初めて三流誌というか、「三流」という言葉を、知ったんです。そういう認識がなかったんで。その定義では、一流っていうのは、小学館の「ビッグコミック」であって、二流が「プレイコミック」。

亀和田　それと「漫画ゴラク」と「漫画サンデー」と「週刊漫画TIMES」。

――芳文社系、みたいな。それで、「俺たちは三流なんだ」みたいな挑発的な言い方をして、ある種、開き直ってやってらっしゃるわけですけれど、あのアジテーションがすごく魅力的だったですね。

　でもね、「三流」っていう言葉は、劇画界のパンクみたいな意味で理解出来るんですけど。やっぱり、ニュアンスというか、誤解される言葉ですよね。普通の人に「三流」って言ったら、ネガティブな意味の言葉じゃないかと。

亀和田　そうですね。かなり意図的にそして戦略的に「三流」という言葉を使ったというのはあるかも知れません。だから、「三流」という言葉の持つ、そういう挑発的なパワーをフルに活用したというかね。

――「漫画エロジェニカ」に対して、当時は、どう思ってるんですか。

亀和田　そうだなあ、「エロジェニカ」、それからあと「大快楽」に関しては、自分とは資質が違う、そういうかんじで。だから、そういった意味では、ライバル意識なんかはなかったですね。あとは、それこそ自分で「エロ劇画御三家」というようなキャッチコピー作ったように、それとどういうふうにうまく戦線を組んでいくか、という戦略ですよね。

――三つぐらい揃うと、目立ちますよね。

亀和田　そうなんです。ムーブメントというか、動きが作れますものね。それこそお店なんかでも、一軒だけだとどうってことないんだけど、似たような店が三軒バーッと集まると、そこが「なんとか街」っていうかんじで目立って。だから束になると、やっぱり違いますからね。そういう形で、やっていけるものだったらやっていきたいなという、そういうかんじでした。

そしてもうひとつ、僕と「エロジェニカ」の高取英とのケンカ、あれは一体どういうことだったのか。興味のある人もいるかと思うので、事実経過だけ簡単に話しておきましょうか。

――お願いします。

亀和田　三流劇画ブームが盛り上がったときに「漫画エロジェニカ」が、ワイセツ容疑で摘発されます。

――一九七八年の十月ですね。

亀和田　しかし、当の高取は、発禁に関しては、一切ノーコメント。翌月から「エロジェニカ」は裸を描いたコマを、大幅に修正する。これまで賑やかに気炎をあげていたコラム頁も、発禁については、まったく触れない。で、「週刊朝日」とか一部の雑誌や左翼知識人からは「なんだダラシねぇな、このあいだまで威勢のいいこと言ってたくせに腰砕けになって」と。そんな批判や揶揄や嘲笑が、ずいぶん浴びせられた。

――そうだったんですか。

亀和田　高取は、警察の機嫌を損ねるようなことは一言も喋れないわけで、ひたすら口を閉ざしたままです。この「エロジェニカ」発禁について「日本読書新聞」から、僕に原稿依頼がありました。

僕も出来れば、こういう自分の足元に火のつく厄介な事柄に関しては、コメントしたくはなかった。それに、当事者が釈明すれば済む話なんだから。高取英が「警察の不当な弾圧には、徹底的に闘う」と宣言するなり、「スミマセン。いままで偉そうなこと言ってたけど、警察には逆らえません。もう二度とこんなことはしません。ごめんなさい」と頭を下げるなり、どちらかのコメントを出せば済む話ですからね。

――「エロジェニカ」は、旗色不鮮明だったわけですね。

亀和田　というより、ひたすら逃げの一手を決めこんだ。嵐の過ぎさるのを待ったわけです。しかし、僕としてはこれまで「三流劇画」の旗振りをやってきた手前、逃げるわけにも沈黙するわけにもいかない。だから、外野からの批判を覚悟で「漫画エロジェニカ」擁護の論陣を張りました。

――それ、読んでます。「猥褻なぜ悪い？ではない。俺たちは猥褻屋なのだ」という論文ですよね。

亀和田　そう。エロ本屋にはエロ本屋のやり方ってのがあるんだ、と。警視庁にゴメンナサイって頭下げて、また知らん顔してエロ本を作ってりゃ、それでいいんだよ。それが俺たちエロ本屋の職業倫理ってもんさ、と相変わらず、ふてぶてしくタンカを切ったわけです。

――末井昭さんの当時のやり方が、正にそれですね。「ニューセルフ」の発禁とか。

亀和田　それを外野から「権力と闘え！」だの「尻尾を巻いて逃げるのか」だの、無責任なことを言うんじゃない、と。そのとき活字になった唯一の「エロジェニカ」を擁護する文章です。「エロジェニカ」を卑怯者呼ばわりしていた評論家たちも「うん、そうか……」と不承不承ですが、大方は納得しました。斉藤正治だか松田政男さんが「当の三流劇画の世界からは、亀和田氏の屈折と挑発に満ちた文章が発せられただけなのが不可解だった」云々と書いてたな。

――松田政男氏でしたね、それは。

亀和田　そうですか。でもね、それは仕方ないんです。当事者でそこまで意識的に「三流劇画」のムーブメントを考えてた人間は他にいなかったわけで、それを倫理的に批判することはできない、と僕は思ってた。

――なるほど。

亀和田　ところが、僕の「日本読書新聞」の文章に対し、「権力に媚を売った逃亡者的な日和見的な態度だ」みたいな文句を付けてきた男がいた。それが、なんと当の「エロジェニカ」に連載コラムを書いていた人間だから、笑っちゃうんだけど。流山児祥という演劇人です。高取は、「載っけないと殴られるから」と言って、その文章を掲載する了解を取り付けにきたんですよ。これには、さすがに、呆れかえった。流山児祥が何を書こうが勝手だけど、高取には、仁義と礼節ってもんがあるだろう、と思ったわけです。発禁になって、オマワリにペコペコした醜態を晒した「エロジェニカ」を、唯一擁護した文章に「助かったよ」と言っておきながらですよ、今度は手のひら返しでイチャモンを付けてきた文章を載せようとする。切れましたね。さすがに僕も。で、徹底的に、高取の言行不一致ぶりを糾弾する文章を書いた。それが、通常「アリス」と「エロジェニカ」論争、もしくはケンカといわれているものの一連の事実経過で、内容と実態については、これ以上でも、以下でもありません。

　三流劇画論争は、僕と権藤晋や山根貞男ら「漫画主義」同人との論争ですが、その経緯を知らない人は、僕と高取とのトラブルのことかと誤解している。あれは論争の要素ゼロです。

――そのあたりは先述の「官能劇画大全」には、一切触れられてない話ですね。七〇年安保の影響が、十年後にこのような形で吹きだしてきたというのは、興味深い現象ですけど、あまりポップな話題じゃなかったですね。

退社事情

――「劇画アリス」をずっと作ってらして、アリス出版をお辞めになりますよね。そのあたりの経緯というのは。

亀和田　もう七八年あたりから社外の書く仕事が忙しくなって。漫画批評から始まって、一気に雑文の依頼が増えてきた。「SF宝石」「奇想天外」でSFレビュー始めると、その後は「SFマガジン」……というかんじで、加速度的に、けっこう注文が来るようになるんですよ。

――雑誌ライターの仕事ですね。

亀和田　そうなんです。「キネマ旬報」から映画評の依頼がきたり「ミュージッククライフ」や「JAM」、そして「第三文明」にも書き始めたりとか。

　それで、僕も原稿は決して早いほうじゃないから。そうすると、書くことに取られる時間もハンパじゃない。それからあと、会社にね、原稿催促の電話がしょっちゅうかかってきたりとかね。そういうふうになってくるんですよ。

――それはまずいですね。

亀和田　うん。だからそれが、七八年の夏

ごろからかなあ。原稿を書くのに追いまくられるかんじにどんどんなってきて。七九年になって、もっと忙しくなって、どうにも両立が難しくて、夏に会社を辞めたんです。

――なんかSF作家になりたいというか、そういうので時間がほしくて、一念発起して辞めたみたいなことを、何かで読んだ記憶があるんですが。

亀和田　あー、というふうに、当時の「噂の真相」で、板坂剛が面白く書いたんだけど、ぜんぜんそれはないですね。当時、小説を書くつもりは、まだなかったし。マガジンライターやっていて、雑文を書くというのがすごい面白かったので。でも面白かったけど、実際には大変で。

それに、段々といづらくなってくるんですよ。会社の方に、そういう催促の電話がひんぱんにかかってきたりして。

それから、もう一つは、最初のうちは僕がメディアに露出するっていうのは、自販機というメディアの広告塔をやってたっていうことで、けっこう、親会社を含めて、好意的に受けとられてたんだけど。やっぱりほら、だんだんね、さっき赤田さんが聞いたという「この間もテレビに出てたけど」っていう話じゃないけれども。

――「出る釘は打たれる」みたいなことがありましたか。

亀和田　そうそう。やっぱり社内的に、けっこうまずいわけですよね。僕が辞める頃には、アリス出版の社員が十人超えてたんですよね。

――エルシー企画と合併する後ですか。

亀和田　いや、合併する前です。それで編集者が十人ぐらいになってるから。僕なんかは、けっこう毎日チャラチャラと会社やってきて、編集部に顔を出すのは昼過ぎで。あと、自分がいろんな雑誌に書いたり取材を受けたり、そういう色んなメディアに出たりなんかして。それで会社創立の時からの古株というだけで、皆よりずっとはるかに高給を取ってるわけでしょう。

そうすると部下に対してしめしがつかないじゃないか、みたいな冷たい視線があって。そこらへんの問題ですよね。だから、そういった意味ではほとんどクビも同然というかね。

――あ、そうなんですか。

亀和田　うん。だから小向さんからは、いろいろと他の社員の手前、ちょっとまずいからっていうことで。それで、僕もちょうど、居づらいなあという思いがあったんで、「あー、じゃ辞めましょう」という、そういう流れですね。

だから、喧嘩別れっていうわけじゃないんだけど。小向さんのほうも、親会社のほうから、「ちょっと亀和田の行動は目に余るんじゃないか」という指摘とかがあって、ということですね。だからちょうど僕も、そういった意味では、そろそろもう辞め時かなっていうのがあったんですね。

――それで「アリス」の編集を米沢さんと橋本さん、つまり「迷宮」の二人に暫定的にリレーしたんですよね。

亀和田　そう。だから、本当はこれでジ・エンドにしちゃいたいなって思ったんですよ。思ったんだけど、そうしたら、そこらへんが、親会社のほうでは、なかなか計算高くて。
　つまり自販機イコール「劇画アリス」という、図式が出来てたでしょ。だから『劇画アリス』は残しておいてほしい」と言うんです。で、「じゃあ一番いい形で雑誌を残すなら、「迷宮」の連中というのは、一応信頼できる連中だから、彼らに編集バトンタッチさせましょう」という、そういうことで引きつぎをしたんだけどね。

――「迷宮」の編集は、一年あまりやってたみたいですね。自分がいた時と、辞めた後の誌面というのは、自分の時代と較べると、どういう印象ですか。

亀和田　仮説として、今になって考えてみても、あの時、ワーッと井上英樹なんかに、四十～五十ページ描かせたり、まったく無名の新人作家にどんどん誌面提供したり。それから吾妻ひでおや坂口尚、田口智朗に描いてもらうという、ああいうことが、あと半年、一年続いたら、どんな面白い雑誌になっただろうという気はするよね。

――七〇年代末から八〇年代初めにかけて「マンガ奇想天外」なんて雑誌が出てきたり「PEKE」や「JUNE」（当時は「JUN」）や、関西からは「漫金超」が出てきたり、そういうニューウェイブ漫画の出現みたいなことが、わっと、いろんなとこで芽を吹きだしますよね。

亀和田　そうなんですよね。あのまま編集を続けてたら、漫画シーン全体を変革するような、画期的なことが出来たんじゃないかなっていうね、そんなことも思わないわけでもなかったんだけど。
　でも、もう、だいたいやりたいことは、あの一年半ぐらいのうちに全部やったなというかんじはあったんで。だから、もうそこで割とスッパリ、自分の中では「劇画アリス」というのは、まあ、そこで終わったというかんじはあるんですよ。だから、辞めた後で送られてくる雑誌を見て、「ああ、ちょっと、やっぱり自分の考えているのとは違うな」とか、そういう違和感はあったんですけど。でも、それはそれでもう、自分の手元は離れたということで。あんまりね、それ以上のことは考えたりはしなかったですね。
　だから、そういった意味では、あの短い、ほんとに一年ちょっとぐらいの間ですけど、濃密な時間のあいだに、だいたいやりつくしたかなというかんじはありますね。

――二十数冊だと思います。だから二年弱ですか。

亀和田　そうですか。だから短い間にしては、割と、そういう手応えあることがたくさん出来たかなというかんじですね。

（二〇〇〇年九月二十三日＠中野・まんだらけ会議室）

（左ページ）『劇画アリス』13号より

今月の劇画アリス

愛読者からの手紙

はじめて、おたよりします。

ファンレターを出すか出すまいか迷ったすえに、ペンをとりました。

あっ、それから、便せんがなかったため、レポート用紙に書くことをおゆるし下さい。

ぼくは、今、高校一年生ですが、エロ劇画って、ゆーモノを、読みはじめて3年になります。

はじめのころは、何でも手当り次第にかっておりましたが、中学3年生のおわりころ、劇画アリス増刊号「地獄の季節」(羽中ルイ)を買ってから、雑誌をえらんで買うようにしたのです。すぐにのめり込みやすいぼくは羽中ルイ氏のとりこになり、いろいろなところをさがしました。それと同時に「劇画アリス」にも興味がわき、本屋に注文してみました。2ヶ月くらいたって「末刊」という返事がきたので「アリス出版は倒産したのかなァ?」と思っていると、偶然にもアリス増刊の「天使の恍惚」(能条純一)が販売機にはいっていたのです。それから一ヶ月後くらいにはじめてぼくは「劇画アリス」を手にしました。通巻第9号だったかな?

あの中では、清水おさむさんが一番でした。玄海つとむさんは、漫画大快楽の増刊でしっていたので、それほど感じませんでした。清水さんは、漫画ダンディとかゆー雑誌で読んだだけだったので、すごーい衝撃をうけました。

なんとか第10号もかいましたが、それからは買いにいけないのでかってていません。ゴメンナサイ…。

今、好きな漫画家は——

羽中ルイ(特集本4冊、コミックス1冊もってまーす)

能条純一(特集本4冊もってまーす)

清水おさむ(何にもナシ。清水センセ、ゴメンナサーイ)

村祖俊一(コミック1冊もってまーす。アリス増刊はキカイがこわれとってかえなかった)

の4人でーす。

何を読んでるか? …漫画大快楽、ジョー78、エロジェニカ。こんど、官能劇画、アダムスあたりを読んでみたい。

特集本に、清水おさむさんをだして下さい!! おねがいします(いつまでも、まっとるぞ!!)。店頭で販売してほしいなー。

このまえ、11P・Mにでてましたね。テレビを見たみんなが「アリスの編集長が、いちばんカッコ良かった!」といっておりました。

中島史雄さんが、すごーく人気ありますね! あんまり、すきになれないけど…。

羽中ルイさん、だんだんあきてきちゃった。すごーくマンネリとゆー感じ。

読者にいわれる前に自分から変わって、読者にそれを示してゆかなくっちゃいけないんじゃないのかなァ? そうしないと、すぐにファンは離れちゃうと思うんです。

なんか、くだらないことばっか書いちゃったけど、これからも「劇画アリス」がんばって下さい……。

P・S切手入れときまーす。もし、おひまでしたら、何でもいいから書いて返事ください(清水さんのサインほしいなー)。

愛知県　O・S

いま 三流劇画誌が 開き直っている!

うまい、へたは別 欲情させるだけ

結構な収入です 80誌が平和共存

話題騒然!! 屋内最大の

この少年たちに劇画アリスは支えられている

愛知県の高校一年生の愛読者からの手紙である。O・S君、ありがとう(勿論、手紙には、彼の本名・住所が明記されていたが、編集部の判断でイニシァルを記すだけにとどめた)。PTA的、婦人団体的発想からすれば、害毒はいまや純心な高校生まで触んでいるということになるのだろう。しかし、彼の文章をよーく読んでみれば判る。礼儀を知り、ナイーブな感性を持つ少年たちがいま、エロ劇画を熱心に読んでいるのだということが。

薄汚い下等物件「エロジェニカ」への罵倒文が、これだ！

さあ、やるぜ。ちょっと荒っぽいやつをな。

高取英よ、おまえも今度という今度は、チィーッとばっかドジを踏んだよな。俺は親切に忠告したはずだ――論争とは、つまるところ、相手が斃れるか、自分が斃れるか、つまり（自分の）雑誌がツブれるか、相手の、雑誌がツブれるかぐらいの覚悟でやるべきものなのだ。本気じゃないのだったらケンカなどヤラナイにこしたことはない。ニコニコ仲良くやっていけるならそうしたほうがいいのだと（『劇画アリス』24号「総括」）。

精一杯の思いやりのつもりだったんだがな――まぁ、いい。高取よ、いつもは臆病風に吹かれて、右向いてキョロ、左向いてチラッ――そんな具合いにしかものを言うことができなかったおまえが今度ばかりは一体どうした、エッ？　えらいハシャギようじゃねえか。しかし、浮かれていられたのもきょうまでだ。とうとう俺を本気で怒らしちまった。明日は獄門送りというわけだ。さて、読者諸兄弟よ、なかんずく、大快楽、アリス、エロジェニカといった雑誌群を一緒に購読しているであろう全国百人ほどの諸君――具体的に名前を出すなら、エロジェニカ〝珈琲タイム〟の常連寄稿者であるところの〝練馬区のＫＹＥ〟〝三流劇画をめざす早稲田浪人〟そして、〝東海南高ロリコンボーイ〟の諸君に告げる。俺のこの文章は、エロジェニカ編集長である高取英という下等物件に向けて放たれた純然たる混じり気なしの罵倒文である。

無論、諸君らがこの文章から俺の劇画理解、三流劇画総括といった要素を認めてくれるのは一向に差しつかえないことではあるが、俺の当面の関心は高取英という、文字通り三流の薄汚い人格の男をどこまでコキおろせるか、それだけである。そして、もうひとつ付け加えるならば、これは諸君らに対しての踏み絵でもある。エロジェニカを取るのか、捨てるのか。

日和見は許されない。これを読んで五分以内に決断を下さねばならない。

＊

さて、高取英よ、いつも愛想の良い俺が以前にもこんな怖い顔をしたことが、チラッとだが、一度あったよな、忘れちゃいまい？ ちょうど一年前のことだ。おまえが流山児祥の文章を載っけてもいいかとお伺いをたてにきて、俺がフザケルナと一喝した時のことだ。あの時の経過を少し詳しく思い出そうじゃないか。その少し前、十一月に、エロジェニカは発禁をくらった。栄光の第一号って奴だ。そして、おまえはビビリやがった。それを週刊朝日のコラムがオチョクッた。日頃、でかい口をたたいてる新左翼崩れがどうした、というニュアンスで。

エロ劇画雑誌の置かれている状況、そしてその脆弱な基盤を考えりゃ、おまえが沈黙せざるを得ないのはわかる。業界事情もあるし、社内事情もある。そこいら辺の事情は同業他誌も同様さ。そんな時に日本読書新聞から、エロジェニカ発禁問題についての原稿依頼がきた。俺の答は決まっていた——エロジェニカを孤立させるな、この一点で固まっていた。いま考えてみても、一年前の時点は、三流劇画シーンがピークに昇りつめようとする、まさにその直前だった。猥褻ごときで、そう、あえてごときというぜ、そんなもので三流劇画の昂まりをポシャらせてたまるか、というのが俺の考えだった。そして、そんなツマラネエことで仲間が——おまのことだ、高取！——つぶれていくのもいやだった。当然、日本読書新聞側の筋書きは読めた。表現の自由を侵犯する官憲の弾圧に抗議する——こうだ。しかし、それじゃ、エロジェニカ切り捨てだよな。それに俺も、あんなもん謝って翌日からまた同じことをすりゃいい、四畳半裁判のような殿様裁判なんかおかしくってやってられるかい、という気があった。だから、断固エロジェニカ支持という論陣を張った。

それにイチャモンをつけてきたのが流山児だ。詳しくは覚えちゃいないが、発禁問題の是非については一切触れずに、一〇〇％俺に対する、中傷文書だったよな。それを銀座の喫茶店で迷宮も同席していた時に、おまえ、俺に見せて、載せてもいいかと聞いたな。その時は、俺は笑ってカマワネエといった。

さて、問題はそのあとだ。俺は不思議だったのさ、流山児という男が何故、俺に因縁を吹っかけてきたのかが。考えた。分からない。そうしているうちに情報がひとつ入った。週刊朝日の当該コラム、「デキゴトロジイ」の取材を流山児は手伝っていたことがあるというニュースだ。これか、と思った。俺は早速、高取に電話を入れ、流山児のイチャモン文章とそのニュースの関連を問い質した。その時、高取、おまえは、「（理由は）そんなところじゃないの」——ハッキリそう答えたよな。

これが〝流山児＝朝日のタイコ持ち〟説の出所だ。もっとも、流山児の名誉のために言っておくなら、この件に関しては流山児はほぼシロという心証を、いま俺は持っている。

さて、俄然、態度を硬化させた俺が高取を呼びつけた。当たり前だ、こちらはおまえのために少し手を汚した。その直後に出た別冊新評で斎藤正治なんていう、くずれスターリニストのオイボレにケチをつけられたりな。その俺に対してイチャモンをつけてきた文章を載せる恩知らずがどこにいる。俺は言ったよな。

流山児の文章を載せるのはかまわない。しかし、明らかに我々が共闘関係において切り拓いてきた三流劇画ムーブメントに水をさす流山児の文章を掲載するということは、エロジェニカ編集部もこの意見に同調か、もしくはこの文章によって論争を換起する意図があるものと思う。流山児の文章を掲載する号に、編集部の意見も全面展開して載せよ。正論だろ。

　このとき、おまえは、またビビッた。「じゃ、載せるのやめるよ……」。その言葉を不満に感じた俺が、何故、どうしてだと尋ねても、「……載せないから、それでいいじゃないか」。その一本槍だったよな。この時からだ、おまえに対する不信感が決定的になったのは。

　そしてそれから何か月かした時おまえがこう言ってきた。「流山児がまた文章を書いてきたんだけど、いいだろう？　今度、また断わると、俺、アイツに殴られるよ……」。アキレタ野郎だ！　おまえに、すでに愛想をつかしていた俺は、どうぞ勝手に、といったっけ。ついでまでに付け加えれば、おまえが週刊朝日のコラムへの抗議をエロジェニカ誌上で行ったのはホトボリもさめた昨年六月号だ。半年後だよ、半年後！　出し遅れの証文以外の何物でもないぜ。

＊

　高取英よ、そんな薄汚い経歴のおまえが、どのツラざげて、大きな口がたたけるんだ。ついでにもうひとつバラす。エロジェニカと大快楽が、それぞれのコラムを使って喧嘩を始めた時、俺は提案したよな。どうせヤルなら、あんな与太記事の応酬じゃなく、マジに論争しろと。当然、社内事情などもあるだろうから、少しは自由のきくアリス誌上で、三誌編集者の論戦＝座談会を企画してもよいという提案に大快楽の小谷哲はOKを出した。

　ここで、またビビッたのが、高取、おまえだ。「そんなことをしたら社長がいい顔しないよ……。いまだって、自販機のアリスと付き合っていることを、良く思っちゃいないんだから。取り次ぎ（東・日販）からだって良く思われないし。それに、高取英は対外的にはライターということになっていて、編集長には社長の名前を出してあるから、マズイよ……」

――あきれて何も言えないよ。テメエの保身以外、考えたことがないじゃねえか。

　流山児よ、そしてエロジェニカの愛読者よ――俺はな、劇画を語る資格があるのは、これこれの要件を満たしている奴だけだ、なんてセコいことは言わない。どう劇画を論じようと勝手だ。そして、結果として俺の劇画理解、俺が劇画シーンでやってきたこと、やりつつあることにイチャモンをつけられようとかまいはしない。

　しかし、しかしな、最低限これだけは、このポイントだけは押さえていてくれっていうのがあるよな。〝本当に血を流したのは誰だったのか見きわめる必要がある〟――こういったニュアンスの文章を流山児よ、いつかエロジェニカに書いていたよな。あれは、本気で書いたのか？　本気だとしたら、それはそれでいい、しかし、この文章読んだいまでも、そう言えるか？　俺は演劇のことは知らねえ。しかしな、おまえが演劇シーンのこの十年で自分は何者かたりえたと自負しているだろうことはウッスラとではあるが想像がつくよ。しかしな、俺にもそれと匹敵する、あるいは僭越ながら言わせてもらえば、それ以上の自信があるぜ、強烈なね。

　ハッキリと俺は断言できる。高取＝エロジェニカがいなくても三流劇画はここまできただろう。しかしな、俺がいなけりゃ、三流劇画はここまでこなかったぜ。俺のこの口調を、高取英が毎号誌面でやってのけている気色の悪い自己顕示＝劣等感の裏返しと一緒にしないでくれよ。

　十一月号のエロジェニカを見てみろ。やれ、11PMにアリスとエロジェニカは出たが、大快楽は出られなかったという類のセコイ売名欲だけじゃないか。その以前にもあったよな。「ぱふ」の雑誌人気投票で、大快楽は一票だったけど、エロジェニカは何票だった、という類の記事が。馬鹿野郎、数が多けりゃいいのか。あげくの果ては、ビックコミックを抜いたの抜かないのというトンチンカンな、お里の知れる発言だ。みっともないったらありゃしない。恥を知れ、恥を！　最初はこのゲス野郎も半分冗談だったろうに、そのうち浮かれだし、訳がわからなくなってきた。それなら、まだ、愛すべきダボラ吹き＝板坂剛のほうがマシじゃないか。少なくとも板坂は冗談と本音の区別は知ってるぜ。

*

高取よ、何故、身の程知らずのダボラばかりを吹く。一度でも真面目に劇画を、そして劇画シーンにおける三流劇画ということを考えたことがあるのか。ねえだろうな。俺が「総括」で提出した問題提議におまえはどう答えた。引用もはばかられる下品な名前の読者の投稿があったな。「……ボクラに未来はないそうです。でも今さえあれば、今懸命にやってりゃいいんじゃないかと思う次第です（後略）」――まるで民青か、若い根っ子の会みたいな奴だな。これに、おまえが答えている。「亀ちゃんの〝総括〟ありゃどうしようもないですな。現場を離れると論理も古くなるんですな」

そして、何と驚いたことに、その直後に平岡正明の文章（俺の〝総括〟の掲載されたアリスに同時に載っていた船戸与一を論じたものだ）を引用する始末だ。「総括しなかったやつががんばる。なぜか？　総括できず位置づけられないものを暴力というからだ」（平岡正明）これじゃ平岡正明も迷惑するぜ。破廉恥な野郎だな。高取、おまえという奴は！　テメエが総括出来ない言い訳を他人の文章の引用でゴマ化す。本当に腐っている。総括しないならいい、出来ないならいい。だったら、黙っていりゃいいのだ。なぜ、喋る。

高取よ、おまえのような下等物件を相手にするのも、これが金輪際、最後だ。汚い血を吸うと刀まで汚れる。ペンまで汚れる。しかしな、最後の忠告をしておく。二度とでかい口はたたくな。おまえはそんなこと言えた義理じゃないんだぜ。つつましやかにやれ、冗談の範囲を決して越えないということだ。

大体な、エロジェニカと大快楽の喧嘩の始まりにしてからが、一昨年の夏ごろだったか、次号でエロジェニカを誉めますとまで予告した大快楽が一転して次の号でケナしたのは、おまえが羽中ルイの単行本の後書きに書いた〝羽中ルイは性の叙情詩人〟云々のフレーズに、プッ、こいつ馬鹿じゃねえか、と大快楽編集部があきれたのがキッカケじゃねえか。小谷哲を文学コンプレックスなどと言えた義理か。コラムを読んでも、少女論だ、エロスの幻想だと、田舎から上京してきたばっかの十年前の薄ら馬鹿のフーテンがくっちゃべる台詞ばかりじゃねえか。劇画をダシにうそ寒くなるような貧弱なテメエの観念をタレ流しているだけだ。「漫画主義」の連中以下だぜ。

いいか、高取、分をわきまえろ。テメエがダボラを吹くと他の連中が迷惑する。俺がここで書いたことを、ようく反芻して改心しろ。これは俺がおまえに語りかける、最初で最後の言葉だ。そして、流山児祥、エロジェニカの読者よ、それに、いままでエヘラ、エヘラとこれを読んでいただろうアリス編集部＝迷宮の諸君、キミたちもだ――今後、劇画について論じることがあるなら、俺のこの一文を踏まえて語るように。こうした横柄なものの言い方が反発を招くことは承知している。しかし、俺には、それを言う権利もあるし義務もあるのだ。

「いつかは書かれねばならなかった自販機ポルノ業界の内幕。
ポルノ誌編集者であった気鋭の新人による処女小説ついに登場！」

掲載誌「話の特集」目次の見出し

小説

ザ・ポルノグラファー

ヌード雑誌の編集をするのが職業だというと、まずたいていの人が興味を刺激されるようだった。男女を問わず十人中九人までが好奇心をあらわにして、根掘り葉掘り質問を浴びせかけてくる。こちらも心得たもので、いかにも相手が喜びそうなエピソードをとっておきの内幕話というふうにして語ってみせる。そのたびに相手は感心したり呆れたり、あるいは笑いころげたりするのだが、一息つくとさらに興味を唆られたらしくつぎの質問を発してくる。

こんなやりとりで一時間か二時間はもたせることができた。酒場での時間潰しには格好の話題だったのだろう。そんな話を何十回、何百回となくしたり、させられたりしているうちに、ぼくの話しかたも自然と堂に入ってきた。相手が強い興味を示し反応する個所がそれまでのデータでわかっているから、そこのところに話がいくと微に入り細に入り、ときには多少のデフォルメも加えて喋る。そしてあまり関心を惹きそうもない部分ははしょっていく。下手な落語家でも同じ噺だけ何年間かやっていればいつかは客が笑ってくれる。それと似たようなものだから、あまり自慢にはならない。

さて、話が一段落する。すると、ぼくの話の聞き役が男の場合であったなら、ここできまってひとつの台詞が発せられるのだ。

「一度、ぜひ、ヌード撮影の現場を見学させてもらえませんか」

好奇心の塊といった風情の人だと、もう一段階エスカレートする。

「どうでしょう、そのヌード・モデルとの〝からみ〟の役に出演させてはくれませんか」

もっとも、この場合には必ずつぎの言葉が添えられるのだが――

「いや、顔だけは隠してくださいね。やっぱり、カミさんや会社の連中に万が一見つかったりでもしたら、これはねえ――」

ぼくのほうは、まあそのうち、とか、考えておきましょう、などと曖昧に受け流す。それ以上深く追及してきたり、念押しする人はそうそういない。つぎにどこかで会ったときも、あの件どうなりました、といってくるくらいがせいぜいだ。なかにはぼくの仕事場にまで電話をかけてきて、つぎの撮影日はいつかと催促する男もいたが、いやあ、モデルの手配がなかなかつきませんでねえ、といったたぐいの言い訳を並べておけばそのうちに諦めるのが普通だった。

そうした連中と比べると、確かに一郎さんのケースは異例の部類に属する。

ぼくたちは、一郎さん、一郎さんと呼んでいたが、佐藤一郎というのが彼のフル・ネームである。Kというイニシアルで始まるある有名私大の助教授というのが彼の職業だった。フォークナーが専攻の英文学者だといっていたが、彼の学問的実力がどの程度のものなのか、ぼくは知らない。つい最近、ある文庫から出版されたアメリカのエンターテイメントの小説の訳者に一郎さんの名前が記されているのを見たことがあるが、そのくらいしかぼくは彼の仕事について知らない。

一郎さんが最初にぼくの会社へやってきたのは四年前の夏の日だ。ぼくの大学時代からの友人である浜田がつれてきた。浜田は英文学科の学生、研究者を対象とした語学雑誌の編集者をしている男で、一郎さんはその雑誌の定期執筆者の一人だった。

ぼくの仕事に異常なほど興味を唆られている人間がいるので、ぜひ一度会ってみてはくれないかと浜田が電話をしてきたのはその一週間前のことだ。

「いや、外で会うんじゃなくて、ぜひ仕事場を見たいというんだよ。先方は」

と、浜田は少し済まなそうにいった。

やれやれまたか、とぼくはおもった。しかし浜田はぼくのそんな気持ちにはお構いなしに、すぐに生来の押し付けがましい口調に戻った。そして、ぼくの仕事に異常なほどの興味を有するというその人物の身分を語る際には、さも重大な秘密を告げるかのように芝居気たっぷりに声を落としてみせたりもした。なにしろＫ大だよ、Ｋ大、と浜田は何度か繰り返した。Ｋ大の助教授がヌード雑誌の隠れた愛読者だなんて最高のジョークじゃないか、と電話口で笑ってみせる。

しかし、ぼくにしてみれば、ぼくの作ったヌード雑誌を眺めて欲情を催す読者が高校生であろうと大学教授であろうと、さらには労務者であろうとなんだろうと、そんなことは知ったことではない。その身分、職業にかかわらず、ぼくの仕事場にまでズカズカ押しかけてくる人間というのは、やはり迷惑な存在には違いなかった。

だが、浜田の強引さに押し切られる格好で、ぼくは一週間後の来訪を承諾させられてしまった。

「学職経験者の意見が聞けるんだから、おまえんとこも岩波、中公クラスだよ」

つまらない冗談をいって自分で笑いながら、浜田は電話を切った。

はっきり断れなかった自分の意思の弱さを悔いて、その日一日ぼくは不機嫌だった。

それから一週間後、池袋の西口にあるぼくの会社に二人がやってきたのは夜の九時を過ぎていた。七時が約束の時刻だったが、浜田から先方の都合で少し遅れるという連絡が入っていた。それにしても二時間というのは待つ身にとってこたえる。もう社員は全員帰っていた。ぼくは仕事をするのにも飽きて、会社で資料用に取り寄せているハスラーとかハイ・ソサエテイといったアメリカのポルノ雑誌を眺めながら、冷蔵庫から出してきたビールを飲んでいた。

当時、ぼくの会社は立教大学のキャンバスを見下ろす高層マンションの十階にあった。一般住居用なので風呂場もあるし、一番奥の部屋は畳敷きになっている。3LDKにぼくを含めて七人の社員がいた。

雑誌をめくるのにもいよいよ飽きて、ビールのグラスを片手に椅子をベランダに持ち出して池袋の夜景を眺め始めた直後にチャイムが鳴った。

開いてるよ、というまえに、浜田が入り口に姿を見せた。

「いやあ、悪い、悪い。佐藤さんの教授会が長びいちゃって。さあ、一郎さん、一郎さん、遠慮なさらないで、どうぞ中に」

浜田がドアの外に向かって呼びかけると、もう一人の男がヌッと姿を現した。

その登場の仕方はヌッと、という形容がやはり一番適切だとおもう。大男だった。浜田も身長は一メートル七〇くらいあるが、その後ろに立っている男は優に頭半分は浜田にまさっていた。そして、濃い髭が口のまわりを覆っている。赤味を帯びた髭だ。

「K大学に行っている佐藤一郎です。きょうは遅れまして、本当に申し訳ございませんでした」

赤髭の大男はゆっくりといかにも体に似合ったよく響く低い声で初対面の挨拶をした。長身をやや猫背気味に屈めて頭を下げる。夜になったとはいえ、外はまだかなりの暑さなのに、夏用のスーツとネクタイをきちんと身に付けている。

確かにその風貌はいかにも大学の助教授という身分にふさわしいものといえた。しかし、初対面の挨拶の馬鹿丁寧なというより、むしろ紋切り型に近いその調子や、あまりにもそれらしい外見に、ぼくはかえって強い違和感を覚えた。

気がつくと、目の前に立っている赤髭の大男はぼくの言葉を促すかのように、度の強そうな黒縁の眼鏡の奥からぼくをじっと見ている。ぼくは慌てて、やはり型通りの挨拶を済ませると、二人を奥に案内した。それが一郎さんとの最初の出会いだった。

ぼくは二人を入り口からすぐのところにある簡単な応接セットに案内した。赤髭の大男の好奇心が尋常ならざるものであることはすぐにわかってきた。

大きな体をもてあますようにしてソファに座ったかれは、しかし視線だけは片時も休ませることなく室内に巡らしつづけている。目の前にぼくがいることなぞおかまいなしなのだ。目の動きだけでは追いつかないとわかると、中腰になって確かめようとする。その動きを観察していると、無遠慮なというより、好奇心を抑制する術をもたないある種の幼児性のあらわれのようにぼくには感じられた。しかし、いまぼくの目の前に座り、落ち着きなく視線をさまよわせている男はけっして幼児なぞではなく、身長一メートル八五はあろうかという赤髭の大男であった。

ついさっきの初対面の挨拶と、一歩室内に足を踏み入れてからの行動との落差、そしてその挙動から受ける印象と現実の肉体とのアンバランスな関係——佐藤一郎という赤髭の大男から発散される奇妙な圧力にぼくは一瞬圧倒されていたようだ。

いつのまにか彼の視線が再度ぼくに注がれているのに気づいた。ぼくはかれの視線にばかり気を取られていたので、ずいぶんと饒舌な男だというふうに感じていたのだが、あらためて考えると初対面の挨拶以来かれは一言も発していないのだ。饒舌なのは口ではなく、目だったのだ。

ぼくが見返すと、相手はなおも無言でぼくを凝視している。ぼくは息苦しさを覚え、ソファから立ち上がると、冷蔵庫に向かった。冷えたビールを取り出しながら、浜田とたあいのない近況報告を交わして息苦しさの解消をはかる。

ぼくがグラスに注いだビールを赤髭の大男は一気に飲み干した。ゴクッ、ゴクッ、ゴクッというその体に見合った音が部屋の中に拡がり、喉仏が妙に生々しい動きかたをした。

「もし、わたしでお役に立てることがありましたら、ぜひお手伝いさせていただけませんでしょうか」

ビールを飲み干した大男が、突然、意を決したように、しかしけっして早口にはならずに喋り始めた。

はあ、とぼくは曖昧にこたえてから、ウチの雑誌の愛読者だそうですが、意見をお聞かせ願えれば、ぜひつぎからの編集に反映させていきましょう、と素っ気ない口調で答えた。

「いえ、そういうことではなくて」

赤髭についたビールの泡をハンカチで拭いながら、依然としてぼくから視線を外さずにかれはゆっくりとつづけた。

「実際のお仕事に協力させていただきたいんです。撮影のときのライト持ちでも結構ですし、男性モデルでもかまいません。なんでしたら、写真の整理でもいいです。ともかく、こちらの会社の手足として実際に体を動かしてみたいんです」

「趣味が嵩じて、いよいよ実践に乗り出したいというわけですね。一郎さんもなかなか粋なおかただ」

と横あいから浜田が口をはさむ。

「どうでしょう。なにかぼくに出来ることはありませんか。モデルの下着の洗濯でもいいんです」

浜田がプッと口からビールを飛ばして、甲高い笑い声をあげた。この男一流のユーモアのつもりなのだろうが、眼鏡の奥の目は笑ってはいなかった。やれやれ、またしても新手の売り込みかとはおもったが、ここまで押しの強い人間も珍しかった。ひょっとすると、ぼくは相手の肉体に威圧されていたのかもしれなかった。

とりあえず、ぼくは、

「せっかくの佐藤さんのお申し出ですが――」

といい始めた。それに続く言葉は喋っているうちに自然に浮かんでくるだろう。ともかく、拒否の姿勢を早めに相手に伝えることだ、と考えたのだ。しかし、ぼくがそこまで喋ったとき、赤髭の大男が片方の掌を前に突き出してぼくを制した。

「いえ――一郎と呼んでください、一郎と。浜田君もふくめて、ぼくの友達は皆、ぼくのことをそう呼んでいます。一郎さん、とかそんなふうに」

そういってから、濃い髭の中に孤立した印象のある唇をニヤリと歪めてみせた。そして、いまの一言の効果を見定めようとするかのように、唇をニヤリの状態のままに保った。だが、相変わらず目だけは笑っていなかった。

いよいよぼくも相手の手強さというか異様さに気づかざるを得なくなった。この大男にとっては、目の前の相手の思惑なぞはなから眼中にないのだし、普通だったら恥ずかしくて誰もしないようなこうした子供だましの大袈裟なジェスチャーを演ずることも朝飯前なのに違いなかった。ぼくは本格的に断る口実を探し始めた。

「浜田君からうかがったんですが——」

大男が機先を制した。唇をニヤリという状態のままに保っているのが苦痛になったのかもしれない。

「なんですか、撮影場所に困っているとか。どうでしょう、ぼくの家を使ってはいただけませんか」

「うん、それはいい。一郎さんの家は部屋数もあるし、それになんたって奥さんの趣味がいいから、インテリアのセンスも最高だし。どうだ、おまえにも迷惑な話じゃないだろう」

浜田はなんとかこの話をまとめようと躍起になっている。

撮影場所に困っているという話は本当だった。当時、ぼくの属していた会社は全国の自動販売機に収められるヌード雑誌の半分を製作していた。週刊誌サイズ、Ｂ５判オール・カラー六四頁のヌード写真集を、ぼくたちは週に二冊のペースで作っていたのだ。類似のヌード雑誌と比較した際のセールス・ポイントを、ぼくたちは「ストーリィ性」と「リアリティ」の重視に求めた。それまでのヌード写真撮影の際の粗雑さと安直さ——たとえば髪を染め、真っ赤なマニキュアをしたピンサロのホステスふうのモデルがセーラー服を着ているような写真を極力廃すようにしたのだ。撮影場所の問題でいえば、既成のヌード雑誌のほとんどが連れ込みホテルの一室で撮られたものだった。都内には何軒か撮影ＯＫという連れ込みホテルがあった。しかし、その数が限られているため、ぼくたちは他の会社のヌード写真を眺めても、その背景を見ただけで、あっ、これは大久保のA、こっちは渋谷のSという具合にたちどころにホテルの名を言い当てることができた。

　ぼくたちは「リアリティ」を出すために、ストーリィに応じた撮影場所を開拓することにした。「人妻もの」の場合なら、実際に団地に入居している友人の家を半日借りたりしたし、「女子高生もの」なら、東名高速の御殿場インターの近くにある廃校に忍び込んで撮影したりもした。しかし、気軽にヌード撮影に家を提供してくれる人間の数はやはり少なく、ぼくもふくめた七人の社員の家はこれまで何回となく使用されていた。

　だから、部屋数も多いという家の提供は、正直なところ魅力的な申し出ではあったのだ。しかし、無口ではあるが極端に図々しいところがあり、たしか浜田からの事前の電話でかれの年齢は四十一歳だと聞いていたが、ひとまわり以上年下のものに自分のことを一郎さんと呼んでくれといってはばからないこの赤髭の大男の申し出には、やはり素直に応じられないものがあった。

「だけど、ライティングの機材を移動したりするとき、家具に傷がついたりするかもしれませんし……それに昼ひなか、いかにもそれらしい風体の男や女がぞろぞろと写真の機材を運びながら出入りするんでは、なにかと御迷惑じゃありませんか。御近所の人の目もあるだろうし……」

　ぼくは、相手から断るように仕向けてみた。

「いえ、お手伝いできるのでしたら、多少のことはかまいません。隣近所に怪しまれたら、ぼくが顧問をしている大学のサークルの写真部の連中だといっておきます」

　その目はあいかわらずぼくを凝視していた。この男は教壇で学生の質問に答えたあとにも、いつもこんなふうに、他になにか質問はありませんか、といった目で学生を見つめつづけるのだろうか。だとしたら、学生たちも随分と息苦しい感じを味わっているに違いない。そんなことを考えたら、急速に抵抗する気力が萎えてきた。

「一郎さん、どうやら念願のお手伝いができそうでなによりですね」

さっきから横で気を揉んでいた浜田がダメ押しをした。そして、担当執筆者へのゴマスリを抜け目なく付け加える。

「でも、部屋を貸すだけというのは勿体ない話だとおもうがなあ。一郎さんのような雰囲気のある男性モデルは、そうそういないよ。ぼくはぜひ一度、一郎さんの出演した作品を見てみたいなあ」

ぼくが抵抗の気力を喪失し、渋々ながらも家の提供の一件を承諾したらしいことを察知した大学助教授は少し饒舌になった。

「ぼくが出演の暁には、当然、この業界のオスカーを狙います。主演男優賞が欲しいですねえ」

このあと、ぼくたちは一時間ほどビールを飲みながら雑談を交わした。一郎さんは——一時間のあいだにぼくもこの呼びかたに馴らされてしまった。おもってた以上にぼくの順応性は強いらしい——部屋の中に山と積まれているぼくの会社で発行したヌード雑誌を丹念にめくりながら、これは一消費者の意見ですがなどといって、モデルの品定めやポーズの好みをあれやこれやと喋っていった。

帰りがけに一郎さんは、それらの山積みになったヌード雑誌を指さしていった。

「あのう、何冊かいただけませんでしょうか。買い洩らしていたのがあるようで——」

どうぞ、とこたえると、長い時間をかけて慎重な手つきでその中から十冊の写真集を選び出した。それから、さもついでといった仕草で、先刻から目をつけていたに違いないぼくの読みかけのハスラーをテーブルの上から取り上げると、

「これも貸していただけますか、今度来たときにでもお返しします」

そういって、鞄の中にしまいこんだ。


その夜から一郎さんは、三日に一度の割でぼくの仕事場を訪れるようになった。最初はこの闖入者のことをどうやって他の社員に説明しようかと悩んだが、一郎さんのあまりの図々しさがかえってさいわいしたのか、不思議なことに苦情は一度も起きなかった。

部屋の隅には撮影済みのカラー・ポジを収めたファイリング・ボックスがいくつか置いてある。その前に立って捜し物をしていると、いつのまにか一郎さんの巨体がぼくの横に並んでいる。

「なんの写真を捜しているんですか。ああ、『色情姉妹』だったら、その二段目の奥のほうです。『不純異性交遊』は、隣のボックスの三段目です」

飽くことのない執念でポジ・フィルムを眺めまわしているうちに、社員よりもその在り場所に詳しくなっていたのだ。そうしたポジ・フィルムをライト・テーブルに載せ、ルーペで覗き込みながら一郎さんはボソリという。

「この無修正のフィルム見ましたか。いやですねえ、あそこが真っ黒ですよ。使いすぎですな、これは」

そして、いよいよ一郎さんの出番がめぐってきた。「家出少女」というタイトルのフォト・ストーリイを、ぼくは一郎さんのために考えだした。この赤髭の大男の飽くことのない奇妙な情熱に押されて、部屋を使わせてもらうことのいわば見返りとしてかれ

に出演を依頼したのだ。

ストーリイは単純である。〆切りに追われて、三十分でデッチ上げた代物だ。地方から家出してきた少女がチンピラたちに強姦されそうになる。この強姦シーンが最初の山場だ。ここで何ページかもたせなくてはいけない。そこを通りかかった中年の男が少女を救う。少女はオジさんの部屋までついてくる。男はなにか秘めた過去があるらしく、その年齢にも拘らず独身なのだ。その夜、オジさんはベッドを少女に譲り、自分は下に布団を敷いて寝る。意外と純情なのだ。少女は自分を抱こうとしないオジさんが不思議でしょうがない。着換えをしたりするときにもいろいろと挑発を試みる。ここでまた数ページ。だが、オジさんはなかなか挑発に乗ってこない。

仕方なく、少女はオジさんが寝たあと、オナニーで欲望を鎮める。少女の一人ポーズによるオナニー・シーンはヌード雑誌に欠かせないものである。したがってこのシーンは延々と続く。やがて、ある晩、ふとしたキッカケで(どんなキッカケでも要はいいのだ)二人は結ばれる。二人の激しい愛の生活が始まる。ここのところのSEXシーンをさまざまな体位のヴァリエーションで撮っていく。なんとか三十ページは欲しいところだ。しかし、その生活も唐突に打ち切られる。少女は書き置きを残して、再び家に戻ったのだ。(手紙のアップを一ページ入れて、状況を説明してしまう)。考えてみれば、オジさんは少女の故郷がどこなのかも聞いていなかった。少女が残していった『別冊マーガレット』に目をやりながら、オジさんは束の間の幸福を思い出す……。

「これはなかなか演技派としての才能を要求されますね」

ストーリイを説明して出演依頼をすると、一郎さんはさすがに嬉しそうに軽口を叩いた。いざ出演が決まると、ぼくのほうがその後のリアクションを心配して、顔はなるたけ隠したままでよい、もし顔が出ていても編集の段階でカットしておくからと一郎さんに伝えた。

「いろいろと御配慮ありがとうございます。ぼくはそれでなくとも女子大生を見る目付きがイヤラシイと以前から評判で、学内のピンク・リストにも載っているらしいんですよ。そのうえ、ポルノ写真にも出演したとあっては、さすがのリベラルな教授会も黙ってはいないでしょうからねえ」

　そうしたリスクを犯してまでも男性モデルを体験したいというところが、一郎さんの幼児性のあらわれのようにおもえた。


　撮影の日の朝、ぼくたちは新宿の東口の駅前にある喫茶店で待ち合わせた。大きなカメラ店の隣にあるその喫茶店は、ぼくたちの業界の待ち合わせ場所であり、情報交換の場であり、社交場でもあった。朝の九時半から十時半にかけてその店に行けば、カメラ機材を詰めたジュラルミンのケースを脇に置いた、男三、四人に女が一人ないし二人というグループが、常時、店内に何組もいた。女が二人という場合は「レズビアンもの」の撮影である。顔見知りのウエイトレスがオーダーを取りにきた。

「一週間も顔を見せないから、オマワリさんに捕まったのかとおもっちゃった。心配して損したわ」

　立ち去っていくウエイトレスの尻のあたりから一瞬たりとも視線を外さずに一郎さんがいった。

「いやあ、さすがモテますねえ。どうですあのコ、モデルにスカウトしたら。セーラー服を着せたらピッタリじゃありませんか。ヒット作間違いなしですよ」

見るもの聞くものすべてが珍しいらしく、一郎さんははしゃいでいた。離れた席に陣取った同業者の一団を指して、

「ぼく、あのコ知ってます。こないだ、自動販売機で表紙に載っているのを見ました。面白くなさそうなんで、買わなかったんですが」

とぼくに囁いたりした。

この日のモデルである桜木マヤが、モデル・クラブの男と一緒に店の中に入ってきた。何日か前にその男が会社にやってきたとき、持参した何枚かの「新人モデル」の写真のうちで一番かわいく写っていたコだ。しかし、その手の写真は往々にして当てにはならない。ライティングもなにもあったものではなく、おまけにこの男の場合、手ブレを起こしたものさえ珍しくない。しかし、桜木マヤは写真よりも数段実物のほうがまさっていた。珍しいケースだ。

「どお、いいコでしょ、こちらがマヤちゃん」

モデル・クラブとは名ばかり、電話一本を自宅に置いて、ヌード・モデルを右から左へと斡旋しているこの五十歳近い男は、どんなひどい顔の女を連れてきたときでも、いけしゃあしゃあと、どお、いいコでしょ、というのだ。桜木マヤ、といういかにもヌード・モデル然とした名前も、この男がほんの一、二秒で思いつきにつけたに違いなかった。ヌード・モデルの〝芸名〟で多いのが、このマヤとレイナ、マミ、ヒロミといった名前だ。

だが、この日のモデルは何か月に一人という逸材に違いなかった。目鼻立ちの整った派手な顔のつくりだったが、いかにも普通の女の子らしい雰囲気を漂わせていた。化粧もそれほど濃くはない。ヌード・モデルに多い、どこかクズレた印象というのが彼女の

場合感じられなかった。ぼくたちの求める「リアリティ」を巧く表してくれそうだ。

「桜木マヤです。よろしくお願いします」

喋りかたもしっかりしている。

「彼女、きょうでまだ撮影三回目だから、少し手加減してね。こないだも、あんまりひどいカラミだったんでビックリして、途中で帰って来ちゃったくらいなんだから。おたくは激しいの多いから心配だなあ」

モデル・クラブの親父がこの日の撮影に釘をさそうと試み始めたとき、ぼくたちのすぐ近くの席から一人、そして店の奥のほうからももう一人の男がやってきた。S社の編集の野川とフリー・カメラマンの小長井だ。モデル・クラブの親父をつかまえて交渉を始めた。桜木マヤを指さしている。翌日からの彼女のスケジュールになんとか割り込もうという算段なのだ。どの雑誌社もカメラマンも、慢性的なモデル不足に悩まされている。だから、いままで顔を見せたことのない新人モデルがこの店のようなぼくたちの溜まり場に現れると今後のスケジュールをめぐって争奪戦が展開されるのだ。

桜木マヤほどの〝上玉〟なら、ちょっとしたパニックが起こりかねなかった。さらに他の席からも、顔見知りの同業者が二人近づいてくるのが見えた。ぐずぐずしていると時間を喰う。ぼくは椅子から立ち上がるとレシートを摑んでスタッフを促した。この日の撮影スタッフは総勢六人だった。カメラマンと助手、女性モデルの桜木マヤと男性モデルの一郎さん。強姦役のチンピラには、この日手が空いていた会社の吾妻をつれてきていた。もう一人の相棒役のチンピラは、ぼくだ。こうすれば余計な人数を費さないで済む。レジに歩きながら、編集者やカメラマンに取り囲まれているモデル・クラブの親父に向かって大声で怒鳴る。

「それじゃ、彼女、明日と明後日もウチでお願いね。今日はソフトにいくからさ。じゃあ」

われながら姑息なヤリ口とはおもったが仕様がない。彼女ほどのルックスだったら、一冊で終わりにしてしまうのはもったいない。この日から三日間連続、ちょうど着せ替え人形のように、セーラー服を着せたり、スチュアーデスの制服を着せたりして、三、四冊分の撮影を済ませてしまおうと考えたのだ。この日の撮影で機嫌を損じさえしなければ、彼女の内諾は取れるだろう。あとは、夜になってからあのモデル・クラブの親父に電話を入れて、あと一万余計に出すからといえば、それでスケジュールの調整は簡単に済むはずだ。ぼくたちは〝人肉市場〟のような喫茶店をあとにした。

「ハイ、もっと気持ちいいーって顔しようね、マヤちゃん。そう、そう。じゃ、そこで眉間に皺寄せて、もう気持ち良くてたまんないわーって表情やってみて。ハイ、その顔、その顔。いきます、ハイ、いきますよー」

カメラマンの大久保が大声で撮影の雰囲気を盛り立てながら、桜木マヤのオナニー・シーンを撮っている。かれのハッセルが、グワッシャ、グワッシャと快い響きを立てる。カメラがモデルに寄ったり引いたり、あるいはモデルがポーズを変えるたびに、助手がまるでカメラマンの身体の一部のように無言でライトの位置を移動させていく。部屋の中は、ポーズの注文を付けるカメラマンの声と、ハッセルの音だけしか聞こえてこない。ぼくが自分の仕事のなかで一番好きな時間だ。

一郎さんの自宅の寝室で、ぼくたちはなかなかいいペースで撮影を進めていた。善福寺公園の近くの閑静な住宅街にある一郎さんの家に着いたのは二時半ごろだった。新宿を出発してからぼくたち撮影隊は二台の車に分乗して代々木の明治神宮に向かった。入り口近くで車を降り、カメラ機材を運び出して、神宮の奥に歩いていく。立ち入り禁止の垣根を越えて芝生をズンズンと横切り、さらに林も越えるとポッカリと広い空地が出現する。何時間にいっぺん、という割り合いでしか人がこない。アベックだったら向こうから逃げ出していくし、公園の管理人だったら即刻立ち去るまでだ。ぼくたちは迅速に仕事を開始した。

ジーンズとTシャツだった桜木マヤを着換えさせる。モデル・クラブの男を通して、なるたけ素人っぽい雰囲気の衣裳を何着か持参してくるようにと伝言しておいたのだ。彼女は夏らしいノー・スリーブの白のワンピースに着換えた。

ぼくと、会社でぼくの部下である吾妻とが彼女に襲いかかる。この日は暑かった。東京地方の最高気温は三十八度にまで達した。そしてこの時間、太陽はちょうどぼくたちの真上にあった。二人に押し倒された桜木マヤが眩しそうに目をつぶったことをぼくは印象的に覚えている。

二人して彼女のワンピースを捲り上げ、太腿を押し開く。そこでカメラマンのシャッターを切る音を待つ。足を高く持ち上げパンティーストッキングを太腿の位置まで脱がして、そこでまた静止する。そして、ワンピースの上半身を脱がせ、ブラジャーを片方だけずらせる。乳首がチラッと見えた状態で一呼吸置いてシャッターの切るのを待つ。そんなふうにしてぼくたちはノルマを消化していった。人の姿が一人も見えないとはいえ、強烈な直射日光が注ぐ百坪以上の広がりをもつ芝生での無言の暴行シーンの撮影はとても奇妙な感じがした。

一郎さんはといえば、まだ出番が廻って来ないので本来手持ち無沙汰のはずなのだが、けっしてそんなことはなかった。喰い入るような視線でこの暴行シーンを観戦していた。ポーズが変わるたびに、大男にしては実に敏捷な動作で自分の位置も移動させていく。そしてカメラマンの真後ろに、ということはモデルの股間の真正面に陣取るのだ。彼女のその部分から一ミリほども焦点を移そうとはしない。しかし、文字通りカメラマンの真後ろにまで迫ってきているので、もう少し引き気味に撮ろうと後ろにさがったカメラマンが一郎さんの巨体とぶつかり、危うく倒れそうになったことが三回あった。

そのたびに一郎さんはひどく恐縮してみせるのだが、その数秒後にはすっかりそれを失念したかのように、カメラマンの背後に擦り寄っていく。

一郎さんの家は確かに浜田がいったように趣味の良いインテリアで統一されていた。ぼくたちが到着すると、六人分のオニギリが用意されていた。

「女房には、ぼくのゼミの東京に住んでる学生たちが、夏休みの勉強会できょうやってくるといってあるんですよ。そしたら、こんなものを用意しましてね、どうぞ召し上がってください」

寝室での撮影が始まってからも、一郎さんは大きな体を音も立てずに移動させていく。桜木マヤのオナニー・シーンが佳境に入り、彼女はパンティーを脱いで全裸になった。左手で自分の乳房を摑み、右手を股間に置いてヘアーを隠しながらオナニーのポーズをとる。カメラは、両足を立てて広い角度に太腿を開いた彼女の正面の位置からやや斜めに移動した。でないと、右手で隠しきれない部分——ヘアーの下の性器がカメラにはっきりと写ってしまうからだ。ときには、わざとその部分を撮っておいて、印刷段階でスミベタで消す方法も用いるが、通常はなるたけヘアー、性器は写さない。なかにはサービス・カットと称して、編集者を喜ばせるためにその部分をアップで撮ったカットを必ず何枚か入れてくるカメラマンもいるのだが。

カメラマンと助手が移動すると同時に、一郎さんがスッと今までカメラマンがいた位置を占めた。床に座り、その大きな体を思い切り屈めた。彼の眼鏡がベッドの縁についたところで静止した。そこからだと、桜木マヤの大きな角度で開いた両足の中心部は目の前ほんの数十センチ、文字通り手を伸ばせば届く位置だ。

さすがにぼくも呆れはて、と同時に腹立たしさも覚えた。この光景に桜木マヤが気付いたら、一悶着起きるのは必至だった。明日、明後日とまだ二日間撮影が控えているから、ここでトラブルが発生するのはなんとしてもまずかった。だから明治神宮での撮影は、彼女の顔色を伺いつつ、かなり慎重に抑制しながら進めていた。いまのところ、ベッドに仰向けになっている彼女からは一郎さんの覗き姿は発見されてはいなかったが、いつなんどきポーズを変える際にその姿が彼女の視野に入るか気が気でなかった。

目で注意を促そうとしたが、一郎さんの視線はモデルの股間に釘づけになっていた。極力彼女の注意を惹かぬよう一郎さんの横までいくと、ぼくは彼の肩を指で突ついた。首を廻した一郎さんの目とぼくの目とが合った。すると彼はなにをおもったのか、その髭だらけの顔でニッと笑ってみせ、それから大袈裟にウインクをした。ギョッとしているぼくにかまうことなく、一郎さんは眼鏡を外し、ズボンのポケットから出したハンカチでレンズの曇りを拭き始めた。そして、その作業を一瞬のうちに完了すると、また最前からの行為に没入していった。

そして、ついに一郎さんに出番がまわってきた。少女が着替えにかこつけてオジさんを誘惑するシーンから撮り始めた。一郎さんはぼくの注文にいちいち真剣な表情で頷くと、きわめて大真面目にオジさんの役を演じていった。考えてみれば、この人はいつも大真面目に行為に没頭していく性格の人間なのかもしれなかった。そうおもったら、先刻かれに抱いた腹立たしさが消えて、急に愉快な気分になってきた。

一郎さんがひどい汗かきであることにぼくは気づいた。寝室には冷房の設備はなく、境を開け放した隣の部屋から僅かにクーラーの冷気が運ばれてくるだけだ。自分の出演するシーンを撮り終えて暇になった吾妻は、隣の部屋のクーラーの前でマンガを読んでいるが、それ以外の五人は六畳の寝室で汗みどろになっていた。しかし、それにしても他の四人と比べたとき、一郎さんの発汗の量は異常だった。最初のうちはハンカチで顔の汗を拭っていたのだが、そのうちそれでは追いつかなくなった。汗を吸い込み過ぎたハンカチは濡れ雑巾同様になり、ハンカチの用を無さなくなったのだ。

一郎さんは洗面所からタオルを取ってきて、顔を拭きながら〝演技〟をつづけた。その姿は、いかにも純情なオジさんが小娘の誘惑にタジタジとなっている図にピッタリに見えたので、ぼくはタオルを首にまいたまま演技をするように一郎さんにいった。彼のグリーンのポロシャツの腋の下と背中は、汗が染みこんで黒く見えた。

オジさんと少女の微笑ましい誘惑ごっこのシーンが終わると、いよいよ〝からみ〟シーンだ。二人の抱擁シーンから始まった。一メートル八五センチの一郎さんは、相手の桜木マヤとは二〇センチ以上、上背の開きがあった。膝を少し折り曲げ、背中を丸め加減にして、なんとか自分の頬と桜木マヤの頬とをくっつけようとする。このシーンはソフトに撮ったほうがいいだろうと考えたぼくは、

「ハイ、一郎さん、軽ーく彼女の首筋に唇を当てて、それから徐々に徐々に、右手をオッパイのところにもってってください。マヤ、ちょっとのあいだ辛抱ね」

と、彼女の機嫌を取ることも忘れなかった。

「ハイ、大丈夫です」
と、彼女も機嫌よく応じる。しかし、一郎さんの耳には、そのときすでにぼくの言葉は聞こえていなかったらしい。

一郎さんが桜木マヤの首筋に強く唇を這わせ始めた。チューッ、チューッという音がはっきりと聞こえてきた。隣の部屋から伝わる微かなクーラーの響きしかない寝室で、一郎さんの唇が立てるチューッ、チューッという音は随分と大きく感じられた。ぼくにはそれが実際の何層倍もの、ブチューッ、ブチューッという音に聞こえた。一郎さんの濃い赤髭が、剛毛のブラシのように彼女の白い肌を舐めていく。

右の掌が彼女の乳房をとらえ、強く揉み始めた。左の掌は薄いパンティーの上から尻の膨らみを押さえている。一瞬、約束が違うという抗議の眼差しで、桜木マヤはぼくを睨んだ。しかし、ぼくは一郎さんの行動のエスカレートぶりに少なからず動転していて、彼女を宥める言葉が咄嗟には口を突いて出てこなかった。喋るタイミングを逸したぼくはそのまま沈黙した。やがて彼女も諦めたらしく、目を半ば閉じ、なにを考えているのか、そして感じているのかわからない表情になった。

一郎さんはなおも、チューッ、チューッという音を立てながら彼女の首筋から頬を舐めまわしていく。彼女の髪をかき上げ、耳に唇を這わせる。

そして、突然、さらにおもいがけない行動を一郎さんはとった。乳房を揉んでいた右の掌を桜木マヤの顎にかけて自分のほうに顔を向けさせるや、一郎さんは彼女の唇を強く吸い始めたのだ。反射的に彼女は身を硬張らせ、両腕で一郎さんの胸を突き放そうと試みた。一郎さんにはこれが撮影であるのか、現実に寝室にまで連れ込むことに成功した自分の教え子との情事であるのかの区別がとうにつかなくなっていたに違いない。

いったん離れかけた桜木マヤの体をその太い両の腕で強く引き寄せると、右脚を強引に彼女の脚の間に割り込ませた。身長の差が二〇センチ以上ある彼女の体は、一郎さんの膝で股から上が突き上げられる格好になり、おもわず爪先だった。ぼくには、彼女の体が一瞬、宙に浮いたように見えた。

一郎さんの背中は汗でビッショリになっていた。ポロシャツの地色であるグリーンはもうどこにも発見できず、背中一面が真っ黒に見えた。

桜木マヤが顔をいやいやするように左右に揺すり、やっと一郎さんの唇から逃れた。彼女は、信じられないという表情で周囲に視線をやり、それから自分の目よりずっと高い位置にある赤髭の大男の目を捉えた。一郎さんも、行為が半ばで中断されたことが信じられないといった表情で焦点の定まらぬ目を前方に向けていたが、やがてゆっくりと視線を下ろし、そこで桜木マヤの視線とぶつかった。

ほんの一瞬だが、女の体に廻された腕の筋がもう一度動きだそうとした。だが、自分の顔を下から突き刺してくる視線に抑制されたのか、両の腕の筋肉が徐々に弛緩していく。女の肩が激しい拒絶の意思を籠めて振られると、一郎さんの腕はあっけないほど簡単に振りほどかれた。両腕がダランと下がった。しかし、尻の丸みを摑んでいた左の掌は少しのあいだそのままの形をとどめていた。初めてピストルを発射した男が緊張のあまり引き金にかけた指をなかなか引き離すことができなくなり、やっと引き離したそのあともしばらくは掌がピストルを発射したときのままになっているという映画のシーンをぼくは連想した。

「ハイ、お疲れさん、お疲れさん。ちょっと休もうか。マヤ、御苦労さんだったね。このクソ暑いのに、からみのシーンなんかで申し訳ない。それに、いまのちょっとハードだったしな。おーい、吾妻、なんか冷たいもの彼女に持ってきて」

とにかく何か怒鳴ってないと、ヤバイことになりそうな気がしたので、ぼくは大声でいっときも休まずに喋りつづけた。それから彼女の肩に手をかけると、部屋の隅に連れていって耳元で囁いた。

「ホーント、悪い。ゴメン。あの人さ、ちょっと、コレなんだよ」

ぼくはこめかみのところを人差し指でトントンとやった。

「あのさ、筋ちがいっていうかもしれないけど、お詫びのしるしに、きょうのギャラ、もう一万上げて四万にするから……。な、機嫌直してよ」

「ウン……」

彼女は少し怒りを鎮めたようだった。

「そのかわり、さっきみたいにブチューッてキスされるの、もうゴメンよ。今度あの人がそれしたら、あたし、すぐ帰るわよ」

ぼくたちは隣の部屋に移るとクーラーの前に寝そべって、コーラを飲みながらお喋りを始めた。今度は吾妻がぼくに代わって、彼女を笑わせようと躍起になった。みんなの体の汗がひき始めた頃には、やっと彼女も笑い声を立てるようになっていた。そして一郎さんだけが少し離れたところに押し黙って座っていた。大体が平素から無口な人なのだから、それほど気にする必要はなかったのかもしれない。が、膝を抱えて一言も発しない大男はなんとなく異様に感じられた。そのとき、ぼくは、一郎さんはついつい抑制を忘れたさっきの行動を恥じて、自己嫌悪を覚えているのかな、とチラッと考えた。しかし、いまになって考えれば、この推理はまったく外れていたといわねばならない。

一郎さんはこのとき、チラッ、チラッと桜木マヤの体に視線を向けていたが、この視線をもっと観察すればかれの押し黙る理由がわかったはずだ。一郎さんはただただ自分の欲望が中途で挫折させられたことに、無性に苛立ちを覚えていただけなのだ。ちょうど肉を目の前に差し出された犬が、ひと噛みしたところでオアズケをくらったような、そんな憤怒がかれの全身を貫いていたのだと、いまのぼくは確信をこめてそう思う。

一郎さんの奥さんが帰宅する時間が迫っていた。残りのシーンを撮り終えて、早目に撮影を切り上げなければならなかった。

「さあ、やろうか。マヤ、さっきのつづき、あとホンのちょっとだけな。もうちょいだけ、がまんして」

それから、一郎さんのほうを向いた。

「一郎さん、さきほどは熱演、どうも。敢闘賞もんでしたよ。だけど、もう少しソフトにお願いします。彼女、なにしろ、まだ慣れてないから、こういう撮影に。いきなり、ブチューッとキスされてびっくりしたらしいのね、さっき。だから、もう少し柔らか目にね」

撮影が再開された。今度はベッドの上でのからみシーンだ。そのとき、ベッドに横になった桜木マヤがしきりに頬の辺りを掻いているのに気がついた。よく見ると、両頬と、そして首筋にも薄赤い湿疹のようなものができている。

「おかしいな」

しきりと、彼女は首をひねっている。

「さっきから、ここんとこが痒いの。どうしたんだろう」

「気候のせいだろう、こんなにクソ暑いんだしな。それとも虫に喰われたのかもしれない」

ぼくはそういって、カメラマンに撮影開始を目で合図した。

上半身裸で、コットンのスラックス一枚になった一郎さんが、全裸の桜木マヤを愛撫していく。四十一歳という年齢の割りには、一郎さんの体には無駄な贅肉はほとんどついておらず、まずは精悍な筋肉質の体といえた。乳房をギュッと鷲摑みにすると、腕の筋肉が怒脹するのがはっきりわかる。摑まれるほうは痛いだろうなとおもった。

そのとき、ぼくは妙なことに気づいた。彼女の乳房がとても小さく見えたのだ。一郎さんに鷲摑みにされ、揉みしだかれている彼女の乳房が、さっきと比べると随分と小さく感じられるのだ。しばらくして理由がわかった。彼女の決して小さくもなく、形も悪くはない乳房がなぜか小さく見えるのは、それを摑み、揉んでいる一郎さんの掌があまりにも大きいせいなのだ。それがわかったとき、ぼくはあらためて、この赤髭の大男に強い違和感を覚えた。キャッチャー・ミットのような掌が、依然として彼女の乳房を揉みつづける。一郎さんは両膝でベッドの上に立つと、顔を彼女の乳首に近づけていった。またしても、さっきのチューッ、チューッという音が静かな部屋の中に響いた。

彼女の表情が心配になって、顔をチラッと覗いた。大丈夫、まだがまんしてるようだ。そうおもって安心したとき、異様なものが目に映った。

桜木マヤの首筋に、何本もの赤いみみず腫れのようなものができていた。おもわず彼女の顔を覗きこんだ。やっぱり彼女の顔にも赤い腫れものがいくつもできている。顔中が赤く、そして重たく腫れあがり、ついさっきまでの顔だちと微妙に違って見えた。何分か前に気づいたばかりの湿疹が、あっという間にここまで悪化したのだろうか。

チューッ、チューッという音がやむことなしに続いていた。いま一郎さんは、俯せにした桜木マヤの背中から腰、そして尻へと唇を這わせていた。

チューッ、チューッ。

唇が這うのと同時に、一郎さんの赤髭が彼女の体の上を動いていく。俯せになった彼女がどんな顔で耐えているのか、ぼくには見えなかった。しかし、背中の表情が雄弁に彼女の感情を物語っているようにおもえた。

チューッ、チューッ。

赤髭の男の額から汗のしずくが桜木マヤの体の上に落ちた。

ボタッ、ボタッ、というその音を、ぼくははっきりと聞いたように思った。

ぼくには、その汗が落ちた音が聞こえたように感じられた。

その汗は彼女の尻の割れ目に流れて、そして消えた。まがまがしい光景だった。尻の割れ目を伝って、彼女の膣にまで達した赤髭の大男の汗は精液のように彼女を妊娠させるに違いない、とこのときぼくはおもった。

チューッ、チューッ。

ボタッ、ボタッ。

このとき、ピンとくるものがあった。ぼくは桜木マヤの背中を見た。あった、確かに赤い湿疹のような斑点が彼女の背中にあった。あと数分を経ずして、真っ赤なみみず腫れに成長する斑点が、彼女の背中一面にあった。

ぼくは、彼女の体にさらに近づいた。赤い斑点の上に、なにか不透明な液体がヌメッと光っていた。彼女の汗ではなかった。それは間違いなく、赤髭の大男の唾液だった。赤髭の大男がその唇と髭とで舐めていったそのあとに、赤い斑点がまるでモニュメントのように残されていくのだ。

ぼくは自分の発見に驚きのあまり、撮影の中止を告げることも忘れていた。一郎さんが、桜木マヤの体を再び仰向けに戻した。ゆっくりと彼女の顔がこちらを向いた。

「なんか、へんなの」

彼女が、ボソっといった。つぶっていた目を開けようとする。しかし、かすかにしか開かない。もう、みみず腫れの段階はとうに過ぎていた。彼女の顔一面が真っ赤に腫れあがり、一センチほど皮膚の厚さをましたようだった。目は強打を浴びた試合直後のボクサーのように塞がっていた。乳房の周囲にも、太いみみず腫れが何本もできていた。

「どうしたんだろう。なんかおかしいの」

また桜木マヤが呟いた。

チューッ、チューッ。

ボタッ、ボタッ。

チューッ、チューッ。

ぼくの後ろにいつのまにか吾妻が来ていた。かれもこの光景をさっきから見ていたのだろう。ボソッと、しかし部屋の中の誰にも聞こえるように吾妻がいった。

「チェッ、なんて野郎だ。本当に、毒虫みたいな野郎だぜ」

しかし、誰も答えなかった。

チューッ、チューッ。

ボタッ、ボタッ。

部屋の中に、その二つの音だけが聞こえていた。

記憶にない白黒写真から漂う郷愁

私の子ども時代の写真をまとめたアルバムが、父親から送られてきた。もう何年も前のことだ。

父親は私とちがって几帳面な性格の男だ。おそらく家のどこかにしまいこまれていた何冊もの家族アルバムの存在に、ある日、気がついたのだろう。何か気になることがおきると、父はその日のうちにすぐ行動に移す。

いつ何があってもおかしくない歳だから、まだ頭がボケないうちに、おまえの写真を選んで送る。そんな電話があった翌日には、宅急便で一冊の分厚いアルバムが届いた。まだ生まれたばかりの赤ん坊のころから、高校に入って間もないころまで。私を撮った大小さまざまな写真が、たぶん百枚以上、時間順に貼られている。

どれもモノクロ写真だった。私が高校に入学したのが昭和三十九年（一九六四年）、東京オリンピックの年だ。父は家電製品をはじめとする新しいモノには目がなかった。当然このころにはカラー写真になっていたと思っていたので、意外だった。

家族四人を撮った写真は、思ったより少ない。たぶん父が自分の手元に残したのかもしれない。私ひとりを撮った写真が半分以上を占めている。まだ若かった母や、四つ年下の弟が一枚に収まったものも、かなりあった。やはりまだ若い叔父や叔母、そしてその家族が一緒に写っている集合写真もある。

スーザン・ソンタグは『写真論』の中で「いまはまさに郷愁の時代であり、写真はすすんで郷愁をかきたてる」と書いた。「写真に撮られたものはたいがい、写真に撮られたということで哀愁を帯びる」とも。

写真そのものがノスタルジアと強く結びついたものなのだが、白黒写真はさらにその特質を際だたせる。私も両親も、そして背景の建物や土地も、モノクロームの色調で目に飛びこんできたとき、予期せぬほどの哀愁を身にまとって現れ、私は一瞬たじろいだ。

中学生の私と母が、叔父の家族と屋外で並んでいる写真があった。その前後に貼られた写真から判断すると、日光に旅行したとき撮影したものだろう。たぶん中禅寺湖畔の華厳の滝を望む展望台で撮られたものだ。

たまたま誰か年下の知り合いがその一枚を目にしたら「昭和ですねえ」と感想を洩らすかもしれない。しかし昭和といっても長い。大正と隣り合わせの、二・二六事件とか日中事変といった歴史の彼方の昭和もあれば、世相、風俗もいまとほとんど変わらない、つい二十何年か前の昭和もある。

あるとき気がついたのだが、私の意識と生理は十二歳で成長が止まったままだ。見たり読んだり食べたりするものの好みは、十二歳の時点でほぼ形づくられ、あとはちょっとしたマイナーチェンジがあるだけだ。昭和三十五年（一九六〇年）、十二歳の私は、いまの私となんの断絶もなく、地続きのものだとばかり思っていた。

ところが日光の湖畔で撮られた親族とのモノクロ写真からは、同じ昭和でも、昭和二十年代か戦前のような空気感が伝わってきた。着てるものがどうとかいう前に、まず私の顔からして違う。私はこんな顔かたちをしていたのだろうか。小学校の級友や弟と一緒の写真を眺めていると、どれが私だかしばらくわからない。

この奇妙な意識のずれは、まるでフィリップ・K・ディックが書くSFの一シーンのようだ。私の記憶が何者かによって修整されたようでもあり、アルバムに貼られた白黒写真それ自体が、オリジナルを巧妙に模しながらも、どこか微妙なところで印刷ミスを犯してしまった精巧なコピーにも感じられる。

私たち家族は、父の仕事の都合で何度も引っ越しをした。しかしほとんどの写真は、どの土地にいたときのものか、察しがつく。しかし何枚か、いつ、どこで撮られたものか、わからない写真があった。

まだ三、四歳の私を撮った何点かの写真がある。背景には石垣が写っている。何か円塔とか記念碑の基部、台座のような質感がする。

その中に、三十歳になったかならない年齢の父と並んだ一枚がある。父の顔は、もちろん若い。しかし顔の作りは、いまとほとんど変わらない。私はちょっとはにかんだ笑いを浮かべている。まるでどこか東南アジアの子どものようだ。

同じ石垣をバックに、もう少し引きの構図で、母と写っている写真もある。母はちょっとよそゆきっぽいブラウスを着ている。私は手に摘んだ野草に目をやり、カメラの方を向いていない。

いつ、どこで撮った写真だろう。まだずっと幼いころにも「ねえ、ここはどこ?」と訊いた気がする。母が小首を傾げ「さあ、どこかしら」と呟くのを聞いたような気もする。

不思議な静けさが支配する写真に、まだ若い両親と幼い私の三人が写っている。どこで撮られたものか、全員が覚えていない。時空のエアポケットに一瞬だけ拉致されたときの、記念写真のようにも思えてくる。どこか遠い世界で撮ったような印象を残す、まったく記憶にない写真からは、からっとした哀感をともなった郷愁がただよってきた。

父親の仕事の都合で小学校は宇都宮を振り出しに、愛知県大府、東京西大井、中野など5回転校。高度経済成長を迎える昭和30年代の、僕は典型的な社宅の子です。性格は母親似。

スコッチ・エッグ

皿に盛りつけられた「スコッチ・エッグ」を目にすると、いつだって気持ちがワクワクした。私はまだ十歳か十一歳、ようやく小学校の高学年になったころだ。昭和三十三年から三十五年にかけてだろうか。月に一、二度、晩ごはんに出されるスコッチ・エッグを見るだけで、私はあたたかい、幸福な気分に包まれた。

ゆで卵をひき肉で包みこんだものを、包丁で真ん中からスパッと二分割する。ちょっとずんぐりむっくりした形の、こんがりと焼かれたひき肉のかたまりが、その瞬間、鮮やかな断面図をさらす。あれほどビジュアルに訴える食べ物を、私は知らない。

外側のコロモの部分から内側に向かうにつれ、焼け具合の濃淡の差がひと目でわかるグラデーションにうっとり見惚れていると、その中心部にはこれもまた白身と黄身のコントラストがくっきりしたゆで卵が、ずしんと存在感を放っている。シンプルといえばシンプルだが、ほとんど官能的と形容したい、子どもの視覚を引きつけてやまないデザインの妙こそ、スコッチ・エッグの持つインパクトだった。

その前には、ハンバーグの時代があった。昭和三十年代の前半、大方の家庭はもう食うに困ることはなかったが、食卓は質素でつつましやかだった。要するに、パンチが欠けていた。そこに欧米的な質感と、日本的な食べやすさの両方を兼ね備えたハンバーグが登場したときの衝撃は大きかった。洗濯機、電気釜、テレビと、毎年一台ずつ家にある電化製品が増えていった時期だ。初めてハンバーグを口にしたとき、テレビで見るアメリカのホームドラマ風景に、ほんの一歩だが近づいた気がした。あの頃の母の顔を思い出す。母は特別、料理に凝ったりするタイプではなかったが、なんだかいつも楽しそうに台所に立っていたような気がする。そして、次の第二ステップがやってくる。掃除機と冷蔵庫が、我が家にやってきた。便利には違いない。母は家事の負担がさらに軽減されたことだろう。しかし、子どもにすれば、テレビと洗濯機と電気釜が出現した時ほどのインパクトはすでにない。

そんな中途半端に豊かな時代を象徴する料理がスコッチ・エッグのように思われる。ひき肉と、いまよりはるかに相対的価値は高かった卵の、その両方を味わえるという、いま思えばヒネリがいまいちの、思いつきの域を出ない折衷的な料理である。それにスコッチの名が付いてはいたが、本当にスコットランドの料理だったのだろうか。しかし、ひき肉とその中の卵も一緒に食べられるということが、私にも、まだ若かった親たちにも、豊かさへのプロセスを確実にもう一段上ることに感じられたのだ。

味もおいしかった。しかし何度でも言うが、やはりスコッチ・エッグは目に飛びこんできた時の視覚的ショックと、それを支えるデザインがすべてだ。そのころ、夜中に目覚め、冷蔵庫を意味もなく開けて、そこから洩れる幻想的な光に陶然としたことを連想する。私には電気冷蔵庫も、実用性よりは、深夜に扉の隙間から放たれる光線の、その視覚に訴える力の方が魅力的だった。

スコッチ・エッグと冷蔵庫。私は幼少時から、中身や実利より、外観やら、ちょっとしたニュアンスが気になるたちだったようだ。

材料（2人分）

合挽き肉…３００グラム
卵…2個
玉ねぎのすりおろし…１／４個分
パン粉・塩・こしょう…各少々
揚げ油…適宜

つくり方

① 完熟のゆで卵をつくる。（水から火にかけて、12分くらい）
② 合挽き肉に玉ねぎのすりおろしとパン粉、塩、こしょうを加え、よく混ぜる。
③ ①を②で包み、１７０度に熱した揚げ油で揚げる。内側の肉まで火が通るように。
④ ③を真ん中で割ってから、お皿にのせる。

もしも、亀和田武が無人島で一人ぼっちになるとしたら、持っていくのは

『ゲット・ヤー・ヤ・ヤズ・アウト！』
ザ・ローリング・ストーンズ

大会場で叫ぶのも最高だが、たった一人、無人島で「かっちょいい！」と大声を出すのも…。

アメリカのヒトコマ漫画（カートゥーン）で、精神分析医ものと並び、突出して多いのが無人島をテーマにしたものだ。もうずいぶん前のことだが、カートゥーン蒐集家でもあったショートショートの第一人者、星新一が指摘していたのを覚えている。

星さんの文中に、しかし無人島に人が漂着するなり何かの事情で住みつけば、それはれっきとした有人島だから、〈無人島漫画〉という言葉は、そもそも語義矛盾を孕んでいるのではないか、という一節があった。普通は、誰もそこまで考えが及ばない。星さんならではの、諧謔に富んだ、ロジカルな視点だ。

私は無人島だった島に、一人で暮している島民に会ったことがある。瀬戸内海に面した広島県の三原から島々を経由する定期船に乗り、人口一万人超の大きな島に着いて一泊し、翌朝、チャーターした漁船で住民一人の島に向かった。

テレビのドキュメント番組の仕事だ。戦後まもないころから二十年あまり、小高い島の頂上に建てた掘っ立て小屋に日の丸を掲げ山羊と暮す〝日の丸爺さん〟と、〝戦争を知らない子供〟である学生の私を会わせることで、何か化学反応がおきないものかという、いかにも七〇年代初頭らしい発想だ。当然アポなしで、たった一人の島民である村上さんというお爺さんは、さぞや困惑したはずだ。

島の頂上からは、瀬戸内海に浮かぶ大小無数の島々が見えた。大きな貨物船に混じって、島と島を結ぶ小さな定期船もひっきりなしに島の周囲を航行する。この前年に大ヒットした小柳ルミ子「瀬戸の花嫁」が、どの定期船からも流れていて、メロディアスな歌謡曲はおどろくほどの大きな音で、島まで聞こえる。

無人島（に準ずる島）で聞いた「瀬戸の花嫁」を口ずさみながら、東京に帰った。中央線の西荻窪に引っ越して、まだ間もないころだ。学校は吉祥寺にあった。親が転勤するため、生まれて初めて実家を出て暮したのは七一年の夏だった。

引っ越して少ししたころ、友人のYがひょいと遊びに来た。Yとは六九年に同じ大学に入学した。いまひとつパッとしない大学だったが、四月の入学式当日に、学校始まって以来のバリケード闘争が起きた。入学金値上げ撤回を迫って、校舎の隅にある経理部を封鎖した、ちゃちな闘争である。

初日から泊りこんだ学生の、三人に一人は入学したばかりの一年生だった。大学に入学した初日にバリ封が始まったので、新入生は興奮している。みんなナイーブだった。そんななかで、クールに演説し、学内デモでも先頭に立つYは目立った。入学前の浪人時代から、私と同じくデモ通いをしていたと聞いて、なるほどと思った。

すぐにツルんで遊ぶようになった。入学して三か月もすると、セクト（党派）の勧誘が始まり、私とYは異なるセクトに属することになった。それでも一緒に行動してたんだから、よほどウマが合ったとみえる。正義感で活動してるんじゃなくて、他に面白いことがないから学生運動をしている。それが私とYの共通点だった。

演説やデモでも、クールな表情をしていたと書いた。冷酷とまではいわないが、Yはどこか油断のならない気配を漂わせていた。お互い、正反対の性格に惹かれたようだ。

六九年の秋には大きな政治闘争があった。拠点つぶしのため、都内の大学は次つぎとバリケードを解除された。機動隊が導入される前日に、バリケードに毎日泊っていたのは、私とYを入れて、十人強だった。大学はロックアウトされ、私たちはしょぼい抗議活動をしたが、その中にYの姿はなかった。彼は学園を去った。

Yは大手のCM制作プロに中途採用で入った。一年後に仲間七、八人と制作プロダクションを設立し、仕事はすぐに順調な滑りだしをみせた。私も学生運動から足を洗ったものの、モラトリアム世代の典型みたいな性格だから、勉強もせず籍だけは学校に置いてブラブラしていた。Yとはときどき会った。羽振りのいいYが、そのたびにご馳走してくれた。

「西荻のアパートへ、一度遊びに行くよ」

Yから連絡があり、駅前で待ち合わせた。「何か手土産と思ったけど、ケーキなんて食わないだろ？」。駅の近くにあったレコード屋を見つけて、中に入る。「ストーンズのLPなんか、どうだ。おまえ、好きだろ？」。去年に出たこのライヴ盤が最高なんだ。そういって、Yが私に買ってくれたのが『ゲット・ヤー・

ヤ・ヤズ・アウト！』だった。

　ＬＰジャケットは、跳び上がるチャーリー・ワッツと、楽器を積んだロバのツーショットだ。ブライアン・ジョーンズの脱退と、プールでの謎の溺死。新メンバー、ミック・テイラーの加入。新しいステップを踏みだした、新生ローリング・ストーンズの実力と余裕、みずみずしさがみなぎる六九年アメリカ公演を収録したＬＰを、日に三度は聞いた。

「ジャンピン・ジャック・フラッシュ」で始まり、「悪魔を憐れむ歌」などをはさみ、「ストリート・ファイティング・マン」までの全十曲は、ニューヨークのマジソン・スクウェアー・ガーデンで収録された。

　五曲目の「ミッドナイト・ランブラー」はライヴ映えのする長尺の曲だが、ある日、聞き逃していた事実に気づいた。ボストン絞殺魔事件に触れたヤバイ曲は、長い長い間奏部分を経て、ようやくミック・ジャガーがワンフレーズだけシャウトする。チャーリーのドラムが鳴った後に半拍置いて「かっちょいい！」と客席から声が飛んだ。

　最初は空耳かと思った。しかしオープニングから五分四十三秒が経過したとき、マイクが拾った喚声は、まぎれもない日本語だった。それも「かっこいい」ではなくって「かっちょいい」だ。誰が六九年十一月のニューヨークで、ミックに向かって「かっちょいい」と叫んだのか。関西のバンド「村八分」のチャー坊説など憶測が飛んだが、いまなお謎のままだ。

幻に終った七三年一月の日本公演。七二年の秋に、ストーンズ公演チケットを入手するため、私や友人たちは出来たばかりの東急百貨店・渋谷本店の地下駐車場に徹夜した。コンサートを見るために夜明しをして並んだのは、後にも先にもこの一回だけだ。

　ストーンズが来日するたび、私は「ミッドナイト・ランブラー」で、ミックが焦らしに焦らした後のシャウトの直後「かっちょいい！」と吠える。大会場で叫ぶのも最高だが、たった一人、無人島で「かっちょいい！」と大声を出すなら、瀬戸内の穏やかな島よりも、鹿児島本土と奄美大島の間に点在するトカラ列島の、いまは島民が立ち去った臥蛇島あたりが似合っているかもしれない。

The Rolling Stones『ゲット・ヤー・ヤ・ヤズ・アウト！』

もしも、亀和田武が無人島で一人ぼっちになるとしたら、持っていくのは

『アレクサンドリア四重奏』ロレンス・ダレル

この小説を読み終えたら、私はその後どうしたらいいだろう。

無人島には、まだ最後まで読み通していない本を持っていこうかと思う。

インド生まれの英国人作家、ロレンス・ダレルの長編『アレクサンドリア四重奏』を携えて、何物にも邪魔される恐れのない土地に赴き、あり余る時間をふんだんに費やし、この思索的であると同時にロマネスクな書物を、最後の一行まで味わい尽くしたいという欲望は、もうずっと私の身体の奥に巣喰っていた。

四重奏とあるように、この作品は四つの本から成り立っている。無人島に持っていく本は一冊だけのはずだから、四冊本は反則じゃないか。そんな非難もおこりそうだ。

しかし第一巻から順に書名を記せば、『ジュスティーヌ』『バルタザール』『マウントオリーヴ』『クレア』という四部作は、分かち難く結びついて、ひとつの世界を形づくっている。それぞれ独立した長篇と読めないこともないが、この四重奏に惹かれた読者が、なかの一冊だけを手にとり読み耽ることで満足できるとは、とても思えない。

『ジュスティーヌ』の冒頭に近い部分から引用を試み、この作品世界を、ほんのわずかなりとも味わってもらうとしよう。

「五つの種族、五つの言語、十にあまる宗教。港口の砂洲にかくれて油じみた影を映しながら向きを変える五つの艦隊。しかしこ

こには五つをこえる性がある」「手じかにある性の飼葉の多様さ豊富さときたら、気も遠くなるばかりだ。ここを快楽の場所だなどと思いちがえる者はまずあるまい。自由な古代ギリシア世界の象徴的な恋人たちにとって代わって、ここでは何か違ったもの、何か微妙に両性的な、自己倒錯したものが支配している」。

第一部『ジュスティーヌ』の語り手である「ぼく」は、友人のネシムの言葉を思いだす。「アレキサンドリアは愛をしぼりとる大圧搾機であり、そこから出てくる者は病人、孤独者、予言者である、と彼はそう言ったのだ。つまり、性に深い痛手をうけた人たちすべてのことだ」（高松雄一訳）

この引用箇所からだけでも、ロレンス・ダレルという英国植民地に生まれた小説家の、華麗な文体と、小市民的モラルを大きく逸脱した性愛に関する、ほとんど形而上的と呼びたい思索、そしてそれと同居している下世話なまでのゴシップへの嗜好が感じとれる。

四冊本の書名は、この作品全体を通して重要な位置を占める登場人物たちの名からとられている。ジュスティーヌは、さまざまな性愛の遍歴を体験した、美しいが激しい気性をもつユダヤ人女性だ。いまはエジプトでも有数の実業家であるコプト教徒のネシムの妻であり、英国から流れてきた無名の小説家であり、貧乏な語学教師「ぼく」の愛人である。

バルタザールは、ジュスティーヌと親しいユダヤ教の秘密思想の研究者であり、男色家だ。この都市の片隅でおきている情事から、各国のスパイが織り成す政治的陰謀にまで通じた神秘説の研究者であり医者だ。

私が最初に『ジュスティーヌ』を手にとったのは、おそらく七八年だ。おそろしいまでに精読を強いる本で、一巻に丸五日を費やさなくてはならない。ようやく第二部『バルタザール』の中盤まで進んだところで、仕事が忙しくなって、読書に時間が割けなくなる。そのころ私は零細出版社の社員で、俗悪雑誌の編集者だった。二、三か月がたって、またまとまった時間ができる。私は律儀に、再び第一巻から読み始める。

第三巻『マウントオリーヴ』にまで辿り着いたのは、七、八回目のトライの末だ。その当時、まだ創刊されて間もない「本の雑誌」に、ひょっとすると一生かけても通読できないかもしれない、ダレルの四巻本のことを短い文章に書いた。すると翌号のお便り欄〈三角窓口〉に、詩人で建築家さらには映画評論家としても知られる渡辺武信さんの「私も、まったく同じ経験を何度も繰り返し、いまだに読み終えていません」——大意そのような感想が掲載されて、私を喜ばせた。

私にこの本を勧めてくれた友人のことも書いておこう。当時の飲食店ガイドから引用する。「凡そ変った名前のカフェである。推理小説作家でも経営しているのかと思うが、洋装店をやってる女性がオーナーの店」「白と黒の市松模様の床張り、ヨーロッパ風でドライな店内（中略）特製ブレンドのフレンチタイプコーヒーはマダムが自慢するだけにほろ苦い味は抜群」「銀のシュガーポット、ミルクピッチャーが似合う店である」。ここに紹介されている、都心にあったシックな喫茶店の女性オーナーが、私に〝四重奏〟の存在を教えてくれた。〈都市〉をテーマにした小説や評論について、私たちがカウンターをはさんでよく会話していた時期だ。「ダレルの小説も、何人もの登場人物が出てくるけど、主人公は結局アレキサンドリアという都市ですものね。おもしろい小説よ」

ベンヤミンの『都市の肖像』や『一方通行路』、スーザン・ソンタグの『土星の徴しの下に』『写真論』、さらには私には無縁な存在だったツヴァイク『昨日の世界』などを勧めてくれたのも彼女だった。おかげで、私の読書世界はずいぶんと広がった。

古い女友達の思い出と一緒に、無人島に持っていくダレルの〈四重奏〉。しかし何にも煩わされることなく古代エジプトから続く都市が主人公の、奇妙な性愛の形而上的小説を読み終えたら、私はその後どうしたらいいだろう。JRの全線完乗をやり遂げた鉄道マニアが味わうという脱力感が、私を襲うかもしれない。最後まで、けっして読み終えることのできない書物があるから、私の中に未知なるものへの好奇心と畏れが、みずみずしさを失わずに残っていたかもしれないのに。

この貴重な一冊を読み終えたら、私の想像力は枯れつきる可能性もある。無人島に、華麗で謎を秘めた四巻本を持っていくべきかどうか、私はまだ迷っている。

ロレンス・ダレル『アレクサンドリア四重奏』（河出書房新社）1〜4巻

『欲望の翼』ウォン・カーウァイ
南の島の快楽と退廃の中で、地上に墜落し絶命する、脚のない鳥たちを観てみたい。

脚のない鳥の話を、あなたは聞いたことがあるだろうか。内容は至ってシンプルで、十五秒もあれば要約できる。

脚のない鳥がいる。ただ飛び続けて、疲れたら風に乗って眠る。地上に降りるのは、死ぬときだけだ。

香港の映画監督、ウォン・カーウァイ（王家衛）が撮った『欲望の翼』（一九九〇）の主人公レスリー・チャンは、脚のない鳥に憧れ、自分も風の吹くまま勝手気ままに飛んでいるつもりでいたら、突然の乱気流に巻きこまれ、地上に急降下して、無様な死を遂げる。

映画は一九六〇年の香港で始まり、翌六一年のフィリピンで唐突に終りを迎える。

金持ちの息子で定職にも就かず、毎日を遊び呆けて過ごすレスリー・チャンは、典型的な香港のチンピラだ。興味があることといったら、女と高級外車、そして喧嘩くらいだ。生産性のあることには、およそ興味がない。

私は昔からチンピラに憧れていた。暴力は苦手だし、ややこしい人間関係もなるたけなら避けたい。そんな私とは対極の場所に位置するチンピラが、私には眩しく見えた。

映画のオープニングは、六〇年四月十三日。香港の老朽化したサッカー場の屋内だ。人の気配のないスタジアムの午後の廊下を、肩を揺すらせ、靴音をコッコッコッと鳴らして、レスリーが小さな売店にやってくる。

冷えたコーラを一本とって栓を抜くと、売り子をしているマギー・チャンに「いくら?」と訊く。「ビン代込みで二十セント」

とマギー・チャンが素っ気なく答える。「名前は？」。釣り銭を数えながら、女は「答えたくないわ」と一言。

くわえ煙草を消すと、レスリーは余裕たっぷりに、売店を片づけている女に告げる。「本当は知っている」。焦らすように何秒か黙ってから、薄笑いを浮かべ「リーチェン」とその名を口にする。「誰から名前を？」。女の顔に不安と動揺が浮かんでいる。男はニヤリと笑って「夢で会おう」と一言だけ告げると、また靴音を響かせて遠ざかっていく。

夢で会おう。すごいね。初めて会話を交わした女に、照れもせずにこんな誘惑の台詞を囁く。こういう男になりたい。

新宿五丁目のバーで試してみた。夜中にチェックを頼むと、美人で客あしらいの巧いママが「あら、もう帰っちゃうの？　また、来週も、いらしてね」。私は酔った勢いで「大丈夫だよ、夢で会おう」と呟く。若いのに着物が似合い、機転の利くママは「あら、素敵ね。絶対、会いましょうね」。横にいた編集者が真に受け「なんすか、その気障なセリフは！　カメワダさん、いつもそんなセリフで女を口説いてたんですね」と喚き立てる。香港のチンピラを真似たら、予想以上の反響があって、五丁目界わいでは思わぬ悪評が立ち、いっぱしの遊び人気分になれた。

『欲望の翼』のマギー・チャンは、いつも暗い表情をした、地味な女だ。マカオから香港に伝手を頼って出てきたものの、仕事にも男にも恵まれない。垢抜けないサッカー場の売り子が、暗い瞳にふと見せるエロチックな表情に、遊び人のレスリーは気がついたのだろう。

翌日、売店で生アクビをするマギー。またコーラを買いにレスリーがやってきて、彼女の顔を見つめる。沈黙に耐えられず「夢で会えなかったわ」と彼女は告げる。「寝てないな。眠れば、きっと俺に会えるぜ」。平然と答えて、その場を去っていく男。

三日目。男は「時計を見ろ」と命じる。「どうして？」「一分でいい」といって腕時計を女の目の前にかざす。カチッカチッカチッ……。長い一分がたった。「今日は何日だ」「十六日……」「四月十六日か。一九六〇年四月十六日。三時一分前。君は俺といた。この一分を忘れない。君とは〝一分の友達〟だ。この事実は、もう否定できない」

こうして激しい情熱を秘めた、パッと見は冴えない女が、遊び人の男に落とされた。

マギー・チャンが疎（うと）ましくなった男は、今度はナイトクラブの踊り子、カリーナ・ラウに乗り換える。派手で、男勝りの気の強さ。すべてが前の女とは正反対だ。鼻っぱしらは強いが、純情なところもある、この陽気な踊り子も、チンピラは捨てる。女たちだけでなく、男は香港も捨て、フィリピンに向かう。

出産直後にいまの養母に多額の金を与えて自分を捨てた、フィリピンにいる大金持ちの母親にひと目会うためだ。レスリーがグレ始めたのも、養母から出生の秘密を知らされてからだ。母探しに、南へ。香港島の高級マンションから、ルソン島マニラの中国人街の吹き溜まりへ。南下するチンピラの、破滅に至る軌跡を、ほとんど腐乱した果実のような甘美な映像と音楽で、映画は追っていく。

もうひとつの魅力にも触れておかねば。レスリー・チャンが冷酷に捨てた二人の女には、それぞれ彼女たちを慕う男がいた。サッカー場で働くマギー・チャンに好意を抱く、貧乏な警官（アンディ・ラウ）。レスリーの幼なじみの弟分（ジャッキー・チュン）は踊り子に一目惚れするが、彼女は鼻も引っかけない。純情で、可哀そうな男たち。

女たちはたくましい。マギー・チャンは失恋の痛手から時間をかけて回復し、逆にカリーナ・ラウはレスリーを追ってバッグひとつでマニラの中国人街に渡る。

警官を辞めて船員になったアンディ・ラウが、マニラの路地裏でレスリーと再会し、地元ギャングとの乱闘に巻き込まれる後半のシーンも、見所のひとつだ。

唐突なエンディングで、映画は物語としては破綻している。だけど、これだけ甘美で感傷的、さらにエロチックな映像を堪能できたんだから、構成の失敗など、どうでもいいや。

そう思っていたら、『花様年華』（二〇〇〇）と『２０４６』（二〇〇四）の二本の映画が制作され、六〇年代の香港とフィリピン、シンガポールという三都市をつなぐ、壮大かつ微細な美を描く物語が完結した。『花様年華』で人妻役を演じるマギー・チャンの美しさは圧倒的だった。相手役の娯楽紙記者（トニー・レオン）は、『欲望の翼』のラストシーンに僅か一分だけ登場した、ダンディな謎のギャンブラーだ。そして『２０４６』冒頭近くでは、東南アジア時代の記憶を忘れた踊り子、カリーナ・ラウが、トニー・レオンと再会する。レスリー・チャンが、香港の名門ホテル、マンダリン・オリエンタルから投身自殺したのは、ＳＡＲＳ騒動の渦中、二〇〇三年の四月だった。『２０４６』を観終ったとき、これら六〇年代三部作が、『欲望の翼』のチンピラのように破滅していったレスリー・チャンを哀惜する映画だったとわかる。

香港、シンガポール、フィリピン。南の島の、気怠い快楽と退廃の中で、うつらうつらしながら失速して地上に墜落し絶命する脚のない鳥たちを、男たちよ、観てほしい。

王家衛監督『欲望の翼』より

ポップ文化世代の保田與重郎体験

私が保田與重郎と日本浪曼派の名前を知ったのは一九六八年の秋、十九歳の予備校生のときだった。

一九六八年といえば、前の年の秋から本格的に開始された学生や青年労働者による街頭や学園での闘いが、もっとも上げ潮の気運にあったときだ。受験生という、いってみればキャンパスからも生産拠点からもスポイルされた足場のない人間までもが――恐らく、それ故にということもあるだろうが――浮き浮きとした気分で毎日毎日デモに通っていた、そんな年である。私が保田與重郎の名前を知ったのは、能天気さと狂躁的な空気がとがごっちゃになったデモ通いの、その行き帰りのどこかでだった。

デモの起点となる会場か都内の書店の政治機関誌コーナーで売られていた一冊の雑誌が発端である。

前年まで革共同中核派の政治局員をしていた小野田襄二が、新たに無党派の活動家を結集して創刊した『遠くまで行くんだ……』に載った〝日本浪曼派についての試論〟の副題を持つ「更級日記の少女」という文章によって、私は保田與重郎の名前と、そしてイロニイという概念を知った。

新木正人という学生の書いたその文章は、全編が次のようなパセティックなトーンで覆われていた。

「日本浪曼派は、ナルプ解体後の頽廃の中に咲いた異様なアダ花ではなかった。咲くべくして咲いた、ある意味では鮮やかな花であった。僕たちは、その美しさと悲しさを受けとめねばならぬ。僕たちの全存在を賭けて受けとめねばならぬ」

あるいは、

「堀辰雄がなぜ更級日記の少女にひかれたのか僕は知らない。けれども、これは断じてリルケ的な人生論ではないのだ。（中略）そして眠りのない港町に佇む多くの少女達、流れる涙は海となって静かに僕たちを待つ。これはリルケではない。僕たちは行かねばならぬ。いって泳ぎ切らねばならぬ」

橋川文三はかつて保田與重郎の文体を指して「それは確かに異様な文章であった」「それはまさに私たちが見たこともなく、これからも見ることのないような文章であった」と形容したが、私の場合なら、この新木正人という当時もそしてその後もほとんどその名を知られることのなかった人物の書いたものこそ、まさにそうした美しさといかがわしさとあやしさとを兼ね備えた種類の文章であった。

こうして「イロニイとしての革命」を丸ごと一〇〇％体現してしまっているような文章に仲介されて、私は保田與重郎と出会うことになる。

リッキー・ネルソンやコニー・フランシスの歌う恋と涙の馬鹿げたアメリカン・スウィートポップスと、タイムマシンと流線型のロケットが登場するＳＦ小説とによって自己形成されてきた少年が、突如として美しくも悲しい、「イロニイとしての日本」に遭遇してしまったのだ。

しかし、どこをどう突ついたところで困窮化したプロレタリアートや人民を見出すことのできない高度成長下のこの国の闘争にあっては、既成のマルクス・レーニン主義的な理解よりも浪曼派的な美意識と心情の方が私の肌にはしっくりと馴染むように思われた。

その当時、私が繰り返し繰り返し読み返し、ほとんど暗記するまでになったのはたとえばこんな一節である。

「闘争は人力のきづいた線を突破した非常であり無常である。源氏ならば頼朝のために肝脳地にまみれさすが正しく、平氏なら清盛のために死すが正しい。今日私がソヴエート人ならばスターリンの完全奴隷となつていささかもスターリンにヒユマニズムがないなどの愚言をいはない――」（「木曾冠者」）

このころすでに大学に入学し党派の下部活動家となっていた私は、この文章を読むたびにマルクスや吉本隆明の著者に目を通したときよりも大きな勇気を得ることができた。

私はマルクス主義にも政治セクトの指導者たちにもなんの幻想も抱いていなかったし、中国や北ベトナムやキューバにも憧れたことはなかった。しかし、眼前のこの闘いは必然であり、それを闘うのがマルクス・レーニン主義を規範とするいわゆる新左翼諸党派しかないのであるから、その組織の中に身を置くこともこれまた必然であると思われた。

端から見れば倒錯したこのような「イロニイとしてのマルクス主義」に、しかしときとして息がつまる思いになることも事実で、そんなとき私は先に引用した「木曾冠者」の一節を読み返して、心身を再び高揚させるのを常とした。

あれから、ほぼ二十年の時間が経過した。

ハイ・テクロノジイとそれがもたらした超高度消費社会への手放しの礼讃が横行し、東京が西麻布とウォーター・フロントという記号によって塗り分けられてしまったいま、化粧の濃い少女たちや華やかなウィンドウのディスプレイにもし私が微かではあっても苛だちと悲哀を覚えることがあるなら、それは二十年前と比べれば遥かに水で薄められてはいるものの、浪曼派的な美意識と心情によるものだ。

ハイテックなメタ資本主義に対する私の最終的な抵抗の拠点は《日本の橋》なのである。

甦れ、バビロン沢田研二
『TOKIO』と都市の快楽

沢田研二をTVで見ていると、本当に面白い時代にいま巡り合わせているのだな、ということが納得させられてくる。十一月発売の最新LP『トキオッ／眠れなくなるよ』からシングル・カットしたタイトル曲「TOKIO」のコスチュームを「夜のヒットスタジオ」で初めて見たときなどは、大袈裟でなく一種の感動さえ覚えたものだ。

どんなスタイルかというと――案外、本誌読者にはTVの歌番組なんぞ決して見ないという昔気質のインテリゲンチャーもいるかも知れぬので紹介しておく。『週刊平凡』一月二十四日号の「沢田研二の奇抜なコスチュームを徹底分解！」という見開き二ページ記事よりの引用である。

この舞台衣装、全体の感じは未来の宇宙戦士ふう。赤のジャケット、ブルーのスラックスに無数の豆ランプをちりばめた、いうなれば電飾ミリタリールックといったところだ。スラックスの両側に小さな電飾用ランプが百個、ジャケットの両肩の金モールの上には赤のパイロットランプ。胸には七色の電飾と十本のストロボ。おまけに背中からは二本のアンテナまで突き出している。そのうえ、背後には直径五メートルの白と赤のストライプのパラシュートまで用意するというギンギラギンぶりである。

それに加えて、電飾をチカチカさせるために、背中にタテ五十センチ、ヨコ三十センチのチャージ（配電盤）を沢田研二は背負っている。渡辺プロの担当者の談話によれば、総重量はパラシュートを含めて三十キログラム、製作費は二百五十万円で、二か月がかりの製作という。

「紅白歌合戦」の美空ひばりや都はるみの衣装代、何百万円という話も悪くはない。しかし、あれは後進国根性、成り上がりの衣装道楽とでもいった匂いが濃厚で、正直なところ辟易する。同じ金をかけるならジュリーの宇宙飛行士（アストロ・ノーツ）ふうを俺は良しとしたい。

日本の芸能事情も悪くはないではないか、ンッ、諸君どうだね？ ちょっとセンスの良いわがニュー・ファミリーたちの間では、たとえば東京12ｃｈの「ゴング・ショー」などを眺めて、うーん、ヤッパリ、アメリカのＴＶってサエテるワーッ、センスの違いかしら、歴史の違いかしら、それとも国民性から来るものかしら、とても日本だったらアーはいかないわよねえ、もっとイモになっちゃうのよ、などとトワイニングのアールグレイを飲みつつＴＶ批評に打ち興じるのが、まあハヤリといえばハヤリなのだが。

なに、アメリカなんて百姓の国よ、ウエスト・コーストだ、なんだ言ったって、ＴＯＫＩＯには勝てるわけがない。

＊

ＬＰ『トキオッ／眠れなくなるよ』は、従来の作詞・阿久悠、作曲・大野克夫コンビを解消し、作詞、作曲、編曲、バック・ミュージシャンすべてに新スタッフを起用したアルバムである。

たとえば、タイトル曲「ＴＯＫＩＯ」の作詞はコピーライターの糸井重里であり、作曲は加瀬邦彦だ。「大阪で生まれた女」のＢＯＲＯも二曲作曲を担当しているし、りりィの作詞、作曲の歌もある。編曲はすべて後藤次利――木之内みどりの亭主といったほうがわかりがはやいか。バックには、鈴木茂、松原正樹といった、いま一番売れ線のスタジオ・ミュージシャンたちが参加している。

さて、『トキオッ』の評価である。公式的にいうなら次のようになる――。

沢田研二という歌手はＧ・Ｓ（グループ・サウンズ）時代からロックぽい感覚をとりこみつつも決してロック・シンガー、フォーク・シンガーの範疇（はんちゅう）には入らず、あくまで芸能界の人であり、歌謡界の人であった。ポップス歌謡というのが彼の歌に最も適した呼び名だろう。

しかし、昨年の音楽シーンを総括してみればハッキリすることだが、ポップス歌謡は現在、長期低落傾向にある。

昨年一年間のシングル盤売り上げ枚数のベストテンを見るとそこいらへんの事情がよくわかる。

❶ 夢追い酒　渥美二郎
❷ 魅せられて　ジュディ・オング
❸ おもいで酒　小林幸子
❹ 関白宣言　さだまさし
❺ 北国の春　千昌夫
❻ ガンダーラ　ゴダイゴ

❼ YOUNG MAN　西城秀樹
❽ チャンピオン　アリス
❾ みちづれ　牧村三枝子
❿ カメレオン・アーミー　ピンク・レディー
（「オリコン」一月一、二週号より）

ジュディ・オング、西城秀樹、それと落ち目のピンクとポップス勢は三曲、ド艶歌が強く四曲、ロック・フォーク系統のニュー・ミュージックが残り三曲である。沢田研二は「カサブランカ・ダンディ」が二十六位、「OH！　ギャル」が四十七位。郷ひろみは「マイレディー」が六十七位、山口百恵は「いい日旅立ち」が二十位――代表的ポップス歌手にしたところでこれがヤットである。

LP部門だと、こうした傾向がさらにドラスティックに表れてくる――。

❶ 西遊記　ゴダイゴ
❷ 夢供養　さだまさし
❸ 10〝ナンバーズ〟からっと　サザンオールスターズ
❹ モーニング　岸田智史
❺ ヴーレ・ヴー　アバ
❻ アリスⅦ　アリス
❼ 栄光への脱出　アリス
❽ YOKOHAMA　柳ジョージ&レイニー・ウッド
❾ アライバル　アバ
❿ 歩き続ける時　松山千春

外タレのアバが二枚入っているのみで、残りはすべて国産ニュー・ミュージック勢である。

こうした昨年度の諸傾向を総括した沢田研二サイドが打ち出したのが、新しい血の導入――具体的には先述の新スタッフの起用、音的には、テクノ・ポップ、パンク&ニュー・ウェーヴ的なサウンド作りということである。

競馬の用語に〝イン・ブリード〟、〝アウト・ブリード〟というのがある。サラブレッドという競走馬の種族は、アングロ・サクソン民族がこの二、三世紀で人工的に作りあげた、いわば馬の畸型である。ただただ早く走ることを目的に品種改良を続け、今日に至った。しかし、もとはといえば、アジアから連れてきた三頭の牡のアラブ馬を英国の牝馬に種付けしたのが始まりであるから、現在、世界中にいる何万頭だか何十万頭だかのサラブレッドは血統をたどれば、すべて最初の三頭のアラブ馬に行き着く。多かれ少なかれ、同じ血が流れているわけだ。

サラブレッドの生産者には、より早い馬を作るにあたって二通りの考え方が存在する。ひとつは、三代前、四代前に共通の、そしてもちろん実績ある父親を持つ牡馬と牝馬の生殖――これがイン・ブリード（近親交配）である。もうひとつの考え方は、これとは逆に――当然、何代も遡れば共通の祖先にブチ当たるわけではあるが――三世代、四世代前に遡っても、同じ祖先を共有しない牡馬と牝馬の結合である。これがアウト・ブリード。

沢田研二が『トキオッ』で選択したアウト・ブリードは見事に成功を収めたといえるだろう。(ちなみに、ド艶歌路線の意外というか、当然というか、その善戦ぶりは、歌謡曲におけるイン・ブリードの今日的有効性が薄らいでいないことの証明でもある)。

しかし、『トキオッ』における沢田研二の成功を、ピコピコ・サウンドのテクノ・ポップ路線導入にのみ求めるのは見当外れである。むしろ、テクノ・ポップ、パンク&ニュー・ウェイヴへのサウンド的接近は副次的要因と考えるべきだろう。——では、成功は何に起因するのか。

TOKIOである。その題材を東京に求めたことがアルバム『トキオッ』の決定的優位性である。

海に浮かぶ光の泡、霧にけむった不思議の街、スーパー・シティ東京の醸し出す美と退廃、富と悪徳とをテーマに選択したことの勝利である。

＊

空を飛ぶ　街が飛ぶ　雲を突きぬけ　星になる
火を吹いて　闇を裂き　スーパー・シティが舞いあがる
TOKIO　TOKIOが二人を抱いたまま
TOKIO　TOKIOが　空を飛ぶ
海に浮かんだ　光の泡だと　お前は言ってたね
見つめていると　死にそうだと　くわえ煙草で涙おとした
TOKIO　やさしい女が眠る街
TOKIO　TOKIOは夜に飛ぶ

この曲を聴いていると、クールで、クレージィでスリリングで、エキセントリックで、ホットで、パワフルで——そして、少しばかりは、メランコリックで、アンニュイで、コケティッシュでといった、およそ都市の持つ考えられる限りの属性を身にまとったスーパー・シティ＝東京の姿が浮かびあがってくる。

現代資本主義文明のドンヅマリ?　——フン、悪かあないね。「TOKIO」の、先に引用した個所に続くフレーズはこうだ——。

欲しいなら　何もかも　その手にできるよ　AtoZ
夢を飼う　恋人に　奇跡をうみだす　スーパー・シティ
TOKIO　哀しい男が吠える街
TOKIO　TOKIOが星になる

何でも金で買えるっていうのかい——こんな陳腐なセリフが返ってくるかもしれない。ならば、こう答えてやろう——。

そうとも、このスーパー・シティ＝現代資本主義文明の窮極的形態においては、金で買えないものはほとんど無い。オット、〈こころ〉の話はヤメだ、そんな野暮で辛気臭いことは言いっこ無しにしよう。〈こころ〉や〈精神〉の話をしていたら、君の忌み嫌う連中、そうだ、君の常套句を使えば〈敵〉だ、〈敵〉の連中と同じレベルに自分を貶めることになる。〝近頃の若い奴等ときたら……〃というわけだ。

われわれは、そろそろ既成の文明観を改めねばならない。どの文明が秀れており、どの文明が遅れているのかの尺度を変えねばならないと思うのだ。近代化論者たちが破産してセイセイしたと思ったら、その反動でやってきたのが〃未開こそ文明である〃という文化人類学の教説を信奉する連中だ。難とも胸糞の悪い教養主義である。

未開、野蛮、原始社会、アフリカという言葉が飛びかうたびに、この連中はペコペコしやがる。上坂冬子が以前ヒンシュクを買ったセリフじゃないが、腰ミノつけて、裸足で歩くのが文明人か、エッ? そんなふうに色眼を使ってサバンナやジャングルに出かけたところで「野生のエルザ」のオバンのように原住民にブチ殺されるのが関の山だ、やめといたほうがいいよ。

ひとつの時代、あるいは、ひとつの社会・国家が、文明的に進んでいるか劣っているかを判断する基準は、その時代なり、社会・国家なりが所有する個有の〈悪徳〉の質と量——その現在的質量と埋蔵量である。——われわれの文明理解は、このように転倒されねばならないのだ。

*

「TOKIO」を歌う沢田研二を見ているうちに、ひとつの具体的イメージが啓示のように脳裡に浮かびあがった。

未来——十年後か、二十年後か、それともホンの数年先のことか、ともかく近い未来だ。薄暗い裸電球の下、復活した火鉢もしくは囲炉裏に手をかざして暖をとる人たち。彼らはつい何十年か何年か前まで続いていた、いまとなっては信じることも不可能な程の繁栄の世界、富と浪費の時代を憧れをこめて語る。黄金伝説。そのとき、人びとが、いまは遙かなことにも感じられるあの時代、あの世界を追憶の中に描き出そうとするとき、ジュリー＝沢田研二の姿こそ格好のスーベニールではないのか——。遠いほうを見ながら、人びとはジュリー＝沢田研二が一身に体現していたあの時代と文明の華麗な繁栄を想う。

——こうしたイメージが、突然、しかも生々しいイメージとなって現れてきた。俺には珍らしい体験だ。絵であるとか音楽であるとかを契機にして白昼夢の世界に浸るという資質が、哀しいかな完璧といってよいほど俺にはない。近未来、耐乏生活を余儀なくされているわれわれ、すなわちひとつの文明の終焉に身を置いたわれわれが沢田研二を語り、過ぎ去った繁栄の日を懐しむというこのイメージはどこから来たのだろう——。

物質文明の頂点で奢侈（しゃし）な生活に馴れ親んだわれわれ＝北の世界、帝国主義本国の臣民たちが本能的に抱く没落の恐怖にそれは由来する、といった分析をしてくれる人もいるかもしれない。

そうかもしれぬ。新聞記事を賑せる資源・エネルギー危機。中東状勢、経済不況等々といった事態を突きつけられずとも、時代に対する危機感を人びとは強くその内部に育くんでいるのではないか——。こんな時代がいつまでも続くわけがない、と。奢れるローマ帝国、歴代の支那の王朝に生きる人びとが繁栄の極にありながらも、というより繁栄の極にあるからこそ、時折訳のつかない恐怖にとらわれたように……。栄光のバビロン、富と悪徳の都バビロンはいつの日か滅びる。いや、バビロンは滅びなければならないのだ。

合理的な説明のつかぬ刹那的な感情かもしれない。だが、現在の形でのこの国の繁栄がそう長くは続かないという予感――これは確かなことのように思える。民主主義のナレの果てという印象のアメリカ型のスラム国家になるか、ソ連とその従属国家群のように収容所群島化するかはわからないが、この列島の経済的な繁栄と安定が永遠のものでは無論なく、どれだけ長い射程をとったところで今世紀一杯のものに違いないという確信がおれにはある。

しかし、ここでシンミリしてはいけない。そう思えば、いっそサバサバした気にならないか？　堕落と退廃、富と浪費、倒錯と悪徳のこのバビロンもあと十年か二十年の命。ひょっとしたら一、二年先にはもう無いと思えば、おのずと心構えも腹の据えようも違ってくるというものだ。

われわれはいま、猿が樹上を降りて百万年、直立歩行を開始していらい未曾有の栄華の頂点にいる。過去に生きた何十億かの人類――ネアンデルタールからクロマニヨン、北京原人からジャワ原人までも含めた人類がいまだかつて口にしたこともない美酒にとり囲まれている。アレクサンダーもカエサルも、そしてナポレオンも、無論スターリンもヒットラーも味わったことのないゴージャスな悪徳！　こうした絶頂の時代と社会の最後の何年間かに巡り合せていると思えば、気が楽になるばかりではない、なぜか嬉しくさえならないかね？

乱痴気を極めたパーティーがあと僅かで終わる――そう思ったときの、身を焼き尽くすような激情と、甘酸っぱい感傷とが、ある種の贅沢な感情の余韻をともないつつ、身体の内部からこみあげてはこないか。

まったく面白い時代に生まれついたものだ――われわれは運命に感謝してしかるべきである。

＊

あるロック・ミュージシャンのコンサートに出かけたとき、そのミュージシャンたちと一緒にコンサート会場を出ることになった。楽屋口から出て、待たしているハイヤーに乗りこむわけなのだが、これが一苦労なのだ。グルーピー予備軍とでもいうべきティーンネージャーの少女たちが数十人、ときには百人ほどもハイヤーに殺到する。窓ガラスを叩く、カメラに収めようとストロボをたく――周辺は騒然とした状況になる。

その時、隣に座っていたミュージシャンの一人が話を始めた。

「こういう時、ジュリーはどうするか知ってる？」

「イヤ、知らない」と俺。

「後ろの座席には座らないでね、前の助手席に行くんだよ」

「ヘエーッ」俺たちは、その時、二人とも後部座席に腰をおろしていた。

「そしてね、自分の横顔がワンフ（ファンの隠語）に見えるようにライトをつけるんだ。特別に照明を設置してあるんだな。」

「凄いな。ジュリーの車はリンカーン・コンチネンタルだったっけ？」

「本当に凄いのはこれからなんだ。そうやって自分の横顔をワンフたちに見せながら、ジュリーはニコリともしないんだ。ニコリともだよ。手を振らない。オフの時にいつもしているブスッとした顔をみんなに見せ続けるんだ、凄いと思わない？」

＊

ヒット・チャートがロック、フォーク系統のいわゆるニュー・ミュージック勢に占拠されて、ひとつ味気ないことがある。

ＴＶの歌番組を見ていても〝芸能界〟の匂いというものを発散させている歌手が数少なくなったことだ。ロック喫茶にたむろしている大学生たちと何ら見分けがつかない。以前は、芸能人というものは、いつ、どんな場所にいようと、あからさまなまでに芸能人の体臭を撒き散らしていたものだ。

ロック、フォークのニュー・ミュージック勢ミュージシャンと歌謡曲の歌手の体質の違いは、まずそのデビューまでの過程の相違に認めることができる。

ニュー・ミュージックのミュージシャン、彼ら、彼女らに総じていえることは、趣味が嵩じて、あるいはマニアが嵩じて職業ミュージシャンになったということだ。青山学院の軽音楽サークルがそっくりそのままプロ・ミュージシャンになったサザンオールスターズにその典型を見ることができるだろう。

確かに、キャロル＝矢沢永吉といった例外もいることはいる。だが、それは極めて少数であるし、彼、あるいは彼女たちがミュージシャンの前段階にあった時期、たとえインスタント・ラーメンだけの貧困生活を送っていたとしても、四畳半一間のアパートの一室で必死にビートルズやロッド・スチュワートをコピーしている姿は、かつての日本人の暗い貧困のイメージからは遠いものだ。どこかに余裕がある。そう、この時代においては、ギターやピアノを演奏し、ロックやフォークをやるという行為は立派に〝趣味〟なのだ。誰はばかることなく宣言できる青少年の健全な〝趣味〟であり〝娯楽〟なのだ。レコードもまだ出してない歌手は、昔は〝流し〟をした。いまは、ダンス・パーティー、もしくはディスコの〝アルバイト〟だ。また、レコードを出したところで売れない歌手は〝ドサ廻り〟をしたものだが、いまは〝ライブ・ハウス〟というぐあいである。

そして興行系統のちがいがある。ヤクザがらみの多かった歌謡曲の興行と比べて、ロック、フォークは健全なものである。各地方、地方に、それこそ日本全国くまなくニュー・ミュージック専門の若い新興のプロモーターたちが育っている。この人たちもまた趣味が嵩じて、この道に踏みこんだ人たちである。ヤクザの資金稼ぎではないのだ。

図式的にいえば、ニュー・ミュージックは清潔で、漂白されており、中産階級特有のリッチな雰囲気を漂わせている。中産階級特有のリッチさとは——贅沢にも行き着けず、貧困にも下降できない中途半端な富の形態である。

　これを産み落としたのが、同盟のみならず総評も含めた日本の組織労働運動だ。クタバレ、わが中産階級の友たちよ！　一度たりともブルジョアジーの贅（ぜい）を極めた悪徳を体験したことも、またプロレタリアートの身を焼くような快楽を味わったこともない勤労中産階級は、バビロンの住人たる資格を持ち得ない。窓際で日向ぼっこに精を出すのが、お似合いだ。

　これに反して、歌謡曲の歌手たち、芸能界の住人たちが発散する匂いは、貧困、暴力、ブラックな雰囲気に満ちている。アウトローの体臭である。

　比喩で語るなら、マリファナのニュー・ミュージック、覚醒剤（シャブ）の芸能界といったところか。芸能界からニュー・ミュージックへの歴史の転換は業界浄化をもたらしたかもしれないが、また同時に芸能界の持っていた華麗さの喪失も結果させた。

　沢田研二は芸能界の持つ華麗さを保持している数少ないタレントの一人である。中産階級の人間が一生かかっても体験できないと締めている華麗な悪徳の匂いが、沢田研二の周囲からは漂ってきている。彼ら、彼女らが想像しているようなそんな悪徳が実際に芸能界に存在するのかどうかしらない。しかし、人びとはそれを強固に信じている。いや、信じたがっているのだ。

「グラフィック紙にとって、その郊外にサンタモニカ——ソドムと、グレンデール——ゴモラを従えた〝ハリウッド〟——甦ったバビロン——ほど恰好な邪悪の地はなかった。悪らつな記者たちが不気味に描き出すスターとは、酒、麻薬、享楽、狂気、自殺、殺人という亡霊に取り憑かれた世界を、邪悪から放逸な狂宴へと彷徨する魂のないきらびやかな女たちや、権力への悪の輝きをタキシードの胸に秘めた自惚男の姿だった。華やかさに隠れた欲望の湿地帯——郊外のソドムとゴモラ——では、悪徳も単なる姦淫（かんいん）、姦通にとどまらず、より邪悪な姿で繰り広げられていたかのようにほのめかされていた。電車の吊り革につかまりながら、読者は3セントの投資の見返りをむさぼり読んだものだ。」（ケネス・アンガー『ハリウッド・バビロン』）

　中産階級の人間たちが育くんだ妄想とも憧れともつかぬこうした欲求を沢田研二は一身に受け取める。何回の小スキャンダルも人気の低下とはならず、逆に神秘性を増す結果となる。最後のスター、そう、沢田研二はこの時代の最後のスターなのだ。だから、光源氏を演ずるのは沢田研二でなくてはならないのだ。

＊

　社会学者、見田宗介は、永山則夫を論じた「まなざしの地獄」と題する文章で次のように書いている。

「N・Nは東京拘置所に囚われるずっと以前に、都市の他者たちのまなざしの囚人（とらわれびと）であった。都市のまなざしとは何か？　それは『顔面のキズ』に象徴されるような具象的な表相性にしろ、あるいは『履歴書』に象徴される抽象的な表相性にしろ、いずれにせよある表相性において、ひとりの人間の総体を規定し、予料するまなざしである。N・Nは『顔面のキズ』として、あるいは網走出身者として対他存在する。具象的な表相性とは一般に、服装、容姿、持ち物などであり、抽象的な表相性とは一般に、出生、学歴、肩書などである。」

　見田宗介の簡潔に要約された現代都市理解、そして都市生活理解には賛意を表してもよいだろう。しかし、導き出す結論は百八十度、角度を異にする。見田宗介は、N・N（永山則夫）が身につけていたローレックスの腕時計、ロンソンのライター、ポールモールの煙草、明治学院の偽学生証などを、演技によって他者のまなざしを操作しようと試みる〈演技の陥穽〉だと断じる。続けて、見田は次のように語る——。「ところがこの〈演技〉こそまさしく、自由な意思そのものをとおして、都会がひとりの人間を、その好みの型の人間に仕立てあげ、成形してしまうメカニズムである。人の存在は、その具体的な他者とのかかわりのうちにしか存在しないのだから、彼はまさしくこのようにして、その嫌悪する都市の姿に似せておのれを整容してしまう。他者たちの視線を逆に操作しようとする主体性の企図をとおして、いつしかみずからを、都市の要求する様々な衣裳をごてごてと身にまとった、奇妙なピエロとして成形する。N・Nの話ではない。われわれのことだ。」

　最後のフレーズがオカシイ。こうした傾向はいつでも多分に存在するものだが、とりわけ犯罪者をわがプロフェッサーたちが語る際など、こんなふうに妙に畏縮してかしこまってしまう傾向は顕著となる。こんなこと言われたって、永山則夫も困るだろうよ。

　さて、東大助教授風情が身の程知らずに犯罪者を、それも大量殺人犯を論じるとは何事か、などとセコイことは俺は言わない。東大助教授だから犯罪者を論じるのだ——ごく初歩的な倒錯である。他者のまなざしを気にして、東大教授がエリート面をできなくなっているのが現代だから、これも仕様がない。ところで、見田宗介の語る表相性に非ざる「具体的な他者とのかかわり」とは一体何か？　お茶でも飲みながら心を打ちとけあって〝身の上話〟でもすることか。あるいは、女と一晩ベッドを共にすることか。それとも、〝一日一善〟小さな親切をすることによって得られる他者の信頼か。おそらく見田宗介にも具体的に答えることはできまい。どうしても抽象的な人生訓か形而上学か、どちらかに行きつくに決まっている。

　怒りをもって〈演技〉による烽起(ほうき)を決意したものに対し、社会学の名によって「具体的な他者とのかかわり」などという幽霊概念を持ち出す行為は、卑劣といわねばならない。〈表相性〉こそ——つまり、辛気臭い〈精神〉やら〈魂〉やら〈こころ〉やらを払拭した〈表相性〉こそが、この時代の後代にまで誇ることのできる文化遺産だ、そうじゃないかね？　沢田研二も歌っているよ。

　　たとえひとの目に愚かに見えても
　　思いきり気障(きざ)な人生をおくりたい

あなたはぼくを愛する資格がない
あなたの心に洒落っけがない
あんなに粋な女に見えたのに
いつしか只の女になっていく
（思いきり気障な人生）

キラキラ輝くものをこの掌中にシッカリと摑まえるために後先見ずに、見境なしに己れを投企する——その瞬間にしか、プロレタリアートの栄光も中産階級の解放もない、これは確かなことだ。プロレタリアートの未来という〝前衛党〟の託宣も、省エネルギーと愛国心を啓蒙しようとするブルジョア政治委員会のプロパガンダも、二つながら絵にかいたモチであり、悪辣なデマゴギーである。

沢田研二が一身に体現している、この時代の、この都市・TOKIOの享楽。その享楽を、俺は味わい尽してやる。傍観者はゴメンだ。残り少ないこのバビロンの栄華と快楽をすべて体験してやるのだ。

そう決意した時、われわれの眼前に拡がるこの街・東京が一瞬、ユラリとわれわれの視界で奇妙に揺れなかったか。

どのような犠牲を払おうともバビロンの富と悪徳とを得ようと決意したものには、都市は以前とはまったく異なった相貌で現われるのに違いない。

いままでの会社と家、学校とアパートの往復、たまに立ち寄る親しい友人や愛人の部屋——そうした日常の過程で見えてなかったものが、見えてくる。あるいは、今まで確固とした像を結んでいたものが奇妙にデフォルメされ、歪んで見えてくる。

安心したまえ、諸君が異常をきたしたのではない。都市が発散する快楽のオーラを諸君の視覚が感知するにいたったのだ。

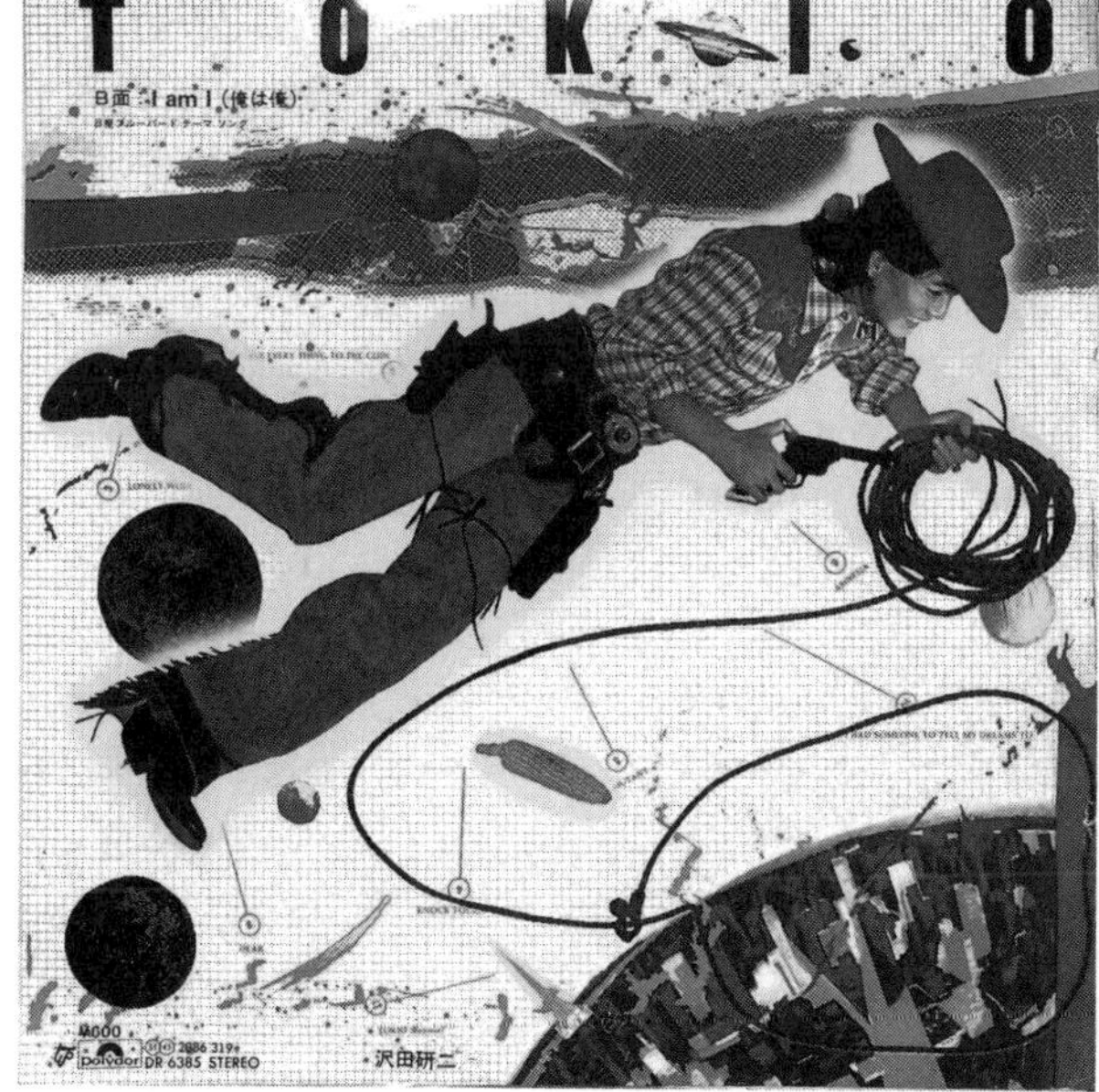

沢田研二『TOKIO』EP盤

僕がマリーと逢ったのはさみしい雨の朝だった

エンジンを轟かしてハイウェイを疾走していくオートバイ。アメリカ南西部の広大な自然の中を、そこだけ割って入ったようにして続くハイウェイを、二台のオートバイは疾走し続ける。前になり後になりして走り続ける二台の、奇妙な形の馬鹿デカいオートバイには、長髪のヒッピー風の若者――キャプテン・アメリカと、その相棒ビリーの二人が乗っている。

二人の旅は、バックに流れるニュー・ロックのリズムと共に軽快なテンポで進行していく。

エンジンの炸裂音を残しながら地平線に点となって消えていくオートバイ。ジャンパーに星条旗を刺繍したキャプテン・アメリカの後姿が奇妙に美しいイメージとして残る。

ピーター・フォンダとデニス・ホッパーの「イージー・ライダー」の前半は、こんな風に展開していく。

雄大な大自然の中を疾走する高性能のオートバイ、髪をなびかせ運転するのは喧噪の都会を脱出した二人のヒッピー風の若者、そしてジミ・ヘンドリックス、ザ・バーズのニュー・ロックがバックに。こう書けば、既成の社会に叛逆していくヒロイックな若者を謳い上げたある種の典型的な映画のパターンが思い浮んでくるだろう。

しかし、現代風で軽快な筈のこれらの素材が、ことごとく相反するイメージとなって観客には伝わってくる。

圧倒的な重量感を持つオートバイは随分と華奢に、逞しく長身のピーター・フォンダは少年のように脆く、そして彼の背とオイル・タンクに描かれた星条旗も栄光ではなく悲しみを、陽気なエ

69年の秋にバリケードを撤去されても党派活動は続けた。それが辛くなって70年の夏前に学生運動を抜ける。でも、何かしたい。そこで目を付けたのが学生新聞会だった。仲間4人で好き勝手に編集し、麒麟児 研（きりんじ・けん）の筆名で、1面全部を使って、藤圭子、新選組、沢田研二などを論じた。

レクトリック・サウンドもメランコリックに、全てがそんな風に逆転したイメージとなって伝わっていく。

焚火を囲みながら、大麻に火をつけ、それを深々と吸い込むピーター・フォンダの指先はひどく繊細で、幻覚の中を彷徨う彼の表情も沈鬱(ちんうつ)げに映る。そこには、「狂気」も「快楽」も一片たりともなく、唯「存在」への悲しみと不安があるだけだ。

「イージー・ライダー」は、若者のそんな悲しみと不安が作らせた、そして画面一杯それらが充満している映画だ。

ラストが近づくにつれ、不安は形をとって表れてくる。

「狂気」や「暴力」は、突然に「向こう」の方からやってきた。

オートバイに迫る小型トラック。

トラックに乗った保安官のライフルはビリーの頭を射抜く。

髪が長い、それだけが突然襲ってきた虐殺の理由の全てだ。

相棒の死体にジャンパーを掛けるキャプテン・アメリカ。鮮かに眼に映る星条旗。オートバイに再び乗り、トラックに突進していくキャプテン・アメリカ。

そして数秒後、「ボーン」という鈍い音と共にオートバイは空中に舞い、カメラも一緒に高く、高く舞い上り、炎上するオートバイを、次いで広大で美しいアメリカの自然を空中から収めていく。背後に奏でられるザ・バーズの「イージー・ライダーのバラード」。

九月二十八日。この日から、またジュリーの新たな道程が開始された。場所は、京都、円山公園の野外音楽堂のステージだ。

その時のことを、ジュリーはこう書いている――

「ボクは、変った。デビュー以来、はじめて、ボク自身が変化したと感じた。(中略)ステージにでる直前、ノドがカラカラになった。カラダがガタガタふるえた。ムネがドキドキした。ボクは、こわかった。ホントにこわかった」

そして、フラワー・トラベリンバンドのバックに助けられながら一生懸命歌い終わった彼には、観衆の「ジュリー、よかった!」の声。続けて、彼は書く。

「うれしかった。ボクが、自分自身がガラガラと変っていくような気がした。真剣にロックをやろうと決心した。ロックの安定していないフィーリング。これからだという雰囲気……。ボクもこれからだ……」(アン・アン十七号)

フラワー・トラベリンの演奏に乗って「リビン・ラビン・メイド」と「ハート・ブレイカー」歌うジュリー。眼を閉じ、体を弓なりに反らせ絶叫するジュリー。

歌い終った後、しばしの快い陶酔に、彼は身を委ねることができたに違いない。この、興奮に上擦った口調で書かれた、彼の稚拙な文章は僕の注意を引く。

ここには、新たな出発を不安の打ち震えの内に待つジュリーがいる。そして祝福されたかにみえるスタートに心ときめかし、自己変革を誰はばかることなく喜びをもって語るジュリーがいる。

恐らくここには、彼の過去から現在、そして未来に到るまで占い得る、彼の資質解明の手掛かりが存在している。

以前、ファッションモデルの麻生れい子が、写真家の篠山紀信と、大意次の様な対談をしていたことがある。

れい子　私、オトコのコを一度だけ犯したいと思ったことあるワ。
篠山　誰だ、誰だ、相手は。
れい子　ジュリーよ。一度、チャンスはあったのヨ。でも、あのコ利巧か馬鹿かワカらない、その紙一重みたいなトコロがあるでしょ？　触ったら壊れちゃうヨーナ。駄目、結局手が出せなかったワ。

六七年二月。「僕のマリー」でジュリーは闘いを開始した。

当時十八歳だったこの少年は、それからの三年半を彼なりの方法で闘い続けてきた。嘲笑と痛罵に耐え、栄光と悲惨にまみれながら、この少年は歩を進めてきた。

「利巧か馬鹿か判らない、その紙一重」のような少年が自分なりに全力を出し、自己の宿命を見つめ、情況と向かい合っていったのだ。

だからこそ、先に掲げた彼の稚拙な、そして余りにも素直な文章が全ゆる嘲罵を突き破って僕の胸に喰い込んでくる。

彼の闘いの開始を告げる曲「僕のマリー」には、その後三年余に渡る、彼の苦闘を予測し得る全てが秘められている。

ぼくがマリーと　逢ったのは
さみしい　さみしい　雨の朝
フランス人形　抱いていた
ひとりぼっちの　かわいい娘
愛してると　ひとこといえなくて
つらい想いに　泣いたのさ
マリーがぼくに　恋をする
甘く悲しい　夢をみた

予感に打ち震える精神、繊細な胸のときめき、少年のガラスのように脆い心理の屈折がここには散りばめられている。

淋しい雨の朝にマリーに会ったジュリーの胸はときめく。ジュリーはマリーに賭けた。誰が何と言おうと、マリーはジュリーの初恋。叶わぬ恋を夢みてジュリーは涙を流す。

九月二十八日、「ハート・ブレイカー」歌うジュリー。ロックの世界に目覚めたというジュリー。しかし、ジュリーは何処まで行ってもジュリーだ。彼の悲しい宿命は何処へ行ってもついてまわる。

あとは、己れのこの宿命を深化させる途しか彼には残されていない。

ザ・タイガース『僕のマリー』

エルビス・プレスリーに始まりビートルズを経て、遂にジミ・ヘンドリックス、レッド・ツェッペリンに至るこの十数年のロック史は、アンプによるサウンドの高まりと比例するように、彼らの悲しみが増幅されていく過程ではなかったか。

炸裂するサウンドは、精神の昂揚ではなく、自己の宿命を見つめる内部への沈潜にと向かい、あとには悲しみの沈殿だけが残る。

ジミー・ペイジ。彼は、きっと現代のツェッペリン伯爵だ。悲しみのガスを充満させた飛行船は、乱気流の中を当て所なく彷徨い続けていく。

学生による突出した街頭闘争が最も尖鋭に闘われていた六八年の末に桶谷秀昭はこう語っていた。

「ちょうど戦後二十年たって、いまの学生粉争とか学生運動というのは、あまり本質的なあらわれじゃないんで、戦後デカダンスのあらわれにすぎないと思うんです」と始めて、それを明治維新とのアナロジーから

「そこには、たとえば彼ら（尊王攘夷の志士）のボキャブラリーである「天道」という超越的な原理みたいなものがあったわけです。それが戦後の現代はないわけです。いまの学生運動を見ていますと、要するに現体制を否定するのはよろしいわけです。何によって否定するかという根拠が失われている。

失われているのは彼らだけじゃなくて、われわれだってそうなんですけれども、その根拠喪失に対する自覚もない。だから一面で非常に楽観的なんですね」

と結論づける。

確かに、桶谷はこの簡潔な表現の内に、かなり的確にあの一連の闘いの本質を言い当てている。しかし、こうアッサリと裁断していく桶谷の評論家的態度に僕は組し得ない。

何故、桶谷がいう「本質的」ではなく「デカダンス」にすぎな

いものが、広汎な学生の心を捉え、尖鋭な闘いへと駆りたてていくことができたのか。僕の興味は、その一点にのみ集中する。「六七年一〇・八を突破口とする」と全(あら)ゆる闘争組織によって謳われる、この三年間の闘争過程を担ったものは一体何だったのか。

　とりわけ、全共闘運動に見られた、尨大(ぼうだい)に発生し、昇りつめ、そして拡散していった、既成のパターンとは異なる活動家たちとは一体何だったのか。僕が桶谷に聞きたいのはそこなのだ。

　そこに見られた活動者群は「運動」との関わりを、知識人たる己れの知的上昇過程の一環としてしか把(とら)えられぬ、従来の活動家のイメージを全く塗りかえるものだった。

　大学に学ぶべき何物をも求めず、適当に女と車と麻雀で遊びながら、これまた適当に単位を取って卒業し社会に出て行く。勿論、社会に出たといって何がしかの夢が有るわけではない。

　全共闘運動の過程において、どの学園でも、この種の学生が活動家として大量に輩出していった。デカダンスといおうが、何といおうが、良かれ悪かれ、これらの学生によって闘争の大半は担われていたのだ、そう僕は言い切ることができる。

「労働力商品の再生産過程」「産業下士官の養成工場」――そういわれる以前から、僕たちにとって「大学」や「教育」は何の意味も持ち得ていなかった。

　それと同様に、「平和と民主主義」を「祖国と学問のために」守ろうという既成左翼のアジも、僕らにとっては何の感興も呼び起こさない代物だった。

　一体、僕たちに「守る」べき何物かが存在した瞬間があったか。「二段階・一国主義的革命」という理論で批判するより前に、僕たちによって日共は乗り越えられていた。それは、「大学」や「教育」や「社会的地位」同様、まず何よりも僕たちの欲望を満足させ得るものではなかったのだ。

　その当時、新宿の薄暗い地下の一隅でモダン・ジャズと睡眠薬に耽溺していた僕たちにとって、角材とヘルメットによって開始された闘いは確かに賭け得るべき何物かが存在しているように思えた。闇雲に運動に飛び込んでいった僕たちは、とりあえず出来合いの理論と組織で自己を表現しようとした。

　いわゆる「新左翼運動」といわれるものの内にも、唾棄(だき)すべき旧弊な政治の論理が貫徹していることは、吉本や桶谷の指摘を待つまでもなく僕にも感知できた。

　しかし、当時の僕にとって、それはどうでも良い事に思えた。闘争は何より己れの欲求の対象であり、それ以上でも以下でもなかったから。だから「指導者の思惑と俺の目指すものは違って当然さ」と平然と居直ることでその問を無視することができた。

　しかし、このことによって僕たちはしたたかな復讐を受ける破目となる。

　確かに僕たちは現実を体で、そして感覚で突き抜け得ていた。しかし、それを手応え持って解体していくことはできなかった。旧弊な政治の論理を乗り越えつつも、現実のそれに甘んじることによって、逆にそれ以下の存在でしかありえなかった。

ジュリーの闘いも困難な局面に到達していた。「シーサイド・バウンズ」「モナリザの微笑み」を経て「君だけに愛を」で絶頂へと昇りつめた彼は、デビューから二年余り経った「青い鳥」では、過ぎ去った束の間の幸福と、儚く消えた初恋を歌いながら涙するしかなかったのだ。

情況と向かい合うことにより、毒をしたたかに喰らい、そしてその毒を自己の内部で幾度も幾度も反芻する、そこにのみ情況を突き破る方途が存在する。このことだけが、僕がこの間の体験で身に沁みて体得した唯一のものかもしれない。

昨秋、全共闘運動の崩壊と安保決戦の敗北。その過程で、何に拠り何を目指して戦うかを喪失した僕は自壊せざるを得なかった。無惨な、というより何と薄らみっともないズッコケぶりだったろう。しかし、僕は決して過去の自分を安易に、清算主義的に自己批判してしまったりはしない。

僕は未だ未だ過去の自分に拘泥し続けるだろう。それなしには何事も解き得ないと信ずるからだ。

そして過去に拘泥するということが自己の排泄物を弄りまわすように恥をさらすことに他ならないということも充分承知しているつもりだ。全ゆる嘲笑や罵倒に対する覚悟は充分にできている。

吉本の科白ではないが、僕たちはその屈辱を組織することから始めようと思う。

僕たちのこの間の「紙面活動」に対し、幾つかの潮流から批判が寄せられてきている。

それらの諸君には次のことを言うに留めておく。

自己を取り巻く情況に対して真摯に取り組むこともできず、そのくせシニカルぶった訳知りのポーズをとることに汲汲としている輩や、大義名分性に仮託することによってしか、己れを表現できない連中はクタバル以外にない。

彼らにトドメをさすのは、常日頃彼らが安易な怠惰の内に「物神化」したり「蔑視」することによってその心を摑み得なかった「大衆」に他ならない。

「大衆物神化」や「大衆蔑視」が、それ自体として悪い訳ではない。問題なのは、そのような態度からは何物も産み出されはしないということなのだ。

「クラス末端からの運動の構築」と政治的に表現しようと「大衆と深く隔絶した己れ」と文学的な云い回しを使おうが、結局は大衆の琴線に触れ得ないが為に、彼らは今、確実に復讐を受けている。

早晩、路地裏にのたれ死にの屍体として転がるに違いない彼らの光景がアリアリと眼に浮かぶ。

大多数の無関心派学生と、それに依拠し、甘え切った一握りの依怙地な左翼とイヂケタ文学青年——この固定化した情況に楔を打ち込むこと以外に僕たちの関心はない。

ともあれ、「大衆」の先験性に依拠することで逆に「大衆」に手痛く裏切られてきた既成の「紙面活動」の間隙を僕たちは撃ち得た、そのことのささやかな自負だけは今の僕たちにはある。

闘い。その昂揚と敗北。しかしジュリーの戦いは、なお続けられていく。

飛んで行った青い鳥を涙を流しながら見送った少年は、その歎きを謳うより他に手がなかった。

都会の人なみに流されながら、少年の心は深く、深く自己の内部へと向かう。

何と愚昧な、とこの行為を一笑に付すことは容易だ。しかし、僕はこの少年を嗤うことはできない。その当時の彼には、それ以外に自己を表わす術がなかったのだから。

困難な闘いを自己の宿命とし、それを受け入れ、耐えることによって歩を進めていく孤独な少年の歩みがそこにはある。

自分が意識するとせざるとに関らず、敢えてこの時代の悲惨さに身を沈めることにより「悲しみ」と「屈辱」をバネとした戦いを展開したこの少年の三年半の軌跡は激しく僕の胸を打つ。

ロックの世界に目覚め、今それに賭けているというジュリー。

この転進は一つの必然としてあった。

九月二十八日。ジュリーと、そして僕との新たな出発。しかし、その行程が決して至福の王国へと致る「素晴しい旅行」ではなく、あくことのない敗北の積み重ねであろうことを僕たちは自分に言い聞かせた。

そして、無力な僕たちが傷つきそれを克服していくという悪無限的にも思える過程にしか奈落を突き抜けていく途はないのだ、ということも又、僕たちは確認したのだった。

1970年の秋に出会った京都の少女。この原稿の取材と称しての京都旅行だ。場所は銀閣寺か詩仙堂だったか。石川県の温泉町で育った綺麗な小顔の女の子だった。

「平凡パンチ」が輝いていた時代

赤木洋二『平凡パンチ1964』と小林泰彦『イラスト・ルポの時代』を読む

一九六四年にすべてが決定的に変わってしまった。

そうした歴史認識を、理論ではなく、体験かつ情緒的なプロセスを経て、所有するに至った私だから、『平凡パンチ1964』の上梓は願ってもない福音だった。

「平凡パンチ」が創刊されたのは、六四年の四月二十八日である。のちにマガジンハウスの社長となる、著者の赤木洋一は、前身の平凡出版に三月入社すると、すぐに創刊直前の「平凡パンチ」編集部に配属される。

入社する直前に、赤木は社長の岩堀喜之助と引き合わされた。中曽根康弘、五島昇などの政財界人から美空ひばりまで、幅広く濃い交遊関係を持つ、伝説的出版人である岩堀は、若い赤木の手を握りしめた。

「アカギ君、きみは運の強い顔をしている。その運を伸ばしなさい」。まだ入社してもいない、新入社員候補の名前を口にして、一言で相手の心をつかむ力が、岩堀にはあった。稀有な〝人ったらし〟の才能というべきか。

創刊直後のアイビー・ブームと、銀座みゆき族の発生も、この雑誌あっての現象だった。

やはり伝説の名編集者として知られる、初代の「パンチ」編集長、清水達夫と最初に会ったとき、赤木は「この人は作家だ」という印象を抱く。「芸術家タイプのダンディな外見からではなく、太い黒ぶちのロイド眼鏡の奥からぼくを見ている眼」が、そう直感させたのだという。

『平凡パンチ１９６４』は、岩堀や清水、そして甘糟章（あまかすあきら）など有名どころから無名の編集者まで、六〇年代半ばに赤木と机を並べた平凡出版の、編集者列伝として読むことができる。とりわけ、新富町にあった「平凡御用達」の、こじんまりした木造二階建の旅館鶴よしでの、編集者たちの生態が印象に残る。

私も二十年以上前に、創刊間もない「ブルータス」の仕事で鶴よしで一晩すごしたことがある。体育会系の寮か、ひなびた温泉宿のような雰囲気の旅館で、編集者や出入りのライターが、そこで徹夜作業をしたり、仮眠をとったり、さらには校了明けの酒盛りをして騒いだという。そんな、私的な平凡出版社史の趣きが、この本にはある。

さらに興味をひくのは、「平凡パンチ」につづき「平凡パンチ・デラックス」（デラパン）の創刊に立ち合った著者が遭遇した、六〇年代半ばの華やかな文化人スターたちのエピソードだ。

野坂昭如、福沢幸雄、伊丹十三、堀内誠一、岡田真澄、そして高田賢三。

初対面の横尾忠則はいきなり「ボクにパンチの表紙を描かせてほしい」と頼み込んでくる。たぶんダメですと断ると「ボクをスターにしてほしい」と食い下がった。六七年の三月「デラパン」で横尾忠則の大特集を組んだとき、三島由紀夫は書斎に飾った横尾の作品の前で、こう語ったという。

「横尾君はぼくなんかより、よっぽどふてぶてしくて、冷血で、非情だよ」

六四年にすべてが変わってしまった、と私は書いた。この年の十月に東京オリンピックが開かれている。

オリンッピックのために東京は根こそぎ変えられた。

戦時下の空襲よりも徹底した風景の変化を、小説家の小林信彦は〈街殺し〉と呼んだ。路地が姿を消し、小さな河川が暗渠化されただけではない。八月には、オリンピックのための浄化作戦の一環として、飲食店の深夜営業が禁止された。

こうした東京の街の変化を、まだ新米編集者だった著者が、敏感に嗅ぎとっていたことが、この本に微妙な陰影を生んでいる。

やがて道路の拡幅工事によって消える、六本木周辺の竜土町や狸穴の秘密めいたバーやピザハウスに、毎夜集まる芸能人やモデル、レーサーやデザイナーたちの姿が、華やかで謎めいていて、印象に残る。

ナポレオン三世治下のパリ市長、オスマンの都市改造計画によって、その景観を一般化させたパリの姿と、オリンピック直前の、東京の深夜の賑わいとが重なっていく。

しかし、それにしても、いま、なぜ「平凡パンチ」なのか。赤木の本で、もっとも魅力的に描かれた人物の一人である小林泰彦も、この本とほぼ同時期に『イラスト・ルポの時代』を刊行している。こちらは六七年から七一年にかけて、主に「平凡パンチ」に掲載された文章とイラストで構成されている。
巻頭に収録されたイラスト・ルポは、横田基地周辺の仕立て屋の並ぶ街をスケッチしている。次には、葉山海岸で束の間の休暇をとるベトナム帰休兵の姿が描かれている。若いアメリカ兵を描いたイラストの横には「六月にまたベトナムにいくと行っていた彼」という、小林泰彦の手書き文字が添えられている。こうした動きをいち早く察知して小説にしたのが五木寛之だった。

海外への観光旅行は六四年の四月に自由化されている。とはいっても、多くの日本人にとって海外旅行は高嶺の花だった。『平凡パンチ１９６４』でも、幾度となく、ピエール・カルダンやサンジェルマン・デ・プレの話題が、それ自体でいかにニュース価値を持っていたかが語られている。そんな時代、数少ない海外との接点が、在日米軍基地周辺の風景であり、激化するベトナムの線上から休暇をとりにやってくるアメリカ兵だったのだ。

六七年の十月、当時の首相、佐藤栄作の東南アジア訪問に反対する学生たちの、羽田での現地闘争がおさまるまで、日本は奇妙なほど平和だった。しかし予感はあった。この年の夏、友達の下宿でゴロゴロしていた夜「花のサンフランシスコ」という歌がラジオから流れてきた。次の日は、法政大で何百人もの学生が逮捕されたというニュースがあった。何かが明日にでも爆発しそうな、不穏な気配が満ちていた。

欧米との情報格差が厳然としてあった時代、一部の好事家しか知ることのできなかった海外の話題を、カジュアルに提供したのが「平凡パンチ」だったのだと、いまにして思う。

そして日本のメディアや企業、代理店が力を蓄え、洗練されていったとき、タイアップ企画というスタイルが雑誌に定着する。

そうした変化を背景に、小林泰彦のイラスト・ルポも、取材のターゲットを世界へと転じる。六七年秋、ヒッピーたちに占領されたサンフランシスコのヘイト通り。幻覚的なサウンドと照明の交差するニューヨークのイースト・ビレッジの夜。グリニッチ・ビレッジを歩く「軍服を着ているアフリカ系の女性」のイラスト脇の文字には、こうある。「軍服は反戦の意味で着用されることが多いらしい」

ヒッピー、幻覚文化、学生反乱。六七年の秋に流行した欧米の最新風俗は、ほとんど時間差なしに日本に紹介され、追随者を生んだ。

六四年、東京の風景と、そこに流れる音楽は、それまでとは決定的な断絶を生んだ。次の時代のスタイルが定まらなかった六〇年代の半ば、カジュアルな文化革命を模索していたのが「平凡パンチ」だったのだ。

そして六七年の秋、メディアの進化が情報格差を一気に縮め、サンフランシスコと京都、カルチェラタンと新宿を結びつけた。「平凡パンチ」に関連した二冊の本からは、それまで隔絶していた日本と欧米の若者たちの文化が、一気に連動していくダイナミズムがリアルに浮かび上がってくる。

素浪人の剣と虚無的な眼差しから
ワクワクする騒乱の予感が伝わる
さいとう・たかを『刃之介』（少年マガジン）

少年マガジンの創刊は五九年三月というから、私が小学四年生の最後の授業を受けていた、春休み目前の時期である。

父親の転勤で、東京から埼玉県の北部に位置する深谷という、ネギと瓦くらいしか特産品のない町に転校して間もないころだ。同じクラスの田中君という、わりとオチャメな生徒がマガジンの創刊号を買って、私は同時に創刊された少年サンデーの方を購入し、二人で交換して、両誌の中味の品定めをした。

少年サンデーを選んで良かった。これが正直な感想だった。マガジンの表紙が胸毛の朝潮太郎で、サンデーは人気絶頂の長嶋茂雄だったのも理由のひとつだったが、マガジンに載っていたマンガは総じて泥臭く、子どもの目にも垢抜けないものに映った。それと比べると、手塚治虫の佳作「スリル博士」と、寺田ヒロオのほのぼのしたタッチが、のんびりした時代を象徴する「スポーツマン金太郎」を擁するサンデーは、内容的に二枚も三枚も上に思えた。

少年マガジンを語らなくてはいけないのだが、いましばらくサンデーの話をさせてもらう。たぶん、私は小学校を卒業する頃まで、サンデー派だった。熊と一緒にプロ野球やら大相撲で活躍する「スポーツマン金太郎」が長期連載中だったし、創刊から半年後には手塚治虫の作品中でも、出色のストーリーとテーマ性が融合した大傑作「0マン」が始まったからだ。

それに加え、個人的な事情がもうひとつ。創刊間もない両誌の表紙は、スポーツ選手と子役のツーショットが多かった。埼玉に越してくる前、品川区西大井の小学校で同級生だった柏木君という劇団若草に属している生徒が、サンデーには何か月置きかで表紙に登場した。特別、仲が良くもなかったが、かつての級友が横綱やスター選手に肩を抱かれて表紙を飾っているのを見ると、なにか誇らしい気持ちがして、これも初期の少年サンデーを買いつづけた大きな理由だ。

十年近く前、クラス会で再会した柏木君は、毎日新聞の学芸部の解説だか編集委員になっていた。〝子役の歴史と現在〟のようなテーマを紙面で連載したいのだが、と語っていた。

そろそろ少年マガジンの話にしよう。私が中学に入学するのは六一年春だが、夏には再び東京に戻っている。この頃は、サンデーを買うのも止め、四つ歳下の弟が定期購読するマガジンを読んでいた。まだパッとしない少年マガジンを、絵の巧みさとキャラクターの存在感、そして上質な情感を湛えた作品でひとり支えていたのは、あくまで私見であるが「ちかいの魔球」「紫電改のタカ」の作者、ちばてつやだ。

この頃から私はマガジン派に徐々に移行する。当時、私は熱心なSF少年だった。まだ市場が小さいため、デビューしたばかりのSF作家は、少年誌や草創期のアニメの脚本も手がけた。彼らの仕事ぶりが気になって、目に入るものは全部チェックした。テレビ化もされた桑田次郎の「8マン」に大きく原作・平井和正のクレジットが入っているのを見るのは楽しみだったから、桑田の拳銃不法所持で、連載が打ち切られたときはショックだった。

そして「巨人の星」と「あしたのジョー」が登場する。大伴昌司が監修する巻頭の大図解シリーズとの三本柱で、少年マガジンは一気に黄金時代を迎える。それは百万部超の部数で少年マンガ誌のトップに立っただけでなく、若者文化を実質的にリードするオピニオン誌の位置に昇りつめたということだ。

六〇年代後半には、大学生の生態を〝手にはジャーナル、心にマガジン〟だの〝右にパンチ、左にジャーナル〟といった言葉で評したといわれるが、当時の男子学生の話題に占める量と、無意識の行動パターンに訴える力では、少年マガジンは朝日ジャーナルはもとより平凡パンチをはるかに上回っていた。

「巨人の星」のスタートは、まだ牧歌的な雰囲気が残っていた六六年、一方の「あしたのジョー」は学生騒乱の渦中である六八年に始まっている。この二作に関しては、すでにあまりにも多くの言及が為されている。その中には誇張された神話化もあれば、それをマトモに受けとった下の世代の後付け的な解釈もある。私と同様に、そうした〝歴史の捏造〟に敏感な若い友人から「バリケードの中で、毎週『巨人の星』と『あしたのジョー』を、全共闘の学生が夢中になって読んでいたという伝説は本当なんですか？」と訊かれたことがある。恥ずかしいが事実である。

二作とも野球の一ゲーム、ボクシングの一試合を延々、何週にも渡って描きこんでゆくのを特徴としていた。矢吹丈と力石徹の第一ラウンドがあと何週つづくかを、嬉しそうにあーでもない、こーでもないと語りつづける全共闘学生は、六九年の春には確かに何人もいた。しかしその秋、全国バリケードが機動隊に次々と解除された後に、そんなのどかなお喋りをする空間も、心理的な余裕も彼らからは失われていった。

だから力石徹が死んだ七〇年の二月、寺山修司がその死を悼む弔文を発表したり、告別式が講談社で行われ、力石の死がイベント化されていく様子を見るのは、とても恥ずかしかった。

　この連中は何をハシャいでいるんだろう。マンガのヒーローを悼む、そんなゆとりはとうに時代から消えたというのに、この物欲しげなマスコミ人種のズレた感覚ときたら！

　最後にこの二作のブームの影に隠れた、忘れ難い作品を挙げておこう。六七年秋から始まった人気時代劇、さいとう・たかをの「無用ノ介」に先行して、その年に短期掲載された同じ作者の「刃之介」のニヒルな殺陣シーンを目にしたときの衝撃は忘れられない。

　ベトナムの戦火は激しさを増し、中国の文化大革命も混乱をきわめていた。しかし六七年の十月八日、羽田で一人の学生が虐殺されるまで、日本は奇妙なほど平穏だった。そして私たちは平和に心底うんざりしていた。もうすぐ何かが起きる。そんなワクワクする騒乱の予感が、ハードボイルドな素浪人の剣と虚無的な眼差しから伝わってきたことを覚えている。

『スポーツマン金太郎』

　寺田ヒロオの「スポーツマン金太郎」が、少年サンデーの創刊号に載ったのは、ぼくが小学校の五年生のときのことである。

　おとぎ村のライバル同士、金太郎と桃太郎がささいなことで口ゲンカをし、よーし、それじゃあ、野球の勝ち負けで決着をつけようということになり、両軍、熱戦を繰りひろげるというのが、すでに四半世紀近く経過したので記憶も曖昧ではあるが、第一回目のストーリイであったと思う。

　無論、両軍ともにワンマン・チームで、二人はともに監督兼四番バッター兼主戦投手である。

　たしか、金太郎チームと桃太郎チームの戦いはお互い無得点のまま延々とつづき、やがておとぎ村に夕闇が迫るころ、お互いに「桃チャン、ごめんね」「うん、ぼくこそ……金チャン、ごめんね」で、めでたくエンディングになったのだと思う。

　いま紹介しただけでも、一九五〇年代後半の日本の牧歌的な光景が充分に窺えるかと思うのだが、極めつきはまだこれからなのである。ナ、ナント、金太郎と一番仲良しの、その後一緒に巨人軍に入団（！）するキャッチャーは、〝熊〟なのです。熊が人語を解し、人間と一緒に野球をやる。なにが牧歌的といって、これに勝るものはないでしょう。――そして、なんの疑念も抱かず、それを楽しんでいた、ぼくとぼくたちのなんとナイーヴであったことか。

　その後、一世を風靡した「巨人の星」にいまひとつシックリと馴染むことができなかったというのも、やむを得ないことかもしれませんな。

対談　鏡明×亀和田武

六〇年代ポップ少年　SF編

〈一の日会〉という集まり

亀和田　鏡明は早稲田に入ってから〈一の日会〉（通称・正式名称はSFマガジン同好会、またはSFM同好会）に来たんだよね。

鏡　そうだね。

亀和田　それまで渋谷で〈一の日会〉というものが開かれてるのは知ってたの？

鏡　知らなかったんだと思う。道玄坂の古本屋（石井書店）の石井さんが、俺がSFをそこでよく買ってたので、この近くにそういうSFファンの集まりがあるんだって教えてくれた。それで・森田裕（SFコレクター）さんが連れてってくれたのが最初。

亀和田　〈一の日会〉を教えたのはワセミス（ワセダ・ミステリクラブ）の連中じゃないんだ。

鏡　石井書店に通っていなかったら、俺は〈一の日会〉には行ってなかったと思う。だからそういう意味じゃ森田裕のおかげなんだよ。いいか悪いかは別にして（笑）。

亀和田　そうかあ。

鏡　うん。それで「カスミ」（喫茶店）に行ったら、テレビで日本シリーズかなにかをやってて、俺がちょっと立ち上がったら、「見えねえぞ！」って牧村（光夫、「宇宙気流」編集長）さんに怒鳴られた。

亀和田　アハハハハハ。〈一の日会〉の感想はどうだった？　別に予想をして行ったわけでもないんだろうけど。

鏡　「あ、伊藤典夫がいるんだ」って思ったのが、一番の印象だった。もちろん伊藤典夫は知ってたから。

亀和田　大学はストレート？

鏡　いや、一浪してる。十九歳ぐらいだったから何年だろうね。

亀和田　じゃあ一九六七年か。

鏡　まあ、その前後だね。まったく覚えてない。っていうか関心ないんだよ。一体いくつだったかとかに。俺、いまだに石井さんの店をなんで発見したのかも覚えてないんだよ。

亀和田　俺は石井書店は伊藤さんや牧村さんなんかに連れてってもらった。〈一の日会〉って、一日、十一日、二十一日、三十一日って、一のつく日に「カスミ」で集まったじゃない。さらに月に一回の定例会みたいのもあったよね、合評会みたいのが。

鏡　そうなんだ？

亀和田　あったんだよ！（笑）毎月の「SFマガ

ジン」に星いくつって採点表を付けるやつが。
鏡　俺はやったことないな。
亀和田　この定例会は月に一回、日曜日にやるの。サラリーマンの人でもちゃんと来られるようにって、高円寺の東京ガスだか東電の会議室で。
鏡　俺、そういう同人誌的なことって——ワセダ・ミステリクラブはやってたよ。仕方ないからやってたんだけど——ほかではまずないんだよね。
亀和田　俺もあんまりないよ。
鏡　でも結構好きな人は多いよな。みんなで語りたがるやつっているよね。あれが俺はよくわからない。俺はこの人たちと話してもしょうがないっていう場合のほうが多い。
亀和田　アハハハハハ。
鏡　〈一の日会〉みたいにマニアっぽいといいんだけど、そうじゃないと、話しても俺がなにを言ってるのか全然理解できないだろうし、関係ないような気がする。
亀和田　そういうのは社会人になってからもそうなの？
鏡　そうだね。そういうことにあんまり興味がない。だけど、〈一の日会〉には結構行ってたね。それはやっぱりいろんな人たちに会うからなんだろうな。岡田（英夫）とかヨコジュン（横田純彌）とかに会うのが面白かったんだろうね。
亀和田　俺が〈一の日会〉に最初に行ったのは一九六五年、俺が高校二年の春で、ヨコジュンが、俺の十日後か二十日後に初めて来た。下駄はいて（笑）。「法政大学四年の横田です。落研の会長をやっています」って言ってた。
鏡　亀和田は本当に古いんだね。
亀和田　俺はそれからの高校の二年間と一浪の秋までの二年半は、ほとんど欠席なしで道玄坂小路の台湾料理屋「麗郷」の二軒隣にあった「カスミ」の〈一の日会〉には通ってた。
鏡　そうか、高校生だったのか。岡田英夫もそうだったよね。彼も東大に入る前から〈一の

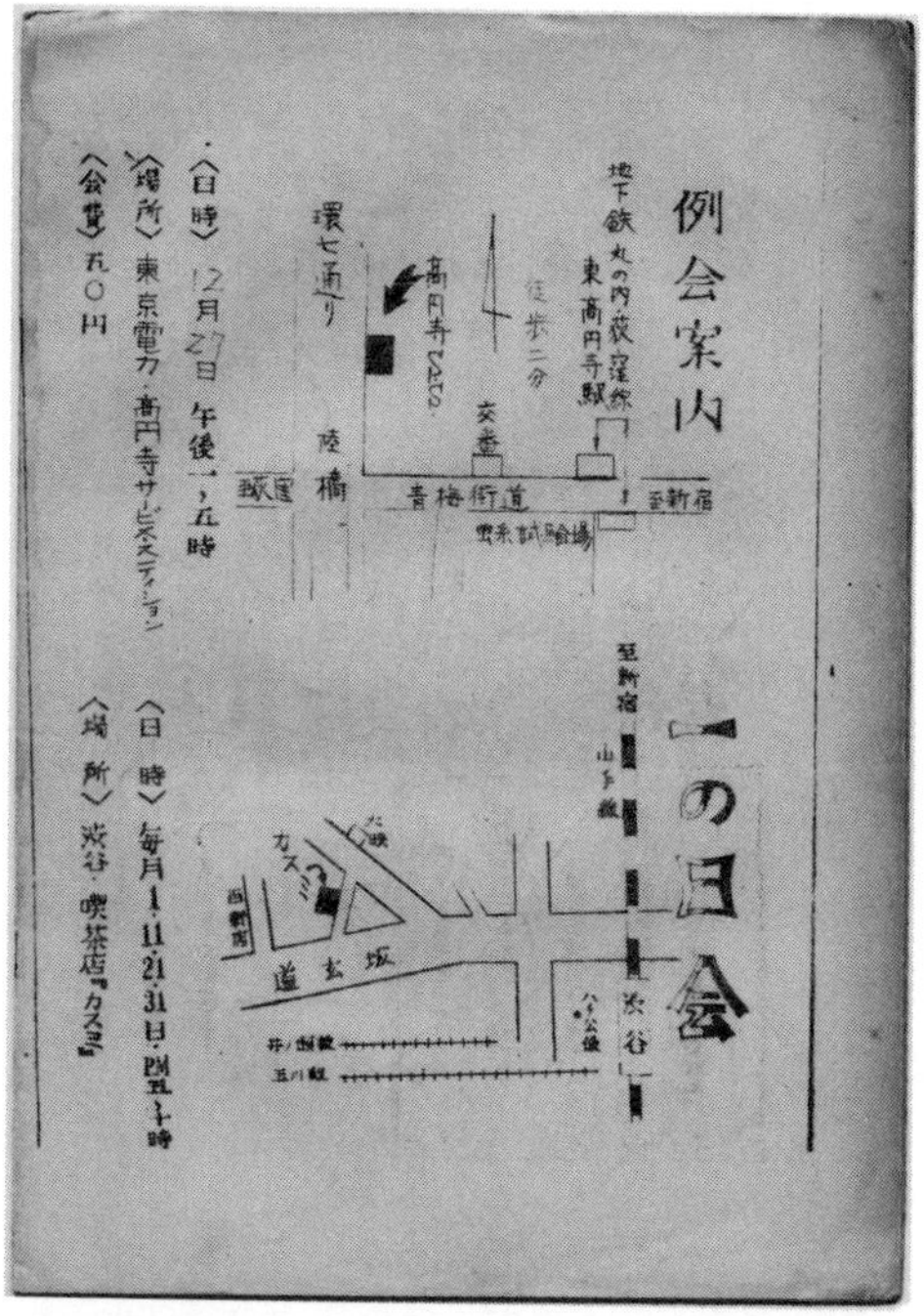

一の日会の会場だった喫茶店「カスミ」への地図。60年代SFファンダムの聖地です。人数は少なかったけど、熱気と笑いに包まれていた。伊藤典夫がいて、野田浩一郎もいた。私の直後に横田順彌がやってきて、さらに鏡明、川又千秋と続く。70年代後半にはあの川上弘美さんも何度か訪れたという。

日会〉に行ってたんだったよな。

亀和田　彼は開成を卒業して東大に入学が決まったときに初めて来た。高校の卒業式を間近に控えたときに。

鏡　じゃあ高校生はあんまりいなかったんだ？

亀和田　『60年代ポップ少年』にも出てくるけど、俺が行ってた頃は、望月薫っていうペンネームで「宇宙気流」に書いていた桜井一幸君という、横浜の浅野学園に通う同学年のすごく早熟で達者な文章を書くやつと俺が毎回来ているというだけ。高校生の常連はそのふたりだけだった。

鏡　そうなんだ。

亀和田　高校生でたまに来てたのは「空間クラブ」を主宰してた九段高校の木村一平ぐらいかな。

鏡　会ったことあるよ。

亀和田　木村一平は三か月ぐらいに一度、やはり浅野学園で「ＳＦコンパニイ」代表の佐藤昇とか、海城高校の「ネプチューン」とかのマジメな生徒と二、三人で来ていた。

鏡　〈一の日会〉って、もともとは「ＳＦマガジン」同好会で、「ＳＦマガジン」の読者が集まったんだよな。

亀和田　〈一の日会〉が出来たのは、「ＳＦマガジン」が創刊（一九五九年十二月）されて少しして（一九六二年に発足）、紀田順一郎さんなんかも発起人のひとりになってるんだけど、三、四人ぐらいが「ＳＦマガジン」のお便り欄に――まだファンが少なかったからさ――とにかくＳＦの話をする、そういう会を開きましょう、っていうことで始まったんだよ。

鏡　〈一の日会〉は、俺が行ってた頃は結構いろんな作家が来てたね。豊田（有恒）さんとか平井和正さんとかがよく来てた。やっぱりみんなＳＦが好きなんだろうな。そういう意味ではあの頃はプロもアマもあんまり関係なかったのかもしれない。

亀和田　俺が行ってた六五、六年は、あの人たちが忙しくなってきたときだったので、ほとんど来なかった。たまにだったけど、上京したばかりの筒井（康隆）さんは来てた。

鏡　あの頃、もう一方で「宇宙塵」（科学創作クラブ。一九五七年発足の日本最古のＳＦ同人誌）っていうのがあったけど、「宇宙塵」ってすごいまじめなんだよな。みんなあんまり楽しそうじゃなかった。「宇宙塵」は俺は会員にならなかったのか、結局なったのかよく覚えてないんだけど、〈一の日会〉のほうが楽しそうだった。まじめだったら俺はたぶん行ってない（笑）。

亀和田　俺は「宇宙塵」は、自分の小説が転載されたときに、月例会に一回行ったことがあるだけ。あそこは基本的に同人誌だから、柴野（拓美）さんのお宅に七、八人が集まるというもので、必然的に本当に大人しかいなかった。広瀬（正）さんとか、昔からＳＦの研究をやっているような遠藤大也さんとかああいう人たちが来てた。

鏡　ちょっと違ったよね。

亀和田　全然。

鏡　〈一の日会〉は馬鹿話しかしてないからね（笑）。

亀和田　一応、「宇宙気流」っていう会誌を出してはいたけど、あとは「カスミ」でおしゃべりに興じてたっていうだけだもんね。でもそれが面白かった。

鏡　そういえば、いまだに〈一の日会〉ってやってるんだって。恐ろしいね（笑）。

亀和田　六〇年代の後半に入って来た人たちが

まだやってる。あ、そうだ、何年か前に川上弘美さんと話したときに、「私、カスミに何回か行きました」って言ってたんだよ。あの人の年齢からいうと七〇年代後半だろうけど。

鏡　俺はもう行っていないかもしれない。

亀和田　川上さんって、お茶の水女子大のSF研の会長だったのかな。山野浩一の「NW-SF」にも短篇を載せたり座談会にも出てるし。たぶんあそこはいろんな人が、ちょこっとだけ来たことがあるっていう場所だったんだね。

鏡　一時期、〈一の日会〉が青山のほうに避難したときがあったけど、そのときには橋本治が来てた。

亀和田　という、話を俺も聞いたことがある。

鏡　橋本治は、例の「とめてくれるなおっかさん〜」で、もう有名だったけど、ずっと編み物してるの。わけわからない（笑）。

亀和田　〈一の日会〉で驚くのは、復刻されている会員名簿を見ると、会員番号百番台に手塚（治虫）さんの名前があったりするんだよ。

鏡　初期の頃だね。

亀和田　もちろんそう。あと永島慎二の名前もあった。

鏡　本当？

亀和田　永島慎二が俺と一番違いだったかな？それから楳図かずおもあったな。

鏡　それはあるかもしれない（笑）。でも真面目な人はすぐにやめるだろうな。なんの役にも立たないから（笑）。

亀和田　「宇宙気流」って、途中から「インサイド・宇宙気流」っていうゴシップ欄が出来るんだけど（一九六四年四月号、十九号から）、送られてくるとそのページを真っ先に見てたよね。「一年に三回も風呂に入る超清潔な野田宏一郎（野田昌宏）は……」とか、そういうやつなんだけど（笑）。関西や九州のファンも、あのページを一番楽しみにしていたからね。あそこにどれだけくだらないことを書くか、どうやってそれを面白がるかっていうところにだんだんみんなの興味がいくようになった。

鏡　いわゆるSFと関係なくなってくるんだよな。

亀和田　一方で通信工学者だった石原藤夫は、電波が宇宙空間を飛ぶときはどうなってるのかみたいなガチガチの科学SF理論を連載してたりもするんだけどね。

鏡　本当はそっちが本筋なのかもしれないけど、みんなはそれがあんまり好きじゃなかったんだろうな。いわゆるファンというものとSFそのものが少しずつズレ始めていくのが面白いね。

亀和田　で、六〇年代半ばぐらい、鏡明が来るまえだと、英米SFの新刊について知ってるのはやっぱり伊藤典夫さんぐらいで、伊藤さんが「このあいだ出た（サミュエル・）ディレイニーの作品が……」とか、そういうような話を、かいつまんで面白おかしく聞かせてくれて、そういうのも楽しかった。伊藤さんは「SFマガジン」の編集部に出入りしてるから、原稿もゲラも見ていて、「来月出る筒井康隆の短篇の『マグロマル』、これがもう最高傑作」とか予告するわけ。でもそれから何か月して、「あれが絶頂、最高潮かと思ったら今度の『トラブル』はもっとエクスタシー、すごい！」とかって（笑）。あの頃の筒井康隆はそういうふうに次から次に最高傑作を書いていたときだった。

鏡　いいよな、みんなハッピーで。あんまり偉そうな批評する人が少なかったしね。そういう意味じゃ、みんなファンだよね。SFなら全部許すみたいなところがあったからね。

発行部数は200-300部だけど、日本で一番熱狂的に読まれたSFファンジン『宇宙気流』。届くとすぐに誰もが“インサイド宇宙気流”のページを開いて有名SFファンのゴシップ記事を読み漁りコウフンしたものだ。

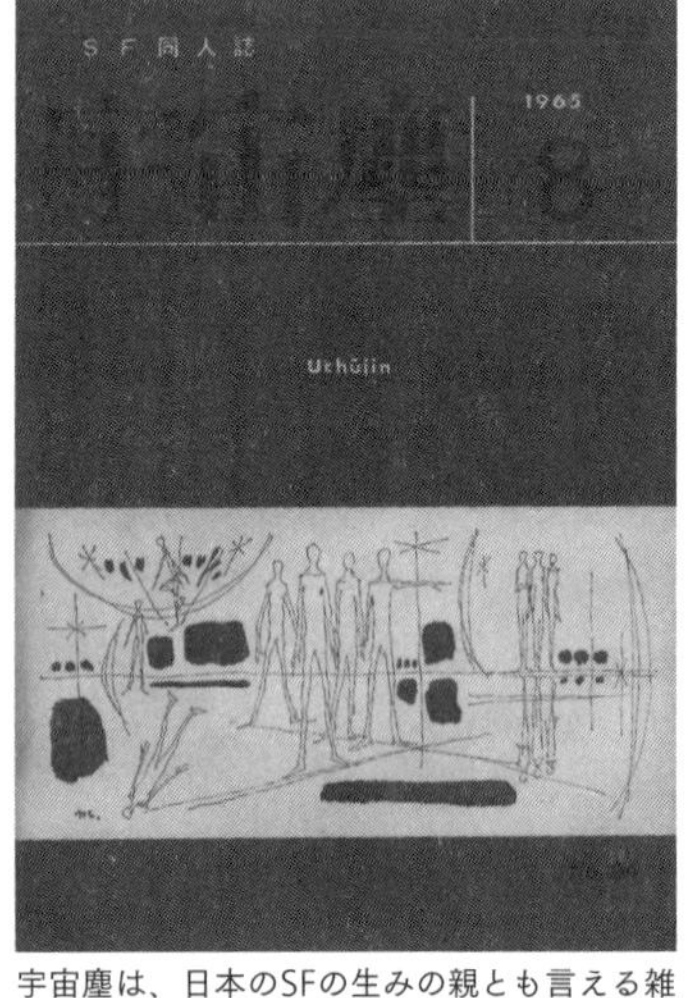

宇宙塵は、日本のSFの生みの親とも言える雑誌。発行人柴野拓さんの情熱によって支えられ、ある時期の日本人SF作家は、みんなここでデビューしてプロ作家になった。私も一度だけ高校2年生で掲載されて嬉しかった。

SFの黄金時代は十二歳なのだ

亀和田　あの頃、〈一の日会〉というか、SFファンのあいだでは中原弓彦（小林信彦）の評価が非常に高くてね。第二長篇の『汚れた土地』（講談社、一九六五）が出たときに誰かがすごく面白いって言ってた。堀晃は当時阪大の、三、四年とかだったんだけど、たしか関西のファンジンとかに『汚れた土地』はすごいぞみたいなものを堀晃が書いていたと思う。

鏡　堀晃、ハードSFの権化みたいなのに、小林信彦好きなんだ。知らなかった（笑）。

亀和田　俺は『汚れた土地』は渋いなと思ったけど、その前に出ていた『虚栄の市』（河出書房、一九六四）を読んだらめちゃくちゃ面白くて。あのスラップスティックな感じが大好きだった。

鏡　言い方は難しいけど、あの頃の彼の小説って悪意に満ちてるよね。あれがよかった。

亀和田　そうそう！　異彩を放っていてね。

鏡　あれが面白かったんだよな。というか、ついて行けないっていうところだったのかもしれないけど（笑）。日本人にはあんまりないタイプだよね。自分が他人から悪意を感じてというのはよくあるけれど、書いてるほうに悪意があるってあんまりない。ちょっと外国っぽいのかもね、欧米っていう言い方はあいまいで嫌なんだけど、善悪を超えている人たちっているよね。そういうのに近いところがあるのかもしれない。

亀和田　だから小林信彦は「奇妙な味」っていう括りじゃくくれないんだよな。

鏡　でも俺たちが好きだなって思うのってそういう作家だよな。ポオとかだって善悪は超えてるし、そういうことを判断基準にして書いていない。俺は苦手だけどドストエフスキー

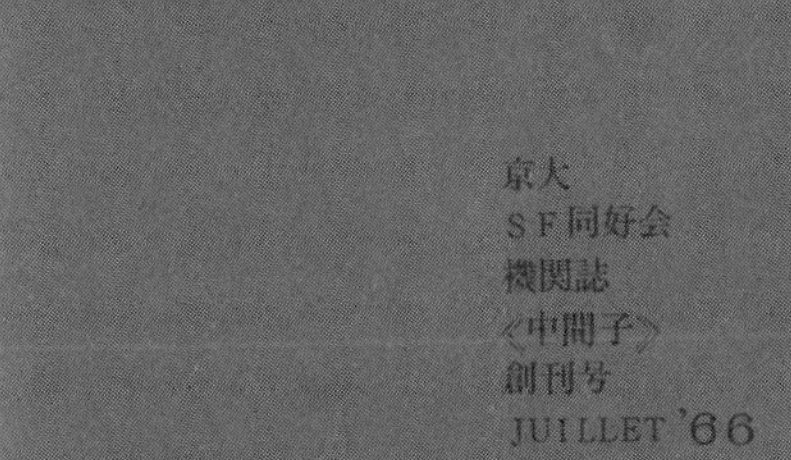

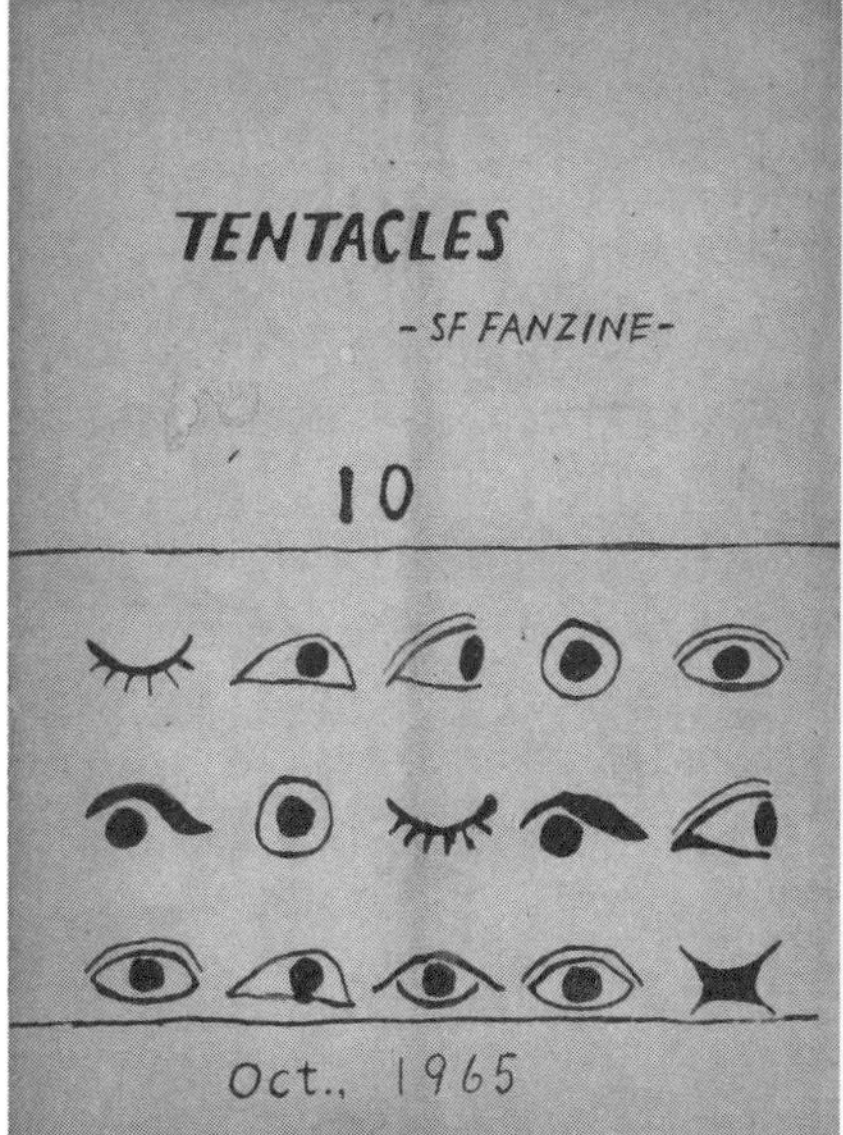

山野浩一の「NW-SF」を除く3誌は、60年代半ばに創刊されたファンジン。後にプロ作家となる荒巻義雄が主催する「CORE」は北海道、「てんたくるす」は九州を代表するファンジンで、前者は難解な評論、後者は笑いが売りだった。「中間子」は安田均や大森望など才能ある翻訳家を輩出した。「NW-SF」には川上弘美が短編を発表している。65年頃のファンダムはときに喧嘩をしながらも、呆れるほど仲が良かった。

もそういうところがある。

亀和田　ドストエフスキーはそうだよね。それでへんなユーモアもある。俺は『カラマーゾフの兄弟』とか『悪霊』とか何十ページしか読んでないけど、なんか変な笑い、奇妙なユーモアのある人だなと思った。

鏡　俺、（スタニスワフ・）レムって大好きなんだけど、レムのユーモアは理解できないんだよ。「泰平ヨン」とか、あのへんのやつ。

亀和田　俺も首をひねった。あれは困っちゃうね（笑）。

鏡　本当にユーモア小説のつもりで書いてるのかよって気がする（笑）。

亀和田　そういう才人の手すさび的な作品をアシモフとかクラークも書いてるけど、ああいうのも面白くなかった。

鏡　面白くないよな。やっぱり欧米風のユーモアってわからないところがある。でも俺は（P・G・）ウッドハウスって好きなんだよ。ガチガチのイギリスだけど。

亀和田　俺がわからなかったのは、あの頃みんながフレドリック・ブラウンが面白いっていうんだけど、ブラウンのユーモアが理解できなかった。『火星人ゴー・ホーム』は面白かったけど、短篇は駄目。（ロバート・）シェクリイのほうがまだわかった。

鏡　俺はホラ話が好きだったからブラウンはわからなくはなかったけど、はっきりホラ話とわかってればいいんだけど、「人間性に根ざした〜」みたいに言われると、「あ、そう」みたいな感じにはなるね。

亀和田　あの頃って、ＳＦの刊行物が毎月わずかしか出ない。そのなかで世評の高いやつを読んで、どうも違うなって思う作品とか、逆にあんまりみんなは評価していないけど、すごく自分にぴったりくるとかがあったね。

鏡　俺はそっちのほうが多かった。あとになって、再読して悪夢だっていうやつもあるけど。

亀和田　あるある！　こんなはずじゃなかったのにとか。

鏡　『夜来たる』（アイザック・アシモフ）とか完全に駄目。再読して、「えー、俺、こんなものをいいと思っていたんだ」みたいな感じだった。

亀和田　当時は面白かったけどなあ。

鏡　『夏への扉』（ロバート・A・ハインライン）もそうなんだったよ。

亀和田　『夏への扉』は、じつは俺もおなじ。

鏡　最初から駄目だった？

亀和田　うん、スラスラ読めたけど、凡作と思ってた。

鏡　と思うけどね。過大評価だよな。

亀和田　どこがいいんだろ。

鏡　でもそれを言いだすと、俺、（レイ・）ブラッドベリって基本的に駄目なんだよ。

亀和田　そうなの（笑）。俺は短篇で好きなのが何作かあるけど、長篇はあんまり評価されてないもののほうが好きだったりするかな。『何かが道をやってくる』は面白いけどね。

鏡　なるほど。

亀和田　あれはやっぱり、十二、三、四のときに読むと面白いんだよ。

鏡　大人になって読むものじゃないと？

亀和田　伊藤さんがよく紹介している説があるよね。ＳＦの黄金時代はいつだっていうあれ。五〇年代がいい、いや六〇年代だ、いや三〇年代だって言う人がいるけど、誰かが、「いやＳＦの黄金時代は十二歳だよ」って言うやつ。

鏡　（デイビット・G）ハートウェルな。

亀和田　十二歳のときに読んだＳＦ作品がね。

紙畸人列伝 牧村光夫

「捕物帖」コレクターの生活と意見に感銘を受けてしまった。

人間の持つある種の情熱、衝動には不可解極まりないものがある。といっても、太陽のせいで衝動殺人を犯した男の話ではない。幼児期に受けた精神的外傷（トラウマ）が原因で幼女姦に突っ走る男の話でももちろんない。

私がいま語ろうと思っているのはコレクターと呼ばれる一群の人びとの性態である。衝動殺人や幼女姦のように手錠をかけられるまでの反社会性には行き着かないが、しかし謎であることには違いはない彼らの奇妙な精神的志向性についてである。無論、コレクターといっても『本の雑誌』が取り上げる以上、古銭収集家でもなければ下着マニアでもない。

当然、ブック・コレクターについてである。

私の古くからの知人に牧村光夫という人がいる。ＳＦファン仲間である。渋谷の道玄坂を駅のほうからドンドンのぼっていくと、百軒店のひとつ手前に右手に折れる小路があって、ちょっと入ったところに台湾料理の「麗郷」がある。その隣に、なんの変哲もない「カスミ」という喫茶店がある。この店が、いまではＳＦファンの間では半ば伝説化している「一の日会」のアジトだった。横田順彌、鏡明、川又千秋、井口健二、現「ＳＦマガジン」編集長の今岡清——皆、「一の日会」の常連だった。あの橋本治も東大ＳＦ研のメンバーに連れられて一、二度顔を出したことがあるはずだ。プロ作家もよく足を運んでいた。十数年前の東京におけるＳＦファンダム・シーンの聖地が「一の日会」だった。

そして、この「一の日会」で絶大な権力を振っていたのが牧村光夫と伊藤典夫という二人のＢＮＦ（ビッグ・ネーム・ファン）だった。なんらかの既得権益に乗っかってではない。ＳＦに関する知識と見識眼、それにプラス、ある種の人間的魅力でもって、自然とこの二人が「一の日会」を人格的に体現する人間になっていったのだ。

この牧村光夫という人が変な人だった。どこがどうといわれると答に窮するが、間違いなく変な人だった。「一の日会」では『宇宙気流』というファンジンを出していたが、これにある日、突然『鞍馬天狗』に関する大論文を連載し始めた。無論、ＳＦ的に『鞍馬天狗』を解釈するわけでもない。何故か唐突に『鞍馬天狗』なのだ。そして、滅茶苦茶面白かった。これだけでも充分に変な人だと思う。

そして、まだあった。なんと、このSF界のBNFは日本における（恐らくは）唯一、最高の「捕物帖」コレクターだったのだ。

「捕物帖」関係の本で持っているのは六百冊くらいかな、一応買った本は目を通してますよ。最初に読んだ「捕物帖」はね、『講談雑誌』に載っていた横溝正史の『人形佐七』で小学校四年生のとき、おどろおどろしい話だったね。系統的に集め始めたのは、昭和四十六年に『人形佐七捕物全集』が横溝正史ブームにのって刊行されたときからだな。

TVの「捕物帖」は興味ないね。それにツマラナイ個所にぶつかったら、本だと飛ばして読めるけど、TVはそうはいかないしね。あと、色んなシリーズの悪人の俳優が同じだったりするのも変だしね。

愚作はいっぱいありますよ。終戦直後から昭和三十年頃までたくさん出たんだけど忘れられるのも当然っていう作品がいっぱいある。「捕物帖」の元祖は、大正六年に岡本綺堂が書いた『半七捕物帳』なんだけど、最初にジャンルをおこした作品が頂点を極めたという意味では「捕物帖」と「ヒロイック・ファンタジイ」は似てるなと前から思ってるんだ。ハワードの『コナン』を越える作品もないでしょ。「捕物帖」の魅力ってのは――なんだろうね。やっぱり、シリーズ・キャラクターの魅力かな。一篇だけじゃあね、やはりシリーズじゃないと「捕物帖」の場合は。それと原則として短篇だよね。

ぼくの選んだベスト4は――まず『半七』だね、江戸情緒をうまーく描いてるし、ミステリイ的興味をそそられる展開もあるしね。次が城昌幸の『若様侍捕物手帖』――軽く読めるの。スーッと読んで、スーッと忘れちゃう。この人は詩人なんだよね、散文詩的センスがあるのかな。それから、都筑さんの『なめくじ長屋捕物さわぎ』――コレはいいですね。ミステリイ味が濃いし、凝り性だから時代考証も秀れているしね。あと、久生十蘭の『顎十郎捕物帳』だね。

顎十郎といえば、この人もどちらかというと顎が長い。その顎がもっと長くなったことがある。何年か前に歯槽膿漏で顎が腫れたときだ。驚くべきことにこの人は歯医者に行かず、顎から膿を出して治してしまった。普通ではない。牧村光夫という人の印象を、伊藤典夫は次のように語る。

変な人――わからん人だね。最初に会ったのがオレが十九の時だから、十八年前か。ちっとも変わらないよ、いまと。随分昔から洋書も読んでたね。昔、牧村光夫からA・メリットなんか何冊も貰ったことがあるもんなぁ。鏡明たちがメリット、メリットって騒ぐ十年前だな。優しい人だね。「一の日会」の黄金時代には、オレが口うるさい亭主のほうで、牧村光夫が良き女房役って感じがあったんじゃないかな。考えてみりゃあ、二人の独身男が女とも付き合わずにSFの話ばっかりしてたんだよね。

東京洋服商工協同組合機関紙「日本洋服新聞」編集長――これが牧村光夫の肩書

きである。二誌のカケモチ編集長である椎名誠を始めとして私の友人、知人には編集長の肩書きを持つ人が多いが、彼もその一人である。偉い人なのだ。かくいう私も元・編集長である。昭和十二年二月十五日生まれ——というから今年で四十三歳。私とは丁度、一廻り違う。私が「一の日会」の常連になったのは、十六歳のときだ。その当時、牧村光夫や伊藤典夫はある意味で私の先生だった。十六歳の少年は、本と如何に接するか、良い本とは何か、ダメな本とは何かを知らず知らずのうちにこの人たちから学んでいたのだ。

何千円も何万円もする高い古本を買う人って不思議に思うなあ。仕事でね、資料としているんならわかるんだけど、趣味だけでそんな高い本買うのは信じられないなあ。

ぼくの持っている「捕物帖」では一番古い本が、大正十年、隆文館から出版された「半七聞書帳」で、これは古書店で五千円したけど、こういうのは例外だよね。あとの「捕物帖」はみんな二百円とか三百円で買ったやつばっかし。ぼくが金の無いせいもあるだろうけど。

昔ほどコレクションに執着なくなってきたな。読まないコレクターっていうけど、アレは変だよね。ぼくは読むことに重点を置いてるほうだから。

牧村光夫宅で特に目についた本。

北海道で出版された「捕物帖」——

〝宇平捕物帖〟の『紅蜘蛛の謎』という作品で昭和二十一年、帯広市の東洋堂書店から達實想平という人が出した。恐らく、北海道を舞台にした唯一の「捕物帖」。

牧村光夫がこれぞダメダメ本的「捕物帖」と折り紙をつけたのは——

『怪奇捕物・天竺蛇男』佐々木杜太郎（昭和二十二年、櫻書房刊）と『大和屋お銀捕物帳』根岸寛（昭和二十一年、東京足立文庫刊）の二冊。あんまりヒドイ作品なんで目に触れないように本棚の隅に置いてあるとのことだ。

題名の凄さでは——

『長編化物銀次捕物帖・三味線地獄』。納言恭平という作者が昭和二十四年、商華書麈というところから刊行している。確かに凄い！

鏡明にも牧村光夫観を語ってもらった。

怖い人です。初めて「一の日会」へ行ったとき、喫茶店のＴＶが野球中継やってて、ちょっと立ち上がったら「おい、立つな！ 見えないぞ！」って大声でどなられた。でも、いまだにあんなに本を、妙なのも含めて読んでる人っていないんじゃないかな。本を読むことに年季が入っているよ。付け焼刃じゃないって気がするもん。たとえば毎月の新刊何十冊かを牧村さんが十点満点で採点したとするじゃない。他の人だと、チョットっていうかんじだけど、あの人だったら信用できるね。奇人じゃないね——偉人だね。すごい趣味人だと思うね。そうだ——麻雀で、一晩に役マンを五回やったことあるんだよ、あの人。それで終わったら、結局はプラスひとけた。

最後の恐竜と渋谷の路地について

『恐竜のアメリカ』というタイトルが目に入ったとき、すぐに連想したのはレイ・ブラッドベリの短編「霧笛」だった。

この世界にたった一頭だけ生き残った恐竜が、深い海の底でふと目覚める。遠く何千キロと離れた岬の灯台から微かに聞こえる霧笛の音を、仲間の遠吠えと思ったのだ。恐竜ははるか彼方の岬をめざし泳ぎはじめる。水圧が高いため、毎日ほんのわずかしか上昇できない。恐竜は何か月もかけて岬に近づいてゆく。やがて霧の彼方から恐竜の首を思わせる灯台がその姿をあらわした。

本屋で買い求めてすぐに地下鉄でページを開くと、『恐竜のアメリカ』はそのイントロを「霧笛」ではじめていた。別に私の勘が鋭いわけではない。著者の巽孝之はいまやこの国を代表する気鋭のアメリカ文学者だが、十代からの熱心なＳＦマニアだ。そんな人間が《恐竜》と《アメリカ》を冠したタイトルをもってきたら、これはもう「霧笛」から稿をおこす以外にないのである。

それくらいブラッドベリのこの短編のインパクトは強かった。それまで霧笛といえば大方の日本人には「霧笛が俺を呼んでいる」といった、日活アクション映画もしくは歌謡曲的なイメージ喚起力しかなかったのが、六〇年代なかばこの作品が翻訳紹介されて以降は、すくなくともＳＦファンには霧笛はすぐさま恐竜を連想させる言葉となった。

翻訳されたブラッドベリの短編は、どれも暗記するほど繰り返し読んだ。そして、そのころ十六歳の高校生だった私にはひそかな愉しみがあった。

十日ごとに訪れる特別な日。その日は友人たちの誘いも断り、学校が退けるとすぐに電車に乗りこんで、渋谷をめざした。

渋谷で降りると私は道玄坂を元気いっぱいに上ってゆく。路面電車の玉電がまだ走っていた。右手に恋文横丁。もうすこし行くと百軒店のあたりで、右の小路に入る。高校生にはあまり似つかわしくない場所である。

めざす店は道玄坂小路の中ほどにあった。現在は台湾料理の「麗郷」があるあたりだ。「カスミ」というありふれた名前の、なんの変哲もない店構えの喫茶店である。しかし私にはそこは特別な場所だった。カスミに行けばSFファンがいたからだ。

そのころファン雑誌を出したりSF大会に集まる熱心なファンは全国でようやく千人いるかいないかだった。何の注釈もなしに、ミュータント、サイボーグ、パラレルワールドといった言葉を口にし、クラークやアシモフの新作の話題を語ることができる場所は、日本中でここ以外にはなかった。

SFファンは一日、十一日、二十一日…と一のつく日にカスミに集まった。一のつく日に会うから「一の日会」。十日ごとの一の日会が待ち遠しかった。その日は六時すぎから三時間、目いっぱい話に興じる。いや、別にSFの話題じゃなくても一向に差しつかえないのだ。肝心なのは何人ものSFファンと一緒に時間を共有していることだった。

さしずめ私にとっては渋谷が遠く沖合から望む岬であり、一の日会が稀少な仲間たちと出会うことのできる灯台であった。

一方ブラッドベリの恐竜は岬に泳ぎ着きはしたが、灯台が人工

レイ・ブラッドベリの『霧笛』を映画化した『原始怪獣現る』(1953年)。この映画の特撮監督はレイ・ハリーハウゼン。1920年に生まれた2人のレイは、幼少期から恐竜の虜だった。ロサンゼルスSF連盟で10代の2人は出会う。恐竜とSFファンダムが2人の90歳まで続く友情の契機となった。

の建造物と知って、怒りと悲しみに駆られその巨大な尻尾で灯台を粉々に砕くと、再び海の底に消えていった。

そして、もうひとつの渋谷が記憶の底から浮かびあがってくる。

そのころ、カスミがあった道玄坂小路から百軒店にかけては、ジャズ喫茶の密集、乱立する一帯だった。スウィング、DUET、ありんこ、DIG、SAV、音楽館、オスカー、ブルーノート。半径二百メートルそこらの迷路めいたエリアに十軒前後のジャズ喫茶がひしめいていた。

渋谷の駅から息を切らして坂を上り、この界隈のジャズ喫茶に出入りするようになったのは、カスミに通いだしたその直後のことだったろうか。薄暗い店内で大きな音量の音楽を聞きながら、ボーッとしているとあっというまに二時間、三時間がたった。そこは私には一の日会とは別の、もうひとつの居心地のよい灯台だった。

だがジャズ喫茶の全盛期は長くつづかなかった。二、三年もしないうち、百軒店周辺のジャズ喫茶はつぎつぎと店をたたむ。ちょうどジュラ期の恐竜が忽然と地上から姿を消したのと同じように、渋谷や新宿の街頭からジャズ喫茶がいっせいに消失した。

一方、SFは隆盛の一途をたどり、一の日会は以前に倍する賑わいを見せるようになった。それにつれて、私だけのひそかな愉しみという感覚はしだいに薄れていく。私の足はカスミから遠のいていった。

もう、とうの昔にカスミはないし、一の日会のその後の消息も聞かない。街にはジャズを流す小洒落たバーのたぐいは増えたが、ジャズ喫茶が復活する気配はむろんない。

百軒店の奥まった路地に昔ながらのジャズ喫茶を見つけたのは四年前のことだ。雑居ビルの二階から客がちょうどドアを開けて出てくるとき、大音量のコルトレーンが外に流れてきたのを、たまたま下を通りかかった私が聞きつけた。

それ以来、月に二、三度は通うようになった。さして美味くもないコーヒーを飲みながら、ぼんやり椅子に身体を預ける。昔、何百回となく聞き、身体に染みついたベースやドラムがリズムを刻むとき、ときおり時間に裂け目が生じる。黴（かび）臭い店のたたずまいも、コーヒーを飲んでいるこの恰好も、そして昂揚しているのかダルイのかわからないまま薄ぼんやりと過ぎてゆくこの時間の心地よさも、なにもかもがあのころと同じじゃないか。

私はこの三十年間がただの夢で、自分がまだ十六歳の高校生のままかもしれないという錯覚に襲われて、ほんのすこしうろたえる。

その店も一年前、突然店じまいした。今度こそ、この街には私が漂着する岸辺は、本当にどこにもなくなってしまった。

だから渋谷の駅に降り立つと、自分が恐竜になったような気がしてくる。そう、私は地上にたった一頭だけ取り残された恐竜だ。

SFはファンジンと同人誌がいちばん面白い

世界的なハードSF作家、堀晃さんが発行する同人誌「ソリトン」への手紙

「ソリトン」お送りいただき、ありがとうございます。

さて、一体何が送られてきたのかなと、郵便物を開けて、中から「ソリトン」のバックナンバーが出てきたのを見たときは、ビックリしました。そして添えられた堀さんの手紙を読み、「ソリトン」のページをパラパラめくっているうち、なんともいえない懐かしい気持ちと、そして言いようのない嬉しさが、心の深いところからこみ上げてくるのを感じました。

自分のチャランポランな性格のせいで、いつの間にか疎遠になっていたかつての恋人から、思いがけず近況を伝える手紙が届いた――というのは、あまりにも通俗的過ぎる比喩に聞こえるかもしれませんが――「ソリトン」を手にしたとき、ぼくが味わった感覚を表そうとすると、それが一番近いような気がします。

堀さんから「ソリトン」が届く少し前には、筒井さんの断筆解除の報道と、それを受けての「新潮」と「文學界」への新作発表がありました。

久々に新作に触れることの出来る歓びとともに、いくつかの感慨も湧きました。

事なかれ主義のメディアが言葉狩りに屈服しつづけた結果生まれた閉塞状況に対して、「たった一人の孤独な叛乱」を展開したのが、他ならぬ「私たちの筒井康隆」であったことは、なんと嬉

しく、そして誇らしいことだったでしょう。

いまから三十年以上も前、大衆読み物（決してエンターテインメントなんて洒落たものじゃなくって）の、そのまた辺境的な小ジャンルでしかなかったＳＦの書き手から出発し、いまではノーベル賞を明日受賞したとしても驚きはしないまでの支持と普遍性を得るまでになった作家の軌跡は驚異としか言いようがないし、わが国の文学史において空前絶後です。

筒井さんの断筆解除に触発され、そうしたことを考えていた矢先に送られてきたのが「ソリトン」ですから、これはもう実にタイムリーで、先ほど懐かしさと嬉しさと書きましたが、それだけにとどまらず、私の怠惰な思考をピピッと活性化してくれるような刺激がありました。

創刊号で森下一仁氏が書いているように、ＳＦは同人誌がいちばん面白い。同人誌ないしファンジンには、ＳＦの魅力のエッセンスが詰まっているように思います。

創刊号に掲載された「牛車道」は、そうしたＳＦの醍醐味が十二分に発揮された傑作だと感じました。

どこまでも一直線につづく牛車道というアイデアは、どこかで大昔に読んだバラードの短編「無限都市」を連想させたり、後半部分の湖水を渡って水門を上昇し、さらには山頂から斜面いっぱいに広がる風車を眺めるというファンタスティックな描写は、筒井さんの作品にも通じるような――そうですね、「旅のラゴス」とか「驚愕の荒野」といったあたりでしょうか――ある懐かしさのような感覚を覚えました。

すでに似たようなアイデアや設定の先行する作品群が存在するということではなく、すぐれたＳＦないしファンタジーに共通する何かを私が「牛車道」に感じとったということでしょう。

そうそう、「ソリトン」を手にしたその後、しばらくしてから届いた「本の雑誌」三月号の特集が、鏡明と高橋良平のふたりによる〝この十年のＳＦはみんなクズだ！〟という特集なのですから、これはもう偶然とは思えません。もし仮に偶然だとしても、これだけ偶然が積み重なれば、それはどこかで必然へと転化せざるを得ません。

ＳＦを馬鹿にしてきた世間と出版社と読者に対して、いよいよＳＦの側からの反攻が開始される、その前兆であるとしか思えません。

なまじ仕事でＳＦと関係がなくなったその分、ＳＦファンのメンタリティは純粋培養されたまま残っているところがある私なので、今後の「ソリトン」の展開には、ミーハー的な意味でも、そしてＳＦのハードコア的な部分への期待という面においても興味津々です。

『宇宙気流』に初めて書いた書評

『十月はたそがれの国』

ブラッドベリの初期の作品十九編を収めた短編集であり、このSFの詩人ならではの流麗な文体により独特な幻想と抒情の世界を展開している。

しかし十九編のうち、SFと呼べるものは皆無であり、ファンタジイとファンタジイの匂いの強い普通小説――いわゆる〝奇妙な味〟の小説によって占められている。

だが、ブラッドベリの最も愛する〝十月〟の色彩によって彩られたこの短編集の世界こそ彼の初心が生生しく感じられる〝真骨頂〟と言えるだろう。

こういう意味で、ブラッドベリ・ファンにとっては応えられない一冊であり、必読といえるだろう。

しかし、十九編もあるため少々途中で飽きが来るかもしれないが、発想の妙と流麗な文体は一般ファンにも受け入れられるものに違いない（と思うのは僕が彼のファンだからで、客観的批評の態度を忘れている為かもしれないが）。

個々の作品を取り上げてみると、作者自身これを書き上げた時〝本当にいい作家になった〟と語っている「みずうみ」、不気味なムードを漂わせている「小さな殺人者」「曇」、〝フイフイ大空をいく〟のタッチでホノボノとしたムードの「アンクル・エナー」、少年の孤独を描いた「集会」そして「びっくり箱」などが僕には面白かった。

叉、ジョー・マグナイニの実に気の利いたイラストが入っているのも特長だろう。

それから、最初の頁に〝闇のカーニバル〟の全編を含むとあるが、この短編集には収められていないものがまだあるとのことである。

1966年。高校2年生です。頑張って書いたけど、知識は乏しいし、感性は未熟だから、ただの読書感想文だね。でも「宇宙気流」に乗ったのが、嬉しくて、嬉しくてね。（写真は掲載誌『宇宙気流』1966年3月号）

バラードにおける《南》への冒険（オデュッセイ）

J・G・バラードほど熱帯のイメージにとり憑かれている現代の小説家は珍しいのではないだろうか。

彼はまるで欧米の列強がアフリカ大陸やアジアの植民地化に血道をあげ、野蛮で命知らずの探検家たちがナイル川やニジェール川の源流を探りあて、伝説の都ティンヴクトゥーの黄金を略奪することを夢見ていたあの時代の小説家のように、作品世界をむせかえるほど濃厚な熱帯のイメージで覆いつくすことにすべてのエネルギーを傾けているかのようだ。

バラードのそうしたトロピカル志向は、破滅を共通のテーマとした初期の『狂風世界』『沈んだ世界』『燃える世界』『結晶世界』という長篇四部作にとりわけ色濃く反映されているが、高温多湿化した近未来を舞台にした『沈んだ世界』において、半ば水没化したロンドンはJ・G・熱帯（トロピカル）・バラードによって、次のように描かれている。

〈そのクリークを下っていくと、いたるところ、オフィス・ビルやデパートの窓々に止まったイグアナどもが、その硬い、凍りついたような頭をぎこちなく動かしてはケランズたちの通りすぎて行くのを眺めた。それらはカッターの航跡へ飛び込み、他の植物に寄生した雑草や腐りかけた丸太から出て来た昆虫をパクッとやったりしてから、窓々を泳ぎ抜け、それから階段をはい上がって、自分たちが前にいた一番格好な場所へ収まり、そこで横になったり縦になったりしながら三段に折り重なった。こうした爬虫類がいなければ、激しい暑さの中に浸る沼や、半ば水に沈んだ

J・Gバラード『沈んだ世界』（創元SF文庫）

オフィス・ビルの間にできたクリークの眺めというものは、一風変わった夢幻的な美しさをたたえていたかも知れない。しかしイグアナや背びれトカゲなどの姿が、幻想の世界を現実の世界へと引き戻してしまっていた。むかし重役会議室だったところを連中が占領していることで明らかなように、爬虫類はこの都市を接収していたのである。爬虫類はふたたびまた生物の支配的な形態になったのだ。〉

　太陽嵐によるバンアレン帯の拡大を直接のきっかけに地球が急激な高温化に見舞われ、それに伴い両極の氷が溶けて世界の主要都市が水没し無人化するというのが『沈んだ世界』の状況設定だが、ダリやデルヴォーやタンギー、そしてとりわけマックス・エルンストといったシュールレアリスムの画家たちの世界を連想させる執拗な熱帯的イメージの反覆を経るうちに、そうした擬似科学的な説明の可否は次第に忘れ去られていく。

　イグアナやワニや裸子植物やトンボ大のハマダラ蚊が跋扈（ばっこ）するこの世界は、いわば全地球的規模での三畳紀への退行といってよい。こうした外界の変化に対応するように、人びとは毎夜、巨大な太陽とトカゲと火山の圧倒的なイメージによって支配された共通の「夢」にとらえられるようになる。そして、古代の「夢」に侵された人びとを奇妙な衝動が襲う。失跡した隊員の捜索行の途中、いまや僅かとなった人類の生存拠点である彼らの故郷グリーンランド北部のバード基地を失跡者であるハードマン中尉は目指しているのではという意見が優勢となったとき、主人公のケランズは言下にそれを否定する。

「ハードマンが歩いていったか、いかだを漕いでいったか、わたしにはわかりませんが、北に向かっていないことだけは確かです――バード基地は、彼が帰り着きたいと願う場所としては、一番後回しのところです。ハードマンがめざしているのは一つの方角しかありません――それは南です」

《南》への冒険行（オデュッセイ）！　奇妙な、しかし根源的な《南行》への衝動によってジャングルの中へ消えていくケランズは、宝石化したアフリカの森をさまよう『結晶世界』の主人公、サンダース博士の姿へと容易に重なっていく。

　バラードの作品を貫くこの《南行》の衝動に気づいたとき、すぐさま連想したのは、いまからおよそ六十年前、東南アジアを旅したわが国の詩人のスマトラ島の自然に触れた「これらの植物の動静は、北方の森林にみるように、静的、哲学的、乃至（ないし）は浪曼的な世界ではない。それは、むしろ、おもいきった動物性の表現である」という一節だった。詩人はつづけて、次のように《南》の森林を描いている。

〈のこぎり鮫のながい歯をそらにおし立てたような椰子の茎が、押しあい、へしあいしている。幹はまるでタンクだ。一ぱい汲みあげた水量のために、自分の重たさでどいつもぎしぎしいっている。前世紀の巨大な恐竜の骨骼を、そのまま森にくみ立てたようなポンセゴン樹や、榕樹などが、奇怪きわまる肢体をくみあわせる。樹と樹とは、おしかさなったうえに、一そう、押しかさなり、お互に絞めあい、くさい息を吐き、全身汗まみれになって、血と血を吸いあい肥っている。〉（金子光晴『マレー蘭印紀行』）

濃密な動物性に溢れた《南》の生態を描写するとき、バラードと金子光晴は時代と民族の違いなぞいともたやすく無視して、驚くほど共通した原イメージに到達している。さらに、いま引用した箇所のすぐ後にある「それらの植物から植物にうちつづいて、あたかもスマトラ全島が、途方もなく枝のひろがったいっぽんの大樹のもとに蔽われているかの観があった」という一節などは、バラードと並んで六〇年代イギリスSFのニューウェーブの旗手であったブライアン・W・オールディスの代表作『地球の長い午後』をも想起させずにはおかないほどだ。

バラードの『沈んだ世界』と同じ一九六二年に発表されたオールディスのこの長篇の舞台は遥かな未来だが、ここでもやはり地球は温室化し、その大陸は一本の超巨大化したベンガルボダイジュによって占められているのだ。そういえば、上海に生まれた『太陽の帝国』の作者と同様、オールディスにも第二次大戦におけるインド、ビルマ戦線へ従軍というアジア体験がある。

さて、オールディスは措くとして、問題はバラードの熱帯への偏執であり、《南行》への衝動である。

『沈んだ世界』の主人公ロバート・ケランズが、中世代の圧倒的なイメージによって塗りこまれた「夢」を初めて体験したとき、年長の助手は「あれはほんとうの夢じゃなかったんだ、ロバート。あれは何百万年もの歴史を持つ古い生命組織固有の記憶なんだよ」と告げる。

〈「何百万年も昔、きみの細胞質のなかに植え込まれた先天的な危機脱出機能が目覚めたんだ。拡大する太陽と上昇する気温とが、きみを追いやって脊椎の各階層を下り、無意識の最下層の下に沈んでいる溺れた海へはいりこませ、さらに全く新しい神経心理の領域へ踏み込ませているんだ。これは腰椎の命ずる移動であり、全面的な生物精神の召還だ。われわれは実際にこうした湿地や沼を記憶しているんだ。きみも二晩か三晩すれば、うわべの恐ろしさはあるにせよ、こうした夢にはもうびくびくしなくなるだろう」〉

種村季弘は、《南》という概念を、いまや「静態的な表象と化した世界」に対する「肉体的下層」と形容したことがあったが、この定義をバラードに応用し、さらに思い切って、拡大するならば、ケランズが体験した中世代の「夢」はホモ・サピエンスという種全体をあげての《南行》への衝動と呼ぶことができる。さらにいうなら、全地球的スケールでの三畳紀の風景への移行は、地球それ自体が地質学的、あるいは地球物理学的なレベルで《南》を熱烈に夢みた結果ではなかったのか。

こうした観点からバラードの作品を眺めたとき、たとえばこの自選作品集にも収録されている『六九型マンホール』や『負担がかかり過ぎた男』にとりわけ顕著である心理的な退行感覚や現実世界の崩壊感覚は、個人の内面レベルにおける《南行》の衝動を描いたものといってよいだろう。あるいは、かつてのニューウェーヴ全盛時の懐かしい言葉を使うならば、バラードの作品においては、常にその《内宇宙（イナー・スペース）》は《南》を指しているのだ、と。

そして、いささか乱暴に要約してしまえば、「時間の庭」「クロノポリス〈時間都市〉」「時間の墓標」といった具合いに、ほとんど強迫観念にまで昂められたバラードにとっての〈時間〉は、直進的ではなく、ときに逆流し、痙攣し、切れ切れとなるその性質によって、《南》の概念を一〇〇%体現したものである。

バラードの全作品中にあって、こうした《南》への憧憬、志向性をもっとも強く感じさせる作品は、彼自らが代表作に推す「時間が語りかけてくる」だろう。

もしSF小説におけるオールタイム・ベストを私が選べば、絶対にノミネートするに違いないこの傑作を最初に読んだのは、いまから二十二年前の「SFマガジン」〈伊藤典夫・訳「時の声」〉でだった。ちなみに、この小説がわが国におけるバラードの最初の紹介作品である。つづいて「強制収容都市」「タイム・チャンネル」「溺れた巨人」といった短篇が訳され、創元推理文庫からは長篇四部作がつぎつぎに刊行された。そして『残虐行為展覧会』にまとめられた濃縮小説（コンデンスト・ノベル）の時代が到来するのだが、これ以降のバラードについてはまた別の機会に譲ろう。

いま「時間が語りかけてくる」を改めて読み返すと、あのとき覚えた戦慄がほとんど変わらないインパクトで迫ってくる。睡眠時間が徐々に長くなり最後には永遠に眠りつづける麻酔性昏睡（ナルコーマ）症候群、〈沈黙のペア〉と呼ばれる遺伝子が活動を開始したことによって放射能を避ける重金属の甲羅を発達させたカエル、猟犬座の恒星から送られてくる渦巻星雲の解体を告げる電波信号、そして干からびたプールの底と塩湖のほとりにある空軍の射撃練習場に彫られた巨大な曼陀羅……つぎつぎに繰りだされる強烈な絵画的イメージは、それまで味わったことのない種類のサスペンスを私に体験させた。

DNAという極微のレベルにおいてと同様に渦巻星雲という極大レベルでも終末が刻印されていることが、私を戦慄させたのだろうと、いまになれば思う。そして、自らも不治の病に侵された主人公のパワーズが日記に記した「さらば、エニウェトク」という衝撃的な一行は、二十年以上、私の記憶に刻みこまれた。

終末を志向するバラードの内宇宙の背景には、彼によって「プレ・サード」〈第三次大戦前期〉と命名された一九四五年八月六日から始まる水爆人（ホモ・ハイドロジェネンシス）とエニウェトク原人の時代へのオブセッションがあることが、この一行から示唆されたのだ。

「プレ・サード」に生きる私たちの内部の〈沈黙のペア〉がカチッという微かな音をたてて活動を始めるとき、私たちは《南》への渇望にとらわれるのだ。

そう、ボクはいんちき芸術家だったんだ

ずいぶん奇妙な世の中になってきたな。そう感じ始めたのは、八〇年代の前半から半ばにかけてだったろうか。

映画「ブレードランナー」の製作は八二年だった。私はめずらしく、この映画を劇場試写でみている。応募して抽選で選ばれたような一般客が多かった。上映が終わり、席を立った観客たちが出口に向かって歩きながら、連れと感想を交わしあっている。

「なんだか変な映画よね」「よくわかんねえよ」

SFファンではないものの、映画や活字好きを自認する何人かの編集者やライターは、嘲笑するような表情を浮かべ、異口同音に語ったものだ。「ま、途中まではいいんですがね。でも、最後のハッピーエンドは駄目、あれで全部、ぶち壊しですよ」

公開直後の受け止め方は、こんなものだった。しかし間を置かずに「ブレードランナー」の評価は急上昇し、カルトームービーの地位にまで、のぼりつめた。

「ブレードランナー」の公開と前後して、ディックの著作が、早川書房とサンリオSF文庫から次々と刊行された。『パーマー・エルドリッチの三つの聖痕』『ユービック』など、早川から出版された長編小説はどれもクォリティが高く、『火星のタイムス

フィリップ・K・ディック『戦争が終り、世界の終りが始まった』(晶文社)

リップ』や『アンドロイドは電気羊の夢を見るか？』の作者が、その後どのように問題意識を深め、どこまで辿り着いたかの、納得いく回答になっていて、私は充分に満足した。

後発のサンリオは、旧作も新作も、そして傑作だけでなく、ハシにも棒にもかからない愚作まで、次から次へと毎月のラインナップに加えていった。

あるとき、この国におけるディックの受容のされ方が、変質していることに気がついた。たまたま酒場で隣り合わせになった客。あるいは知り合いのパーティに、たまたま紛れこんでいた人間。彼らの口から、ディックの名前をひんぱんに聞くようになった。畏敬の念をこめて、ディックとその作品名が語られる。特に「ヴァリス」には最大級の讃辞が贈られることが多かった。

明らかにディックの読者層は変化し、そして拡大していた。彼はもはやＳＦマニアの占有物ではなくなっていた。新しいディックの愛読者たちの共通パターンは、すぐわかった。彼らはドラッグが好きだった。まだ覚醒剤が一般化する前だったから、せいぜい大麻レベルだが、吸引経験者はかなりいたし、未経験の人間でも、薬物に対する興味と知識は旺盛だった。

強迫神経症的な傾向を持つタイプも多かった。自分の電話が盗聴されている。警察がいつも尾行している。声を潜め、しかし優越感をにじませながら、彼らは際限なく語りつづける。フリーメーソンや原発にまつわる陰謀話も、彼らは好きだった。そう、大きな反発が返ってくるのを承知で書いてしまうが、ディックの新しい読者には、頭のイカレた人たちが少なからず存在した。

頭のイカレた社会的不適応者。程度の差こそあれ、ディックの作中にはこの手の人物がよく登場する。その中でも、私が強いインパクトを受けた人物が『戦争が終り、世界の終りが始まった』に出てくる、ジャック・イシドールだ。『戦争が終り――』は、五〇年代のカリフォルニアを舞台にしたノンＳＦだ。

イシドールの頭の中では「科学」に関する多くの情報と知識が渦巻いている。その科学とは、どんなものか？　それはたとえば十歳のとき、週刊新聞で目にしたサルガッソー海に関する記事と、その海に引きずりこまれた古代から近代に至る難破船のカラー図解だ。あるいは、地球内部にぽっかり開いた空洞世界に存在する高度な文明についての考察である。

カリフォルニアに地震がおきるたび、イシドールはついに地球の内部が見えるかもしれないと期待する。戦前のパルプＳＦ誌『スリリング・ワンダー』を子ども時代は全巻揃え（第二次大戦中にオキナワでニホン人と闘っていた間に、他のガラクタと一緒に親に処分されてしまった）、その雑誌の広告にのった〈幸運を招く天然磁石〉を入手してからは肌身離さず持ち歩いている彼に、妹の亭主である工場経営者のチャーリーはいう。「イシドール、おまえってやつは、いんちき芸術家なんだな、きっと」

いんちき芸術家。この言葉が、私はとても気に入ってしまった。「科学」とは名ばかりの種々雑多な擬似科学の膨大な知識で、世界を解釈していく〈いんちき芸術家〉たち。その称号は、果たして電波系や、遅れてきた西海岸派や、ヒッピーに憧れるディックの新しい読者だけが冠する栄誉に恵まれているのだろうか。

日本における本格的なSFブームが到来する直前の六三年、三島由紀夫はSF同人誌『宇宙塵』に寄稿した短いエッセイで「SFは本来、いくら知的でありすぎてもよい自由なジャンルである」と書いた。まだ少数派だった日本のSFファンを勇気づけた。三島の一文はこうつづく。

「私は外国のSFを無条件に買っているのではない。たとえば世評の高いブラッドベリなどは、なりそこねの抒情詩人で、ひよわな感性を売り物にし、もっとも女性的なSFであって、SFとして邪道なばかりか、文学としても三流品である。SFからはすくなくとも、低次のセンチメンタリズムが払拭されていなければならぬ。私は心中、近代ヒューマニズムを完全に克服する最初の文学はSFではないか、とさえ思っているのである」

日本を代表する現代作家が、SFをここまで高く評価していると知ったときの驚きと高揚した気分が、こうやって書き写しているいまもよみがえってくる（つい一か月前まで、机の上に他の資料と一緒に積み上げていた『宇宙塵』七十一号は、どこかにまぎれこみ、三島の引用部分は、石川喬司「SFの時代」からの孫引きである）。

三島のブラッドベリへの論難については、いま引用した箇所の直後に、石川喬司はきわめて適切なコメントを寄せている。「三島がブラッドベリをやっつけるのは、太宰治をやっつけるのと同じことで、彼らが三島の恥部みたいなものだからだ。三島の初期の作品は、まさにブラッドベリそのものだった。ストイシズムの権化のような現在の彼にとって、それは常に克服すべき内部の敵にほかならないのである」

ブラッドベリの評価はさて措くとして、SFは三島が定義したように、本来そんなに高踏的なジャンルだったのだろうかという疑問が、私の中に長いこと巣喰っている。

私はディックをいつごろから読んでいたのだろう。この文章を書くにあたって、資料を調べてみた。私か初めてジュヴィナイルではなく、本格的なSFに接したのは、中学一年生の終わりに書店でたまたま目にした『SFマガジン』の六二年二月号だ（同誌はこれが創刊から二周年号だった）。定期的に購読するようになったのは、翌六三年の八月号からだ。小松左京と光瀬龍の最初の短篇集が銀色背表紙の早川SFシリーズの一冊として刊行されたのは、六三年の秋だった。

商業誌にデビューして間もないディックが各誌に書き飛ばしたといわれる初期の短篇を、私は六二、三年から六〇年代後半にかけての『SFマガジン』で幾つも目にして、それが私のディック体験のコアになっているのではないか、と思いこんでいた。まったくの思い違いだった。「『SFマガジン』インデックス」という、同誌の初期の百号分の完全なデータを調べて、驚いた。この時期、ディックの翻訳はわずか四篇しか掲載されていない。「探検隊帰る」（六〇年二月創刊号）、「パパに似たやつ」（六〇年五月号）と創刊直後に二篇、訳されてからはずいぶん間があき、次の「金色人」は六五年三月号、「リターンーマッチ」は六七年八月号の掲載である。

この記憶錯誤は、どうして生じたのか。

ディックの小説世界では、くり返し〈仮想現実〉とその崩壊が描かれる。そして〈本物〉と〈偽物〉。確かに思えていた日常が、あるとき些細な出来事をきっかけに、ぐにゃりと歪み、いままで隠されていた、もうひとつの現実が姿を現す。そして、このなし崩し的な世界の変容を眺めている自分は一体、本物なのか、偽物なのかという、パラノイアックな問いかけが初期から晩年に至る、ほぼあらゆる時期の作品にうかがえる。

「火星のタイムスリップ」や「パーマー・エルドリッチの三つの聖痕」のように複雑な構成を有し、テーマの衝撃性とともに小説的洗練をもあわせ持つ作品に、私は大いにひかれる。しかし私がもっとも愛してやまないのは、「時は乱れて」や「宇宙の操り人形」のような、荒削りではあっても、ディックの強迫観念が生の形でごろんと放り投げられた印象のある、初期の長篇である。

この世界はインチキだ。おまえは（私は）偽物だ！ そんな恐れと疑念がプリミティヴに、一直線に展開していく「時は乱れて」や「宇宙の操り人形」には、ディックのエッセンスがこれでもかと詰めこまれている。

私は子どものころ、親の転勤に伴い、いくつもの学校を転々とした。日本全国、行く先々に人々が住み、自分と同じような年齢の子どもが暮していることに、違和感を覚えることがあった。

この連中は、と幼い私は直感した。ボクがこの町にやってくるまで、人形のように動きを止めていたのだ。ボクが引っ越してきた瞬間にスイッチが入り、彼らの日常が始まったのだ。しかし、私をときどき混乱させる事態がおきる。「ほら、去年の夏休みにさ……」。私がまだこの町にやって来る前のことが、級友たちの間で話題になる。

この連中はボクを騙そうとしているのだろうか？ それとも、彼らはボクが東京にいたときから、こんな田舎町で、ボクとは別個の生活を営んでいたんだろうか。そんな馬鹿な！

私は、混乱をようやく鎮めてから、注意深く、この町と、その住民、そして私の意識を検証していく。本当の世界はどこにある？ 少年時代に繰り返し精査したこの手つきこそ、〈いんちき芸術家〉にふさわしい自己と世界に対する、始原的な探求のスタイルだった。

そう、私はものごころついたころから〈いんちき芸術家〉だった。長い間、私の中に棲みついていた、ディック的な強迫観念。後年、私かディックの作品を読んだとき、以前から同じ作者のものを読んでいたと錯覚したのも無理はないかもしれない。私の頭の中では、ディック的な妄想世界が、何年もぷすぷすと発酵しつづけ、外の世界に出ることを待っていたのだから。

そう、雑誌に育てられた少年、それが私だ。

性の芽生えも背徳も雑誌抜きでは語れない

痩せて、非力で、運動神経も鈍い。協調性も乏しいし、なにより咄嗟の機転がきかないことは、集団生活を営むうえで致命的な欠陥となった。

路地や公園、駄菓子屋で、大半の少年は自分を取り巻く世界をすこしずつ知っていく。私は活字を通してしか、世界がどういうものか知る術がなかった。

しかも子ども向けの名作全集には、すぐ飽きた。〝善い話〟しか、そこには書かれていなかった。当時はそんな言葉を知るはずもないが、「偽善」の匂いを、少年の私は嗅ぎとったのだろう。

私が小学校の図書室で夢中になって読んだのは、講談社の『少年少女世界科学冒険全集』や、岩崎書店から刊行されていた『ベルヌ冒険名作選集』だった。アフリカの奥地やチベットの秘密都市、そして地底世界や南太平洋の孤島での冒険は、私の脳と身体の奥を刺激し、コーフンさせた。

性の世界も、少年の私は活字でアプローチした。フツーに早熟な子なら、お医者さんごっこで異性の身体を知るところだが、私は父が毎週、仕事帰りに買ってくる『週刊新潮』（新潮社）の「黒い報告書」という読み物で、〝男と女の情欲〟を知った。

「美津子の熟れきった体は、渡辺のたっぷり時間をかけた愛撫によって、激しく反応するようになった」――地方都市で最近おきた〝情痴事件〟にヒントを得た読み物は、いつもこんなルーティン化した文章で始まる。

夫以外の男に初めて抱かれた平凡な人妻は、たちまち性に溺れていく。「情事の余韻で、体の奥がまだ火照っていた。子宮が痺れ、ときおり痙攣する。思わず美津子は、行為の後で気怠く煙草を吸う渡辺の背に体を密着させると『ねえ、あんた』と甘えた」

愛撫、子宮、痙攣。どれも小学五年生が初めて目にする言葉だ。私は熱心に辞書を開いて、言葉の意味を探る。後に漫画『がきデカ』（秋田書店）を大ヒットさせる山上たつひこは、それに先行して『マンガストーリー』（双葉社）誌上で、エロとドタバタ、グロテスクをミックスした「喜劇新思想大系」という超ド級の傑作を発表した。頭の中は性的妄想でいっぱいの主人公は、「性交」「膣」「小陰唇」などの言葉を辞書に見つけると、毎回それだけで必ず欲情した。

馬鹿でしょう、私も山上作品に登場する童貞青年も。

高校に入学する直前のころから、文芸誌も読むようになった。というと、早熟な文学少年のように聞こえるかもしれないが、根が軽薄なだけだ。文学全集や文庫に収められた小説はどれも立派で、重みがあった。なにしろ一九六四年の東京オリンピック当時は、主要な文庫は岩波、角川、新潮しかなく、角川がエンターテインメント路線に舵をきるのは、七〇年代に入ってからだ。

過去の名作をラインナップした全集や文庫は、現実の風俗からは十年も二十年も遠く離れた遺物のようで、退屈だった。当時の純文学誌には、風俗や思想、政治などが、いまよりもっと馴染みやすいものとして描かれていたように思う。だから私は純文学誌を毎月慎重にチェックして購入した。

吉行淳之介的短篇「不意の出来事」が『文學界』（文藝春秋）に掲載されたのは昭和四十年四月号だから、高校一年の三月だろう。

「いつもの匂いが、雪子の軀から立上ってこない。裸になったばかりの雪子の軀は無臭である。しかし、私の軀に密着している雪子の軀ぜんたいが僅かに湿りを帯びてくると、その匂いが漂いはじめる」

これが小説の冒頭である。性をテーマにして巧みな作品を描く作家という評判は、文芸時評で知っていた。「軀」という文字が、まず目をひく。体でも身体でもなく、軀。この表記に、作者のこだわりとダンディズムがあるのだろう。十六歳の生徒が読んでも、文章は達者で、なおかつ抑制がきいている。

性にこだわりながら、スタイリッシュで、軽味を備えた作品であることに、少年の私はちょっと衝撃を受けた。「不意の出来事」のすこし前に連載を終えた「砂の上の植物群」は、随所にちりばめられた性描写、そしてテーマの昏さと深さで評判になった。

津上京子の乳房の横に、そのふくらみを取囲むように青い痣が三つ並んでいるのを、伊木は見た。生まれつきの痣ではなく、乳房を摑んだ男が折り曲げた指先を肉の中にめり込ませた痣のようにみえた。

　被虐の趣味があるのか、と訊ねてみた。

「無いわ。気違いみたいになって、嚙む男がいるのよ」

　眼を伏せて、京子は答える。控え目な口調と裏腹の、露骨な言葉である。

「どんな男だ」

「それは、言えないわ」

（中略）

「金をくれる男とは、誰とでも寝るんだな。だから、こうやっておれと寝ているんだ」

「…………」

「淫売と同じじゃないか」

　彼は京子の耳に口を寄せ、ときどき耳朶を軽く嚙みながら、そういう言葉を耳の穴に注ぎ込む。侮辱的な言葉が流れ込むたびに、京子の軀は烈しく反応した。黙って、敷布の上の首を左右に烈しく振りながら、しだいに強い快感の表情が浮び上ってきた。


　いかにも吉行淳之介らしい言葉のやりとりと、軀の反応が巧みに描かれている。高校生の読者はいちころだ。その何年後か、まだ童貞だった少年は、少女の胸を揉みながら、耳を軽く嚙んで「誰とやったんだ」と訊いたりしたら、「あなた、変態じゃないの」と呆れられたものだ。影響、受けやすいんだな、俺って。しかし〝吉行流〟の性愛術は、七〇年代に入ったあたりで、多くの文学青年にとっての憧れとなった。

　俗悪不良誌という言葉を、吉行はしばしば使った。純文学を書きながら、生活の糧はエロが売り物の三流実話誌の編集で得ていた時期がある。すると、私が大学を出てまもなく、そうした実話出版社の編集者になったのは、彼の影響だろうか。いや、それはない。私は十二歳ころから、SFやコミック、パロディといったエンターテインメントにも親しんでいたから、おもしろいものなら一流でも五流でもいいや、という雑誌観があった。

　七〇年代半ばで激減する、それらの出版社で発行していた三流から五流まで、もう覚えている人もいないかもしれない実話雑誌名をいくつかあげれば『週刊事件探訪』（新樹書房）、『ニュース特報』（双葉社）、『週刊話題ＮＥＷＳ』（日本文華社）、『女の百科』（新樹書房）、『週刊秘（マルヒ）』（辰巳出版）、『女と事件』（辰巳出版）、『週刊漫画Ｑ』（新樹書房）、『実話三面記事』（日本文芸社）など泡沫のごとく消えていった雑誌は百誌ではきかない。

　この時期、中堅出版社ＫＫベストセラーズが創刊した『漫画エロトピア』が、エアブラシを使った洗練された表紙と、胸と尻を強調した豊満な人妻を描かせれば、右に出るもののない新人、榊まさるの起用によって、一流コミック誌の『ビッグコミック』（小学館）、『漫画アクション』（双葉社）にも迫る勢いを得た。

　これを見て、既成の出版社はどこも実話誌を廃刊し、エロ劇画誌を創刊する。そんな雑誌業界の激変の中から登場したのが、いまは映画監督になっている石井隆だった。それまでのエロ漫画は、お色気漫画、ピンク漫画という呼び方がぴったりのヌルいものが大半だったが、石井隆の「天使のはらわた」シリーズは昏く、死の気配さえただよわせる。私たちがこれまで見たことのない劇画だった。

先にも名前を出した『がきデカ』の作者である山上たつひこは、石井隆がメジャーシーンに浮上したとき、こう語った。「うーむ、石井隆はすごい。榊まさるもすごいが、石井隆はもっとすごい」。

三流劇画誌の隆盛とほぼ同時期におきた自販機ポルノのブームも語っておこう。なにしろ対面販売の煩わしさがない。深夜、闇に浮かぶ自販機に置かれたヌード写真集は、まるで飾り窓の女のようだった。

「百円玉を五枚握りしめて、自販機の前を通行人がいなくなるまでウロウロするんです。ドキドキしながら百円玉を入れるときのスリルがたまらなかったですね。でも、ずっとコインを握っていたから、家に帰って石けんで洗ってもお金の臭いが取れないんですよ」

当時、高校生くらいだった少年が、いちばん自販機ポルノのエロとスリルを楽しんだ世代だろうか。しかし直後のビニール本ブームで自販機ポルノはほぼ姿を消し、またビニ本もわずか一、二年で、アダルトビデオの出現によって消えていく。

ネットであらゆるワイセツ動画が見られるようになった現在、雑誌がエロで対抗できる余地はあるのか。コンビニで成人誌コーナーが店の隅でなんとか生き永らえていることに、エロ雑誌の生き残る道を見出す人たちもいる。超マニア化をはかった雑誌が、細々とではあるが刊行を続けている。

超熟女雑誌。昔はメディアでも風俗でも、三十歳になると熟女扱いだった。モデルは引退するのが通例だったが、いまは〝五十路妻〟〝六十路妻〟写真集が、途切れることなく売れている。

この数年間つづいた『週刊現代』（講談社）の〝死ぬまでセックス〟と『週刊ポスト』（小学館）の〝死ぬほどセックス〟長期特集、あれは一体なんだったんだろう。読者の高齢化に伴う特集企画なのは間違いないが、あれらの特集を〝実用企画〟として実践する人が、それほど多いとは思えない。セックスはね、薬を使ったり無理してまで実践することはないんです。

昔のセックスを思いだしたり、グラビアのそそられる美女を見た後で、妄想に耽る。それでいいんじゃないでしょうか。

実践より、妄想。これがシニアの余生としては、無理がないように思う。『週刊ポスト』ではすこし前からグラビア頁で〝謎の美女［祥子］〟、を連続掲載して評判を呼んだ。その後も次つぎと、どこか素人っぽさを残したモデルを掲載している。ヘアOKのモデルもいれば、ギリギリ胸の乳首とヘアは隠す女性もいる。

最近、登場したモデルの毎号タイトルは「〝響子さーん〟」と、そのものズバリ。三十歳になるかならないか。シニアにとっては、まず交際不可能な響子さんの裸体を見て、子どもに返ったように妄想する。〝響子さーん〟というタイトルに、シニアの寂しさと純情、そして諦観と、まだ消えぬ妄想がすべて込められている気がして切ない。

では女性はどうなのか。『アンアン』（マガジンハウス）のSEX特集、まだつづいているんですよね。ということは、以前ほどではないにしても、この特集は売れてるんだろうな。

読者アンケートなどを見ると、やはり所得と同じで、〝やっている人〟と〝やってない人〟の差、つまり「女性の性格差」もまた拡大中であるようだ。

ここにもうひとつ〝女子〟問題が介在する。ジェーン・スーの『貴様いつまで女子でいるつもりだ問題』（幻冬舎文庫）である。四十代、五十代もが「アタシたち女子はさァ」と呑み会で騒ぎ、「ウチの会社の男も、使えねえやつばっかし！」とスペイン・バルで嘆くのを見ると、肉食女子は七十代にも相当数いるに違いない。

男はせいぜい「響子さーん」と心で呼びかけ、静かに妄想するだけ。現役からはひっそり引退していく傾向が顕著だが、あくまで女子、にこだわるシニア女性は、かつてゴーマンでマッチョで自分を客観視できなかった男たちが、いまや体に悪いことはせず、飲酒や喫煙もほどほどにしているのに比して、あくまで欲望全開。女子会という名で集まっては、己の現役感を確認する。

かつて『微笑』（祥伝社）という、女性の欲望を全肯定して、突拍子もない特集を企画する、お下品かつ憎めない雑誌があった。『微笑』と重なる時期には『ギャルズライフ』（主婦の友社）、『ポップティーン』（飛鳥新社）という、これまた怖いもの知らずの下半身突貫精神をみなぎらせ、国会でも問題になった十代向けの雑誌が、『オリーブ』（マガジンハウス）と一八〇度異なる誌面で個性を発揮していた。

七十代になっても現役を降りる気のない女子たちをターゲットに、『暮しの手帖』（暮しの手帖社）や『クウネル』（マガジンハウス）の対極をいく、肉食シニア女子雑誌が生き残る余地は、ひょっとするとあるのかもしれない。

編集部から質問です
――記憶に残っている雑誌は？
『週刊漫画Q』（新樹書房）です

一時は〝日本でいちばん下品な雑誌〟と呼ばれた。パワフルで奇想天外、垢抜けないエロが一杯の、略称『漫Q』はなんとも愛すべき雑誌だった。

清潔な内臓とカタストロフィ

大友克洋について語ろうとするなら、やはり彼の描くキャラクターたちのその特異な顔だちから話を始めなくてはいけないだろう。そして大友克洋の作中人物たちの顔に思いを巡らせるとき、私が決まって思い出すひとつのエピソードがある。

ヨーロッパに一年以上滞在していた知人のNが、日本に帰ってきたときのことだ。成田に降りたったNは、空港ロビーでごったがえす同朋の顔を見たとき、奇妙な異和感と不思議な既視感に襲われた。初めは首を傾げるばかりだったが、そのうち突如として天啓が閃いた。

「なんだ、大友克洋のマンガに出てくる顔じゃないか」

長いことヨーロッパにいて、彫りの深いコーカソイドの顔を見慣れた眼には、日本人の扁平な顔だちはずいぶんと奇異なものに映ったに違いない。この時点におけるNの視線は、外国人のそれと同じといってよいだろう。つまり、大友克洋が描く作中人物の顔というのは、外国人から見た日本人の顔なのだ。

振りかえってみると、これまでのマンガはなんと実際の日本人とはかけ離れた顔を描きつづけてきたことだろう。制度、規範、文法、なんと呼んでも良いのだが、大友克洋はそのデビュー直後からマンガの登場人物にまつわる暗黙の了解をいくつもあっさりと無視してみせた。

こうして、彼の描く鼻の低い、眼が小さくて吊り上がったモンゴロイド、ツングース系に特有の顔が、まず最初に私たちに強く印象づけられることとなった。

そもそもの始まりから、大友克洋は絵だったのだ。ストーリィやテーマではなく、これまでのマンガとはまったく異なるその絵の描き方に私たちは興味を惹かれたのだ。そして大友克洋の場合、そのストーリィやテーマは、むしろ彼の描く絵に引きずられるようにして独自のスタイルを形づくるに至ったのではなかったろうか。

大友克洋の描くキャラクターたちの中でも、とりわけいきいきとした魅力に溢れていたのは子どもたちだった。「酒井さんちのユキエちゃん」や「スカッとスッキリ」に登場した幼児たちは、その顔だちや体つきに比例するかのように、既成のマンガとはひと味もふた味も違ったユニークな会話や振舞で異彩を放った。彼らはいっときたりともじっとせずに、けたたましく悪態をつきながらコマからコマを駆け巡った。

そして老人たち。むろん大友克洋はアパートの六畳間にたむろする大学生や河原で寝泊まりする浮浪者を描かせても冴えをみせたが、「星霜」や「あしたの約束」の老人たちは、リアルだがどことなくユーモラスなその表情によって、私たちの記憶に鮮烈な印象を留めることとなった。

「やっぱり、ガキと年寄りを描かせると、大友は巧いねえ」

この時期、彼の読者たちは寄るとさわるとこんな会話を交わしたものだった。だから、しばらくして、彼の一大エポックとなった『童夢』が発表されたときにも、彼の作風の転換はきわめて自然なことに感じられた。憎たらしいくらいの傍若無人なエネルギーを持つ子どもたちと奇妙な存在感を漂わせた老人たちとが、もっと奔放自在に動きまわれる空間を欲したその結果、出現したのが『童夢』だと、すーっと納得できたのだ。

「老人と子どもとは不思議な親近性をもっている。子どもはあちらの世界から来たばかりだし、老人はもうすぐあちらに行くことになっている」と河合隼雄は『子どもの宇宙』で書いたが、これにつづく一節は、まるで『童夢』や『AKIRA』がいかに物語のアーキタイプに忠実であるかを語っている箇所のように思えてならない。

「両者ともあちらの世界に近い点が共通なのである。青年や壮年がこちらの世界のことで忙しくしているとき、老人と子どもは不思議な親近性によって結ばれ、お互いをかばいあったり、共感し合ったりする。もちろん、一般的な意味で、老人と子どもは正反対であることも事実である。反対の部分と共通の部分と、これが作用し合って、老人と子どもの間に興味のある交流が生まれてくるのである」

それまでの大友作品では、青年や壮年の〝こちらの世界〟での姿を微妙に視点をずらして描くことによって生まれるユーモアや奇妙な味に力点が置かれていた。それが『童夢』以後の作品では、子どもと老人の間の共感と反撥という交流の方に一挙に傾斜していく。そしてコマからコマ、ページからページへと移動することを希求して止まない子どもと老人の潜在的エネルギーが作用／反作用する装置として超能力というSF的アイデアが与えられる。

むろんこの作者のことだから、サイコキネシス、テレポーテーションといった超能力も、物語の序盤の部分では、日常風景の中のさりげないひとコマとしてごくごくつつましやかに描かれるだけであり、〝豪華絢爛エスパー絵巻〟という類型からはほど遠い登場の仕方になっている。たとえば『童夢』の一年前に発表された『Fire-ball』では、最初に超能力の存在が示唆されるシーンは、鉛筆が机の上をコロコロ転がったり指の上で浮遊したりする僅か一ページの中の数コマに過ぎなかったから、私なぞは迂闊にも見過ごす始末だった。

そしてこれらの超能力が圧倒的なカタストロフィを招きよせる。近未来の管理社会に舞台を設定した『Fire-ball』は、『童夢』の予行演習ともいえる五十ページ一挙掲載の意欲作だったが、後半の十ページあまりは超能力者である兄弟とスーパー・コンピュータとのたたみかけるような凄まじいバトル・シーンに費されている。脳と外骨格だけになって空間移動する兄とコンピュータの死闘は、いまだったらさしずめ〝サイバー感覚溢れる……〟という形容詞がついたことだろう。

なかでも光環の中に浮かんだ兄と弟が、ちょうど両側から挟みこむようにしてコンピュータを破壊する見開きのカットは圧巻だった。

この瞬間、大友克洋はカタストロフィの快感に目覚めたのではなかったか。

技法的に見ると、『Fire-ball』『童夢』『ＡＫＩＲＡ』と作品を追うごとに、都市の高層建築物を俯瞰でとらえるショットが多用されるようになるが、これなぞカタストロフィ・シーンにおける空間的な奥行きと重量感を生みだすための伏線としか思えないほどだ。

大友克洋のマンガにあっては、超高層ビルをはじめとする都市の景観は、ただただ破壊されるだけのためにそこに存在している。災厄シーンをきわだって美しいものに仕上げるために、都市とその建造物は偏執的なまでに精緻に描きこまれねばならないのだ。

このマンガ家がどれほどまでに都市の破壊という観念にとり憑かれているか、そしてまたカタストロフィの一瞬を描くことに聖性さえ覚えているということを知るためには、『ＡＫＩＲＡ』第三巻のラストを眺めればよい。そこではアキラによるネオ東京の破壊が四十ページ近い分量を費して描かれているのだが、そのほとんどのコマが無音なのだ。『童夢』でも重要ないくつかのカットは見開き大のサイレントで描かれていたが、『ＡＫＩＲＡ』第三巻の巻末ではそれがより徹底され、作者の体臭を感じさせてしまう描き文字による野暮な擬音は極力排除されている。荘厳で清浄なアポカリプス！（逆に、作品中でフィジカルな役割を担わされている金田たち健康優良不良少年たちのバイク・ツーリングのシーンには、つねに「ドドドドドッ」という巨大な描き文字とスピード感を表わすための効果線とが描きこまれている）。

そしてネオ東京が外部からの核攻撃によって崩壊したのではなく、アキラ少年によって内部からカタストロフィを迎えたように、大友マンガの破壊、殺戮、バトル・シーンでは、脳や内臓が肉体の内側から炸裂していくシーンがなんといっても圧巻だ。『エイリアン』や『北斗の拳』においても執拗に繰りかえされるこの肉体の内部からの破壊という表現については、時代の趨勢と無意識という観点からの検討も要請されるところだが、ここでは大友作品の系譜に則してのみ考察していく。

いまから十年ほど前、「NOTHING WILL BE AS IT WAS」という短篇で、大友克洋は妙に清潔な人肉嗜食（カリバリズム）を描いたことがある。そして、さらにそれ以前のデビュー直後には、病院の解剖室に送られてきた街のチンピラの死体が毎日切り刻まれていく「目覚めよと呼ぶ声あり」という短篇を発表しているが、これも死体と臓器ばかり描かれているわりには不思議な静けさと透明感の漂う作品だった。

大友克洋には当時からこうした一種の解剖学的な偏向や内臓へのフェティッシュな嗜好が見られたのだが、それらは奇妙なほど血や汗や漿液の臭いを欠いていた。そのころ、大友克洋の無機質で乾いたペン・タッチを〝水分十割欠乏〟マンガと評したのは、自分自身もマンガ家である飯田耕一郎だったが、死体や内臓を描いたときに、彼の〝水分十割欠乏〟という特質は遺憾なく発揮された。

清潔な死体と脱臭化された内臓。

オートメ化された手術台の上で解剖されていた兄が、死に瀕した弟の意識とシンクロすることによって目覚め、脳と外骨格だけという姿でコードを引きちぎり、近未来の都市の中空に浮遊していく。この美しいシーンこそ、大友克洋の水分を欠いた解剖学的嗜好の極限的なイメージの表れだったに違いない。大友克洋のマンガでは、プラスティックな死体と臓器がカタストロフィを求めて空中を浮遊しているのだ。

そして『童夢』や『ＡＫＩＲＡ』に散りばめられた解剖学的イメージは、なにもエッちゃんや鉄雄によって無意味に炸裂させられていく脳漿や内臓だけに限られてはいない。

アキラの封印されていた超低温室に通じるのたくったパイプやダクトは、まるで臓器やそこから延びる血管のようだし、なにより内側から爆烈していく団地や超高層ビルの鉄骨やガラスや石塊や金属片は、私たちに内臓の砕け散っていくシーンをイメージさせずにはおかなかったのだ。

もっとも、大友克洋に訊いたら、いやアレは小沢さとるの『サブマリン７０７』の潜水艦の内側からの爆烈シーン、あの記憶へのオマージュですよ、などというトボケた答が返ってこないとも限らないのだが。

ＡＫＩＲＡと日明

善悪を超越した破壊者

映画『ＡＫＩＲＡ』の公開前日に、渋谷の映画館で〝ＡＫＩＲＡ ＭＥＥＴＩＮＧ〟と銘打ったトーク・セッションが開かれたという記事を、ぼくは「週刊ファイト」で読んだ。

五木寛之という、やることなすことすべてがエグいオジさんの書いた『戒厳令の夜』という長編小説がある。この小説は、確か「その年、四人のパブロが死んだ」と書きだして始まっていた。パブロ・ピカソ、パブロ・カザルス、パブロ・ネルーダ、そして、もう一人のパブロX氏が一九七〇何年かに死んだというアイデアから『戒厳令の夜』は大陰謀ストーリィを膨らませていく。

この小説のオープニングをもじるなら、〝AKIRA MEETING〟というイベントでは「この夜、三人のアキラが会った」ということになる。浅田彰、坂田明、そして前田日明という三人のアキラがトーク・セッションの特別ゲストだったのだ。

早い話が、単に名前が一緒というだけの語呂合わせでゲストを呼んできただけなのだが、前田日明を登場させたのは、なかなかのお手柄だったと誉めておきたい。

前田日明を前夜祭に呼んだことによって、『AKIRA』本篇までがグッと格を上げたというと、本末転倒もはなはだしいと笑われてしまうだろうか。

しかし、大友克洋ファンは思い出してほしい。ネオ東京のラボで培養された超能力少年たちは名前の他に番号でも呼ばれていたが、最終兵器と同等の破壊能力を持つアキラ少年は28号と命名されていた。そして、もう一人の重要な登場人物である41号の鉄雄。

鉄雄／28号＝鉄人28号！

『鉄腕アトム』のソフィスティケートされた華やかさと比べたときに数段見劣りがするものの、かつて『鉄人28号』はその桁違いのパワーによって少年読者たちの無意識に畏怖の感情を植えつけた。

読者である少年たちと同じ身長、感情、理想の持ち主であるアトムと比べると、巨大ロボットのはしりである鉄人の鋼鉄の肉体は日常のスケールから大きく逸脱していたし、何より自分の意志を持っていないということが少年たちの心の奥底に不安を抱かせた。彼をリモート・コントロールする操縦スイッチが悪人の手に奪われたときでも、彼は忠実に破壊を実行していった。

つまり、善悪を超越した破壊者である『鉄人28号』の近未来リメイクバージョンが『AKIRA』なのだ。（そうそう、まだ小さな子供なのに、いつもキチンと背広を着て、鉄人の操縦スイッチを握っていた少年の名前が、確か金田正太郎クンだった）。

ネオ東京を一瞬にして崩壊させるアキラ少年の超能力パワーに、イメージ的に拮抗できる存在はそうザラに転がっているとは思えない。もし、語呂合わせから前田日明の名前を思いついたのだとしたら、『AKIRA』の関係者は実にラッキーだった。

大巨人＝アンドレ・ザ・ジャイアントや佐山サトル（初代タイガーマスク）、そして長州力を相手にガチガチのセメント・マッチを闘ってきたデンジャラス・レスラーである前田日明こそ、実に現代に蘇った『鉄人28号』だったのだ。

善悪を超越、ということをプロレスの世界に置き換えるなら、それは単純なベビーフェース（＝善玉）VSヒール（＝悪玉）という対立図式を空無化するキャラクターのことだ。

かつて村松友視はこうした究極のレスラーを善玉でも悪玉でもない《凄玉（すごだま）》のレスラーと呼んだ。そして、彼は《凄玉》のレスラーの理想型をアントニオ猪木に求めた。

だが、猪木（と彼の腹心であった新間寿（しんまひさし））が唱えた《過激なプロレス》が、結局のところ演劇的プロレスという枠内に収まってしまう予定調和的なものであることが、とうの昔に白日の下に曝け出されてしまった今となっては、猪木のファイトからは哀愁が滲みでてくることはあっても危険な匂いが漂ってくることはまずない。

前田日明とＵＷＦの爆発的なブーム到来は、ひとえに危険な匂いが濃密に漂うそのファイト内容によるものだ。恐らく、現在ＵＷＦのブームを支えている観客の何割かは、前田を始めとするレスラーたちの妥協のない闘いぶりを盲目的に信仰しているプロレス・ファンに違いない。

しかし、『鉄人28号』がスイッチを握る人間の意志に操られるしかない両義的な存在であったのと同じように、前田日明もまたプロレスにとっては両義的な存在である。

アンドレや長州や佐山との闘いからもわかるように、前田はエキサイトすると往々にしてプロレスにおける《暗黙の了解》を逸脱してしまう。このことがぼくたちを惹きつけるのだが、実は問題はこの先にある。

真剣（マジ）だから良い、というプロレス観はもう一押しか二押しすれば、街の喧嘩（ストリート・ファイト）とプロレスを同じレベルでとらえる発想を産み出し、さらに進めば相手レスラーの骨を折り、目を潰し、さらに殺すことをベストとする価値観に行き着く。それは極論としても、盲目的なシューティング信仰は、最終的にはそうした古代ローマの闘技場における殺しあいを夢みるようになるはずだ。

そこまで極端でなくとも、ゴングが鳴った一秒後に、前田のキックが相手レスラーに致命的ダメージを与えてＫＯというシーンを想定して欲しい。そうした決着の付け方でも構わないというファンもいるだろうが、この時、見られる格闘技あるいは相手の技を受ける格闘技としてのプロレスは終焉を迎えることになる。前田がプロレスにとって両義的な存在というのは、このことからきている。

原発にもミサイルにも見放された東京は、いましばらくの間、現代の28号である前田日明と近未来の28号であるアキラ少年とを夢見る以外、退屈をまぎらわせる術がないのかもしれない。

澁澤龍彦の本から十冊
退屈な日々に衝撃を与えた快楽主義者

『快楽主義の哲学』（文春文庫）
『夢の宇宙誌』（河出文庫）
『高岡親王航海記』（文春文庫）
『異端の肖像』（河出文庫）
『幻想の画廊から』（河出文庫　青土社）
『玩具草紙』（朝日文庫）
『思想の紋章学』（河出文庫）
『マルジナリア』（福武文庫）
『神聖受胎』（河出文庫）
『さかしま』（河出文庫）

最初に購入した澁澤龍彦の本は、光文社のカッパ・ブックスから刊行された『快楽主義の哲学』だった。資料によれば、一九六五年三月一日に定価二四〇円で刊行とあるから、東京オリンピックの五か月後で、私は高校一年生の三学期だ。

次いで入手したのは、表紙と裏表紙にエッシャーの石版画「きずな」を大胆にレイアウトした『夢の宇宙誌』で、これはもう手にとるだけでワクワクするインパクトがあった。こちらは美術出版社から美術選書の一冊として六四年六月に出版された。私の手許にあるのは、翌六五年九月十日再版のもので、定価は五八〇円だ。

六五年という、どうにも面白味のない時期に、この二冊に出遭えたのは僥倖だった。学校の成績も急降下しているときだから、ともかく毎日がつまらない。日本国民だれもが熱狂したかのように語られる、前年秋の東京五輪にもシラケた思いしか抱けなかったほどだ。

開会式当日の十月十日は土曜日だった。生徒の大半はテレビ観戦のために、帰宅を急いだ。やさぐれた気分の私は、もう一人の出来の悪い柏木くんという級友と一緒に、飯田橋で下車し、九段坂あたりをぶらぶらしてから千鳥ヶ淵でボートに乗った。青春の覇気などかけらもない高校生が、男二人でボートを漕ぐなんてなあ。

オールを漕ぐ手を休めた二人の口から「あー、つまらねえなあ……」と年に似合わぬ投げやりな呟きが同時に漏れた。皇居に面した広い濠には、私たちのボートだけ。そのとき頭上に轟音がした。（うるせえなあ）。飛来したジェット戦闘機は、次つぎと円を描きだし、やがて五つの輪が青空に浮かんだ。

国立競技場からわずか三キロの場所で、力なく上空の五輪を見上げた少年が、ごく僅かだがいたことを記しておくことは、戦後史にとって意味があるかもしれない。半分冗談だけど、半分は本気です。

六〇年代の半ば。退屈と平和だけは馬に喰わせるほどあった。そんな時代に、いじけて、拗ねることしかできなかった劣等生の前に『快楽主義の哲学』が出現した。

第一章のタイトルは「幸福より、快楽を」だ。〈山のあなたの空遠く／「幸（さいわい）」住むと人のいう〉。上田敏が訳したカール・ブッセの有名な詩を、けちょんけちょんに叩いた箇所は痛快だった。山の向こうにあるらしい幸福にあこがれて、旅に出てはみたけれど、ロクなことは何ひとつなく、がっくり肩を落として故郷に戻り、ああ幸福なんて所詮は遠くから仰ぎみるものなんだと自分を慰める。そんな詩が、いかに内容空疎か。馬っ鹿じゃないの、と痛罵する著者の書きっぷりが、かっこよかった。

哲学者ディオゲネスや美食家サヴァランなど、快楽主義の巨人を紹介する章は、澁澤龍彦一流の書きっぷりで、しかも〝大衆向け啓蒙〟新書であるカッパ・ブックスの一冊として世に出たわけだから、劣等生でもすらすら読める。彼がスケッチする妖人・奇人の物語は、むろん魅力的だが、やはりこの新書本では、私は澁澤龍彦の語る思想と哲学に強い衝撃を受けたようだ。

たとえば深沢七郎に〝快楽主義者の現代的理想像〟を見出す、次のような一節。「ケネディが暗殺されたとき、深沢七郎はどうしたか。彼は、原爆なんか持って、世界の民衆をおびやかしていた悪い政治家が死んだので、うれしくなって、おこわをふかし、近所の人たちに配って歩いたのです」。

すごいね。まだ暗殺の衝撃から、一年と数か月。悲劇の若き大統領、アメリカ民主主義のヒーローとして聖化された政治家の本質を、ずばり一言で正確に評した深沢七郎もすごいが、その深沢を快楽主義者の理想像と直感する澁澤龍彦のセンスと知性の鋭さは、どうだ。この人は、そこらのリベラルな知識人とは、器が違うんだよ。いま澁澤龍彦の読者を認ずる者で、ケネディを尊敬してたり、その娘の駐日大使に親近感を寄せる輩は、読者の資格なしだ。

数あるその著書の中から一冊となれば、やはり『夢の宇宙誌』だろうか。表紙のセンスの良さを冒頭で指摘したが、本文中に配列された図版の美しさに圧倒された。不思議な観念や奇怪な人物が、端正な文章で綴られ、見たこともない図版によって補強され、思考を跳躍させてくれる。いまもときおり手にとるが、購入から二、三年のあいだは、ほぼ毎日のように頁を開き、その文章と図版によって、妄想の世界に遊んだものだ。

この本で覚えた観念や固有名詞は多い。アンドロギュヌス（両性具有者）、ホムンクルス（小さな人間）、東方教会における天使の性と階級、初期グノーシス派、新プラトン派などなど。小さな図版だが、ルネ・マグリットやバルテュス。さらにはポオル・デルヴォー、ハンス・ベルメエルらの初めて見る作品にも、エッシャーに劣らない興味を覚えた。

いまでは誰もが知る概念や名詞であり、それらが詰めこまれた著作群は、ほとんどが文庫で入手可能だ。書かれた内容こそ第一義だから、単行本だの文庫本だのと、こだわることはない。しかし『夢の宇宙誌』に限っては、美術出版社版で頁を繰るのと、文庫版で読むのとでは大違い、まるで別の著作を目にしている感がある。

献辞に「わが魔道の先達、稲垣足穂氏に捧ぐ」とある。タルホが、すっかり忘れ去られていた時期だ。私は熱心なSF少年だったから、「SFマガジン」に載った、戦前から戦後にかけての幻想文学の系譜を辿る論考を読んで、タルホ『一千一秒物語』の名だけは知っていた。商業誌でタルホの作品を目にすることはなく、唯一の発表の場が、名古屋の名門同人誌「作家」で、ここに『弥勒』などを延々と連載していた記憶がある

ある日、新宿の紀伊國屋書店で「作家」を立ち読みしていたら、思いがけない名前を見つけた。「作家」は戦後すぐに芥川賞を受賞した、名古屋の医師、小谷剛が主宰していた。タルホの作品中だったか、編集後記かも、いまでは曖昧だが、不遇な時期のタルホを恐らく物心両面で支えた人びとが何人か記され、その中に草下英明の名があった。一般向けの科学解説書を多く著した人だ。初期の「宇宙塵」同人で、「SFマガジン」にも長いことSF的な科学エッセイを連載していた。

私が小学生のころ、TBSの「100万円Xクイズ」という、本邦初の本格的かつ高額なクイズ番組の司会を軽妙にこなしていた。前職は、たしか東急文化会館にあったプラネタリウムの解説員で、そうか星や天文台が好きなタルホを、励まし支えるには最適の人だなあ、と思ったものだ。この話にオチはない。これだけ。『夢の宇宙誌』を開くと、稲垣足穂への献辞があり、そこから連想ゲームのように草下英明さんの温厚な顔が浮かぶという、ただそれだけの思い出だ。

高校生のときに買って読んだ二冊の本を挙げれば、あとは最晩年の『高丘親王航海記』という奇蹟の書、一冊を記せばよいようなものだが、そうもいかない。

戦後文学と思想、さらにメディアにおける澁澤龍彥の意味や価値を考えるときに外せないのは『異端の肖像』だろう。〝バヴァリアの狂王〟ルドヴィヒ二世や〝二十世紀の魔術師〟グルジエフ、さらには澁澤好みも極まった感のある、フランス革命時のジャコバン党最左派〝恐怖の大天使〟サン・ジュストや、ローマ帝国の〝デカダン少年皇帝〟ヘリオガバルスなどを描いた評伝は、「文藝」六六年一月から十一月まで隔月連載された。

澁澤龍彥を書誌学的に、ほぼ完璧に理解している人からは異論

が出るかもしれないが、これが最初の商業文芸誌における連載ではないだろうか。初期の『毒薬の手帖』『黒魔術の手帖』は、乱歩編集の推理小説誌「宝石」に連載されたものだ。『エロスの解剖』と『幻想の画廊から』の主要な文章の初出は、池坊の機関誌「新婦人」だ。『幻想の画廊から』では、『夢の宇宙誌』で初めて知ったデルヴォー、ベルメエル、バルテュス、タンギーなどが紹介された。この連載を読むために大森銀座の書店で立ち読みし、幻想的で奇妙なアートに陶然となったのは、六五年の後半だ。

純文学誌での連載が六六年とかなり遅かったことに注目すべきだろう。しかも当時の「文藝」は判型を替えたり、倒産があったりで、御三家の「新潮」「文學界」「群像」とは、差があった。権威化された戦後文学の流れから澁澤龍彦が、いかに離れていたか。まさに〝異端〟の著述家だったとわかる。そしてもう一人、ほぼ同時期に「文藝」で本格的に純文学誌連載をスタートさせるのが吉本隆明だ。吉本もまた〝正統〟や権威とは無縁な詩人・思想家だった。

吉本と澁澤に共通するのは、生涯を在野の著述家として全うしたことだ。大学の教師などに一度もならず、筆一本で生活の糧を得た。歿後、長い年月を経ても、その著作が書店の棚に並ぶという、今の出版界ではまずあり得ない存在となった二人が、六〇年代も半ばを過ぎてから「文藝」で商業誌デビューを飾ったことは特筆しておいていいだろう。

いつ、どの頁を開いて読んでも良し。観念と記憶と日常が、肩の力をほどよく抜いた絶妙さで表現された『玩物草紙』も外せない本だ。澁澤本家があった、埼玉県深谷市の市街地から離れた血洗島（ちゃあらじま、と土地の人は呼んだ）を描く文章が興味を惹く。血洗島。すごい地名だ。

私も小学校高学年のころ、深谷に住んでいた。父の勤務する会社が借り上げた広い屋敷は、澁澤家の没落した番頭格の人から借りた家で、あずまやもあった。利根川に近い血洗島まで、何度かマラソンで走らされたことがあって懐かしい。

残り四冊。透明な観念が、心地よく展開される『思考の紋章学』。いかにもこの人らしい抽象度の高い断片が、ぽろり無雑作に、しかし姿よく投げだされる『マルジナリア』も捨てがたい。初期の著作から一冊というと、シュルレアリスムとトロツキズムの融合が、いかにも六〇年代前半の現代思潮社を象徴する『神聖受胎』だろうか。

翻訳ならサドではなく、ユイスマンスの『さかしま』。小説も良かったが、ルイス・ブニュエルの映画『小間使の日記』で、ジャンヌ・モローが傭われている屋敷のヒヒ爺いが、ベッドで『さかしま』を読ませた後に、ブーツをはくよう命じ、部屋を歩かせるシーンが淫美だが笑えて記憶に残る。以上、十冊。もっと書きたいことがあった気もするが、いずれまたの機会に。

破滅願望の遺伝子

田中英光と光二氏のこと

巌谷大四『戦後・日本文壇史』の中盤をすぎたあたりに、こんな記述があった。「昭和二十四年十一月五日、田中英光氏が、三鷹禅林寺の太宰治氏の墓の前で、アドルムを大量に呑み、左手首の動脈を安全カミソリの刃で切って自殺した。／これも当時のジャーナリズムを賑わした事件であった」

田中英光という小説家の名前を初めて知った。『戦後・日本文壇史』は、朝日新聞社から昭和三十九年二月十日に初版が刊行されている。この直後に購入しているから、中学卒業を間近に控えた時期だ。

品川区のはずれ、馬込に隣接したいまは西大井と呼ばれる地域にあった、ハンパに柄の悪い学校だった。一学年したに、当時は渡辺順子という本名でテレビの歌番組の司会もしていた、後の黛ジュンがいる。たまにひと休みに彼女の教室を覗いてみても、テレビ出演や米軍キャンプめぐりで忙しいのか、一度も渡辺順子の顔を見たことはなかった。

受験も終わって、あとは卒業までやりたい放題という、荒んだ空気が三年生の教室を支配していく。そんな学校生活から逃避する気持ちもあって、「文藝朝日」連載時から、ときおり読んでいた巌谷大四の〝文壇史〟の出版を知り、すぐ大森駅前の書店で手にとったのだろう。

　先の引用箇所の直後には、こんな一節がある。「青山二郎氏が「ピンセットで活字をひとつひとつつまみあげて、食べてしまいたいような小説」と評したという、「オリンポスの果実」という青春小説を戦前に書いて、「池谷賞」を受けた田中英光氏の戦後の生き方は、正に捨て身であった。彼は太宰氏に私淑傾倒していた」。

　高校に入学して、すぐに『オリンポスの果実』は読んだ。薄い文庫本だったので、遠距離通学の行き帰りを使って、本は時間をかけて読む遅読派の私がわずか二日で読み終えた。清冽な気配がただよう一方で、全編をとおして「さびしさ」が通奏低音のように流れる小説は印象に残った。

　これも巌谷氏の本から。「田中英光という男は、酔っ払うと手がつけられない。／亀井勝一郎氏がその酔態ぶりを次のように書いている。／「或る日、やはり太宰家で、山岸外史と、私と、そこへ英光が来て、四人で飲んで大いに酔って、夜ふけの道を変えることになった。太宰も送ってきたが、ちょうど多摩川浄水のほとりを歩いているとき、偶然山本有三の邸宅の前を通っていた。『これが山本有三の家だよ』と、誰かが言うと、英光は『よし、生意気な奴だ』と言って、いきなり山本邸の門柱を片腕で抜き、それを玉川上水の中にどぶんと放りこんだ」」

　私も何年か前に、山本有三記念館を訪れたことがある。テレビの散歩番組で、吉祥寺・三鷹篇の収録だった。亡くなったフォークの高田渡さんが一日に二度は通った井の頭公園前の「いせや」、太宰治が入水自殺した場所などの他に、有三記念館も撮っておこうと、これは太宰治賞を筑摩書房と共同主催している三鷹市への配慮のようだった。

　山本有三の記念館なんて、興味ないんだけどな。面倒くさいと思ったが、記念館に着いてびっくり。ずいぶん立派なお屋敷だった。洋風建築で、外装はクリームイエローというか、観光地にある女の子が喜びそうな〝かわいい〟カフェレストランのようだ。

　これを観て、亀井勝一郎が書いた、田中英光の「よし、生意気な奴だ」の意味がわかった。『路傍の石』とか、タイトルからして辛気臭く、教訓垂れそうな作家が、こんな豪邸に住んでいいのかよ、と。記念館の前庭に、大きな黒い石があった。まさか。しかし、その〝まさか〟だった。『路傍の石』の執筆中に、これだこの石だと気に入って持ち込んだらしいが、かつての自民党の金権政治家が何百万円とか出して自慢するような石なんだよ。路傍というから、田舎道の脇に転がっている石ころかろ思ったら、成金趣味を丸出しにした黒光りする大きな石だから、おどろいた。やっぱり現場に行くと、何かしら収穫はあるもんだ。路傍の石の実物を見て、ずいぶん得した気分になった。

　十年前にＴＢＳが、豊川悦司の主演で『太宰治物語』を放映した。このときたまたまドラマを観ていたら、田中英光が山本邸の門柱を引き抜いた一件が、エピソードとして使われていた。田中英光役は誰が演じたのか気になって検索すると、脇役には池内博之、小市慢太郎、佐藤二朗などの名があり、この三人が亀井、山岸、田中を演じるには似合っていそうだが、いずれも〝六尺豊かで二十貫〟という大男ではないので、謎のままだった。

田中英光の子息であるSF作家の田中光二が、青山墓地の田中家の墓のまえで自殺をはかったのは、三年前の二〇一二年三月だった。この何日後かに、日刊ゲンダイに紹介されているヤフーニュースの検索ランキングを見ると、この事件が上位にランクインしていて、びっくりした。

やはり田中英光の血だな。墓で自殺未遂とは。そう思ったが、特に調べることもしなかった。それから五か月ほどした夏に「小松左京マガジン」の最新号が届き、エッセイ欄に田中光二氏が「死にぞこないの記」を書いていて、さすがにおどろいた。

「春のうららかなある日の朝。／ぼくは、青山墓地立山分地の、田中家の墓碑のまえにあぐらをかいて座っていた。／死ぬためである。／死ぬことは前日に決めて、朝家を出るまえに、あとあとのことをこまかく子供たちに書き残し、遺漏のないようにおいておいた」

こんふうに坦々としたトーンで、文章は書き出される。田中氏は三十年前から、自殺願望に悩まされてきたという。燃え尽きたという自覚と、あるトラブルを抱えた（その中身は記されていない）ことに後押しされて、自殺を決行することにした。死に方をいろいろとあげていき、「消去法でいくと、頸動脈を切って死ぬのがいちばんカッコいいのではないかという結論に達した」という記述に、奇妙なユーモアを感じた。

しかし墓前でナイフを首にあて、頸動脈を切ろうとするのだが、うまくいかない。大出血がおきて、すぐに失血死というつもりだったのに。ここからが、ハイライトだ。

「こんなはずではないとおもい、二度、三度、…五度まで切った。／五度目はかなり深く切った。／むろん痛い。／痛いのだが、あいかわらず出血しない。ぽたぽたと落ちるだけである。（中略）買ったナイフがあればいちばんよかっただろう。／僕は困ってしまった。／死ぬつもりでやってきたのに、死にきれない。／うららかに日は照っている。／どうしたらいいものか判らなくなった」

いや、おもしろい。人の自殺をおもしろいなどと失礼かもしれないけれど、悲愴感よりも、のんびした気配がただよい、笑いさえも誘う。ご自身の自殺未遂をネタに、肩の力を抜いた、大変におもしろいものを書かれたな、田中さんは。そう感じた。

ご家族がやってきて、田中さんは病院に送られる。行きつけの精神科医に怒られるのだが、田中さんは反省などしない。この命は、僕のものだ、と。「次は絶対確実な方法でやるしかない」「つまり、ぼくはまだ死ぬことをあきらめていない」。確信犯である。

ふと、三十年前に何かのパーティで一瞬だけ目があった田中さんが父親ゆずりのかなりな長身だったことを思いだした。

サバ折り文ちゃんのこと、忘れないでね

北杜夫『楡家の人々』

サバ折り文ちゃん。大正から昭和にかけて、相撲ファン以外にも愛された人気力士である。

四股名（しこな）は出羽ケ嶽文治郎。身長二メートルを超す、顔と胴体の異様に長い、容貌魁偉な〝負のヒーロー〟を、代表作『怪しい来客簿』のなかで、哀惜をこめて描いたのは色川武大だった。得意技は長身を利してのサバ折りだけ。だから、ついたアダ名が〝サバ折り文ちゃん〟だった。

その文ちゃんと大歌人、斎藤茂吉の等身大ブロンズ像が並んでいたのは、山形県・上山城の〝郷土の偉人コーナー〟のようなフロアだった。優に頭二つか三つは身長差のある二人の姿を見ているうちに、北杜夫の『楡家（にれけ）の人びと』を思いだした。

北杜夫は茂吉の次男である。『楡家の人びと』は上山の近郊で生まれ、一代で青山に広大な精神病院を建てた奇人、楡基一郎に始まる一族の物語だ。ハッタリ好きの基一郎は客に「ぼくはねえ君、日本一頭のよい男と、日本一身体のでかい男を養子にしたんだよ」と自慢した。郷里の村で始まって以来の神童が、作中では徹吉とよばれる茂吉で、小学六年生にしてすでに身長一八〇センチを超す怪童が、蔵王山の名で小説に登場する文ちゃんだ。

北杜夫の『どくとるマンボウ航海記』がベストセラーになったのは一九六〇年、私が十一歳のときだ。この本で、私は子ども向けではない〝大人のユーモア〟を初めて体験した。それから十年あまり、小説とエッセイを問わず、北杜夫の作品はすべて刊行順

に読んだ。「羽蟻のいる丘」や「谿間にて」など初期の短篇に漂う硬質なリリシズムは、私の嗜好に合った。もっとも愛読した『幽霊』に至っては、高校の三年間、週のうち三日は中公版の単行本を学生鞄に入れ、学校帰りの喫茶店で、どこか偶然に開いたページから小一時間ほど読み耽るのが習慣だった。しかし何度かトライしてみたものの、どうにも歯が立たなかったのが『楡家の人びと』だった。

その分量も困難さの一因ではあったが、決して安易な叙情には流れない、あたかも堅牢な建築物を思わせる、ヨーロッパ風の本格的な小説のたたずまいに私は気圧されたのだと思う。第一部だけを読んで、そのまま記憶の隅に追いやられていた『楡家の人びと』が、上山城で並んで立つ茂吉と文ちゃんの等身大のブロンズ像をたまたま目にしたことで、意識に浮上してきた。『幽霊』の主人公が「牧神の午後への前奏曲」を聴いて、封印した過去の記憶を蘇らせるシーンを私は想起した。

後日、あるパーティの席で、北さんのお嬢さんである斎藤由香さんと久しぶりに一緒になった。彼女が雑誌の企画で、親娘連れで上山競馬場を訪れたことを思いだす。「あのときは、上山城にも行ったの?」「お城は……興味ありませんので」「あのお城にはね、キミのお祖父さんの等身大の像があるんだよ」「えっ、知りませんでしたぁ」

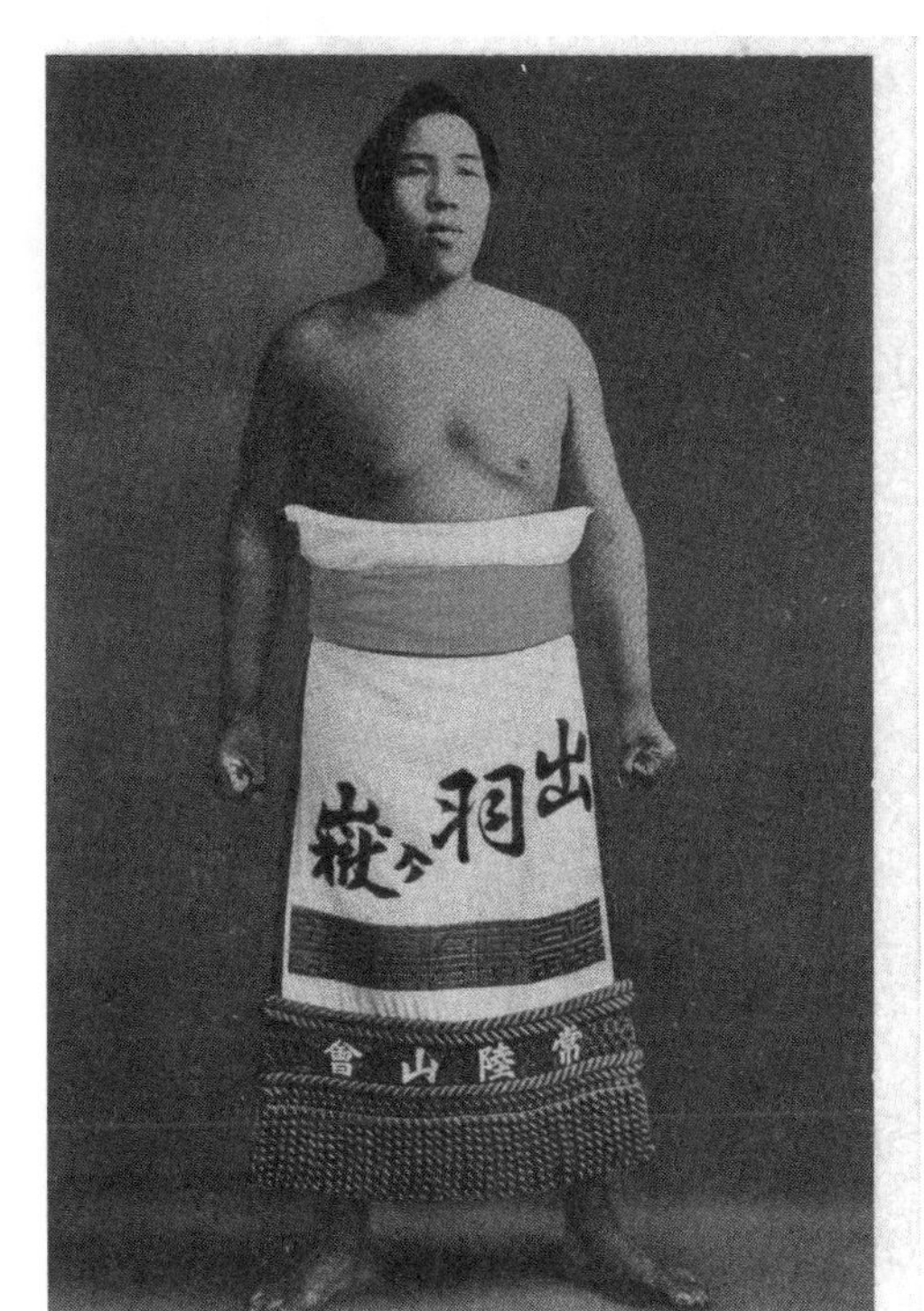

身長203センチ、体重195キロとも言われた出羽ケ嶽文治郎。

私はやや憮然とした表情になる。「じゃあ、文ちゃんの像のことも知らないの?」「ブンちゃんって……それ、誰ですか?」「誰って、出羽ケ嶽文治郎っていう相撲とり。お父さんの『楡家の人びと』にも蔵王山という名で出てくるじゃない」「面白くないから、父の本って、わたし読まないんです」

斎藤家の記憶からも消えつつある、文ちゃんと一族の壮大な歴史を、いつの日か追体験するのだという思いは、この日からさらに強まった。

俺だって、飛びっきりの〈悪党〉になりてぇよ

世の中に、こんなおもしろいものがあったのか。七代目尾上菊五郎がお嬢吉三を演じた『三人吉三巴白浪（さんにんきちざともえのしらなみ）』を見て、あっというまに魂と身体をどこか遠い地の果てまで拉致されてしまった。

平成十二年二月の歌舞伎座だから、もう十三年前のことになる。歌舞伎を初めて見たのは、その半年前のことだ。前年秋から見た演目は、たまたまどれも忠義や親子の情愛を、地味に、あるいは明朗にあっさり描いた時代物が多かった。どこか、いまひとつ食い足りない思いはあった。しかし初めて見る歌舞伎は充分に魅力的だった。

テーマは古くさいし、内容もずしりと手ごたえがあるわけではない。しかし役者たちの化粧や手のかかった衣裳、さらには舞台をいろどる小道具や背後に流れる三味線の音。なんて贅沢な演劇なんだろう。

話がアナクロで中身スカスカだって、これだけ見た目ゴージャスってのは凄い。おまけに役者は、みんな男ばっかり。きれいなお姫様も腰の曲がった婆さんも、演じるのは男の役者だ。そうした歌舞伎にしかない魅力には気づいていた。

そんなとき、黙阿弥の『三人吉三巴白浪』に遭遇して、腰が抜けるほど、びっくりした。菊五郎のお嬢吉三に、中村吉右衛門のお坊吉三、そして十二代目市川團十郎の和尚吉三。吉三を名乗る三人は、みな盗賊だ。

別にロビン・フッドや鼠小僧のような義賊じゃない。たった何両かの金でもって、何の恨みもない赤の他人を平気で刺したり川に落とす悪党である。そしてその悪党たちが、そろいもそろってかっこいい。

そうか、歌舞伎ってのは〈悪党〉のドラマなんだ。これだけでも驚愕に堪えないのに、客席の高価そうな着物で観劇しているオバサマたちが、罪なき若者や老人が脅されたり殺されたりしている舞台を見て「アハハ、オッホホホ」と、心の底から楽しそうに笑っているのにはびっくりした。女性たちの肝の太さと、タフな神経をつくづく知らされた。

序幕は大川端。客が忘れていった大金百両を、落とし主に返そ

うと人探しする、気のやさしい夜鷹おとせに、あでやかな振袖姿のお嬢吉三が道を訊ねる。おとせの懐中に目をつけた悪党の勘に誤りはなく、財布ごとひったくろうとする。健気なおとせは元の持ち主に返すため必死で抵抗するが、お嬢吉三は非情にも大川に突き落とす。

このとき、百両を奪ったお嬢吉三（菊五郎）が「月も朧に白魚の、篝もかすむ春の空」とセリフを口にする。「ほんに今夜は節分か。西の海より川の中、落ちた夜鷹は厄落し、豆沢山に一文の、銭と違って金包み、こいつア春から縁起がいいわえ」と上機嫌のセリフがつづく。

これにも仰天した。子どものころから耳になじんだ「こいつア春から縁起がいいわえ」は、善き事、めでたい事があったとき、それを寿ぐ言葉と思っていた。よくテレビで、タレントやアナウンサーが、新年早々に目出度いことのあった人へ「春から縁起がいいですね」と声をかけるシーンをどれだけ見たか。ところが真実は、血も涙もない悪党が、純情な売春婦を川に突き落として「俺って、今年はラッキー」と、してやったりの浮かれ気分なのだから、びっくりだ。

〈悪党〉こそが、かっこいい。この歌舞伎の本質を教えてくれたのが、菊五郎のお嬢吉三だった。しかも扮装と役柄のズレが、お嬢吉三により斬新な魅力を生んでいる。大家のお嬢様に見せかけておいて、夜鷹と揉みあううちに〝そうさ、俺は男さ〟と、声もガラリとトーンを変える。女になったり、男になったり。性を自在に変える菊五郎のお嬢吉三に陶然となった。男が女を演じる。この倒錯だけでも、歌舞伎には妖しい美と魔が備わる。くわえてお嬢吉三の場合には、劇中で男が女装の悪党を演じているのだ。倒錯がさらに輪をかけた倒錯に深化してゆく。

ふてぶてしいほどの悪党が、ふっと寂し気な表情や、すねた素振りをみせるところが、菊五郎ならではの真骨頂だろう。

『三人吉三』の翌月、平成十二年三月の歌舞伎座でも、菊五郎は美しかった。これも黙阿弥作『雪暮夜入谷畦道』の、悪事を働き追われる身の御家人、直侍こと片岡直次郎の、酷薄そうなたたずまいと、落魄した男の哀愁をともにただよわせた姿からは、〈悪党〉のセクシーさと哀しさが滲みでていた。

入谷の雪道で、そば屋に入るとき、傘の雪を払う仕草。頬かむりした手拭いをほどいて酒を飲みだしてからも、その目つきは鋭い。入谷には直次郎を慕う遊女三千歳（中村福助）が、吉原の大口屋の寮で養生している。そば屋から寮へ。自分は追われる身だからと別れ話を切りだす直次郎に、それならいっそ自分を殺してくれとくどく三千歳。女にくどかれ、ふと一瞬だけ直次郎の表情が緩む。

男なら、一度はなってみたいな直侍に、と思わずにはいられない。

善良な市民で生きるよりも、お上や世間から後ろ指さされる〈悪党〉になって堕ちてゆきたい。菊五郎の演じるお嬢吉三や直侍を見ていると、どうあがいたところで自分には到底できっこない、そんな昏い夢を一瞬だが見てしまう。

歌舞伎を知って〝幻のマンガ家〟に再会できた

一ノ関圭 絵『絵本 夢の江戸歌舞伎』

歌舞伎を知って、まだ一年半。そんな駆けだしのころに出会った運命の一冊が『絵本　夢の江戸歌舞伎』だった。

私のまわりに芝居好きはいなかった。そんな環境が災いし、中年を過ぎてから歌舞伎と出会った。平成十一年九月、京都南座の『小笠原騒動』で、私は歌舞伎とめぐり会う。

年が明けた十二年二月から、欠かさず歌舞伎座に通いはじめた。二月『三人吉三巴白浪』、三月『雪暮夜入谷畦道』、四月『梅雨小袖昔八丈』。こんな不思議な娯楽、芸能があったなんて。一気にのめりこんだ。

三作とも昼の部の演目だ。当時、私は朝のワイドショーの司会をしていた。十時に番組が終わる。食堂で朝食、スタッフルームでの反省会をすませると十二時だ。スタジオを飛びだして東銀座に向かい、一幕見の券を買って最上階まで息をきらして駆け上がる。

歌舞伎座の最上階でひっそり芝居を眺めるのは、初めて知る至福の時間だった。毎週、ふらっと通うようになった。

四月に訪れた金丸座には、しびれた。鼠木戸をくぐって小屋に入った瞬間、私たちは別世界の住人となる。座布団に自然光。夢のような世界だった。源九郎狐を演じる菊五郎の汗までが見えた。そして十一月には勘九郎（十八代目勘三郎）の夢が叶い、隅田公園に平成中村座が出現した。

この夢の絵本が上梓されたのは翌春だ。監修は服部幸雄さん。服部さんの膨大な知識とアイデアをビジュアル化した一ノ関圭さんの画力もすごい。一ノ関さんは、昭和五十年「らんぷの下」で第十四回ビッグコミック賞を受賞した。一本の描線すらおろそかにしないから、作品数は極端に少ない。

そんな〝幻のマンガ家〟が、金丸座や平成中村座のはるか源流までさかのぼって描いた、江戸の芝居小屋の肌理こまやかさと躍動感に圧倒された。

見開き絵が十五枚。一枚に千人近い観客と役者がいる。歌舞伎を知って一ノ関圭の絵にも再会できた。歌舞伎の力がよび起こした奇跡だ。

ミニ・レビュー

現代劇・宮本武蔵

舞台は、厳流島ならぬ、白昼山谷のドヤ街。

登場するは、日本スリ学校山谷分校で「技術こそ思想だ!」のテーゼのもと、チャリンコ少年に秘法を伝授する宮本武蔵。そして、組織拡大に野心を燃やす暴力団・厳流一家の総長、佐々木小次郎。更には、奇々怪々恋ボン引きの〈武蔵〉、警視庁刑事の〈武蔵〉までもが登場し、これらの人物が入り乱れ、そして情がからんで、欲が渦巻き、舞台は小次郎・武蔵〈宿命の対決〉へと、軽快に、ドシャメシャなタッチで進行していく。

吉川英治の「宮本武蔵」が、剣一筋に己れを託して、乱世を生き抜いた〈武蔵〉ならば、佐野美津男・作、演劇集団〝日本〟による、この「現代劇・宮本武蔵」は、戦後というもう一つの乱世を、己が二本の指に文字通り全存在を賭けて戦い抜いた〈武蔵〉である。

この〈情況喜劇〉と銘打った芝居が、何より小気味良いのは、思わせぶりな演劇作法に一瞥もくれず、ドタバタ・アチャラカ精神に徹したからだろう。しかし、客席との間の、押れあいじみた、予定調和的な野次のヤリトリは、それすらもが風化に瀕していることを示している。

それを回避する道は一つ。すべてを笑いのめし、茶化す、この攻撃的ドタバタ精神を、更に、更に尖鋭化せしめよ! 付け加えるなら「森羅万象みなドタバタ、人間すべてドタバタ・タレント」というのが、こちらのテーゼ。

大学3年生の時に書いた。山口文憲が忙しくて、私に回してくれた仕事だ。渋谷の桜丘にあった「マックスロード」で、編集部の北中正和氏に渡した。商業誌からの初オファー原稿ということで収録したけど、つまらないね。ごめん。(写真は掲載誌『ニューミュージックマガジン』1971年11月号)

おもしろい人だったな、でもちょっと哀しいんだ鈴木いづみ

『恋のサイケデリック！』は、実に奇妙な魅力の充満した短篇集です。

　私は通常、こうした解説や評論の真似事めいたものを書くときは、作者と作品を決して重ね合わせないことを原則にしている人間です。作者はこういう性格の持ち主で、私生活においてはかくの如きであり、そういった事情がこの作品の随所に反映されている——といったたぐいの、いわば文芸評論と文壇ゴシップを足して二で割ったような作品解説や評論というのは——それなりの面白さがあることは否定しませんが——どこか胡散臭さが漂っているものです。

　作家の実生活と、彼もしくは彼女の産み

鈴木いづみ『恋のサイケデリック！』（ハヤカワ文庫）

出した作品の間には、確かにある種の強固な因果関係が存在するに違いありません。でなければ、知性も教養もあるいい大人に違いない文芸評論家や文学研究者が〝新事実現る、夏目漱石の初恋の相手判明〟などという現象にあれほど血眼になる理由がわかりません。

　しかし、いってみれば、作家の実生活を下部構造、作品を上部構造とみなし、上部構造は下部構造によって規定されるといった式のこうした考えは、やはりどうしようもなく古典的かつ素朴な信仰という気がします。

　さらにいわせて頂くなら、作品を徹底的に解明することによって、逆に作者の性格、生活、そして彼を取り巻く時代状況までも浮かび上がらせてしまうことこそが評論に要請されていることであり、それを放棄し、安直に作家のキャラクターと作品を重ね合わせてしまう試みは知的怠慢以外の何物でもない、と私には思えるのです。

　さて、なぜ以上のような前置きを長ながと書いたかというと――作品を論じる際にはこのように原則的な立場を貫いている私ではあるが、にもかかわらず、こと、この短篇集の奇妙な魅力を語る場合には、鈴木いづみという作家のエキセントリックなキャラクターにも触れておきたい、彼女自身と作品をほんの一部分でもいいから重ね合わせてみたいという誘惑に抗し切れないからなのです。――要するに、自己弁明というわけです。

　鈴木いづみさんには数回お会いしたことがあります。電話ではその倍か三倍くらい話したことがあるでしょうか。

　さきほどエキセントリックなキャラクター云々と書きました。風変わりな、並外れた、常軌を逸した、といった意味がこのエキセントリックという言葉にはあるらしいのですが、もちろん決して貶し言葉として私は使用しているわけではありません。

　この短篇集をすでに読み終え、そのあとでいまこの解説に眼を通しておられる読者の方ならばお判りでしょうが、「なんと、恋のサイケデリック！」にも「なぜか、アップ・サイド・ダウン」にも、「ペパーミント・ラブ・ストーリィ」にも、そして他の短篇にも、風変わりで、並外れていて、常軌を逸した魅力的な少女たちが主人公として登場します。こうした少女たちのエキセントリックなキャラクターから発散される奇妙な魅力は、ほとんど鈴木いづみさん自身の撒き散らす不思議な魅力と重なり合うのです。

　登場人物とそれを産み出した作家とを同一視する傾向は、女こどもが陥りやすい過ちですが、こと鈴木いづみさんのこの短篇集に収録された作品に限っていえば、登場する少女たちは――外見も内面も――かなりの程度、作家とオーバーラップしているのです。

　以前、参会者が何百人というような出版記念会で、鈴木さんを見かけたことがありますが、たとえそうした広い会場であっても、あっ、あそこに鈴木さんがいるな、ということが瞬時にわかってしまうのです。恐らく、彼女の作品に登場する少女たちが、私たちの周辺にいればすぐに人目を惹きつける存在に違いないのと、それは同じです。

鈴木いづみさん御自身、そして彼女の創りだした少女たちのこの不思議で強烈な個性の正体は何なのでしょう。

〝キャンプ〟という言葉がすぐに思い出されました。この短篇集のタイトルにも使われているサイケデリックという言葉が、いまから十年以上も前、六〇年代の後半から七〇年代の初頭にかけてそうであったように、このキャンプという言葉もまた、その当時における文化現象を解くための重要なキー・ワードでした。

かつて〝アメリカ評論界のナタリー・ウッド〟とも呼ばれたことのある美貌の持ち主である評論家のスーザン・ソンタグは「《キャンプ》についてのノート」（『反解釈』竹内書店新社）で、キャンプをこう規定しています。

「キャンプは、感覚の自然なあり方——そういうものがあるとすればだが——ではない。それどころか、キャンプの本質は、不自然なものを愛好するところに——人工と誇張を好むところに——ある」

エンターテインメント文化が隆盛を極め、視覚文化が社会の隅々にまで浸透したこの時代にあっても、感覚とか趣味といった言葉にはどことなく胡散臭さがつきまとっています。それは、感覚や趣味に比して観念を高いところに置くといった古典的な知識人がいまなお力を持っているということも理由の一端ではありますが、趣味や感覚を称揚する人間たち自身の、頭で考えたってなんにもわかんねえよ式の単純な居直りめいた怠惰さに由来していることもまた事実なのです。

つまり、反対派のみならず、賛成派からも甘く見られているのが、感覚であり趣味なのです。

ソンタグはそれまでまともに取り上げられることの少なかった感覚や趣味を明解に解き明かしていきます。

「趣味能力を甘く見ることは、つまり自己を甘く見ることである。なぜならば、趣味は人間の自由な——つまり機械的でない——反応のすべてを支配しているからだ。これほど決定的なものはない。趣味には、人間に関するもの、視覚的なもの、情緒に関するもの——さらには行為に関するもの、道徳に関するものなどがある」

つづけて、ソンタグは衝撃的な一行を記します。

「知性もまた実は一種の趣味である。すなわち、それは観念についての趣味などだ」

実にクリアーな分析だと思いませんか。

そして、キャンプの本質について、ソンタグは論旨をすすめていきます。

「一般論から始めると、キャンプとは一種の審美主義である。それは世界を芸術現象として見る一つのやり方である。このやり方、つまりキャンプの見方の基準は、美ではなく、人工ないし様式化の度合である。様式（スタイル）を強調することは、内容を軽視することである。あるいは、内容については判断を下さないような態度をとることである」

鈴木いづみの小説に登場する少女たちが、ソンタグの規定するキャンプ的感覚に貫かれていることが読者の方がたにもはっきりとわかると思います。

ソンタグは彼女がキャンプだと考えている事例をいくつかアトランダムに列挙して

います。一九二〇年代の女性の服装（羽毛の襟巻、ひだ飾りやビーズのついたドレスなど）、欲望を離れて見たエロ映画、ヴィスコンティによる『サロメ』や『あわれ彼女は娼婦』の演出、シェードサックの『キングコング』、昔のフラッシュ・ゴードンの漫画etc——といった具体例を見ていくと、ソンタグの考えるキャンプの姿がさらに明瞭になっていきます。

そして、『なんと、恋のサイケデリック！』に登場するれいこという女性の次のような発言——

「GSは、ロックとほど遠いというか、音楽とほど遠いというか。それがふつうである。（中略）リード・ヴォーカルが、のちにマヒナスターズに移籍した、なんてバンドもあった。ひとくちでいえば、音楽性はわけがわからない。無内容の極致。オックスのライヴに『出船』『とおりゃんせ、母さんの歌、子守歌』が『わらべ歌メドレー』としてはいっているぐらいだから。そのひどさを、れいこは熱烈に愛している」

これなどはもうキャンプ的感覚の極致だといっていいでしょう。

実際、鈴木いづみさんのGS（グループ・サウンズ）に対する偏愛というのは凄まじいものがあり、夜中突然かかってくる彼女からの電話の大半は、ゴールデン・カップスというグループがいかにスゴかったのか、なかんずくベースのルイズルイス加部がどれだけカッコ良かったかといったようなGS賛歌で占められていますし、喫茶店で話しているときなども、会話に熱が入ってくると、「ダイナマイツの『トンネル天国』のB面ってのが最高なのヨ。エッ、知らない？　こういうフレーズよ……」などといって、やおら冒頭の一節を大きな声で歌い出し、こちらを慌てさせたりします。

つまり「悪趣味についての良い趣味」が存在するということであり「われわれは、不真面目なものについて真面目になることもできれば、真面目なものについて不真面目になることもできる」ということなのです。

ですから、この短篇集はこうした同好の士——キャンプ的感覚の持ち主にとっては、もう楽しくて楽しくてたまらない、思わず膝を叩いてしまう種類のものに違いありません。

そんな鈴木いづみの作品にひとつだけ危惧を抱くとすれば次のような事情からです。

つまり、ソンタグによれば、

「素朴なキャンプと意図的なキャンプとは区別せねばならない。純粋なキャンプは必ず素朴である。みずからがキャンプであることを知っているキャンプ（〈キャンプごっこ〉）は、普通は純粋なキャンプほど面白くない」ということなのです。つまりGSをいま現在、私たちが聴き返して面白く感じられるのは、当のミュージシャンたちが自分たちのやっていることに関して徹底的に無自覚だったからなのです。

いわば、意図的なキャンプである鈴木いづみの作品に一種の脆さがつきまとうのもそうしたメカニズムに起因しています。

鈴木いづみさんが、彼女のキャンプ的感覚をさらに徹底化して、それこそ宇宙と時間を股にかけた壮大な〝ワイド・スクリーン・バロック〟を書かれることを、私は期待しています。

トリュフォー映画とダメ男たち

「日曜日が待ち遠しい!」

トリュフォーの作品は、どれも尋常ではない。そして、私はその尋常でなさが好きである。

たとえば「突然炎のごとく」や「柔らかい肌」、そして「隣の女」といった彼の作品を指して〝愛の映画の数々〟と形容する傾向が世の中にはある。

ま、とりあえずは、そう呼んでも間違いないだろう。

しかし、トリュフォーの作品はいつもとりあえずのテーマの枠の中に収まったためしがない。

とりあえずあるテーマを選択したならば、収まるべき地点というのがとりあえずは確定するものなのだが、トリュフォーの作品はどんどんどんどん違う方向へ違う方向へと逸脱していってしまう。

この逸脱のベクトルとでもいうべきものが、彼の場合は尋常ではない。

だから――少なくも私にとっては――「突然炎のごとく」や「アデルの恋の物語」や「緑色の部屋」は、ましてや「恋のエチュード」は〝愛の映画〟であったためしがない。

「日曜日が待ち遠しい!」も、とりあえずは軽快なロマンチック・コメディーとでも呼ばれるのだろう。

だが、この〝軽さ〟は尋常ではない、と私はどうしても思ってしまう。

だって、「恋のエチュード」や「緑色の部屋」の監督が、ただただ御都合主義的なだけのストーリイと下手糞なお笑い(!)のために映画を一本撮り上げるなんてことが、ありえますか?

つまり、この映画のストーリイとかテーマというのは、どうでもいいとまではいわなくとも、要するにトリュフォーが自分の感性と思想を盛り込んで観客に見せるために、とりあえず借りた器である。

だから「日曜日が待ち遠しい！」を観終って丸一日たったいま、ふと思い出すシーンは、たとえば、マンションの前に駐めたクルマが動かず、降りしきる雨の中でファニー・アルダンとジャン＝ルイ・トランティニャンが罵り声を上げながらボンネットを開ける夜のシーンであり、また、不動産屋のすりガラスごしに映る、通りを往き交う人びとの足である。

あ、それと、最初の方のシーンで、秘書の仕事をしているファニー・アルダンが白いブラウスを着ているのだが、その背中にくっきりと透けて見えたブラジャーのラインもあれも、いま、思い出した。

そして、トリュフォー映画といえば、いつも私が知らず知らず感情移入してしまっている〝ダメ男〟たちの存在を語らないわけにはいかない。

恐らく、私が「恋のエチュード」をトリュフォー作品のベストに——いや、ひょっとするとわが貧しい映画体験における最も至福に満ち満みた体験として挙げるのも、あの映画におけるジャン＝ピエール・レオーの〝ダメ男〟ぶりが、人間存在の孤独と悲しみの窮極にまで迫っていたからである。

「恋のエチュード」ほど悲しく孤独な映画を私は知らない。

その他のトリュフォーの映画にも数多くのダメ男が、そして稀には「アデルの恋の物語」のイザベル・アジャーニのようなダメ女が登場するのだが、この〝軽快な〟映画にはトリュフォー作品には欠くべからざる存在であるダメ男が出てこない。

そして、私もこの映画の軽快な見かけにいつのまにか巻き込まれてしまって、ダメ男の不在という重要問題を忘れてしまっていた。

と、最後の最後、本当のドタン場に至って、登場するんですね、ダメ男が。

彼の呟く「私は男の世界では、生きられなかった。女たちを見、触り、味わい、匂いを嗅ぐことだけが、私の楽しみだったのだ」という台詞は、かなり衝撃的で怖い。

そして、どうしようもなく孤独だ。

やはり、トリュフォーは尋常ではない。

フランソワ・トリュフォー監督
「日曜日が待ち遠しい！」より

性の氾濫の中で空転した純愛映画

「天使のはらわた　赤い教室」

胃にもたれる映画だった。最終上映日の一月十九日、勤務先から歩いて一分の池袋北口日活でこの映画を見た。夜の七時半からの上映分だったと思う。

映画館を出たあと、いったん会社に戻らねばならなかった私は、スクリーン中にも再三登場した池袋北口周辺の情景を眺めながら、何となく不機嫌そうな、緊張したような顔つきで足早に歩いていたはずだ。

あれから十日あまりたった今もやはり異和感は消えずに残っている。何が、こうまで胸につかえているのか――この感覚を、私は切開せねばならない。

ひとことでくくるなら「赤い教室」は大純愛映画であった。最近の日本映画には稀な密度を有した純愛映画の傑作だった――私の印象はこうだ。

しかし「赤い教室」は曽根中生という非凡な監督の力量を改めて私に確認させたが、にもかかわらず、その限界も露呈させてしまった作品のように思える。

作品中の主人公たち――ヌード雑誌社・ポルノック出版の編集長、村木哲と、過去を引きずって生きる女、土屋名美との愛を要約すれば次のようなものだ。

汚れても汚れても、不思議と精神だけは処女のように無垢な女と、そうした女に強くひかれながらも、結局のところ修羅場に向き合ったとき一瞬怯んでしまう男との、切ない悲恋。おそらく、もはや青年とはいえない生活者の男なら、誰もが程度の差こそあれ胸の内に抱いているに違いない淡い願望が、村木の名美への愛に投影されている。「赤い教室」は、そんな男性観客たちに向けて曽根中生が贈ったせめてもの挽歌であった、といえるかもしれない。

そして曽根中生のこんな過剰なまでの思い入れが、全編を貫く緊張感と同時に、奇妙な異和感を覚えさせた要因ともなっている。

空転している。曽根中生の真摯な思い入れにもかかわらず、この映画は肝心要なところで空廻りしている。

エンディングのシーン。終戦直後の売春婦のように厚化粧をした名美と村木が、やはり焼跡のような瓦礫の中で相対している。村木が「名美さん、あんた、こんなとこにいちゃいけない！　こんなとこにいる人じゃないんだ、俺と一緒に戻るんだ！」と叫ぶ。

それに名美が「あなたが、わたしと一緒にこっちへ来て」とこたえ、思わず怯む村木を後に、ネオンの映る水溜まりに足を入れて立ち去っていくシーンを見ながら、私はしきりにそう呟いていた。

「赤い教室」は純愛映画である、と書いた。では、古典的純愛映画と「赤い教室」とを分かつ一線は何か。性の氾濫だ。ブルー・フィルム、強姦、ヌード雑誌、シロクロショー。こうした性の氾濫の真只中において、なおかつ育もうとし、そして頓挫した純愛。これがかつての純愛映画から「赤い教室」を分かち、七九年初頭の映画たらしめている最大の要素である。いや、あらねばなかったはずなのだ。

曽根中生は、この肝心要な地点で正面対峙を回避した。過剰なまでの性の包囲の中で、どのような形の愛が可能なのか。そして、性を媒介とせざるを得ない愛の断面図とは如何なるものなのか――曽根中生の撮る日活映画に要請されていたのはこれなのだ。七九年という現時点の映画としての生き死にはひとえにこの一事にかかっていたのだ。しかし「赤い教室」はこの瞬間スルリと体をかわし、古典的性愛理解の懐へと逃げ込んでいった。

かつて女郎屋に入りびたった男たちが、気立ての良い薄幸な女に投影した聖女のイメージ。そして、そんな街の女たちに自分を同化させたい、彼女らのいる所にまで降下していきたいという、だが所詮は実行されることのないセンチメンタルな男たちの夢、という構図への後退である。曽根中生がシリアスになればなるほど、このアナログさが私の異和感を増幅させたのだ。

映画館を出た私が、不機嫌そうな、しかし緊張した顔つきで、唇をとがらしながら吹いた口笛は、星の流れに……という歌だった。

石井隆原作、曽根中生監督「天使のはらわた 赤い教室」

私の映画史
SF映画・外国映画篇

野田宏一郎さんに〝SFは絵だ〟という名言がある。野田さんは、世界でも一、二のSFコレクターだった。蒐集対象は、かつて低俗SFの代名詞だったスペースオペラだ。ソープオペラ＝昼メロをもじり、宇宙怪獣とヒーローが対決する娯楽SFは、スペースオペラの蔑称で呼ばれた。

「SFマガジン」の創刊（六〇年二月号）で本格的なスタートを切った日本のSFは、本場アメリカとはかなり異なる歴史を辿ることになる。アメリカではまともなサイエンス・フィクションはひと握りで、大半の作品は西部劇の舞台をただ宇宙空間や他の惑星に移し変えただけのレベルの低いものだった。しかし六〇年代初頭に、「SFマガジン」や銀色背表紙の早川SFシリーズで翻訳紹介された海外SFは、ある水準をクリアした作品ばかりで、科学文明と社会批評の視線を程度の差こそあれ内包していた。

日本のSF関係者が顧みることのなかった低俗SF＝スペースオペラに魅せられて蒐集に明け暮れたあげく、紹介と普及にもつとめ、やがて「キャプテン・フューチャー」「レンズマン」などを日本にも定着させた〝スペオペ〟の帝王が野田さんだった。ロケットにまたがった半裸の

美女が、恐竜や巨大昆虫のようなベムに襲われるシーンを表紙に描いた三〇年代から四〇年代の三流ＳＦ誌を愛おしそうに眺めながら、野田さんは〝ＳＦは絵だよなあ〟と呟いていた。

その後、ＳＦは進化と変質を遂げ、スペースオペラといえども、かなり洗練されたものになった。映画「スター・ウォーズ」が公開されたとき、野田さんは改めて〝ＳＦは絵だよ〟と心底から思う。宇宙冒険ＳＦを読んだり、イラストを眺めていても、結局は読者が想像するしかない。リアルな宇宙や異星人を描いたヴィジュアル作品は皆無に近かったから、イメージが湧きようもない。

そんな根源的な不満を「スター・ウォーズ」は払拭した、と野田さんは狂喜した。いままでのチャチなＳＦ映画だと、ロケットはピッカピカだけど薄っぺらなアルミ製にしか見えなかった。ところがアナタ、と野田さんは訴える。「スター・ウォーズ」ときたら、ロケットのそこかしこに錆(サビ)が浮いていているんだよ。これまで頭の中で漠然と

スタンリー・キューブリック監督「2001年宇宙の旅」より

しかイメージできなかったものが、きっちりスクリーンに映しだされている。やっぱり〝SFは絵だよなあ〟と。

　私の趣味嗜好は、だいぶ野田さんとはズレる。しかし〝SFは絵だよ〟と鳥肌が立った映画はある。キューブリックの「2001年宇宙の旅」だ。上映直後は当時の世相、風俗もあって、多くの評論家が後半のサイケデリックなシーンと、ラストの〝スターチャイルド〟がクワッと目をみひらき地球に視線を向ける図像の謎解きに精を出していた記憶がある。とりわけ本誌「映画芸術」や「映画評論」にそうした解釈が多かったように思う。植草甚一なんかも、サイケではなくサイキデリックが正しい表記だとか書いて、LSD体験を連想させるシーンを熱っぽく書いていた気がする。他にも金坂健二とか諏訪優とかね。しかし私にいわせれば、後半の延々つづくサイケの垂れ流しは退屈きわまりない。それこそドラッグオペラとしか、いいようのないものだった。

　私を驚愕させたのは、冒頭から間もない宇宙ステーションの情景だった。地球からロケットで宇宙ステーションと接続し内部に入る。無重力空間の中で、キャメラがくるりと三六〇度回転して、船内の全貌をとらえ、乗客の浮遊感までがリアルに眼球と脳、そして皮膚に伝わる。バックに流れるヨハン・シュトラウスの「美しき青きドナウ」とスペース感覚も絶妙にマッチしていた。

　こんな映像もアングルも観たことがなかった。月面に到着して、謎の遺跡の採掘現場がロングで映しだされる。その直後にモノリスがアップでとらえられたときの衝撃といったら。原案はアーサー・C・クラーク。彼がそれまで「幼年期の終り」「都市と星」「前哨」などで描いてきたイメージの数々が、忠実に再現されていた。木星に向かうディスカバリー号の船内も、見事にSF小説のヴィジュアル化に成功していた。そしてコンピューター、ハルの反乱。ただただ茫然として観ていた。ラストのロココ風の部屋とスターチャイルドのシーンも戦慄するほど美しい。そこに至るまでのサイケデリック・シーンの凡庸さ、冗漫さだけが唯一の欠点だろう。

　リドリー・スコットの「ブレードランナー」も映像の勝利だ。酸性雨がびちゃびちゃ降る、東洋風の近未来都市ロサンゼルス。ハリソン・フォードは大根役者だったが、〝金髪の悪魔〟のようなルドガー・ハウアーとダリル・ハンナが、レプリカントの悲劇を巧みに演じて、いまも記憶に残る。フィリップ・K・ディックの原作「アンドロイドは電気羊の夢を見るか?」とは、かなり展開が異なるのだが、何はともあれこの一作でディックの神話化が(この直後に急逝したこともあって)本格的に胎動し、作品は次々と映画化され、虚と実が定かならぬディック・ワールドは、私たちの現実までも浸食していく。現実世界のディック化は、いまなお進行している。「惑星ソラリス」の知性を持つ海というスタニスワフ・レムのアイデアは、タルコフスキーのために用意されたかのような世界で、非ハリウッド映画によるSF作品の嚆矢となった。未来都市のハイウェイとして、首都高速の赤坂付近が映しだされたシーンが懐かしい。これも長い——長すぎる映画で何度か居眠りしかけたが、こちらは〝意味のある退屈〟だった。

そして、いつまでも忘れられない「スローターハウス5」の乾いた哀しみと笑い。カート・ヴォネガットの原作も素晴らしかったが、映像の美しさも透明感と絶望を切なく、しかし心地よく伝えていた。私たちSFファンはヴォネガットのこの作品（と実体験）によって、連合軍のドレスデン爆撃という犯罪行為を知った。広島、長崎への原爆投下、東京大空襲と並ぶ連合軍による三大犯罪。軍事裁判があったなら、米英の当事者たちは、間違いなく超A級戦犯だ。

壊滅したドレスデンを再現することはできないから、中世風のたたずまいを残したプラハかどこか中欧の都市で撮影したというエピソードも切ない。絶え間なく繰り返されるタイムスリップ。トラルファマドール星人との対話。若い主人公の兵士が、ヨーロッパ戦線の雪原と、ドレスデンの収容所でみせるイノセントな表情。映画を観終わった後で「アメリカ人って、哀しいな」と思ったのを覚えている。そうだ、この監督の撮った「ガープの世界」を観たときも、同じ思いを抱いたな。

まるでカフカの不条理小説をスパイ映画化したような「プリズナーNo.6」も忘れ難い。こんなカルト作品が、六九年にNHKでテレビ上映されていたという奇跡。ナンバー6と呼ばれるたびに「俺を番号で呼ぶな！」と叫んでいた主人公の諜報員を思いだす。画像はあくまでもポップ。地中海か大西洋のリゾート・アイランドのような——そう、どこか海に浮かぶディズニーランドのような気配のある監獄の島が、明るさに満ち満ちて不気味だった。主人公は孤島から毎回脱出を試みるが、すんでのところで阻止される。一年中が祭日のような監獄。内宇宙のメタファーのようでもあり、世界がディズニーワールド化した現在を予見しているようでもあり、いま観ても衝撃と楽しみ、ともに失せてない気がする。そして次点には、ゴダールの『アルファヴィル』。ハンフリー・ボガートやハードボイルド物の探偵のパロディのような主人公レミー・コーションが、宇宙都市で体験するノアール劇は、ゴダール作品の中でも出色の出来だ。

2001年宇宙の旅
脚本＝スタンリー・キューブリック、アーサー・C・クラーク
監督＝スタンリー・キューブリック
1968／米

惑星ソラリス
脚本＝フリードリッヒ・ガレンシュテイン、アンドレイ・タルコフスキー
監督＝アンドレイ・タルコフスキー
1972／ソ連

ブレードランナー
脚本＝ハンプトン・ファンチャー、デヴィッド・ピープルズ
監督＝リドリー・スコット
1982／米

スローターハウス5
脚本＝スティーヴン・ゲラー
監督＝ジョージ・ロイ・ヒル
1972／米

プリズナーNo.6
脚本・監督＝パトリック・マッグーハン他
1967／英

アルファヴィル
脚本・監督＝ジャン・リュック・ゴダール
1965／仏・伊

キネマ旬報・映画レビュー 1978〜1980

サタデー・ナイト・フィーバー

　ワッ、ワッ、なんてダサイ映画を観てしまったのだろう——これが、映画館を出るときの、俺の率直な感想である。俺はこの映画、小林信彦氏とは逆に、ただのディスコ映画だと思って、わりと期待して観に行ったのだ。TVの「ソウル・トレイン」は、俺の数少ないお気に入り番組のひとつだ。そうしたら、なんと、なんと、わりとマジな三流の青春映画だった。ウーン、騙されたあ!

　最近の映画で、これほどイモに徹し切った映画ってのも、ちょっと珍しいのではないだろうか。ここ数年のアメリカ映画ってのは、巷でいうところの三流映画、B級、C級映画も含めて、必ずどっか一個所ぐらいはビシッとキメているとこがあるものだ。それが「サタデー・ナイト・フィーバー」ときたら皆無。映像、テーマ、ストーリー、キャラクター、およそどれをとっても、まず凡庸の一語に尽きてしまうようなシロモノなのだ。あえて捜しだせば、冒頭のシーン——ビー・ジーズの曲をバックに、トラボルタがペンキ缶をさげて、ブルックリンの街角を歩いていくところを、カメラが下からおっかけていくところ、あれぐらいか。あそこは、わりとカッコ良かったな、ウン。

　あとは、もう陳腐、陳腐の大連続。アメリカの構造不況を背景に、貧しいイタリア系の若者が、「俺にとって、未来ってのは、つぎの土曜日のことだけさ」といって、サタデー・ナイトだけフィーバーしちゃうってのもありきたりなら、ふとディスコで知りあった女(これがまたブスなんだ)ってのが、下層階級の街、ブルックリンからエリートの街・マンハッタンに脱出しようとしている鼻持ちならない上昇志向の強い女だけど、やっぱり可哀相な娘で、最後はなんとなくハッピーなムードを漂わせたストップ・モーションで終わるってのも、よくありそうな話だよねえ。

　とくに、一家の誇りだった神父の長男が職を辞めて家に帰ってきたとき、嘆く母親に向かって、トラボルタが、「俺たちは、どうせクズなんだ。このままでいいじゃないか!」と叫ぶシーンには、口をアングリ。なんだ、なんだ、これではまるで「キューポラのある街」ではないか!

　ところがね、さんざんケチをつけたあとで言いにくいことなんだけど、幸か不幸か、俺はこの映画、全篇二時間になんなんとする間、ほとんど退屈しないで観ちゃったんだ。これと較べりゃ、格段によく出来た映画である「ジュリア」なんかよりもね。

　TVで実に下らない刑事物の番組かなんかをやってるのを、なんかの拍子で観ちゃって、ウッ、凄えイモ！　なんて言いながらも最後までスウィッチ切れないで観続けちゃうことってあるだろ。どうも、ああいう感じなんだよね。全部が全部、ここまでイモだと、結構安心して楽しめちゃうんだ。そういう映画だよ、「サタデー・ナイト・フィーバー」ってのは。

フューリー

カーク・ダグラスがいい。実に若々しく動いている。

　冒頭、中東のとある海水浴場ののどかな風景から画面は始まる。息をハアハアいわせながら海から上がってくる親子。「俺の勝ちだ！」とカーク・ダグラス扮する父親。「何言ってんの、僕の勝ちだよ」息子がやりかえす。平和な海岸で、微笑ましい親子のやりとりが続く。しかし、それもつかの間のことだった。この後、最後のカタストロフィーまで一気に進行していく悲劇を際立たせるためにだけ、この冒頭の数分間の心温まるシーンは用意されているのだ。

　惨劇は突然開始された。砂漠を襲うアラブ・ゲリラの一団。ターゲットは父親だ。海岸はたちまち生き地獄に変わる。必死で難を逃れた父親は、これは二十年来の友人チルドレスが、超能力を持つ息子ロビンを拉致するために演出した殺人劇であることを知る。怒りに燃え、仁王立ちとなってマシンガンを射つカーク・ダグラス。

　プロローグのショッキングな銃撃戦に始まり、シカゴに移ってからのチルドレス配下の諜報機関員とのカーチェイスといった具合に、画面は徹頭徹尾アクション・シーンを中心にアップテンポで進行していく。一時間五十九分が短いくらいだ。そして、カーク・ダグラスが、実によくそのテンポにくっついて体を動かし続ける。六十一歳のアクション・ヒーロー！

　映画「フューリー」の成功は、ともすれば父親と息子の心理的葛藤、中年の恋人たちの愛の交わりと喪失、といった内面的ドラマが色濃く漂ってきそうなストーリーを、思い切りよくアクションとサスペンスの面だけに引きつけて描き通したそのフンギリの良さによるものである。というのが僕の意見だ。

　実際、フロイト主義的な解釈を下そうと思えばいくらでも出せそうなこの映画にあっては、心理ドラマ的な要素をもっと拡大することは比較的容易なことだったかもしれない。しかし、それに足を掬われていたら、エンディングで一気に昇りつめて爆発する怒り（フューリー）は相当程度減殺されていたに違いない。こうした心理的要素は、隠し味のように物語の背後にそれとなく匂わすくらいが好ましく、また品格も生じてくるというものだ。

　そして、僕を何よりもウットリとさせたのは、エイミー・アービング扮する超能力少女の魅力もさることながら、随所に挿入された美しくもグロテスクな〈血〉のシーンだ。エスパーの少年少女たちによって、全身から血を噴出させて悶死していく大人たち。とりわけラストの、チルドレスの頬に口づけしていく少女の唇がやがて彼の瞼に触れると一筋の血が滴り落ちてくる……というシーンはエロチックなくらい美しかった。これほどまでに幻想的な〈血〉のシーンを見たのは、「血とバラ」以来か。ホラー映画に耽溺したデ・パルマの、美しく歪んだ美意識が、現代に復讐（フューリー）の女神を復活させた。

蝶の骨

この二年間で俺が見た生身の女の裸は……ウーン、ざっと百人というところか。誤解しないでいただきたい。女の裸を見るのが、俺の商売なのだ。――俺はエロ雑誌の編集者である。誰がなんと言おうとエロ雑誌の編集者に違いない。それがなにより証拠には、俺の編集した雑誌には女の裸が載っていないページは一ページたりともない。(←豊田有恒調)

主演の野平ゆきにしろ、脇役の山口美也子にしろ、この二年間に俺が見た女たちと比べれば随分と上玉である。しかるに、しかるにである。この映画こんなイイ女たちを使いながら、観客の股間を熱くさせるには至らなかった。七八年秋、エロティック・シーンの中心は、映画館から街頭の雑誌自動販売機へと移行したのか。勝手な思い入れかもしれないが、同じエロを生業とするものとして日活ロマン・ポルノにはまだまだ頑張ってほしい。

イモで冴えない美大生がいる。彼女が憧れているカッコイイ三人組の男子学生がいて、この男たちはたいした女たらしなのだが、そんな野暮ったい彼女には一瞥もくれようとしない。見ることのみあって見られることのない存在――やがて醜女の復讐が開始され、プレイボーイたちは退学させられる。そして五年後――さなぎから蝶へと変身をとげた女は彼らと再会する。そして、身を焼き尽くすような不倫の快感に身を委ねながら、女は性の奈落へと堕ちていく……。いかにも耽美派作家、赤江瀑らしい世界である。しかし、監督・西村昭五郎、脚本・白坂依志夫という実力あるスタッフを擁しながらも、この映画はついに一瞬のエロティックなシーンも創出することができないまま終わった(余談になるが、俺は十数年前のガキの時分から白坂依志夫という人に憧れていた。最後の〝インテリやくざ〟といった趣がこの人にはあるのだ)。

野平ゆきが、性の退廃に身をまかせて堕ちてゆくこの作品の主人公にはやはり似つかわしくないというミス・キャストの問題もあるだろう。また、全編にナレーションを挿入して観客をシラケさせたシナリオの拙さもあったろう。しかし、それも俺に言わせれば副次的な問題に思える。現実の猥雑さに拮抗しうるパワーの喪失――要はこれにつきてしまう。たとえば――俺はこの映画を観たあと、池袋から山手線に乗ったが、乗客の女どものなんと猥褻なことか。無論、野平ゆきや山口美也子よりイイ女がそうそういるわけではない。しかし、この現実のOLや女子大生が撒き散らす欲望の匂いは、スクリーンの裸の女優たちを圧倒しているのだ。エロにおいても現実が虚構を追い越した!

この市民社会の猥雑さと拮抗しうる緊張関係を欠いたとき、この映画は、即自的な突出性も失い、さらに性の小宇宙を創造することにも失敗した。つまり、娯楽作品としてもいまひとつ煽情性に欠けアウト、また芸術作品としてもあやかしのエロスを産み出すことに失敗、というわけだ。

通勤電車の助平猫――現在のOLや女子大生の発散する欲望を上回るパワーを獲得せよ。

ヒッチハイク

俺は〈性〉開放論者、自由論者たちに対してなかなか馴染むことのできない男である。というより、むしろ、彼らの唱える説はかなりの程度うさん臭く、かつまた内容空疎であると感じ、積極的に嫌悪を抱いている男である。ある男・女のカップルにおいて、その配偶者ないし恋人が他の異性と性的関係を持つことは容認されてしかるべきであり、のみならず肯定的に評価されねばならないという彼ら〈性〉解放論者たちの主張には眉に唾してかからねばならない。おそらく〈底流には北欧フリーSEX思想があるのだろうが〉六〇年代末期に米国西海岸あたりから、その他諸々の擬似イデオロギーと共に輸入されたヒッピー文化をさしあたっての源流とするこの〈性〉思想は、それにプラス、原始共産制における乱婚、集団婚という概念を接ぎ木して一応もっともらしい体裁は取りつくろってはいるが、現時点においてやはり断固排斥されねばならない。

　無論、その反社会性によってではなく、国家――社会意志との密通によって、進歩的〈性〉思想は、現実の抑圧から目を逸させる狡猾なデマゴギーである。我々は、まだまだ〈性〉の私的所有意識に足を縛られており、だからこそこの地点に強く拘泥すべきであるというのが俺の感想だ。

　〈性〉に題材を求めた作品を眺め渡したとき、事はさらに明瞭になる。脳味噌の足りないフリーSEX論者の作品はことごとくリアリティを喪失し、我々を感動、すなわち欲情させるにはいたらない。当たり前だ――知恵もパワーもないただの助平に一体何ができる。

「ヒッチハイク」は、充分にとはいわないが、かなり感動できた。つまり「タツ」映画だ。佳作である。この映画の成功は、無論先に挙げた〈性〉思想――〈性〉の私的所有意識に断固として固執し、ほんの一ミリ程も視座を狂わさなかったことによる。

　妻の強姦現場を目撃させられる男の心理的葛藤をフランコ・ネロが実に巧みに演じている。それにしても、フランコ・ネロの前作「スキャンダル」（これは凄い映画だった。稀に見る欲情度を備えていた）といい、この「ヒッチハイク」といい、イタリア人の〈性〉理解と我が日本人の〈性〉理解の近似性が窺えて興味深かった。

　冒頭、狩猟中のフランコ・ネロが銃の標的をずっと妻に合わせ続ける緊迫感のみなぎったシーンといい、後半、突如襲ったアクシデントによって、逆にこの悪夢のような「事件」に片をつけたフランコ・ネロが、道路に車を拾いに行き、タイトル名が皮肉に浮かび上がってくるエンディングといい、実に肌理細かい構成、演出がなされている。観客の興奮を見事に促したのは、ひとえにフランコ・ネロの好演によるものであるが、偏執狂的な凶悪犯を演じたデビッド・ヘスの不気味なリアリティも特筆ものだった。

　〈性〉を自由奔放に謳歌する主人公の美しさに感動しました――こんな間抜けた感想を用意するような作品への強烈なシッペ返しが「ヒッチハイク」という映画である。

アトランティス・7つの海底都市

　あの潜水艇がよかった。――球状で、底に穴があいているというケッサクな潜水艇、もうアレでこの映画は決まりという感じがしたな。そして、その潜水艇でバミューダ海域を調査中に海ガメと海ヘビを足して割ったような巨大なタートル・スネークに襲われ、ついたところがアトランティスの海底都市、しかもその支配者が火星人だという設定――こいつもよかった。

　製作ジョン・ダーク、監督ケビン・コナーというコンビが「恐竜の島」「地底王国」「続・恐竜の島」に続いて製作した「アトランティス・7つの海底都市」の特徴は、もうこの二つに――潜水艇のアイデアと、火星人の海底アトランティス都市という設定とに尽きてしまうのだ。

潜水艇に関しては、本誌前々号で小野耕世氏も感ずることがあったらしく詳細に解説していた。――要するにコップを逆さにして水の中に入れると空気圧で水が内部に入ってこないというあの原理を応用した、実に楽しくなっちゃう潜水艇なんですな。

このアイデアは子どもの頃に、銭湯で風呂桶を湯舟に逆さに突っ込んで、片側を少しずらしては、ブワッ、ブワッと中の空気を抜いて巨大な泡を作って遊んだ経験がある人なら皆一回は考えたんじゃないだろうか。こういうアイデアってのは素晴らしいね。隣りの家の発明狂のオジサンが、ブリキとアセチレン・バーナーとで、いつのまにか宇宙船を作ってしまう感じでたまらないな。そういえば「ポンコツ宇宙船始末記」っていう、そのものズバリの題名とストーリーの大傑作が昔、SF同人誌「宇宙塵」に載っていたけど、あのセンスなんですよ。裏庭からある晩宇宙船を発射させてしまうというセンスね――NASAなんて糞喰らえだ。

そして、海の底には火星人のアトランティス文明があって、あのマリー・セレスト号の乗組員たちもそこで奴隷のようになっているという発想――これもたまりませんね。これだって子どもの頃に空地で、あの土管は宇宙人の基地だ、こっちの材木の積み上げてある所が地球防衛軍の司令部だぞ、なんて遊びを経験した人なら何度でも空想したことだと思うんだ。

意識の覚醒、相対的思考、未来への洞察――確かにこれらもSF的想像力には違いない。「2001年宇宙の旅」にはタマゲタし、「惑星ソラリス」にもショックを受けた。でもね、「アトランティス・7つの海底都市」を支えている単純かつ粗雑極まりないと言われかねないプリミティヴな空想――これだって、やはりまぎれもないSF的想像力なんだよ。そして、僕はこうした作品――つまり十二歳で成長が止まってしまったような精神が作り上げた作品って大好きなんだ。毒にも薬にもならない？　だからいいんだよ。こうしたジャンルの映画ってのはけっして〈情況〉といった類の、カギカッコ付きのイヤラシイ言葉とナレ合うところがない。ベトナム戦争があろうがなかろうが関係ないんだ。常に〈情況〉とか〈思想〉と関わりを持たざるを得ない、というより自分から進んで関係しちゃう僕のような人間にとっては、この映画の無垢性っていうのは見果てぬ夢みたいなところがあるんだろうな。戦士の休息、なーんちゃってね。

いかにも十二歳ぐらいの空想過多の少年が作り上げたという感じの怪獣たち――さっきあげたタートル・スネークとか、巨大ヤスデ怪獣・モグダンとか、ザルグなんかも結構よくできているけど、圧巻だったのはトビウオとピラニアの合いの子みたいなスナップ・フィッシュ。主人公の一隊を沼地の両側からビュン、ビュン、ビューンと襲うシーンはエキサイティングだった。手に汗握ったな、マジな話。

演技陣もよかった。ピーター・ギルモアー扮する青年科学者も雰囲気出てたし、彼と恋仲になる奴隷の娘、レア・ブロディも、このテの映画のヒロインには必須条件であるエキゾチシズムがあっていい感じだった。

純粋培養空想映画のエッセンスがたっぷりと「アトランティス・7つの海底都市」には泌みわたっている。〈現実〉など視野の外だった十二歳の精神世界に、いま一度退行してみるのも悪くはないよ。

グリース

へ～イ、ベイビイ、今夜はこの番組どこで聴いてるんだ～い？彼氏のムスタングの中で、おメメつぶって甘～い、甘い、ハニー・キッスを待っているところかな？イエ～ッ！ 彼氏の突っぱりへアーのグリースがワンピースにベ～ッタリついたりしたら大変だぜ、ま、巧くやるんだぜ、ベイビイ！コニー・フランシスも歌ってるぜ、〽よ～るう、おそくにい、帰るとお、ママからあ、お目玉あ…ってね。そこのポニー・テールのシャイなベイビイはどうしたのかな？ベッドに一人で腰掛けて。オー、ノウ、ノウ、泣いちゃダメだよカワイコちゃん、アイツだけが男じゃないんだからあ。明日になったら、きっと素敵なステディがみつかるぜ、バッチシ。それまでは、このDJがキミのお相手しちゃうからなあ、いいだろう、ウン？

〽ワタシイの持ってるチッチャなポケット・トランジスタ、毎バ～ン、ヒット・パレード聞いくの……イェーッ、今夜もエンジンかかってきたな。それじゃあ、次はこの曲でいっちゃおう。いまごろベルリンで、髪はGIカットに、靴はGIシューズでお国のためにガンバッテいる、ハ～イ、ここまで言えばダレでもワカルよなあ、ワレラのエ・ル・ヴ・ィ・ス――エルヴィス・プレスリーの登場だあ！ 実際、奴はイカシテタよなあ、そうだろ？ 曲は「ハウンド・ドッグ」！ 〽ユエン、ナズバラ、ハウン・ドッグ……。

誰にでも、これだけは俺は譲れないっていう――そう、最後の一線って奴があると思うんだ。俺にもある。無論、思想でもなけりゃ仕事でもない。チンケな話と思う奴もいるだろうけど、ま、言いたい奴にゃ言わしておくさ、俺のその一線ってのは――グラフィティ＝五〇年代末期から六〇年代初めにかけての、ノスタルジイ・ポップなのさ。普段は、妥協と迎合の天才のような俺だが、事このエリアに入った途端、とんでもないゴリゴリのセクト主義者になっちまう。世評の高い「アメリカン・グラフィティ」だって、俺に言わせりゃ、イマイチってとこさ。角度がほんの一度ズレても評価はヒックリ返っちまう。

それで「グリース」だ。泣いたね。最初のほうで、「慕情」をバックに、トラボルタ扮するダニー・ズーコとオリビア・ニュートン＝ジョンのサンディとが、夏の日の恋と切なく分かれるシーンがあったんだけど、もうあれでイチコロ。海岸の色、空の色――みんな、どれをとっても、安っぽくて、軽くて、センチメントな涙が充満してて、このシーン見て、もうコレだ、コレだって思ったな。

トラボルタがよかった。イキがってるけど、かなりトッポくて、コミカルな面を備えたダニー・ズーコという役のほうが、前作より彼のキャラクターが存分に発揮されていた。「サタデー・ナイト・フィーバー」と比べて、実にノビノビとした演技をしていると（俺には）思えたトラボルタは、踊りのシーンになるとさらにイキイキしてみえ、コミカルかつセクシイという、本来相反する二要素を体からプンプン画面に撒き散らしていた。彼の歌と踊りを見ていたら、藤木孝を思い出したりしたな。そういゃあ、実にカッコ良い突っぱり役を演じていたジェフ・コナウェイはどこか安岡力也を彷彿させたし、リッツオ役のストッカード・チャニングには田代みどりを連想させるところがあって懐かしかった。

ほかにも泣けたシーンは沢山あって、「思い出のサマーナイツ」のシーンは坂本九の「ズンタタッタ」みたいだったし、エド・バーンズの司会で始まる校内ダンス大会のTV中継はまるで「スパーク・ショー」だった。

いやあ、泣けたぜ、ベイビイ！　恋と涙の「悲しき五〇年代」がスクリーンでムセビ泣いてるんだぜ、ウ〜ン。それじゃあ、明日の晩まで、いいコでいるんだぜえ、グッナイ・ベイビイ！

グローイング・アップ

愛する少女の酷い裏切りにあった少年は、少女のバースデイ・パーテイから一人脱け出て、夜の街角を彷徨う。少年の頬を涙がつたい、バックにボビー・ビントンの「ミスター・ロンリー」が流れる。――そして、かって少年であった男のナレーション。〃あの夜、あの夏、あの年、僕は決して忘れることはないだろう……〃

客席の何割かが立ち上がりかけているエンディングのシーンを見ながら、僕は〃これでいいんだ、こういう映画のラストはこうでなくっちゃ〃としきりに頷いていた。「こういう映画」と書いた。あえて名付ければ〈青春・追憶・音楽〉映画とでもなるのだろう。「グローイング・アップ」のラストシーンは、そんな〈青春・追憶・音楽〉映画を文字通り絵に描いたような印象を僕に与えた。――要するに、陳腐きわまりないシーンなのだ。

確かに「グローイング・アップ」という映画には、この手の映画としての目新しさ、新基軸がなにひとつといってない。本当に、感心してしまうくらいないのだ。観客の予測を裏切るような、あるいは期待に反するような、そして神経を逆撫でするようなシーンはただの一個所も登場しない。ファースト・シーンからエンディングに至るすべてのフィルムの流れが、〈青春・追憶・音楽〉映画といったときに観客が抱く先験性にホンの少しも逆らわず、というより一〇〇％全面的に依拠して進行していくのだ。

「アメリカン・グラフィティ」の切れ味もなければ、「グリース」の完成されたエンターテイメント作品としての幅もない。（小藤田千栄子さん万歳！『グリース』を昨年度の洋画ベスト・ワンに選んだ彼女の感性に対し、性別と世代の差を越え、連帯の挨拶を送ります！）

B級映画という言葉があるが、「グローイング・アップ」なぞはその典型、B級映画以外の何物でもないというのが僕の印象である。つまり、A級映画の内容と鋭さはカケラもなく、C級映画のいわば過剰なまでの無意識の突出にも欠ける――これがB級のB級たる由縁である。

巷間、流布されているB級映画＆プログラム・ピクチュア礼賛論というのはかなり程度が悪い。B級であることそれ自体にはなんの価値もありはしないのだ。問題は作家であり、作品であるのだから、それをB級映画という言葉に収斂させようとする意図というのは、映画の可能性に対する囲い込み以外の何物でもない。

そんなB級映画であることの枠を一歩もでない「グローイング・アップ」の長所をあげるとすれば――それは、ただひとつ、ナイーヴさである。ナイーヴなだけが取り柄――案外とこれが気分がいいのだ。

――ある特定の題材に限っては、たとえばこの映画のような〈青春・追憶・音楽〉というような場合においては、最大公約数的表現をのみ目指す作家の姿勢が佳作を産み出すことが稀にはあるのだ。考えてみれば、ノスタルジー・ポップによって喚起される青春・追憶映画という形式がそもそもネガティヴな要素に彩られたものだし、予定調和的なものなのだ。そして、この予定調和の図式を逆転させるためには、あるいは一点突破するためには、途方もない作家の（思想の）腕力を必要とする。中途半端な企みならしないほうがまし、すべてがブチ壊しになってしまう。

おそらく、ここいらへんの見切りの良さが「グローイング・アップ」を佳作たらしめた理由だろう。「アニマルハウス」という映画は、そこをどう切り抜けたのだろう。

その確認のために早く見ようと思っている。

アニマル・ハウス

ノスタルジイ映画には、まったく目のない俺ではあるが、正直いってこの「アニマル・ハウス」だけは例外、異和感が残った。「アメリカン・グラフィティ」「グリース」「グローイング・アップ」という具合にこの間、上陸した一連の作品には極めて点の甘かった男が、こと、この「アニマル・ハウス」に関してだけは惑溺することができず、不満すら覚えたのは何故か――これは、俺自身にとっても興味深いことであり、解明せねばならない事柄である。

無論、究極的には俺自身の好み、体質といった地点に集約されてしまう、というよりもされざるを得ない要素もあるには違いない。しかし、映画批評に限ったことではないが、批評一般において、こうした低次のレベルにおける〝好きか嫌いか〟という趣味の問題にすべてを収斂させていく傾向というのは俺は好きではない。好きではない、というより、物事すべてを不透明な曖昧学の領域にと追いやる方法論の有効性に対して深い懐疑心を抱いているのだ。問題点を抽出していく。

1　一九六二年という時点に題材をとりつつも、「アニマル・ハウス」が一連のノスタルジイ映画（「アメ・グラ」「グリース」「グローイング・アップ」）とは異なった印象を与えるのは何故か。

一般的な回答として、本誌四月上旬号の「アニマル・ハウス」特集・座談会の金坂健二発言にあるように、この映画のクールさ、すなわち対象世界に惑溺するのではなく、ノスタルジイそのものさえ笑い飛ばそうという乾いたパロディ精神に理由を見出すことはできるかもしれない。

2　しかし、その〈乾いたパロディ精神〉の内実、そして方向性こそが問題ではないか。数日前、俺は十六ミリの自主制作映画を作っている映画青年たちと何時間か語り合う機会をもったのだが、彼らによると、最近の映画青年たちの作品の特徴は、外部に向けての志向性の見られない、つまり自己完結的な要素が濃いことにあるという。何人かの評者が指摘するように「マッド」→「ナショナル・ランプーン」というアメリカ・ギャグの主流の変遷過程が「アニマル・ハウス」には端的に表れている。狭義の外部志向性＝作品のメッセージ化という傾向は俺も好まない。しかし、外界へのベクトルを一切断ちきった自己完結的な作品世界というのも空しい気がする。対象世界との緊張によって成立する相対性が喪失し、作品は自閉症的な閉ざされた感性によって塗り込められていく。

3　「アニマル・ハウス」と「アメ・グラ」以降一連のノスタルジイ映画との最大の相違点は、おそらくこの〝相対性〟の有無という一点ではないか。というのが俺の結論である。「アメ・グラ」「グリース」等の作品の根底にあるものは青春という一過性のはかないものに対する、それ故の惑溺である。青春というものが、どれほど青臭く、分別がなく、インチキでいい加減なものか——それを知り抜いた上での過去の特定時点への郷愁でありいつくしみの感情である。

デルタ・ハウス（＝善玉）VSオメガ・ハウス＆学長（＝悪役）という昔懐かしい図式を一歩も抜け出ることなく、最終シーンでは、旧弊な秩序を打ち破る若者たちの力！ という青春讃歌へと落ち着くこの映画にはそうした相対性は微塵も見られないというのが俺の考えである。善玉VS悪役というステレオタイプ化それ自体は、俺は別に否定はしない。俺がイヤなのは、青春時代はさんざん馬鹿もやりましたけれど、ま、アレはハシカみたいなもの。やがては、みんな年相応の分別も持って良き社会人になりました、という傲慢この上ない青春映画としての側面なのだ。

最後に誤解をおそれずにいってしまえば、この映画は言葉の本質的な意味で、アメリカ白人中産階級のノスタルジイ映画である。一九六二年という、アメリカ白人中産階級にとっての最後の黄金時代に対するノスタルジイこそ、「アニマル・ハウス」が全米歴代十五位という興行成績を上げた最大の理由のはずだ。「アニマル・ハウス」という映画、そして、そのアメリカでの大ヒットが示唆するものは、この映画がまぎれもなく現代アメリカのリアルな欲望を描き出した映画という一点に尽きる。

蛇足を一発——怪優ジョン・ベルーシの存在感だけは特筆もの。岡田英明こと鏡明が知性を幾分か喪失し、もっと走り廻るようになるとジョン・ベルーシになる。俺は昨年暮れ、お茶の水の洋盤屋の店頭でベルーシのBlues Brothers名義のレコードを見て、当時まったくベルーシについては予備知識がなかったにもかかわらず、ジャケットの彼の写真一発でレコードを買ってしまった——このくらいジョン・ベルーシの存在感は圧倒的である。

二発目の蛇足——バックの音楽に大したものはないが、サム・クックが何曲か流れたのには感激！ この、モーテルの女性従業員に射殺されたハンサム黒人シンガーは、俺にとってはノスタルジイ・ポップの枠を越えた今でも週に一度は聴くオールタイム・ベスト的存在のシンガーである。

さよならミス・ワイコフ

ホンの何十分か前に映画館を出てきたところだ。高い木戸銭に反して、軽い失望感しか味わえなかった時というのは、決まって悔恨の感情が心をグヂュ、グヂュと蝕んでゆく。恐らく、俺同様、白人の年増女が歳下の黒人男にレイプされるシーンを期待して映画館に入ったに違いない、隣の席に座っていた若い女、ブスだったけど、手ぐらい握っておくんだった——という具合に。手ぐらい、というのは、無論、言葉の文（あや）であって、いったん手を握ってしまえば、それだけで済むわけがないがね。女子大生、OL諸嬢よ、注意したまえ。いや、期待したまえ、と言うべきか。映画館の暗闇の中には、こうした欲求不満に身を焼き焦がしている男たちがゴマンといる。

「さよならミス・ワイコフ」の中心を占めているかにみえる要素は二つある。ひとつは、三十五歳になってもまだ処女で、そのために、更年期障害をおこし、慢性のヒステリー症状にとらわれている女がいて、その原因をたどっていくと、年中殴り合い、罵り合いを繰り返していた両親が女にはおり、その母親はまだ幼かった女に「お前も、アレしか頭にない父親と同じようになるのよ」と言ったことがあり、その言葉が抑圧となって、女の性的衝動を抑えている、という、いわばフロイト亜流的な精神分析による性理解。これが、まずひとつである。

次に――女が教師として勤めている高校はアメリカ中西部のどこにでもあるような典型的な田舎町で、町の人々は、ごく平凡であり善良であり、そして保守的である。おりしも、アメリカはマッカーシーの〝赤狩り〟の真っ最中で、進歩的な意識を持つ女は、〝赤狩り〟の犠牲になりかけた同僚の弁護を買って出たり、食堂における白人・黒人の差別を撤廃したりもする。こうした、保守的な市民VSリベラルな女という構図の中に、やがて、起きる事件によって、女が大多数の保守的な市民によって、どのように遇されるかを暗示するという、いわば平均的アメリカン・ジャーナリズムの良心という要素――これが二つ目である。

この二つの要素を、強引に結びつける事件がやがて起きる。処女のハイミス教師は、不良がかった黒人高校生に教室で犯され、当座は屈辱と恐怖で、文字通り身も心もズタズタにされるが、二度目からは抑圧されていた性衝動が解き放たれ、性の快楽の深淵に身をまかせていく。しかし、当然のことながらその不倫な関係はいつか発覚し、女は町の人たちから村八分を宣告され、石もて追われるようにして町を出て行く。

「さよならミス・ワイコフ」が退屈なのは、既成の性的規範を、ヤリマクル――文字通り、最初から最後までヤリマクルという暴力性と徹底性によって乗り越えていくポルノ映画の魅力には無論のこと到達できず、かといって、黒い男根と白い女陰の結合、しかも暴力的な結合という二重の有り得べからざる性的関係が生起した際、当然女が垣間見たに違いない性のメタフィジカルな有り様にもたどりつくことができず、つまりエロティシズムに昇華することもできなかったという二点に原因を求められる。

個人的な世界と、社会性という二つの要素が短縮され、また分離されたまま描かれることによって、結局、映画を観終わったあとには、欲求不満のハイミスと、頑迷な市民たちという二つの印象しか残らない。製作者たちの、徹底性と観念性の欠如が、本来もっと攻撃的にも豊饒にも、成り得たはずの題材を、良心的で小振りな女性映画というレベルに堕としめた。

ハロウィン

この映画を観るにあたっての動機は二つあった。――まず、監督がジョン・カーペンターであったこと。彼の名は、あの幻の名画、「DARK STAR」(残念ながら、私は未見である)の、ダン・オバノンと並ぶ共同製作者として、私のようにその種の情報にうとい者にも知られていた。おまけに、ラストの伝説的な宇宙サーフィン・シーンのアイデアは、ダン・オバノンがブラッドベリの『万華鏡』式の終わり方にしようとしたのを排し、ジョン・カーペンターが提出、実現したものだというのを、(手許に資料が無いので確認出来ないが)多分、中子真治氏か誰かの文章で読み、ふうん、一体どんな映画作家であろうかと、いたく興味を唆られていたのだ。

次に――「ハロウィン」という題名である。私に限らず、いわゆる〈SF少年団〉体験のある者なら、このタイトルは非常に郷愁をかきたてられるものなのだ。アメリカのSF作家、レイ・ブラッドベリが、『何かが道をやってくる』や、『十月はたそがれの国』で幾度となく取りあげた題材がハロウィンなのである。（その舞台となるのは、ブラッドベリの故郷であるイリノイ州の片田舎の町なのだが、何と驚くべきことに、この映画の舞台となるのもイリノイ州の片田舎の町なのだ！）

以上、二つの興味でもって、私は試写室に足を運んだのだが、結果どうだったか。――満足した、非常に満足した。映画の「ハロウィン」は極めて異常な傑作であった。

かつてのパートナー、ダン・オバノンの原案、脚本になる「エイリアン」は充分堪能出来た大傑作SF映画であったが、巷間言われている程には怖くない作品であった。一足先に、ハワイで見てきたSF仲間たちの情報によればそれはそれは恐ろしい映画で、肉料理をたべることすら困難になるという話で、私はかなり緊張して「エイリアン」に臨んだのだが、ことショック度からいけば、それ程ではなかった。

「ハロウィン」は、この点において、どうだったか――。恐怖というのとは、少し違うのだが、そのショック度においてはチョットした特筆ものだった。特に前半、私は、ほぼ十分ごとに訪れるショッキングなシーンに、大袈裟ではなく心臓が縮み上がった。半分までいったとき、本気で試写室から脱け出ようかと思ったくらいだ。――そのショックの原因となるものをここで書いても、恐らく未見の人が映画館で観る際に、その驚きを軽減することにはならないと思うから書いてしまうが、悪霊の化身たる少年が唐突に登場する際の〈音響〉効果が、かなりの部分を占めている。暗闇で後ろから、ワッ！　とやられると誰でも心臓が縮み上がり、浮き足だつでしょ、アレです。無論、こうした〈音響〉効果だけに頼っているのならショッカーとしてもアン・フェアーということになるだろうが、「ハロウィン」にはそれ以外の要素、あるいは、その〈音響〉効果を際立たせるため技法がまだまだある。

悪霊の化身＝ブギーマンに狙われている少女が、イリノイ州の片田舎の街並を歩いている時の、向かい側の歩道から撮ったロング・ショット。少女たちの日常生活のディテイルを、さりげないタッチで描く演出。冒頭のシーン、第一の殺人の際に使用される、殺人者の視点からのカメラ・ワーク。ことさらに前面に押し出されはしないが、それ故に、かえって言葉の本質的な意味で扇情的なティーンネイジャーたちの〈性〉。そして、先にも書いた、ブギーマンが登場する際の、充分に緻密に考え抜かれた、その唐突さ。センシティヴな色彩感覚――以上、六項目を上げたが、細かく数え上げればまだあるはずである。

ヒロインになるジャミイ・リー・カーティスも、どちらかといえばブスだが、なかなか雰囲気があって良かった。（いま、ココ山岡のCMで、母親のジャネット・リーと来日しているのは、彼女の妹である）

といった具合に、「ハロウィン」は稀にみる異様な傑作なのだが、私がそこでハタと思い出したのは、数年前に日本でも公開された「悪魔のいけにえ」という超傑作恐怖映画である。（またしても、中子真治氏からの引用で恐縮だが、「エイリアン」製作の際、「エイリアン」をよく呑み込めないリドリー・スコットに、ダン・オバノンが参考にみせたのが「悪魔のいけにえ」だという。面白い話だと思いませんか）

「ハロウィン」は、私にとって、「悪魔のいけにえ」以来、久々に体験した異様な恐怖映画の傑作であった。

トリュフォーがまた蠟燭映画の傑作を撮った「緑色の部屋」

硝煙が漂い、砲弾が炸裂する戦乱の時代に生きることは辛く、酷いことかもしれない。しかし、その後に続く平和の時代を生きることも、また、それに劣らず苛酷な、地獄を抱えこんだ日々を生きることではないのか。

トリュフォーの「緑色の部屋」を観終えた後で、私はこんな単純で自明な感想を抱いたものだが、しかし、死んだ者たちをいともたやすく忘却の彼方に押しやるように、私たちの生理と精神はこの単純かつ自明な思想の原則をつい見落としがちである。

自分の愛した死者たちへの想いだけに生き、そして、最後には自分の死者たちに殉ずるようにして死んでいく主人公を描いたこの映画にひとは何を見るだろう。トリュフォーの十代の少女のような甘っちょろいセンチメンタリズムか。それとも、強迫観念にまで高められた現実世界への不適応と齟齬だろうか。

何を見ようと感じようとひとの勝手であり、私の知ったことではないが、トリュフォーの一見過剰なセンチメンタリズム、水分過多とも見える画面の背後に、ある強固な、作者の決意を確認しないことには話は始まらないのだと思う。いちはやく過去を忘れさったひとたちが明るい顔つきで声高に語り笑いさざめく。そうしたなかに、過去と死者たちを捨て切れない男がいる。男は現実世界に関心を向けることができず、自己の内部に内部にと後退し沈潜していく――この行為にひとは恐れを抱かなくてはならない、と私は思うのだ。

字幕が出る前の冒頭のシーン。――青く着色された第一次世界大戦の記録映画。夥しい死者と負傷兵が映しだされていく。

砲弾が爆発し、砲煙が立ちこめる。茫然とそれらの光景を見つめる兵士・トリュフォーの姿が二重写しにされていく。そして、溶暗。

　第一次世界大戦が終わって十年ほどが経過したフランスの地方都市。墓地には、死んだ兵士たちが数多く埋葬されているし、町にも車椅子の傷病兵の姿がときおり見える。そして、死者の思い出に取り憑かれた男がいる。「私の友人のほとんどは戦争で死にました。彼らのいなくなった分は、他の友人で補えたとでもお考えですか？　生きて帰った者たちが覚えていてやらなければ、どこに彼らの生き延びる道があるでしょう？（中略）そんな残酷で容赦ないこの世の中で、私は、せめて私だけは、彼らを忘れずにいたいのです」（武田潔訳「キネマ旬報」二月上旬号所収の完訳シナリオより）

　男は、十年前に死んだ妻の肖像画やポートレート、生前の品を自宅の一室に飾り、蠟燭をともして追憶にふける。緑色の部屋。

　この映画のトリュフォーはほとんど笑わない。やがて、自分と同じ内面の傾向と資質を持った女（ナタリー・バイ）と出会い、彼女と語り合うときに一度か二度、笑うシーンがあるだけだ。静謐な、不思議な印象をたたえたナタリー・バイは、それとは逆に、いつも静かな微笑を浮かべている。しかし、脆くて儚そうな微笑だ。

　死者たちに取り憑かれる人間には一定のタイプが――恐らく宿命と呼ぶしかないような悲しい性格を本来的に持ちあわせてしまったひとたちがいるのだな、というふうに納得させるトリュフォーとナタリー・バイの演技がとても良い。影の薄さ、というような一種曖昧な、しかし切ない、頼りなげな雰囲気が、淡々とした演技から浮かびあがってくる。それが逆に、強力なデーモンに捉えられてしまった人間の激しい内面を窺わせる効果を導き出す。

　カメラ・ワークは絶妙としか言い様がない。トリュフォーの心象風景が過不足なく映像化されている。カメラのアングルだけではない。色調までが、主人公の内面に完璧に対応しているのだ。こうした無駄のない画面を観た後では、ほとんどの映像作品が水増しされ贅肉をだぶつかせた不潔で鈍感なものにと色褪せていくのも仕方のないことだろう。どの任意のワン・シーンを抽出してきても、極限とも思える緊張感が漲(みなぎ)っている。ひとによっては、何ら普遍性を持たない、感情のタレ流しともとられかねないテーマが、ある必然として私に感触されたのは、この映像の完璧さによる。そして、その点に、私はトリュフォーの覚悟を見た。

　カメラのネストール・アルマンドロスは「恋のエチュード」でも、過去にしか志向がむかわない男の退行感覚を緊張感の持続のうちに把えたが、「緑色の部屋」でもそれと同様に、あるいはそれ以上に映像化に成功している。

　けばけばしい原色は一切排斥され、昼間の陽光も青空も画面には登場しない。そして、多くのシーンのラストが溶暗で締めくくられ、次のシーンにと引き継がれていく。カラーの映像を観ながらも、観客は確実にモノクロの魔力に引きずりこまれていくのだ。だが、この映画のモノクロ的な美しさは、カラーでしか出し得ない映像美だ。それが、ギリギリまで試みられていることに驚かされるのだ。

男はやがて破壊された礼拝堂を発見し、自分の死者たちを祀ることを決心する。そして蠟燭をともす。――「一本一本の蠟燭が、死者の一人一人を表わします。そして全体がまるで炎の森のようになって、昼も夜も彼らのために燃え続けるのです」(同)

トリュフォー監修のプレスシートには、プルースト「死んだアルベルチーヌ」、シャルル・トレネ「まごころを捧げて」からの引用と一緒に、ガストン・バシュラールの次の一節も印刷されている。「夢想を呼び起こすこの世の物質(オブジェ)の内、炎は最も偉大な映像の戯び相手のひとつである」

確かに蠟燭には、ひとをメタフィジカルな方角に拉致する契機のようなものがある。とりわけ、その炎に。主人公ダヴェンヌの体験した数多くの知人たちの死が、ダヴェンヌの精神で内面化され、蠟燭に仮託される。そして、メタフィジカルな想念が胎動を開始する。蠟燭の炎をともす行為が、死者たちを祀り、忘却から守る意味と重ねられ、純化されていくのだ。

吉本隆明はバシュラールを評して、彼の〈物質〉は原始的、神話的〈物質〉に溯行されており、現代人たるわれわれの触知しえぬものになっている、と書いた。しかし、トリュフォーは、あえて現代を舞台に、霊的な感性の復権をはかった。すなわち、ヘンリー・ジェイムズの原作と大きく異なる唯一の点――時代設定を電灯の普及した一九三〇年前後に置いた選択がそうだ。エレクトロニクス文明の中でこそ蠟燭の炎はひとの想像力を引きずりだす。白昼の中でこそ、闇は本来の輝きを回復するのだ。

悲しい美学を正面に据えたこの映画は、また、映画文法上における、すぐれて戦略的な洞察を孕んだ作品でもあるのだ。

フランソワ・トリュフォー監督
「緑色の部屋」より

安倍晋三と洋食店パラドスの思い出

たび重なる疑惑と暴言によって、安倍晋三その人と内閣が窮地においつめられている。いや、窮地どころか、絶体絶命の崖っぷちに立たされているといったほうが、より正確だろう。

人の心は移ろいやすい。つい数か月前までは、高支持率に支えられ、安倍内閣を語るとき、メディアは必ず〝一強〟の文字をつけることを忘れなかった。

それが加計学園スキャンダルによって、支持率は急落し三〇%を割った。さらに隠蔽が発覚し、官房長官の木で鼻をくくる対マスコミ答弁が続けば、森内閣と同じ一〇%台への転落もある。

第一次安倍内閣は二〇〇六年九月に発足した。この直後に、小説家の小池真理子さんと、たまたまお会いした。私と小池さんは、共に成蹊大学の文学部を卒業している。私が一九六九年の入学で小池さんは七一年だ。在学中は顔を合わせたことはない。

小池さんとの仕事を終えて、編集者も交えた食事となった。学校の話になり、「それにしても最近の直木賞って、成蹊の勢いが凄いですよね」と私が口を開いた。小池さんが九五年に『恋』で受賞したのを契機に、九九年に桐野夏生が『柔らかな頬』で、さらに二〇〇三年には石田衣良が『4TEENフォーティーン』で受賞と続く（さらに〇八年に井上荒野『切羽へ』も受賞）。

直木賞といえば、圧倒的に早稲田が強い。しかしこの時期の早大からは有力新人が現れず、文学賞とは無縁な吉祥寺の大学がブイブイいわせている。何か理由があるのかな?

「そうよね、成蹊って、いまキテるのかもね。総理大臣まで出しちゃったし」と小池さん。安倍晋三が同窓とは以前から知っていた。しかし総理大臣まで誕生しちゃうとはね。そんな文脈で会話したのは初めてだ。

安倍晋三の親しい友人にホイチョイ・プロダクションズ代表の馬場康夫がいる。

映画「私をスキーに連れてって」の監督でもある馬場は、成蹊学園の小学校入学から大学卒業まで安倍と一緒の同窓生だ。ただ同じクラスになったことはないという。

安倍と私は六歳違いだ。私は出来の悪い高校生だったから、二年浪人して、さらに一年留年した。本来なら年齢差で重ならないはずが、私が大学五年生のときにシンゾー君は同じ法学部に入学し、同じキャンパスで擦れ違ったかもしれない。

馬場がずいぶん以前に書いた短文を覚えている。六九年の成蹊学園を回顧した文章だ。成蹊といえばブルジョワの子弟が通う大学というイメージがあり、学生運動とも無縁な学園だった。

しかし、六七年、「一〇・八羽田闘争」で一気に爆発した学生反乱は、美しい欅並木の奥にあるキャンパスにまで波及した。早大から優秀なオルグが派遣され、三十名前後の学生が青ヘルの社青同解放派の活動家になった。

とはいえ、所詮は日共・民青さえいないヌルイ学園である。街頭デモには駆り出されても、学内で何か事を起こすことはない。

六九年四月の入学式の日、そんな平和な風景が一変した。学内に足を一歩踏み入れたときには、目の前に広がる東海岸のアイビー・リーグを連想させる緑の芝生を見て、俺の来る学校じゃなかったと選択を悔いた。

新入生を勧誘する賑やかな声に混じり、かすかに不穏な気配が伝わってきた。芝生の一隅で数名の教職員と十名の学生たちが言い争っている。おっ、やっているねえ。入学金の値上げ反対を迫る活動家を何十人もの体育会系と思しき学生が取り囲み、威嚇している。

私ときたら、一浪の秋からデモ通い。二浪の代々木ゼミ時代は〝そば代値上げ阻止〟という予備校史上でも前代未聞の〝闘争〟をしている。学生運動をするための大学入学ですから。

体育会に取り囲まれた活動家たちが劣勢だ。私は急いで小競り合いの場に割って入る。慣れたもんだからね、このくらいは。どうやら新入生らしい奴が間に入ってきたから、体育会の連中も、一瞬、蹴ったり小突いたりという手荒な行動を控えた。すると遠巻きにしていた、おそらく私と同じ一年生が十人、二十人と活動家を守る位置についた。

教職員が逃げ去り、学生たちがアジ演説をした直後に学内デモが始まった。最初は数十名、それがあっという間に二百人を超えた。そのまま勢いに任せて本館の隅にある経理部に突入した。職員や学生部長と口論しても折り合うはずもなく、私たちが部屋を占拠し、あれよあれよという間にバリケードができた。

ちょっと自分を美化しているかもしれないが、こうして入学初日に成蹊大学全共闘が誕生した。この日から秋の機動隊導入まで、文学部校舎や総長室などでも一進一退のバリケード封鎖が繰り広げられた。

馬場康夫は苦々しい思いで、この蛮行を見ていたようだ。小学生のときから馴染んだ学園が、外の高校から入った連中が大半を占める暴力学生によって、メチャクチャにされている。

中学生の馬場は、朝早くに学校へ着くと、全共闘たちの作った汚らしい立て盾を何度も叩き壊したものだと、自慢げに記す。バリケードに泊まり込んでいる連中は起きるのが遅いし、まさか中学生がやったとは、考えもしなかっただろうとも。アイツら馬鹿だから、体育会の大学生の仕業と思ったはずと、また得意気だ。

ここで注釈をひとつ。先ほどから私が使用している〝体育会系〟という言葉に違和感を覚えている若い読者もいるのではないか。六〇年代の後半は、大半の私立大学において、体育会系のクラブは大学当局の意に沿って、学生運動を弾圧する尖兵の役を担った。

日大を始め、多くの大学で〝右翼・体育会〟と彼らは呼ばれた。そんなイメージが激変したのは、七〇年代も後半だ。「彼氏にするなら、爽やかな体育会系の男子かなァ」と答える女子大生の言葉を初めて聞いたときは、耳を疑った。たぶん汗臭くないスポーツ男子が歌に登場するユーミンの影響が大だと思う。以上、亀ちゃんの一言講座です。

話を馬場康夫に戻す。森友学園騒動のさなか、昭恵夫人が「私をスキーに連れてかなくても行くわよ」というイベントに参加したと報じられ、なんとお気楽なと世間のヒンシュクを買った。

三年前から始まったイベントは、もちろん馬場の主宰するもので、昭恵夫人はここでも名誉会長だ。憶測でしかないが、馬場に「ねえ、安倍。頼むよ」と依頼されて、断れなかった案件にちがいない。この一件があるから、私には加計孝太郎と馬場康夫のイメージはぴったり重なる。

ノンフィクション作家の青木理氏が今年一月『安倍三代』という労作を上梓した。母方の祖父である岸信介のみ語られることの多い安倍だが、父方の祖父、安倍寛は翼賛選挙を批判して当選した、数少ない反権力的な気骨のある政治家だった。そして寛の息子である晋太郎は父への尊敬の念を忘れなかった。

寛という反骨精神あふれる政治家に着目し、「安倍三代」の流れを追って、現政権と宰相の独善と横暴を浮き彫りにする着想と取材力を評価したい。

しかし青木氏の手法と表現に違和感を覚えるくだりがあった。安倍晋三その人を描く最終章だ。幼少期の晋三を、父・晋太郎の秘書はこう語る。「晋三さんは本当にね、いい子でしたよ。」

さらに十六年間にわたる成蹊学園での彼を知る同級生や先輩、後輩、教師たちが語る晋三の姿は、「判で押したように同じものばかりだった」と記す。

「勉強がすごくできたっていう印象はないけど、すごくできなかったっていう印象もない。スポーツでも際立った印象がほとんどなくて、決して活躍するタイプではなかった」と語る小学校から高校までの同級生。

「ひとことで言って、（晋三は）強い印象の人じゃありませんでした。勉強が突出してできたわけではなく、でも決して落ちこぼれでもない。（中略）勉強もスポーツもほどほどで、〝ごく普通〟の〝いいヤツ〟です」という同級生もいた。

強烈な印象を残すエピソードは、ほぼ皆無だ。確かにノンフィクション作家泣かせの人物だ。青木理氏はそんな晋三を〝凡庸〟と形容した。「どこまでも凡庸」「悲しいまでに凡庸」といった言葉が頻出する。

そんな凡庸な男が、なぜ四年半に及ぶ第二次内閣において、かくも強権的に振る舞い、ゴーマンの限りを尽くして、官房長官ともども、メディアと国民に対して、非常で冷酷な対応しかしなかったのか。

私は五年前に、ある雑誌に載った安倍の言葉を読んで――大袈裟に言えば――驚愕した体験がある。雑誌『東京人』の増刊〈成蹊学園と吉祥寺の百年〉と題された号だ。安倍が首相に返り咲く半年前だ。

総理ではなく〝政治家〟の肩書きで、安倍は先述の馬場康夫と対談している。題して〝懐かしの吉祥寺、再訪〟。まず二人が訪れるのは、学校近くにあった、そば「尾張屋」だ。安倍は中学・高校時代は地理研究会に属していた。いいねえ。元祖ブラタモリじゃないか。

そして大学時代はアーチェリー部に入る。なんでまた、地理研から洋弓へ。「実は、ここが体育会系の本部だったんじゃない？」と馬場が冗談っぽく喋る。そう、「尾張屋」は体育会系の客が多い店だった。私は入学直後に一、二度、行っただけだった。

二人は高校生になると、駅前の喫茶店によく行った。中華料理屋とか洋食屋にも、と馬場。すると安倍が、「もうなくなってしまったけどね、『パラドス』というレストランにもよく行きましたよ」と語っていて衝撃を受けた。

「パラドス」。店の情景がくっきり形をとる。大学一年から五年間、通いつめた店だ。レストランという言葉は似合わない、小さくて地味な食堂だった。一日も欠かさず通った週もある。少ないときでも、週二ペースだったかな。

オムライスと生姜（しょうが）焼き定食が、とてもおいしい店だった。しかしそれ以上に、店を切り盛りする中年のご夫婦の立ち振る舞いが素敵だった。優しく、あれこれ気配りの利く奥さん。ご主人は無口で手だけを動かすタイプの人だったが、たまに目が合うと、かすかに笑みを浮かべる。

そしてこの店こそ、全共闘の〝本部〟だった。体育会の連中は、まず一人もいない。私たちバリケードに立て籠もっている活動家たちと、それを支持するシンパの学生。それとおとなしそうに文庫本を読んでいる女の子や、打ち合わせを兼ねて昼飯を食べる文化系サークルの連中とかね。

バリケードがあったときも「パラドス」に通った。校舎を追われて緊急会議を開いた後も「パラドス」でオムライスを食べた。

バリケードや自治会室を失って行き場のなくなった私たちに「パラドス」のご夫婦は優しかった。何日に一回かの割合で単品のサービスまで付けてくれた。

あの「パラドス」に、安倍晋三は〝よく行きましたよ〟と語っている。仰天した。目が点になった。そして芥川龍之介の短編『蜘蛛の糸』を連想していた。

犍陀多という、人を殺したり、放火したり、悪事の限りを尽くした大泥坊が、地獄の池でのたうちまわっている。その様子を御釈迦様が御覧になった。極悪人の犍陀多だが、たった一度だけ善い事をしている。路ばたを這う蜘蛛を見て、最初は踏み殺そうとしたが、いや、それはいくら何でも可哀そうだと思い返して助けたのだ。

その事を思い出した御釈迦様は、ずっと下にある地獄の底に、極楽の蜘蛛がかけた美しい銀色の糸を降ろした。大悪党だが、良い事もしている。たった一回だけどね。でも地獄を脱出するチャンスを与えようとしたんだ、御釈迦様は。

戦後レジームからの脱却という、なんとも観念的で空疎なスローガンを叫び、次々と悪法を強引に通してしまった安倍。プーチンやトランプなど、強権を振るう権力者には媚び、沖縄は見捨てる非情な宰相。

そんな極悪人だが、あの「パラドス」に流れる優しい、しかし権威を嫌う空気を心地よく感じていた時期があったんだよ。あの地味だけど清潔な食堂に馴染んでいた晋三くんには、善い心が宿っていたはずだ。

青木氏の著書のラストには、かつて安倍晋三を教えたこともあるというリベラル左翼の知識人が紹介されている。六八年に成蹊大学の教授になった後は、法学部長を経て、学長まで昇りつめた宇野重昭だ。青木氏の取材に対し、中国政治史の第一人者と言われる老碩学は、安保関連法制を「間違っている、と思います」と批判する。

〈「正直言いますと、忠告したい気持ちもあったんです。（略）よっぽど、手紙を書こうかと思ったんですが……」。そう言った瞬間、宇野の目にははっきりと涙が浮かんでいるのに気づき、私はうろたえた。〉

六九年の秋、私たちのバリケードを撤去する際、法学部の教授会は全会一致で、機動隊の導入を決めたはずだ。大学教授なんて、所詮はそんなもの。学園でも学界でも頂点に立った男にこれ以上、何か讃美の言葉でも送るべきだろうか。

それならば、いまは非道な悪徳政治家になった男に地獄から脱出する一度だけの機会を与えたいと思う。晋三くん、君が救われる道はひとつ、いますぐ辞任して政界から去ること、それだけだよ。

七三年に「パラドス」を好きだったら君なら、地位に恋々することなく、そんな潔い決断ができるかもしれないのだが。

テレビの味方、いや見方。

目が覚めると、とりあえずテレビをつける。まだ頭にモヤがかかった状態なので、しばらくはボンヤリ画面を眺めている。

少しは気力が出てきたところで、ソファから立ち上がる。テレビの音を背中に聞きながら、お湯を沸かし、コーヒーか日本茶をいれる支度をする。顔を洗ったあたりで、ようやく頭にエンジンがかかってくる。新聞をとりにいく。そのあいだも、テレビのスイッチはオンになったままだ。

お茶を飲みながら、新聞にざっと目を通していく。時々チラッとテレビに目をやる。たまたま気になるニュースが流れていたり、お気に入りのタレントが出たりしていれば、新聞を読むのを中断し、しばらく画面に集中する。嫌いなタレントが出てくると、無意識のうちにチャンネルを変える。

こんなふうに、私とテレビの長い一日が始まる。

たぶん、いまの時流には合っていないライフ・スタイルかもしれない。他のことをやっているときもテレビをつけっぱなしにしているなんて、省エネの流れに真っ向から逆らうような行為だ。


さらにテレビを長時間、見るということを、それってちょっとカッコ悪いよねとする風潮が、以前より強まっている気配がある。

昔から「テレビばかり見ていると、バカになりますよ」と、現にいわれてきた。しかしあの言い方には、テレビの力というか、娯楽性の強さをとりあえず認めたうえで、テレビばっかり見ていると勉強がおざなりになって学校の成成績が下がりますよ、という実利的な警告のニュアンスがふくまれていたように思う。

いま、テレビ視聴者に向けられた視線は、それよりも厳しい突き放した感じがする。ちゃんとした人間なら、テレビのように非生産的で受け身一辺倒の娯楽と、長い時間付き合ったりしない、という暗黙の了解が、いまの世の中にはある。では、余った時間は、どう使うべきか。

スポーツをして無駄なゼイ肉を削ぎ落とす。ボランティア活動に励んで社会貢献をする。パソコンを使って様ざまな情報を吸収する。

こうした前向きで、能動的な行為にこそ価値がある。それと比べるとテレビをただ見ているだけの人は、自分からアクションを起こそうとしない後ろ向きな連中だ。そんな価値観が世の中を支配しているように思う。

でも、おかしいことがあってね。テレビを小馬鹿にしている人に限って、意外と色んな番組のことを知っている。ワイドショーって、見ていて本当に腹が立ってくるとか、バラエティ番組はどれもこれも笑いのレベルが低いとか、具体的な番組名やタレントの名前を挙げて、テレビの悪口をいう。

私はテレビが好きです。好きな番組がたくさんありますよ。大声で叫ぶ必要はないが、それを普通にいえない、いまの風潮が嫌だなあ、と私は思う。

テレビは面白いけどな。たとえば大相撲が始まると、ＮＨＫのＢＳ２では、早い時間から中継を流している。十両よりずっと下の幕下や三段目の取組をぼんやり眺めているのも、悪くないものだ。もう三十歳を過ぎたベテランの力士と、まだマゲも結えない新人力士の一番なんか見ていると、つい人生について思いを馳せてしまう。どんな力士も、顔や表情や体つき、それに塩をまく仕草なんかに癖があって、それを覚え始めるとどんどん楽しみが増えてくる。

早朝の番組にも、それと似た雰囲気がある。朝の四時から始まる、天気予報と朝刊の紹介がメインみたいな番組が、民放にはいくつもある。「いま、お目覚めの方も、これからお休みの方も」といって始まる、まあ、あんまり手間ヒマのかかっていない番組だけど。

入社して一、二年目の女性アナウンサーがサブでニュースを読んだり、企画コーナーをまかせられたりしている。まず大抵の子が、うまくニュース原稿を読めない。変なところで区切って読んだりするから、ああ、この言葉の意味を理解していないんだな、とすぐにわかってしまう。

そんな危なっかしい女子アナが、それからしばらくして、夜のゴールデンタイムのアシスタントで出ているのを、たまたま見たりする。以前とはすっかり変わって、リラックスした表情さえ浮かべ、番組をてきぱき進行させていく。

こんなとき、テレビって面白いなと思う。ちょっと得をした気持ちにさえなる。こんなことで得をした気分になるなんて、ずいぶん安上がりにできているな、と笑われるかもしれないけど。でも、ＮＨＫのニュースや教養番組ばかり見るのが、テレビの正しい楽しみ方じゃないはずだ。

私がテレビを見ていて、一番得をしたと思うのは、やはり不意打ちにあったときだ。

自分が欠かさず見ているドラマやニュースが何本かある。そういう決まった番組ではなく、チャンネルをたまたま合わせたら映っていたマラソン中継や外国映画が面白くって、途中から見たのに、ついつい最後まで夢中になって浸り切ってしまう。

そんなとき、テレビって楽しいな、とつくづく思う。

このあいだの東京国際女子マラソンのときもそうだった。テレビをつけたときには、もう三十キロ地点を過ぎていた。野口みずきが猛スパートをかけて、ピッタリつけていたケニアの選手を振り切るあたりから、もう他のことが手につかず、ゴールまで見てしまった。どこまでも冷静な増田明美の解説を聞きながら、そうだ前の年、Qちゃんが三着に敗れたときも、こんなふうに日曜の午後、テレビの前に座っていたんだな、と思い出した。


これは多分『ミッドナイトin六本木』の台本だろうか。とりあえず番組の流れが記されているといった程度。ワイドショーに初めてゲスト出演したのは、昭和の終わりの『おはよう！ナイスデイ』だが、こちらは進行表が10〜20ページあるくらいだった。生放送の情報番組だから、きっちりした台本を作る意味がないのだ。思い返せば、レギュラーで出ていたのは、すべて生番組。撮り直しが無いぶん、楽だった。

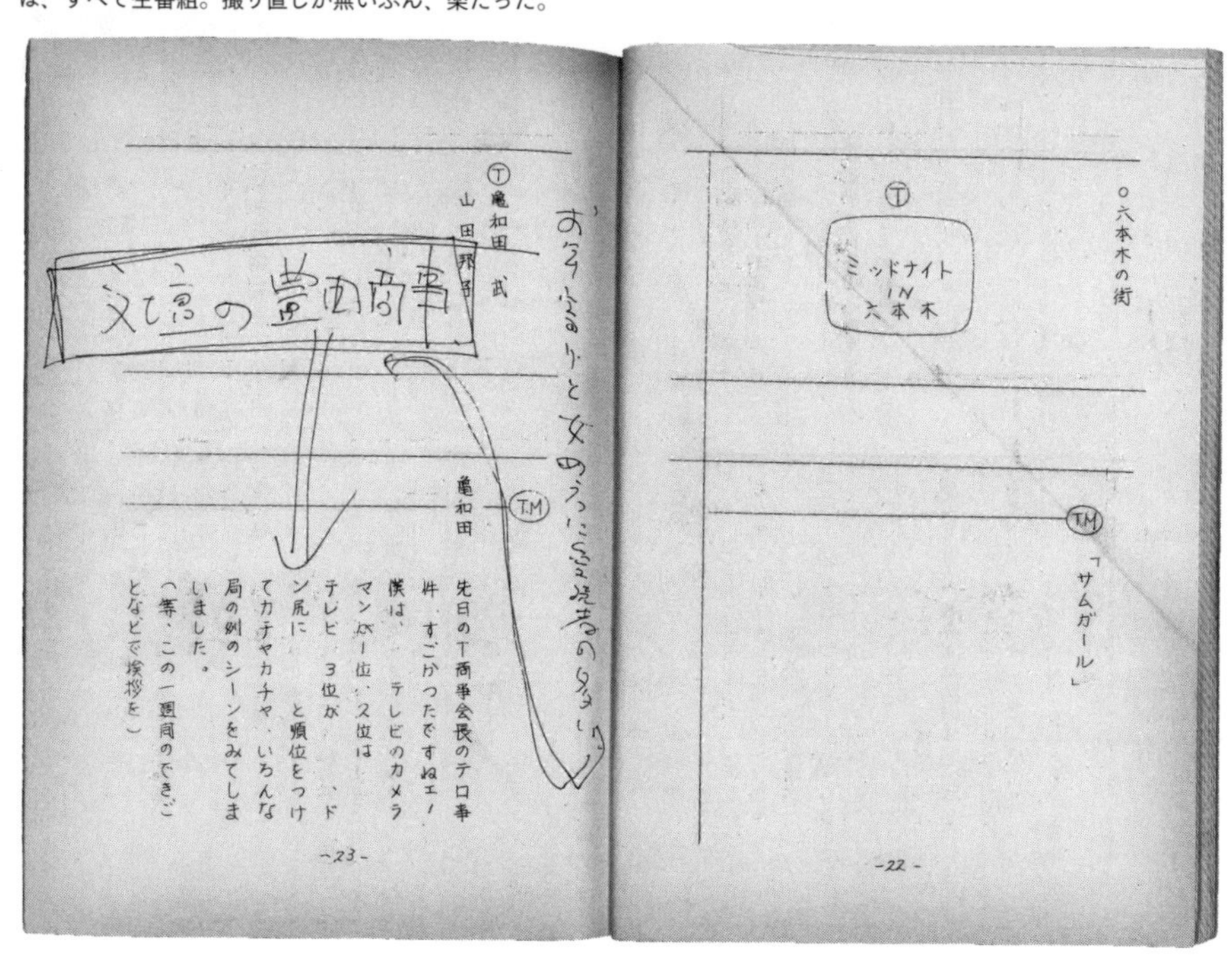

チャン爺だって馬券が買いたい

たまに新聞で気になる記事があると、クリアファイルに保存しておく。十一月から十二月にかけて、色いろと考えさせられる記事が三本あった。

まず福山競馬の廃止を伝える日刊スポーツ十一月二十七日の記事。市長は来年三月末で廃止の方針を明らかにした。

そして各メディアでも取り上げられている、馬券配当金「課税をめぐる裁判の行方を報じた夕刊フジ十二月六日の記事。儲けが一億四千万円なのに、追徴課税が七億円という、誰もが口をアングリさせたに違いない、あの一件だ。きっと競馬ファンも一般読者も大きな関心を抱いたはずだ。

さらに、もうひとつ。こちらは朝日新聞十一月二十二日の夕刊。大きな事件がなかった日なのかもしれない。社会面のほぼ半分を使った〈山谷心の隙に裏賭博〉の大見出しで「ノミ行為」を報じる記事が目を引いた。〝焼き鳥屋舞台生活保護つぎ込み〟の見出しも。競馬に関心のあるなしを問わず、記事に興味を抱いた朝日の読者は少なかったと思う。

三つの記事を読んでの、私の感想を記していく。福山競馬廃止を伝えた日刊スポーツの記事を見て、もっとも印象に残ったのは、扱いの小さいことだった。地方競馬欄の隅に、細かな活字で福山市長の「経営環境は厳しく、収支均衡の予算を編成できない」などの発言がいくつか、ほぼ論評も感想も抜きで報じられているだけだ。議会での知事や市長の発言を伝える議事録のような、素っ気なさである。

ああ、やっぱり。来るものが、ついに来たか。無表情に市長コメントを伝えるだけの記事からは、そんな思いが、透けてみえる。

福山競馬には、たった三回しか足を運んでいない。だから、あまり断定的なことは書けないのだけど、観客のレースに賭ける思いが、日本で一番熱い競馬場という印象がある。

駅前から出ている無料バスでも、競馬場のスタンドでも、中高年のファンが男女の別なく「次のレース、一本かぶりの③が飛びよったら、大穴になりよる」などと大声で話している。誰もが馬券に熱心で、お喋り。いい感じで、昔の鉄火場の雰囲気が残っている。

二年前の九月に行ったときは、市議会で存廃をめぐって激しいやりとりが交わされていた時期だ。ファンの寄せ書きが場内にあった。「老後の楽しみなので、競馬をなくさんといてね」「コンピューターに操作されているパチンコより、生身の馬が走っているケイバの方が面白いだろ!」。そして「友だちと会える場所がなくなるのは困るのです」という書きこみに、そうだよなあと大きくうなずいたものだ。

福山も他の地方競馬場と同じで、高齢の入場者が多い。ネット投票での馬券購入には触手が伸びず、競馬場に行って顔見知りとわいわいお喋りを交わしながら、当たった外れたと競馬を楽しんでいる人が圧倒的に多い感じだ。

地方の競馬場が、ひとつなくなる。それは、ごそっとその地域の競馬ファンが消えることのように思える。私もいい年齢の〝チャン爺〟だから、他人事じゃないんだよ。

本誌のファンのページにも、ウインズ室蘭と静内などの閉鎖をめぐっての、地元ファンの諦めと寂しさのない混ぜになった(怒る気力は、すでに失せている)お便りを何通も目にした。ウインズがなくなったらネット投票に移行すればいいじゃないか。そういう声が多いだろうが、チャン爺には、いまさら長年の生活習慣を変えるのに、どれほどの気力がいることか。

購入したPCも使いこなせず、ワープロが故障した後は、手書きの鉛筆で原稿を書いている私には、投稿者の気持ちが痛いほどわかる。

朝日が報じたノミ屋の一件も重なるものがある。山谷の焼き鳥屋を舞台としたノミ行為だ。焼き鳥一本九十円、三百五十円のカップ酒とビール。そんな小さな店の奥に液晶テレビが置かれて、競艇レースを映している。五百円単位で買うと、店主がメモして、他の男が近くの事務所に持っていく。

次の記事がずしりと応えた。「出歩くのもおっくうで、一日中部屋でテレビを見て過ごすこともある」と七十九歳の逮捕者はぽつりぽつり語る。「ほんとの話、勝とうなんて思ってなかったんだ。店主は腰が低くて、ゆっくり長く飲める。居心地がよかったんだ」。

まだ若くて気力もある兄ちゃんは、鼻で笑うだろうなあ。でもな、競馬がいくら好きでも、近くに馬券を買える場所がなけりゃ、購入を諦めてしまう爺さんは決して少なくないんだ。そんなとき、行きつけの店にノミ屋がいたら。違法行為だから、逮捕も当然。だけどね、競馬やギャンブルの好きな爺さんの気持ちをちょっとだけ考えてくれよ。フランスのように、街のそこかしこのカフェや飲食店で馬券が買えるようにするとかさ。

結局、多くのファンが関心を寄せているだろう馬券配当金への七億円追徴課税にはほんの数行しか触れられないな。一億四千万円も儲けたという話が、まず遠すぎる話で実感が伴わない。さらに大前提となるのがネットでの馬券購入なんだから、私の場合、はなっから排除された話題だ。時代から取り残されたチャン爺の繰り言を書いたが、足腰立たなくなっても、馬券は買いたいなあ。マジ、そう思うよ。

時代は変わる

誰もが女子大生化した現代のニッポン人

「アタシッて、汗水たらして、一生懸命なにかをやるのって、苦手なヒトなのよね」

オトコ・オンナを問わず、こんな台詞を口にする連中が増えている。

もちろん、昨日きょうに始まった現象ではない。

たぶん、二十年以上も前から、徐々に徐々に、なし崩し的に勢いを増してきた現象なのだと思う。

六〇年代半ばの、例の高度経済成長というやつのおかげで、ニッポンは豊かになった。

もっと俗な言い方をするなら――ニッポン人は金持ちになったのだ。

政党や労働組合が、繁栄の中の貧困とか実質賃金の目減りとか色々いっても、一億のニッポン人が、この二十年間で飛躍的に金持ちになったことは、誰も実感として否定できないはずだ。

クルマを乗りまわし、年に一回は海外旅行に出かけ、ビデオでMTVを眺め、休日にはテニスとエアロビクスで汗を流す。

こうした生活が、特権的な階層だけのものでなくなり、庶民レベルでも可能になった。

こんな家庭に生まれた子供たちが〝汗水たらして、一生懸命なにかをやるのって、苦手なヒト〟になるのは当たり前のハナシだ。

人間、誰も好きこのんで汗を流す人はいない。

そして、石油ショックも乗り切った強運このうえないニッポンは円高ドル安でますますリッチになっているから、汗水たらして働かなくても飢え死にはしない。チンタラチンタラやっていても、ま、クルマとビデオを持てるぐらいには、世の中の仕組みができている。

こうして、〈汗〉や〈ひたむき〉や〈真面目〉から、加速度的に離れていったニッポン人が喜んで迎えいれたのが、あのオールナイターズの女子大生たちではなかったのだろうか。

女子大生の特徴を一言でいえば、〈気楽さ〉である。

親がかりで生活の不安はなく、勉強に身を入れるわけでもなく、興味はもっぱらオトコとファッションにのみ向けられている。

要するに女子大生というのは、ニッポン人の典型なのだ。

現代のニッポン人は、多かれ少なかれ女子大生的存在なのである。

しかし、怠惰で安楽な生活は、人々の心の中に、ふと〝これでいいのだろうか?〟という不安感を芽生えさせるし、ときとして無いものネダリ的な〈汗〉や〈青春〉への渇望を生みだす。

とりあえずは〈冗談〉というコートをまといつつ発生した「スチュワーデス物語」や森田健作症候群(シンドローム)が、その先駆けであるが、さて、そんなニッポンで「コーラスライン」というひたむきな〈汗〉と〈青春〉の映画がどのように受け容れられるのか、私は大いに興味が湧いている。

本当は重くて暗あい性格の青少年たちが、社会的不適合者の烙印を押されないために、必死になって軽く、明るいフリをしなければならない受難の時代が八〇年代前半の数年間であったのだ。

しかし、こんな浮わついた時代がいつまでもつづくはずもない。〈暗い〉ことこそオッシャレーな時代が、すぐそこまで来ている。予兆は至るところに顕在化しつつある。

〈暗い〉ことがオッシャレーな時代になるのか?

というわけで、秋だというのに来年のことをアレコレいえば、鬼が笑うというよりもきっと怒りだすに違いないのだが、八六年は〈暗い〉ことがもてはやされる年になるだろう、と亀和田は断言してしまう。

だって、考えてもみてよ。

この四、五年間つづいた〈明るさ〉偏重――アレはヤッパ異常だぜ。

ともかくバカであろうとアホであろうと明るけりゃ勝ち、逆にちょっとでも暗けりゃ、とたんに全人格を否定されてしまうというのだから、コレは大変な時代だったと思うのだ。

よく〝隠れ〇〇〇〟っていうじゃない。ホラ、隠れジャイアンツ・ファンとかさ。でもね、あんなの所詮、軽うい冗談なわけよ。自分で「ボク、恥ずかしながら隠れ江川ファンです」なんて口にしちゃうんだから。

好きな球団がどうの、アイドルの趣味がこうのなんてことで、友だちがいなくなったりするなんてことは、まず有りえないわけ。

ところが「あの人、暗いわねえ」っていわれたら、もうオシマイだもんね。あの〈根クラ〉というおぞましいレッテルを貼られたら最後、ＡＩＤＳ患者と同じでだれも五メートル四方に近寄っても来なくなる。

たとえば、亀和田お得意のジャンルでいうと、まずプロレスの世界。ＴＶ放映もされず、まだまだマイナーな存在ではあるが、馬場や猪木のショーアップされたプロレスと訣別し、マジな重くて暗い格闘技路線を追求するＵＷＦという第三団体が毎回、後楽園ホールを超満員にしている。

そして、ロックないしはポップスのジャンルでも、マーケティング・リサーチを完璧にし、売れ線狙いの音作りをしていたアメリカものが飽きられ、もうちょい渋くて、奥に重さと暗さの隠し味を秘めたイギリス勢がビルボードのヒット・チャートを席捲しつつある。
であるから、暗くたって大丈夫なのだ。
そして、やや短絡的な三段論法を用いれば、世間一般では暗い存在と認知されている浪人生もまた、八六年はオッシャレーな存在へと上昇するに違いないのだ。

キャスターのコメントがうっとうしい ニュースは王道を行くべきだ

バラエティー番組やドラマがあまり好きでないせいもあって、この二、三年、大げさにいうとニュース番組ばかり見ていた。だが、ここにきてさすがにニュースにも食傷してきた。

ニュース番組を見るのが癖になると、夜九時の「NHKニュース21」に始まり、「ニュースステーション」「筑紫哲也ニュース23」という具合いに、とめどなく延々と見続けることになる。情報の垂れ流しという言い方はいかにも他人に責任を転嫁するようで嫌いだから、情報の浴びっぱなしとでも形容しようか。ともかく情報の受入れ過剰は、混乱と無秩序しかもたらさない。これからは余計な情報をシャットアウトできる能力のある人間が勝ちの世の中だと思う。

ニュースに食傷しつつあるもう一つの理由は、キャスターのコメントのうっとうしさだ。

久米宏、筑紫哲也、木村太郎、安藤優子。みんな、うるさいったらない。久米宏の芝居がかったコメントを反自民党的だのリベラルだの勘違いして評価している困った人たちがいたけど、私にはずいぶんと杜撰な〝庶民ぶりっこ〟に映った。抜群のタレント性と反射神経は認めるけど、それも少し前から鼻につくようになった。

最近なにかとトラブル続きのNHKだけど、やはりニュースはNHKにとどめをさす。これは別に権威志向でいうのではなく、桜井洋子さんとか森田美由紀さんといった、ちゃんとしたニュースの読み手が、原稿の内容を理解しつつ、しかし私情をさしはさまずに淡々とニュースを読み上げていくことこそ、ニュースの王道ではないか。最近の私はとみにその思いが強い。

ではワイドショーのコメンテーターをやっているオマエはどうなんだ、という声が聞こえてきそうだ。

私流の自分勝手な理屈だとこうなる。

ワイドショーの生命は良くも悪くもセンセーショナリズム（煽情主義）だ。生々しい映像とレポーターの報告でワッと盛り上がったところに、ちっともセンセーショナルじゃない私のような人間がボソボソと、あーでもない、こーでもないと感想を述べているあいだに、熱気が引っこんで画面が中和される、そんなところに存在価値があるのではないか。

とまあ、こんなふうに都合の良いように解釈している。本当に人間というものは他人に厳しく、自分には甘くできている。

腹立ち日記

本当のビートルズ世代がクラスに一人だけいた

九月某日、雨。バスに乗ってJRの最寄り駅に。駅前のレコード屋に入って、ビートルズの棚を探す。気が重い。私はビートルズが嫌いだ。なのに仕事でジョン・レノンのことを調べる必要が生じた。となると、彼らのCDも聴かないわけにはいかない。

あーあ。仕事をホイホイ引き受けた我が身の軽率さを呪いながら、レジに並ぶ。

私が熱心なポップス少年だったのは、中学生のときだ。「悲しき雨音」「悲しき街角」。甘く切ない曲がラジオから流れていた。「悲しきカンガルー」。すごい題名だな。私が愛した呑気なポップスを、ビートルズが一掃した。ニール・セダカやポール・アンカの曲は一夜で「懐メロ」になった。それから四十年。ビートルズは私の不倶戴天の敵だ。世界で一番ビートルズを憎んでいる男。それが私だ。

九月某日、雨。ビートルズを毎日、聴いている。彼らの強いビートとリズム、そして洗練されたハーモニーが少しも古びていないことに驚く。こんなタフな連中が相手では「電話でキッス」なんて甘ったるい曲に、勝ち目はない。ポップス史におけるビートルズ革命の意味を、私は不承不承、認めるしかない。嫌いな男にだんだん惹かれていく女になったようで、倒錯的な気分になる。自棄になってニュースを観ながら「悲しき万景峰号」「悲しき山拓」「悲しき構造改革」などと呟きつづける。

使い慣れたコクヨの200字詰原稿用紙。

九月某日、晴。中学校の同窓会に行く。お腹の出たアラキ君が「みゆき族とアイビールックにビートルズ。楽しかったな」というと、頭の薄くなったカネダ君が「やっぱり俺たちビートルズ世代だから」と応じる。嘘をつけ。アラキ君が愛唱したのは三田明と舟木一夫だし、カネダ君は本間千代子のファンだった。日本はまだ歌謡曲が主流だった。団塊世代が自分を「ビートルズ世代」と名乗るのは、歴史の捏造であり、修正だ。

コナカ君がニコニコ飲んでいる。クラス一の不良だった。卒業も近いある日。教室の隅で鞄の中を見せられた。ビートルズの「抱きしめたい」が何枚もあった。「二〇〇円で買わないか」。定価は三三〇円だ。彼がバイト先のレコード問屋で、何十枚も商品をガメた噂は聴いていた。洋楽好きの私なら、ビートルズも喜んで買うと思ったのだろう。きっぱり断ると襟首をつかまれた。「二〇〇円だ。文句ないだろ」。嫌だ、買わない。震えながら、私は買わずに通した。

俺たちのクラスにビートルズ世代がいる

としたら、と私はかつての不良少年を見て思う。唯一その資格があるのは、ビートルズのレコードで小遣い稼ぎしたコナカ君、キミだけだ。

熟年「女子」たちの半グレ集団化が止まらない

二十一世紀のニッポンを跳梁跋扈する〈女子〉たちの暴走が止まらない。女子力アップに女子会。その言葉を見聞きしない日はないほどだ。などと指摘すれば、反応は決まっている。

「それが何か?」

さらには「そういう偏見もってる人って、アタシたち女子にいわせると、イケてない男の愚痴っていうか、聞いてるコッチが痛いっすよ」といったドスの利いた脅し文句を浴びせられること必至だ。

少女でもない女性が、自分を〈女子〉と詐称しても、罪に問われることのない社会。どころか「王様は裸だ!」と叫んだ子どものように、「あの人は女子じゃない、オバさんだ!」と真実を公言したとたん、激しいバッシングを受けるのが、この国の現実だ。

女子が増殖した背景には、彼女たちの〝老い〟への恐怖がある。アラサー(って言葉も品がなくて嫌だね)を対象にした女性誌が「女子力を磨こう」と表紙に大きく謳った時点で、違和感はあった。

でも三十歳前後でも、少女っぽさを残した人はいるから。そう自制していたら、アラフォー雑誌にも〈女子〉の文字が一気に増えた。

シニア女性誌を支える大きなテーマは〈若さ〉への異常なまでの執着だ。アンチエイジング。自然な年の積み重ねを、金とスキルで回避しようという無謀な企みだ。カルトな信仰にも似た若さへの渇望が産みだした呪文、それが〈女子〉だ。

肌も肉体も、年相応に変化する。その現実から目を逸らすため「アタシたち女子はさ」と一言叫べば、女子会という名の、実態は「アタシが、アタシが」の怒号飛び交う、相手の話などお構いなしの自己主張の場までが公認されてしまう。

働く独身女性が、職場でのストレスから逃れるため〈女子〉にすがる気持ちは、判らないでもない。「あの親父も、使えない奴ですよねえ」などと酔った勢いで喚く姿に遭遇するとさすがに鼻白むが。

理解不能なのは、既婚四十代半ば以上の〈女子〉だ。彼女たちは〝かわいい〟物を偏愛する。〝かわいい〟が好きである故に、自分も可愛いという心理マジック。

その行き着いた先が、五十歳を過ぎても「アタシたち女子って、そういうの苦手っ

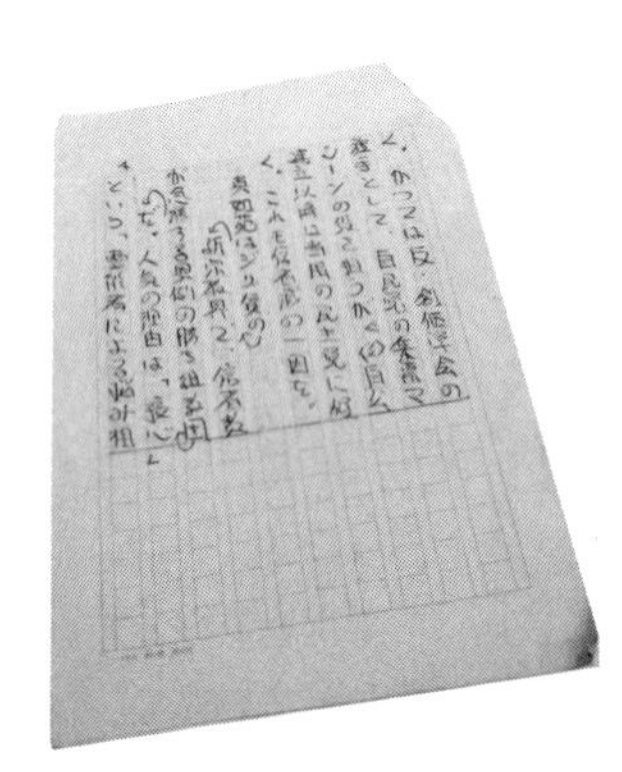

「週刊朝日」の連載コラム「マガジンの虎」は13字×52行で書いてます。

す」と言ってはばからない熟年女子だ。

飲酒、喫煙、肉食。自分が若くはないと知った男たちが控えた行動を、子育てからも解放されたアラフィフ女子は貪欲に追い求める。

娘がいた場合は、共依存からくる影響で、母娘の服の着回しだけでなく、「ハンパないっすよ」など日常会話までが半グレ集団化する。

いい大人が自分を女子と呼ぶことの滑稽と悲哀を説いたところで「ジョークよ、ジョーク。それも判らないいって、鈍くないっすか？」と返されるのがオチだ。爺いの言葉には聞く耳もたない熟年女子。

欲望うずまく平成の世で、男性も女性も、年相応にプライドを持って生きるのは、なんと困難な事であることか。

ネットよりテレビの方がはるかに面白い　金をかけなくてもスターやブームは生まれる

テレビに明日はあるか？　大丈夫、明日はある。明後日もある。一年後、二年後も、テレビはメディアの中軸として機能しているはずだ。しかし五年後、十年後まで現在のパワーを有しているかとなると、これは判らない。

このままネットなど新しいメディアに取って替わられるかと思われていたテレビに曙光（しょこう）が射したのは、一昨年の朝ドラマ「あまちゃん」だった。大河ドラマと並び、旧態依然たるテレビの象徴と思われていたNHKの朝ドラマが、なんと国民的関心事のトップに躍り出た。

活字メディアはもちろん、ネットでも、人びとは「あまちゃん」を語って飽きることがなかった。視聴者の主流はシニア層で、やがては消えていく番組枠。そう思われていた〝朝の連続テレビ小説〟が、独創的なクリエイター、そして清新なヒロインによって一気に蘇生した。

若い熱心な視聴者が大量に参入し、これまで朝ドラを支えたシニア層も、新しくファンキーな笑いを、好意的に受け容れた。NHKの朝ドラが世代や職種、性差などのギャップを埋めるツールになる日が到来するとは。

ネットの住民が熱くドラマを語るのも、目を惹いた。門外漢の言葉と聞き流してほしいが、やはりメディアの中心はいまなおテレビで、ネットはそれを補完するものだ。若手の社会学者が、「ネットそれ自体からスターやブームは生まれませんよ」とクールに語っていた。「いま、こんな現象がネットでは大注目されています。」そんなふうに活字やテレビが大々的に報じて、初めて認知されるのだと。

受信料という潤沢な資金のあるNHKだから、新たなチャレンジが可能なのだという見方は一面で正しい。それに加えてスポンサーのいないことで、民放よりはるかに自由度がある。では企業の規模の大小、身もフタもない言い方をするなら、金の有無だけが新しいコンテンツや才能を生み出すすべてかというと、案外そうでもないところが愉快だ。

東京ローカルにTOKYO MXというテレビ局がある。「5時に夢中！」という帯番組からデビューしたのが、いまをときめくマツコ・デラックスだ。夕刊紙から下世話な記事をピックアップし、コメンテーターに感想を訊く。きわめて安上がりの作りだ。

おまけに東京都の息がかかった局で、「都知事定例会見」も放送しなくてはならない。石原慎太郎の都知事時代、彼の言動を紹介する記事の感想がマツコに求められた。「うーん」といって十秒近く黙るマツコ。司会者の顔を見て「この沈黙で、アタシの気持は判るでしょ？」。

画面に緊張が走る。

「どうしても、何か言えというなら、言うわよ。でも、いいんですか？」

慌てて笑いでゴマかし、次の話題に逃げる司会者。

スリリングなやりとりで番組は話題を呼び、マツコは怖いもの知らずのスターになった。金はないし縛りは一杯ある小テレビ局でも、やりかた次第でスターは生まれる。

くわえて〝炎上〟とは無縁な、程の良い緩さと、録画率を含めればまだまだ膨大な数を擁する視聴者。テレビは依然としてメディアの帝王だし、新しい娯楽をいましばらくは提供しつづけることが出来るだろう。

しかしその間に何を作るかで、十年後の運命が決まる。

雑誌「POPEYE」にならった〝正しいモノとの付き合い方〟

ぼくが生まれたころ、この国はまだ、とてもとても貧しかった（らしい）。

ぼくの少年時代、ちょうどぼくの背が一年ごとに何センチもグングン伸びていくのと同じように、この国はどんどんどんどんリッチになった。でも、いまと比べると、そのころだって相当に貧しい。

その当時——二十年前のテレビは、アメリカから輸入したドラマをひっきりなしに放映していた。テレビの画面に映し出されたアメリカは、「モノ」が溢れかえっていた。海の向こうの外国というより、まるで別の天体という印象だった。

高校生がスポーツ・カーを運転している（この国では、クルマのオーナーといえば医者か一部上場企業の重役クラスを意味した）。

どんな家の子供も、みんな小ざっぱりした服を着て、誰もツギの当たったものなんか身につけちゃいない（『パパは何でも知っている』のお父さんが大きなツギを当てたブレザーを着ていたので「ワーッ、貧乏……」と思ったら、あれはエルボー・パッチというものだと、後でわかった）。

冷蔵庫だってぼくの家の二倍のサイズだし、カラー・テレビが一家に何台もある。休みの日にはスポーツ・ジムに通って、汗を流す。

ともかく、テレビで見るアメリカは「モ

ノ」だらけだった。

で、気がついたら、いつの間にかこの国も「モノ」が溢れかえる金持ちの国になっていた。なのに、貧しい生いたちの悲しさで、「モノ」とどう付き合ったらいいか、「モノ」をどう眺めたらいいかがわからない。

妙に禁欲的になって「モノ」を敵視するか、その正反対に成金的に良いも悪いも関係なく「モノ」を買い漁るか、大まかにいえばこの二通りの対し方しか知らなかった。

そんなとき「POPEYE」が創刊された。

金持ちなら金持ちなりの〝正しいモノとの付き合い方〟がある、ということを「POPEYE」はマニフェストした。

ベルボトムジーンズの復権はあるのか？

植木等、美川憲一につづいて山本リンダまでが再び脚光を浴び、ミニスカやベルボトムのジーンズ姿の若者が街を闊歩する——ということで温故知新、歴史は繰り返すの諺(ことわざ)どおりになったこの一年である。

身も蓋もないことをいえば、音楽やファッションの世界では、あらゆるパターンがほぼ出尽くしていて、何年かのインターバルをおいて昔のヒット商品を使い回しするのは、これはもう宿命といっていい。インパクトのあるキャラクターは、きっかけ次第でいつでもリバイバル可能で、山本リンダの場合、今年がたまたまその年だっただけのことだ。

興味深いのはベルボトムだ。つい何年か前まで長髪、ベルボトム、ロンドンブーツ（あるいは下駄）、フォーク（もしくはサイケ）といったアイテムは、前世紀の遺物ファッションの代表例として、しばしばコントなどで取り上げられたものだった。ビンボー臭くてワケわからない〝あの時代〟を象徴するものとしての長髪であり、ロンブーである。

それが二十年を経過したことによって、やっとアレルギーが解消したのだと思う。

長髪は数年前から外人モデルたちが先がけとなったチョンマゲヘアーにリメイクされて、再登場した。フォークもニュー・アコースティックに装いを変えて浸透した。

二十年前の風俗をダサイ、暗い、ビンボ臭いと思っていた連中は、いまや三十の大台である。つまり、流行の先端からは一丁上がりである。風俗の第一線にいるティーンネイジャーたちは七〇年代に生まれたのだから、そもそも当時の風俗に対して、なんの偏見も持ちようがない世代だ。

加えて送り手の側は、七〇年代の風俗をリアルタイムで経験して愛着のある世代だから、超世代的な共闘で、サイケ、フォークといった七〇年代リバイバルは、来年はさらに勢いづくのではないだろうか。

三菱Hi・uniの3Bを使ってます。

新たなる劇画の地平／『別冊新評・三流劇画の世界』1979年4月10日（新評社）
ロングインタビュー　劇画は、どこまで行けたのか？／『まんだらけZENBU』2000年12月
薄汚い下等物件「エロジェニカ」への罵倒文が、これだ！／『漫画大快楽』1980年4月（檸檬社）

小説　ザ・ポルノグラファー／『話の特集』1980年11月（話の特集）

記憶にない白黒写真から漂う郷愁／『遊歩人』2008年6月（遊歩人）
スコッチ・エッグ／『おもいでごはん』2006年6月（薫風社）
もしも、亀和田武が無人島で一人ぼっちになるとしたら、持っていくのは／『無人島セレクション』2014年9月（光文社）
ポップ文化世代の保田與重郎体験／『保田與重郎全集月報第27巻』1988年1月（講談社）
甦れ、バビロン沢田研二／『第三文明』1980年3月（第三文明社）
僕がマリーと逢ったのはさみしい雨の朝だった／『成蹊大学新聞』1970年11月21日
「平凡パンチ」が輝いていた時代／『週刊読書人』2004年10月15日（読書人）
素浪人の剣と虚無的な眼差しから／『週刊読書人』2006年1月27日
『スポーツマン金太郎』／『Number』1982年12月5日（文藝春秋）

対談 鏡明×亀和田武　六〇年代ポップ少年／『フリースタイル』2016年6月
紙畸人列伝 牧村光夫／『本の雑誌』1980年3月
最後の恐竜と渋谷の路地について／『本の雑誌』1997年12月
SFはファンジンと同人誌がいちばん面白い／『SOLITON』1998年5月
『十月はたそがれの国』／『宇宙気流』1966年3月（SFマガジン同好会）
バラードにおける《南》への冒険／J・G・バラード『ザ・ベスト・オブ・バラード』解説 1988年9月（ちくま文庫）
そう、ボクはいんちき芸術家だったんだ／『en-taxi』2006年6月
性の芽生えも背徳も夢も雑誌抜きでは語れない／『kotoba』2016年秋（集英社）
清潔な内臓とカタストロフィ／『ユリイカ　総特集=大友克洋』1988年8月臨時増刊（青土社）
AKIRAと日明／『クロスビート』1988年9月
澁澤龍彦の本から十冊／『本の雑誌』2015年8月
破滅願望の遺伝子／『本の雑誌』2015年12月
サバ折り文ちゃんのこと、忘れないでね／『文藝春秋』特別版 2005年11月臨時増刊（文藝春秋）
俺だって、飛びっきりの〈悪党〉になりてえよ／『en-taxi』2013年4月
歌舞伎を知って“幻のマンガ家”に再会できた／『演劇界』2013年3月（演劇出版社）
ミニ・レビュー 現代劇・宮本武蔵／『ニューミュージック・マガジン』1971年11月（ニューミュージックマガジン）
おもしろい人だったな、でもちょっと哀しいんだ 鈴木いづみ／鈴木いづみ『恋のサイケデリック！』解説 1982年2月（ハヤカワ文庫JA）

トリュフォー映画とダメ男たち／『キネマ旬報』1985年4月上旬（キネマ旬報）
性の氾濫の中で空転した純愛映画／『キネマ旬報』1979年3月
私の映画史／『映画芸術』2013年夏（編集プロダクション映芸）
キネマ旬報・映画レビュー／『キネマ旬報』1978年9月-1980年1月
トリュフォーがまた蠟燭映画の傑作を撮った／『日本読書新聞』1980年2月

安倍晋三と洋食店パラドスの思い出／『サンデー毎日』2017年8月13日（毎日新聞出版）
テレビの味方、いや見方。／『ほすピタ！』2008年冬
チャン爺だって馬券が買いたい／『競馬ブック』2012年12月16日（ケイバブック）
誰もが女子大生化した現代のニッポン人／映画『コーラスライン』パンフレット 1985年（松竹株式会社）
〈暗い〉ことがオッシャレーな時代になるのか？／『WIN』1985年11月（早稲田ゼミナール）
キャスターのコメントがうっとうしいニュースは王道を行くべきだ／『社会新報』1991年8月3日（日本社会党）
本当のビートルズ世代がクラスに一人だけいた／『小説新潮』2003年11月号（新潮社）
熟年「女子」たちの半グレ集団化が止まらない／『SAPIO』2015年4月（小学館）
ネットよりテレビの方がはるかに面白い／『SAPIO』2015年2月
ポパイにならった“正しいモノとの付き合い方”／『ポパイ誌8周年記念 THE男前講座』パンフレット1985年4月（池袋西武）
ベルボトムジーンズの復権はあるのか？／『ダカーポ』1991年12月18日（マガジンハウス）

出典一覧（掲載順）

象が啼いた夜／『おに吉古本案内』2004年6月（荻窪、西荻窪、吉祥寺の古書店情報誌）
本の雑誌 今年のベスト3 1990~2017／『本の雑誌』1991-1996, 1999, 2001-2009, 2011-2017年1月号（本の雑誌社）
ラリー・フリントになりたかった／『en-taxi』2003年夏号（扶桑社）
俺には不良少女たちが付いている／『フリースタイル』2015年5月（フリースタイル）
スタバの微笑みトークが気になる／『フリースタイル』2012年11月
ある日、CAFEで。「お話、しーましょう」／『フリースタイル』2014年10月
郷愁のエチュード／『en-taxi』2008年6月
香港、コーラと不良の記憶／『COYOTE』2009年5月（スイッチパブリッシング）
秘密の函館／『SINRA』2015年9月号（新潮社）
日本人、ドバイでラクダに出会う／『漫画アクション』1997年5月13・20号（双葉社）
グリコとぢ／『TOAA REPORT』2000年1月号（東京野外広告協会）
さい果ての島で犬に嚙まれた／『フリースタイル』2013年1月
STEVE WINWOOD ビールにシューマイ、検問突破の美味／『クロスビート』1989年6月（シンコーミュージック・エンタテイメント）
EXHBITIONS in SHIBUYA 渋谷の《奥》と東急VS西武渋谷20年戦争の行末／『クロスビート』1989年12月
RED HOT CHILI PEPPERS 過激ライヴ空間のストレンジャー／『クロスビート』1990年4月
OHAYO! NICE DAY ニコニコと拒む！ 紋切り型への挑戦状／『クロスビート』1990年6月
NICK CAVE AND THE BAD SEEDS ハイに生きるか 長生きするか／『クロスビート』1990年9月
コラムニスト入門／『クロスビート』1991年4月
年に一度の七夕マージャン顚末記／『クロスビート』1991年10月
国立ダークサイド／『どんなくにたち』2003-2004年（国立と周辺のタウン誌）
新宿駅とジャズ喫茶が叛乱の季節を産んだ／『コモ・レ・バ？』2014年4月（CONEX ECO-Friends株式会社）
日本酒を呑む楽しみを渋谷「十徳」で知った／『散歩の達人』2016年4月（ 交通新聞社）
神保町のジャズ喫茶「響」との再会、そして閉店まで／『TAIHEI ACCESS』1994年（太平工業株式会社）
近いけど、遠い場所へ／『暮しの手帖』2018年4-5月号（暮しの手帖社）
ある日のわたし／不明
対談 泉麻人×亀和田武　カフェより喫茶店がえらいのだ！／『本の雑誌』2010年11月
時間都市・渋谷の地霊／書き下ろし

カー・ラジオから流れた曲を聴いた時、世界が変わってしまった／『BEATNIK』1982年9月（甲斐バンド会報紙）
1984年のルイジアナ・ママ／『EACH TIMES Vol.1』1984年2月（大滝詠一CD『EACH TIME』販促用新聞）
誰もがボビーに夢中だった、あの頃／『ミステリマガジン』2010年10月（早川書房）
涙と恋に憧れて耽溺した十五歳の記憶／アルバム『スリーファンキーズコレクション』CD解説 1996年7月（東芝EMI）
爆弾とハイミナール／『本の雑誌』2016年3月
コートさんのコートが欲しかった。／『東京人』2014年7月（東京人）
マンモス鈴木の剛毛におおわれた寂しい肉体／『STUDIO VOICE』1991年8月（INFASパブリケーションズ）
マイ・フェイバリット・ソング／『andante』2014-2017年8月（CONEX ECO-Friends株式会社）
月に向かって手を伸ばせ、たとえ手が届かなくても／書き下ろし
東京コーリング／『THE DIG Tribute edition ジョー・ストラマー1952-2002』2003年1月（シンコー・ミュージックMOOK）
1988BEST／『クロスビート』1989年2月
1989BEST／『クロスビート』1990年2月
ジャズ喫茶とマッチ箱／書き下ろし

『劇画アリス』亀和田武発言録／『まんだらけZENBU』2000年12月（まんだらけ）
《エロ劇画》でいいじゃないか／『本の雑誌』1978年2月
石井隆こそ青年劇画十年の総決算だ／『本の雑誌』1978年2月
中途半端な面白がり方ならしない方がいい／『本の雑誌』1978年2月
エロ劇画誌御三家を知っているかい？／『本の雑誌』1978年10月
劇画評論バトルロイヤル時代に突入！！／『本の雑誌』1978年10月
エロ劇画はナゼ面白いか／不明
俺たちは猥褻屋なのだ！／『日本読書新聞』1978年12月18日（日本出版協会）
時計の針は後戻りできない／『日本読書新聞』1979年2月26日

あとがき

あちこちの雑誌に発表したコラムやエッセイ、軽評論などを集めて、一冊の雑文集に仕上げる。そんな作業をするのは、ずいぶん久しぶりのことだ。

初めて出した雑文集『1963年のルイジアナ・ママ』(北宋社)は一九八三年一月に書店に並んだ。二冊目の『ホンコンフラワーの博物誌』(本の雑誌社)はその四年後の八七年夏に刊行された。それ以来、この手の本は上梓してないから、なんと三十一年ぶりの椿事だ。

補足をすると、『1963年のルイジアナ・ママ』は六年後に徳間書店から文庫化された。オリジナル版から何篇もの文章を削り、さらに少なからぬ量の原稿を加えた徳間文庫版は、全体の四割が新たに収録した文章で成立しているから、半ば独立した一冊といえなくもない。とはいえ、その徳間版『ルイジアナ・ママ』が出たのも八九年だから、はるか昔になる。

テレビ評や雑誌レビューの連載を一冊にまとめたものはある。プロレスや甲斐バンドといったあるテーマについて書かれたもので一冊のケースもある。しかしあれやこれやの雑誌に書き散らした、テーマも字数も雑多な文章は、長いこと一冊にまとまる機会もなく放置されていた。

「亀和田さん、単行本に未収録の文章をまとめて、ヴァラエティ・ブックを作りませんか?」。左右社の小柳学さんから、そんなうれしい打診があったのは、もう十年前のことだ。吉祥寺のハモニカ横丁で、知人三、四人を混じえて飲み食いし、お喋りした後、駅に向かう道で、小柳さんの口からポツリ出た言葉だ。

ヴァラエティ・ブック。雑誌と本とサブカルチャーが好きな物書きなら、誰もがうっとり憧れる言葉だ。植草甚一の『ワンダー植草・甚一ランド』に始まり、小林信彦『東京のロビンソン・クルーソー』『エルヴィスが死んだ』などに代表される、格好いい雑文集はいつの頃からか〝ヴァラエティ・ブック〟と呼ばれるようになった。

内容もヴァラエティに富むが、なんといっても本の作り方とデザインが垢抜けていた。収録する文章を一段組から細かい四段組まで、さまざまにレイアウトすることによって、単行本一冊が、丸ごと雑誌のように、軽やかな意匠と意外性を帯び、スピード感を加速させていく。

願ってもない小柳さんからのオファーである。しかし懸念もあった。じつはこれまで同様のオファーが一、二度あった。しかし十年とか二十年といった間に書きためた雑文の山から選んだものをコピーして相手の編集者に渡してからが、大変なのだ。

ジャンルも異なるさまざまな雑誌に掲載された文章を、どう料理して読者に見せていくか。編集者の頭が混乱して、一冊にまとめる前に、企画は頓挫した。

それほどまでにヴァラエティ・ブックが一冊の本として形を成すのは難しい。ま、奇跡です。いま「あとがき」を書いているのは。小柳さんは、その直前に私が書いた「郷愁のエチュード」をドーンと一段組で巻頭におきましょうと提案した。私も気に入り、珍しく評判も良く、旧知の編集者も何人か葉書きで激励してくれた作品だ。

好きな作品だけに、私も見せ方にこだわった。目玉となるエッセ・ロマネスクを冒頭にもってきたら、後につづく雑文が色褪せてみえないだろうか。四段組で〝今年の本ベスト3〟のアンケートを載せてアクセントをもたせ、さらにパンチの効いた小説と、軽快なコラムを何本か収め、メインとなる作品への流れをつくる。そして冒頭には、奇妙な雰囲気の漂う掌編を。

こんな煩雑なやりとりを、編集者と書き手が繰り返すことなしには、ヴァラエティ・ブックは生まれない。途中で作業が長いこと中断した時間もあったが、昨年の初春に守屋佳奈子さんが担当になって、一気に編集作業は本格化した。

この時点で、収録候補にあがっていた原稿は、大げさにいえば倍近くあった。それをバッサリと削り、さらには収録した文章をどう配置していくかというデリケートかつ厄介な行程を、協同作業でこなしていくプロセスは楽しかった。

本来は単行本未収録作品のみで構成する予定だったが、守屋さんから「カー・ラジオから流れた曲を聴いた時、世界が変わってしまった」も収めたいという希望が伝えられた。ビートルズが日本に紹介された、一九六四年の初頭、なぜそれまで街角に流れていた日本語のカバー・ポップスが消えてしまったのか。それが当事者の若者から語られる終章のエピソードで、何かすべて腑に落ちたような気がして。半世紀前の、ポップス史における微細なエピソードに反応してくれたまだ若い守屋さんへの感謝として、このエッセイを収録した。東芝レコードでシングル盤四枚を出して消えたポップ歌手が再び蘇った。

ゲラを眺めながら、初めて本の扉に献辞をつけたいと思ってしまった。フランソワ・トリュフォーとレスリー・チャンに、とかね。トリュフォーは自ら監督・出演した『野性の少年』の冒頭で、分身といわれるジャン＝ピエール・レオーに捧ぐと記していたっけ。

トリュフォーとウォン・カーウァイ、そして彼らの映画に出演した俳優の名前が、この本の随所に出てくる。そして冒頭の掌編と無人島を巡るエッセイに登場する、不良で過激派だった青年Yも、この本にビターな味わいを生みだした名脇役だ。もっとも、何年か前におよそ私には場違いな銀座のバーでYと酒を飲んでいたとき、牛乳泥棒とストーンズのLPを買ってくれた話をしたら、Yは覚えていなかった。

「よく覚えてるな、そんな昔のこと」。そういうYに私は「そうさ、肝心なことは忘れないんだ」と答えた。

初出誌一覧を眺めるのも、この種の本の楽しみだ。版元が東京野外広告協会とか早稲田ゼミナールとかって、うれしいね。高校生や大学生のときに書いた拙い文章も笑って読んでやってください。

著作一覧

『まだ地上的な天使』早川書房1982（ハヤカワ文庫JA）
『1963年のルイジアナ・ママ』北宋社1983／徳間書店1989（徳間文庫）
『懶者読書日記』駸々堂出版　1985（Strong essay）
『時間街への招待状』光風社出版1985／新潮社1987（新潮文庫）
『愛を叫んだ獣』白夜書房1986
『ホンコンフラワーの博物誌』本の雑誌社1987
『マーメイド休暇』亀和田武&Gen's workshop著、宙出版1992（宙ブックスハンディハードカヴァーズ6）
『反則がいっぱい紙上最強のプロレス・コラム'82～'91』芸文社1991
『寄り道の多い散歩』光文社1993
『活字だけでは生きてゆけないなまけもの読書日記'89～'92』芸文社1993
『この雑誌を盗め！』二見書房2006
『人ったらし』文藝春秋2007（文春新書）
『どうして僕はきょうも競馬場に』本の雑誌社2008
『倶楽部亀坪』坪内祐三（共著）扶桑社2009
『夢でまた逢えたら』光文社2013
『60年代ポップ少年』小学館2016
『黄金のテレビデイズ2004-2017』いそっぷ社2018
『雑誌に育てられた少年』左右社2018
あと11冊準備中

著者紹介

1949年生まれ。「劇画アリス」編集長などを経て、フリーに。82年『まだ地上的な天使』でデビュー。その後「スーパーワイド」などテレビ番組の司会者も務める。『どうして僕はきょうも競馬場に』でJRA賞馬事文化賞を受賞する。趣味は郵便局を巡る旅行貯金と落語鑑賞。

雑誌に育てられた少年

2018年11月30日　第一刷発行

著　者——亀和田武

発行者——小柳学

発行所——株式会社左右社
東京都渋谷区渋谷2-7-6-502
TEL　03-3486-6583
FAX　03-3486-6584
http://www.sayusha.com

装　幀——松田行正＋杉本聖士

印刷・製本—中央精版印刷株式会社

ISBN978-4-86528-213-9